袁世硕 主编

中国古代文学作品选
一

高等学校文科教材

GAO DENG XUE XIAO WEN KE JIAO CAI

人民文学出版社

图书在版编目（CIP）数据

中国古代文学作品选（一）/袁世硕主编. —北京：人民文学出版社，2002（2025.8重印）
　ISBN 978-7-02-003719-3

Ⅰ.①中… Ⅱ.①袁… Ⅲ.①古典文学—作品—中国—高等学校—教材 Ⅳ.I212.1

中国版本图书馆 CIP 数据核字（2002）第 015126 号

责任编辑　胡文骏
装帧设计　柳　泉
责任印制　董宏阳

出版发行　人民文学出版社
社　　址　北京市朝内大街 166 号
邮政编码　100705

印　　刷　三河市宏盛印务有限公司
经　　销　全国新华书店等

字　　数　358 千字
开　　本　850 毫米×1168 毫米　1/32
印　　张　15.125　插页 2
印　　数　229001—232000
版　　次　2002 年 5 月北京第 1 版
印　　次　2025 年 8 月第 46 次印刷

书　　号　978-7-02-003719-3
定　　价　20.00 元

如有印装质量问题，请与本社图书销售中心调换。电话：010-59905336

前　　言

　　《中国古代文学作品选》是为大学中文系学生编选的一部基础课教材。

　　中国的古代文学有着悠久的历史,从先民的神话和谣谚算起已有数千年之久。中国幅员辽阔,东西南北风土各异,再加上历史的变迁,中国古代文学形式、题材、风格之多样,作家作品之繁多,是世界上其他国家所少有的。诗歌,包括经诗家定名的古、今诸体和词、曲,由于汉字原出于象形、会意的特性,及先民比、兴手法的滥觞,最为富丽辉煌。文章虽然重在实用,不外乎记事、宣教、立言,但也讲究辞采,常假象以见意,乃至要辅以声韵,不止于辞达而已。戏曲、小说发展比较迟缓,也有不少传世佳作,或驰骋想象,假奇情异采启示人生,或直面现实,剖析社会诸相,感悟生存之苦乐。中国古代文学是古代中国人生活经验与语言艺术的复合结晶,留给现代中国人的一份十分厚重的文化财富。

　　文学作品是时代的产物,其中凝聚着特定时代的特定人群的生活感受、思索、憧憬,由特定的文字构成的文本是基本凝固不变的。但优秀的文学作品并不随着创造它们的作者、产生它们的时代的消亡而消失,甚至是千古不朽。一代代的作家创造出了一代代的文学作品,虽经历史的筛选而有所淘汰,但优秀的文学作品却一代代地流传下来,不断地被阅读,反复地被解说,滋润着后世人的心灵,给人以激励、安慰和启迪,还有娱目游心的愉悦,在历史的进程中,也维系着适合人类文明不断发展的社会价值观念、道德准则、文化素养。在当今时代,优秀的古代作品依然没有失去其文学的魅力和效用,人们依然可以用其丰富精神生活,从中获得有益的人生启示,增长向上向善的意志,提高文化素养。

　　文学的历史是由历史上逐次产生的文学作品的系列体现出来的。描述文学的历史的文学史,从某种意义上说,属于史学的范畴。文学史与一般以政治事件为中心的史学不同,史学研究的对象是已经过去了的事情,首先的工作是借助记载历史事件的文献,即所谓史料,进行表述性的复原,而文学史研究的对象,即体现着文学的历史演变的文学作品,现在却仍然存在,基本上用不着作历史的复原。另一方面,社会的历史,诸如朝代的兴替、政治事件的始末,都有着具体的连续性,所以,编年史就成为历史著作的重要类型。而历史上逐次产生的文学作品都是个体形态,作品与作品之间的历史联系,即所谓传承,乃蕴含在作品文本结构之中,只有通过对成系列的作品文本结构的解析,才能够揭示出来,从中寻绎出文学发展演变的历史轨迹。所以,描述文学的历史是要以解析作品为前提和基础的,对历史上有关文学史实的考索,是辅助性的。学习文学史,就必须阅读历代有代表性的文学作品,方能具体、深切地认识到文学发展演变的实际情况,并从而提高文学的鉴赏力。人们的文学修养,主要是通过大量阅读文学作品得以提高的。

　　本书就是为配合中国文学史课的教学,按照历史的顺序,选注自先秦至二十世纪五四新文学运动发生,历代主要文体的优秀作品凡三百馀家千馀首(篇)。入选篇目以经过历史选择的传世之作为主,注意突出在文学史上占有重要地位的作家的代表作,兼顾到不同的流派、风格,以便与中国文学史的教材相呼应,体现出中国古代文学及其演变的风貌。然章回小说因限于篇幅,且一般较通俗易懂,故不作节录,只在第三、四册的"参考书目"中列入应读之章回小说书目。戏曲作品,亦仅节录文学史上最著名的剧作之佳折佳出。

关于本书的体例,说明以下几点:

本书分四册:第一册为先秦、秦、汉文学作品选,第二册为魏、晋、南北朝、隋、唐文学作品选,第三册为宋、金、元、明文学作品选,第四册为清、近代文学作品选。照古今选本之通例,各时期的作品以作家(少数为总集)为小单元,每个单元前有作家(或总集)简介,注释随在各首(篇)之后。单元的编排,依作家的生年(总集依成书年代)为序,考虑到文体因素,间或作适当调整,是为与文学史的讲述相适应。

本书所选作品,尽量采用通行的古籍版本,与其他版本不同的语词,不单作校勘,极有必要说明者,于注释中顺便交代。古代的人名、地名、专用词,如刘昚虚、杜濬、洪昇、鄂县等中之"昚"、"濬""昇"、"鄂"等字,仍用原字,不改作简化字。数字,除公元纪年用阿拉伯字码,其他如朝代年号纪年、古籍卷数等,均用汉字数码。凡此,意在与古代典籍相合。

本书对入选的作品,全部作了必要的注释。各首(篇)的第一条注释为题解,简要说明该首(篇)的写作背景、题旨、艺术特点。一般注释,重在解释语词,佐以典故出处;句子较为费解者,则对一句或数句,作适当的串讲。生僻字注音,一律兼用汉语拼音和同音字。

本书各册后附"参考书目",以便于授课教师备课、学生研修检读。书目以近世学人整理之古籍本子为主,因为此类本子前例有序言,后多附有"辑评"等文献,足资参考。无近世整理本的,取较容易找到的古本。

本书入选之作家、篇目,以及注释文字,难免尚有不少失误,敬请批评指正,以便来日修订。

参加本书选注的人员,依次是:先秦部分,廖群;两汉部分,王洲明、王培元;魏晋南北朝部分,张可礼、郑训佐、李剑锋;隋唐部分,张忠纲、孙奇、綦维;宋、金、元部分,王小舒,刘乃昌审阅了原稿;明代部分,孙之梅;清代部分,袁世硕;近代部分,郭延礼、武润婷。此外,董治安、朱德才(已故)两先生曾对本书的体例、选目,提供过重要意见,在此一并说明。

目 录

先秦文学

一 上古神话
   女娲补天[1]　　夸父追日[2]　　羿为民除害[3]　　鲧禹治水[4]　　黄帝与蚩尤之战[5]

二 周 易
   爻辞四则[6]

三 尚 书
   无逸[8]

四 诗 经
   关雎[13]　　汉广[13]　　燕燕[14]　　新台[15]　　氓[16]
   伯兮[19]　　黍离[19]　　君子于役[20]　　溱洧[21]
   伐檀[22]　　硕鼠[23]　　蒹葭[24]　　无衣[25]　　七月[25]
   东山[29]　　鹿鸣[30]　　采薇[31]　　巷伯[33]　　大东[35]
   北山[38]　　生民[39]　　振鹭[42]　　丰年[43]

五 左 传
   郑伯克段于鄢[44]　　齐伐楚盟于召陵[48]　　晋公子重耳之亡[50]　　晋楚城濮之战[59]　　烛之武退秦师[65]
   秦晋殽之战[67]　　郑败宋师获华元(节选)[73]　　晋灵公不君[75]

六 国 语
   邵公谏厉王弭谤[79]　　齐姜与子犯谋遣重耳[81]　　句践

1

灭吴[85]

七　战国策
苏秦始将连横(节选)[90]　　邹忌讽齐威王纳谏[94]　　冯谖客孟尝君(节选)[95]　　庄辛说楚襄王[97]　　触龙说赵太后[101]　　唐且为安陵君劫秦王[103]　　易水送别[105]

八　晏子春秋
晏子使楚[107]

九　论语
子路曾皙冉有公西华侍坐[110]　　樊迟问仁[113]　　阳货欲见孔子[113]　　子路从而后[114]

一〇　老子
古之善为道者[117]　　祸兮福所倚[118]　　合抱之木[119]

一一　墨子
兼爱(上)[120]　　公输[122]

一二　孟子
齐桓晋文之事[125]　　有为神农之言者许行[130]　　闻诛一夫纣[135]　　齐人有一妻一妾[136]　　礼与食孰重[137]

一三　庄子
逍遥游[140]　　养生主(节选)[147]　　马蹄[150]　　秋水(节选)[153]　　则阳(节选)[155]

一四　荀子
劝学(节选)[157]　　天论(节选)[161]　　成相(节选)[163]　　赋(节选)[164]

一五　韩非子
五蠹(节选)[166]　　定法[170]　　难一(节选)[173]　　外储说(节选)[176]

一六　吕氏春秋
察今(节选)[179]

一七　礼　记
　　曾子易箦[181]　　嗟来之食[182]
一八　屈　原
　　离骚[184]　　东君[198]　　湘君[200]　　湘夫人[202]
　　国殇[204]　　抽思[205]　　涉江[208]　　天问(节选)[210]
　　招魂(节选)[212]
一九　宋　玉
　　九辩(节选)[215]　　对楚王问[216]

秦 汉 文 学

一　李　斯
　　谏逐客书[219]
二　贾　谊
　　过秦论(上)[225]　　过秦论(中)[230]　　过秦论(下)[234]
　　论积贮疏[238]　　吊屈原赋[240]
三　晁　错
　　论贵粟疏[244]　　守边备塞疏[248]
四　枚　乘
　　七发(节选)[253]
五　司马相如
　　上林赋[258]　　长门赋并序[275]
六　东方朔
　　答客难[280]
七　司马迁
　　项羽本纪(节选)[285]　　陈涉世家[298]　　孙膑列传(节选)[307]　　魏公子列传[311]　　廉颇蔺相如列传(节选)[319]
　　屈原列传(节选)[325]　　悲士不遇赋[331]　　报任少卿书[333]

3

八　扬　雄
　　长杨赋(节选)[346]

九　桓　宽
　　取下[353]

一〇　班　固
　　苏武传(节选)[358]　　朱买臣传[364]　　两都赋并序(节选)[367]　　答宾戏并序[382]　　咏史[391]

一一　王　充
　　自纪篇(节选)[393]

一二　张　衡
　　归田赋[402]　　四愁诗并序[404]

一三　秦　嘉
　　留郡赠妇诗三首[407]

一四　赵　壹
　　刺世疾邪赋[410]

一五　蔡　邕
　　述行赋并序[414]

一六　汉代乐府民歌
　　战城南[423]　　有所思[424]　　上邪[425]　　十五从军征[425]　　陌上桑[426]　　东门行[428]　　饮马长城窟行[429]　　妇病行[430]　　艳歌行[431]　　白头吟[432]　　蜨蝶行[433]　　焦仲卿妻并序[433]

一七　辛延年
　　羽林郎[444]

一八　古诗十九首
　　行行重行行[446]　　冉冉孤生竹[447]　　庭中有奇树[448]　　迢迢牵牛星[448]　　明月何皎皎[449]

一九　吴越春秋
　　　干将莫耶[450]　　伍员之死[452]
二〇　越绝书
　　　吴王占梦[459]

附录:参考书目[466]

先秦文学

一 上古神话

　　远古时代,幼稚的人类还不能区分自身与自然界的不同,往往根据自己有限的经验去推想、解释外部世界各种现象,于是在他们的观念中便出现了神灵及神们的活动。上古神话即是原始先民关于各种神灵的想象故事。它们是古代文学中第一批集体口头作品,因其在理解自然、反映生活、寄托理想中不自觉地采用了离奇、夸张、拟人化的艺术方式,而极富于幻想色彩,对后代偏于浪漫想象的文学创作有直接影响。

　　我国古代没有记录神话的专书,现存神话片段分别见于后代各种书籍,其中以《山海经》、《楚辞·天问》、《淮南子》保存较多。

女娲补天①

　　往古之时,四极废②,九州裂③,天不兼覆④,地不周载⑤。火爁炎而不灭⑥,水浩洋而不息⑦。猛兽食颛民⑧,鸷鸟攫老弱⑨。于是女娲炼五色石以补苍天,断鳌足以立四极⑩,杀黑龙以济冀州⑪,积芦灰以止淫水⑫。苍天补,四极正,淫水涸⑬,冀州平,狡虫死⑭,颛民生。

中华书局《诸子集成》本《淮南子》卷六

①本篇选自《淮南子·览冥训》。《淮南子》,西汉淮南王刘安及其门客编著的一部综合性论说著作,其思想于诸子中属杂家学派。女娲(wā 蛙),女神名,据说是我国化育万物的古创生神,有"抟(tuán 团)黄土作人"的故事流传。该篇讲述的是女娲补天止水、拯救人类的又一奇迹。　②四极:指传说中支撑天体的四根立柱。极,边,端。废:毁坏,此指折断。　③九州:传说中古代中国被划分为九个地区,《尚书·禹贡》称九州之名为冀、兖、青、徐、扬、荆、豫、梁、雍。州,本义指水中陆地。　④天不兼覆:此指天体有塌落而不能全面覆盖大地。　⑤地不周载:此指大地有崩裂溢水而不能周全地容载万物。　⑥爁炎(làn yàn 烂焰):大火绵延燃烧的样子。　⑦浩洋:水广大盛多的样子。　⑧颛(zhuān 专):善良无辜。　⑨鸷鸟:凶猛的鸟。攫(jué 决):抓取。　⑩鳌(áo 熬):同"鳌",大龟。　⑪黑龙:此当指水怪雨神之属。济:救助。冀州:九州之一,地当中原一带。此代指九州大地。　⑫芦灰:芦苇焚烧后的灰烬。淫水:平地出水。此指泛滥的洪水。　⑬涸(hé 禾):干枯。　⑭狡虫:凶猛的禽兽。

夸　父　追　日①

大荒之中②,有山名曰成都载天③。有人珥两黄蛇④,把两黄蛇⑤,名曰夸父。后土生信⑥,信生夸父。夸父不量力,欲追日景⑦,逮之于禺谷⑧。将饮河而不足也⑨,将走大泽⑩,未至,死于此⑪。

夸父与日逐走⑫,入日⑬。渴欲得饮,饮于河渭⑭;河渭不足,北饮大泽。未至,道渴而死。弃其杖,化为邓林⑮。

郝懿行笺疏本《山海经》卷一七、一八

①本篇两段分别选自《山海经》中的《大荒北经》和《海外北经》。《山海经》是一部以记载远古山川地理为线索,兼及物产、部族、信仰、传说等多方

面文化内容的古代典籍,作者不详,成书约在战国时期,秦汉间又有增补。夸父(fǔ 甫),神话中一个巨人神的名字。该篇讲述了英雄夸父追赶太阳、手杖化林的故事,表现了远古人类对力量和勇敢的崇拜。　②大荒:荒远的地方。海内、海外、大荒等是《山海经》中的地域概念。　③成都载天:传说中的山名。　④珥两黄蛇:两耳各戴一条黄蛇。珥,戴在耳朵上的饰物,此作动词用。　⑤把两黄蛇:两手各攥一条黄蛇。把,持,拿。　⑥后土:土神名。据《山海经·海内经》的说法,当属炎帝系大神。信:神名。⑦景:同"影"。"日景"即太阳光影,代指太阳。　⑧逮(dài 代):及,追上。禹谷:即虞渊,传说中太阳落下的地方。禹,通"虞"。　⑨将:乃,于是。下同。河:黄河。下同。　⑩走:跑。大泽:古大湖名,在雁门山北,据说纵横千里。下同。　⑪此:指成都载天山。　⑫逐走:互相追逐着跑,即赛跑。　⑬入日:进入太阳光环,即追上太阳。　⑭渭:渭水,在今陕西境内。　⑮邓林:即桃林。邓、桃音近相通,《山海经·中山经》谓"夸父之山,北有桃林",当指此林。

羿为民除害①

帝俊赐羿彤弓素矰②,以扶下国③,羿是始去恤下地之百艰④。

郝懿行笺疏本《山海经》卷一八

逮至尧之时⑤,十日并出。焦禾稼,杀草木,而民无所食。猰貐、凿齿、九婴、大风、封豨、修蛇⑥,皆为民害。尧乃使羿诛凿齿于畴华之野⑦,杀九婴于凶水之上⑧,缴大风于青邱之泽⑨,上射十日而下杀猰貐⑩,断修蛇于洞庭⑪,禽封豨于桑林⑫。万民皆喜,置尧以为天子。

中华书局《诸子集成》本《淮南子》卷八

3

①本篇两段分别选自《山海经·海内经》和《淮南子·本经训》。羿,神名,以善射著称。本篇讲述的就是这位英雄手持弓箭、降妖伏魔、为民除害的故事,其中射日的情节尤其富于想象色彩,表现了上古人类对自身力量的肯定和战胜灾害的决心。　　②帝俊:神话中的天帝,名俊。相传"十日"、"十二月"均为他所生。彤弓素矰(zēng 增):红色的弓,白色的箭。矰,一种系着细丝的短箭。　　③扶:扶助。下国:人间诸国。此从上天而言,故称"下"。④是始:于是开始。恤:救助。下地:同"下国"。　　⑤逮至:及,到。尧:神话中的天神名,又是传说中的古帝王。　　⑥猰貐(yà yǔ 亚雨):怪兽名,形状似龙首,或谓似狸,善跑,叫声似婴儿啼哭,吃人。凿齿:怪兽名,齿长三尺,其状如凿。九婴:长着九个脑袋的水火之怪,害人。大风:即风伯,一种极凶猛的大鸟,飞过后能坏人房屋,被视为风神。封豨(xī 希):大野猪。脩蛇:长长的大蟒蛇。脩,同"修"。　　⑦畴华:传说中的南方泽名。　　⑧凶水:水名,据说在北方。　　⑨缴(zhuó 茁):系在箭上的生丝绳。此处用作动词,指用系着丝绳的箭来射鸟。青邱:传说中位于东方的大泽。　　⑩射十日:王逸注《楚辞·天问》"羿焉彃日,乌焉解羽"句称:"羿仰射十日,中其九日,日中九乌皆死,堕其羽翼。"　　⑪洞庭:南方泽名,当即今之洞庭湖。⑫禽:同"擒"。桑林:传说商汤曾在桑林祷告求雨,可能两者同为一地,当在中原一带。

鲧禹治水①

　　洪水滔天②,鲧窃帝之息壤以堙洪水③,不待帝命。帝令祝融杀鲧于羽郊④。鲧复生禹⑤。帝乃命禹卒布土以定九州⑥。

郝懿行笺疏本《山海经》卷一八

①本篇选自《山海经·海内经》。鲧,神名,亦为传说中的人名,大禹的父亲,为治水而献身。禹,神名,亦为传说中的人名,治水英雄。这篇神话讲

述了鲧禹父子前仆后继治理洪水的故事,两位英雄的表现,是中华民族不屈不挠精神的象征。　②洪水滔天:洪水漫到天际。滔,漫。　③帝:天帝。神话系列中,该帝应为黄帝。《山海经·海内经》称:"黄帝生骆明,骆明生白马,白马是为鲧。"息壤:相传一种能自生自长的神土。堙(yīn 因):堵。
④祝融:火神名。羽郊:羽山之郊。　⑤复:当通"腹"。郭璞云:"《开筮》曰'鲧死三岁不腐,剖之以吴刀,化为黄龙'也。"《归藏》云:"大副(pì 僻)之吴刀,是用出禹。"《楚辞·天问》云:"伯鲧腹禹,夫何以变化?"　⑥卒:终于。布:铺。

黄帝与蚩尤之战①

有系昆之山者②……有人衣青衣,名曰黄帝女魃③。蚩尤作兵伐黄帝④,黄帝乃令应龙攻之冀州之野⑤。应龙畜水,蚩尤请风伯雨师⑥,纵大风雨。黄帝乃下天女曰魃,雨止,遂杀蚩尤。

郝懿行笺疏本《山海经》卷一七

①本篇选自《山海经·大荒北经》。黄帝,神话中的大神,战胜炎帝后登上天帝之位。传说中则为部族首领和至尊帝王。蚩(chī 吃)尤,传说中南方部族首领名,《龙鱼河图》称"蚩尤兄弟八十一人"。相传为炎帝之后。尚兵善战,被视为战神。该篇讲述的是继炎、黄之战后蚩尤进攻黄帝,终被黄帝擒杀的故事,以离奇的戏剧性场面,反映了上古时代部族间的激烈斗争。
②系昆之山:神话中的山名。　③黄帝女魃(bá 拔):黄帝神系中的女神名,旱神。　④作兵:打造兵器。　⑤应龙:传说中带翅膀的神龙,能行雨蓄水。冀州:古九州之一。　⑥风伯、雨师:风神、雨神。

二 周 易

　　《周易》是成书于殷周之际周人的一部占筮书,也是上古时代一部富于辩证思想和深刻哲理的哲学著作,分卦象和卦爻辞两个部分。卦象由阴(--)阳(—)六爻符号组成,卦爻辞则是附在卦象后面用来说明卦象寓意的文字。这些文字大多以繇(谣)辞形式,通过具体的物象、形象展示吉凶状貌,说明事理关系,十分耐人寻味;其中除专为卦象创制的部分外,还多采用固有的民歌谣谚,也就颇具文化认识价值和文学色彩。它们是迄今最早见于书面的歌谣作品,可藉此了解《诗经》之前的诗歌雏形。下面所选皆为爻辞,直接表示占筮结果的部分略而不录。

爻 辞 四 则

（一）

《屯》六二①:屯如邅如②,乘马班如③。匪寇,婚媾④。

（二）

《大壮》上六⑤:羝羊触藩⑥,不能退,不能遂。

（三）

《丰》上六⑦:丰其屋⑧,蔀其家⑨,窥其户⑩,阒其无人⑪,

三岁不觌⑫。

（四）

《中孚》九二⑬：鸣鹤在阴⑭，其子和之⑮。我有好爵⑯，吾与尔靡之⑰。

中华书局《十三经注疏》本《周易》卷一、四、六

①《屯》：卦名。六二：卦题，表示该爻辞属于《屯》卦中的第二爻（六爻的排列顺序自下而上为"初、二、三、四、五、上"），爻为阴爻（阴爻用"六"表示，阳爻用"九"表示）。该条爻辞采自民间的一首歌谣，歌用颇为幽默的语气，表现成婚的场面和情景，反映了远古时代竞赛求婚的某些习俗。　②屯：聚集，表示乘马者多。如：犹"然"，样子、状态。邅（zhān沾）：转弯。　③班：通"般"，回旋。"邅如"、"班如"皆状众人乘马辗转疾驰的样子。　④"匪寇"二句：匪寇，不是强盗。匪，即古"非"字。众人在追赶一位女子，容易使人误以为是"寇"，歌者称，他们是在为争娶到这位女子而奔驰。　⑤《大壮》上六：表示该爻辞属于《大壮》卦中的阴性第六爻。这是一条谚语，表现一种陷于困境、进退两难的状态。谣用山羊故事，颇具寓言味道。　⑥羝羊：公羊。藩：篱笆。公羊莽撞冲抵，角触到篱笆上，被卡住，故下文说"不能退，不能遂"。遂，进。　⑦《丰》上六：表示该爻辞属于《丰》卦阴性第六爻。这条爻辞形象地描述了一幅华屋清冷死寂的景象，似乎寓意着巨室遭祸，读来耐人寻味。　⑧丰：高大貌。　⑨蔀（bù布）其家：谓院子里搭着凉篷。蔀，遮蔽。　⑩窥其户：从门缝中窥视进去。　⑪阒（qù去）：空、静。　⑫三岁：三年。觌（dí敌）：见。　⑬《中孚》九二：表示该爻辞属于《中孚》卦中的阳性第二爻。这是一首歌谣，表现友好聚会的欢乐情感。歌用鸟的和鸣起兴，已有诗人之致，故后代有评论称："使入《诗·雅》，孰别爻辞。"（陈骙《文则》）　⑭阴：借为"荫"，树荫。　⑮其子：鹤的雏鸟。和（hè贺）：唱答。　⑯爵：酒杯，代指酒。　⑰靡（mí迷）：分散，此谓共享。

三 尚 书

　　《尚书》，也称《书经》，是战国前偏于记言的古史资料的汇编，因"上古之书"而得名。分《虞书》、《夏书》、《商书》、《周书》四部分，其中虞、夏史料当为后人追述。内容多为商、周两朝王侯发布训、诰、誓、命的记录，语涉政治事件，有重要的历史和思想史史料价值。文章多数比较完整，语言古奥，情境、语气逼真，可见出上古散文的形成和发展。旧说《尚书》为孔子所编，并为之序，尚无确考。

无　逸①

　　周公曰："呜呼，君子所其无逸②！先知稼穑之艰难③，乃逸④，则知小人之依⑤。相小人⑥，厥父母勤劳稼穑⑦，厥子乃不知稼穑之艰难，乃逸乃谚⑧，既诞⑨。否则侮厥父母曰⑩：'昔之人无闻知⑪！'"

　　周公曰："呜呼！我闻曰：昔在殷王中宗⑫，严恭寅畏天命⑬，自度⑭，治民祗惧⑮，不敢荒宁⑯。肆中宗之享国⑰，七十有五年。其在高宗⑱，时旧劳于外⑲，爰暨小人⑳。作其即位㉑，乃或亮阴㉒，三年不言。其惟不言，言乃雍㉓。不敢荒宁，嘉靖殷邦㉔。至于小大，无时或怨㉕。肆高宗之享国，五十有九年。其在祖甲㉖，不义惟王㉗，旧为小人㉘。作其即位，爰知小人之依，能保惠于庶民[29]，不敢侮鳏寡[30]。肆祖甲之享国，三十有三年。自时厥后立王，生则逸。生则逸，不知稼穑之艰难，不闻小人之劳，惟耽乐之从[31]。自时厥后，亦罔或克寿[32]。或十年，或七八年，或五六年，或四三年。"

周公曰："呜呼！厥亦惟我周太王、王季[33]，克自抑畏[34]。文王卑服[35]，即康功田功[36]。徽柔懿恭[37]，怀保小民[38]，惠鲜鳏寡[39]。自朝至于日中昃[40]，不遑暇食[41]，用咸和万民[42]。文王不敢盘于游田[43]，以庶邦惟正之供[44]。文王受命惟中身[45]，厥享国五十年。"

周公曰："呜呼！继自今嗣王，则其无淫于观、于逸、于游、于田[46]，以万民惟正之供。无皇曰'今日耽乐'[47]。乃非民攸训，非天攸若[48]。时人丕则有愆[49]。无若殷王受之迷乱[50]，酗于酒德哉！"

周公曰："呜呼！我闻曰：古之人犹胥训告，胥保惠，胥教诲[51]，民无或胥诪张为幻[52]。此厥不听，人乃训之[53]。乃变乱先王之正刑，至于小大[54]。民否则厥心违怨，否则厥口诅祝[55]。"

周公曰："呜呼！自殷王中宗，及高宗，及祖甲，及我周文王，兹四人迪哲[56]。厥或告之曰：'小人怨汝詈汝！'则皇自敬德[57]。厥愆，曰'朕之愆'[58]。允若时，不啻不敢含怒[59]。此厥不听，人乃或诪张为幻曰：'小人怨汝詈汝！'则信之[60]。则若时[61]，不永念厥辟，不宽绰厥心[62]，乱罚无罪，杀无辜，怨有同，是丛于厥身[63]。"

周公曰："呜呼，嗣王其监于兹[64]！"

中华书局《十三经注疏》本《尚书》卷一六

①该篇选自《尚书·周书》,题目是固有的。据史传,周公姬旦在其兄周武王去世、其侄周成王尚幼时曾摄行王事,待周王朝天下已定,便归政于成王,并谆谆告诫,不要贪图安逸享受,要以勤于国事的先王为榜样,以荒淫误身的昏君为鉴戒。《无逸》便是史官对这次重要谈话详尽而逼真的记录。
②君子:殷周之际居上位者的通称。所:居其位。　③稼穑:播种为稼,收割为穑,此泛指农业劳动。　④乃逸:然后再考虑如何安逸。另,王念孙云:"乃逸二字衍文。"　⑤小人:指一般庶民。依:依靠;一曰隐衷。
⑥相:看。　⑦厥:其,他们的。　⑧诞:通"唪(yàn 谚)",粗鲁。　⑨既诞:又放肆无礼。"既"作联系词"暨"用。　⑩否(pǐ 匹)则:丕则,乃至于。"否"通"丕",乃。　⑪昔之人:上了年纪的人。以上两句以小民为例,指出那些不知父母稼穑之艰难的后生,不但自己安乐、放诞,还认为父母不懂得享福。　⑫殷王中宗:即太戊,殷王朝贤王。一说,指殷王祖乙。
⑬严:庄严。恭:谨慎。寅畏:敬畏。该句称殷中宗能小心恭敬地对待上天赋予的使命。　⑭自度:自我检点约束。度,法度。　⑮祗(zhī 支)惧:谨慎小心。祗,恭敬。　⑯荒宁:荒废政事、贪图享乐。　⑰肆:故,因此。
⑱高宗:即武丁,殷著名贤君。　⑲时:通"寔",实、是。旧:同"久"。此句称高宗武丁曾长期在外奔波劳碌。　⑳爰:因而。暨小人:与庶民在一起。暨,与。　㉑作其即位:犹言"及其即位"。作,始。　㉒或:又。亮阴:诚信而沉默。亮,通"谅",信。阴,暗,默。　㉓雍:和谐、喜悦。上述二句称武丁即位后不张扬,默默考察从事,一旦发布诰命,就令群臣欢欣鼓舞。
㉔嘉靖殷邦:很好地安定了殷城邦。指击退鬼方(古种族名)侵扰等事。
㉕"至于"二句:言上上下下都没有什么不满。小大,指上下臣属。时,是。
㉖祖甲:武丁之子,祖庚之弟。武丁欲废兄立弟,祖甲以为不义,逃往民间,待祖庚死后才继为殷王。　㉗不义惟王:祖甲认为由自己做国王是不义的。
㉘旧为小人:做了很长一段时间的庶民。旧,久。　㉙保惠:保护并施以恩惠。　㉚鳏寡:年老无妻叫"鳏",年老无夫叫"寡"。　㉛惟耽(dān 丹)乐之从:只知耽于作乐。过乐谓之"耽"。　㉜罔:无,没有。克寿:能够长寿。　㉝太王、王季:周文王的祖父和父亲。　㉞抑畏:谦虚谨慎。
㉟卑服:做卑贱的事情。当指卑事殷纣王朝之事。　㊱即:完成,成就。康功:安邦事业。田功:发展农业生产。周人在文王时代逐渐壮大成为可与殷朝抗衡的邦国。　㊲徽:善良。柔:仁厚。懿:美好。　㊳怀保:爱护。

㊴惠鲜:惠于。鲜,“於”字之讹。　㊵昃(zè 仄):太阳偏西。　㊶不遑暇食:没有工夫吃饭。遑、暇,均为“闲暇”之义。　㊷用咸和万民:把精力都用在普遍团结广大民众的事业上。咸,全,普遍。和,和谐。　㊸盘于游田:以出游、田猎为乐。盘,游乐。田,同“畋”,打猎。　㊹“以庶邦”句:同各小邦国之间都以正道相对待。以上二句言文王之所以不敢随便外出游乐,乃是要以身作则,在各邦国间推行正道。　㊺受命惟中身:中年受命为君。㊻观:借为“欢”。该句是对后继之王的希冀之语。　㊼“无皇”句:不要像这么说,今天先享乐享乐再说。皇,通“况”,比方。　㊽“乃非民”二句:这不是教导民众、顺从天命的做法。攸,所。若,顺。　㊾“时人”句:这种人就有过失了。时,是,这种。丕则,那就。愆(qiān 千),过失。　㊿殷王受:即殷王纣。　(51)“古之人”三句:称古代贤德君臣尚且互相告诫、保护、教诲。胥,相。　(52)诪(zhōu 周)张:诳骗。为幻:造假欺诈。　(53)“此厥”二句:称如果不听从上面这些贤德的训告,便有人会来教你走邪路。(54)“乃变乱”二句:就由小到大开始变乱起先王的政纲法纪来。正,政。刑,法。　(55)“民否则”二句:民众就会心中怨恨,口里诅咒。否则,丕则,乃至于。违,不顺心。诅祝,诅咒。　(56)迪哲:明智。　(57)“厥或”三句:如果有人告之庶民有怨恨不满,他们会更加谨慎修德。厥,指臣民,下句同。之,指上述四哲。詈(lì 力),骂。皇,通“况”,更加。　(58)“厥愆”二句:人们有了过失,则说是自己的过失。朕,我,在此指四哲自谓。　(59)“允若时”二句:果真能像这样,民众岂止不敢再心存怨恨,还会拥戴你呢!允,诚然。时,是。不啻(chì 斥),不止,不仅。　(60)“此厥”四句:大意是如果不依从上述贤哲的正道,那么有的人拿民众有怨言来造谣生事,你就会不加思索地听信他们。　(61)则若时:与“允若时”同。　(62)“不永念”二句:不常想着做君的道理,不把心胸放宽大些。厥,犹“其”。辟,国君,此指为君之道。(63)“乱罚”四句:听信人言,滥杀无辜,民怨就会越积越多,最终都集中到你的身上。同,聚。丛,集。　(64)监于兹:以此为戒。监,鉴,看。兹,此。

四 诗 经

　　《诗经》是我国最早的一部诗歌总集,共收诗三百零五篇,另有六篇只有目录。原只称"诗"或"诗三百",汉代始称"诗经"。就可考诗作而言,这些诗的创作时间大约为西周初年(约公元前11世纪)至春秋中叶(约公元前6世纪),历时五百馀年,可能经周王朝乐官陆续收集编订,结集于春秋中叶之后。传说孔子为《诗经》的最终编订者,但尚无确证。

　　《诗经》中的诗本是可配乐演唱的乐歌,根据音乐的不同,分为风、雅、颂三个部分。"风"有十五国风,多为采风所得,保存了不少长期流传的民歌作品;"雅"分大雅、小雅,多为周朝卿大夫及士人依王畿雅调创作的诗篇;"颂"有周颂、鲁颂、商颂,是专门用于宗庙祭祀的乐章。

　　《诗经》内容丰富广泛,既有周部族成长历史的回忆、王朝政治的兴废及其对时人心理的影响,又有各阶层各种生活状态的写照和各种情感的表达,大多纯朴、真实,有极其珍贵的历史及文化认识价值。《诗经》中的诗歌形式以四言居多,整齐规范;风格各异,又以和谐为其主调;创作上运用了包括"赋、比、兴"在内的多种表现手法。这一切都为我国后代诗歌创作的发展奠定了基础。

　　《诗经》传本在汉代原有齐、鲁、韩、毛四家,今仅存《毛诗》。

关　　雎①

关关雎鸠②,在河之洲③。窈窕淑女④,君子好逑⑤。
参差荇菜⑥,左右流之⑦。窈窕淑女,寤寐求之⑧。
求之不得,寤寐思服⑨。悠哉悠哉⑩,辗转反侧⑪。
参差荇菜,左右采之。窈窕淑女,琴瑟友之⑫。
参差荇菜,左右芼之⑬。窈窕淑女,钟鼓乐之⑭。

中华书局《十三经注疏》本《诗经》卷一

①该篇选自《诗经·周南》,是《国风》中的首篇,也是全书的第一篇。《毛诗序》称此诗是歌咏"后妃之德",今人多不信此说。就诗字面看,似是表现一个青年对一位美好女子的爱恋和思慕,有淑女配君子之意。　②关关:象声词,鸟的和鸣声。雎鸠(jū jiū 居究):即王雎,又名鱼鹰,一种善捕鱼的水鸟。　③洲:水中陆地。　④窈窕(yǎo tiǎo 咬挑)幽娴、恬静的样子。淑:善,美好。　⑤君子:男子的美称。好逑(qiú 求):好的配偶。逑,匹配。　⑥参差:长短不齐貌。荇(xìng 幸)菜:一种水草,叶浮在水面,可食。　⑦流:通"摎(jiū 纠)",求取。之:指荇菜。　⑧寤(wù 勿):醒来。寐:睡着,在此当指睡梦。求:此指心想追求。　⑨思服:想念。《毛传》:"服,思之也。"　⑩悠:长。哉:语气词,在此有长叹的意味。⑪辗转反侧:翻来覆去不能入睡。辗,转。反,覆身而卧。侧,侧身而卧。⑫琴瑟友之:弹奏琴瑟去亲近她。琴、瑟皆古代弦乐器。友,友好,在此有亲近之意。　⑬芼(mào 冒):拔取。　⑭钟鼓乐之:打起钟鼓使她快乐。钟,一种悬于架上的打击乐器。

汉　　广①

南有乔木,不可休息②。汉有游女,不可求思③。汉之广矣,不可泳思④。江之永矣,不可方思⑤。

翘翘错薪,言刈其楚⑥。之子于归,言秣其马⑦。汉之广矣,不可泳思。江之永矣,不可方思。

翘翘错薪,言刈其蒌⑧。之子于归,言秣其驹⑨。汉之广矣,不可泳思。江之永矣,不可方思。

中华书局《十三经注疏》本《诗经》卷一

①该篇选自《诗经·周南》。诗作抒发的是热恋一位姑娘而不得亲近的惆怅深挚之情。　②"南有乔木"二句:南方有棵高大的树,无法到它下面去乘凉。用来比喻"不可得"之事。乔,高。休,休息。息,《韩诗外传》作"思",与后句之"思"同,语气词,可从。　③"汉有游女"二句:汉水边有神女,不是能够追求得到的。用来比喻心中爱恋的姑娘"不可求"。汉,水名,即现在的汉水。游女,当似《韩诗》所述之"汉皋女"。该传说大意是:郑交甫过汉皋,遇二女,妖服佩两珠。交甫与之言曰:"愿请子之佩。"二女解佩与交甫,甫怀之。去十步而探之,则亡矣,回顾,二女亦不见。　④"汉之广"二句:汉水太宽了,无法游泳到对岸。也是比喻"不可"之事,又有一种距离之感。下句意同。　⑤"江之永"二句:长江太长了,无法乘筏去漂流。江,指长江。方,竹木编制的筏子,此作动词用,乘筏渡水。　⑥"翘翘"二句:以择取荆条起兴,比喻对心上人的追求。翘翘,高貌。错,杂乱。薪,柴。言,乃,语首助词。刈(yì 义),割。楚,荆条。　⑦"之子"二句:这个女子若嫁给我,我定喂好牲口驾车亲迎。按,此为设想、希冀之辞,实际上是不可能的。欧阳修《诗本义》以为是歌者宁愿为那女子做仆役,亦通。之子,这个女子。于归,出嫁。秣(mò 末),喂牲口。　⑧蒌(lóu 楼):蒌蒿。　⑨驹:小马。

燕　　燕①

燕燕于飞②,差池其羽③。之子于归,远送于野④。瞻望弗及⑤,泣涕如雨。

燕燕于飞,颉之颃之⑥。之子于归,远于将之⑦。瞻望弗及,伫立以泣⑧。

燕燕于飞,下上其音⑨。之子于归,远送于南⑩。瞻望弗及,实劳我心⑪。

仲氏任只⑫,其心塞渊⑬。终温且惠⑭,淑慎其身⑮。先君之思,以勖寡人⑯。

中华书局《十三经注疏》本《诗经》卷二

①该篇选自《诗经·邶风》。这是一首送别诗,《毛诗序》称是"庄姜送归妾",今人多认为是一位国君送妹远嫁之作。诗所表现的别情深切感人,被认为是送别诗之祖。　②燕燕:一对燕子。于:助词。　③差(cī疵)池:参差不齐。羽:此指鸟的翅膀。　④野:城外,郊野。《毛传》:"邑外曰郊,郊外曰野。"　⑤瞻望弗及:目送她远去,直到看不见为止。瞻,视,又作"仰望"解。弗及,达不到。　⑥颉(xié斜):向下飞。颃(háng杭):向上飞。　⑦远于将之:即送了一程又一程,直到很远的地方。于,以。将,送。　⑧伫(zhù住)立:久立。　⑨下上其音:燕鸣或低或昂。一说,或低飞燕或高飞燕的叫声。　⑩南:南方。　⑪实:是。劳:忧伤愁苦。　⑫仲氏:指被送女子。仲,排行第二。任:可以信托。一说,任是姓氏,当是所嫁之姓。只:语助词。　⑬塞渊:诚实深沉。　⑭终……且……:既……又……。　⑮淑:善。　⑯"先君之思"二句:用"不要忘了我们的父亲"的话来勉励我。勖(xù序),勉励。

新　　　台①

新台有泚②,河水弥弥③。燕婉之求,籧篨不鲜④。
新台有洒⑤,河水浼浼⑥。燕婉之求,籧篨不殄⑦。

15

鱼网之设,鸿则离之⑧。燕婉之求,得此戚施⑨。

中华书局《十三经注疏》本《诗经》卷二

①该篇选自《诗经·邶风》。关于此诗的创作,《诗序》称:"刺卫宣公也。纳伋之妻,作新台于河上而要之。国人恶之,而作是诗也。"伋,卫宣公之子。卫宣公为伋娶妻于齐而又强为自娶之事,于史有征,故历来学者对《诗序》的说法多无异议。诗仅点出河水和新台,然后从齐女嫁非其人的角度讽刺卫宣公的丑陋,指桑骂槐,冷嘲热讽,极富民歌风味。　　②新台:卫宣公为截娶齐女临时搭建的楼台。有:语气助词。泚(cǐ 此):通"玼",鲜明的样子,形容楼台之新。　　③弥弥:水盛满貌。　　④"燕婉"二句:本想嫁个美好的人儿,却得了个鸡胸驼背的矮墩子。燕婉,本是安乐和顺貌,这里用作名词,泛指美好称心的人。籧篨(qú chú 渠除),本是围粮囤的竹席之名,引申用来形容人像粮囤般臃肿不能俯身,并特指一种不能弯腰的病人,今称鸡胸。鲜,美。　　⑤洒(cuǐ 璀):高峻貌。　　⑥浼(měi 美)浼:水大的样子。⑦殄(tiǎn 腆):通"腆",善,好。　　⑧"鱼网"二句:本来撒网为捕鱼,没想到却网着个癞蛤蟆。鱼,古诗多用钓鱼、捕鱼、烹鱼等隐喻匹配求偶。鸿,"苦蚕"的合音。《广雅》:"苦蚕,虾蟆也。"(用闻一多说)离,通"罹",遭遇。⑨戚施:鸡胸龟背颈不能仰的样子,即驼背。

氓①

氓之蚩蚩②,抱布贸丝③。匪来贸丝,来即我谋④。送子涉淇,至于顿丘⑤。匪我愆期,子无良媒⑥。将子无怒⑦,秋以为期。

乘彼垝垣⑧,以望复关⑨。不见复关,泣涕涟涟⑩;既见复关,载笑载言⑪。尔卜尔筮⑫,体无咎言⑬。以尔车来,以我贿迁⑭。

桑之未落,其叶沃若⑮。于嗟鸠兮,无食桑葚⑯。于嗟女兮,无与士耽⑰。士之耽兮,犹可说也⑱;女之耽兮,不可说也。

桑之落矣,其黄而陨⑲。自我徂尔⑳,三岁食贫㉑。淇水汤汤,渐车帷裳㉒。女也不爽㉓,士贰其行㉔。士也罔极㉕,二三其德㉖。

三岁为妇,靡室劳矣㉗;夙兴夜寐,靡有朝矣㉘。言既遂矣,至于暴矣㉙。兄弟不知,咥其笑矣㉚。静言思之,躬自悼矣㉛。

及尔偕老,老使我怨㉜。淇则有岸,隰则有泮㉝。总角之宴㉞,言笑晏晏㉟。信誓旦旦㊱,不思其反㊲。反是不思㊳,亦已焉哉㊴!

中华书局《十三经注疏》本《诗经》卷三

①该篇选自《诗经·卫风》。这是一首弃妇诗,诗的主人公是一位被丈夫遗弃的妇女,她在无比悔恨的心绪中回忆起自己的婚恋生活,抒发了对负心丈夫的怨怒和决绝之情。这首诗抒情与叙事、描写交织,感情充沛,情境具体生动,还显示出女主人公一定的性格特点,堪称《诗经》抒情诗中的成功之作。　②氓(méng 萌):民,此犹言"那个人"。蚩蚩:同"嗤嗤",象声词,笑声。此指笑嘻嘻的样子。　③抱布贸丝:用布来换丝,即物物交易。一说,布即泉布,一种古代使用的货币。贸,买,交易。　④"匪来"二句:并非真是要来买丝,而是要来接近我,向我求婚。匪,通"非"。即,就,接近。谋,商量,此当指商量结婚之事。　⑤"送子"二句:与你一起蹚过淇水,把你一直送到家。子,你,女子对男子直称的口吻。淇,淇水,卫国境内的河流。顿丘,高堆,后转为地名,在淇水南,疑是男子居住之地。　⑥"匪我"二句:不是我拖延错过婚期,你还没找到好媒人呢。愆(qiān 千),错过。期,指婚期,下句"秋以为期"的"期"亦同。　⑦将(qiāng 枪):请求。　⑧乘:登上。垝垣(guǐ yuán 轨员):坍塌的墙壁。垝,毁。　⑨复关:返回的车子。

17

关,车厢。此以男子乘坐的车子代指男子。　⑩泣涕涟涟:泪流不断。　⑪载笑载言:又说又笑。载,则。　⑫尔:你,指男子,下同。卜、筮:指占卜婚期。古代占卜用龟甲曰卜,用蓍草曰筮。　⑬体:指兆体卦象。咎:不吉,祸凶。　⑭贿:财物,此指嫁妆。　⑮"桑之"二句:以桑叶尚未凋落时的茂盛润泽暗喻自己年轻貌美之时。沃若,肥泽貌。　⑯"于嗟"二句:以劝鸠不要贪食桑葚(shèn甚),比喻下两句所言女子不可过于沉醉于与男子相爱。于嗟(xū jiē虚接),即"吁嗟",感叹词。于,通"吁"。鸠,鹘(gǔ古)鸠,一种喜吃桑葚的小鸟,吃多了就会昏醉。桑葚,桑树的果实,味甜。　⑰士:男子的通称。耽:过分地贪乐。　⑱说:读为"脱",摆脱、解脱。　⑲"桑之"二句:以桑叶由黄而落暗喻自己年老色衰。陨(yǔn允),落下。　⑳徂(cú粗阳平):往。"徂尔"谓嫁到夫家。　㉑三岁:三年,此泛指多年。食贫:过着穷日子。　㉒"淇水"二句:似是被遗弃后返回娘家时再过淇水的情景。主人公触景生情,于是引出了下面进一步的感叹。汤(shāng商)汤,水势浩大急流貌。渐,浸湿。帷裳,车围子。　㉓女:主人公自指。爽:差错。　㉔士:指自己的丈夫。贰:当为"忒"的误字。忒,错。行:行为。　㉕罔极:没准,无常。罔,无,没有。　㉖二三其德:犹今言三心二意。　㉗"三岁"二句:多年做主妇,从来没有不愿操劳家务。妇,媳妇。靡,没有。室,指室家之事。劳,在此当为意动用法,以……为劳。　㉘"夙兴"二句:早起晚睡,天天都是如此。夙,早晨。靡有朝,此指不可用一朝一夕计。　㉙"言既"二句:日子久了,你的态度就变得暴虐起来。言,语首助词。遂,长久。　㉚"兄弟"二句:娘家兄弟不知内情,见自己被休弃,一定会嘲笑不已的。咥(xì细),笑貌。　㉛躬自悼:自己伤悼自己。躬,身体,引申为自身。　㉜"及尔"二句:当初曾和你相约白头偕老,现在却使我如此忧怨。　㉝"淇则"句:淇水再宽总有个岸,隰地再大也有个边,反喻自己的痛苦却无边无际。隰(xí习),低湿的地方。泮(pàn畔),通"畔",边。　㉞总角:古代未成年的人把头发扎成髻叫"总角",此指童年时代。宴:欢乐。　㉟晏晏:温和貌。　㊱信誓旦旦:发起誓来很诚恳的样子。此指男子曾海誓山盟。旦旦,诚恳貌。　㊲不思其反:该句有多种理解:一说,没想到你会变了心,反,反覆;一说,那些誓言就不必去想了,想也枉然,反,指以往的事情;一说,你就不想想当年你发誓的事,反,指另一面,即当初相爱的一面。皆可通。　㊳反是不思:与上句同义,为叶韵而变换句式。　㊴亦已焉哉:那就算了吧！已,止。焉、哉,都是语气助词。

伯 兮[1]

伯兮朅兮[2],邦之桀兮[3]。伯也执殳[4],为王前驱[5]。
自伯之东[6],首如飞蓬[7]。岂无膏沐[8],谁适为容[9]。
其雨其雨,杲杲出日[10]。愿言思伯[11],甘心首疾[12]。
焉得谖草[13],言树之背[14]。愿言思伯,使我心痗[15]。

中华书局《十三经注疏》本《诗经》卷三

[1]该篇选自《诗经·卫风》。这首诗表现一个女子在丈夫从军远征后的心绪,其中既有对丈夫"为王前驱"的夸耀和自豪,又有久别后难耐的相思之苦,心理描写曲折有致。诗中第二章尤其富于表现力。　[2]伯:排行老大,犹言"哥哥",此是女子对丈夫的昵称。朅(qiè切):英武貌。　[3]桀:通"傑",杰出。　[4]殳(shū书):一种梃杖之类的兵器,长一丈二寸。[5]前驱:排在最前列,打先锋。　[6]之:前往。　[7]首如飞蓬:因无心梳妆,头发乱得像蓬草一样。飞蓬,被风吹起的蓬草。　[8]膏沐:膏是润发油,沐是洗发。　[9]谁适为容:为了让谁高兴而打扮呢？适,读为"適(dí敌)",喜悦。　[10]"其雨"二句:就像盼着下雨时,偏偏出来大日头,事情总是这样不随人愿。杲(gǎo搞)杲,明亮的样子。　[11]愿言:思念殷切貌。言,犹"然"、"焉"。　[12]甘心首疾:即使想得头痛欲裂也是心甘情愿的。[13]谖(xuān宣)草:即萱草,又名忘忧草。　[14]言:语首助词。树:种植。背:"北"的本字,此指北簷之下。　[15]痗(mèi昧):病,痛。

黍 离[1]

彼黍离离[2],彼稷之苗[3]。行迈靡靡[4],中心摇摇[5]。知

19

我者,谓我心忧⑥。不知我者,谓我何求⑦。悠悠苍天⑧,此何人哉⑨?

彼黍离离,彼稷之穗。行迈靡靡,中心如醉⑩。知我者,谓我心忧。不知我者,谓我何求。悠悠苍天,此何人哉?

彼黍离离,彼稷之实。行迈靡靡,中心如噎⑪。知我者,谓我心忧。不知我者,谓我何求。悠悠苍天,此何人哉?

中华书局《十三经注疏》本《诗经》卷四

①该篇选自《诗经·王风》。这是一篇感情十分沉痛而含蓄的抒情之作,《诗序》称是东周大夫悲悼宗周的覆亡:"周大夫行役至于宗周,过故宗庙宫室,尽为禾黍。闵周室之颠覆,彷徨不忍去,而作是诗也。"这一说法在后代影响极大,"黍离之悲"已成为亡国之痛的象征。　②彼:那个地方。黍:黏性的黄米。离离:成排成行长得茂密的样子。　③稷:谷子。④行迈:行、迈皆是步行的意思。靡靡:迟迟。　⑤中心:心中。摇摇:不安。　⑥"知我"二句:了解我的人,知道我是心中忧伤。　⑦"不知我"二句:不了解我的,还以为我行道迟迟有什么希求。　⑧悠悠:深远。⑨此何人哉:似是质问究竟是谁造的孽。　⑩如醉:像喝醉了酒那样难受。⑪如噎(yē 耶):如梗在喉。

君 子 于 役①

君子于役②,不知其期③,曷至哉④?鸡栖于埘⑤,日之夕矣⑥,羊牛下来⑦。君子于役,如之何勿思⑧。

君子于役,不日不月⑨,曷其有佸⑩?鸡栖于桀⑪,日之夕矣,羊牛下括⑫。君子于役,苟无饥渴⑬?

中华书局《十三经注疏》本《诗经》卷四

①该篇选自《诗经·王风》。这是一首思妇诗,女主人公当夕阳西下、人畜返家之时,越发思念牵挂久役在外的丈夫,黄昏图景的描写对怀人之情的抒发起到了很好的衬托作用。　②君子:思妇对丈夫的尊称。于:往。役:服兵役或徭役。　③期:指归期。　④曷(hé 何)至哉:即"何至哉"。曷,通"何"。关于该句,一说是问"何时返家";一说是问"今亦何所至哉"(朱熹说),即现在他到了什么地方,皆可通。避免重复,当以后说为佳。　⑤鸡栖于埘(shí 时):鸡已经进窝了。埘,在墙壁上挖洞做的鸡窝。　⑥日之夕:天色已至黄昏。　⑦羊牛下来:羊牛正从放牧之地纷纷返回。下来,似指从山坡下来。　⑧如之何:怎么能。　⑨不日不月:无日无月,极言时间之久。　⑩佸(huó 活):相聚。　⑪鸡栖于桀:鸡已经睡觉了。桀,通"榤(jié 杰)",此指用竹木编成的供鸡栖息用的榰(zhé 哲)子。　⑫羊牛下括:牛羊已经进了栏和圈,挤在一起了。括,聚。　⑬苟:或许。

溱　洧①

　　溱与洧,方涣涣兮②。士与女,方秉蕳兮③。女曰:"观乎?"士曰:"既且。"④"且往观乎⑤!洧之外,洵讦且乐⑥。"维士与女,伊其相谑⑦,赠之以勺药⑧。

　　溱与洧,浏其清矣⑨。士与女,殷其盈矣⑩。女曰:"观乎?"士曰:"既且。""且往观乎!洧之外,洵讦且乐。"维士与女,伊其将谑⑪,赠之以勺药。

中华书局《十三经注疏》本《诗经》卷四

①该篇选自《诗经·郑风》。据《诗三家义集疏》引《韩诗》说,"郑国之俗,三月上巳(三月初三)之日,于两水(溱水和洧水)上招魂续魄,拂除不祥。故诗人愿与所说(悦)者俱往观也"。这首诗以第三人称口吻,描写了郑国民间宗教节日里男男女女相邀赴会的热闹情景,其中插入的简短对话,更给全诗增添了生动活泼的格调。　②溱洧(zhēn wěi 真委):郑国境内两条河的

名字。方：正当。涣涣：春暖解冻水势浩大的样子。　　③士与女：这里泛指男男女女们。士，男子的通称。秉蕑(jiān间)：手里都举着兰草。秉，持。蕑，一种味香的水草，即兰草。古俗，采兰水上以避邪，即"拂除不祥"。④"女曰"二句：这里插入了其中一对男女的对话。女的提出一起去看看，男的说已经去过了。观，去看。既，已经。且，读为"徂(cú促阳平)"，前往。⑤且：再。这又是女子相邀之语。　　⑥"洧之外"二句：洧水边上，真是又宽广又热闹好玩呀！洵(xún寻)，的确。訏(xū须)，大。　　⑦"维士"二句：一对对男女，互相开着玩笑。这里又是泛指参加聚会的人们。维，语助词。伊，发语词。谑(xuè血)，嬉戏。　　⑧勺药：香草名，三月开花。古代赠送花草有定情的意思。　　⑨浏(liú刘)：水清透明的样子。　　⑩殷：众多。盈：满。　　⑪将：当作"相"，与上章同。一说，将即"相"之义。

伐　　檀①

　　坎坎伐檀兮②，寘之河之干兮③，河水清且涟猗④。不稼不穑⑤，胡取禾三百廛兮⑥？不狩不猎⑦，胡瞻尔庭有县貆兮⑧？彼君子兮，不素餐兮⑨！

　　坎坎伐辐兮⑩，寘之河之侧兮⑪，河水清且直猗⑫。不稼不穑，胡取禾三百亿兮⑬？不狩不猎，胡瞻尔庭有县特兮⑭？彼君子兮，不素食兮！

　　坎坎伐轮兮⑮，寘之河之漘兮⑯，河水清且沦猗⑰。不稼不穑，胡取禾三百囷兮⑱？不狩不猎，胡瞻尔庭有县鹑兮⑲？彼君子兮，不素飧兮⑳！

中华书局《十三经注疏》本《诗经》卷五

　　①该篇选自《诗经·魏风》。这是一首极辛辣的讽刺诗，每章前三句以劳动者在河边伐木的情景起兴，接下来便以质问的口吻向不劳而获者发出了

愤愤不平的声音,最后又用反语表现出对这些所谓"君子"的冷嘲热讽。　②坎坎:伐木声。檀:檀树,木质结实细密,可作车料。　③寘:同"置",放。下同。之:指伐倒的树干。河之干:河岸上。干,涯岸,水边。　④涟:河水随风起的波纹。猗(yī 衣):语气词,犹"兮"。下同。　⑤稼:播种。穑(sè 色):收割。此泛指从事农业生产。　⑥胡:为什么。三百廛(chán 馋):解法有几种:一说三百廛犹言三百户的庄稼,古制,一夫之居曰廛,当时诸侯大夫有采邑三百户;一说廛借作"缠",三百廛即三百束,"三百"言其多,不必确指;一说三百廛即三百亩或三百顷,也是极言其多。　⑦狩、猎:冬天打猎叫"狩",夜间打猎叫"猎"。此泛指打猎。　⑧瞻:看到。尔庭:你们家的院子里。县:同"悬",挂着。貆(huān 欢,又读 xuān 喧):即貆(huān 欢),一种小兽。　⑨"彼君子"二句:那些君子们呀,可真是不白吃饭呀。此是反讽之语。君子,指身份高贵的人。素餐,白吃饭,即不劳而获。　⑩辐(fú 福):车轮中的辐条。伐辐指伐木做辐条。　⑪河之侧:河旁边。　⑫直:指水流直。　⑬三百亿:禾秉之数。周制十万曰亿。　⑭特:大兽。　⑮伐轮:伐木做车轮。　⑯河之漘(chún 唇):河边。　⑰沦:小波纹。　⑱囷(qūn 群阴平):圆形谷仓,即粮囤。　⑲鹑(chún 纯):鸟名,即鹌鹑。　⑳飧(sūn 孙):熟食。此用为动词,是吃东西的意思。

硕　　鼠[①]

　　硕鼠硕鼠[②],无食我黍。三岁贯女[③],莫我肯顾[④]。逝将去女[⑤],适彼乐土[⑥]。乐土乐土,爰得我所[⑦]。

　　硕鼠硕鼠,无食我麦。三岁贯女,莫我肯德[⑧]。逝将去女,适彼乐国。乐国乐国,爰得我直[⑨]。

　　硕鼠硕鼠,无食我苗。三岁贯女,莫我肯劳[⑩]。逝将去女,适彼乐郊。乐郊乐郊,谁之永号[⑪]。

中华书局《十三经注疏》本《诗经》卷五

①该篇选自《诗经·魏风》。这是一首劳动者之歌,强烈表达了对贪婪贵族们的怨恨背弃之心和对"乐土"的向往。　②硕鼠:大老鼠。一说硕同"鼫(shí石)",指一种专吃谷物的大田鼠。　③三岁:三年,此指多年。贯:事,养。女:通"汝",你。下同。　④莫我肯顾:莫肯顾我,从来不肯为我想一想。　⑤逝:通"誓",发誓。去:离开。　⑥适:往。乐土:歌者想象中幸福美满的乐园。下文"乐国"、"乐郊"同。　⑦爰(yuán原):乃。我所:属于我的家园。所,处所。　⑧德:恩惠。此作动词用,给以恩惠。⑨直:读为"职",与上文"所"同义,也是处所。　⑩劳:慰劳。　⑪谁之永号(háo嚎):谁还会因劳累痛苦而长号呢?永,长。号,大叫。

蒹　　葭①

蒹葭苍苍②,白露为霜。所谓伊人③,在水一方④。溯洄从之⑤,道阻且长⑥。溯游从之⑦,宛在水中央⑧。

蒹葭萋萋⑨,白露未晞⑩。所谓伊人,在水之湄⑪。溯洄从之,道阻且跻⑫。溯游从之,宛在水中坻⑬。

蒹葭采采⑭,白露未已⑮。所谓伊人,在水之涘⑯。溯洄从之,道阻且右⑰。溯游从之,宛在水中沚⑱。

中华书局《十三经注疏》本《诗经》卷六

①该篇选自《诗经·秦风》。这是一篇含蓄朦胧、意味深长的抒情之作,通篇是写在秋天一个凄清的早晨,主人公到芦苇凝霜的河边去追寻"伊人"的情景,字里行间,浸透了对意中人可望而不可求的无限怅惘。关于该诗的旨意,已有"怀人"、"相思"、"求贤"等多种说法,皆可通,"求贤"应是引申之意。　②蒹葭(jiān jiā间家):蒹,尚未吐穗的芦苇;葭,初生的芦苇。这里是泛指芦苇。苍苍:秋天水边芦苇茂密青苍之貌。　③所谓:心中所念叨的。伊人:这个人。"伊"同"繄",是,此。(用郑玄说)　④一方:另一方。⑤溯洄(sù huí速回):逆流而上。此指步行,犹言往上游走。从:接近,此指

追寻。　⑥道阻且长:道路崎岖险碍,又远又长。　⑦溯游从之:顺流而下,此指往下游走。游,河流。　⑧宛在水中央:"伊人"又好像立在水中小岛上了。宛,宛如,好像。水中央,应指水中央的陆地。　⑨萋萋:与"苍苍"同义。　⑩晞(xī西):干。　⑪湄(méi眉):水边。　⑫跻(jī机):上升。　⑬坻(chí池):水中小高地。　⑭采采:众多而形形色色。　⑮未已:未尽。　⑯涘(sì四):水边。　⑰右:迂回。　⑱沚(zhǐ止):水中陆地。

无　　衣①

岂曰无衣?与子同袍②。王于兴师③,修我戈矛④,与子同仇。

岂曰无衣?与子同泽⑤。王于兴师,修我矛戟⑥,与子偕作⑦。

岂曰无衣?与子同裳⑧。王于兴师,修我甲兵⑨,与子偕行。

中华书局《十三经注疏》本《诗经》卷六

①该篇选自《诗经·秦风》。这是一首激昂慷慨的战歌,表现士兵们同仇敌忾、踊跃参战的心情,反映了秦人的尚武精神。　②与子同袍:和你穿上同样的战袍。　③于:曰,焉。　④修:同"修",修整,整治。下同。戈矛:皆兵器名。　⑤泽:借作"襗(zé泽)",内衣。　⑥戟(jǐ几):一种将戈、矛合成一体的兵器。　⑦偕:一起。作:行动。　⑧裳:战裙。⑨甲兵:铠甲和兵器。

七　　月①

七月流火②,九月授衣③。一之日觱发④,二之日栗烈⑤。

25

无衣无褐⑥，何以卒岁⑦？三之日于耜⑧，四之日举趾⑨。同我妇子⑩，馌彼南亩⑪，田畯至喜⑫。

七月流火，九月授衣。春日载阳⑬，有鸣仓庚⑭。女执懿筐⑮，遵彼微行⑯，爰求柔桑⑰。春日迟迟⑱，采蘩祁祁⑲。女心伤悲，殆及公子同归⑳。

七月流火，八月萑苇㉑。蚕月条桑㉒，取彼斧斨㉓，以伐远扬㉔，猗彼女桑㉕。七月鸣鵙㉖，八月载绩㉗。载玄载黄，我朱孔阳㉘，为公子裳㉙。

四月秀葽㉚，五月鸣蜩㉛。八月其获，十月陨萚㉜。一之日于貉㉝，取彼狐狸，为公子裘㉞。二之日其同㉟，载缵武功㊱。言私其豵㊲，献豜于公㊳。

五月斯螽动股㊴，六月莎鸡振羽㊵。七月在野，八月在宇，九月在户，十月蟋蟀入我床下㊶。穹窒熏鼠㊷，塞向墐户㊸。嗟我妇子㊹，曰为改岁㊺，入此室处。

六月食郁及薁㊻，七月亨葵及菽㊼。八月剥枣㊽，十月获稻。为此春酒㊾，以介眉寿㊿。七月食瓜，八月断壶(51)，九月叔苴(52)。采荼薪樗(53)，食我农夫(54)。

九月筑场圃(55)，十月纳禾稼(56)。黍稷重穋(57)，禾麻菽麦。嗟我农夫，我稼既同(58)，上入执宫功(59)。昼尔于茅(60)，宵尔索绹(61)。亟其乘屋(62)，其始播百谷(63)。

二之日凿冰冲冲(64)，三之日纳于凌阴(65)。四之日其蚤(66)，献羔祭韭(67)。九月肃霜(68)，十月涤场(69)。朋酒斯飨(70)，曰杀羔羊。跻彼公堂(71)，称彼兕觥(72)，万寿无疆(73)。

中华书局《十三经注疏》本《诗经》卷八

①该篇选自《诗经·豳风》。这是产生在周人故地豳地的一首民歌，也

是《国风》中最长的一篇。全诗采用月调联唱形式,从各个方面讲述农夫们一年到头的劳作生活,客观表现了当时贵族对农夫的役使和劳动者生活的艰辛,有极其珍贵的史料价值。该诗多用铺叙手法,其中有的片段具体、逼真,给人以如临其境之感,艺术上颇有特色。《诗序》称此诗是周公"陈王业"之作:"周公遭变故,陈后稷先公风化之所由,致王业之艰难也。"从《七月》已被周人用于礼乐看,周公曾陈述此诗以教诫成王,应是极有可能的。 ②七月:夏历七月。下面四月、五月、六月、八月、九月、十月皆指夏历。流火:火星渐渐西沉。流,向下降行。火,心星,又名大火。该星每年夏历五月的黄昏出现于正南方,位置最高,六月以后就偏西下行。 ③授衣:有几种解法:一说,发给农人制服;一说,贵族给家人寒衣;一说,把裁制寒衣的活计交给妇女们去做。授,给。 ④一之日:幽历记月的说法,相当于夏历十一月。下面二之日、三之日、四之日、蚕月依次相当于夏历十二月、一月、二月、三月。觱发(bì bō 必拨):大风触物声,此指寒风刮起。 ⑤栗(lì 力)烈:即今之"凛冽",寒气袭人。 ⑥褐(hè 贺):粗麻布制成的短衣。 ⑦卒岁:终年。指度过寒冬。 ⑧于耜(sì 四):修理耒(lěi 垒)耜。于,为,此指修理。耒耜,犹今言犁耙。 ⑨举趾(zhǐ 止):举足前去耕作。 ⑩同我妇子:我的老婆孩子一起。同,会同。妇子,妻子儿女。 ⑪馌(yè 业):馈,饷,犹今言送饭。南亩:南北垄的地,此泛指田地。这里是说把饭送到田头。 ⑫田畯(jùn 俊):农官。喜:高兴。 ⑬春日:春天的日子。载:则,就。阳:暖和。 ⑭有鸣:鸣叫。有,语助词。仓庚:鸟名,即黄莺。 ⑮执:持,拿着。懿(yì 益)筐:深筐。 ⑯遵:沿着。微行:此指桑间小路。微,小。行(háng 杭),道。 ⑰爰:语助词,犹"曰"。求:寻求,此指采摘。柔桑:柔嫩的桑叶。 ⑱迟迟:缓缓,指天长。 ⑲蘩(fán 繁):植物名,即白蒿。古代多用来祭祀。一说,可供养蚕之用。祁祁:众多貌。 ⑳"殆(dài 代)及"句:害怕被公子哥儿带回家去。一说,担心被女公子带去陪嫁。殆,害怕、担心。及,与。公子,公侯之子、之女。同归,一起回家或一起出嫁。 ㉑萑(huán 环)苇:两种植物,即蒹和葭。此指预备萑、苇,供明年做蚕箔笋用。 ㉒蚕月:养蚕之月,三月。条桑:犹言修剪桑枝。 ㉓斧斨(qiāng 枪):圆孔斧曰"斧",方孔斧曰"斨"。 ㉔远扬:指又远又高的树枝。 ㉕猗(yī 衣):借作"掎(jǐ 挤)",牵引,拉扯。女桑:柔嫩的桑枝。 ㉖鵙(jú 局):鸟名,即伯劳。 ㉗绩:与"织"同义。 ㉘"载玄"二句:指把

27

织物染成各种颜色。玄，黑红色。朱，大红色。孔阳，很鲜亮。㉙裳：此作动词，泛指做衣裳。㉚秀：植物结子。葽（yāo 腰）：植物名，即远志，可入药。㉛蜩（tiáo 条）：蝉，俗名知了。㉜陨萚（yǔn tuò 允拓）：皆是坠落之义，此指草木凋落。㉝于：取，此指猎取。貉（hé 合）：一种似狐狸的野兽。㉞裘：作动词，做裘皮大衣。㉟同：会合。㊱缵（zuǎn 纂）：继续。武功：指狩猎。㊲言私其豵（zōng 宗）：把小兽留给自己。豵，小兽。㊳豜（jiān 间）：大兽。㊴斯螽（zhōng 中）：蝗类动物。动股：相传斯螽以磨擦两腿而发声。㊵莎（suō 梭）鸡：即纺织娘。振羽：振动翅膀而发声。㊶"七月在野"四句：主语皆是蟋蟀。野，野地。宇，屋檐。户，门。㊷穹窒（qióng zhì 穷至）：把窟窿堵起来。穹，洞，此指老鼠窟窿。窒，堵塞。㊸塞向墐（jìn 尽）户：把北窗堵严实，把柴门用泥巴抹一抹。向，北面的窗子。墐，涂抹。㊹嗟（jiē 接）：叹。㊺曰为改岁：就算是过年了。曰，语助词。改岁，更改年岁。㊻郁：郁李。薁（yù 玉）：野葡萄。皆野生植物。㊼亨：同"烹"。葵：葵菜。菽（shū 叔）：豆类。㊽剥：读为"扑"，敲打。㊾为：造。春酒：经冬酿造、春天取用的酒。㊿介：读为"丐"，祈求。眉寿：长寿。(51)断壶：摘下葫芦。壶，瓠瓜，大型葫芦。(52)叔：拾取。苴（jū 居）：麻子，可食。(53)荼（tú 涂）：荼菜，味苦。薪：柴，这里用作动词，砍。樗（chū 出）：臭椿树。(54)食（sì 四）：供食。(55)筑场圃（pǔ 普）：把菜园平整为打谷场。古代场、圃用同一块地，春夏作菜园，秋后用作打谷场。(56)纳禾稼：把庄稼收进谷仓。(57)黍：黏黄米。稷：即"粟"，谷子。重（tóng 同）：通"穜"，晚熟的谷。穋（lù 陆）：早熟的谷。(58)我稼既同：庄稼都已收好入仓。同，聚拢。(59)上：尚，还要。执：做。宫功：修建房屋之事。(60)昼：白天。尔：语助词。于茅：去割茅草。(61)宵：夜里。索绹（táo 桃）：搓绳子。索，用为动词，搓制绳索。绹，绳子。(62)亟：急，抓紧。乘屋：上房修缮。(63)"其始"句：马上又要开始播种了。(64)冲冲：凿冰的声音。(65)纳于凌阴：把凿下的冰块放进冰室，以备暑天降温用。凌阴，藏冰室。阴，借作"窨"。(66)蚤：通"早"，早晨。(67)献羔祭韭：用羊羔、韭菜来祭祀祖先，即行仲春"献羔开冰"之礼。(68)肃霜：此有二说：一说结霜而万物收缩；一说天高气爽，"霜"通"爽"。(69)涤场：农事已毕，打扫谷场。(70)朋酒：两壶酒。斯：语助词。飨（xiǎng 响）：聚餐。(71)跻（jī 机）：登上。公堂：村社聚会的公共场所。　⑫称:举,端起。兕觥(sì gōng 四工):形似犀牛角的大酒杯。
⑬万寿无疆:席间向长者祝寿的话。

东　　山①

　　我徂东山②,慆慆不归③。我来自东,零雨其濛④。我东曰归,我心西悲⑤。制彼裳衣⑥,勿士行枚⑦。蜎蜎者蠋⑧,烝在桑野⑨。敦彼独宿,亦在车下⑩。

　　我徂东山,慆慆不归。我来自东,零雨其濛。果臝之实⑪,亦施于宇⑫。伊威在室⑬,蠨蛸在户⑭。町畽鹿场⑮,熠燿宵行⑯。不可畏也,伊可怀也⑰。

　　我徂东山,慆慆不归。我来自东,零雨其濛。鹳鸣于垤⑱,妇叹于室⑲。洒扫穹窒,我征聿至⑳。有敦瓜苦㉑,烝在栗薪㉒。自我不见,于今三年。

　　我徂东山,慆慆不归。我来自东,零雨其濛。仓庚于飞㉓,熠燿其羽㉔。之子于归㉕,皇驳其马㉖。亲结其缡㉗,九十其仪㉘。其新孔嘉,其旧如之何㉙?

中华书局《十三经注疏》本《诗经》卷八

　　①该篇选自《诗经·豳风》。这首诗表现久征在外的战士返乡途中的万千思绪,望着战后荒凉,忆起战争的艰苦,期盼着久别重逢,想象着妻子的思苦和准备迎接自己的忙碌身影,还想起当年她嫁过来时的情景,心理描写尤为曲折有致。《诗序》称此诗是大夫美周公东征之作:"周公东征,三年而归。劳归士,大夫美之,故作是诗也。"从诗中的感叹看,似无"美"之意;而从"东山"、"三年"及战争规模看,与周公东征或许有些关系。原唱可能就是"归士"自己。　②徂(cú 粗阳平):往。东山:东部的山,或主人公远戍之地的地名。　③慆(tāo 滔)慆:此指时间长久。　④零雨:零星小雨。

29

濛:雨细微貌。　　⑤"我东"二句:朱熹《诗集传》云:"其在东而言归之时,心已西向而悲。"可从。　　⑥制:缝制。裳衣:普通的衣服,与战袍相区别。此当指脱下戎装,换上原先的百姓服。　　⑦勿士行枚:不用再衔枚行军了。士,同"事",从事。行,通"衔",含着。枚,形如筷子,两端有带,可系于颈上。古代行军常令士兵衔枚口中,以防喧哗。　　⑧蜎(yuān 渊)蜎:虫子盘曲蠕动貌。蠋(zhú 烛):桑间野蚕。　　⑨烝:久。下同。　　⑩"敦彼"二句:言人也像野蚕一样蜷缩露宿。敦,团,把身子缩成团。彼,犹言"那时",指还在征战之时。车,指战车。　　⑪果臝(luǒ 裸):即栝(guā 瓜)楼,亦名瓜蒌,蔓生葫芦科植物。　　⑫施(yì 易):蔓延,爬上。宇:房檐。　　⑬伊威:虫名,即土鳖。　　⑭蠨蛸(xiāo shāo 消稍):长脚蜘蛛。户:门。　　⑮町疃(tǐng tuǎn 挺湍上声)鹿场:田地因无人耕种,已经印满兽迹,并已成了野鹿活动的场所。町,田亩。疃,亦作"疃",禽兽所践处。　　⑯熠耀(yì yào 义耀)宵行:夜里到处闪动着磷火。熠耀,发光貌,此指磷光,即鬼火。宵,夜里。行,流动。　　⑰伊:是,此,指荒凉的家乡。怀:思念。　　⑱鹳(guàn 冠):鸟名,一种似鹤的水鸟。垤(dié 迭):小土堆,即蚁封。古人以为蚁知雨,鹳喜水,则"鹳鸣于垤"就是天要下雨的征候。此是兴起下句"妇叹于室"。⑲妇:征夫的妻子。叹:叹丈夫出征日久。　　⑳"洒扫"二句:妻子听到丈夫要回来的消息,打扫屋子,堵鼠窟窿,作迎接的准备。此是征夫想象中的情景。穹,窟窿。窒,堵。聿(yù 玉),语助词,无义。　　㉑敦:团团的。瓜苦:苦瓜,即瓠瓜,也就是葫芦。苦,借为"瓠"。　　㉒栗薪:栗树柴。葫芦、薪在古代都是与婚配有关的意象。　　㉓仓庚:鸟名,即黄莺。　　㉔熠耀其羽:羽毛在阳光下闪闪发光。　　㉕之子:指妻子。于归:出嫁。此指当年嫁过来时。　　㉖皇驳:马毛黄色称"皇",杂色称"驳"。　　㉗亲:指女子的母亲。缡(lí 离):佩巾。古代女子出嫁,由母亲亲手给她系好佩巾。㉘九十其仪:形容礼仪隆重,项目很多。九十,九项、十项。　　㉙"其新"二句:当年她做新媳妇时样子很好,不知现在怎么样了?孔,很。嘉,好。旧,过了几年之后。

鹿　　鸣①

呦呦鹿鸣②,食野之苹③。我有嘉宾,鼓瑟吹笙④。吹笙

30

鼓簧⑤,承筐是将⑥。人之好我⑦,示我周行⑧。

呦呦鹿鸣,食野之蒿⑨。我有嘉宾,德音孔昭⑩。视民不恌⑪,君子是则是效⑫。我有旨酒⑬,嘉宾式燕以敖⑭。

呦呦鹿鸣,食野之芩⑮。我有嘉宾,鼓瑟鼓琴。鼓瑟鼓琴,和乐且湛⑯。我有旨酒,以燕乐嘉宾之心。

中华书局《十三经注疏》本《诗经》卷九

①该篇是《诗经·小雅》的首篇。《诗序》称此诗是周王朝"宴群臣宾客"的乐章,从内容看,此说可从。这首诗形式整齐,音韵和谐,读来朗朗上口;鲜明的兴象,和乐的气氛,也给人以赏心悦目之感。 ②呦(yōu 幽)呦:鹿鸣的声音。 ③苹:草名,蒿类植物。 ④鼓:弹奏。瑟:一种弦乐器。笙:一种管乐器。 ⑤簧:笙管中的发声部分,此代指笙。 ⑥承筐是将:把筐中的礼品赠送给客人。这是古代宴会中的一个礼节。承,捧。将,送,献。 ⑦人:客人。好我:对我友好。 ⑧示:指示。周行(háng杭):大道。此句赞美嘉宾带来妙言要道。 ⑨蒿(hāo 好阴平):草名,指青蒿。 ⑩德音孔昭:美名远近传扬。德音,犹"令闻",好的名声。孔,大,很。昭,明。 ⑪视民不恌(tiāo 挑):向百姓显示出厚重的风范。视,同"示",显示。恌,轻佻。 ⑫"君子"句:君子以他们为效仿的楷模。则,榜样,准则。 ⑬旨酒:美酒。 ⑭式:语助词。燕:同"宴",宴饮。下同。敖:同"遨",游乐,逍遥。 ⑮芩(qín 琴):草名,蒿类植物。 ⑯湛(dān 耽):长久的快乐。

采　　薇①

采薇采薇②,薇亦作止③。曰归曰归④,岁亦莫止⑤。靡室靡家⑥,狁之故⑦。不遑启居⑧,狁之故。

采薇采薇,薇亦柔止⑨。曰归曰归,心亦忧止。忧心烈烈,载饥载渴⑩。我戍未定⑪,靡使归聘⑫。

采薇采薇,薇亦刚止⑬。曰归曰归,岁亦阳止⑭。王事靡盬⑮,不遑启处。忧心孔疚⑯,我行不来⑰。

彼尔维何⑱?维常之华⑲。彼路斯何⑳?君子之车㉑。戎车既驾㉒,四牡业业㉓。岂敢定居㉔,一月三捷㉕。

驾彼四牡,四牡骙骙㉖。君子所依,小人所腓㉗。四牡翼翼㉘,象弭鱼服㉙。岂不日戒㉚,狁孔棘㉛。

昔我往矣,杨柳依依㉜。今我来思,雨雪霏霏㉝。行道迟迟㉞,载渴载饥。我心伤悲,莫知我哀。

中华书局《十三经注疏》本《诗经》卷九

①该篇选自《诗经·小雅》。这是一首戍边诗,表现了西周后期抵御狁侵扰中战士们的生活和情感。诗的主人公对于保国保家态度是积极的,而对久戍不归、无人慰问的现实又感到忧伤。诗的最后一章把写景和抒情结合起来,通过今昔对照,抒发前后不同的复杂感受,艺术上很有特点。　②薇(wēi微):野豌豆苗,可食。　③作:开始,指薇菜刚刚生出。止:语尾助词。下同。　④曰:言,说。一说,发语词,无实义。归:回家。此句是表现盼归的心情,犹言"回家吧,回家吧"。　⑤岁亦莫止:已经到了年终。莫,即古"暮"字。　⑥靡(mǐ米)室靡家:因出征而远离家人,没有了正常的家庭生活。靡,无,没有。室,同"家"。　⑦狁(xiǎn yǔn险允):亦作"猃狁",即严允,北方族名,春秋时称戎、狄,秦汉时称匈奴。　⑧遑(huáng皇):闲暇。启居:安居休息。下文"启处"同。启,古人双膝着地挺直腰身而坐叫"启"。　⑨柔:指薇菜叶子柔嫩,较之"作"有进一步的生长。此是以薇菜的渐渐生长显示时间的推移。　⑩载饥载渴:又饥又渴。载,语助词。　⑪戍:防守。未定:地点变动不定。　⑫靡使归聘:也没有使者回去代为探问一下家人。使,使者。聘,问候。　⑬刚:坚硬。　⑭阳:暖和。此当指又到了来年的春天。　⑮王事:戍役之事。靡盬(gǔ古):没完没了。盬,止息。　⑯孔疚:很痛苦。病痛叫"疚"。　⑰我行不来:我出征以来从未有人来慰问一下。来,同"勑(lài赖)",慰勉。

⑱彼尔维何:那开得很茂盛的是什么花?尔,同"苶(ěr尔)",花草茂盛的样子。　⑲常:同"棠(táng堂)",即棠棣,木名,开红花、白花。华:古"花"字。　⑳路:同"辂(lù路)",大车。　㉑君子:此指领兵的将帅、长官。㉒戎车:战车。既驾:已经把马系好。　㉓牡:雄马。业业:高大的样子。㉔岂敢定居:哪里敢固定在一个地方不动。　㉕一月三捷:一个月就打了三次胜仗。此言战事频繁。　㉖骙(kuí奎)骙:强壮的样子。　㉗"君子"二句:那战车是将帅乘坐的,是士兵用来挡身蔽体的。周代实行兵车冲击战,将官在兵车上,士兵跟在后面步行,一起向敌人进攻。小人,这里指士兵。腓(féi肥),同"庇",保护。　㉘翼翼:整齐貌。　㉙象弭(mǐ米)鱼服:象牙做弓弭,沙鱼皮制箭袋。弭,弓两端受弦处。服,同"箙(fú服)",装箭的袋子。　㉚日戒:每天都处在战备状态。　㉛棘:通"急"。㉜"昔我"二句:当年我出征的时候,正是杨柳随风摇曳的春天。　㉝"今我"二句:现在我终于走在回家的路上,则已是又一个大雪纷飞的冬季。雨(yù育),落,下。霏(fēi飞)霏,雪花纷落的样子。　㉞迟迟:指因泥泞、饥渴而走得缓慢、艰难。

巷　　伯①

萋兮斐兮,成是贝锦②。彼谮人者,亦已大甚③。
哆兮侈兮,成是南箕④。彼谮人者,谁适与谋⑤?
缉缉翩翩⑥,谋欲谮人。慎尔言也,谓尔不信⑦。
捷捷幡幡⑧,谋欲谮言。岂不尔受,既其女迁⑨。
骄人好好⑩,劳人草草⑪。苍天苍天,视彼骄人⑫,矜此劳人⑬!

彼谮人者,谁适与谋?取彼谮人,投畀豺虎⑭!豺虎不食,投畀有北⑮!有北不受,投畀有昊⑯!

杨园之道,猗于亩丘⑰。寺人孟子,作为此诗⑱。凡百君子,敬而听之⑲。

中华书局《十三经注疏》本《诗经》卷一二

①该篇选自《诗经·小雅》。作者为周朝王宫中的寺人孟子。诗对朝中那些谗言小人,表现出极大的愤慨,很可能本人即是谗言的受害者。这首诗言辞激切,比喻生动形象,第六章对谮人的诅咒痛快淋漓,尤其给人以深刻印象。巷伯,作者的官名,以此名篇。　②"萋兮"二句:花纹交错,便织出这贝纹的锦缎。这是比喻小人巧于罗织罪状。萋、斐,都是花纹交错的样子。③"彼谮(zèn怎去声)人"二句:那些说坏话谗害别人的人,他们做得也太过分了。谮,进谗言。大,古"太"字。　④"哆(chǐ尺)兮"二句:四星排得像张着大口,便形成了天南这组簸箕星。哆,张口貌。侈,大。南箕,南天上的箕星,四星连成梯形,像簸箕张口之状。这是用来比喻谗人多嘴。　⑤谁适与谋:大意是说,他的同谋是谁? 适,去。　⑥缉缉:同"咠(qì气)咠",附耳私语。翩翩:同"谝(pián骈)谝",花言巧语。　⑦"慎尔"二句:这是正告那些谗言小人,你们说话谨慎些吧,人们早晚会发现你们是不可信的。⑧捷捷:同"戋(jiàn见)戋",善说、好说貌。幡(fān番)幡:义犹"翩翩"。⑨"岂不"二句:大意是说,你们那么能说,人们一时怎能不受你的骗,但不久就会识破你们的真面目,离你们远远的。既,不久。女,同"汝"。　⑩骄人:得志的小人,指谮人。好好:洋洋自得貌。　⑪劳人:忧苦之人,指受到谗害的人。草草:犹"慅(sāo骚)慅",忧愁苦闷。　⑫视:察,指察谮人之罪。　⑬矜:怜悯。　⑭投畀(bì必)豺虎:应该把他们扔给豺狼老虎去吃掉。畀,给予。　⑮投畀有北:把他们扔到冰天雪地的北极之地去冻死。⑯投畀有昊(hào浩):把他们扔给老天爷去惩罚。昊,天。　⑰"杨园"二句:杨园的小道一直延伸到田亩之中。这里似乎是一语双关,既写作者往来徘徊之处,又有"邪径败良田"的意思在里面。杨园,园名。猗(yī衣),加。⑱"寺人"句:这里明白告诉人们,这首诗就是我寺人孟子作的。寺人,周代官名,即巷伯,是天子身边的近侍小臣,多以阉人充任。自东汉始即以称宦官。　⑲"凡百"二句:所有的君子们,你们都该认真听听我说的这些话。意谓你们对那些谮人者要格外加些小心。凡百,所有的。敬,慎重。

34

大　　东①

　　有饛簋飧②，有捄棘匕③。周道如砥④，其直如矢⑤。君子所履⑥，小人所视⑦。睠言顾之⑧，潸焉出涕⑨。

　　小东大东⑩，杼柚其空⑪。纠纠葛屦⑫，可以履霜⑬？佻佻公子⑭，行彼周行⑮。既往既来，使我心疚⑯。

　　有冽氿泉⑰，无浸获薪⑱。契契寤叹⑲，哀我惮人⑳。薪是获薪，尚可载也㉑。哀我惮人，亦可息也㉒。

　　东人之子，职劳不来㉓；西人之子，粲粲衣服㉔。舟人之子㉕，熊罴是裘㉖；私人之子㉗，百僚是试㉘。

　　或以其酒，不以其浆㉙。鞙鞙佩璲，不以其长㉚。维天有汉㉛，监亦有光㉜。跂彼织女㉝，终日七襄㉞。

　　虽则七襄，不成报章㉟。睆彼牵牛㊱，不以服箱㊲。东有启明，西有长庚㊳。有捄天毕㊴，载施之行㊵。

　　维南有箕，不可以簸扬㊶。维北有斗，不可以挹酒浆㊷。维南有箕，载翕其舌㊸。维北有斗，西柄之揭㊹。

中华书局《十三经注疏》本《诗经》卷一三

①该篇选自《诗经·小雅》。周人灭商后，处于东部地区的原殷商王畿及殷商所属诸侯国全部成了周王的臣属，并受到特别的监控和役使，这就出现了"东人"、"西人"（周本土人）的差异和矛盾。这首诗就是出自"东人"的怨歌，对于西人对东人的搜刮和驱使，表示了怨愤和不满。《诗序》称该诗是谭国大夫所作："东国困于役而伤于财，谭大夫作是诗以告病焉。"可资参考。这首诗多用比喻，最后三章将不满之情投射到星空，想象奇特，其中牵牛、织女的说法，尤其影响深远。　　②有：发语词。下同。饛（méng 蒙）：食物盛

得满满的样子。簋(guǐ鬼):食器,有耳有足有盖。飧(sūn孙):熟食。　③捄(qiú求):同"觩(qiú求)",长而弯曲的样子,此是形容勺柄。棘匕:枣木做的勺子。以上两句说的是贵人们酒足饭饱。　④周道:大路。一说,周人专门修筑的一条从镐京通往东部的军用大道。砥(dǐ底):磨刀石。此用来形容周道的平坦。　⑤矢:箭。此是形容周道的笔直。　⑥君子:此指西周本土的统治者和贵族大夫。履(lǚ旅):踏,经过。此句是说周道是专门供周人使用的。　⑦小人:此指东方诸侯国的人民。视:注视。此句是说东人们只能眼睁睁看着西方贵族们在周道上所做的一切(诸如把征集的物资运往西部)。　⑧睠(juàn眷)言:同"眷然",回顾貌。顾:回头看。之:此指周道。　⑨潸(shān山)焉:出涕貌。焉,同"然"。　⑩小东大东:指西周王都以东的大小诸侯国。　⑪杼柚(zhù zhú助竹)其空:织的布都被搜刮一空了。杼柚,织布机上的两个部件,杼是梭子,柚是机轴,用来代指织布机,进而代指织布机织出的布。　⑫纠纠:绳子交叉缠绕状。葛屦(jù具):粗麻编成的单底便鞋。　⑬可以:何以。"可"为"何"的省借。履:踩,行。以上两句是说东人们到了冬天还穿着夏天的鞋子,怎么去踩踏霜雪。　⑭佻(tiāo挑)佻:安逸、轻薄貌。公子:此指周王室贵族。　⑮周行(háng杭):即周道。　⑯心疚:心痛。疚,病痛。周王室贵族乘着大车在周道来来往往,都是来捞财物的,所以东方臣民看在眼里,痛在心里。　⑰冽(liè列):寒冷。氿(guǐ鬼)泉:斜着流出的泉。　⑱无浸获薪:不要用来浸泡砍好的柴。意思是说柴要干燥才可用,浸湿了就不可用了。言外之意,对属下的臣民也不要太暴虐,否则他们也就不好用了。　⑲契契:忧苦貌。寤:醒着,睡不着。　⑳哀我惮(dàn但)人:哀叹我们这些疲病之人。惮,借作"瘅(dàn但)",劳而成病。　㉑"薪是"二句:如果你还想把这些获薪当柴用,那还可以把它们从寒泉中捞出来装车拉走。此是用来比喻如果还想把我们当臣民,那就也该有所抚慰。　㉒"哀我"二句:大意是说,我们这些疲病之人够可怜的了,也应该让我们歇息一下了。　㉓"东人"二句:东方人的子弟只管服劳役,却从未有人给以慰问。东人,东部诸侯国的人民。职,只,仅。来,同"勑(lài睐)",慰问,劝勉。　㉔"西人"二句:西边贵族人家的子弟们,却整天穿得漂漂亮亮,什么也不干。西人,指西方周人,即周本土的王公贵族们。粲粲,鲜明漂亮。　㉕舟:通"嚋"。嚋人是指世袭贵族。　㉖熊罴是裘:穿着熊皮、罴皮制成的裘。　㉗私人:家奴。此应是指东方人,他们实际上已成了西方人的奴仆。　㉘百僚:即百劳,各种苦役。僚,通"劳"。试:做,干。　㉙"或以"二句:有的人喝着美酒,有的人却连薄酒也喝不上。或,有的人。以,用。浆,薄酒。按,"或"字连贯四句。　㉚"鞙(xuān 绚,又读 juān 娟)鞙"二句:有的人佩带着宝玉镶嵌的佩带,有的人却连杂玉凑成的长佩带也没有。鞙鞙,同"琄(xuān 绚,又读 juān 娟)琄",佩玉累垂貌。璲(suì 岁),王公贵族佩带上镶嵌的宝玉,又称"瑞";长,长佩带,一种杂玉连缀成的普通佩带。　㉛维:语助词。汉:指银河。　㉜监:同"鉴",镜子,照视。以上二句是说天上的银河闪闪发光,像一面镜子照临大地,反喻西周统治者高高在上,却对臣民无任何好处。㉝跂(qí 奇):分叉状,形容织女星三星鼎足而立的样子。　㉞终日:从旦至暮,即从卯时至酉时,共七个时辰。七襄:移动七个位次。襄,升高,移动。㉟报章:布帛上往复织成的纹路。报,复。此是说织女星徒有其名,其实织不出布来。　㊱睆(huǎn 缓):星光明亮貌。牵牛:星名,在银河南侧,与织女隔河相对,也由三颗星组成。　㊲不以服箱:不能用来驾车载物。服,驾。箱,车厢。此是说牵牛星徒有其名。　㊳"东有"二句:启明、长庚均为金星的别名,日出前出现于东方,日落后出现于西方。按,古人由于天文知识的局限,把方位不同的金星分别称为"启明"和"长庚"。　㊴捄:在此形容天毕星的长柄。天毕:星宿名,八颗星排成古代猎兔的毕网(有柄的网)状,故名。　㊵载施之行(háng 杭):指张设在道路上。载,则。施,张,倾斜。行,道路。　㊶"维南"二句:天南边有叫簸箕的星,却不能用它来簸扬。箕,又称南箕,星宿名,四颗星连成梯形,像个簸箕,故名。　㊷"维北"二句:天北边有叫北斗的星,却不能用它来舀酒喝。斗,北斗,星宿名,七颗星连成有柄的斗状,故名。一说,斗指南箕星以北的南斗星,由六颗星连成斗状。挹(yì 义),舀取。以上提到箕、斗也都是说它们徒有其名,实是用来表示对西方周人的不满。　㊸翕(xī 吸)其舌:言箕星排列又像张开的大口,作吞噬之状。此用来比喻西方周人的贪婪。翕,敛缩,此谓舌向里卷。　㊹西柄之揭:斗星的柄在西方高高抬起。意谓斗勺朝着我们东方舀过来。揭,举起。

37

北　　山①

陟彼北山②，言采其杞③。偕偕士子④，朝夕从事⑤。王事靡盬⑥，忧我父母⑦。

溥天之下⑧，莫非王土。率土之滨⑨，莫非王臣。大夫不均⑩，我从事独贤⑪。

四牡彭彭⑫，王事傍傍⑬。嘉我未老⑭，鲜我方将⑮，旅力方刚⑯，经营四方⑰。

或燕燕居息⑱，或尽瘁事国⑲。或息偃在床⑳，或不已于行㉑。

或不知叫号㉒，或惨惨劬劳㉓。或栖迟偃仰㉔，或王事鞅掌㉕。

或湛乐饮酒㉖，或惨惨畏咎㉗。或出入风议㉘，或靡事不为㉙。

中华书局《十三经注疏》本《诗经》卷一三

①该篇选自《诗经·小雅》。作者是一个士子，他受到上级大夫无休无止的差遣，深感不平，因作此诗。诗揭示了周王朝劳役不均的现象和官场内部的矛盾，其中连用十二个排句，把服役者的劬劳痛苦与权贵们的享乐生活作了鲜明的对比，给人以强烈印象。　　②陟（zhì 至）：登上。北山：无确指。　　③言：发语词。杞（qǐ 起）：枸（gǒu 苟）杞，果实小而红，可食，亦可入药。以上二句以采物起兴。　　④偕（xié 谐）偕：健壮貌。士子：周王朝卿、大夫、士三级官员中的最下级。这里是作者自谓。　　⑤从事：办事。　　⑥王事：周王之事，泛指朝王之事。靡（mǐ 米）：无，没有。盬（gǔ 古）：止息。　　⑦忧我父母：自己整日在外奔波，愁着父母无人侍奉。　　⑧溥（pǔ 普）：通"普"，普遍。　　⑨率（shuài 帅）土之滨：即四海之内。率，自，从，循着。

38

滨,水边。古人认为中国四周环海。 ⑩大夫:指上级直接负责分配差役的官员。 ⑪贤:通"艰",艰苦,劳苦。 ⑫四牡:四匹驾车的公马。彭彭:强壮有力貌。 ⑬傍(páng旁)傍:无休无止。 ⑭嘉我未老:夸我年龄还不算老。嘉,嘉许。 ⑮鲜:赞美。方将(jiāng江):正年富力强。将,大,强壮的意思。 ⑯旅力:即膂(lǚ吕)力,指体力,筋力。刚:强。 ⑰经营:操心劳作。四方:奔走于各地。 ⑱或:有的人。下同。燕燕:安闲貌。居息:在家休息。 ⑲瘁(cuì粹):劳累。事国:为国效力。 ⑳息偃(yǎn掩)在床:躺在床上休息。偃,仰卧。 ㉑不已于行:不停地在路上奔走。已,止。行,行走。 ㉒不知叫号(háo嚎):不知道还有因劳苦而呼叫号哭的声音。 ㉓惨惨:心中忧虑貌。劬(qú渠)劳:辛勤劳苦。 ㉔栖迟:栖息游乐,即且游且息、悠闲自在。偃仰:犹"息偃",此指安居游乐。 ㉕鞅掌:事多而无暇整理仪容,引申为公事忙碌。 ㉖湛(dān耽)乐:沉溺于享乐。湛,通"耽"。 ㉗畏咎(jiù旧):惟恐出差错而获罪。咎,罪责。 ㉘风议:放言高论。风,放。 ㉙靡事不为:什么事都要做。

生 民[①]

厥初生民[②],时维姜嫄[③]。生民如何[④]?克禋克祀[⑤],以弗无子[⑥]。履帝武敏歆[⑦],攸介攸止[⑧]。载震载夙[⑨],载生载育[⑩],时维后稷[⑪]。

诞弥厥月[⑫],先生如达[⑬]。不坼不副[⑭],无灾无害[⑮],以赫厥灵[⑯]。上帝不宁,不康禋祀,居然生子[⑰]。

诞寘之隘巷[⑱],牛羊腓字之[⑲]。诞寘之平林[⑳],会伐平林[㉑]。诞寘之寒冰,鸟覆翼之[㉒]。鸟乃去矣,后稷呱矣[㉓]。实覃实訏[㉔],厥声载路[㉕]。

诞实匍匐[㉖],克岐克嶷[㉗],以就口食[㉘]。蓺之荏菽[㉙],荏菽旆旆[㉚],禾役穟穟[㉛]。麻麦幪幪[㉜],瓜瓞唪唪[㉝]。

39

诞后稷之穑㉞,有相之道㉟。茀厥丰草㊱,种之黄茂㊲。实方实苞㊳,实种实褎㊴,实发实秀㊵,实坚实好㊶,实颖实栗㊷。即有邰家室㊸。

诞降嘉种㊹,维秬维秠㊺,维穈维芑㊻。恒之秬秠㊼,是获是亩㊽。恒之穈芑,是任是负㊾。以归肇祀㊿。

诞我祀如何(51)?或舂或揄(52),或簸或蹂(53)。释之叟叟(54),烝之浮浮(55)。载谋载惟(56),取萧祭脂(57),取羝以軷(58)。载燔载烈(59),以兴嗣岁(60)。

卬盛于豆(61),于豆于登(62),其香始升。上帝居歆(63),胡臭亶时(64)。后稷肇祀(65),庶无罪悔(66),以迄于今(67)。

中华书局《十三经注疏》本《诗经》卷一七

①该篇选自《诗经·大雅》。这是周人歌颂其始祖后稷的长篇祭祀诗。诗通过叙述后稷神奇的降生、对农业的发明以及为周人求得福禄的功德,表达了对先祖的感激之情。《诗序》称此诗是"尊祖"以"配天":"《生民》,尊祖也。后稷生于姜嫄,文武之功起于后稷,故推以配天焉。"即是说在祭祀天帝时同时祭祀后稷。这首诗有较多叙事成分,其中保留了一些珍贵的神话传说材料,反映了周人初期发展的历史情况,有极高的认识研究价值;有些细节描写生动、形象,艺术上也颇有特色。 ②厥初生民:那最初生育周人的人。厥,其。民,人,此特指周人。 ③时维姜嫄:就是那个著名的姜嫄。时,是。维,为。姜嫄,传说是后稷之母,感天而生子,实际上可能是母系氏族社会中的一位女酋长。 ④生民如何:她是怎样生出周人来的? ⑤克禋(yīn因)克祀:能够虔诚地到郊野去祭祀主生育的高禖(méi媒)之神。克,能够。禋,一种于郊外举行的野祭仪式,用火烧牲,使烟气升天,后来引申为祭祀的通名。祀,祭祀,此指祭禖神,即郊禖,又称高禖。 ⑥以弗无子:免除无子之苦,即求子。弗,借作"祓(fú拂)",用祭祀以除去灾邪。 ⑦履:踩,踏。帝:天帝。武敏:脚印的拇指处。武,足迹。敏,通"拇"。歆(xīn欣):有所感而歆歆然喜。歆,同"欣"。相传姜嫄踩着天帝的足迹感而生后

40

稷。歆,也可作"欢"解。 ⑧攸介攸止:就近在小屋休息。攸,助词;介,庐舍,用作动词,在庐舍中。止,止息。 ⑨载震载夙:于是就有了身孕。载,则。震,通"娠(shēn身)",腹动。夙,疑为"孕"字之误。 ⑩生:分娩。育:养育。该句为偏正结构,重点在"生"。 ⑪时维后稷:生下的就是后稷。 ⑫诞:发语词。下同。弥:满。厥月:指怀孕的月份。此是说后稷足月而生。 ⑬先生:初生。先,开始,刚刚。达:通"羍(dá达)",初生的小羊。此句是说后稷刚生下来时胞衣未破,酷似小羊初生时的样子。 ⑭坼(chè彻):分裂,裂开。副(pì僻):裂开,剖开。此指胞衣未开,是个肉卵。 ⑮"无灾"句:此是说后来后稷因裹在胞衣中而被弃(详后),却未遭受任何祸害。这是探后之语。 ⑯赫:显示。灵:灵异,不同寻常。 ⑰"上帝"三句:一说,此是姜嫄疑问之辞。上帝莫非没有安享我的祭祀,让我生下这样的孩子,生了却不能养,岂不是白白生子。宁、康,都作"安"解。居然,徒然。另一说,此是作者赞美之辞。上帝安享了姜嫄的祭祀,让她安然生下了孩子。不,又作"丕",发声词,或作"大"解。居然,安然。 ⑱寘:同"置",弃置。下同。后稷初被抛弃,故名"弃"。隘巷:狭窄的巷子。 ⑲腓(féi肥):庇护。字:爱,爱护。 ⑳平林:平原上的大片树林。㉑会:正好,碰巧。此句是说恰遇有人砍伐树林,后稷仍然得以不死。 ㉒鸟覆翼之:鸟用翅膀覆盖挟裹着他,为他驱寒。 ㉓呱(gū孤):小儿哭声。此句是说这时后稷胞衣破裂,传出了小儿"呱呱"的哭声。 ㉔实:同"寔",是。下同。覃(tán谭):长。訏(xū需):大。此句是说小儿的哭声又长久又洪亮。 ㉕厥声载路:那声音充满了整个道路。载,装载。 ㉖匍匐(pú fú葡扶):伏地爬行。 ㉗克岐克嶷(nì逆):此言后稷从小便能有所识别,自立行事。克,能,善于。岐,两山分开处,引申为心明、聪慧。嶷,幼小聪慧。 ㉘就:接近,找求。此句言后稷能自求口食。 ㉙蓺(yì艺):种植。荏菽(rěn shū忍书):大豆。荏,通"戎",大;菽,豆类的总称。 ㉚旆(pèi沛)旆:枝叶上扬貌,意为生机勃勃。 ㉛禾役:禾颖,即禾穗。穟(suì穗)穟:谷穗下垂貌。 ㉜麻麦:指麻和麦两种植物。幪(méng蒙)幪:茂密覆地。 ㉝瓜瓞(dié叠):大小瓜类。瓞,小瓜。唪(běng绷)唪:果实饱满状。 ㉞穑(sè瑟):收获,此泛指农业种植。 ㉟相:助。道:方法。此指促进生产的办法。 ㊱茀(fú拂):除去。 ㊲黄茂:黄熟茂盛,指嘉种。 ㊳方:整齐。苞:丰茂。 ㊴种:通"肿",肥盛。褎(yòu

又):禾苗渐渐长高。　㊵发:禾茎发育舒展。秀:开始结穗。　㊶坚:禾穗坚实。　㊷颖:谷穗下垂貌。栗:谷粒众多。　㊸即有邰(tái台)家室:到邰地安家定居。即,往,去。有邰,古地名,在今陕西武功西南,传说后稷始封于此。　㊹诞降嘉种:后稷得到老天赐予的许多好谷种。降,天降。㊺秬(jù巨):一种黑黍。秠(pī批):一种每壳中有两粒米的黍子。　㊻穈(mén门):一种红苗嘉谷。芑(qǐ起):一种白苗嘉谷。　㊼恒(gèng亘):通"亘",遍,广遍地种上。　㊽亩:此言堆放在田亩中。　㊾任:担在肩上。负:驮在背上。　㊿肇(zhào兆):开始。祀:祭祀天帝。　�诞我祀如何:我们是怎样祭祀天帝的?按,此"我"是指周人,周人的祭法始于后稷,所以这也可视为是在说后稷的祭法。　㊾或:有的人。舂:舂米,捣米。揄(yóu由):舀取。把舂好的米舀出来。　簸:扬米使去掉糠秕。蹂(róu揉):同"揉",用手搓米。　释:用水淘米。叟叟:淘米的声音。烝:通"蒸"。浮浮:热气沸腾的样子。　载谋载惟:又盘算,又商量,看如何把祭祀做得更完善。谋,计议。惟,思考。　取萧祭脂:用香蒿作铺垫,把牲油放在上面,然后燃烧,取其香气升天。萧,香蒿。祭脂,牛肠脂。羝(dī低):公羊。軷(bá拔):祭路神。一说指取牡羊剥除其皮,则"軷"读为"拨",剥除。　燔(fán凡):投在火里烧。烈:放在架上烤。　以兴嗣(sì四)岁:以使来年更加兴旺。嗣,接续。岁,年。　卬(áng昂):我,我们。豆:古代盛肉的食器,形似高足盘子。　登:同"豋(dēng登)",盛肉汤的食器。　居:安然,此指安然享用。歆:喜欢。　胡臭(xiù秀)亶(dǎn胆)时:这是模仿上帝的语气说,味道真香,真好。胡,大。臭,气味,此指芳香的气味。亶,诚然。时,善,美好。　后稷肇祀:自从后稷开始祭祀天帝以来。　庶无罪悔:差不多没有什么得罪于天的地方。庶,庶几,差不多。罪悔,均指罪过。　迄:至。句指代代相传,绵延至今。

振　　鹭①

　　振鹭于飞②,于彼西雍③。我客戾止④,亦有斯容⑤。在彼无恶⑥,在此无斁⑦。庶几夙夜⑧,以永终誉⑨。

中华书局《十三经注疏》本《诗经》卷一九

①该篇选自《诗经·周颂》。这似是一首配合舞蹈的乐歌,用于宴乐诸侯宾客。其中对舞容的描写颇为形象,由此也可见周代礼乐歌舞之貌。②振:群飞貌。鹭(lù 路):鹭鸶,又叫白鹭,水鸟名。于飞:往飞。这里指众舞者持鹭羽翩翩起舞的样子。　③西雝(yōng 拥):西郊之辟雝,周王朝学宫,亦为举行盛典之地。　④戾(lì 丽)止:同"莅止",来临。　⑤斯容:羽舞翩翩之容。或指宾客也加入到了羽舞的行列,或指他们的举手投足合度中节。后世有"鹭序"之说,即用来形容百官朝见时如鹭飞般井然有序。古人称白鹭小不逾大,飞有次序。　⑥在彼无恶:这是赞美宾客在当地无人怨恨,受到爱戴。　⑦在此无斁(yì 义):这是表示对宾客的欢迎,称他们在此地不会有人厌恶。斁,厌,厌弃。　⑧庶几夙(sù 宿)夜:这是表示对宾客的希望,愿他们早早晚晚恭谨勤勉。庶几,表示希冀之辞,犹言"也许可以"、"或许能够"。夙夜,有夙兴夜寐、起早睡晚之义。　⑨以永终誉:以此来永远保持美誉盛名。

丰　　年①

丰年多黍多稌②,亦有高廪③,万亿及秭④。为酒为醴⑤,烝畀祖妣⑥,以洽百礼⑦,降福孔皆⑧。

中华书局《十三经注疏》本《诗经》卷一九

①该篇选自《诗经·周颂》。这是周王朝秋收后报祭天神和祖先所用的一首乐歌,对于了解周人农业规模及礼乐文化,有认识价值。　②黍:黏黄米。稌(tú 涂):稻。　③廪(lǐn 凛):粮仓。　④万亿及秭:极言粮食收获之丰。万万为亿,亿亿为秭。　⑤醴(lǐ 里):甜酒。　⑥烝(zhēng 争):进献。畀(bì 必):给予。祖妣(bǐ 比):男祖先称"祖",女祖先称"妣"。⑦洽:合。百礼:祭祀百神之礼。　⑧孔:很,甚。皆:同"嘉",好。

43

五 左 传

　　《左传》,《春秋左氏传》的简称,又名《左氏春秋》。是一部编年记事的历史著作,以鲁国国君在位的年代为线索,记载了鲁隐公元年(前722)至鲁哀公二十七年(前468)鲁国、周王朝及各诸侯国发生的历史事件,成书约在战国初年,原作者可能是左丘明。该书附在孔子所撰《春秋经》之后,是"《春秋》三传"之一,实际上其记事范围和内容远远超出《春秋》,有自己的独立性。

　　《左传》又是一部长于叙事的文学著作,春秋年间贵族间的矛盾纠纷、新旧势力的消长、礼崩乐坏的程度、诸侯国的相互交往以及大大小小的争霸战争,还有这个时代观念的更新、各色历史人物的活动乃至特点、性格等等,都被记述描写得清楚明了,曲折生动,惟妙惟肖。它标志着我国历史散文的重要发展,也为我国后世叙事文学特点的形成奠定了基础。

郑伯克段于鄢①

　　初②,郑武公娶于申③,曰武姜④。生庄公及共叔段⑤。庄公寤生⑥,惊姜氏,故名曰寤生,遂恶之⑦。爱共叔段,欲立之⑧,亟请于武公⑨,公弗许。及庄公即位,为之请制⑩。公曰:"制,岩邑也⑪,虢叔死焉⑫,他邑唯命⑬。"请京⑭,使居之,谓之"京城大叔⑮"。

祭仲曰⑯:“都城过百雉⑰,国之害也。先王之制,大都不过参国之一,中五之一,小九之一⑱。今京不度⑲,非制也,君将不堪⑳。”公曰:“姜氏欲之,焉辟害㉑?”对曰:“姜氏何厌之有㉒!不如早为之所㉓,无使滋蔓㉔。蔓,难图也㉕。蔓草犹不可除,况君之宠弟乎?”公曰:“多行不义,必自毙㉖。子姑待之㉗。”

既而大叔命西鄙北鄙贰于己㉘。公子吕曰㉙:“国不堪贰㉚,君将若之何㉛?欲与大叔,臣请事之㉜;若弗也,则请除之,无生民心㉝。”公曰:“无庸㉞,将自及㉟。”

大叔又收贰以为己邑,至于廪延㊱。子封曰:“可矣!厚将得众㊲。”公曰:“不义不暱㊳,厚将崩㊴。”

大叔完聚㊵,缮甲兵㊶,具卒乘㊷,将袭郑㊸。夫人将启之㊹。公闻其期,曰:“可矣!”命子封帅车二百乘以伐京。京叛大叔段,段入于鄢。公伐诸鄢㊺。五月辛丑㊻,大叔出奔共㊼。

书曰㊽:“郑伯克段于鄢。”段不弟,故不言弟㊾;如二君,故曰克㊿;称郑伯,讥失教也(51);谓之郑志(52)。不言出奔,难之也(53)。

遂寘姜氏于城颍(54),而誓之曰:“不及黄泉,无相见也(55)。”既而悔之。颍考叔为颍谷封人(56),闻之,有献于公(57)。公赐之食,食舍肉(58)。公问之,对曰:“小人有母,皆尝小人之食矣,未尝君之羹,请以遗之(59)。”公曰:“尔有母遗,繄我独无(60)。”颍考叔曰:“敢问何谓也?”公语之故,且告之悔。对曰:“君何患焉,若阙地及泉(61),隧而相见(62),其谁曰不然?”公从之。公入而赋(63):“大隧之中,其乐也融融。”姜出而赋:“大隧之外,其乐也洩洩(64)。”遂为母子如初。

君子曰㉕:"颍考叔,纯孝也㉖,爱其母,施及庄公㉗。《诗》曰:'孝子不匮,永锡尔类㉘。'其是之谓乎㉙?"

中华书局《十三经注疏》本《左传》卷二

　　①该篇选自《左传·隐公元年》。郑庄公是春秋初期一度图霸的郑国国君,这篇文章记述的是他此前与其弟、其母之间复杂的关系纠葛和无情的夺权斗争,具体生动地显示了进入春秋时代后宗法社会的问题和矛盾,其中对人物性格的刻画也比较成功。郑伯,指郑庄公,郑为伯爵,故称其君为伯。克,战胜。段,人名,郑庄公之弟,因后来逃亡于共(gōng 工),又称共叔段。鄢(yān 烟),地名,在今河南鄢陵附近。　②初:当初,追述往事之称。③郑武公:郑庄公之父。娶于申:娶了申国的一位女子为妻。申,春秋时国名,在今河南南阳北。　④武姜:意为武公之妻姜氏。春秋时妇女称谓,从其夫,又系以母家之姓,申国姜姓,故称之为"姜","武"是从武公的谥号。这是后人对她的追称。　⑤"生庄公"句:先后生了庄公和共叔段。按,据《史记·十二诸侯年表》,庄公长共叔段三岁。　⑥寤(wù 务)生:即逆生,先出脚后出头,可造成母亲难产。寤,通"啎(wǔ 午)",逆,不顺。　⑦"惊姜氏"三句:姜氏生庄公时受到惊吓,便为庄公取名"寤生",并因此而不喜欢他。遂,就,于是。恶(wù 误),厌恶。　⑧立:立为太子。　⑨亟(qì 器)请:屡次请求。　⑩为之请制:姜氏为共叔段请求制这个地方作为封邑。制,地名,一名成皋,又名虎牢,在今河南荥阳。　⑪岩邑:地势险峻的城邑。　⑫虢(guó 国)叔:东虢国之君,周成王之弟,其国后被郑武公所灭。死焉:死在那里。制当为东虢国属地。　⑬他邑唯命:除了制地,其他城邑唯命是听。按,郑庄公怕共叔段据险不好对付,所以不肯把制地封给他。　⑭京:地名,在今河南荥阳东南。　⑮大(tài 太)叔:对共叔段的尊称。大,同"太"。　⑯祭(zhài 寨)仲:郑国大夫,字足。　⑰都城:诸侯所属的大城。雉(zhì 制):度量单位,古代城墙每长三丈、高一丈为一雉。周制规定,侯、伯一级的城方五里,每面长三百雉;侯、伯下属的城不得超过三分之一,所以不得过百雉。　⑱"先王"四句:开国之初就定下的规矩是,大都不得超过国都的三分之一,中等的不得超过五分之一,小城不得超过九分之一。参(sān 叁),同"叁",即"三"。国,国都。　⑲京:共叔段所在的京

46

地。不度：不合规定。 ⑳不堪：难以承受，此是说难以控制。 ㉑“姜氏”二句：大意是说，有姜氏怂恿共叔段，我怎么可能避免将会发生的冲突。欲，想要。辟，通“避”。 ㉒何厌之有：即“有何厌”，哪有知足的时候。厌，满足。 ㉓早为之所：早给共叔段安排个适当的地方。意即把他控制起来。所，处所。 ㉔滋蔓：滋长蔓延。 ㉕难图：难以对付。 ㉖自毙：自取灭亡。 ㉗子：对祭仲的尊称。姑：姑且。 ㉘既而：不久。鄙：边邑。贰于己：除了国君，还同时听命于自己，也就是明属庄公，暗属自己。 ㉙公子吕：郑国大夫，字子封。 ㉚国不堪贰：一个国家经不起这种两面听命的情况。 ㉛若之何：打算怎么办。 ㉜“欲与”二句：若想把国家交给共叔段，那我就去听他的。与，给。事，效劳。 ㉝无生民心：不要使民众生出二心。 ㉞无庸：不用。此是说先不必采取什么行动。庸，通“用”。 ㉟自及：自取其祸。及，到，赶上。 ㊱“大叔”二句：共叔段又把西北暗中听命于自己的边邑明确收归己有，势力范围一直扩张到廪（lǐn 凛）延这个北部边邑。廪延，郑国北边邑名，在今河南延津北。 ㊲厚：指势力雄厚。得众：此指笼络人心。 ㊳不义不暱（nì 逆）：谓共叔段的行事，对君而言是不义，对兄而言是不亲。暱，同“昵”，亲近。 ㊴厚将崩：势力越大，越会因骄纵而导致最终的瓦解。 ㊵完聚：完城郭，聚粮草。完，使坚牢。 ㊶缮（shàn 善）甲兵：修整了盔甲兵器。 ㊷具卒乘（shèng 胜）：备好了车马士卒。具，备。卒，步兵。乘，古时一车四马称一乘。 ㊸袭郑：进攻郑国国都。 ㊹夫人：指姜氏。启：开启，此指为共叔段开城门，做内应。 ㊺诸：之于。 ㊻辛丑：辛丑日。古代用干支纪日，辛丑为二十三日。 ㊼出奔共：逃到共地去了。共，国名，在今河南辉县。 ㊽书：指《春秋》。以下为解释《春秋》中“郑伯克段于鄢”这句话的提法。 ㊾“段不弟”二句：段不守弟道而作乱，所以《春秋》不加“弟”字。 ㊿“如二君”二句：这两兄弟相争，已经像两国交兵一样，所以称庄公之胜为“克”。 (51)“称郑伯”二句：共叔段走到这一步，也是庄公未尽为兄之责、失于教诲的缘故，所以不称“兄”，而是称他的爵位，以表讥讽。 (52)谓之郑志：认为赶走共叔段其实是庄公有意为之，即故意养成其罪。郑志，郑庄公之意志。 (53)“不言”二句：按照《春秋》惯例，若言共叔“出奔”，就是表示罪共叔，即主要认为罪在共叔，但此事庄公也有责任，所以不便单提共叔“出奔”。难，有两解：或解作“为难”，对于书写共叔“出奔”感到为难；或解作“责难”，不书写共叔“出奔”,有责难庄公的意思在里面。 (54)寘:同“置”,安置。城颍(yǐng 颖):郑国邑名,在今河南临颍西北。 (55)“不及”二句:意思是今生今世不再相见。及,到。黄泉,指地下,古人认为天玄地黄,泉在地下,故称黄泉。地下相见也就是死后再见。 (56)颍考叔:郑国人。颍谷:郑国邑名,在今河南登封西南。封人:管理疆界的官吏。 (57)有献于公:称要献给庄公一些东西。 (58)食舍肉:吃东西时把肉挑出来放在一边不吃。 (59)遗(wèi 位)之:此指拿去给母亲吃。遗,赠予,致送。 (60)“尔有”二句:此是郑庄公之语,话中有与母亲决绝后的遗憾。繄(yī 医),语助词。 (61)阙(jué 掘)地及泉:挖地直到地下出水处。阙,通“掘”。 (62)隧(suì 岁)而相见:在冒出黄泉的地道里相见。隧,地道。 (63)赋:赋诗。此当是自作自赋。 (64)洩(yì 逸)洩:舒畅的样子。 (65)君子:作者托言。这是《左传》作者对事件发表评说的一种模式。 (66)纯孝:犹至孝。纯,厚,大。 (67)施(yì 义):推广。 (68)“孝子”二句:引自《诗经·大雅·既醉》,原诗大意是说祖神见你们这些孝子的孝心不竭,所以要永远赐福给你们。匮(kuì 愧),竭,尽。锡,赐予。尔类,你们。 (69)其是之谓乎:说的就是这种情况吧。

齐伐楚盟于召陵①

春,齐侯以诸侯之师侵蔡②,蔡溃,遂伐楚。楚子使与师言曰③:“君处北海,寡人处南海,唯是风马牛不相及也④。不虞君之涉吾地也⑤,何故?”管仲对曰⑥:“昔召康公命我先君大公曰⑦:‘五侯九伯⑧,女实征之⑨,以夹辅周室⑩。’赐我先君履⑪,东至于海,西至于河⑫,南至于穆陵⑬,北至于无棣⑭。尔贡包茅不入⑮,王祭不共⑯,无以缩酒⑰,寡人是征⑱;昭王南征而不复⑲,寡人是问。”对曰:“贡之不入,寡君之罪也,敢不共给?昭王之不复,君其问诸水滨⑳!”

师进,次于陉㉑。

夏,楚子使屈完如师㉒。师退,次于召陵。

齐侯陈诸侯之师㉓,与屈完乘而观之㉔。齐侯曰:"岂不穀是为㉕,先君之好是继㉖。与不穀同好㉗,如何?"对曰:"君惠徼福于敝邑之社稷㉘,辱收寡君㉙,寡君之愿也。"齐侯曰:"以此众战,谁能御之?以此攻城,何城不克?"对曰:"君若以德绥诸侯㉚,谁敢不服?君若以力,楚国方城以为城㉛,汉水以为池㉜,虽众,无所用之!"

屈完及诸侯盟㉝。

中华书局《十三经注疏》本《左传》卷一二

①该篇选自《左传·僖公四年》。文章记述齐桓公在建立霸业过程中率诸侯之师进军楚国,最终与楚订立盟约的经过,显示了楚国与北方诸侯对峙的格局。该文长于对话描写,楚国使臣善于应对、义正辞严的特点被表现得十分突出。召(shào 邵)陵,地名,春秋时楚邑,在今河南郾城东。　②齐侯:齐桓公。诸侯之师:据史载,当时参与此次战役的有鲁、宋、陈、卫、郑、许、曹等国。蔡:国名,今河南汝南、上蔡、新蔡等即其地。按,齐桓公侵蔡的直接原因虽起于个人家事纠葛(蔡人另嫁了其夫人蔡姬),实际上表现了桓公称霸的决心。蔡国溃败后桓公进而伐楚,正是其扩张势力的一次尝试。　③楚子:楚成王。使与师言:派使臣到齐国军队中去对齐桓公说。使,使人。　④"君处"三句:大意是说,你们在北方,我们在南方,相距遥远,应该是各不相干的。北海、南海,北方边际和南方边际。风马牛不相及,各自任马牛随便跑,也是碰不到一起的。风,通"放",放逸。　⑤不虞:不料。涉:到,经历。　⑥管仲:齐大夫,齐桓公建立霸业的主要谋划者。　⑦召(shào 邵)康公:周成王时的太保召公奭(shì 示)。先君:对已故君王之称。大公:读作太公,即齐之始祖姜尚,姜太公。　⑧五侯:公、侯、伯、子、男五等诸侯。九伯:九州之长。此统指天下诸侯。　⑨女实征之:你可以去征伐他们。女,汝,你。实,同"寔",是,肯定之词。征,征伐。　⑩以夹辅周室:以便在外围保护周王室。夹辅,辅佐。　⑪履:所履之地,引申为太公征伐可至的地域范围。　⑫河:黄河,此应是指黄河发源地或西部黄河流经的

地段。　⑬穆陵:地名,在楚境内。今湖北麻城西北一百里有穆陵山,疑即此地。　⑭无棣(dì 地):地名,今山东有无棣县。一说,无棣在辽西孤竹郡,即今河北庐龙一带。　⑮"尔贡"句:你们应向周王进纳的包茅贡品,已经很长时间没有送到王城去了。茅,菁茅,楚特产,可用来滤酒。包,束,捆。　⑯王祭不共:周王祭祀用的酒都供应不上了。茅供应不上,酒就供应不上。共,通"供"。　⑰缩酒:滤去酒渣。　⑱寡人:这是管仲在代桓公说话,故称寡人。征:追究。　⑲"昭王"句:昭王即周昭王,据说晚年荒于国政,引起民众不满。当他巡狩南方渡汉水时,当地人给了他一只用胶黏合的船,行至江中船身解体,昭王及从臣均被淹死,未能返回都城(《正义》引《帝王世纪》)。征,巡狩。复,返回。按,据《竹书纪年》称,昭王此番南巡实为"伐荆楚"之举。　⑳问诸水滨:到水边去问吧。意思是楚王对昭王之死不该负责。　㉑次:驻扎。陉(xíng 形):山名,在今河南郾城南。㉒屈完:楚大夫。如师:到诸侯大军驻扎的营地去。如,往,到。屈完是作为楚使者被派去求和的。　㉓陈:陈列、摆开。这是向楚国示威。　㉔乘而观之:乘车巡视军队。　㉕岂不榖是为:哪里是为了我个人。不榖,古代诸侯自称的谦词。榖作为养人的粮食,有"善"之意,"不榖"就是"不善"。㉖"先君"句:只是为了继承齐楚先君固有的友好关系罢了。　㉗同好:也像他们那样友好相处。　㉘"君惠徼(yāo 邀)福"句:此为外交辞令,大意是您好心为我们这小国的社稷求福。徼,通"邀",求。敝邑,古代称自己国家的谦辞,字面意思为破败的小邑。　㉙辱收:不惜接纳。"辱"字是向对方表示恭敬。寡君:对自己国君的谦称。　㉚绥(suí 随):安抚。㉛方城:今河南叶县南有方城山,相传楚人在春秋时因山筑长城,以拒中原,当即此地。　㉜池:护城河。　㉝及:与。

晋公子重耳之亡①

　　晋公子重耳之及于难也②,晋人伐诸蒲城③。蒲城人欲战,重耳不可,曰:"保君父之命而享其生禄,于是乎得人④;有人而校,罪莫大焉⑤。吾其奔也⑥。"遂奔狄⑦。从者狐偃、

50

赵衰、颠颉、魏武子、司空季子⑧。狄人伐廧咎如⑨，获其二女叔隗、季隗，纳诸公子⑩。公子取季隗⑪，生伯鯈⑫、叔刘；以叔隗妻赵衰⑬，生盾。将适齐⑭，谓季隗曰："待我二十五年，不来而后嫁。"对曰："我二十五年矣，又如是而嫁，则就木焉⑮。请待子。"处狄十二年而行。

过卫，卫文公不礼焉⑯。出于五鹿⑰，乞食于野人⑱，野人与之块⑲。公子怒，欲鞭之。子犯曰："天赐也⑳。"稽首㉑，受而载之㉒。

及齐，齐桓公妻之，有马二十乘㉓。公子安之，从者以为不可。将行，谋于桑下。蚕妾在其上㉔，以告姜氏㉕。姜氏杀之，而谓公子曰："子有四方之志㉖，其闻之者，吾杀之矣。"公子曰："无之。"姜曰："行也。怀与安，实败名㉗。"公子不可。姜与子犯谋，醉而遣之㉘。醒，以戈逐子犯㉙。

及曹，曹共公闻其骈胁㉚，欲观其裸㉛。浴，薄而观之㉜。僖负羁之妻曰㉝："吾观晋公子之从者，皆足以相国㉞；若以相，夫子必反其国㉟；反其国，必得志于诸侯；得志于诸侯，而诛无礼，曹其首也。子盍蚤自贰焉㊱？"乃馈盘飧㊲，寘璧焉㊳。公子受飧反璧㊴。

及宋，宋襄公赠之以马二十乘。

及郑，郑文公亦不礼焉。叔詹谏曰㊵："臣闻天之所启，人弗及也㊶。晋公子有三焉，天其或者将建诸㊷？君其礼焉。男女同姓，其生不蕃㊸，晋公子，姬出也，而至于今㊹，一也；离外之患㊺，而天不靖晋国㊻，殆将启之㊼，二也；有三士，足以上人，而从之㊽，三也。晋、郑同侪㊾，其过子弟㊿，固将礼焉，况天之所启乎？"弗听。

及楚，楚子飨之(51)，曰："公子若反晋国，则何以报不穀㊷?"对曰:"子女玉帛㊷,则君有之;羽毛齿革㊷,则君地生焉。其波及晋国者,君之馀也。其何以报君?"曰:"虽然㊷,何以报我?"对曰:"若以君之灵㊷,得反晋国,晋楚治兵,遇于中原,其辟君三舍㊷。若不获命㊷,其左执鞭弭㊷,右属櫜鞬㊷,以与君周旋。"子玉请杀之㊷。楚子曰:"晋公子广而俭㊷,文而有礼㊷,其从者肃而宽㊷,忠而能力㊷。晋侯无亲㊷,外内恶之。吾闻姬姓,唐叔之后其后衰者也㊷。其将由晋公子乎㊷?天将兴之,谁能废之?违天必有大咎。"乃送诸秦。

秦伯纳女五人㊷,怀嬴与焉㊷。奉匜沃盥㊷。既而挥之㊷。怒曰㊷:"秦、晋匹也,何以卑我?"公子惧,降服而囚㊷。他日,公享之㊷。子犯曰:"吾不如衰之文也㊷,请使衰从。"公子赋《河水》㊷,公赋《六月》㊷。赵衰曰:"重耳拜赐㊷。"公子降㊷,拜,稽首。公降一级而辞焉㊷。衰曰:"君称所以佐天子者命重耳,重耳敢不拜㊷?"

二十四年春,王正月㊷,秦伯纳之㊷。不书,不告入也㊷。及河㊷,子犯以璧授公子㊷,曰:"臣负羁绁从君巡于天下㊷,臣之罪甚多矣。臣犹知之,而况君乎?请由此亡㊷。"公子曰:"所不与舅氏同心者,有如白水㊷!"投其璧于河㊷。

济河,围令狐㊷,入桑泉㊷,取臼衰㊷。

二月,甲午,晋师军于庐柳㊷。秦伯使公子絷如晋师㊷,师退,军于郇㊷。辛丑,狐偃及秦晋之大夫盟于郇㊷。壬寅,公子入于晋师。丙午,入于曲沃㊷。丁未,朝于武宫㊷。戊申,使杀怀公于高梁㊷,不书,亦不告也。

吕、郤畏偪㊷,将焚公宫而弑晋侯㊷。寺人披请见㊷,公使让之㊷,且辞焉㊷,曰:"蒲城之役,君命一宿,女即至㊷。其后余从狄君以田渭滨㊷,女为惠公来求杀余,命女三宿,女中宿至⑩。虽有君命,何其速也?夫袪犹在⑩,女其行乎!⑪"对曰:"臣谓君之入也,其知之矣⑫;若犹未也,又将及难。君命无二⑬,古之制也。除君之恶⑭,唯力是视⑮。蒲人、狄人,余何有焉⑯?今君即位,其无蒲、狄乎⑰?齐桓公置射钩而使管仲相⑱;君若易之,何辱命焉⑲?行者甚众,岂唯刑臣⑳!"公见之,以难告㉑。三月,晋侯潜会秦伯于王城㉒。己丑,晦㉓,公宫火。瑕甥、郤芮不获公,乃如河上,秦伯诱而杀之。

晋侯逆夫人嬴氏以归㉔。秦伯送卫于晋三千人㉕,实纪纲之仆㉖。

初,晋侯之竖头须㉗,守藏者也㉘;其出也,窃藏以逃,尽用以求纳之㉙。及入,求见,公辞焉以沐㉚。谓仆人曰㉛:"沐则心覆,心覆则图反,宜吾不得见也㉜。居者为社稷之守㉝,行者为羁绁之仆,其亦可也㉞,何必罪居者?国君而仇匹夫,惧者甚众矣。"仆人以告,公遽见之㉟。

狄人归季隗于晋,而请其二子㊱。文公妻赵衰㊲,生原同、屏括、楼婴。赵姬请逆盾与其母㊳,子馀辞。姬曰:"得宠而忘旧,何以使人?必逆之。"固请,许之。来,以盾为才㊴,固请于公,以为嫡子,而使其三子下之㊵。以叔隗为内子㊶,而己下之。

晋侯赏从亡者㊷,介之推不言禄,禄亦弗及㊸。推曰:"献公之子九人,唯君在矣㊹。惠、怀无亲,外内弃之。天未绝晋,必将有主。主晋祀者,非君而谁㊺?天实置之,而二三子以为己力㊻,不亦诬乎?窃人之财,犹谓之盗,况贪天之功以为己力乎?下义其罪,上赏其奸㊼,上下相蒙,难与处矣㊽。"其母曰:"盍亦求之,以死谁怼㊾?"对曰:"尤而效之㊿,罪又甚焉。且出怨言,不食其食㉑。"其母曰:"亦使知之,若何?"

对曰:"言,身之文也[152];身将隐,焉用文之?是求显也[153]。"其母曰:"能如是乎?与女偕隐。"遂隐而死[154]。晋侯求之不获,以绵上为之田[155],曰:"以志吾过,且旌善人[156]。"

中华书局《十三经注疏》本《左传》卷一五

①该篇选自《左传》僖公二十三年、二十四年。晋公子重耳即后来的晋文公,著名的"春秋五霸"之一,即位前曾因宫廷阴谋被迫逃亡国外,历十九年之久。这篇文章即以简洁、形象的笔墨和精当的剪裁布局,集中记述了他出奔、流亡直到回国夺取王位的曲折经历,显示了他的性格发展,并同时刻画了一系列颇有特点的历史人物,是《左传》文学叙事的代表作之一。亡,流亡。　②及于难(nàn 南去声):指骊姬逸害太子申生之难。据《左传》载,僖公四年十二月,晋献公听信宠妃骊姬的谗言,误以为诸公子要谋害自己,致使太子申生自缢而死,其馀二子重耳、夷吾同时出奔。　③晋人:指晋献公所派的军队。蒲城:今山西隰县,当时是重耳的采邑。伐蒲城是为了拘捕重耳。　④"保君父"二句:靠着父王所给的条件享受到优厚的禄位,才有了自己手下的人。保,倚仗。生禄,指养生的采邑,为贵族提供生活资料的地方。　⑤"有人"二句:以自己的人与父王的人对抗,没有比这更大的罪过了。校(jiào 较),通"较",较量,对抗。　⑥奔:出奔,离开国家。　⑦狄:古代中国北方的部族,散处在北方诸侯国之间。　⑧狐偃:重耳的舅父,字子犯。赵衰(cuī 崔):字子馀。魏武子:名犫(chōu 抽)。司空季子:一名胥臣。他们和颠颉(xié 斜)都是日后晋国的大夫。　⑨廧(qiáng 墙)咎(gāo 高)如:狄族的别种,隗姓。　⑩纳:致送。　⑪取:同"娶"。　⑫繇:音"yóu 由"。　⑬妻:用作动词,嫁给。　⑭适齐:到齐国去。适,往。　⑮就木:犹言"进棺材",意思是年老将死,怎么还能再嫁人。　⑯不礼:不以礼相待,即不接待。　⑰五鹿:地名,在今河南濮阳东北。　⑱野人:村野之人。　⑲块:土块,俗称土坷垃。　⑳天赐也:土块象征土地,子犯把它视为重耳有朝一日能得到国家的预兆,所以称"天赐"。　㉑稽(qǐ 启)首:古时一种跪拜礼,叩头到地。　㉒受而载之:接受了土块,并把它装在车子上。　㉓二十乘(shèng 剩):八十匹马。马四匹为一乘。　㉔蚕妾:采桑饲蚕的女仆。　㉕以告姜氏:把听到的秘密告诉姜氏。姜氏,

即齐桓公嫁给重耳的齐女。齐,姜姓。　㉖四方之志:远大志向。此指离开齐国,到别国去谋求返国。　㉗"怀与安"二句:姜氏劝重耳不要因留恋妻室、贪图安逸而妨碍建立声名。怀,留恋。败名,摧毁人的名声。　㉘醉而遣之:把重耳灌醉,发送他上路。　㉙以戈逐子犯:重耳酒醒后发现已在路上,感到受了欺骗,一怒之下,持戈追子犯。　㉚骈胁(pián xié 骈阳平协):腋下肋骨连成一片。骈,并列。胁,腋下肋骨所在的部分。　㉛欲观其裸:想在他光着身子时看他的肋骨。　㉜薄:迫近。　㉝僖负羁:曹大夫。　㉞相国:做国家的辅佐之臣。相,助。　㉟反:同"返"。　㊱"子盍"句:何不早些对重耳表示你不同于曹君呢。盍(hé 何),何不。蚤,通"早"。贰,不一样。　㊲馈盘飧(sūn 孙):送去一盘晚餐。馈,赠,送。飧,晚饭。　㊳寘璧焉:在晚餐中藏着一枚玉璧。按,一国大夫不能私自与别国人交往,故在盘飧中藏璧,以免被人看到。寘,同"置",放。　㊴受飧反璧:接受了晚餐,以示领情;退回了玉璧,以示不贪。　㊵叔詹:郑大夫。㊶"臣闻"二句:我听说上天想要启发、抬举的人,人力是拿他没有办法的。启,开。弗及,不及,赶不上。　㊷"晋公子"二句:重耳有三件不同寻常的事情,或许预示着上天有意要使他有所建树吧。诸,同"之乎"。　㊸"男女同姓"二句:同一姓的男女相婚配,他们的后代就不繁盛,即不容易成活。按,中国古代有同姓不婚的说法。蕃(fān 番),繁殖。　㊹"晋公子"三句:言重耳虽属于男女同姓所生,但却能活到现在,是个奇迹。姬出,重耳的母亲是戎族的狐姬,与晋皆是姬姓。　㊺离外之患:遭遇逃亡在外的祸患。离,通"罹(lí 犁)",遭遇。　㊻天不靖晋国:上天不让晋国国内安定下来。靖,安。　㊼殆:大约。以上是说上天故意在为重耳返国成就霸业创造条件。　㊽"有三士"三句:有三个贤士,个个都足以胜过一般的人,却紧紧跟随着重耳,可见重耳更了不起。按,三士,据《国语·晋语》称是指狐偃、赵衰和贾佗。　㊾同侪(chái 柴):处于同等地位。侪,辈,类。　㊿其过子弟:他们晋国从郑国过往的一般子弟。　㉛楚子:指楚成王。楚为子爵,故称其君为子。飨:设宴款待。　㉜何以报不穀:怎么样报答我。不穀,不善,谦称。　㉝子女玉帛:指童竖侍妾美玉丝绸等。　㉞羽毛齿革:指鸟羽兽毛象牙牛皮等物。　㉟虽然:虽然如此。　㊱以君之灵:犹言"托您的福"。　㊲辟君三舍(shè 设):此言晋楚若有战争,晋军当退九十里。辟,通"避"。舍,古代行军三十里为一舍。　㊳若不获命:如果还没有获

55

得您退军的命令。 (59)鞭弭(mǐ 米):马鞭和不加装饰的弓。 (60)櫜鞬(gāo jiàn 高建):装弓箭的口袋。 (61)子玉:楚国的令尹(丞相)成得臣。 (62)广而俭:志向远大,用度节俭。 (63)文而有礼:注重文德和礼仪规范。 (64)肃而宽:办事严肃认真,待人宽和。 (65)忠而能力:忠心耿耿,尽心尽力。 (66)晋侯:指晋惠公,即另一位出奔的公子夷吾,先重耳回国即位。无亲:国内外关系搞得都不好。按,晋惠公在秦国帮助下回国,即位后背惠食言,曾因此而与秦交战。 (67)"吾闻"二句:我听到有这样一种说法,姬姓之国中,唐叔之后的晋国是最后才会衰败的。唐叔,周成王之弟,封于唐,后改唐为晋。 (68)"其将"句:看来是要由重耳这一支延续下去吧。 (69)秦伯:指秦穆公。秦为伯爵,故称其君为伯。纳女五人:把五位女子送给重耳做妾媵。 (70)怀嬴(yíng 营)与焉:怀嬴也在其中。怀嬴,秦穆公之女,曾嫁给晋怀公(晋惠公之子圉),故称怀嬴。秦,嬴姓。怀公自秦逃归,秦穆公便又把怀嬴作为媵妾送给了重耳。 (71)奉匜(yí 移)沃盥(guàn 灌):言怀嬴捧着水盆给重耳浇水洗手。奉,捧。匜,盛水器。沃,浇水。盥,洗。 (72)既:完毕。挥之:重耳用湿手挥怀嬴,让她离开。 (73)怒曰:主语是怀嬴。 (74)降服而囚:脱去上衣,自囚以谢罪。 (75)公:指秦穆公。享之:设宴款待重耳。 (76)衰:指赵衰。文:此指谈吐有文采,善于外交辞令。 (77)赋《河水》:吟诵《诗经·小雅·沔水》。赋,不歌而诵谓之赋。《河水》,当为《沔水》之误,《沔水》首章有"沔彼流水,朝宗于海"句,重耳用河水朝宗于海(流向大海)表达对秦的敬意,海喻秦。按,赋诗言志是春秋时礼仪场合的一种时尚。 (78)《六月》:亦见《诗经·小雅》,是称颂尹吉甫辅佐周宣王北伐获胜的诗。按,秦穆公赋此诗,当是隐以重耳比尹吉甫,希望他也能辅佐周王建功立业。 (79)拜赐:拜谢秦穆公所赐的美意。 (80)降:走下台阶。 (81)一级:一个台阶。辞:辞让,表示受不起稽首这样的大礼。 (82)"君称"二句:大意是说秦君已经把辅佐天子这样重要的使命交付给重耳,想必是要送重耳回国即位,如此厚意,重耳怎么能不特别拜谢呢。按,赵衰这是抓住秦穆公赋《诗》之意,表达求助于对方的愿望,这正是时人赋诗的功能之一。 (83)王正月:周历正月。王,指周王。 (84)纳之:此指派兵把重耳送回晋国。 (85)"不书"二句:鲁史《春秋》没有记载重耳回国之事,是因为晋国没有把这一消息通知鲁国。按,这是对《春秋》著述条例的解释。 (86)及河:到达黄河岸边。 (87)璧:《国语·晋语》作"载璧",韦昭注曰:"载,祀也。"授:给。大概子犯掌管着祭祀用璧,此时把它们还给重耳。　㊹负羁绁(xiè泄):用肩背牵引着马络头和马缰绳。羁,马络头;绁,绳索。巡:游,此指出奔流亡在外。　㊾请由此亡:请允许我就此离开,到别的地方去。亡,出奔。
⑳"所不与"二句:这是在指河水发誓,大意是我一定与舅父同心,如果您不相信,就让河水在这里作证。　㉑投其璧于河:以示取信于河神。
㉒令狐:地名,即今山西临猗县南。　㉓桑泉:地名,在山西运城市西。
㉔臼衰(cuī崔):地名,在运城市东南。　㉕晋师:此指晋怀公的军队。当时的晋君怀公派遣军队阻止重耳回国。军:用作动词,驻军。庐柳:地名,在临猗县境内。　㉖"秦伯"句:秦穆公派公子絷到晋怀公的军队里去说服退兵。公子絷(zhì至),秦公子。　㉗郇(xún荀):地名,今运城市西北有郇城。　㉘"狐偃"句:子犯代表重耳与秦大夫、晋怀公的大夫在郇地定立了三方盟约。从下文"公子入于晋师"看,此盟约是确定了重耳返晋即位、统领晋师的地位。　㉙曲沃:地名,在今山西闻喜东。晋君祖坟所在地。
㉚武宫:重耳祖父晋武公的神庙,晋侯每即位,必至此朝拜。　㉛使:派人。高粱:地名,今山西临汾市有高粱都,即此地。　㉜吕、郤(xì戏):指晋惠公的旧臣吕甥、郤芮。畏偪(bī逼):怕受到重耳的迫害。偪,同"逼"。
㉝公宫:晋侯的宫庭。弑(shì式):以下杀上曰弑。晋侯:即重耳,此时已即位为晋国国君。晋为侯爵,故称侯,此后又称文公,下文的"公"亦是。
㉞寺人披:名叫披的寺人。按,寺人披曾先后奉献公、惠公命至蒲城、狄追杀重耳。　㉟公使让之:晋文公使人代他去谴责寺人披。让,责备。
㊱辞:推辞,此指拒绝接见。"辞"还有责让、遣去之义,亦可通。　㊲"君命"二句:献公命你一夜之后到达蒲城,你当天就到了。女,通"汝"。即,当即。　㊳田:打猎。渭滨:渭水水边。　㊴"命女"二句:惠公命你三宿之后到达,你第二宿就到了。　㊵袪(qū区)犹在:当年被你砍下的袖筒我还留着呢。袪,衣袖。按,寺人披斩重耳袪事见《左传·僖公五年》:"及难(骊姬之难),公(献公)使寺人披伐蒲。重耳曰:'君父之命不校。'乃徇(下令)曰:'校者吾仇也。'披斩其袪,(重耳)遂出奔狄。"　㊶女其行乎:你还是快走开吧。　㊷"臣谓"二句:我以为您这次回国做国君,已经懂得为君的道理了。　㊸君命无二:执行国君的命令,不应该有二心。　㊹除君之恶:清除国君的仇人。　㊺唯力是视:就看你能力有多大,即尽力而为。
㊻"蒲人、狄人"二句:大意是当年我站在献公、惠公的立场上,不过把你看做

同晋君对立的蒲人、狄人,杀一个蒲人或狄人,对我来说,又有什么可介意的呢? ⑰其无蒲、狄乎:难道就不再有自己的对头了?言外之意,难道你就不需要像我这样肯为国君效力的人吗? ⑱"齐桓公"句:当年齐桓公都能不在乎管仲曾经射中他衣带钩的事,还让管仲做了齐相。据《左传·庄公九年》,齐襄公死后,公子纠与公子小白(即后来的齐桓公)争相返国即位,管仲作为公子纠的辅臣曾追射公子小白,中其衣钩。后来公子小白即位,在鲍叔牙的力荐下起用管仲为相。 ⑲"君若"二句:您如果想不同于齐桓公,我当然要走开,哪里用得着劳驾您下命令。易,变易,不同。 ⑳"行者"二句:大意是如果您气量小,那么惧罪出奔的人就多了,哪里只有我这一个刑馀之臣。刑臣,受过刑的人。寺人实为阉人,故称。 ㉑以难告:寺人披把吕、郤二人准备发难的事告诉了文公。 ㉒潜会秦伯于王城:秘密到秦地王城与秦穆公会见。 ㉓晦:月末之日。按,此言"己丑"乃月末三十日。 ㉔逆夫人嬴氏:从秦国迎来秦穆公的女儿做夫人。逆,迎。 ㉕送卫于晋:向晋派去卫兵。 ㉖实纪纲之仆:用来充实维护治安的力量。 ㉗竖:小臣。头须:小臣之名。 ㉘守藏(zàng葬):看守仓库。藏,储存东西的地方。 ㉙"其出也"三句:重耳出奔时,头须偷走了库藏中的财物,后来把财物全用在求人接纳重耳回国的花销上。 ㉚沐:洗头。重耳借口正在洗头,推辞不见。 ㉛谓仆人:头须对晋文公的仆人说。 ㉜"沐则心覆"三句:洗头时头朝下,心的方向就相反了;心反,想法也就不对头了;我不被接见也就是很自然的了。图,意图,打算。 ㉝居者:此指留在国内的人,也就是没有跟随重耳流亡的人。社稷之守:此指为重耳看守社稷。 ㉞其亦可也:意思是无论居者、行者,都有他们一定的道理。 ㉟遽(jù聚):立即,马上。 ㊱请其二子:狄人请示文公如何安排他与季隗生的二子伯儵和叔刘。一说,请求将二子留在狄(杨伯峻说)。 ㊲妻赵衰:把自己的女儿嫁给赵衰做妻子。 ㊳"赵姬"句:赵姬请求赵衰把留在狄国的叔隗和他们的儿子赵盾接回晋国。赵姬,即重耳嫁给赵衰的女儿,随夫姓,加上父姓,故称。 ㊴以盾为才:赵姬认为赵盾很有才能。 ㊵"以为嫡(dí迪)子"二句:把赵盾当成正妻之子,让自己生的三个儿子地位在他之下。嫡,古代宗法社会中正妻称嫡。 ㊶内子:嫡妻。 ㊷从亡者:跟随重耳出奔流亡的人。 ㊸"介之推"二句:介之推没有主动提出赏给俸禄的请求,上司也就没有行赏于他。及,到。 ㊹君:指晋文公。 ㊺"天未绝晋"四句：上天还不想使晋断了香火，就一定还要留下主持祭祀的人。这个人除了文公，还能是谁呢？　⑭⑥二三子：指从亡者。　⑭⑦"下义"二句：在下之臣把这种贪天功的罪过当成正当的事，在上之君又在赏赐这些诈伪之人。　⑭⑧"上下"二句：他们君臣上下互相蒙蔽，我是难以与他们相处的。　⑭⑨"盍亦"二句：你何不也去请求封赏，不然就这样下去一直到死，又该怨谁呢？怼(duì对)，怨恨。　⑮⓪尤：过，引申为谴责。效：效仿。　⑮①"且出"二句：况且已经对国君有了怨言，就不应该再接受他的俸禄。食其食，吃他的饭。　⑮②言，身之文也：言语是一个人内在东西的外在呈现和显示。文，文饰。　⑮③求显：求为人所知。　⑮④遂隐而死：于是隐居一直到死。　⑮⑤以绵上为之田：把绵上作为介之推的食禄之田。绵上，地名，在今陕西介休东南的介山脚下，为当年介之推所隐处。　⑮⑥"以志"二句：志，记载，此为标志。旌，表彰。按，介之推的故事颇多异说，《新序》称"求之不能得，以谓焚其山宜出。及焚其山，遂不出而焚死"。准此，则绵上之田就是作为介之推的祭田。

晋楚城濮之战①

宋人使门尹般如晋师告急②。公曰③："宋人告急，舍之则绝④，告楚不许⑤；我欲战矣，齐、秦未可⑥。若之何⑦？"先轸曰⑧："使宋舍我而赂齐、秦，藉之告楚⑨；我执曹君而分曹、卫之田，以赐宋人⑩。楚爱曹、卫，必不许也⑪。喜赂怒顽，能无战乎⑫？"公说⑬，执曹伯⑭，分曹、卫之田以畀宋人⑮。

楚子入居于申⑯，使申叔去穀⑰，使子玉去宋⑱，曰："无从晋师⑲。晋侯在外十九年矣⑳，而果得晋国。险阻艰难，备尝之矣㉑，民之情伪㉒，尽知之矣。天假之年，而除其害㉓；天之所置，其可废乎㉔？《军志》曰㉕：'允当则归㉖。'又曰：'知难而退。'又曰：'有德不可敌㉗。'此三志者㉘，晋之谓矣㉙！"

子玉使伯棼请战㉚,曰:"非敢必有功也,愿以间执谗慝之口㉛。"王怒,少与之师㉜。唯西广、东宫与若敖之六卒实从之㉝。

子玉使宛春告于晋师曰㉞:"请复卫侯而封曹,臣亦释宋之围㉟。"子犯曰㊱:"子玉无礼哉!君取一,臣取二㊲。不可失矣㊳。"先轸曰:"子与之㊴!定人之谓礼㊵。楚一言而定三国,我一言而亡之㊶,我则无礼,何以战乎?不许楚言,是弃宋也;救而弃之,谓诸侯何㊷?楚有三施㊸,我有三怨,怨仇已多,将何以战?不如私许复曹、卫以携之㊹,执宛春以怒楚㊺,既战而后图之㊻。"公说,乃拘宛春于卫,且私许复曹、卫。曹、卫告绝于楚㊼。

子玉怒,从晋师。晋师退。军吏曰㊽:"以君辟臣㊾,辱也。且楚师老矣㊿,何故退?"子犯曰:"师直为壮,曲为老(51),岂在久乎?微楚之惠不及此(52)。退三舍辟之,所以报也(53)。背惠食言以亢其仇(54),我曲楚直。其众素饱(55),不可谓老。我退而楚还(56),我将何求?若其不还,君退臣犯,曲在彼矣。"退三舍,楚众欲止,子玉不可。

夏四月戊辰(57),晋侯、宋公、齐国归父、崔夭、秦小子慭次于城濮(58)。楚师背酅而舍(59),晋侯患之(60)。听舆人之诵曰(61):"原田每每,舍其旧而新是谋(62)。"公疑焉(63)。子犯曰:"战也!战而捷,必得诸侯(64)。若其不捷,表里山河(65),必无害也。"公曰:"若楚惠何(66)?"栾贞子曰(67):"汉阳诸姬,楚实尽之(68)。思小惠而忘大耻,不如战也。"晋侯梦与楚子搏(69),楚子伏己而盬其脑(70),是以惧。子犯曰:"吉!我得天,楚伏其罪(71),吾且柔之矣(72)。"

子玉使鬭勃请战(73),曰:"请与君之士戏(74),君冯轼而观之㊻,得臣与寓目焉㊼!"晋侯使栾枝对曰:"寡君闻命矣㊽。楚君之惠,未之敢忘,是以在此㊾。为大夫退,其敢当君乎㊿?既不获命矣㊿,敢烦大夫谓二三子㊿,戒尔车乘㊿,敬尔君事㊿,诘朝将见㊿。"

晋车七百乘,韅、靷、鞅、靽㊿。晋侯登有莘之虚以观师㊿,曰:"少长有礼,其可用也㊿!"遂伐其木以益其兵㊿。己巳㊿,晋师陈于莘北㊿。胥臣以下军之佐当陈、蔡㊿。子玉以若敖之六卒将中军㊿,曰:"今日必无晋矣㊿。"子西将左㊿,子上将右㊿。

胥臣蒙马以虎皮,先犯陈、蔡。陈、蔡奔,楚右师溃。狐毛设二旆而退之㊿,栾枝使舆曳柴而伪遁㊿,楚师驰之㊿。原轸、郤溱以中军公族横击之㊿,狐毛、狐偃以上军夹攻子西,楚左师溃。楚师败绩㊿。子玉收其卒而止,故不败。

晋师三日馆谷㊿,及癸酉而还㊿。

中华书局《十三经注疏》本《左传》卷一六

①该篇选自《左传·僖公二十八年》。晋、楚城濮之战,发生在公元前632年,是春秋时期晋、楚两个诸侯大国争霸的第一次重要战役,以晋的取胜而告终,从此奠定了晋文公的霸主地位。对于这样一场大的战役,作者能够理清头绪,突出重点,不但有条不紊地叙述了事件的来龙去脉,交待了双方的条件及胜败因素,还有不失细腻的描写刻画,并以对比手法展示了不同人物的性格特点。城濮(pú葡),卫国地名,在今河南范县西南旧濮县境内。②"宋人"句:宋国派门尹般到晋国军队这里来请求援助。门尹般,宋大夫。门尹,官名。如,往,到。告急,指被楚国包围之事。按,宋曾在与楚争霸中大败,从此臣服于楚。僖公二十四年(前636)重耳结束流亡生涯返晋即位,晋国逐渐强大,宋便转而与晋结为盟国,楚因此于僖公二十七年(前633)冬联合陈、蔡等国围宋。　③公:晋文公。　④舍之则绝:如果对宋弃之不顾,他们就会断绝与晋的联盟。舍,舍弃。　⑤告楚不许:说服楚国退兵,

他们又不同意。告，正告。　⑥未可：不愿参战。　⑦若之何：怎么办。⑧先轸(zhěn诊)：又名原轸，晋大夫，此时刚被任为晋中军主帅。　⑨"使宋"二句：让宋人不必在这里求我们，而应去把这些财物用在买通齐、秦两国方面，由齐、秦去说服楚国撤兵。藉(jiè借)，凭借。之，指齐、秦。　⑩"我执"二句：我们这边则故意把曹国的国君抓起来，并把曹、卫的土地分一部分给宋国。执，捉，逮捕。按，曹、卫乃是楚的盟国，此前刚刚被晋国军队打败。⑪"楚爱"二句：楚国因为心疼曹、卫的土地，肯定不会答应齐、秦的请求。爱，吝惜。　⑫"喜赂"二句：该句主语是齐、秦。他们一方面对宋国的贿赂感到高兴，一方面又对楚国的顽固感到恼怒，怎么还能不参战呢。⑬说(yuè悦)：通"悦"，高兴。　⑭曹伯：指曹共公。曹原被封为伯爵，故称其君为伯。　⑮畀(bì毕)：给予。　⑯楚子：此指楚成王。楚为子爵，故称其君为子。后来楚君自称为王。入居于申：退居到申地。申，楚方城内地名，在今河南南阳。成王由伐宋退居方城内，故曰"入"。　⑰"使申叔"句：命令申叔从穀地撤兵。申叔，楚大夫申公叔侯。去，离开。穀，齐地，在今山东东阿。按，僖公二十六年(前634)楚伐齐，占领穀地，由申公叔侯率军驻守。　⑱"使子玉"句：命令子玉从宋撤兵。子玉，楚国令尹(相)，名成得臣，字子玉，楚对宋作战的统帅。　⑲从：追随，进逼。　⑳晋侯：此指晋文公重耳。晋为侯爵，故称其君为晋侯。在外十九年：事见《晋公子重耳之亡》篇。重耳自僖公四年出奔，至僖公二十四年返国，在外流亡达十九年之久。　㉑备：完全，都。　㉒情伪：真假虚实。情，真。　㉓"天假"二句：上天一方面让他长寿，一方面又让妨碍他的人一个个死去。假，借，给予。年，年寿。重耳归国时已经六十六岁，晋献公九个儿子，唯他还在，其馀皆相继死去。害，此指对他构成危害的人。　㉔"天之"二句：他是上天特意安排的晋侯，怎么可能对付得了呢？置，设置，安排。废，除掉，此指打败，推翻。　㉕《军志》：古代兵书，已失传。　㉖允当则归：犹言适可而止。允当，适当。归，此指收兵。　㉗敌：对抗，为敌。　㉘此三志者：《军志》上记载的这三句话。志，记载。　㉙晋之谓矣：说的就像是现在的晋国吧。　㉚伯棼(fén焚)：楚大夫鬬(dòu斗)越椒。请战：请求楚成王收回成命，批准对晋作战。　㉛"非敢"二句：不敢说一定成功，但想借此机会堵一堵那些说坏话的人的嘴。以间，趁机。执，堵塞。谗慝(tè特)，说坏话，恶意中伤。慝，邪恶，恶念。此指楚臣蒍(wěi伟)贾。据《左传·僖公二十七年》载,此前子玉率军在蒍地练兵时,"终日而毕,鞭七人,贯三人耳",蒍贾见状预言子玉若统领三百乘以上军队外出作战,必有去无还。子玉认为这是在中伤自己,想打个胜仗堵他的嘴。㉜少与之师:给了子玉很少一部分兵力。与,给。㉝西广:楚国的军队有左右广,西广即右广。楚军以十五辆战车编为一广,"广"为兵车之称。东宫:太子宫中的卫队。若敖之六卒:子玉的同族亲兵六百人。若敖,子玉之祖。卒,古代军队编制以一百人为一卒。实从之:实际上只有他们奉命跟着子玉去作战。㉞宛(wǎn 晚)春:楚大夫。㉟"请复"二句:大意是说,请你们恢复卫侯的地位,重新建立曹国,我们就解除对宋的包围。卫侯,此指卫文公。卫为侯爵,故称其君为卫侯。封,古代帝王把爵位或土地赐给臣子,诸侯国由此建立。这里是要求晋再把土地爵位还给曹国。臣,子玉自称。释,放下,舍弃。㊱子犯:晋大夫,晋文公的舅父狐偃。㊲"君取一"二句:意思是说晋文公是君,只得到对方"释宋围"这一个好处,子玉是臣,却想得到"复卫"、"封曹"两个好处。㊳不可失:指不可失去进攻楚军的机会。㊴子与之:您还是应该答应他的请求。子,对对方的尊称,此指子犯。与,应允,同意。㊵定人:使人安定。㊶"楚一言"二句:意思是说如果真能实现楚的那句话,则曹、卫、宋三个国家都能得到安定,我们一句不同意,就破坏了这个结果。亡,丢掉。㊷"救而"二句:本来是要救宋,现在却又弃之不顾,这怎么向同我们联盟的诸侯国交待?㊸三施:指对曹、卫、宋都给予好处。施,加,给予。㊹"不如"句:不如私下允许曹、卫恢复自己的国家,以此离间他们和楚的关系。携,离。㊺怒楚:激怒楚国。㊻"既战"句:等打完仗之后再来考虑是否真的复曹、卫的问题。㊼告绝于楚:与楚断绝了关系。㊽军吏:此指晋军下级军官。㊾以君辟臣:指晋文公避子玉。辟,通"避"。㊿老:指楚军出兵时间已经很久。㉛"师直"二句:对于出师来说,正义、有理才能气壮,不义、无理就会心虚气衰。㉜"微楚"句:当年若没有楚的恩惠,晋国就不会有今天的局面。微,没有。按,重耳流亡到楚时,楚成王曾设宴款待,并把他送到秦国,他才得以在秦的护佑下返国即位。㉝"退三舍"二句:现在后退九十里,是为了兑现当时的许诺,以此报答楚的恩惠。事见《晋公子重耳之亡》篇。舍,古代行军三十里为一舍。㉞亢其仇:蔽护他们的仇敌。亢,遮蔽、庇护。仇,指宋国。㉟其众素饱:意思是楚国军队向来给养充足,士兵们一直不缺吃的。素,向来,往常。　㊄还:回国,结束战争。　㊇四月戊辰:四月三日。
㊈宋公:宋成公。国归父、崔夭:二人均为齐国大夫。秦小子慭(yìn 印):秦穆公的儿子。他们都是以盟军将领的身份率领本国军队前来参战的。次:驻扎。　㊉背酅(xī 西)而舍:背靠酅地宿营扎寨。酅,地名,是当时有名的险要地带。　㊓患之:为战事担心而有所犹豫。　㊖舆人:众人。诵:念诵歌辞。　㊕"原田"二句:原田中的草长得多么茂盛,这正是旧的被舍弃了,只图新的茁壮生长。每每,一作"莓莓",草盛貌。谋,求。按,众人念这首歌辞,应是希望建立新功,有督促晋文公下决心的意思。　㊚疑:疑虑。
㊛得诸侯:得到诸侯的拥护,即成为霸主。　㊜表里山河:晋外有黄河,内有太行山,足以固守。表里,即外内。　㊝若楚惠何:楚国对晋曾有恩惠,怎么办呢?　㊞栾贞子:即下文的栾枝,晋下军主将。晋军分中军、上军、下军三部分。　㊟"汉阳"二句:汉水以北的姬姓诸国,都被楚吞并得差不多了。阳,水北岸称"阳"。姬,姬姓国家,与晋属于同宗。　㊠搏:交手对打。　㊡伏己:趴在自己身上。鹽(gǔ 古)其脑:吸饮自己的脑浆。鹽,吸。
㊢"我得天"二句:我们这边会得到上天的保护,因为文公是仰面朝天的;楚国方面会吃败仗而伏罪,因为楚成王虽压在文公身上,却是面朝地的。
㊣柔之:我们还能柔服他们。因为楚成王在吸饮文公的大脑,象征被灌输思想。　㊤蒍勃:楚大夫。　㊥戏:角力,较量。　㊦冯(píng 凭)轼:伏在车栏杆上。冯,通"凭"。轼,车前横木。　㊧得臣与寓目:我子玉也参与观看。得臣,子玉自称其名。与,参与。寓目,过目。　㊨寡君:对别国谦称自己的国君。闻命:听到命令了。此亦是谦称。　㊩在此:指在退了九十里之后的此地。　㊪"为大夫退"二句:我们都已经在子玉这样的大夫面前退兵了,哪里还敢对抗楚君。当,对抗。　㊫不获命:没有得到停战的命令。　㊬"敢烦"句:烦请您回去告诉几位将领。大夫,此指蒍勃。二三子,此指子玉等人。　㊭戒:备,准备好。　㊮敬:慎重对待。
㊯诘(jié 洁)朝:明晨。　㊰鞼(xiǎn 显)、靷(yǐn 引)、鞅(yāng 央)、靽(bàn 半):马身上的缰绳笼头之类。在背叫鞼,在胸叫靷,在颈叫鞅,在后叫靽。这里是在形容晋军装备整齐。　㊱有莘(shēn 申):旧诸侯国名,在今山东曹县。虚:同"墟",旧城废址。　㊲"少长(zhǎng 掌)"二句:部队排列上下,少长极讲究礼义秩序,这样的军队上战场应该没有什么问题了。
㊳兵:武器。　㊴己巳:四月四日。　㊵陈:摆开阵势。莘北:即城濮。

64

(91)胥臣：晋大夫，下军副帅。佐：副职。当（dāng 铛）：抵敌。陈、蔡：楚盟国陈、蔡派来参战的军队。　(92)“子玉”句：子玉以若敖亲兵六百人作为中军，亲自担任中军主帅。　(93)无晋：指把晋军消灭干净。　(94)子西：楚司马鬬宜申。将左：统率左军。　(95)子上：鬬勃的字。将右：统率右军，实为陈、蔡的军队。　(96)狐毛：狐偃兄，晋上军主将。设二旆（pèi 佩）而退之：树起两面大旗佯装败退。按，当时主帅统率的中军才设两面大旗，狐毛统率的是上军，设二旆是为使敌方误以为主帅败退，以便诱敌深入。　(97)“栾枝”句：栾枝统率的下军用车拖着树枝，扬起尘土，也假装溃败逃跑。舆，车。曳（yè 业），拖。遁，逃。　(98)驰之：追逐晋军。　(99)原轸：即先轸。郤溱（xì zhēn 细真）：晋中军副帅。公族：此指晋文公的同族部队。横击之：指事先埋伏在路两旁，待楚追兵到达后拦腰加以袭击。　(100)败绩：大败。(101)三日馆谷：意思是休息了三日。馆，住下来。谷，粮食，此作动词用，指就地吃楚军的粮食。　(102)癸酉：四月八日。

烛之武退秦师①

九月甲午②，晋侯、秦伯围郑③，以其无礼于晋④，且贰于楚也⑤。晋军函陵，秦军氾南⑥。

佚之狐言于郑伯曰⑦：“国危矣，若使烛之武见秦君，师必退。”公从之⑧。辞曰⑨：“臣之壮也，犹不如人，今老矣，无能为也已⑩。”公曰：“吾不能早用子，今急而求子，是寡人之过也。然郑亡，子亦有不利焉。”许之⑪。

夜缒而出⑫。见秦伯曰：“秦、晋围郑，郑既知亡矣⑬！若亡郑而有益于君，敢以烦执事⑭。越国以鄙远，君知其难也⑮；焉用亡郑以陪邻⑯？邻之厚，君之薄也⑰。若舍郑以为东道主⑱，行李之往来，共其乏困⑲，君亦无所害。且君尝为晋君赐矣⑳；许君焦、瑕㉑，朝济而夕设版焉㉒，君之所知也。

夫晋何厌之有㉓？既东封郑，又欲肆其西封㉔，若不阙秦，将焉取之㉕？阙秦以利晋，唯君图之㉖。"

秦伯说㉗，与郑人盟。使杞子、逢孙、扬孙戍之㉘，乃还㉙。

子犯请击之㉚。公曰㉛："不可。微夫人之力不及此㉜。因人之力而敝之，不仁㉝；失其所与，不知㉞；以乱易整，不武㉟。吾其还也。"亦去之㊱。

中华书局《十三经注疏》本《左传》卷一七

①该篇选自《左传·僖公三十年》。公元前630年，秦、晋围郑，郑大夫烛之武临危受命，只身潜入秦军营晓以利害，说退秦兵，从而改变了郑国的危险处境。本篇即用精炼之笔对烛之武的沉着机警及其有力的说辞作了真切的刻画和记述。　②九月甲午：九月十日。　③晋侯、秦伯：此指晋文公和秦穆公。　④无礼于晋：指晋文公重耳当年流亡过郑时，郑文公不予接待。见《晋公子重耳之亡》篇。　⑤贰于楚：怀有二心，倾向于楚。晋楚城濮之战打响后，郑曾派军队前去助楚，闻楚败而止，并转而向晋求和。　⑥"晋军"二句：晋、秦军队一个驻扎在函陵，一个驻扎在氾（fán 凡）水以南。函陵，在今河南新郑以北十三里。氾，水名，此指东氾水，在今河南中牟南，早已干涸。　⑦佚（yì 义）之狐：郑大夫。郑伯：此指郑文公。　⑧从之：听从了佚之狐的建议。　⑨辞曰：主语是烛之武。辞，辞让，推辞。　⑩"臣之壮"四句：我年轻的时候尚且比不上别人，现在年纪大了，更做不了什么了。壮，壮年。已，表确定语气。　⑪许之：烛之武应允了。　⑫夜缒（zhuì 坠）而出：趁着夜色从城墙上偷偷吊下潜出城去。缒，用绳缚住身体，从上吊下。　⑬既知亡矣：自己已经知道国家要毁于一旦了。　⑭敢以烦执事：那就麻烦您来用兵吧。执事，从字面看，是指对方手下做事的人，实际是指对方本人。　⑮"越国"二句：超越一个国家去把极远的地方作为自己的边境，您应该知道这是很难办到的。越，超越。鄙，边境。按，秦在西，郑在东，中间隔着晋。烛之武在此是要秦穆公明白，灭郑对秦并无益处，因为你不可能越过晋国把郑当成自己国土的一部分。　⑯"焉用"句：哪里有通过灭亡郑国来增加邻国土地的道理呢。陪，增加。郑亡后，只可能

归入晋的版图。　⑰"邻之厚"二句：邻国的国土扩大了,实力雄厚了,相对来说您的国土就变小了,实力就削弱了。厚、薄,可指土地多少,也可指实力强弱。　⑱舍郑：放过郑国,不把它灭掉。东道主：东路上提供食宿的主人。　⑲"行李"二句：您的外交使臣来来往往,有什么资粮不足等情况,我们还可以提供方便。行李,亦作"行理",使者。共,同"供",供应,主语是郑人。乏困,犹言"不足"。　⑳尝为晋君赐：曾对晋君（指晋惠公）施以恩惠。尝,曾经。按,晋惠公是在秦的帮助下先于晋文公重耳回国即位的。　㉑许君焦、瑕：晋惠公把晋的焦、瑕两邑许诺给你们秦国。按,二城故址均在今河南陕州区附近。　㉒"朝济"句：晋惠公早上过河返晋即位,晚上就设版筑城,修建防御工事,不许秦来受地了。版,筑城所用的工具。　㉓何厌之有：哪里有满足的时候。厌,满足。　㉔"既东封郑"二句：晋把郑灭掉,使其成为自己东边的国界以后,就必然会考虑再扩展西边的国界。封,疆界。肆,延展。　㉕"若不"二句：如果不让秦的土地缺上一块,他们还能到哪里去扩展西边的疆土。阙（quē 缺）,通"缺",亏损。　㉖唯君图之：您自己考虑考虑吧。　㉗说（yuè 悦）：通"悦",高兴。此指欣然信服烛之武的分析。　㉘杞（qǐ 起）子、逢（páng 旁）孙、扬孙：三人皆为秦大夫。戍之：驻军于郑,反而替郑戍守。　㉙乃还：秦穆公率其他秦军回国。　㉚子犯：晋大夫狐偃的字。击之：攻击秦师。　㉛公：晋文公。　㉜"微夫人"句：若不是靠着那个人的力量我到不了今天。微,没有。夫人,那人,指秦穆公。晋文公曾流亡在外,后来由秦穆公出兵送他回国即位,事见《晋公子重耳之亡》篇。　㉝"因人"二句：借助了人家的力量反又去伤害人家,这不仁义。因,依靠。敝,坏,损害。　㉞"失其"二句：丧失与你结盟的国家,这不明智。与,犹言"同盟"。知,通"智"。　㉟"以乱"二句：用彼此的相互冲突来代替当初的合作一致,这就失去了威武的形象。乱,内讧。易,代替。整,步调一致。　㊱去：离开,此指撤军。

秦晋殽之战①

冬,晋文公卒②。庚辰③,将殡于曲沃④,出绛⑤,柩有声如牛⑥。卜偃使大夫拜⑦,曰:"君命大事⑧,将有西师过轶我⑨,击之,必大捷焉。"

杞子自郑使告于秦曰⑩:"郑人使我掌其北门之管⑪,若潜师以来,国可得也⑫。"穆公访诸蹇叔⑬。蹇叔曰:"劳师以袭远,非所闻也⑭!师劳力竭,远主备之⑮,无乃不可乎⑯?师之所为,郑必知之,勤而无所⑰,必有悖心⑱。且行千里,其谁不知⑲!"公辞焉⑳。召孟明、西乞、白乙㉑,使出师于东门之外。蹇叔哭之曰:"孟子!吾见师之出,而不见其入也㉒。"公使谓之曰㉓:"尔何知!中寿,尔墓之木拱矣㉔!"蹇叔之子与师㉕,哭而送之曰㉖:"晋人御师必于殽㉗。殽有二陵焉㉘,其南陵夏后皋之墓也㉙,其北陵文王之所辟风雨也㉚。必死是间㉛,余收尔骨焉。"秦师遂东㉜。

三十三年春,秦师过周北门㉝,左右免胄而下,超乘者三百乘㉞。王孙满尚幼㉟,观之,言于王曰㊱:"秦师轻而无礼㊲,必败。轻则寡谋,无礼则脱㊳。入险而脱,又不能谋,能无败乎?"

及滑㊴,郑商人弦高将市于周㊵,遇之㊶,以乘韦先、牛十二犒师㊷,曰:"寡君闻吾子将步师出于敝邑㊸,敢犒从者㊹。不腆敝邑㊺,为从者之淹㊻,居则具一日之积,行则备一夕之卫㊼。"且使遽告于郑㊽。郑穆公使视客馆㊾,则束载厉兵秣马矣㊿。使皇武子辞焉㉛,曰:"吾子淹久于敝邑㉜,唯是脯资饩牵竭矣,为吾子之将行也㉝!郑之有原圃犹秦之有具囿也,吾子取其麋鹿以闲敝邑若何㉞?"杞子奔齐,逢孙、扬孙奔宋㉟。孟明曰:"郑有备矣,不可冀也㊱,攻之不克,围之不继㊲,吾其还也。"灭滑而还。

晋原轸曰㊳:"秦违蹇叔而以贪勤民㊴,天奉我也㊵。奉不可失，敌不可纵[61]，纵敌患生[62]，违天不祥，必伐秦师。”栾枝曰[63]：“未报秦施而伐其师，其为死君乎[64]？”先轸曰：“秦不哀吾丧而伐吾同姓[65]，秦则无礼，何施之为？吾闻之：一日纵敌，数世之患也。谋及子孙，可谓死君乎[66]？”遂发命，遽兴姜戎[67]，子墨衰绖[68]，梁弘御戎[69]，莱驹为右[70]。夏四月，辛巳[71]，败秦师于殽，获百里孟明视、西乞术、白乙丙以归[72]。遂墨以葬文公，晋于是始墨[73]。

文嬴请三帅曰[74]：“彼实构吾二君[75]，寡君若得而食之不厌，君何辱讨焉[76]？使归就戮于秦，以逞寡君之志，若何[77]？”公许之[78]。先轸朝[79]，问秦囚，公曰：“夫人请之，吾舍之矣[80]。”先轸怒曰：“武夫力而拘诸原，妇人暂而免诸国[81]，堕军实而长寇仇[82]，亡无日矣！”不顾而唾[83]。公使阳处父追之，及诸河，则在舟中矣[84]。释左骖以公命赠孟明[85]。孟明稽首[86]，曰：“君之惠，不以累臣衅鼓[87]，使归就戮于秦。寡君之以为戮，死且不朽；若从君惠而免之，三年将拜君赐[88]。”

秦伯素服郊次[89]，乡师而哭曰[90]：“孤违蹇叔[91]，以辱二三子，孤之罪也！”不替孟明[92]。“孤之过也，大夫何罪！且吾不以一眚掩大德[93]。”

中华书局《十三经注疏》本《左传》卷一七

①该篇选自《左传》僖公三十二年、三十三年。文中叙述秦军远袭郑国无功而返，途经晋国时在殽山遭晋军截击而惨败，事件经过写得曲折有致，有些人物的描写生动、突出，其中所显示的历史经验和教训，也颇有认识价值。殽（xiáo 淆），一作“崤”，山名，在今河南西部。　②晋文公：名重耳，春秋五霸之一，卒于公元前 628 年。　③庚辰：十二月十日。　④殡（bìn 鬓）：出殡，埋棺于墓穴。曲沃：晋君祖坟所在地，在今山西闻喜东。⑤绛（jiàng 降）：晋国都城，在今山西翼城东。　⑥柩（jiù 就）：尸已在棺曰

枢。　　⑦卜偃(yǎn眼)：掌卜筮之官，名偃。拜：朝晋文公的棺枢下拜。
⑧君命大事：晋文公在指示军机大事。命，命令，指示。　　⑨西师：指秦军。
秦在晋西。过轶(yì义)我：越境从我们这里经过。轶，本指后车超过前车，
此指越境而过。　　⑩"杞(qǐ起)子"句：秦大夫杞子从郑国派人来向秦国
通报。按，僖公三十年，杞子与另外两位大夫被留在郑国帮助守城，直到此
时。留守事见《烛之武退秦师》。　　⑪北门之管：郑国都城北门的钥匙。
管，钥匙。　　⑫"若潜师"二句：如果秘密派军队前来，郑国就可以是我们
的了。　　⑬穆公：秦国国君，春秋五霸之一。访：访问，征询对袭郑的看法。
蹇(jiǎn简)叔：人名，秦国老臣。　　⑭"劳师"二句：让军队疲惫不堪地去
袭击远方的国家，我还从未听说有这么干的。远，指远在晋国以东的郑国。
⑮远主备之：远方的主人已经有所防备。远主，此指郑君。　　⑯无乃：莫
非，恐怕是，表示委婉测度的语气。　　⑰勤而无所：劳苦而无所得。
⑱悖(bèi背)心：反逆之心。悖，违背，违反。　　⑲其谁不知：沿途哪有不
知道的。这里主要是指必经之国晋国。　　⑳辞：拒绝不听。　　㉑孟明、
西乞、白乙：孟明视、西乞术、白乙丙，都是秦国将领。　　㉒不见其入：看不
到军队回来了。意思是此去必惨遭挫败。　　㉓公使谓之曰：秦穆公派人去
对蹇叔说。　　㉔"尔何知"三句：大意是说，你也太老了，还能懂得什么？
如果你像一般人那样活到六七十岁，现在你坟上的树木恐怕都已经有两手合
拢那么粗了。中寿，古代说法不一，取中的说法是六七十岁。此时蹇叔已经
七八十岁，超过了中寿。拱，合手曰拱。　　㉕与(yù玉)师：在这次出征的
队伍中。与，参与，在其中。㉖哭而送之：主语是蹇叔。　　㉗"晋人"
句：晋军必定会在殽山设伏兵拦击秦军。　　㉘二陵：指殽山的两个山峰，相
距三十余里，山势陡峭，下临绝涧，山路狭窄奇险，不容两车并进。　　㉙夏
后皋(gāo高)：夏代君主，夏桀祖父。　　㉚辟：通"避"。　　㉛是间：指二
陵之间。　　㉜东：出师东进。　　㉝过周北门：经过东周都城洛邑的北门。
洛邑在今河南洛阳西。　　㉞"左右"二句：战车两边的将士按照礼仪规定
脱掉头盔下了车，以表示对周天子的敬礼，但只是走了走过场，马上又跳上车
子，这样做的有三百辆之多。免胄(zhòu宙)，去掉头盔。超乘，一跃上车。
前一"乘"字音"chéng成"，乘车；后一"乘"字音"shèng剩"，车乘，古代兵车
量词。　　㉟王孙满：周共王的儿子圉(yǔ与)的曾孙，名满。后来在周定王
时曾为大夫，此时年幼尚未为官。　　㊱王：指当时的周王襄王。　　㊲轻

而无礼：在天子这里轻狂放肆，不懂礼节。指“超乘”。　㊳脱：疏忽大意。㊴滑：一个小国，在今河南偃师南。　㊵市于周：到周王都城去做生意。市，买卖。　㊶遇之：与秦国的军队相遇。　㊷“以乘（shèng 剩）韦”句：先送上四张熟牛皮作为见面薄礼，又送上十二头牛，作为对秦师的慰劳。乘，古代一辆兵车驾四马，称一乘，故“乘”又可作“四”的代称；韦，熟牛皮。犒（kào 靠），以食物慰劳军队。　㊸寡君：这是谦称本国国君，犹言“我们国君”，指郑穆公。吾子：对对方的尊称，犹言“我们尊敬的先生”，下同。将：率兵。步师出于敝邑：行军从我们郑国经过。敝邑，破败的小城邑，这是对自己国家的谦称。按，弦高这是假称郑国已经知道了秦师前来袭郑的消息。㊹敢：斗胆。表示自谦。从者：您的部下。　㊺不腆：不算富厚。㊻淹：久留，长期奔波在外。　㊼“居则”二句：你们若要住下，我们愿意供应一天的日用物品；若只是要经过郑地，我们就准备好一宿的警卫工作。积，指吃用等物资。　㊽“且使遽（jù 具）”句：弦高在假装受命犒劳秦师的同时，又派人乘驿车急赶回郑国送信。遽，一种轻便驿车。　㊾“郑穆公”句：郑穆公派人到招待宾客的馆舍去察看。客馆，外宾住处，秦国的杞子等三大夫都住于此。　㊿“则束载”句：杞子等人已经准备好车马兵器，等待作秦国的内应了。束载，把东西捆好装在车上。厉兵，磨砺兵刃。厉，同“砺”。秣（mò 末）马，喂马。　(51)使皇武子辞焉：郑穆公派大夫皇武子去辞退杞子三人。　(52)吾子：称秦国杞子等人。　(53)“唯是”二句：一定是干粮肉食吃完了，所以你们才这样整装待发的吧。脯（fǔ 甫），干肉。资，谷子。饩（xì 戏），已宰杀的牲畜的肉。牵，尚未宰杀的牲畜（牛、羊、猪等）。为，因此。(54)“郑之”二句：郑国有原圃这样的狩猎场，和你们秦国有具囿是一样的，你们回到贵国去猎取麋鹿，让我们这里休息一下怎么样？　(55)“杞子”二句：杞子见事已败露，逃到齐国去了，另两位大夫逢孙、扬孙则逃到宋国去了。(56)不可冀：不能存什么希望了。冀，希冀。　(57)“攻之”二句：攻城不能拿下，围城又没有后继部队。　(58)原轸：即先轸，晋中军主帅。　(59)违蹇叔：不听蹇叔的劝告。以贪勤民：为了贪图郑国的土地而劳师动众。勤民，使民众辛劳。　(60)天奉我：对我们来说这是天赐良机。奉，给予。　(61)纵：放纵。　(62)患生：生出祸患。　(63)栾枝：晋下军主将。　(64)“未报”二句：没有报答秦的恩惠，却要袭击他们的军队，这不是忘了先君（指刚刚亡故的晋文公）的遗命吗？死，犹言忘。　(65)同姓：郑君、滑君、晋君同为姬姓。

⑥⑥"谋及"二句：这是替子孙后代打算，能说是忘记先君的遗命吗？　⑥⑦遽兴姜戎：马上派出姜戎之兵。遽，立即。姜戎，当时依附于晋的一个族名。⑥⑧子墨衰绖(cuī dié 崔迭)：晋襄公把丧服丧带染成黑色。子，指文公之子襄公，此时文公还未下葬，故称。衰，丧服。绖，丧带。墨，黑，此用为动词，染黑。按，丧服本白色，行军穿丧服不祥，故染黑。　⑥⑨梁弘：人名，晋臣。御：驾驭。戎：战车。此指为晋襄公御戎车。　⑦⑩莱驹：人名，晋臣。为右：为车右武士。古代每辆战车乘三人，驾车者居中，尊者居左，执戈、矛等兵器者居右。　⑦①辛巳：十三日。　⑦②百里孟明视：即孟明，姓百里，名视，字孟明。　⑦③于是始墨：从此之后开始用黑色作为丧服。按，晋国本是因战事需要临时决定将白色改为黑色，但从此就沿用起黑色丧服了。　⑦④文嬴：晋文公夫人，秦穆公的女儿。请三帅：替秦穆公请求归还孟明等三帅。⑦⑤"彼实"句：其实是这三个人在秦、晋二君之间挑拨离间。彼，他们，指三帅。构，构怨，在中间说坏话。　⑦⑥"寡君"二句：我们秦君若得到他们，就是把他们吃了也不会觉得解气，又何劳你屈驾治他们的罪呢。厌，饱，满足。讨，诛戮。　⑦⑦"使归"三句：让他们回到秦国去挨刀子，也来满足一下我们秦君的心愿，怎么样？就戮，受刑戮。逞，快心，称愿。　⑦⑧公：晋襄公，此时已正式即位为晋君。下同。　⑦⑨朝(cháo 潮)：朝见晋襄公。⑧⑩舍：放掉。　⑧①"武夫"二句：战士们拼了力气才在战场上把他们擒获，一个妇人片刻之间就在国中又把他们赦免了。原，原野，此指战场。妇人，指文嬴。暂，顷刻。　⑧②堕(huī 灰)：同"隳(huī 灰)"，损失。军实：战斗果实。长寇仇：助长了敌人的气焰。寇仇，敌人。　⑧③不顾而唾：面对着襄公就随地吐了一口唾沫。不顾，头都不转一下。此写先轸怒极而失礼的情状。⑧④"公使"三句：襄公听先轸一说，后悔放掉了秦国三帅，随即派阳处父去追，一直追到黄河边，三帅已经登船离岸了。　⑧⑤"释左骖(cān 参)"句：阳处父解下左边的马，假称奉襄公之命前来赠送马匹，意欲诱使孟明等人下船。骖，一车四马中外侧的马。　⑧⑥稽(qǐ 起)首：叩头。　⑧⑦"不以"句：不拿我们这些俘虏之臣的血去涂在祭鼓上，意思是不杀我们。累臣，用绳子捆绑着的臣，即被俘者。衅鼓，杀人以血涂鼓，用于祭祀。　⑧⑧"若从"二句：若依从晋君的好意而赦免了我们，三年之后一定来拜谢你们的恩赐。意思是三年后将来报仇。　⑧⑨秦伯：秦穆公。秦为伯爵，故称其君为伯。素服：穿着白衣服(丧服)。郊次：在城外迎候。　⑨⑩乡：通"向"，面对。　⑨①孤：

犹言"寡人"。㉒替:废,撤职。㉓眚(shěng省):目病,借指一般疾病,引申指行为中的过失。掩:遮蔽。该句意思是不因小的过失而抹煞大的成就。

郑败宋师获华元①(节选)

二年春,郑公子归生受命于楚②,伐宋。宋华元、乐吕御之③。二月壬子,战于大棘④,宋师败绩⑤。囚华元,获乐吕⑥,及甲车四百六十乘⑦。俘二百五十人,馘百人⑧。

狂狡辂郑人⑨,郑人入于井。倒戟而出之,获狂狡⑩。……

将战,华元杀羊食士⑪,其御羊斟不与⑫。及战,曰⑬:"畴昔之羊,子为政;今日之事,我为政⑭。"与入郑师⑮,故败。……

宋人以兵车百乘、文马百驷以赎华元于郑⑯。半入⑰,华元逃归。立于门外,告而入⑱。见叔牂曰⑲:"子之马然也⑳!"对曰:"非马也,其人也㉑!"既合而来奔㉒。

宋城㉓,华元为植㉔,巡功㉕。城者讴曰㉖:"睅其目㉗,皤其腹㉘,弃甲而复㉙!于思于思㉚,弃甲复来!"使其骖乘谓之曰㉛:"牛则有皮,犀兕尚多,弃甲则那㉜!"役人曰:"从其有皮,丹漆若何㉝?"华元曰:"去之!夫其口众我寡㉞!"

中华书局《十三经注疏》本《左传》卷二一

①该篇选自《左传·宣公二年》,删其中的"君子曰"不录。春秋中叶,郑国曾大败宋师于大棘。这篇文章即记述了此次战事中以及前后发生的一些故事,其中描写筑城者与华元用歌谣斗嘴的情节尤其风趣生动。获,俘获。

华元,宋大夫,大棘之战中宋师的主帅。　②公子归生:字子家,郑公族大夫。此时楚郑联盟,所以他会受命于楚。　③乐(yuè 月)吕:宋臣。御:抵御。　④大棘:地名,在今河南柘(zhè 这)城西北。　⑤败绩:大败。⑥获乐吕:此指得到了乐吕的尸体。　⑦甲车:战车。　⑧馘(guó 国):割取被打死的敌人的左耳,用以计数报功。　⑨狂狡:宋大夫。辂(yà 亚):通"迓(yà 亚)",迎上前去,迎战。　⑩"倒戟"二句:狂狡把戟倒过来伸进井里,用戟柄去拉郑人上来,戟头对着自己,结果反而使对方顺势把自己俘获了。戟,一种既能直刺又能横击的兵器。　⑪食(sì 四)士:给军士们吃,即犒赏军士。　⑫"其御"句:他的御者羊斟没有被列在受犒赏者之内。　⑬曰:主语是羊斟。　⑭"畴昔"四句:意谓日前吃羊的事,是你做主;今日车子往哪里跑,则要由我做主。畴昔,往昔。政,主事者。⑮与入郑师:故意驱车驰入郑师兵阵中。　⑯文马:毛色漂亮的马。百驷(sì 四):四百匹。驷,一车所驾的四匹马之称。　⑰半入:才送去一半。⑱告:向守城门者说明身份。　⑲叔牂(zāng 赃):即羊斟。　⑳"子之马"句:大概是你的马不听使唤才使我被俘的吧。按,华元这是在委婉诘问羊斟。　㉑"非马"二句:并不是马不听使唤,是驾马的人这么干的。按,羊斟犹有馀怨,故直言不讳,愤然作答。　㉒既合而来奔:既经如此对话之后,就逃到鲁国来了。合,答。来,《左传》为鲁史,故称至鲁为"来"。㉓城:用作动词,筑城。　㉔植:以主帅而任监工之事。　㉕巡功:巡视工程进展情况。　㉖城者:筑城的人。讴(ōu 欧):唱。　㉗睅(hàn 汉)其目:瞪着大眼睛。睅,眼睛睁得大大的样子。　㉘皤(pó 婆)其腹:挺着大肚子。皤,大腹便便的样子。　㉙弃甲而复:丢盔卸甲,又跑了回来。㉚于:语气词。思(sāi 腮):通"鳃",多须貌。于思,犹今言"络腮胡子"。按,这几句歌词是筑城者编来嘲讽华元的。　㉛"使其"句:华元派他的侍卫去对唱歌的筑城者们回个话(实是对歌)。骖乘(cān shèng 参剩),同"参乘",侍卫在车右的人。　㉜"牛则"三句:有牛就有皮,犀兕(sì 四)还很多,丢甲怕什么。言外之意是还可以再用牛皮制造铠甲嘛!这是华元在自我解嘲。兕,雌犀牛。那(nuó 挪),"奈何"的合音,怎样。　㉝"从(zòng 纵)其"二句:纵然牛皮多,红漆怎么办?按,这里城者是在接着话茬继续唱歌嘲讽华元,歌词大意是盔甲都让你这么轻易就丢弃了,即使牛皮够用,那用来涂铠甲的红漆可不见得够用了。从,通"纵"。丹漆,红漆,是涂在甲上的染料。㉞"去之"二句:这是华元对侍卫说的话,意思是我们还是离开这里吧,他们人多嘴多,就凭我们两个是说不过他们的。

晋灵公不君①

晋灵公不君:厚敛以雕墙②;从台上弹人,而观其辟丸也③。宰夫胹熊蹯不熟④,杀之;寘诸畚⑤,使妇人载以过朝⑥。赵盾、士季见其手,问其故,而患之⑦。将谏,士季曰:"谏而不入,则莫之继也⑧。会请先;不入,则子继之。"三进及溜,而后视之⑨。曰:"吾知所过矣⑩,将改之!"稽首而对曰:"人谁无过!过而能改,善莫大焉。诗曰:'靡不有初,鲜克有终⑪。'夫如是,则能补过者鲜矣⑫!君能有终⑬,则社稷之固也;岂惟群臣赖之⑭!又曰:'衮职有阙,惟仲山甫补之⑮。'能补过也。君能补过,衮不废矣⑯。"

犹不改。宣子骤谏⑰。公患之。使鉏麑贼之⑱。晨往,寝门辟矣⑲。盛服将朝,尚早,坐而假寐⑳。麑退㉑,叹而言曰:"不忘恭敬,民之主也㉒!贼民之主,不忠;弃君之命,不信。有一于此,不如死也㉓。"触槐而死㉔。

秋,九月,晋侯饮赵盾酒,伏甲将攻之㉕。其右提弥明知之㉖,趋登曰㉗:"臣侍君宴,过三爵㉘,非礼也。"遂扶以下。公嗾夫獒焉㉙。明搏而杀之。盾曰:"弃人用犬,虽猛何为!"斗且出,提弥明死之。

初㉚,宣子田于首山㉛,舍于翳桑㉜。见灵辄饿㉝,问其病㉞,曰:"不食三日矣!"食之㉟,舍其半㊱。问之,曰:"宦三年矣㊲,未知母之存否。今近焉,请以遗之㊳。"使尽之,而为之箪食与肉,置诸橐以与之㊴。既而与为公介㊵,倒戟以御公

75

徒㊶,而免之㊷。问何故,对曰:"翳桑之饿人也!"问其名居㊸,不告而退。遂自亡也㊹。

乙丑㊺,赵穿攻灵公于桃园㊻。宣子未出山而复㊼。太史书曰㊽:"赵盾弑其君㊾。"以示于朝。宣子曰:"不然!"对曰:"子为正卿㊿,亡不越竟[51],反不讨贼[52],非子而谁?"宣子曰:"乌呼!'我之怀矣,自诒伊慼[53]',其我之谓矣!"孔子曰:"董狐,古之良史也,书法不隐[54];赵宣子,古之良大夫也,为法受恶[55]。惜也,越竟乃免![56]"

宣子使赵穿逆公子黑臀于周而立之[57]。壬申[58],朝于武宫[59]。

中华书局《十三经注疏》本《左传》卷二一

①该篇选自《左传·宣公二年》,记述的是发生在晋国宫廷君臣之间的一场你死我活的矛盾冲突。全文情节曲折,场面形象、逼真,是《左传》中文学叙事比较突出的一篇。晋灵公,晋襄公之子,在位十四年,宣公二年(前607)被赵穿所杀。不君,行事不像个国君,有失为君之道。　②厚敛(liǎn脸):多多从民众那里聚敛财富。雕墙:雕饰宫室。此泛指奢侈享乐。　③"从台上"二句:从高台上用弹弓射击下面过往的行人,看他们躲避弹丸的狼狈来取乐。弹(tán谈),发射弹丸。辟,通"避"。　④宰夫:国君的厨师。胹(ér而):煮。熊蹯(fán凡):熊掌。　⑤寘诸畚(běn本):此言把宰夫的尸体肢解了扔在簸箕里。寘,同"置",放置。畚,簸箕。　⑥"使妇人"句:让宫中的女子端出去,从朝廷之上经过。　⑦"赵盾"三句:上朝的大夫赵盾、士季见到了簸箕中露出来的手,打听是怎么回事,了解了情况后对晋灵公的做法感到忧虑。赵盾,赵衰之子,狄女叔隗所生,事见《晋公子重耳之亡》。晋襄公七年(前621)继其父为卿,执政二十年,谥宣子。士季,晋大夫,名会,字季。先后食采邑于随、范,故又称随武子、范武子。　⑧"谏而"二句:意思是如果我们两人同时进谏而灵公又不采纳,就没有人接着再谏了。入,听进去。　⑨"三进"二句:士季行过三次礼,已经到了堂檐下,

灵公才无法再装作看不见了,只好抬起眼来。三进,前进三次。溜,檐下。按,古代臣下朝见国君,升堂见君之前应行三次礼,行完一次走上几步,于是"三进"。每次行礼,坐在殿堂上的国君都会看到。此处灵公知道士季的来意,便故意装作没看见,以示抵触情绪。 ⑩我知所过矣:我已经知道自己错在哪里了。按,灵公明白士季会对他说什么,便先承认下来,以免对方开口。 ⑪"靡不"二句:见《诗经·大雅·荡》,大意是谁都能有个开始,却很少有能善始善终的。靡,无。鲜克,很少能够。士季引用诗句,指出一般人迁善改过,往往有始无终。 ⑫"夫如是"二句:按照诗中说的这样,则能改正过错的人还是不多的。 ⑬有终:意思是真正改过,不出尔反尔。 ⑭岂惟群臣赖之:意思是国君真能改过,哪里只是群臣有了指望,所有的晋国百姓也都有了盼头了。 ⑮"衮(gǔn滚)职有阙"二句:引自《诗经·大雅·烝民》,诗句本是歌颂周宣王君臣,言宣王在职事上若有过失,仲山甫就在旁给以弥补。衮,天子之服,引申为穿衮服的人,即天子。阙,过失。 ⑯衮不废:不荒废一国之君应尽的职责。衮,指"衮职"。 ⑰骤谏:进谏时言辞激烈,不像士季那样委婉。骤,疾。又,"骤"有"屡次"之意,亦通。 ⑱"使鉏麑(chú ní 锄尼)"句:晋灵公感到赵盾是他的心头之患,便命大力士鉏麑去秘密刺杀赵盾。贼,暗害。 ⑲寝门辟矣:赵盾卧室的门已经开了。 ⑳"盛服"三句:赵盾已经穿戴好了隆重的朝服准备上朝,时间还太早了些,就坐在那里打个盹。假寐,和衣而睡,打盹。 ㉑麑退:鉏麑从赵盾家里退了出来,不想行凶了。 ㉒"不忘"二句:晋灵公如此不君,赵盾上朝时还没忘了君臣之礼,恭恭敬敬穿戴整齐,这才是能为百姓做主的人。 ㉓"贼民之主"六句:我把百姓的依靠杀了,是对民的不忠;丢开国君的命令不去执行,又是对国君不讲信用。不管占了其中的哪一条,都是无颜再活在世上的。 ㉔触槐:头撞槐树。 ㉕"晋侯"二句:晋灵公摆酒席招待赵盾,在周围却设了埋伏,准备攻杀他。甲,甲士。 ㉖提(chí 池)弥明:赵盾的车右。此人《史记》作"示(shí 时)眯明"。知之:当是临时察觉了晋灵公的部署。 ㉗趋登:快步登上殿堂。趋,疾走;也指小步而行。 ㉘过三爵:超过三杯酒。 ㉙嗾(sǒu 叟)夫獒(áo 熬):唤出一条猛犬去咬赵盾。嗾,唤犬的声音。獒,猛犬名。 ㉚初:当初。这是插叙往事的语气。 ㉛田:打猎。首山:首阳山,在今山西永济市南。 ㉜舍于翳(yì 义)桑:在桑树的树荫下休息。舍,休息。翳,遮蔽。 ㉝灵辄:晋人,即下文自称

77

“翳桑饿人”者。饿：此指饿得昏倒在那里。　㉞问其病：赵盾以为灵辄生病倒下。　㉟食（sì 四）之：拿食物给他吃。　㊱舍其半：留了一半没有吃。舍，放弃。　㊲宦：为人做仆役。　㊳“今近”二句：现在已经快到家了，请允许我带些食物去给母亲吃。遗（wèi 为），赠与，致送。　㊴“使尽之”三句：赵盾让他把饭全部吃光，另外又准备了一篮饭和一些肉，倒在一个袋子里送给他。箪（dān 单），盛饭用的竹筐。橐（tuó 砣），口袋。㊵“既而”句：此后该人当了灵公的甲士，就在进攻赵盾的这些人当中。与，参与其中。　㊶“倒戟”句：灵辄掉转兵器抵御起灵公手下的人来。㊷而免之：使赵盾脱离了危险。免，免于难。　㊸名居：姓名和住处。㊹遂自亡：于是灵辄也自己逃到别处去了。指没有与赵盾同路。　㊺乙丑：九月二十七日。　㊻赵穿：赵盾的同族，晋襄公的女婿。攻灵公于桃园：在桃园攻杀了灵公。桃园，园名。　㊼未出山而复：赵盾被迫出奔，尚未走出晋国山界，听到灵公已死的消息，就又返回了朝中。　㊽太史：史官，此指晋史董狐。书曰：在史册上记载道。　㊾弑（shì 式）：以下杀上称“弑”。　㊿正卿：执政大夫。　(51)亡不越竟：出奔而没有越过晋国边界。意思是国内的事你就免不了干系。竟，通“境”，边境。　(52)反不讨贼：回到朝中又没有惩处弑君的贼人（指赵穿）。意思是这说明你默许此事。反，同“返”。　(53)“我之”二句：引自佚诗，大意是由于我对国家多所眷恋，才给自己找来了苦恼。怀，想念。诒（yí 遗），同“贻”，给。伊，其。慼（qī 戚），同“戚”，忧。　(54)书法不隐：言董狐秉笔直书，不枉法徇私，不掩饰执政者的问题。　(55)为法受恶：为了维护书史之法的严肃性而承受了弑君的罪名。　(56)越竟乃免：若当时已经越过国境就可免去弑君的恶名了。(57)公子黑臀：晋文公之子，此时居于周。即位后为晋成公。　(58)壬申：十月五日。　(59)武宫：晋先君晋武公的神庙。晋君每即位，必到此朝拜。

六 国 语

《国语》是一部分国记事的历史散文著作,记载了西周至战国初年(约前967—前453)周王朝及鲁、齐、晋、郑、楚、吴、越等诸侯国的历史事件、人物活动及其言辞,记言多于记事。关于该书的撰写,司马迁有"左丘失明,厥有《国语》"之说,后人因此曾认为作者与著《左传》的左丘明为同一人。今人有称该书为先秦瞽矇讲史资料汇编者,就传授渊源来说,或与左丘明有关。

《国语》的记事虽与《左传》同样集中于春秋时代,也多涉及到同一事件,但记述偏重不同,有些内容远较《左传》详尽,西周部分则是《左传》所无,作为先秦史料,同样为史家所珍视。就文学叙事而言,《国语》诸篇的风格、水平极不平衡,总体上不如《左传》形象生动,但其中有些篇情节复杂曲折,语言形象逼真,达到了相当高的文学水平。

邵公谏厉王弭谤[1]

厉王虐,国人谤王[2]。邵公告曰:"民不堪命矣[3]。"王怒,得卫巫[4],使监谤者。以告,则杀之[5]。国人莫敢言,道路以目[6]。

王喜,告邵公曰:"吾能弭谤矣,乃不敢言!"

邵公曰:"是障之也[7]。防民之口,甚于防川[8]。川壅而溃,伤人必多⑨;民亦如之。是故为川者决之使导,为民者宣之使言⑩。故天子听政,使公卿至于列士献诗⑪,瞽献曲⑫,史献书⑬,师箴⑭,瞍赋⑮,矇诵⑯,百工谏⑰,庶人传语⑱,近臣尽规⑲,亲戚补察⑳,瞽、史教诲㉑,耆、艾修之㉒,而后王斟酌焉㉓。是以事行而不悖㉔。民之有口,犹土之有山川也,财用于是乎出㉕;犹其原隰之有衍沃也,衣食于是乎生㉖。口之宣言也,善败于是乎兴㉗。行善而备败㉘,其所以阜财用衣食者也㉙。夫民虑之于心而宣之于口,成而行之㉚,胡可壅也?若壅其口,其与能几何㉛?"

王不听。于是国莫敢出言,三年乃流王于彘㉜。

《四部备要》本《国语》卷一

①该篇选自《国语·周语上》。西周后期,暴虐的周厉王用压制办法杜绝国人谤言,邵公为此苦心劝谏,厉王却一意孤行,最终被国人流放。这篇文章以较大篇幅记述了邵公劝阻厉王弭谤的说辞,其中"防民之口,甚于防川"之说,比喻生动贴切,见解也颇为发人深省。邵公,即邵穆公,名虎,周卿士。谏,劝阻。厉王,周厉王,公元前878年即位,前842年被国人流放到彘(zhì至)地(在今山西霍州市境内)。弭(mǐ米)谤,消除不满言论。此指厉王弭谤的做法。　②国人:西周春秋时对居住在国都的人的通称。　③民不堪命矣:人民已经承受不了王朝的酷政了。命,指厉王暴虐的政令。　④卫巫:卫国的巫。　⑤"以告"二句:只要卫巫报告谁有怨言,厉王就把被告发者杀掉。　⑥"国人"二句:国人都不再敢开口说话了,彼此在路上相遇,只能用目光示意。　⑦是障之也:这是在堵塞人们的嘴。障,防水堤,此用作动词,堵。　⑧"防民"二句:堵塞人们的口,比用堤来防水还要严重。　⑨"川壅(yōng拥)"二句:用堤来堵拦河水,水道壅塞,一旦溃决泛滥,伤人反而更多。　⑩"是故"二句:所以治水的人挖通水道让水流走,治理人民的人应有意让他们说出心里话。为,作"治理"解。决,开通水道。导,通。宣,发泄、疏通。　⑪公卿:三公(太师、太傅、太保)九卿(少

师、少傅、少保、冢宰、司徒、宗伯、司马、司寇、司空)的总称,这里泛指王朝高官。列士:周时士分上、中、下三等,系一般官吏,总称列士。献诗:此指献上讽谏之诗。　⑫瞽(gǔ 鼓)献曲:乐师向国王献上乐曲。瞽,盲人,古代乐师多为盲人。按,所献乐曲多采自各地,可据此了解民情。　⑬史献书:史官献上史料记载,以资借鉴。　⑭师:少师,乐官。箴(zhēn 针):一种寓有批评劝戒意味的文辞,近似格言。此用作动词,进箴言于王。　⑮瞍(sǒu 叟):盲人,无眸子曰瞍。赋:有一定音节腔调的吟诵,指吟诵公卿列士所献之诗。　⑯矇(méng 蒙):盲人,有眸子而无所见曰矇。诵:朗诵。　⑰百工:宫廷中从事各种工艺的人。　⑱庶人:平民。传语:把对政事的意见间接传给国王知道。　⑲近臣:国王左右侍从之臣。尽规:无保留地规谏。尽,全部。一说,尽,即"进"(俞樾说)。　⑳亲戚:国王同宗大臣。补察:弥补过失,监督行为。　㉑瞽、史教诲:乐师、史官通过解释、讲述歌曲和传说来使国王明白事理。　㉒耆(qí 其)、艾:人到六十耆,五十叫艾,此泛指上了年纪的人。修之:把瞽史的教诲加以整理。　㉓斟酌:考虑取舍,付诸实施。　㉔悖:违背情理。　㉕"犹土"二句:就好比大地上有山有水,财物用度都由此(山川)而产。是,这里。　㉖"犹其"二句:又好比大地上有沃土,衣食资源才由此而生。其,代指上面的"土",即大地。原,宽阔而平坦的土地。隰(xí 习),低下而潮湿的土地。衍,低而平坦的土地。沃,有河流可以灌溉的土地。　㉗"善败"句:国家政事的好或坏,都可从人们的口中反映出来。兴,起,出现。　㉘"行善"句:大意是凡人们认为好的就继续推行,认为不好的就加以防止。备,防。　㉙"其所以"句:这才是用来增加财用衣食的途径。阜(fù 复),增多。　㉚成:善,好。　㉛"其与"句:这样做能持续多久呢。与,语助词。　㉜三年:过了三年。流:使流亡。彘:晋地名,在今山西霍州市。

齐姜与子犯谋遣重耳①

　　遂适齐。齐侯妻之,甚善焉②,有马二十乘。将死于齐而已矣③,曰:"民生安乐④,谁知其它?"

81

桓公卒,孝公即位⑤。诸侯叛齐⑥。子犯知齐之不可以动⑦,而知文公之安齐而有终焉之志也⑧,欲行,而患之⑨。与从者谋于桑下。蚕妾在焉,莫知其在也⑩。妾告姜氏,姜氏杀之,而言于公子曰:"从者将以子行⑪;其闻之者,吾以除之矣⑫!子必从之,不可以贰;贰无成命⑬。诗云:'上帝临女,无贰尔心⑭。'先王其知之矣⑮!贰将可乎?子去晋难而极于此⑯;自子之行,晋无宁岁⑰,民无成君。天未丧晋,无异公子⑱,有晋国者,非子而谁?子其勉之。上帝临子矣,贰必有咎!"

公子曰:"吾不动矣⑲,必死于此!"姜曰:"不然!周诗曰:'莘莘征夫,每怀靡及⑳。'夙夜征行,不遑启处,犹惧无及㉑;况其顺身纵欲怀安,将何及矣!人不求及㉒,其能及乎?日月不处,人谁获安㉓?西方之书有之㉔,曰:'怀与安,实疚大事㉕。'郑诗云:'仲可怀也;人之多言,亦可畏也㉖。'昔管敬仲有言㉗,小妾闻之㉘,曰:'畏威如疾㉙,民之上也。从怀如流㉚,民之下也。见怀思威,民之中也㉛。畏威如疾,乃能威民㉜;威在民上,弗畏有刑㉝。从怀如流,去威远矣㉞,故谓之下。'其在辟也,吾从中也㉟。郑诗之言,吾其从之。此大夫管仲之所以纪纲齐国、裨辅先君而成霸者也㊱。子而弃之,不亦难乎?齐国之政败矣!晋之无道久矣!从者之谋忠矣!时日及矣!公子几矣㊲!君国㊳,可以济百姓;而释之者,非人也。败不可处㊴,时不可失,忠不可弃,怀不可从。子必速行!吾闻晋之始封也,岁在大火㊵,阏伯之星也,实纪商人㊶。商之飨国㊷,三十一王。瞽史之纪曰㊸:'唐叔之世,将如商数㊹。'今未半也㊺。乱不长世㊻,公子唯子,子必有晋。若何怀安?"公子弗听。

姜与子犯谋,醉而载之以行。醒,以戈逐子犯,曰:"若无所济㊼,吾食舅氏之肉,其知餍乎㊽!"舅犯走且对曰:"若无所济,余未知死所;谁能与豺狼争食㊾?若克有成,公子无亦晋之柔嘉,是以甘食㊿。偃之肉腥臊,将焉用之?"遂行。

《四部备要》本《国语》卷一〇

①该篇选自《国语·晋语四》,是晋公子重耳在外流亡生活的一个片断,事已见《左传》选文《晋公子重耳之亡》篇。但该篇中的人物对话较《左传》的记述为详,可两相对照,以见出各自的文学特点。文中已见于《左传》选文的人物、地点等不再加注,可参阅前注。　　②甚善焉:指齐桓公待重耳很好。　　③"将死"句:重耳打算在齐度过馀生。　　④民生:即人生。　　⑤孝公:齐孝公,桓公子。　　⑥诸侯叛齐:诸侯不再把齐作为霸主而听命于它。　　⑦动:打动,说服。按,子犯等本是指望齐国助重耳返国的,现在感到已难以说服他们做这件事情。　　⑧终焉之志:即上述"死于齐"的想法。终,终结。焉,那里。　　⑨患之:怕重耳不肯走。之,指重耳。　　⑩莫知其在:子犯及参与谋划者都没发现蚕妾就在树上。　　⑪"从者"句:你的手下人打算同你一起离开齐国。以,与。　　⑫以:通"已",已经。　　⑬"子必"三句:你一定要听从他们的意见,不要犹豫不决,否则就难成大事。贰,二心,想法不定。成命,事业有成。　　⑭"上帝"二句:见《诗经·大雅·大明》篇,言上帝正在注视着你,你不要再犹豫不决了。按,此本是写武王伐纣的诗句,这里姜氏引来指称能成大事者。　　⑮"先王"句:言武王知天命,故能成大事。先王,指周武王。知之,知道上帝的眷顾,即知天命。　　⑯去:避开。极:到。　　⑰无宁岁:没有一年安宁过。　　⑱无异公子:除了你,晋已没有其他公子了。　　⑲吾不动矣:我是不会被人说动了。　　⑳"莘(shēn申)莘"二句:见《诗经·小雅·皇皇者华》篇(《小雅》是周诗),今本"莘莘"作"駪(shēn申)駪",众多貌。姜氏解此诗句的意思是,那些奔走于道路的征夫们,心中时时想着该做的事情,生怕来不及做好。及,达到目标。　　㉑"夙夜"三句:他们早晚奔忙,无暇安居,尚且害怕做不好。夙,早。遑(huáng皇),闲暇。启,古人双膝着地挺直腰身而坐叫"启"。

83

㉒人不求及:一个人自己不去追求事业的成功。　㉓"日月"二句:犹言时光是不会停留的,人又怎么可能坐享其成呢?　㉔西方之书:指周朝的书。㉕疾:病。此用作动词,妨害。　㉖"仲可怀也"三句:见《诗经·郑风·将仲子》。姜氏此处是用来说明不能因自己的私情而不顾人言。　㉗管敬仲:管仲的谥号。　㉘小妾:姜氏自称。　㉙畏威如疾:像害怕疾病那样敬畏天威。　㉚从怀如流:随心所欲而每况愈下。怀,心怀。流,流水。水性就下。　㉛"见怀思威"二句:看到可眷恋的事物,还能想起天威,从而及时改过,尚不失为中等之人。　㉜威民:树立威望以统治人民。㉝"威在"二句:能威民者居于人上,谁若不敬畏,则有刑法以治之。㉞去威远矣:意思是说从怀如流的人本不知天威之可畏,也就不会通过努力去获得权威,只能是离它越来越远。　㉟"其在"二句:大意是对于以上管仲所说上中下三种情况,咱们现在应该按照那中等的去做,即"见怀思威"。辟,通"譬",喻。吾,我们,下一"吾"字同。　㊱纲纪:治理整顿。裨(bì)辅:补益辅佐。先君:指齐桓公。　㊲"时日"二句:时机已经到了,公子的事业就该有所成就了。几,差不多。　㊳君国:君临国家,做一国之主。　㊴败不可处:政治败坏的环境不可久处。此指齐。　㊵"吾闻"二句:我听说当年周成王封其弟唐叔于晋、始建晋国之时,正是大火星值之年。大火,星名,即心宿,一名辰星。按,唐叔始封于周成王十年,这一年是乙未年,按照古代天文学家的说法,正是大火值年。　㊶"阏(è遏)伯"二句:大火星又叫阏伯之星,它是殷商人的象征。按,阏伯是陶唐氏(尧)时的火正之官,居商丘(商代发祥地),掌祭祀大火星之职。故大火一名商星,又叫"阏伯之星"。又按,商代开国之君汤于乙未年灭夏,该年也是大火星值年。所以,大火星被认为是代表殷商人命运的星宿。纪,记载,引申为代表、象征。　㊷飨国:享有国家者。飨,通"享"。　㊸瞽史之纪:史官之书。按,古代巫、史执掌不分,瞽史也被认为通晓天命。　㊹"唐叔"二句:唐叔的后裔享有晋国,将会应合商代诸王享国的数目,即也会达到三十一世。㊺今未半:从唐叔传到现在的晋侯(即重耳之前的晋惠公),只有十四位国君,还不到三十一世的一半。　㊻乱不长世:纷乱的局面不会长久。此指晋国终该有太平兴盛的日子到来。　㊼济:指事业成功。　㊽"吾食"二句:即使我把舅舅你的肉吃掉,恐怕都不会感到解恨吧。餍,满足。㊾"谁能"句:意思是豺狼会来吃我的肉的,你哪里争得过它们。　㊿"若

84

"克"三句:大意是,如果能够获得成功,晋国所有美味佳肴还不尽由着你品尝。克,能够。无亦,难道不是。柔嘉,美味,美食。

句 践 灭 吴①

越王句践栖于会稽之上②,乃号令于三军曰:"凡我父兄、昆弟及国子姓③,有能助寡人谋而退吴者,吾与之共知越国之政④。"大夫种进对曰⑤:"臣闻之,贾人夏则资皮⑥,冬则资𫄨⑦,旱则资舟,水则资车,以待乏也⑧。夫虽无四方之忧,然谋臣与爪牙之士,不可不养而择也⑨。譬如蓑笠⑩,时雨既至必求之。今君王既栖于会稽之上,然后乃求谋臣,无乃后乎⑪?"句践曰:"苟得闻子大夫之言⑫,何后之有!"执其手而与之谋,遂使之行成于吴⑬。

曰⑭:"寡君句践之无所使⑮,使其下臣种⑯,不敢彻声闻于天王,私于下执事曰⑰:寡君之师徒不足以辱君矣⑱,愿以金玉子女赂君之辱⑲,请句践女女于王⑳,大夫女女于大夫,士女女于士。越国之宝器毕从㉑。寡君帅越国之众以从君之师徒㉒。唯君左右之㉓!若以越国之罪为不可赦也,将焚宗庙,系妻孥,沈金玉于江,有带甲五千人将以致死,乃必有偶,是以带甲万人事君也㉔。无乃即伤君王之所爱乎㉕!与其杀是人也,宁其得此国也,其孰利乎?"

夫差将欲听,与之成。子胥谏曰㉖:"不可!夫吴之与越也,仇雠敌战之国也㉗!三江环之㉘,民无所移。有吴则无越,有越则无吴矣,将不可改于是矣。员闻之:陆人居陆,水人居水。夫上党之国㉙,我攻而胜之,吾不能居其地,不能乘其车;夫越国,吾攻而胜之,吾能居其地,吾能乘其舟。此其利也,不可失也已。君必灭之！失此利也，虽悔之，必无及已。"

越人饰美女八人，纳之太宰嚭㉚，曰："子苟赦越国之罪，又有美于此者将进之。"太宰嚭谏曰："嚭闻古之伐国者，服之而已。今已服矣，又何求焉？"夫差与之成而去之㉛。

句践说于国人曰："寡人不知其力之不足也，而又与大国执雠㉜，以暴露百姓之骨于中原㉝，此则寡人之罪也。寡人请更㉞！"于是葬死者，问伤者，养生者；吊有忧㉟，贺有喜；送往者，迎来者；去民之所恶，补民之不足。然后卑事夫差㊱，宦士三百人于吴㊲，其身亲为夫差前马㊳。

句践之地，南至于句无㊴，北至于御儿㊵，东至于鄞㊶，西至于姑蔑㊷，广运百里㊸。乃致其父母、昆弟而誓之㊹，曰："寡人闻古之贤君，四方之民归之，若水之归下也。今寡人不能，将帅二三子夫妇以蕃㊺。"令壮者无取老妇㊻，令老者无取壮妻。女子十七不嫁，其父母有罪；丈夫二十不取，其父母有罪。将免者以告㊼，公令医守之㊽，生丈夫二壶酒、一犬㊾，生女子二壶酒、一豚㊿；生三人公与之母，生二人公与之饩㉑。当室者死㉒，三年释其政㉓；支子死㉔，三月释其政，必哭泣葬埋之如其子㉕。令孤子、寡妇、疾疹、贫病者㉖，纳官其子㉗。其达士㉘，絜其居㉙，美其服，饱其食，而摩厉之于义㉠。四方之士来者，必庙礼之㉡。句践载稻与脂于舟以行㉢，国之孺子之游者㉣，无不餔也㉤，无不歠也㉥，必问其名。非其身之所种则不食，非其夫人之所织则不衣。十年不收于国㉦，民俱有三年之食。

国之父兄请曰："昔者夫差耻吾君于诸侯之国，今越国亦节矣㉧，请报之㉨。"句践辞曰："昔者之战也，非二三子之罪也，寡人之罪也。如寡人者安与知耻㉩，请姑无庸战㉪！"父兄又请曰:"越四封之内[71],亲吾君也犹父母也。子而思报父母之仇,臣而思报君之雠,其有敢不尽力者乎!请复战。"句践既许之,乃致其众而誓之,曰:"寡人闻古之贤君,不患其众之不足也,而患其志行之少耻也[72]。今夫差衣水犀之甲者亿有三千[73],不患其志行之少耻也,而患其众之不足也,今寡人将助天威之。吾不欲匹夫之勇也[74],欲其旅进旅退[75]。进则思赏,退则思刑,如此则有常赏[76];进不用命[77],退则无耻,如此则有常刑。"

果行[78],国人皆劝[79]。父勉其子,兄勉其弟,妇勉其夫,曰:"孰是吾君也而可无死乎[80]!"是故败吴于囿[81]。又败之于没[82],又郊败之[83]。夫差行成曰:"寡人之师徒不足以辱君矣,请以金玉子女赂君之辱。"句践对曰:"昔天以越予吴,而吴不受命[84];今天以吴予越,越可以无听天之命,而听君之令乎?吾请达王甬、句东,吾与君为二君乎[85]!"夫差对曰:"寡人礼先壹饭矣[86],君若不忘周室,而为敝邑宸宇,亦寡人之愿也[87]!君若曰:'吾将残汝社稷[88],灭汝宗庙。'寡人请死,余何面目以视于天下乎!越君其次也[89]。"遂灭吴。

《四部备要》本《国语》卷二○

①该篇选自《国语·越语上》。春秋末期,相互毗邻的吴、越二国反复进行过争霸战争,结果是几乎灭掉越国的吴国反而为越所灭。本文记述的就是越王句践在几近亡国的危局中处心积虑、发奋图强终于报仇雪耻灭掉吴国的故事。文章能将这一复杂的历史事件记述得集中、完整,表现了较高的叙事水平。句(gōu 勾)践,越国国君,公元前496至公元前465年在位。公元前496年,句践与吴王阖庐作战,阖庐伤指而死,临死时嘱其子夫差报仇。后三年,吴王夫差伐越,大败之,入越。句践率残军五千人退保会(guì 贵)稽(山名,在今浙江绍兴东南)。句践灭吴的故事由此拉开序幕。句,同"勾"。

②栖：暂时停留。　　③昆弟：兄弟。昆，兄。　国子姓：国中百姓。子姓，犹言子民。　　④知：管理，主持。　　⑤大夫种：文种，原为楚人，越国大夫。⑥贾（gǔ古）人：商人。资皮：储备皮货。资，积蓄。　　⑦絺（chī吃）：细葛布，用来织夏季衣服。　　⑧待乏：防用时缺乏。　　⑨"夫虽无"三句：大意是即使在没有四方邻国来侵扰的情况下，也是要注意培养和挑选优秀的文臣武将的。爪牙，古时用来比喻武臣。　　⑩蓑笠：蓑衣和斗笠。　　⑪后：迟，晚。　　⑫子大夫：对文种的尊称。子，您。　　⑬行成于吴：向吴国求和。成，讲和。　　⑭曰：主语是文种。　　⑮无所使：没有可供派遣的人。使，派。　　⑯下臣种：文种自称。　　⑰"不敢"二句：不敢在天王您面前高声说话，请允许我低声对您手下执事的人说说我们的意思。此是外交辞令，实际说话的对象就是吴王。彻，达。天王，此指吴王夫差。私，私下低声说话。　　⑱不足以辱君：不值得您屈尊亲自来讨伐。　　⑲"愿以"句：愿献上金玉和子女来答谢您屈辱光临越国之劳。赂，以财物奉献。辱，辱临。⑳"请句践"句：请允许让句践的女儿做大王您的婢妾。后一"女"字读去声，用作动词。下两句仿此。　　㉑毕从：随同着全部奉上。　　㉒师徒：军队。㉓唯君左右之：都由您随意调遣。　　㉔"若以"七句：大意是如果吴国不想赦免越国，越国只好殊死一搏。系妻孥（nú奴），把妻子儿女捆在一起。意思是同生共死，即使失败也不让吴国得到。孥，子女。沈，同"沉"。致死，拼死命。偶，加倍。　　㉕"无乃"句：这样岂不是要毁掉大王您所喜欢的东西了。所爱，指前面提到的越国民众与财物。　　㉖子胥：即伍子胥，名员，吴国大夫。原为楚人，有为父兄复仇的故事流传。　　㉗仇雠（chóu仇）：互相仇视。雠，同"仇"。　　㉘三江：指环绕吴越两国的长江、钱塘江、浦阳江。㉙上党：指北方陆居的诸侯国。党，所，地方。北方较南方地势为高，故称"上"。　　㉚纳：送给。太宰嚭（pǐ匹）：吴国大夫，名嚭。太宰是官名。㉛"夫差"句：夫差听从了太宰嚭之谏，与越国讲和后率师离开了越国。㉜执雠：结仇。　　㉝中原：即原中，原野上。　　㉞更：重新来过。㉟吊有忧：慰问有困难者。　　㊱卑事夫差：降身前去服侍夫差。㊲"宦士"句：派了三百名士人到吴国去做宫中卑贱的小臣。宦，宦竖，宫中仆役。　　㊳"其身"句：句践自己则亲为夫差当差，骑马在前面开路。㊴句无：山名，在今浙江诸暨南。　　㊵御儿：地名，在今浙江崇德东南。㊶鄞（yín银）：地名，在今浙江宁波市鄞州区。　　㊷姑蔑：地名，在今浙江

龙游北。 ㊸广运：东西为广，南北为运。 ㊹致：招致，召集。 ㊺帅：率领。二三子：犹言你们。蕃（fán 凡）：繁殖。 ㊻取：通“娶”，下同。 ㊼免：通“娩”，分娩。 ㊽毉：同“医”。 ㊾生丈夫：此言生下男孩。丈夫，男子。 ㊿豚（tún 屯）：小猪。 (51)“生三人”二句：生三胞胎的，由官家派给乳母；生双胞胎的，由官家供给饮食。饩（xì 细），食物。 (52)当室者：承家人，指嫡子。 (53)释其政：免除其徭役。政，指徭役。 (54)支子：指庶出之子。 (55)如其子：如同嫡出。此言对庶子不得歧视。 (56)疹（chèn 趁）：通“疢（chèn 趁）”，一种热病。 (57)纳官其子：把他们的子女送到官府调教养活。 (58)达士：有名望的人。 (59)絜（jié 洁）：同“潔（洁）”。 (60)摩厉：同“磨砺”，研思、修养、锻炼。义：道理。 (61)庙礼：接见宴享于庙堂之上，以示隆重。 (62)稻：此指米饭。脂：肉食。行：巡视。 (63)孺子：小孩。游：漂泊游荡。 (64)餔（bǔ 哺）：通“哺”，以食给人。 (65)歠（chuò 啜）：给水喝。 (66)收：征收赋税。 (67)节：有节度。指各方面都已秩序井然。 (68)报：指向吴国复仇。 (69)“如寡人”句：像我这样的人哪里知道什么耻辱。此是自谦之辞。与，语助词，无义。 (70)姑：暂且。无庸：不用。 (71)封：疆界。 (72)少耻：缺少耻辱感。 (73)水犀之甲：用水犀牛皮做成的铠甲。水犀，犀牛的一种。亿：此指十万。 (74)匹夫之勇：指单凭个人血气之勇。 (75)旅进旅退：军队同进同退。旅，俱。 (76)常赏：定赏，赏赐有一定之规。下文“常刑”仿此。 (77)用命：遵从命令。 (78)果行：终于开始了伐吴的行动。 (79)劝：互相勉励。 (80)“孰是”句：我们这样的君王谁能不为他去拼死命呢。孰，谁，为加强语气而提前。 (81)囿：笠泽，在今太湖一带。 (82)没：吴地名，其址不详。 (83)郊败之：败吴军于吴都郊外。吴国都城在今江苏吴县。 (84)不受命：不接受天命。指当时没有趁机灭掉越国。 (85)“吾请”二句：请让我把大王你遣送到甬江、句章以东，此后我与你仍像两个国君，怎么样？达，送达。甬、句东，韦昭注曰：“甬，甬江。句，句章。”《左传》、《史记·吴世家》均作甬东，即今浙江定海东北的海岛。 (86)礼先壹饭：从礼节上说已经先对你有壹饭之恩了。指以前曾许越国讲和。壹饭，一顿饭，形容小小的恩惠。 (87)“君若”三句：大意是您若能看在吴与周同宗的分上，让吴国在越国的屋檐边上生存下去，就是我最大的愿望了。敝邑，对本国的谦称。宸（chén 辰）宇，屋檐边。 (88)残：毁坏。 (89)“越君”句：越君你就只管进驻吴国吧。次，驻扎。

七 战 国 策

　　《战国策》,又称《国策》,是记载战国时人历史活动的文章汇编,以国为别,依次为东周、西周、秦、齐、楚、赵、魏、韩、燕、宋、卫、中山诸国。记事多不标出年代,据史实推断,大致上继《春秋》,下迄楚汉之际。各篇作者不详,写作时间不明,曾分别见于汉宫中所藏《国策》、《国事》、《短长》、《事语》、《长书》、《修书》等书中,最终是由西汉刘向加以汇辑、整理、校订,并定名为《战国策》(刘向《战国策书录》)。

　　《战国策》的内容偏重于当时活跃在诸侯国间的一些谋臣策士纵横捭阖的游说活动及其谋略和辞说。因其多涉及重大事件而具有较高的史料价值,为司马迁《史记》所取材;同时也因其出自游说之口的夸饰以及作者的部分虚构而不尽与史实相符,从而更具有文学叙事的色彩。其文注重渲染,富于气势,又巧于用譬,语言则浅明生动,并开始讲究形式修饰。

苏秦始将连横[①](节选)

　　苏秦始将连横,说秦惠王曰[②]:"大王之国,西有巴、蜀、汉中之利[③],北有胡貉、代马之用[④],南有巫山、黔中之限[⑤],东有肴、函之固[⑥]。田肥美,民殷富,战车万乘,奋击百万[⑦],沃野千里,蓄积饶多,地势形便[⑧],此所谓天府[⑨],天下之雄国也。以大王之贤,士民之众,车骑之用,兵法之教,可以并诸侯,吞天下,称帝而治。愿大王少留意,臣请奏其效⑩。"

秦王曰:"寡人闻之:毛羽不丰满者不可以高飞,文章不成者不可以诛罚⑪,道德不厚者不可以使民,政教不顺者不可以烦大臣⑫。今先生俨然不远千里而庭教之⑬,愿以异日⑭。"

……

说秦王书十上而说不行⑮,黑貂之裘弊⑯,黄金百斤尽⑰,资用乏绝,去秦而归。嬴縢履跻⑱,负书担橐⑲,形容枯槁⑳,面目犁黑㉑,状有归色㉒。归至家,妻不下纴㉓,嫂不为炊,父母不与言。苏秦喟叹曰㉔:"妻不以我为夫,嫂不以我为叔,父母不以我为子,是皆秦之罪也。"乃夜发书㉕,陈箧数十㉖,得太公阴符之谋㉗,伏而诵之,简练以为揣摩㉘。读书欲睡,引锥自刺其股㉙,血流至足,曰:"安有说人主,不能出其金玉锦绣㉚,取卿相之尊者乎?"期年㉛,揣摩成,曰:"此真可以说当世之君矣。"于是乃摩燕乌集阙㉜,见说赵王于华屋之下,抵掌而谈㉝。赵王大悦,封为武安君㉞。受相印㉟,革车百乘㊱、绵绣千纯㊲、白璧百双、黄金万溢以随其后㊳,约从散横以抑强秦㊴,故苏秦相于赵而关不通㊵。当此之时,天下之大,万民之众,王侯之威,谋臣之权㊶,皆欲决苏秦之策㊷。不费斗粮,未烦一兵,未战一士,未绝一弦㊸,未折一矢,诸侯相亲,贤于兄弟㊹。夫贤人在而天下服,一人用而天下从,故曰:式于政不式于勇㊺;式于廊庙之内㊻,不式于四境之外。当秦之隆㊼,黄金万溢为用,转毂连骑,炫熿于道㊽,山东之国从风而服㊾,使赵大重。且夫苏秦,特穷巷掘门桑户棬枢之士耳㊿,伏轼撙衔[51],横历天下[52],廷说诸侯之王[53],杜左右之口[54],天下莫之能伉[55]。

91

将说楚王,路过洛阳,父母闻之,清宫除道㊄,张乐设饮㊄,郊迎三十里㊄。妻侧目而视㊄,倾耳而听。嫂虵行匍伏㊄,四拜自跪而谢㊄。苏秦曰:"嫂何前倨而后卑也㊅?"嫂曰:"以季子之位尊而多金。"苏秦曰:"嗟乎,贫穷则父母不子㊅,富贵则亲戚畏惧。人生世上,势位富贵㊅,盖可忽乎哉㊅?"

士礼居丛书本《战国策》卷三

①该篇节选自《战国策·秦策一》,记述的是著名策士苏秦说(shuì 税)秦连横失败后发奋研读、转而说赵合纵、终于大获成功的故事。文章以渲染夸饰之笔突出显示了人物特点及命运变化,其中对世态炎凉的描写尤其惟妙惟肖。苏秦,洛阳人,字季子,为战国时纵横家代表人物之一,曾以"合纵"说为六国所任用,后奉燕昭王命入齐从事反间活动,为齐所杀。连横,战国时,由秦分别与东方某国联合去攻打另外的国家称"连横";东方六国联合对付秦国,则称"合纵"。　②秦惠王:秦国国君,孝公之子,即位后杀掉了曾在秦推行变法的卫人商鞅,对外来游士存有戒心。　③巴:约为今以重庆为中心的川东地区。蜀:约为今以成都为中心的川西地区。汉中:约为今陕西南部地区。利:此指因土地富饶而可获利。　④胡貉(hé 何):胡地之貉,生长于当时匈奴地区的一种野兽,其皮可制裘。代马:代地所产的良马。代,今河北、山西两省北部地区。　⑤巫山:在今重庆巫山县东。黔中:指湖北、湖南、贵州、四川交界地区,原属楚国,后为秦所有。限:此有"屏障"之意。　⑥肴:通"殽(xiáo)",山名,在今河南洛宁西北。函:函谷关,在今河南灵宝东北。　⑦奋击:奋勇战斗之士。　⑧形便:地形便于攻守。　⑨天府:天然富饶的府库。　⑩奏其效:禀奏说明事情的效应。　⑪文章:此指法令条款。　⑫烦大臣:指烦劳大臣们对外用兵。　⑬俨然:郑重其事貌。庭教:在厅堂上有所指教。　⑭愿以异日:请你以后再说。　⑮"说秦王"句:苏秦游说秦王的谏书献了十多次,其连横的主张也没有被采纳。前"说"为"游说"之"说",后"说"为"学说"之"说"。　⑯弊:破。　⑰黄金:指战国时的铜属货币。　⑱赢縢(lèi téng 累藤):缠着绑腿布。

嬴,通"累",绑缚。履蹻(jué决):穿着草鞋。蹻,通"屩(juē决阴平)",草鞋。 ⑲负:背着。橐(tuó驼):囊,口袋。 ⑳形容枯槁:样子很憔悴。 ㉑犁(lí黎):通"黧",黑色。 ㉒归色:惭愧之色。归,当为"愧",音近而误。 ㉓纴(rèn任):织布机机头,代指机子。 ㉔喟:叹息。 ㉕发:展开,打开。 ㉖箧(qiè切):箱子,此指书箱。 ㉗太公:姜尚,世称姜太公,曾佐周武王得天下。阴符:即《阴符经》,是托名太公的一部兵书。 ㉘简:选择。练:熟习,练习。 ㉙股:大腿。 ㉚出:使其出,让他们拿出来赏赐于我。锦绣:精美华丽的丝织品。 ㉛期(jī基)年:一周年。 ㉜摩:切近,接触,引申为到达。阙(què却):古代宫殿前面带有门楼的高建筑物,通常左右各一,因此也用来代称宫门。燕乌集,阙名。 ㉝抵掌:亦作"抵(zhǐ止)掌",击掌。 ㉞武安:赵国城邑,在今河南武安市西南。 ㉟受相印:苏秦接到了相印,即赵王封苏秦为相。 ㊱革车:战车。 ㊲绵:丝棉。或当作"锦",形近而误。纯(tún屯):匹,束。 ㊳溢:通"镒(yì益)",古代重量单位,二十四两为一镒。 ㊴约从散横:与各诸侯国订立合纵协约,拆散连横之盟。从,通"纵"。 ㊵关:函谷关,秦与六国交通的要道。不通:六国断绝了与秦的来往。 ㊶权:权变之计。 ㊷"皆欲"句:都要取决于苏秦的策划,即由他来作决定。 ㊸未绝一弦:没有拉断一根弓弦。 ㊹贤于兄弟:比兄弟还好。 ㊺式:运用。 ㊻廊庙:古代国君祭祖处,此代指朝廷。 ㊼当秦之隆:当苏秦得意之时。 ㊽"转毂(gǔ古)"二句:随从的车骑络绎不绝,在路上十分显眼。毂,车轮中心的圆木,代指车轮。骑(jì计),一人一马的合称。炫熿(xuàn huáng眩黄),光耀,显耀。 ㊾山东之国:指华山以东诸国,即六国。从风而服:像风吹草伏一样听命臣服。 ㊿"且夫"二句:况且苏秦本来只是个出身贫贱的士人。特,只是。掘,通"窟";掘门,墙上挖窟窿当门。桑户,桑柴当门板。棬(quān圈)枢,用弯木作门轴。 ㉛伏轼撙(zǔn遵上声)衔:伏在车前横木上,拉着马缰绳,意谓驾着高车大马,一派得意之状。撙,勒住。衔,马勒口。 ㉜横历:横行,无所阻拦。 ㉝廷说:在朝廷上游说。 ㉞杜:堵住。 ㉟伉(kàng抗):通"抗",匹敌。 ㊱清宫除道:收拾房间,打扫道路。宫,室。 ㊲张乐设饮:摆设音乐,置办酒席。 ㊳郊迎三十里:出郊三十里前去迎接。邑外为郊。 ㊴侧目而视:不敢正面相看。 ㊵虵行匍伏:像蛇一样爬着向前。虵,同"蛇"。 ㊶谢:谢罪。指谢以前

93

"不为炊"之罪。　　⑫倨(jù具):傲慢。　　⑬不子:不以为子。　　⑭势位富贵:权势地位和财产。　　⑮盍(hé何):通"盍",何,怎么。

邹忌讽齐威王纳谏①

邹忌脩八尺有馀②,身体昳丽③。朝服衣冠④,窥镜,谓其妻曰:"我孰与城北徐公美⑤?"其妻曰:"君美甚!徐公何能及公也。"城北徐公,齐国之美丽者也。忌不自信,而复问其妾曰:"吾孰与徐公美?"妾曰:"徐公何能及君也!"旦日⑥,客从外来,与坐谈,问之客曰:"吾与徐公孰美?"客曰:"徐公不若君之美也!"

明日,徐公来。孰视之⑦,自以为不如;窥镜而自视,又弗如远甚。暮寝而思之,曰:"吾妻之美我者,私我也⑧;妾之美我者,畏我也;客之美我者,欲有求于我也。"

于是入朝见威王,曰:"臣诚知不如徐公美。臣之妻私臣,臣之妾畏臣,臣之客欲有求于臣,皆以美于徐公⑨。今齐地方千里,百二十城。宫妇左右,莫不私王;朝廷之臣,莫不畏王;四境之内,莫不有求于王:由此观之,王之蔽甚矣⑩。"王曰:"善。"

乃下令:"群臣吏民,能面刺寡人之过者⑪,受上赏;上书谏寡人者,受中赏;能谤议于市朝,闻寡人之耳者⑫,受下赏。"令初下,群臣进谏,门庭若市。数月之后,时时而间进⑬。期年之后⑭,虽欲言,无可进者。

燕、赵、韩、魏闻之,皆朝于齐⑮。此所谓战胜于朝廷⑯。

士礼居丛书本《战国策》卷八

①该篇选自《战国策·齐策一》,写的是齐相邹忌现身说法,劝齐威王广开言路的故事。文中人物善于取譬,说理令人信服;行文描写也委婉风趣,引人入胜。邹忌,齐人,曾为齐威王相国,封为成侯。讽,委婉劝谏。纳谏,听取批评意见。　②修:同"修",长,此指身高。八尺:约合现在五尺六寸左右(战国时一尺约合现在七寸左右)。　③昳(yì义)丽:即逸丽,容光焕发,气度非凡。昳,通"逸"。　④朝服衣冠:早上起来穿戴整齐。服,用作动词,穿戴。　⑤"我孰与"句:我和城北徐公比起来,谁更英俊一些。孰,谁。　⑥旦日:明日。　⑦孰视:仔细端详。孰,通"熟"。　⑧私我:对我偏爱。　⑨"皆以"句:都说我比徐公美。　⑩蔽:被蒙蔽。　⑪面刺:当面批评。　⑫"能谤议"二句:在公共场所议论批评我的过失,传到我的耳中。　⑬间进:间或有人进谏。　⑭期(jī基)年:满一年。　⑮朝于齐:前来朝见齐王。按,此是夸饰之笔。　⑯战胜于朝廷:在朝廷上就可以战胜敌国。指靠着修明政治而使敌国畏服。

冯谖客孟尝君①(节选)

齐人有冯谖者,贫乏不能自存。使人属孟尝君②,愿寄食门下。孟尝君曰:"客何好?"曰:"客无好也。"曰:"客何能?"曰:"客无能也。"孟尝君笑而受之,曰:"诺。"

左右以君贱之也,食以草具③。居有顷④,倚柱弹其剑,歌曰:"长铗,归来乎⑤!食无鱼。"左右以告。孟尝君曰:"食之,比门下之客⑥。"居有顷,复弹其铗,歌曰:"长铗,归来乎!出无车。"左右皆笑之,以告。孟尝君曰:"为之驾⑦,比门下之车客⑧。"于是乘其车,揭其剑⑨,过其友,曰:"孟尝君客我!"后有顷,复弹其剑铗,歌曰:"长铗,归来乎!无以为家⑩。"左右皆恶之,以为贪而不知足。孟尝君问:"冯公有亲乎?"对曰:"有老母。"孟尝君使人给其食用,无使乏。于是冯谖不复歌。

后孟尝君出记⑪,问门下诸客:"谁习计会,能为文收责于薛者乎?⑫"冯谖署曰:"能⑬。"

孟尝君怪之,曰:"此谁也?"左右曰:"乃歌夫'长铗归来'者也!"孟尝君笑曰:"客果有能也,吾负之⑭,未尝见也。"请而见之。谢曰⑮:"文倦于事⑯,愦于忧⑰,而性懧愚⑱,沉于国家之事,开罪于先生⑲。先生不羞⑳,乃有意欲为收责于薛乎?"冯谖曰:"愿之。"于是约车治装㉑,载券契而行㉒,辞曰:"责毕收,以何市而反㉓?"孟尝君曰:"视吾家所寡有者。"

驱而之薛。使吏召诸民当偿者,悉来合券㉔。券遍合,起,矫命㉕,以责赐诸民,因烧其券。民称万岁。

长驱到齐,晨而求见。孟尝君怪其疾也㉖,衣冠而见之,曰:"责毕收乎?来何疾也!"曰:"收毕矣!""以何市而反?"冯谖曰:"君云:'视吾家所寡有者。'臣窃计:君宫中积珍宝,狗马实外厩,美人充下陈㉗;君家所寡有者,以义耳。窃以为君市义。"孟尝君曰:"市义奈何?"曰:"今君有区区之薛,不拊爱子其民㉘,因而贾利之㉙。臣窃矫君命,以责赐诸民,因烧其券,民称万岁。乃臣所以为君市义也。"孟尝君不说㉚,曰:"诺。先生休矣㉛!"

后期年,齐王谓孟尝君曰:"寡人不敢以先王之臣为臣㉜!"孟尝君就国于薛㉝。未至百里㉞,民扶老携幼,迎君道中正日㉟。孟尝君顾谓冯谖:"先生所为文市义者,乃今日见之!"

士礼居丛书本《战国策》卷一一

①该篇节选自《战国策·齐策四》,写的是门客冯谖(xuān 宣)为其主孟

尝君"市义"的故事,情节曲折有致,主人公的见识和性格表现得也十分突出。客,用作动词,做门客。孟尝君,即田文,齐靖郭君田婴少子,时为齐相,轻财好士,门下食客号称三千,与魏信陵君、赵平原君、楚春申君齐名,称"四公子"。　②属:通"嘱",请托。　③食(sì四)以草具:给他吃粗糙的食物。食,给食。草具,粗劣的食物。　④居有顷:过了不久。　⑤"长铗(jiá颊)"二句:长剑啊,咱们还是回到原来的地方去吧。铗,剑。　⑥比门下之客:一本作"比门下之鱼客",意谓和门下食鱼之客同样待遇。按,孟尝君门客分上中下三等,所居房舍依次为代舍、幸舍、传舍,代舍之客食肉,幸舍之客食鱼,传舍之客食菜。　⑦为之驾:为他准备车马。　⑧车客:代舍之客出可乘车。　⑨揭:高举。　⑩无以为家:没有钱养家。　⑪记:文件。一说,账簿。　⑫收责(zhài债)于薛:到薛邑去收回债款。责,通"债"。薛,孟尝君袭其父的封邑,在今山东枣庄附近。　⑬"冯谖"二句:冯谖在文件上署名,并签上一个"能"字。　⑭负之:亏待了他。　⑮谢:道歉。　⑯倦于事:疲于琐事。　⑰愦(kuì愧)于忧:因忧虑多而昏头。愦,昏乱。　⑱忄宁:同"懧",怯懦,软弱。　⑲开罪:得罪。　⑳不羞:不以为辱。　㉑约车治装:准备车马,整理行装。　㉒券契:债券,还债契约。　㉓"责毕收"二句:债全收起来后,买些什么带回来。市,买。反,同"返"。　㉔合券:验对债券。古时债券甲、乙双方各执一半,作为凭证,对证时必须两相合一。　㉕矫命:假托孟尝君之命。　㉖怪其疾:对他回来得这么快感到奇怪。疾,快。　㉗下陈:下列。此言身边有众多美女。　㉘拊爱:抚爱。子其民:视民如子。　㉙贾(gǔ古)利之:用商贾手段从人民那里收取利息。　㉚不说(yuè悦):不高兴了。说,通"悦"。　㉛休矣:休息去吧。这里的意思是让他不要再解释了。　㉜"寡人"句:此是齐王废孟尝君相位的一种辞令。　㉝就国:返回自己的封邑。就,趋,归。　㉞未至百里:离薛城还有一百里。　㉟正日:即"整日"。

庄辛说楚襄王①

庄辛谓楚襄王曰:"君王左州侯,右夏侯②,辇从鄢陵君

97

与寿陵君③,专淫逸侈靡,不顾国政,郢都必危矣④!"襄王曰:"先生老悖乎⑤? 将以为楚国祆祥乎⑥?"庄辛曰:"臣诚见其必然者也,非敢以为国祆祥也。君王卒幸四子者不衰⑦,楚国必亡矣。臣请辟于赵⑧,淹留以观之⑨。"

庄辛去之赵,留五月,秦果举鄢郢、巫、上蔡、陈之地⑩。襄王流揜于城阳⑪。于是使人发驺征庄辛于赵⑫,庄辛曰:"诺!"

庄辛至,襄王曰:"寡人不能用先生之言,今事至于此,为之奈何?"庄辛对曰:"臣闻鄙语曰⑬:'见菟而顾犬,未为晚也;亡羊而补牢,未为迟也⑭。'臣闻昔汤武以百里昌,桀纣以天下亡⑮。今楚国虽小,绝长续短犹以数千里,岂特百里哉⑯!

"王独不见夫蜻蛉乎⑰? 六足四翼,飞翔乎天地之间,俯啄蚊虻而食之⑱,仰承甘露而饮之,自以为无患,与人无争也;不知夫五尺童子,方将调饴胶丝⑲,加己乎四仞之上⑳,而下为蝼蚁食也。

"蜻蛉其小者,黄雀因是以㉑。俯噣白粒㉒,仰栖茂树,鼓翅奋翼,自以为无患,与人无争也;不知夫公子王孙,左挟弹㉓,右摄丸㉔,将加己乎十仞之上,以其类为招㉕,昼游乎茂树,夕调乎酸咸㉖。

"夫雀其小者也,黄鹄因是以㉗。游于江海,淹乎大沼,俯噣鳝鲤,仰啮菱衡㉘,奋其六翮而凌清风㉙,飘摇乎高翔,自以为无患,与人无争也;不知夫射者方将脩其碆卢㉚,治其矰缴㉛,将加己乎百仞之上,彼磳磻㉜,引微缴㉝,折清风而抎矣㉞,故昼游乎江河,夕调乎鼎鼐㉟。

"夫黄鹄其小者也,蔡圣侯之事因是以㊱。南游乎高陂㊲,北陵乎巫山㊳,饮茹谿流㊴,食湘波之鱼㊵,左抱幼妾,右拥嬖女㊶,与之驰骋乎高蔡之中㊷,而不以国家为事。不知夫子发方受命乎宣王㊸,系己以朱丝而见之也㊹。

"蔡圣侯之事其小者也,君王之事因是以。左州侯,右夏侯,辈从鄢陵君与寿陵君㊺,饭封禄之粟㊻,而戴方府之金㊼,与之驰骋乎云梦之中㊽,而不以天下国家为事。不知夫穰侯方受命乎秦王㊾,填黾塞之内㊿,而投己乎黾塞之外。"

襄王闻之,颜色变作㊿,身体战栗。于是乃以执珪㊿,而授之为阳陵君,与淮北之地也㊿。

士礼居丛书本《战国策》卷一七

①该篇选自《战国策·楚策四》,写楚人庄辛抓住时机力劝楚襄王居安思危的故事。文章用一连串的比喻说明事理,逐次展开,由远及近,语言也呈对仗铺排之势,显示了《战国策》讲求语言修饰的特点。庄辛,楚臣,楚庄王之后,故以庄为氏。说(shuì 税),劝说。楚襄王,楚顷襄王,战国末期楚国君王,怀王之子。　②"君王"二句:谓宠臣近在身边。州侯、夏侯,皆楚襄王宠臣。　③辇(niǎn 捻)从:紧跟在楚襄王辇车之后。鄢陵君、寿陵君:亦楚襄王宠臣。　④郢都:楚的国都,在今湖北江陵。　⑤老悖:年老糊涂。悖,昏乱。　⑥"将以为"句:想把你的话当作楚国吉凶的预兆吗。祅(yāo 妖)祥:凶兆和吉兆,在此应为偏正结构,重在不祥之兆。祅,同"妖",凶兆。　⑦卒:一直。幸:宠爱。　⑧辟:通"避"。　⑨淹:滞留。　⑩举:攻取。鄢:楚别都,楚惠王曾迁都于此,故又称鄢郢,在今湖北宜城。巫:楚之巫郡,在今湖北宜昌以西沿江地区。上蔡、陈:当指楚所迁蔡人陈人新封地,似在郢都附近。　⑪流掩(yǎn 掩):出去避难。掩,掩盖,此处有"躲藏"之意。城阳:即成阳,在今河南息县西北。　⑫发驺(zōu 邹):派遣车骑(jì 计)。驺,前导或随从车驾的骑卒。征:召请。　⑬鄙语:俗语。　⑭"见菟"四句:看见兔子再回头呼唤猎犬,还不算太晚;丢了羊后只要能抓紧把羊圈补好,也不算太迟。菟,同"兔"。牢,羊圈。　⑮"臣闻"二句:大意是说,我听说商汤和周武王当年不过是百里小国的诸侯,却能昌盛起来,成

为天下之主;夏桀和殷纣王虽然富有天下,却终于导致覆亡。 ⑯"绝长"二句:大意是截长补短,把剩下的国土拼凑起来计算一下,还能有上千里,比起汤武的百里要多得多了。绝,截断。以,有。岂特,何止,哪里只有。 ⑰独:难道。蜻蛉(líng灵):即蜻蜓。 ⑱虻(méng萌):昆虫名,状似蝇而稍大。 ⑲调饴胶丝:调制粘糖涂抹丝绳,然后系在长杆上,用来粘取蜻蜓。饴,糖稀。按,饴原作"铪",从雅雨堂本改。 ⑳加己:加于己身,指粘住自己。仞:古代长度单位,八尺或七尺为一仞。 ㉑因是以:也是这样啊。因,犹。是,这样。以,通"已"。 ㉒噣:通"啄"。白粒:指米。 ㉓挟(xié斜)弹:用臂夹着弹弓。 ㉔摄丸:手持弹丸。 ㉕类(類):当作"颈(頸)",形近而误。招:目标,靶子。 ㉖调乎酸醎:调上佐料,谓被人所烹。醎,同"咸(鹹)"。按,原文此句下有"倏忽之间,坠于公子之手"十字,从姚宏所引旧校删。 ㉗黄鹄(hú胡):即天鹅。 ㉘"俯噣"二句:俯食水中鱼,仰食水上草。鮔,字书无此字,据《诗经·小雅·鱼丽》"鱼丽于罶,鳏鲤",此当作"鳏(yǎn眼)",一种白额的鱼。一说即鲇鱼。啮(niè聂),咬。蔆,同"菱",即菱角。衡,通"荇(xìng幸)",水草。 ㉙六翮(hé合):指鸟的翅膀。翮,羽毛的大茎。凌:乘,驾。 ㉚砮(bō波):石镞(zú族),石制箭头。按,砮原作"芗",从雅雨堂本改。卢:通"玈",黑弓。 ㉛矰缴(zēng zhuó增卓):一种系着丝绳的短箭。缴,系在箭尾上的丝绳。 ㉜彼:当作"被",形近而误。被礛磻(jiān bō坚波):被箭镞射中。礛磻,锐利的箭镞。磻,同"砮"。 ㉝引微缴:指被带绳的箭射中。引,拖着,带着。微,细。 ㉞"折清风"句:从空中跌落下来。抎(yǔn陨),坠落。 ㉟鼎鼐(nài耐):古代煮食物的器皿。大鼎叫鼐。 ㊱蔡圣侯:当作蔡灵侯,鲁昭公十一年(前531)被楚灵王诱杀于申地。 ㊲高陂(bēi碑):高丘,高坡。 ㊳陵:登。巫山:山名,在今重庆巫山县。 ㊴饮(yìn印):饮马。茹谿:水名,在巫山县北。谿,同"溪"。 ㊵湘波:湘江,在今湖南省,流入洞庭湖。 ㊶嬖女:宠爱的女人。 ㊷高蔡:即上蔡。 ㊸子发:楚大夫。宣王:楚宣王。按,诱杀蔡侯者当为楚灵王,奉命围蔡者乃公子弃疾而非子发。 ㊹"系己"句:用红丝绳捆着自己去见楚王,即被俘。 ㊺辈:当作"韇",形近而误。姚宏注云:一本无"辈"字。 ㊻饭封禄之粟:吃着各封邑进奉来的粮食。 ㊼戴:通"载"。方府:各地府库。 ㊽云梦:也称"云梦泽",楚大泽,在今湖北中部。 ㊾穰(rǎng嚷)侯:姓魏名冉,秦昭王丞相，封于穰（治所在今河南邓州）。　(50)填：充满，占领。黾（mǐn敏）塞：地名，即今河南信阳西南平靖关，当时为楚国可资防守的险要之地。(51)变作：此指因恐惧而变了脸色。　(52)执珪（guī规）：楚爵位名。楚功臣赐以圭，谓之执圭，为楚之最高爵位。珪，同"圭"。　(53)与：给予，赏赐。

触龙说赵太后①

赵太后新用事②，秦急攻之。赵氏求救于齐。齐曰："必以长安君为质③，兵乃出。"太后不肯，大臣强谏。太后明谓左右："有复言令长安君为质者，老妇必唾其面。"

左师触龙言愿见太后④，太后盛气而胥之⑤。入而徐趋⑥，至而自谢⑦，曰："老臣病足，曾不能疾走⑧，不得见久矣，窃自恕⑨。而恐太后玉体之有所郄也⑩，故愿望见太后。"太后曰："老妇恃辇而行⑪。"曰："日食饮得无衰乎⑫？"曰："恃鬻耳⑬！"曰："老臣今者殊不欲食⑭，乃自强步⑮，日三四里，少益耆食⑯，和于身也⑰。"太后曰："老妇不能。"太后之色少解⑱。

左师公曰："老臣贱息舒祺⑲，最少，不肖⑳。而臣衰，窃爱怜之。愿令得补黑衣之数㉑，以卫王宫。没死以闻㉒。"太后曰："敬诺㉓。年几何矣？"对曰："十五岁矣。虽少，愿及未填沟壑而托之㉔。"太后曰："丈夫亦爱怜其少子乎㉕？"对曰："甚于妇人。"太后笑曰："妇人异甚。"对曰："老臣窃以为媪之爱燕后㉖，贤于长安君㉗。"曰："君过矣㉘！不若长安君之甚。"左师公曰："父母之爱子，则为之计深远㉙。媪之送燕后也，持其踵㉚，为之泣，念悲其远也。亦哀之矣。已行，非弗思也。祭祀必祝之㉛，祝曰：'必勿使反㉜。'岂非计久长、有子孙相继为王也哉㉝?"太后曰:"然。"

左师公曰:"今三世以前,至于赵之为赵㉞,赵主之子孙侯者,其继有在者乎㉟?"曰:"无有。"曰:"微独赵㊱,诸侯有在者乎?"曰:"老妇不闻也。""此其近者祸及身,远者及其子孙㊲。岂人主之子孙则必不善哉?位尊而无功,奉厚而无劳,而挟重器多也㊳。今媪尊长安君之位,而封之以膏腴之地㊴,多予之重器,而不及今令有功于国。一旦山陵崩㊵,长安君何以自托于赵㊶?老臣以媪为长安君计短也,故以为其爱不若燕后。"太后曰:"诺,恣君之所使之㊷。"于是为长安君约车百乘,质于齐,齐兵乃出。

子义闻之㊸,曰:"人主之子也,骨肉之亲也,犹不能恃无功之尊,无劳之奉,而守金玉之重也,而况人臣乎?"

士礼居丛书本《战国策》卷二一

①该篇见于《战国策·赵策四》,写赵国老臣触龙在赵威后执意拒谏的情况下,通过巧妙的迂回战术,终于说动对方遣爱子为质于齐。文章对人物语言、举止的描写极其细腻、传神,触龙进谏的成功则尤其表现出了高超的说话艺术。触龙,旧本作"触詟(zhé折)",《史记》和七十年代长沙马王堆汉墓出土帛书均作"触龙"。黄丕烈、王念孙等以为"詟"为"龙言"二字的误合。当是。说(shuì税),劝谏。赵太后,即赵威后,赵惠文王之妻,夫死后曾因其子孝成王尚幼而代执赵国之政。　②新用事:刚刚执政。　③长安君:赵太后的幼子,封长安君。质:两国结盟作为凭信的抵押之人,即人质。
④左师:官名。　⑤胥:等待。按,胥原作"揖",从《史记》改。　⑥徐:慢慢地。趋:碎步小跑。　⑦谢:谢罪。　⑧曾(zēng增):乃,竟然。疾走:快走。　⑨窃:私下里。　⑩郄(xì隙):同"郤",空隙。此指身体有毛病。　⑪恃:依靠。辇(niǎn碾):一种用人牵引的车子。　⑫"日食饮"句:每天吃的喝的没有减少吧?衰,减少。　⑬鬻:"粥"的本字。
⑭今者:近来。殊:特别。　⑮强步:勉强走路。　⑯少益耆(shì嗜

食:稍稍变得爱吃东西了。耆,通"嗜"。　⑰和于身:指走走路会使身体变得舒适。　⑱"太后"句:太后的脸色稍微缓和了一些。指怒气消了一些。　⑲贱息:对自己儿子的谦称。息,子。舒祺(qí其):触龙子名。　⑳不肖:不像样,犹言没有出息。此是谦词。　㉑补黑衣之数:补充到黑衣侍卫的队伍里。指在宫中侍卫中得个名额。当时赵国侍卫皆穿黑衣。㉒没死以闻:冒着死罪斗胆向您提出这个请求。没,犹"昧",冒昧。闻,使您听到。　㉓敬诺:遵命。　㉔未填沟壑(hè贺):未被扔在山沟里,意思是还没有死。壑,深沟。托:托付给太后。　㉕丈夫:男子。　㉖媪(ǎo袄):对老年妇女的尊称。燕后:赵太后的女儿,嫁到燕国做了王后。㉗贤于:胜过。　㉘过:错。　㉙计深远:做长远打算。　㉚持其踵(zhǒng肿):意思是拉着女儿,不愿她走。踵,脚后跟。　㉛祝:祷告。㉜必勿使反:一定不要让她回来。反,同"返"。古代诸侯的女儿嫁到别国,只有被废或者亡国,才能回到父母身边。　㉝相继为王:世世代代为燕王。㉞"今三世"二句:大意是说从三辈以上一直上推到赵氏由大夫封为国君的时候。按,赵氏本是晋国大夫,后与韩、魏三家分晋,公元前403年周天子封韩、赵、魏为诸侯。　㉟"赵主"二句:赵国历代国君的子孙受封为侯的人,他们的后代现在还有继承其封爵的吗?侯,封为侯。　㊱微独赵:不单是赵国。微,非。　㊲"此其"二句:大意是,这说明身为侯爵,如果不加小心,近则自身难保,远则连累子孙。　㊳挟(xié协):拥有。重器:宝器。㊴膏腴:肥沃。　㊵山陵崩:古代喻指国主的去世,此指赵太后。　㊶托于赵:在赵国托身。　㊷"恣君"句:任凭你把他派到什么地方去。恣,任凭。　㊸子义:赵之贤士。

唐且为安陵君劫秦王①

　　秦王使人谓安陵君曰:"寡人欲以五百里之地易安陵②,安陵君其许寡人?"安陵君曰:"大王加惠,以大易小③,甚善。虽然,受地于先王④,愿终守之,弗敢易。"秦王不说⑤。安陵君因使唐且使于秦。

103

秦王谓唐且曰："寡人以五百里之地易安陵,安陵君不听寡人,何也？且秦灭韩亡魏,而君以五十里之地存者,以君为长者⑥,故不错意也⑦。今吾以十倍之地,请广于君⑧,而君逆寡人者,轻寡人与？"唐且对曰："否,非若是也。安陵君受地于先王而守之,虽千里不敢易也,岂直五百里哉⑨？"秦王怫然怒⑩,谓唐且曰："公亦尝闻天子之怒乎⑪？"唐且对曰："臣未尝闻也。"秦王曰："天子之怒,伏尸百万,流血千里。"唐且曰："大王尝闻布衣之怒乎⑫？"秦王曰："布衣之怒,亦免冠徒跣⑬,以头抢地尔⑭。"唐且曰："此庸夫之怒也,非士之怒也。夫专诸之刺王僚也,彗星袭月⑮；聂政之刺韩傀也,白虹贯日⑯；要离之刺庆忌也,仓鹰击于殿上⑰。此三子者,皆布衣之士也。怀怒未发,休祲降于天⑱,与臣而将四矣⑲。若士必怒,伏尸二人⑳,流血五步,天下缟素㉑。今日是也。"挺剑而起。

秦王色挠㉒,长跪而谢之㉓,曰："先生坐！何至于此？寡人谕矣㉔：夫韩、魏灭亡而安陵以五十里之地存者,徒以有先生也㉕。"

士礼居丛书本《战国策》卷二五

①该篇选自《战国策·魏策四》,写的是唐且(jū居)在秦廷凭凛然无畏之气折服秦王的故事,显示了战国士人的精神风采。该文的情节有一定虚构成份,场面集中,人物鲜明,可视为一篇富于创造和想象的文学作品。安陵君,安陵之君。安陵,魏国分封的一个小邑,在今河南鄢陵西北。秦王,即秦始皇帝嬴政,当时尚未称帝。　②易：交换。按,这只是秦的托辞,实际是想让安陵君交出土地。　③以大易小：安陵只有方圆五十里,是五百里的十分之一。　④先王：原作"先生",从雅雨堂本改。下同。　⑤说(yuè悦)：通"悦"。　⑥君：指安陵君。下同。长者：有德行者。　⑦错意：

同"措意",放在心上,指灭安陵之心。　⑧广于君:使安陵君扩大土地。　⑨岂直:岂但。直,特,但。　⑩怫(fú服)然:嗔怒貌。　⑪尝:曾经。　⑫布衣:指平民。　⑬免冠徒跣(xiǎn显):摘掉帽子,赤着双脚。跣,赤足。　⑭以头抢地:用头撞地。抢,碰,撞。　⑮"夫专诸"二句:春秋时,勇士专诸受吴公子光所托,刺杀了吴王僚,据说有彗星之光扫过月亮的天象出现。　⑯"聂政"二句:战国时齐人聂政受韩国大夫严仲子之托,刺杀了韩国之相韩傀,据说出现了白虹贯穿太阳的天象。　⑰"要离"二句:春秋时吴人要离受吴王阖闾(即公子光)之托,将逃到卫国的王僚之子庆忌刺死,据说当时有只苍鹰飞来扑到了大殿上。仓,通"苍"。　⑱休祲(jīn津):吉凶之兆。休,吉祥。祲,灾祸之气。　⑲"与臣"句:加上我就将是四个人了。意谓自己也将与上述勇士采取同样的行动。　⑳伏尸二人:指刺客与被刺者同归于尽,此指自己与秦王。　㉑天下缟(gǎo槁)素:国君一死,全国的人都将要穿丧服了。缟,未染的绢;素,白绸。　㉒色挠(náo挠):面露胆怯之色。挠,屈。　㉓长跪:挺直身躯而跪。古代席地而坐,秦王这是因恐惧、紧张而挺起了身子。　㉔谕:明白。　㉕"徒以"句:就是因为有先生这样的人啊。

易水送别①

　　太子及宾客知其事者②,皆白衣冠以送之③。至易水上,既祖,取道④,高渐离击筑⑤,荆轲和而歌⑥,为变徵之声⑦,士皆垂泪涕泣。又前而为歌曰:"风萧萧兮易水寒⑧,壮士一去兮不复还。"复为忼慨羽声⑨,士皆瞋目⑩,发尽上指冠⑪。于是荆轲遂就车而去⑫,终已不顾⑬。

士礼居丛书本《战国策》卷三一

　　①该篇节选自《战国策·燕策三》。荆轲刺秦王,是发生在战国末期十分著名的历史故事,这里选取的是其中的送别一节。文章以充满感情的笔

墨,创造出了一种悲壮的气氛,对塑造富于英雄气概的荆轲形象起到了极好的烘托作用。易水,水名,在今河北境内,因源出河北易县而得名。　②太子:燕太子,名丹,燕王喜之子,曾为质于秦,后逃归。见秦攻破韩、魏,即将亡燕,遂派勇士荆轲、秦武阳去刺杀秦王政,事未成,一年后秦灭燕。其事:指刺秦王之事。　③白衣冠:穿着白衣服,戴着白帽子。送之:为荆轲送行。按,"白衣冠"是着丧服。太子丹一行着丧服送行,是知道荆轲此去难以生还,也说明荆轲已抱定赴死的决心。　④"既祖"二句:祭过路神,准备上路了。既,已经。祖,古代远行要祭道路之神,行前饮酒,称"祖"。　⑤高渐离:荆轲好友,善鼓琴者。筑(zhú竹):古乐器,似琴而大,用竹敲打。⑥荆轲:又称荆卿,战国末年卫国人,秦灭卫后逃入燕,受燕太子丹之托刺杀秦王,不成,被杀。和(hè贺):跟着唱。　⑦变徵(zhǐ止):古代音乐分宫、商、角、徵、羽五音,外加变宫、变徵二音,变徵介于角、徵二音之间而接近徵音,其音苍凉。　⑧萧萧:象声词,风声。　⑨忼慨:同"慷慨"。羽声:古代五音之一,其音高亢悲壮。　⑩瞋(chēn嗔)目:因愤怒而瞪大眼睛。⑪发:头发。指冠:犹言"冲冠",头发竖起顶到了帽子。极言其愤怒不平之气。　⑫就车:登车。　⑬顾:回头看。

八　晏子春秋

　　《晏子春秋》是记述春秋时期齐国大臣晏婴言行的历史散文著作,旧题晏婴撰,实为战国时人根据他的事迹和传闻轶事演绎而成。今本共八篇,分二百一十五章,每章叙写一事,以危言危行显名于诸侯的晏婴临危不惧、忧国恤民、廉洁奉公、善于辞令的特点得到了具体充分的表现。该书每章的写作特点不尽一致,有的部分对人物的叙写比较幽默生动,有较强的故事性,有的则偏于记言,文字较为平板。此外,内容还有重复甚至矛盾的情况,知此书可能不是出于一人之手。

晏子使楚①

(一)

　　晏子使楚。楚人以晏子短②,为小门于大门之侧而延晏子③。晏子不入,曰:"使狗国者,从狗门入;今臣使楚,不当从此门入。"傧者更道④,从大门入。

　　见楚王。王曰:"齐无人耶?使子为使。"晏子对曰:"齐之临淄三百闾⑤,张袂成阴⑥,挥汗成雨,比肩继踵而在⑦,何为无人?"王曰:"然则何为使子⑧?"晏子对曰:"齐命使,各有所主⑨,其贤者使使贤主⑩,不肖者使使不肖主⑪。婴最不肖,故宜使楚矣。"

(二)

晏子将使楚。楚王闻之,谓左右曰:"晏婴,齐之习辞者也⑫。今方来⑬,吾欲辱之,何以也⑭?"左右对曰:"为其来也⑮,臣请缚一人,过王而行⑯。王曰:'何为者也?'对曰:'齐人也。'王曰:'何坐⑰?'曰:'坐盗。'"

晏子至,楚王赐晏子酒。酒酣⑱,吏二缚一人诣王⑲。王曰:"缚者曷为者也⑳?"对曰:"齐人也,坐盗。"王视晏子曰:"齐人固善盗乎㉑?"晏子避席对曰㉒:"婴闻之,橘生淮南则为橘㉓,生于淮北则为枳㉔,叶徒相似,其实味不同㉕。所以然者何?水土异也。今民生长于齐不盗,入楚则盗,得无楚之水土使民善盗耶㉖?"王笑曰:"圣人非所与熙也,寡人反取病焉㉗。"

中华书局《诸子集成》本《晏子春秋校注》卷六

①该篇两则故事选自《晏子春秋·内篇·杂下》,原题分别为《晏子使楚楚为小门晏子称使狗国者入狗门第九》和《楚王欲辱晏子指盗者为齐人晏子对以橘第十》。篇中所写,是晏子出使楚国时巧言挫败楚王的故事。晏子,名婴,字平仲,春秋时齐国大夫,历齐灵公、庄公、景公三朝,曾为齐相。 ②短:身材矮小。 ③为:建造。延:请进入。 ④傧(bīn宾)者:接待宾客的人。更道:改道。 ⑤临淄:齐国都城,在今山东临淄。三百闾:七千五百户。周制,二十五家为一闾。按,这里是极言人口众多,非为确指。 ⑥"张袂(mèi妹)"句:大家张开袖子就能将太阳遮住,使天色暗下来。此是形容人多。袂,衣袖。 ⑦比肩继踵(zhǒng肿):肩靠肩,脚跟脚。也是形容人多。比,并列。踵,脚后跟。 ⑧使子:让你出使。子,对对方的称呼。 ⑨各有所主:此言分门别类,各有出使的对象。 ⑩使使:派他出使。贤主:有贤德的君主。 ⑪不肖:不贤,不像样。 ⑫习辞:善于辞令。

⑬方:将要。 ⑭何以:以何,用什么办法。 ⑮为其来:当他来到时。为,于,当。 ⑯过王:从王面前经过。 ⑰何坐:犯了什么罪。坐,犯罪。 ⑱酒酣(hān憨):酒兴正浓。酣,饮酒尽量。 ⑲诣(yì义):前往,去到。 ⑳曷(hé何)为者:做什么的。曷,何。 ㉑固:岂,难道,竟然。楚王这里是故作惊讶状。 ㉒避席:离开坐位。古人席地而坐,避席即站起。 ㉓淮南:淮河以南。淮,淮河,中国大河之一,流经河南、安徽、江苏等地。齐、楚分别位于淮河以北、以南。 ㉔枳(zhǐ纸):果状似橘的植物,但肉少而味酸,不堪食,只可作中药。 ㉕实:果实。 ㉖得无:莫不是。 ㉗"圣人"二句:聪明圣哲的人是不可以跟他开玩笑的,现在我反而自讨了个没趣。熙,通"嬉",戏弄,开玩笑。病,辱。

九　论　语

　　《论语》是一部以记述孔子言行为主要内容的语录体散文著作,作者为孔子弟子及再传弟子,成书约在战国前期。孔子(前551—前479)名丘,字仲尼,春秋末期鲁国陬(zōu 邹)邑(今山东曲阜)人,我国古代著名的思想家、教育家,儒家学派的创始人,其"仁"、"礼"主张及其教育思想对后世影响极大。孔子曾为鲁国司寇,不久去鲁,率弟子周游列国,宣传自己的政治主张,后来返鲁,从事著述、整理古籍和讲学活动。相传弟子三千,其中名姓可考者七十馀人。《论语》作为孔子日常行踪、谈话最原始的记录,是了解其为人、思想、性格的第一手材料。该书所记孔子之语,大多言简意赅,耐人寻味;有些谈话片段,则能于对话中显示不同人物的神态和特点。

子路曾皙冉有公西华侍坐[①]

　　子路、曾皙、冉有、公西华侍坐。子曰:"以吾一日长乎尔,毋吾以也[②]。居则曰'不吾知也[③]'。如或知尔,则何以哉[④]?"

　　子路率尔而对曰[⑤]:"千乘之国,摄乎大国之间[⑥],加之以师旅,因之以饥馑[⑦],由也为之[⑧],比及三年[⑨],可使有勇,且知方也[⑩]。"

夫子哂之⑪。

"求,尔何如⑫?"

对曰:"方六七十,如五六十⑬,求也为之,比及三年,可使足民⑭;如其礼乐,以俟君子⑮。"

"赤,尔何如?"

对曰:"非曰能之,愿学焉⑯。宗庙之事⑰,如会同⑱,端章甫⑲,愿为小相焉⑳。"

"点,尔何如?"

鼓瑟希,铿尔,舍瑟而作㉑。对曰:"异乎三子者之撰㉒。"

子曰:"何伤乎㉓,亦各言其志也。"

曰:"莫春者㉔,春服既成,冠者五六人㉕,童子六七人,浴乎沂㉖,风乎舞雩,咏而归㉗。"

夫子喟然叹曰㉘:"吾与点也㉙。"

三子者出,曾皙后㉚。曾皙曰:"夫三子者之言何如?"

子曰:"亦各言其志也已矣。"

曰:"夫子何哂由也?"

曰:"为国以礼。其言不让㉛,是故哂之。唯求则非邦也与?安见方六七十,如五六十,而非邦也者㉜?唯赤则非邦也与?宗庙会同,非诸侯而何㉝?赤也为之小,孰能为之大㉞?"

中华书局《十三经注疏》本《论语》卷一一

①该篇选自《论语·先进》,记述的是孔子弟子子路等四人在先生面前各言其志的情景,以及孔子对他们的评价。篇中通过对话描写,展示了几个不同人物的形象,约略表现了各自的性格特点。子路,姓仲,名由,字子路。曾皙,名点,字皙。冉有,名求,字子有。公西华,复姓公西,名赤,字子华。四人皆为孔子弟子。侍坐,陪侍孔子坐在那里。　②"子曰"三句:孔子大意

是说,不要因为我的年龄比你们长上几岁,就不好意思在我面前说话了。后一"以"字同"已",止而不言。毋吾,不要因为我。　③"居则曰"句:平日里你们总是说"没有人了解我"。居,平居,常时。　④"如或"二句:如果有人用你们,你们打算怎么做?或,有人。知,此作赏识、任用解。尔,你们。　⑤率尔:轻率、急遽貌。　⑥"千乘(shèng胜)"二句:犹言夹在大国之间的一个中等国家。千乘之国,有一千辆兵车的国家。乘,兵车。摄,夹处。　⑦"加之"二句:加上有外敌入侵,继而又有饥荒侵袭。师旅,军队。饥馑(jǐn谨),饥荒。　⑧由:子路自称。为:治理。　⑨比及:待至,等到。　⑩知方:懂得礼义。方,准则。　⑪哂(shěn审):微笑。　⑫求,尔何如:孔子问冉有之语。下文"赤,尔何如"、"点,尔何如"也都是孔子之问。　⑬"方六七十"二句:方圆六七十里或者五六十里的小国。如,或者。下同。　⑭足民:使民众富足。　⑮"如其"二句:至于礼乐教化,则要等德行高的人来做了。俟(sì四),等待。　⑯"非曰"二句:不敢说能做什么,但愿意学着去做。　⑰宗庙之事:指祭祀。宗庙,君主祭祀祖先的地方。　⑱会同:诸侯会盟之事。　⑲端章甫:穿着礼服戴上礼帽。端,玄端,一种礼服。章甫,一种礼帽。在此二者都用作动词。　⑳相:祭祀、会盟等仪式中的赞礼、司仪之职。　㉑"鼓瑟"三句:曾皙在旁弹瑟,声音渐渐稀疏,听到孔子问他,"铿"的一声放下瑟,站了起来。鼓,用作动词,弹。瑟,古代一种弹奏乐器名。希,稀疏。铿,象声词。舍,放下。作,起立。　㉒"异乎"句:我的志向和他们三位所讲的不同。撰,述。　㉓何伤:何妨,有什么关系。　㉔莫(mù暮)春:即暮春,夏历三月。莫,"暮"的本字。　㉕冠者:指成年人。古代男子二十岁举行冠礼,以示成年。　㉖沂:水名,在今山东曲阜城南。　㉗"风乎"二句:在舞雩(yú于)坛上吹吹风,唱唱歌,然后回家。风,用作动词,吹风乘凉。舞雩,鲁国祭天求雨的场所。咏,唱歌。　㉘喟(kuì愧)然:感慨长叹貌。　㉙吾与点:我的想法跟曾点的差不多。与,赞同。　㉚后:最后出。　㉛不让:不谦让。　㉜"唯求"四句:难道冉求所说的就不是治理国家了吗?怎见得方圆六七十或五六十里就不是国家呢?　㉝"宗庙"二句:祭祀祖先、交往会盟,不是诸侯国的事又是什么?　㉞"赤也"二句:如果公西赤只能做个小相,谁又能做大相呢?

112

樊 迟 问 仁①

　　樊迟问仁。子曰:"爱人②。"问知③。子曰:"知人④。"樊迟未达⑤。子曰:"举直错诸枉,能使枉者直⑥。"

　　樊迟退,见子夏曰⑦:"乡也吾见于夫子而问知⑧,子曰:'举直错诸枉,能使枉者直。'何谓也?"子夏曰:"富哉言乎⑨!舜有天下,选于众,举皋陶,不仁者远矣⑩。汤有天下⑪,选于众,举伊尹⑫,不仁者远矣。"

中华书局《十三经注疏》本《论语》卷一二

　　①该篇选自《论语·颜渊》,记述的是孔子弟子樊迟向先生请教问题的一个片段,篇幅不大,却有情节过程,孔子的含蓄、樊迟的勤奋以及子夏的伶俐等人物特点也得到了极好的表现。樊迟,姓樊,名须,字子迟。问仁,询问孔子学说中"仁"的含义。　②爱人:"仁"的核心就是用仁爱之心去待人。③问知:询问怎样才叫富于智慧。知,通"智"。　④知人:对人有所了解。知,知道。　⑤未达:没能透彻理解。达,通晓,明白。　⑥"举直"二句:把正直的人提拔起来,置于邪恶者之上,能使邪恶者变得正直起来。错(cù 醋),通"措",安置。枉,弯曲。　⑦子夏:孔子弟子,卜姓,名商,字子夏。与樊迟同学。　⑧乡(鄉)(xiàng 向):通"嚮(向)",往昔,此是说"刚才"。　⑨富哉言乎:这是意义多么丰富的话呀!　⑩"舜有天下"四句:大舜有了天下之后,在众人中经过挑选,把皋陶(gāo yáo 高摇)提拔起来,坏人就不见了。皋陶,舜的贤臣。　⑪汤:商开国之君商汤,伐夏桀而得天下。　⑫伊尹:汤的辅相。

阳 货 欲 见 孔 子①

　　阳货欲见孔子,孔子不见,归孔子豚②。

孔子时其亡也③,而往拜之。

遇诸塗④。

谓孔子曰⑤:"来!予与尔言。"曰:"怀其宝而迷其邦⑥,可谓仁乎?"曰:"不可。""好从事而亟失时⑦,可谓知乎⑧?"曰:"不可。""日月逝矣,岁不我与⑨。"

孔子曰:"诺,吾将仕矣⑩。"

中华书局《十三经注疏》本《论语》卷一七

①该篇选自《论语·阳货》,记述的是孔子与鲁国"陪臣"阳货戏剧性相遇的一个片段,情节风趣有致,人物特点也清晰可见。阳货,又叫阳虎,鲁国执政季氏的家臣,把持季氏权柄,由此形成鲁国"陪臣执国政"的局面。后来因企图篡季氏之政未成,逃往晋国。欲见孔子,想让孔子来拜会他。见,使动用法,使来见。按,当时孔子已经以"知礼"、"博学"知名,但不满于鲁国僭越失礼的政治现状而不肯出仕。阳货让孔子来见,劝孔子出仕,是想借孔子为自己装门面。　②归(kuì 馈)孔子豚:阳货(趁孔子不在家)给孔子送去一个蒸乳猪。归,通"馈",赠送。豚,小猪,这里是指蒸熟了的小猪。按,依照当时礼俗,"大夫有赐于士,不得受于其家,则往拜其门"(《孟子》),阳货趁孔子不在家送去乳猪,孔子就必须亲自前去拜谢了。　③时其亡:趁阳货不在家的时候。时,通"伺(sì 四)",探察。亡,出去。　④遇诸塗:偏偏在路上遇到了阳货。塗,通"途"。　⑤谓孔子曰:主语是阳货。自此以下的几个"曰"字都是阳货自为问答,孔子总是沉默不语。　⑥"怀其宝"句:自己怀有才能,却听任国家的事情糊里糊涂。宝,宝贝,这里是指才能。　⑦"好从事"句:自己喜欢做官却屡屡错过机会。亟(qì 气),屡次。　⑧知(zhì 智):通"智"。　⑨"日月"二句:意思是说,时光一去,就不再回来了。岁,年岁。我与,与我,给我。　⑩吾将仕矣:我打算出来做官了。按,这是孔子应付阳货的话,阳货当权期间孔子始终未仕。

子路从而后①

子路从而后,遇丈人②,以杖荷蓧③。

114

子路问曰:"子见夫子乎④?"

丈人曰:"四体不勤,五谷不分,孰为夫子⑤?"植其杖而芸⑥。

子路拱而立⑦。

止子路宿⑧,杀鸡为黍而食之⑨,见其二子焉⑩。

明日,子路行,以告⑪。子曰:"隐者也⑫!"使子路反见之⑬。至,则行矣⑭。

子路曰:"不仕无义⑮。长幼之节,不可废也⑯;君臣之义,如之何其废之⑰!欲洁其身,而乱大伦⑱。君子之仕也⑲,行其义也。道之不行已知之矣⑳。"

中华书局《十三经注疏》本《论语》卷一八

①该篇选自《论语·微子》,记述的是孔子的弟子子路在随夫子周游列国的路上遭遇一位隐者的故事片段,这位隐者的气性生动可见,孔子与隐者不同的人生态度也得到了集中表现。从而后,跟随孔子而落在了后面。　②丈人:老人。　③杖:棍棒。荷(hè贺):担着。莜(diào吊):锄田工具。　④夫子:先生。　⑤"四体"三句:你们这种人,四肢不劳动,五谷分不清,谁知道你的先生是什么人?四体,四肢。勤,劳动。五谷,稻子、黄米、谷子、麦子、豆子。　⑥植:同"置",放下。芸:通"耘",锄草。　⑦拱而立:拱着手恭恭敬敬站在那里。拱,两手合抱。　⑧止子路宿:老人留子路在自己家里住下。止,留。宿,住宿。　⑨为黍:用黍米做饭。食(sì四)之:给他吃。　⑩见(xiàn现)其二子:让他的两个儿子出来相见。见,通"现",使出见。　⑪以告:把这件事告诉了孔子。　⑫"子曰"二句:孔子断言,这位老人必是一位隐居者。　⑬反见之:返回去再看看老人。　⑭至,则行矣:子路回到老人那里,老人已经走了。按,隐者这是故意避而不见。　⑮不仕无义:不出来做官是不合于义的。　⑯"长幼"二句:长辈晚辈的礼节,是知道是不能废弃的。这里是说,老人既然让两个儿子出来见子路,可见虽为隐者,还是知道长幼之礼的。　⑰"君臣"二句:君臣之间

的名分,怎么可以废弃呢?按,这里主要是指臣子应该尽的责任。　⑱"欲絜"二句:你想洁身自好,却破坏了君臣大义。絜,同"潔(洁)"。大伦,大道理。　⑲君子:这里是指孔子。　⑳"道之不行"句:至于自己的主张不能实现,孔子早就知道了。

一〇 老 子

《老子》,又称《道德经》,是一部格言形式的哲理著作,共八十一章,五千馀言,分上下篇。相传春秋末年老子修道德,著书上下篇。今见《老子》约成书于战国中前期,应是对长期流传着的《老子》格言的增补写定本。老子,又称老聃,中国古代著名的哲学家,道家学派的创始人。其尚无为、贵阴柔以及对立转化的辩证思想对中国文化影响极大。《老子》一书即是其思想主张的集中体现。该书语句精炼,哲理深邃,有些章节用了形象化的语言,有一定的文学色彩。

古之善为道者[①]

古之善为道者,微妙玄通[②],深不可识[③]。夫唯不可识,故强为之容[④]:

豫兮若冬涉川[⑤];犹兮若畏四邻[⑥];俨兮其若客[⑦];涣兮若冰之将释[⑧];敦兮其若朴[⑨];旷兮其若谷[⑩];混兮其若浊[⑪]。

孰能浊以静之徐清;孰能安以久动之徐生[⑫]。保此道者[⑬],不欲盈[⑭]。夫唯不盈,故能蔽不新成[⑮]。

中华书局《诸子集成》本《老子注》

[①]该篇为《老子》第十五章,是对道家人格形象的一个描述,其中所用比

喻颇富于想象力和创造性。善为道者,善于行道的人。按,"道"王弼本作"士";帛书乙本作"道",与傅奕《道德经古本篇》同。今从帛书改。　　②玄:奥妙,微妙。通:通达。　　③深不可识:深邃而不易了解。　　④强(qiǎng抢)为之容:勉强来形容他。强,勉强。　　⑤豫:一种性好疑虑的野兽,引申为迟疑慎重。若:好像。冬涉川:冬天走在冰河上,即"如履薄冰"之意。⑥犹:兽名,猴属。此用来形容警觉、戒惕的样子。畏四邻:提防四周的围攻。形容不敢妄动。　　⑦俨(yǎn眼):端谨庄重。若客:像在人家家里作客。按,"客"王弼本作"容",与"客"形近而误。帛书本作"客"。今从帛书改。⑧"涣兮"句:疏散温和像冰凌消融。涣,散开。释,消融。　　⑨敦:敦厚质朴。朴:通"璞",未经雕琢的玉石。　　⑩旷:豁达空阔。谷:山间河道。⑪混:混沌未开的稚朴之貌。浊:浑浊自然的水流。　　⑫"孰能"二句:大意是说,谁能在动荡中安静下来慢慢变得澄清,谁能在长期安定中又变动起来而慢慢地趋进。徐,渐渐。生,长进。　　⑬保此道者:保有这些素质的人。　　⑭不欲盈:不想到达盈满的状态。　　⑮蔽不成新:清易顺鼎《读老札记》以为当作"蔽而新成",可通。蔽,通"敝"。不,"而"之误字。全句意思是只要能保持不盈,即使陈敝了也能更新。

祸兮福所倚①

其政闷闷,其民淳淳②;其政察察,其民缺缺③。

祸兮,福之所倚;福兮,祸之所伏④。孰知其极?其无正⑤。正复为奇,善复为妖⑥。人之迷,其日固久⑦。

是以圣人方而不割⑧,廉而不刿⑨,直而不肆⑩,光而不耀⑪。

中华书局《诸子集成》本《老子注》

①该篇为《老子》第五十八章,以整齐对仗的精炼语句,表达了祸福转化的辩证思想和持中贵和的处世态度。祸兮福所倚,言灾祸与福禄是紧挨着

的,遭遇祸患之时,其实就孕育着福禄的降临。倚,靠着。　　②"其政闷闷"二句:政治宽厚,人民就淳厚。闷闷,昏昧,含有宽厚无为的意思。③"其政察察"二句:政治严苛,人民就狡黠。察察,监察很严的样子。缺缺,疏薄诈伪貌,缺,借为"狯(kuài 快)",狡狯。　　④伏:潜伏。　　⑤无正:没有定准。　　⑥"正复"二句:正再转变为邪,善再转变为恶。奇,不正常,引申为邪。妖,不善,恶。　　⑦"人之迷"二句:人们对这种正反变化的道理迷惑不明,已经有很长时间了。　　⑧方而不割:方正而不刺疼人。割,刀割。　　⑨廉而不刿(guì 贵):锐利而不伤害人。廉,利。刿,伤。　　⑩直而不肆:直率而不放肆。　　⑪光而不耀:光亮而不刺眼。

合 抱 之 木[①]

合抱之木,生于毫末[②];九层之台,起于累土[③];千里之行,始于足下。

中华书局《诸子集成》本《老子注》

①该篇节选自《老子》第六十四章。文中以形象贴切的比喻,说明了慎终如始的道理。　　②"合抱之木"二句:双臂合抱那么粗的大木,是从细小的萌芽生长起来的。毫末,毫毛末梢,极言细小之物。　　③"九层之台"二句:九层高的楼台,是从一筐泥土开始建造起来的。累土,一筐土。累,当读"虆(léi 雷)",盛土笼。

119

一一 墨 子

　　《墨子》是一部以记述墨子思想、活动及其同弟子的答问为基本内容的散文著作,今存五十三篇,大部分为其弟子和后学所记。墨子(约前468—前376),名翟,战国初期重要的思想家,墨家学派的创始人,主张"兼爱"、"非攻"、"尚贤"、"尚同"等。《墨子》文章的特点是逻辑性强,结构完整清晰,语言质朴,有些篇章写得较为生动。

兼　　爱①(上)

　　圣人以治天下为事者也,必知乱之所自起,焉能治之②;不知乱之所自起,则不能治。譬之如医之攻人之疾者然③:必知疾之所自起,焉能攻之;不知疾之所自起,则弗能攻。治乱者何独不然④! 必知乱之所自起,焉能治之;不知乱之所自起,则弗能治。圣人以治天下为事者也,不可不察乱之所自起。

　　当察乱何自起⑤,起不相爱。臣子之不孝君父,所谓乱也。子自爱不爱父,故亏父而自利;弟自爱不爱兄,故亏兄而自利;臣自爱不爱君,故亏君而自利:此所谓乱也。虽父之不慈子⑥,兄之不慈弟,君之不慈臣,此亦天下之所谓乱也。父自爱也,不爱子,故亏子而自利;兄自爱也,不爱弟,故亏弟而自利;君自爱也,不爱臣,故亏臣而自利。是何也?皆起不相爱。

虽至天下之为盗贼者亦然⑦。盗爱其室,不爱其异室⑧,故窃异室以利其室;贼爱其身,不爱人身⑨,故贼人身以利其身⑩。此何也?皆起不相爱。

虽至大夫之相乱家⑪,诸侯之相攻国者亦然。大夫各爱其家,不爱异家,故乱异家以利其家;诸侯各爱其国,不爱异国,故攻异国以利其国。天下之乱物⑫,具此而已矣⑬。察此何自起?皆起不相爱。

若使天下兼相爱,爱人若爱其身,犹有不孝者乎?视父兄与君若其身,恶施不孝⑭?犹有不慈者乎?视弟子与臣若其身,恶施不慈?故不孝不慈亡有⑮。犹有盗贼乎?故视人之室若其室,谁窃?视人身若其身,谁贼?故盗贼亡有。犹有大夫之相乱家、诸侯之相攻国者乎?视人家若其家,谁乱?视人国若其国,谁攻?故大夫之相乱家、诸侯之相攻国者亡有。若使天下兼相爱,国与国不相攻,家与家不相乱,盗贼无有,君臣父子皆能孝慈,若此则天下治。

故圣人以治天下为事者,恶得不禁恶而劝爱⑯!故天下兼相爱则治,交相恶则乱。故子墨子曰"不可以不劝爱人"者⑰,此也。

中华书局《诸子集成》本《墨子间诂》卷四

①《墨子·兼爱》有上、中、下三篇,都是阐述"天下兼相爱则治"的道理。这里选其上篇。兼爱,对一切人普遍同等地去爱。这是墨子的基本思想之一,以此区别于儒家的亲亲之爱。　　②焉:乃。下同。　　③攻人之疾:给人治病。攻,治。　　④何独不然:哪能例外而不是这样呢!　　⑤当(當):通"尝(嘗)",尝试。　　⑥慈:怜爱。　　⑦"虽至"句:即使说到天

下那些做盗贼的也是这样。　⑧其：此字是衍文。异室：他人的家。　⑨人身：他人之身。按，此处"人"字及下句"人"字后本无"身"字，据俞樾《诸子平议》说补。　⑩贼：用作动词，残害。　⑪相乱家：相互破坏其家室。　⑫乱物：混乱之事。　⑬具此而已矣：全部都在这里了。具，通"俱"。　⑭恶（wū 乌）施不孝：怎么能做出不孝的事呢？恶，何。　⑮亡有：没有。亡，通"无"。　⑯"恶得"句：怎么能不禁止相互仇恨而鼓励相互爱护呢！前一"恶"字作"何"解；后一"恶"字读去声（wù 务），厌恶，敌视。劝，劝勉，鼓励。　⑰子墨子：弟子对墨子的尊称。

公　　输①

公输盘为楚造云梯之械成②，将以攻宋。子墨子闻之，起于齐③，行十日十夜而至于郢④，见公输盘。

公输盘曰："夫子何命焉为⑤？"子墨子曰："北方有侮臣者，愿藉子杀之⑥。"公输盘不说⑦。子墨子曰："请献千金⑧。"公输盘曰："吾义固不杀人⑨。"子墨子起，再拜，曰："请说之⑩。吾从北方闻子为梯，将以攻宋，宋何罪之有？荆国有馀于地而不足于民⑪，杀所不足而争所有馀，不可谓智⑫；宋无罪而攻之，不可谓仁；知而不争，不可谓忠⑬；争而不得，不可谓强；义不杀少而杀众，不可谓知类⑭。"公输盘服。子墨子曰："然，胡不已乎⑮？"公输盘曰："不可，吾既已言之王矣。"子墨子曰："胡不见我于王⑯？"公输盘曰："诺。"

子墨子见王，曰："今有人于此，舍其文轩⑰，邻有敝轝⑱，而欲窃之；舍其锦绣，邻有短褐⑲，而欲窃之；舍其粱肉，邻有糠糟，而欲窃之。此为何若人？"王曰："必为窃疾矣⑳。"子墨子曰："荆之地方五千里，宋之地方五百里，此犹文轩之与敝轝也；荆有云梦㉑，犀兕麋鹿满之㉒，江汉之鱼鳖鼋鼍为天下富㉓，宋所为无雉兔鲋鱼者也㉔，此犹梁肉之与糠糟也；荆有长松、文梓、楩、楠、豫章㉕，宋无长木㉖，此犹锦绣之与短褐也。臣以三事之攻宋也㉗，为与此同类。臣见大王之必伤义而不得。"王曰："善哉！虽然，公输盘为我为云梯，必取宋。"

于是见公输盘。子墨子解带为城㉘，以牒为械㉙。公输盘九设攻城之机变，子墨子九距之㉚。公输盘之攻械尽，子墨子之守圉有馀㉛。公输盘诎㉜，而曰："吾知所以距子矣，吾不言。"子墨子亦曰："吾知子之所以距我，吾不言。"楚王问其故。子墨子曰："公输子之意，不过欲杀臣；杀臣，宋莫能守，乃可攻也㉝。然臣之弟子禽滑釐等三百人㉞，已持臣守圉之器，在宋城上，而待楚寇矣。虽杀臣，不能绝也㉟。"楚王曰："善哉！吾请无攻宋矣。"

子墨子归，过宋，天雨，庇其闾中㊱，守闾者不内也㊲。故曰："治于神者，众人不知其功；争于明者，众人知之㊳。"

中华书局《诸子集成》本《墨子间诂》卷一三

①该篇记述的是墨子制止楚国攻打宋国的故事，具体表现了他"非攻"的态度，叙事也颇曲折生动。　②公输盘：姓公输，名盘，一作般，或班，战国时鲁国著名的巧匠，也称鲁班。云梯：攻城器械，言其高可入云，故称。
③起于齐：从齐国出发。　④郢（yíng影）：楚国都，在今湖北江陵县。
⑤何命焉为：有何见教。为，语尾助词。　⑥"北方"二句：北方有人侮辱了我，想求您把他杀掉。臣，墨子自称，表示客气。藉，借助。按，"者"字原无，从俞樾说补。　⑦说（yuè悦）：通"悦"。　⑧请献千金：愿献给您千金作为杀人的报酬。按，"千金"原作"十金"，误，据毕沅、孙诒让说改。
⑨"吾义"句：我所奉行的准则是从来不去杀人的。　⑩请说之：请允许我向您进言。　⑪"荆国"句：楚国多的是土地，少的是人。荆，即楚。
⑫"杀所不足"二句：人本来就不多，却要让他们去送死，只是为了贪图多馀的土地，这不能算是聪明。　⑬"知而不争"二句：您明知楚这样做是不仁

不智,却不努力劝阻,这不能说是忠于楚王。　⑭"义不杀少"二句:您明明说一个人都不想杀,却又要帮助楚国去杀更多的人,这显然是有悖情理的。知类,明白应该怎么推理。　⑮然,胡不已乎:既然如此,为什么不停下来呢?按,"胡"原作"乎",据毕沅、孙诒让说改。　⑯见我于王:引荐我去见楚王。见,使见。　⑰舍其文轩:放弃自己华丽的车子。文,彩饰。　⑱敝舆:破车。舆,同"轝"。　⑲短褐:即"裋(shù树)褐",贫贱者所穿的粗陋之衣。　⑳窃疾:喜欢偷窃的毛病。　㉑云梦:楚国境内的大泽名。　㉒犀:犀牛。兕(sì四):似犀牛的野牛。麋(mí迷):似鹿而大。　㉓鼋:龟类,甲鱼。鼍(yuán元):龟类,比鳖大。鼍(tuó砣):爬虫类,今称扬子鳄。　㉔所为:所谓。为,通"谓"。鲋(fù副)鱼:即鲫鱼。按,鲋鱼原作"狐狸",据毕沅、王念孙说改。　㉕文梓(zǐ子):梓,树名,因其纹理细密而称"文梓"。梗(pián骈)、楠、豫章:皆良树名。　㉖长木:高大树木。　㉗三事:孙诒让疑为"王吏"之讹。王吏,指楚王派去攻宋的将吏。　㉘解带为城:解下衣带模拟城墙。　㉙牒(dié蝶):书板,木札,多以木片为之。一说,牒为"㭒"假借字,即筷子(俞樾说)。　㉚距:通"拒",抵御。　㉛守圉(yǔ羽)有余:守城的办法还绰绰有余。圉,通"御(禦)"。　㉜诎(qū屈):穷,办法穷尽。　㉝乃可攻:"乃"字原无,据毕沅说补。　㉞禽滑(gǔ古)釐(lí厘):魏国人,姓禽,名滑釐。　㉟绝:止。　㊱庇:遮蔽,此指避雨。闾:里门。古代二十五家为一里。　㊲内:通"纳"。按,此时宋国正加强防备,令民各守里门,守闾者怕墨子来做间谍,所以没让他进门。　㊳"治于神"四句:大意是说,致力于大智慧大功德的人,一般人往往不见其功;在明处急于表现小聪明的,反而容易被人注意。神,隐而有功。

一二 孟 子

　　《孟子》是一部以记录孟子言论为主要内容的散文著作,大约是孟子与其弟子共同编定而成,共七篇。孟子(约前372—前289),名轲,战国中期邹国(今山东邹城市)人。曾受业于孔子之孙子思的弟子,是儒家学派仅次于孔子的又一重要代表。其"仁政说"和"性善论"是对孔子仁学的继承和发展。他也曾周游列国,但其主张不为当时急于开疆辟土的诸侯所用。晚年退而讲学著述,《孟子》一书的撰写,即当作于此时。该书仍沿用《论语》的语录体,但篇幅明显加长,其中有些论辩说理文字,随文设喻,流畅犀利,滔滔不绝,充分显示了孟子善辩的特点;有些描写又细腻生动,十分富于表现力。

齐桓晋文之事①

　　齐宣王问曰②:"齐桓、晋文之事,可得闻乎③?"孟子对曰:"仲尼之徒,无道桓、文之事者,是以后世无传焉,臣未之闻也。无以,则王乎④?"

　　曰:"德何如,则可以王矣?"

　　曰:"保民而王,莫之能御也。"

　　曰:"若寡人者,可以保民乎哉?"

　　曰:"可。"

曰："何由知吾可也？"

曰："臣闻之胡龁曰⑤：'王坐于堂上，有牵牛而过堂下者。王见之，曰："牛何之⑥？"对曰："将以衅钟⑦。"王曰："舍之！吾不忍其觳觫⑧，若无罪而就死地⑨。"对曰："然则废衅钟与？"曰："何可废也，以羊易之。"'不识有诸⑩？"

曰："有之。"

曰："是心足以王矣！百姓皆以王为爱也⑪，臣固知王之不忍也。"

王曰："然，诚有百姓者⑫。齐国虽褊小⑬，吾何爱一牛！即不忍其觳觫，若无罪而就死地，故以羊易之也。"

曰："王无异于百姓之以王为爱也⑭。以小易大，彼恶知之⑮？王若隐其无罪而就死地⑯，则牛羊何择焉⑰？"

王笑曰："是诚何心哉！我非爱其财而易之以羊也，宜乎百姓之谓我爱也⑱。"

曰："无伤也⑲，是乃仁术也⑳！见牛未见羊也。君子之于禽兽也：见其生，不忍见其死；闻其声，不忍食其肉，是以君子远庖厨也。"

王说曰㉑："《诗》云：'他人有心，予忖度之㉒。'夫子之谓也。夫我乃行之，反而求之，不得吾心；夫子言之，于我心有戚戚焉㉓。此心之所以合于王者何也？"

曰："有复于王者曰㉔：'吾力足以举百钧㉕，而不足以举一羽；明足以察秋毫之末㉖，而不见舆薪㉗。'则王许之乎㉘？"

曰："否！"

"今恩足以及禽兽㉙，而功不至于百姓者，独何与㉚？然则一羽之不举，为不用力焉；舆薪之不见，为不用明焉；百姓之不见保㉛，为不用恩焉；故王之不王㉜，不为也，非不能也。"

曰:"不为者与不能者之形㉝,何以异?"

曰:"挟太山以超北海㉞,语人曰:'我不能。'是诚不能也。为长者折枝㉟,语人曰:'我不能。'是不为也,非不能也。故王之不王,非挟太山以超北海之类也;王之不王,是折枝之类也。老吾老,以及人之老㊱;幼吾幼,以及人之幼;天下可运于掌㊲。诗云:'刑于寡妻,至于兄弟,以御于家邦㊳。'言举斯心加诸彼而已㊴。故推恩足以保四海,不推恩无以保妻子。古之人所以大过人者,无他焉,善推其所为而已矣!今恩足以及禽兽,而功不至于百姓者,独何与?权㊵,然后知轻重;度㊶,然后知长短。物皆然,心为甚。王请度之㊷。抑王兴甲兵㊸,危士臣,构怨于诸侯㊹,然后快于心与?"

王曰:"否,吾何快于是!将以求吾所大欲也。"

曰:"王之所大欲,可得闻与?"

王笑而不言。

曰:"为肥甘不足于口与㊺?轻暖不足于体与㊻?抑为采色不足视于目与?声音不足听于耳与?便嬖不足使令于前与㊼?王之诸臣,皆足以供之,而王岂为是哉!"

曰:"否。吾不为是也。"

曰:"然则王之所大欲可知已:欲辟土地,朝秦、楚㊽,莅中国㊾,而抚四夷也。以若所为㊿,求若所欲,犹缘木而求鱼也㉛。"

王曰:"若是其甚与?"

曰:"殆有甚焉㉜。缘木求鱼,虽不得鱼,无后灾;以若所为,求若所欲,尽心力而为之,后必有灾。"

曰:"可得闻与?"

曰:"邹人与楚人战㉝,则王以为孰胜?"

127

曰:"楚人胜。"

曰:"然则小固不可以敌大,寡固不可以敌众,弱固不可以敌强。海内之地,方千里者九,齐集有其一㊹;以一服八,何以异于邹敌楚哉!盖亦反其本矣㊺!今王发政施仁㊻,使天下仕者皆欲立于王之朝,耕者皆欲耕于王之野,商贾皆欲藏于王之市,行旅皆欲出于王之塗㊼,天下之欲疾其君者㊽,皆欲赴诉于王㊾:其若是,孰能御之?"

王曰:"吾惛㊿,不能进于是矣!愿夫子辅吾志,明以教我。我虽不敏,请尝试之!"

曰:"无恒产而有恒心者㉖,惟士为能。若民,则无恒产,因无恒心。苟无恒心,放辟邪侈㉗,无不为已。及陷于罪,然后从而刑之,是罔民也㉘。焉有仁人在位,罔民而可为也!是故明君制民之产㉙,必使仰足以事父母,俯足以畜妻子㉚,乐岁终身饱㉛,凶年免于死亡;然后驱而之善㉜,故民之从之也轻㉝。今也制民之产,仰不足以事父母,俯不足以畜妻子,乐岁终身苦,凶年不免于死亡;此惟救死而恐不赡㉞,奚暇治礼义哉㉟!王欲行之,则盍反其本矣!五亩之宅㊱,树之以桑,五十者可以衣帛矣㊲;鸡豚狗彘之畜,无失其时,七十者可以食肉矣;百亩之田㊳,勿夺其时㊴,八口之家,可以无饥矣;谨庠序之教㊵,申之以孝悌之义,颁白者不负戴于道路矣㊶。老者衣帛食肉,黎民不饥不寒㊷,然而不王者,未之有也。"

中华书局《十三经注疏》本《孟子》卷一

①该篇选自《孟子·梁惠王上》。文章通过孟子与齐宣王的对话,集中阐发了孟子推恩于人的仁政学说和"保民而王"的理论见解。孟子在劝说对方施行仁政时,因势利导,巧于设喻,侃侃而谈,表现出高超的说话艺术。

②齐宣王:田氏,名辟疆。在位时齐国富强,并召集了许多文学游说之士。
③"齐桓"二句:大意是说,您能给我讲讲当年齐桓公、晋文公的事情吗?按,齐桓公、晋文公为春秋五霸中的重要人物,宣王想效仿二公称霸诸侯,故以此问孟子。　④"无以"二句:一定要说点什么的话,咱们就说说王天下之道怎么样?以,通"已",止,停下来。王(wàng旺),用作动词,称王天下。
⑤胡龁(hé和):人名,齐王近臣。　⑥牛何之:这是要把牛牵到哪里去?之,往。　⑦将以衅钟:要用它(牛)的血去涂钟祭祀。按,新钟铸成,杀牲取血涂其隙,因而祭之,叫衅钟。　⑧觳觫(hú sù胡速):恐惧颤栗貌。
⑨"若无罪"句:就这样无罪却要送进屠场。若,如此。　⑩不识有诸:不知有没有这回事。诸,之乎。　⑪以王为爱:以为大王您这是吝啬。爱,爱惜,吝啬。　⑫"诚有"句:确实有这样的百姓。　⑬褊(biǎn扁)小:狭小。　⑭"王无异"句:大王您也别怪百姓说您吝啬。异,奇怪。
⑮"以小"二句:大意是说,他们只是见您用小的(羊)换了大的(牛),哪里了解您当时内心的感觉呢?恶(wū乌),何,怎么。　⑯隐:同情。　⑰何择:有什么区别。　⑱"我非"二句:大意是说,我的确不是因爱惜钱财才用羊换牛的,但经您这么一说,百姓说我吝啬真还有一定道理了。　⑲无伤:无妨,不要紧。　⑳是乃仁术:大意是说,有这种同情心就已经是为仁之道了。　㉑说(yuè悦):通"悦"。　㉒忖度(duó夺):推测,揣摩。按,此诗句见于《诗经·小雅·巧言》。　㉓"夫子言之"二句:您的一番话,却说透、触动了我的心思。戚戚,心动貌。　㉔复:白,禀告。　㉕百钧:三千斤。三十斤为一钧。　㉖秋毫之末:秋天兽毛的末梢。极言其细微。　㉗舆薪:一车薪柴。　㉘许:赞许,此言"听信"。　㉙"今恩"句:以下为孟子之语,省去"曰"字,以表语气紧促。恩,恩惠。　㉚独何与:偏偏是何缘故。与,语气词。　㉛见:被。　㉜王之不王:前"王"指齐宣王,后"王"指"王天下"。　㉝形:情状。　㉞"挟(xié协)太山"句:夹着泰山跳过北海。挟,夹在胳膊下。超,跨越。北海,即渤海。
㉟折枝:弯腰鞠躬。枝,通"肢"。　㊱"老吾老"二句:尊敬我自己家的长辈,进而推广到尊敬别人家的长辈。前一"老"字用作动词。后两句句式仿此。　㊲运于掌:在手掌上把玩。极言其容易。　㊳"刑于寡妻"三句:见《诗经·大雅·思齐》。刑,通"型",以身作则。寡妻,国君的妻子。御,治。家邦,国家。此言一国之君先要做好妻子的榜样,推广而及于兄弟、邦国。

129

㊴“言举”句:上述诗句的意思说的就是把你爱自家的心推广到去爱他人罢了。 ㊵权:秤锤。用作动词,称。 ㊶度:丈尺。用作动词,读“duó夺”,丈量。 ㊷度:忖度。 ㊸抑:或者。 ㊹构怨:结怨。 ㊺“为肥甘”句:是因为肥美香甜的食物不够吃吗? ㊻“轻暖”句:轻快暖和的衣裘不够穿的吗? ㊼便嬖:指亲近宠爱的人。 ㊽朝秦、楚:使秦楚等大国前来朝拜。 ㊾莅(lì力)中国:君临中原诸国之上。莅,临。 ㊿若:你。 (51)缘木而求鱼:爬到树上去捉鱼。喻适得其反,劳而无功。 (52)殆有甚焉:恐怕比缘木求鱼还要严重呢。殆,可能。有,通“又”。 (53)邹:战国时一小诸侯国。在当时邹为小国,楚为大国。 (54)“海内”三句:整个中国,约有九千个平方里,齐国土地合起来不过仅居其中的一千个平方里。按,当时学者如邹阳等说中国有九州,九州外面是大海,并假定版图约有九千个平方里。集,凑集。 (55)盖(hé何):通“盍”,何不。反其本:回过头来寻求最根本的办法。反,同“返”。 (56)发政施仁:发布政令宣布施行仁政。 (57)塗:同“途”,道路。 (58)疾:痛恨。 (59)诉:申诉。 (60)惛(hūn昏):糊涂。 (61)恒产:固定产业。恒,常。恒心:安居守分之心。 (62)放:放荡。辟(pì僻):通“僻”,与“邪”同义,皆指不正当行为。侈:与“放”同义。 (63)罔:同“网(網)”,设网罗使陷入,引申为欺骗、坑陷之意。 (64)制:规定。 (65)畜(xù蓄):饲养禽兽,引申为养育,抚养。 (66)乐岁:丰年。 (67)驱:驱使、督促。之善:向善。 (68)从之:跟着行善。轻:容易。 (69)不赡(shàn善):不足。 (70)奚暇:哪里有馀力。 (71)五亩之宅:相传古代一个男丁可分得五亩土地供建住宅使用。 (72)衣帛:穿上丝绸衣服。 (73)百亩之田:相传古井田制,每个男丁可分得一百亩土地。 (74)勿夺其时:不要侵占其耕种时间。 (75)谨:重视。庠(xiáng详)序:古代学校名,周称“庠”,殷称“序”。 (76)颁白者:指头发花白的人。颁,通“斑”。负:背上背东西。戴:头上顶东西。 (77)黎民:黑头发的人民,此指少壮者。黎,黑色。

有为神农之言者许行①

有为神农之言者许行,自楚之滕,踵门而告文公曰②:

"远方之人,闻君行仁政,愿受一廛而为氓③。"文公与之处④。其徒数十人,皆衣褐⑤,捆屦织席以为食⑥。

陈良之徒陈相⑦,与其弟辛,负耒耜而自宋之滕⑧。曰⑨:"闻君行圣人之政,是亦圣人也,愿为圣人氓。"

陈相见许行而大悦,尽弃其学而学焉⑩。

陈相见孟子,道许行之言曰⑪:"滕君则诚贤君也。虽然,未闻道也⑫。贤者与民并耕而食,饔飧而治⑬。今也滕有仓廪府库⑭,则是厉民而以自养也⑮,恶得贤⑯?"

孟子曰:"许子必种粟而后食乎?"

曰:"然。"

"许子必织布然后衣乎?"

曰:"否。许子衣褐。"

"许子冠乎⑰?"

曰:"冠。"

曰:"奚冠⑱?"

曰:"冠素⑲。"

曰:"自织之与?"

曰:"否。以粟易之。"

曰:"许子奚为不自织?"

曰:"害于耕。"

曰:"许子以釜甑爨⑳,以铁耕乎㉑?"

曰:"然。"

"自为之与?"

曰:"否,以粟易之。"

"以粟易械器者,不为厉陶冶;陶冶亦以械器易粟者,岂为厉农夫哉㉒?且许子何不为陶冶,舍皆取诸其宫中而用之㉓?何为纷纷然与百工交易?何许子之不惮烦㉔!"

曰:"百工之事,固不可耕且为也㉕。"

"然则治天下独可耕且为与?有大人之事,有小人之事。且一人之身,而百工之所为备,如必自为而后用之,是率天下而路也㉖。故曰:或劳心,或劳力。劳心者治人,劳力者治于人㉗;治于人者食人㉘,治人者食于人。天下之通义也。

"当尧之时,天下犹未平,洪水横流,泛滥于天下;草木畅茂,禽兽繁殖;五谷不登㉙,禽兽偪人㉚,兽蹄鸟迹之道,交于中国㉛。尧独忧之,举舜而敷治焉㉜。舜使益掌火㉝,益烈山泽而焚之㉞,禽兽逃匿。禹疏九河㉟,瀹济、漯而注诸海㊱,决汝、汉,排淮、泗㊲,而注之江,然后中国可得而食也。当是时也,禹八年于外,三过其门而不入,虽欲耕,得乎?

"后稷教民稼穑㊳,树艺五谷㊴,五谷熟而民人育。人之有道也,饱食暖衣,逸居而无教㊵,则近于禽兽。圣人有忧之㊶,使契为司徒㊷,教以人伦㊸:父子有亲,君臣有义,夫妇有别,长幼有叙㊹,朋友有信。放勋曰劳之、来之、匡之、直之、辅之、翼之㊺,使自得之㊻,又从而振德之㊼。圣人之忧民如此,而暇耕乎?

"尧以不得舜为己忧,舜以不得禹、皋陶为己忧㊽。夫以百亩之不易为己忧者㊾,农夫也。分人以财谓之惠,教人以善谓之忠,为天下得人者谓之仁㊿。是故以天下与人易[51],为天下得人难。孔子曰:'大哉尧之为君!惟天为大,惟尧则之[52],荡荡乎民无能名焉[53]。君哉舜也!巍巍乎有天下而不与焉[54]!'尧舜之治天下,岂无所用其心哉?亦不用于耕耳[55]。

"吾闻用夏变夷者,未闻变于夷者也[56]。陈良,楚产也[57]。悦周公、仲尼之道,北学于中国;北方之学者,未能或之先也㊾。彼所谓豪杰之士也。子之兄弟,事之数十年,师死而遂倍之㊾。昔者孔子没⑩,三年之外㉑,门人治任将归㉒,入揖于子贡㉓,相向而哭㉔,皆失声,然后归。子贡反㉕,筑室于场㉖,独居三年,然后归。他日,子夏、子张、子游㉗,以有若似圣人㉘,欲以所事孔子事之㉙。强曾子㉚,曾子曰:'不可。江汉以濯之㉛,秋阳以暴之㉜;皜皜乎不可尚已㉝。'今也,南蛮鴃舌之人㉞,非先王之道;子倍子之师而学之,亦异于曾子矣。吾闻'出于幽谷,迁于乔木'者㉟,未闻下乔木而入于幽谷者。鲁颂曰:'戎狄是膺,荆舒是惩㊱'。周公方且膺之㊲,子是之学㊳,亦为不善变矣㊴。"

中华书局《十三经注疏》本《孟子》卷五

①该篇选自《孟子·滕文公上》,记述的是孟子与农家学派许行、陈相的一场辩论。许行提出"贤者与民并耕而食,饔飧而治",与儒家强调人君的教化、治理作用有所抵触,孟子遂用社会分工的道理予以反击。文中孟子善设机巧,引人入彀,使对方陷入自我矛盾,表现了极高的论辩才能;行文层层展开,完整而气势充沛;人物对话也语气逼真,富于个性。为神农之言者,研治神农学说的人,即农家信徒。神农,传说中的三皇之一,战国时农家学派托之以宣传耕农止乱的政治思想。　②踵(zhǒng 肿)门:亲自到门下。踵,至。文公:滕文公。　③廛(chán 缠):一夫所居之地。氓:民。一说,侨民,或居住乡野的人。　④与之处:给了他一处住宅。　⑤褐(hè 赫):粗麻短衣。　⑥捆屦(jù 据):编织草鞋。捆,编织。屦,麻鞋。以为食:以此谋生。　⑦陈良:楚国儒者。　⑧耒耜(lěi sì 垒四):皆为犁田工具。　⑨曰:此是对滕文公说。　⑩"尽弃"句:把先前接受的儒家学说全都撇在一边,转而开始信奉起农家学说来。　⑪道许行之言:转述许行的话。　⑫"虽然"二句:虽然如此,但却还没有真正懂得治国之道。　⑬"贤者"二句:贤德之人应该和百姓一样在田里耕作,一边自谋其食一边治理国家。饔飧(yōng sūn 雍孙),皆指熟食,早餐称"饔",晚餐称"飧",此均作动词用。

133

⑭仓廪(lǐn 凛):谷仓。 ⑮厉民:损害百姓。 ⑯恶(wū 乌)得贤:怎么称得上贤呢?恶,何。 ⑰冠:用作动词,戴帽子。 ⑱奚:何。 ⑲素:未染色的绢。 ⑳釜(fǔ 斧):铁锅。甑(zèng 憎):瓦制蒸器。爨(cuàn 窜):烧火做饭。 ㉑铁:此指铁制犁具。 ㉒"以粟"四句:拿粮食换日用器物和生产工具,不能说是损害了瓦匠铁匠,反过来瓦匠铁匠用他们生产的器物工具去换粮食,难道说就是损害了农夫吗?陶,制陶者。冶,冶铁者。 ㉓"且许子"二句:再说许行怎么不也亲自制陶炼铁,不管什么都从自己家里拿出来用呢?舍,同"啥",什么。宫,住所,战国时贵贱皆可称"宫"。 ㉔惮(dàn 旦):怕。 ㉕"百工"二句:各种工匠所从事的工作,本来就是不能一边耕种一边去做的。 ㉖"且一人"四句:再说一个人日常所需,总是需要各行各业的制品才能使他大致具备,如果都必须是亲手做的才能使用,这简直就是引着天下人奔忙劳碌不得安生了。路,奔走道路。 ㉗治于人:被人所治。 ㉘食(sì 四):给人吃,奉养。下"食"字音同。 ㉙登:成熟。 ㉚偪:同"逼",威胁。 ㉛交:交错。中国:中原。 ㉜敷治:普遍治理。 ㉝益:人名,传说中舜的辅臣。掌火:任掌火之官,管理火。 ㉞烈:火猛,用作动词,点燃大火。 ㉟疏九河:开凿疏通九条河流。据称大禹治水时在黄河下游开出九条支流,分别是徒骇、太史、马颊、覆釜、胡苏、简、絜(jié 洁)、钩盘、鬲津(见《尔雅·释水》)。 ㊱瀹(yuè 越):疏导。济、漯(tà 踏):济水和漯水。注诸海:使它们流向大海。 ㊲"决汝、汉"二句:开掘加宽汝水、汉水的河道,排除淮河、泗水的壅塞。 ㊳后稷:名弃,传说中周部族始祖,以始教人耕作著称。稼穑:种曰稼,收曰穑,泛指农业生产。 ㊴树艺:种植。 ㊵逸居而无教:指过着安逸的生活却无教化。 ㊶有:通"又"。 ㊷契:殷商族先祖,舜的臣子。司徒:掌教化的官职。 ㊸人伦:人与人相处的道德关系。 ㊹叙:等级,次第。 ㊺放勋:传说中尧的称号。日:日日,每天。劳之、来(lài 赖)之:劝勉抚慰人民。来,同"徕"。劳来,慰劳。匡之、直之:匡劝纠正人民。辅之、翼之:帮助保护人民。 ㊻使自得之:使他们各得其所。 ㊼振:"赈"的本字,救济。德:用作动词,施以恩惠。 ㊽皋陶(gāo yáo 高尧):人名,舜时的贤臣。 ㊾易:治,修整。 ㊿得人:发现找到人材。 (51)以天下与人易:把天下传给别人容易。 (52)"惟天"二句:只有天是最伟大宽广的,又只有尧能效法天德。则,动词,奉为准则。 (53)荡荡:广大貌。此指

圣德广阔无边。无能名：无法用言语来形容。 (54)与（yù 预）：通“预”，参预，在其中。此含有“私有”、“享受”之意。按，孔子语见《论语·泰伯》。 (55)亦：但，只是。 (56)“吾闻”二句：我只听说过有用华夏族的礼义改变夷族风俗的，却没听说过反被夷族改变的。夏，指中原一带的华夏诸族。夷，原指居住在东方的文化落后的部族，此泛指居于边远地区未开化的部族。按，先秦时中原人对南方楚人有偏见，视为蛮夷，故孟子以此奚落陈相学于楚人许行。 (57)楚产：出生于楚地。 (58)未能或之先：没有能超过他的。 (59)倍：通“背”，背叛。 (60)没（mò 末）：通“殁”，去世。 (61)三年之外：为孔子守孝三年之后。 (62)门人：指孔子弟子。治任：整理行李。任，挑在肩上的担子，即行李。 (63)揖：作揖，告别。子贡：孔子弟子，姓端木，名赐。按，子贡自愿再守孝三年，故离开的人去向他告别。 (64)相向：相对。 (65)反：同“返”，返回墓地。 (66)场：坟前平地，供祭祀用。 (67)子夏：姓卜，名商。子张：姓颛孙，名师。子游：姓言，名偃。三人皆孔子弟子。 (68)有若：孔子弟子，姓有，名若。似圣人：相貌长得像孔子。 (69)“欲以”句：打算照以前侍奉孔子那样侍奉他。 (70)强（qiǎng 抢）：勉强。曾子：孔子弟子，姓曾，名参（shēn 深）。 (71)濯（zhuó 茁）：洗。 (72)秋阳：周历秋季相当于夏历五六月，为阳光最强之时。暴（pù 曝）：“曝”的古字，晒。 (73)皜（gǎo 搞）皜：同“杲杲”，光明貌。尚：上。以上三句言孔子品质像江河洗涤过，秋阳曝晒过，光明洁白，无人能比。 (74)“今也”二句：现在，许行这个说话怪腔怪调的南方蛮子。南蛮，对楚人的贬称。鴃（jué 决）舌，比喻说话难听。鴃，伯劳鸟。 (75)“吾闻”句：所引两句诗见于《诗经·小雅·伐木》，言鸟从深谷飞往高大的树木。 (76)“鲁颂曰”三句：此两句诗见于《诗经·鲁颂·閟宫》，本是称颂周人当年征伐外族的业绩，孟子借用来攻击许行。戎狄，西周时西方和北方的外族。膺，打击。荆舒，西周时南方外族，荆即楚，舒是与楚相邻的一个小国。 (77)方且：尚要。 (78)子是之学：犹言“子是学之”，你却学习他们。 (79)不善变：不会变化，犹言“越变越坏”。

闻诛一夫纣①

齐宣王问曰：“汤放桀②，武王伐纣③，有诸？”

孟子对曰:"于传有之④。"

曰:"臣弑其君,可乎⑤?"

曰:"贼仁者谓之'贼'⑥,贼义者谓之'残'⑦,残贼之人,谓之'一夫'⑧。闻诛一夫纣矣⑨,未闻弑君也。"

中华书局《十三经注疏》本《孟子》卷二

①该篇选自《孟子·梁惠王下》,记述的是孟子与齐宣王关于历史上著名的武王伐纣事件的一段对话。面对齐宣王提出的两难命题,孟子巧换概念予以回答,表现出高超的论辩技巧。　②汤:商汤,商代开国之君。放桀:据传,夏桀暴虐,汤兴兵讨伐,灭夏建立商王朝后,把桀流放到了南巢(今安徽巢湖市)。　③武王:周武王,周代开国之君。伐纣:据史载,商纣王无道,周武王捧着文王木主兴兵讨伐,纣大败,自焚而死。　④传(zhuàn撰):史传。　⑤"臣弑其君"二句:作臣子的杀掉他的君王,这是可以的吗?弑,下级杀死上级称"弑"。按,周人本是商王朝的属民,故周文王、武王应该算作纣王之臣。商汤与夏桀的关系也是如此。儒家强调君臣秩序,又盛赞商汤周文王,齐宣王这里便针对其中的矛盾向孟子提出了质疑。
⑥"贼仁"句:前一"贼"字为动词,伤残,破坏;后一"贼"字为名词,指为害人民的人。　⑦残:用为名词,残害人民的人。　⑧一夫:独夫,失掉了民心的孤立者。　⑨诛:讨伐,此有褒义,指合乎正义地讨杀罪犯。

齐人有一妻一妾①

齐人有一妻一妾而处室者②,其良人出③,则必餍酒肉而后反④。其妻问所与饮食者⑤,则尽富贵也。其妻告其妾曰:"良人出,则必餍酒肉而后反,问其与饮食者,尽富贵也,而未尝有显者来⑥,吾将瞷良人之所之也⑦。"

蚤起⑧,施从良人所之⑨,遍国中无与立谈者⑩。卒之东郭墦间⑪,之祭者⑫,乞其馀⑬;不足,又顾而之他⑭——此其为餍足之道也⑮。

其妻归,告其妾,曰:"良人者,所仰望而终身也,今若此!"与其妾讪其良人⑯,而相泣于中庭⑰。而良人未之知也,施施从外来⑱,骄其妻妾⑲。

由君子观之,则人之所以求富贵利达者,其妻妾不羞也,而不相泣者,几希矣⑳。

中华书局《十三经注疏》本《孟子》卷八

①该篇选自《孟子·离娄下》,是一则描写曲折生动而又极富讽刺意味的寓言。　②处室:住在家里。　③良人:妇人尊称丈夫为良人。④餍(yàn宴)酒肉:吃饱喝足。餍,饱,满足。反:同"返"。　⑤所与饮食者:与他一起吃喝的人。　⑥显者:显贵人物。　⑦瞯(jiàn见):窥视。⑧蚤:通"早"。　⑨施(yí夷)从:犹言"尾随"。施,通"迤",斜行。⑩国:都城。无与立谈者:没有一位站住同他讲话的。　⑪"卒之"句:齐人最后到了东郊外的墓地。郭,城外曰郭。墦(fán凡),坟墓。　⑫之祭者:走到祭扫坟墓的人面前。　⑬乞其馀:讨些残菜剩饭。　⑭顾而之他:此言齐人又东张西望地走到另一处去讨吃喝。顾,视,看。　⑮"此其"句:这就是他的吃饱喝足的办法。　⑯讪:讥笑,嘲骂。　⑰相泣:面对面哭泣。相,相与,共同。中庭:庭中。　⑱施施:喜悦自得貌。⑲骄其妻妾:在妻妾面前夸口炫耀。　⑳"则人"四句:有些人所用的乞求升官发财的方法,能不使他妻妾感到羞耻而哭泣的,是很少的。几(jī机)希,很少,很微小。

礼与食孰重①

任人有问屋庐子曰②:"礼与食孰重?"

曰③:"礼重。"

"色与礼孰重④?"

曰:"礼重。"

曰:"以礼食⑤,则饥而死;不以礼食,则得食,必以礼乎?亲迎⑥,则不得妻;不亲迎,则得妻,必亲迎乎?"

屋庐子不能对,明日之邹以告孟子⑦。

孟子曰:"於⑧,答是也,何有⑨? 不揣其本,而齐其末,方寸之木可使高于岑楼⑩。金重于羽者,岂谓一钩金与一舆羽之谓哉⑪? 取食之重者与礼之轻者而比之,奚翅食重⑫? 取色之重者与礼之轻者而比之,奚翅色重? 往应之曰⑬:'紾兄之臂而夺之食⑭,则得食;不紾,则不得食,则将紾之乎? 逾东家墙而搂其处子⑮,则得妻;不搂,则不得妻,则将搂之乎?'"

中华书局《十三经注疏》本《孟子》卷一二

①该篇选自《孟子·告子下》。在关于礼与食色哪个更重要的问题上,孟子弟子被人难住。孟子却轻而易举地抓住了对方的问题所在,以以牙还牙,予以有力回击。这个故事典型地表现了孟子好辩善辩的特点。孰,谁,哪个。　②任人:任地有个人。任,国名,在今山东济宁。屋庐子:孟子弟子。　③曰:此为屋庐子的回答。以下对话均为一问一答,省去了人名。　④色:女色。此谓娶妻之事。　⑤以礼食:遵照礼节去谋食。　⑥亲迎:亲迎礼,新郎亲自前去迎接新娘。此指依礼明媒正娶。　⑦邹:国名,与任国相距约百里。孟子本邹人,后来周游列国,此时又回到邹地定居。　⑧於(wū 乌):叹词。　⑨"答是也"二句:回答这个问题有什么难的。是,这个。何有,有何,算得了什么?　⑩"不揣"三句:如果不考虑落脚点是否一致,而只比较其顶端,那么一寸厚的木块也可以使它比高楼还高。揣,揣度。本,根基。末,树梢,顶端。方寸,一寸见方。岑楼,高楼。　⑪一钩金:一个衣带钩那么重的金子,只有三钱多。一舆羽:一车羽毛。　⑫奚

翅:何只。翅,通"啻(chì 斥)",只,但。以下是孟子教弟子回击对方的话。家墙:翻过东邻的墙头。处子:处女。
⑬往应之:你就这样去答复他。
⑭紾(zhěn 诊):扭折。　　⑮逾东

一三 庄 子

　　《庄子》是战国时代庄子及其后学所撰的一部哲理散文著作。庄子(约前369—前286),名周,宋国蒙(今河南商丘)人,先秦道家学派的主要代表之一,在老子"无为"学说基础上进而齐万物,尚返真,追求主观精神上的恬淡逍遥,避世自得,形成了与儒、墨诸学派的对立和互补。

　　《汉书·艺文志》著录《庄子》五十二篇,今本三十三篇,分《内篇》七篇,《外篇》十五篇,《杂篇》十一篇。研究者多认为《内篇》为庄子自作,《外篇》、《杂篇》多出于庄子后学所追记,基本上属于一个完整的思想体系,语言风格及表现方式也大体一致。其抒发议论常常运用新奇的想象,光怪陆离,仪态万方;又援引和创造了大量寓言故事,机智巧妙,富于情趣;文章体式则大开大阖,变化无穷,在先秦诸子散文中别具一格,最富文学特性。

逍 遥 游[①]

　　北冥有鱼[②],其名为鲲[③]。鲲之大,不知其几千里也;化而为鸟,其名为鹏。鹏之背,不知其几千里也;怒而飞[④],其翼若垂天之云[⑤]。是鸟也,海运则将徙于南冥[⑥];南冥者,天池也[⑦]。《齐谐》者[⑧],志怪者也[⑨];《谐》之言曰:"鹏之徙于南冥也,水击三千里[⑩],抟扶摇而上者九万里[⑪],去以六月息者也⑫。"野马也,尘埃也,生物之以息相吹也⑬。天之苍苍,其正色邪?其远而无所至极邪⑭?其视下也,亦若是则已矣⑮。且夫水之积也不厚,则其负大舟也无力。覆杯水于坳堂之上⑯,则芥为之舟⑰,置杯焉则胶⑱,水浅而舟大也。风之积也不厚,则其负大翼也无力。故九万里则风斯在下矣⑲,而后乃今培风⑳,背负青天而莫之夭阏者㉑,而后乃今将图南㉒。

蜩与学鸠笑之曰㉓:"我决起而飞㉔,枪榆枋㉕,时则不至㉖,而控于地而已矣㉗;奚以之九万里而南为!"适莽苍者㉘,三飡而反㉙,腹犹果然㉚;适百里者,宿舂粮㉛;适千里者,三月聚粮㉜。之二虫,又何知㉝!

小知不及大知㉞,小年不及大年㉟。奚以知其然也㊱?朝菌不知晦朔㊲,蟪蛄不知春秋㊳,此小年也。楚之南有冥灵者㊴,以五百岁为春,五百岁为秋;上古有大椿者,以八千岁为春,八千岁为秋,此大年也㊵。而彭祖乃今以久特闻,众人匹之㊶,不亦悲乎?

汤之问棘也是已㊷:"穷发之北㊸,有冥海者,天池也。有鱼焉,其广数千里,未有知其修者㊹,其名为鲲。有鸟焉,其名为鹏,背若泰山,翼若垂天之云;抟扶摇羊角而上者九万里㊺,绝云气㊻,负青天,然后图南,且适南冥也。斥鴳笑之曰㊼:'彼且奚适也!我腾跃而上,不过数仞而下㊽,翱翔蓬蒿之间,此亦飞之至也㊾。而彼且奚适也!'"此小大之辨也㊿。

故夫知效一官,行比一乡,德合一君,而征一国者,其自视也亦若此矣㉛。而宋荣子犹然笑之㉜。且举世誉之而不加劝㉝,举世非之而不加沮㉞,定乎内外之分,辨乎荣辱之境㉟,斯已矣㊱;彼其于世,未数数然也㊲。虽然,犹有未树也㊳。夫列子御风而行㊴,泠然善也㊵,旬有五日而后反㊶;彼于致福者㊿,未数数然也。此虽免乎行,犹有所待者也㊿。若夫乘天地之正,而御六气之辩,以游无穷者,彼且恶乎待哉㊿! 故曰:至人无己,神人无功,圣人无名㊿。

尧让天下于许由㊿,曰:"日月出矣,而爝火不息㊿;其于光也,不亦难乎! 时雨降矣,而犹浸灌㊿;其于泽也㊿,不亦劳乎! 夫子立而天下治㊿,而我犹尸之㊿,吾自视缺然㊿,请致天下㊿。"许由曰:"子治天下,天下既已治也;而我犹代子,吾将为名乎? 名者实之宾也;吾将为宾乎㊿? 鹪鹩巢于深林㊿,不过一枝;偃鼠饮河㊿,不过满腹。归休乎君,予无所用天下为㊿! 庖人虽不治庖㊿,尸祝不越樽俎而代之矣㊿!"

肩吾问于连叔曰㊿:"吾闻言于接舆㊿:大而无当,往而不返㊿;吾惊怖其言,犹河汉而无极也㊿;大有径庭㊿,不近人情焉。"连叔曰:"其言谓何哉?"曰:"'藐姑射之山㊿,有神人居焉;肌肤若冰雪,淖约若处子㊿,不食五谷,吸风饮露,乘云气,御飞龙,而游乎四海之外;其神凝,使物不疵疠而年谷熟㊿。'吾是以狂而不信也㊿。"连叔曰:"然。瞽者无以与乎文章之观㊿,聋者无以与乎钟鼓之声;岂惟形骸有聋盲哉! 夫知亦有之㊿。是其言也,犹时女也㊿。之人也,之德也,将磅礴万物以为一世蕲乎乱,孰弊弊焉以天下为事㊿! 之人也,物莫之伤:大浸稽天而不溺㊿,大旱金石流、土山焦而不热。是其尘垢秕糠将犹陶铸尧、舜者也㊿,孰肯以物为事! 宋人资章甫而适诸越㊿,越人短发文身㊿,无所用之。尧治天下之民,平海内之政,往见四子藐姑射之山、汾水之阳㊿,窅然丧其天下焉㊿。"

惠子谓庄子曰㊿:"魏王贻我大瓠之种㊿,我树之成㊿,而实五石㊿。以盛水浆,其坚不能自举也㊿。剖之以为瓢,则瓠落无所容⑭。非不呺然大也⑮,吾为其无用而掊之⑯。"庄子曰:"夫子固拙于用大矣⑰!宋人有善为不龟手之药者⑱,世世以洴澼絖为事⑲。客闻之,请买其方百金。聚族而谋曰:'我世世为洴澼絖,不过数金;今一朝而鬻技百金⑩,请与之。'客得之,以说吴王。越有难,吴王使之将,冬与越人水战,大败越人⑪,裂地而封之。能不龟手一也,或以封,或不免于洴澼絖,则所用之异也。今子有五石之瓠,何不虑以为大樽而浮于江湖⑫,而忧其瓠落无所容,则夫子犹有蓬之心也夫⑬?"

惠子曰:"吾有大树,人谓之樗⑭;其大本拥肿而不中绳墨⑮,其小枝卷曲而不中规矩⑯。立之塗,匠者不顾。今子之言,大而无用,众所同去也。"庄子曰:"子独不见狸狌乎⑰?卑身而伏,以候敖者⑱;东西跳梁⑲,不辟高下⑳,中于机辟㉑,死于罔罟㉒。今夫斄牛㉓,其大若垂天之云;此能为大矣,而不能执鼠。今子有大树,患其无用,何不树之于无何有之乡㉔,广莫之野㉕,彷徨乎无为其侧,逍遥乎寝卧其下㉖;不夭斤斧㉗,物无害者㉘。无所可用,安所困苦哉㉙?"

中华书局《诸子集成》本《庄子集解》卷一

①该篇为《庄子·内篇》的第一篇,是《庄子》思想、艺术的代表作。"逍遥游"就是不受任何约束的自由自在的活动。庄子这里所阐发的是通过"无己"、"无功"、"无名"的"坐忘",从主观上摆脱客观现实的制约,以达到精神上思接千里、与道合一的遨游。与之相应,该文借助一系列寓言和比喻,寓说理于离奇的想象和变幻莫测的形象境界之中,并以洒脱恣肆之笔,显示了自由无羁的风格。 ②北冥:即北海。冥,幽深。一作"溟",海。 ③鲲(kūn昆):鱼苗的总称,这里用作大鱼的名字。 ④怒:形容气势强盛,引申为奋发。此谓奋力鼓动翅膀。 ⑤垂天之云:天边的云彩。垂天,天边。

⑥海运:海动,即海啸。徙:迁往。南冥:南海。　⑦天池:南海的别名,取义于天然而成的水池。　⑧《齐谐》:书名,专门记载怪异之事,已佚。⑨志:记载。　⑩水击:击水,用翅拍打水面。　⑪抟(搏)(tuán团):一作"搏",拍打,搏击。扶摇:即"飙",一种从地面上升的暴风。　⑫"去以"句:大鹏飞去,是要凭着六月的大风才能成行的。以,因依。息,气息,此指风。按,这里是要指出,大鹏的高飞是有所"待"的。　⑬"野马"三句:那些看上去像奔马的浮尘游气,全是靠着生物间的呼吸吹拂才游动升腾的。⑭"天之"三句:天是青苍苍的,这是它真正的颜色呢,还是因为相距太远而看不真切了呢?至极,到达尽头。　⑮"其视下"二句:飞到高空的大鹏从上面往下看,也会是如此(看不真切)的。此极言大鹏飞翔之高。　⑯覆:倒。坳(āo凹)堂:即堂坳,地上低洼之处。　⑰芥:小草。　⑱胶:粘住。　⑲斯在下:就在大鹏的下面了。　⑳乃今:乃即,才就。培风:凭风,乘风。培,通"凭"。按,此言大鹏需要高飞,凭借"厚"风才能飞往南海。㉑夭:挫折。阏(è遏):阻止。　㉒图南:开始朝南飞去。图,谋求。㉓蜩(tiáo条):蝉。学鸠(jiū究):小鸟名。　㉔决(xuè穴):急飞而起貌。㉕枪:突,穿过。榆:榆树。枋(fāng方):树名,一说即檀木。　㉖时则不至:有时或许飞不到树上。　㉗控:投,落下。　㉘适莽苍者:以下几句均是指小鸟之飞。适,往。莽苍,草色青青,指近郊。　㉙飡(cān餐):同"餐"。反,同"返"。　㉚果然:腹饱的样子。　㉛宿:隔夜,头天晚上。舂(chōng充)粮:捣米备粮。　㉜三月聚粮:准备三个月的粮米。㉝"之二虫"二句:这两只小鸟又知道什么呢!按,小鸟飞行也要有所待,却讥笑大鹏,故斥其无知。　㉞知(zhì智):通"智"。　㉟年:年寿。㊱奚:何。　㊲朝(zhāo召)菌:植物名,朝生暮死。晦:夜。朔:旦。㊳惠蛄:虫名,夏初生,夏末死。惠一作"蟪"。　㊴冥灵:树名。　㊵此大年也:该句原文缺,今据宋人陈景元《庄子缺误》所考补。　㊶"而彭祖"二句:彭祖以高寿著称,一般人凡说到年寿,都拿他来作比较。彭祖,人名,传说生于尧舜时,死于殷时,活了七八百年。久,长寿。特闻,犹言"著称"。匹,比。　㊷棘:人名,相传商汤时大夫。《列子·汤问》篇作"夏革(jí极)"。　㊸穷发:不毛之地。　㊹修:长度。　㊺羊角:旋风。㊻绝:超过。　㊼斥:小泽。鷃(yàn宴):同"鴳",小雀名。一说,斥通"尺",小。　㊽仞:八尺,或曰七尺。　㊾飞之至:最好的飞翔。

144

⑤⓪"此小大"句:这不过只是小和大的分别罢了。辨,别。按,这里是在指出大鹏和小鸟都有所待,所不同的只是有个大小之别。 ⑤①"故夫"五句:由此看来那些才智只能胜任一官之职、行为只能庇护一乡之众、品德只能迎合一君之心、能耐只能折服一国之人的人,其自我感觉也和这些小鸟差不多。效,胜任。比,同"庇"。而(néng 能),通"能"。征,信服。 ⑤②宋荣子:即宋钘(jiān 坚),战国诸子,约与庄子同时,其学说接近墨家。犹然:笑貌。笑之:看不起上述小智之人。 ⑤③而不加劝:他(宋荣子)也不会特别加把劲。劝,勉,努力。 ⑤④非:非议。沮:沮丧。 ⑤⑤"定乎"二句:大意是说,在宋荣子看来,世人的非誉都是外在的,自己做得对不对才是内在的,他认定了内外二者的分际,自有荣辱之感,所以能够不为外在的毁誉所动。⑤⑥斯已矣:他所能做到的就是这些了。 ⑤⑦"彼其"二句:他在这个世上也就没有什么汲汲可求可争的了。数(shuò 硕)数,迫切貌。 ⑤⑧未树:没有达到的境界。此指仍受荣辱之心束缚。 ⑤⑨列子:即列御寇,郑国人,相传能乘风而行。御风,即乘风。 ⑥⓪泠(líng 零)然:轻妙的样子。 ⑥①旬有五日:十五天。旬,十天为一旬。有,通"又"。 ⑥②致福者:求得福禄之事。 ⑥③犹有所待:仍然还需要凭借其它条件。此指有待于风。待,凭依。⑥④"若夫"四句:若是乘着天地间的正常现象,驾驭着六气的自然变化,遨游在不受时空限制的"道"的领域,这还有什么需要凭借的呢!六气,阴阳风雨晦明。辩,通"变"。恶(wū 乌),何。按,此是描述一种主观上与道合一、一切顺其自然的状态。 ⑥⑤"至人"三句:至人能够忘掉自己的形骸,神人能够无意于求功,圣人能够无意于求名。按,此是说只有修养最高的"至人"、"神人"、"圣人"才能达到与道合一、物我两忘、不受功名所累的境界,这种境界才是真正的逍遥游。 ⑥⑥许由:传说中著名贤士,尧让天下而不受,有"洗耳"故事,逃遁后隐于箕山。 ⑥⑦爝(jué 决)火:小火把。 ⑥⑧浸灌:灌溉。 ⑥⑨泽:润泽庄稼。 ⑦⓪夫子:此称许由。 ⑦①尸:古代祭祖时祖神的化身,即神主,引申为徒居其名位者。此作动词,徒居。 ⑦②缺然:不合适。 ⑦③致天下:把天下奉交给您。 ⑦④"子治"六句:大意是说自己若接受尧已治理好的天下,就是徒得其名,"名"不过是"实"的附庸,自己怎么可能为了这种虚名而放弃自己的生活。 ⑦⑤鹪鹩(jiāo liáo 焦聊):小鸟名,喜居树林深处。 ⑦⑥偃鼠:一作"鼹鼠",常穿地而行,喜饮河水。按,许由是以小鸟、鼹鼠自比,以深林、河水喻天下,表示自己只求一栖一饱足

145

矣。　⑦"归休"二句：君王您还是回去吧，算了吧，我是用不着要这么大的天下的。　⑧庖(páo袍)人：掌管庖厨的人，犹今言"厨师"。治庖：此谓供应好牺牲等祭品。　⑨祝：主持祭祀者。因其对神主(尸)而祝，故称尸祝。越：超越权限。樽(zūn尊)：盛酒器。俎(zǔ组)：盛肉器。樽、俎皆庖人所掌管。按，该段是引许由故事以证"圣人无名"。　⑩肩吾、连叔：当为作者杜撰的人物名。　⑪接舆：见于《论语》记载的楚国狂士。后面肩吾所述接舆之言，乃作者假托之辞。　⑫往而不返：犹言一味说下去，越说越远。　⑬河汉：指天上的银河。　⑭径庭：此指与人情差别很大。径，门外小路；庭，庭院。　⑮藐(miǎo秒)姑射(yè业)：传说中的仙山名。　⑯淖(chuò绰)约：同"绰约"，美好貌。处子：处女。　⑰"其神凝"二句：他凝神静气，就能使万物不生病且庄稼成熟饱满。疵疠(cī lì呲厉)，疾病。　⑱是以：以是，以此。狂：狂言，妄诞之语。　⑲"瞽(gǔ鼓)者"句：是瞎子就不要去观看美丽的花纹。瞽，盲人。与(yù预)，参预。文章，有文采的东西。下句仿此。　⑳"岂惟"二句：岂只是身体方面有耳聋眼瞎的，人的智力方面，也是有这种情况的。　㉑"是其"二句：这些话简直就像是在说你呀！时，是。女，汝。　㉒"之人"四句：这位藐姑射神人，他的德泽是要广被万物，为整个宇宙祈求太平，哪里还会忙碌疲惫地以治理天下为事呢！磅礴(páng bó旁薄)，广被，包容。蕲(qí祈)，通"祈"，祈求。乱，治理。弊弊，劳苦貌。　㉓大浸：大水。稽：至。　㉔"是其"句：用他身上的琐细尘垢都能陶铸出几个尧舜来。秕(bǐ比)糠，谷不熟为"秕"，谷皮叫"糠"，此指琐细之物。陶铸，制瓦器叫"陶"；制铜铁器叫"铸"。　㉕资：采购。章甫：礼帽。适诸越：指到越国去销售。　㉖短发文身：剪短了头发，身上画着花纹。短，一作"断"。这是一种野蛮人的装束，根本不需要礼帽。　㉗四子：相传指王倪、啮(niè聂)缺、被衣、许由，被《庄子》指为得道之人。汾水之阳：汾水北面。在今山西临汾一带。　㉘窅(yǎo杳)然：深远貌。丧：忘。此言尧往见四子之后，茫茫然竟把天下给忘掉了。按，该段借肩吾、连叔的对话以证"神人无功"，即"不以天下为事"。　㉙惠子：即施惠，战国诸子中名家学派的代表，宋人，庄子好友，曾为梁(即魏)相。　㉚魏王：指梁惠王。贻(yí宜)：送。大瓠(hú葫)：大葫芦。　㉛树：种植。成：长成葫芦。　㉜实五石(今读dàn旦)：能装得下五石东西那么大。实，容纳。石，十斗为一石。　㉝"以盛"二句：葫芦皮脆，盛水太多就承受不了，无法提举。坚，坚固程度。　⑭瓠落：犹言"廓落"，大而平浅。　⑮呺(xiāo嚣)然：虚大貌。　⑯掊(pǒu剖上声)：击破。　⑰拙于用大：不善于给事物派大用场。　⑱不龟(jūn君)手之药：防治冻伤手的药。龟，通"皲"，皮肤受冻而裂。　⑲洴澼(píng pì瓶辟)：在水中漂洗。纩(kuàng况)：同"纊"，细棉絮。　⑳鬻(yù育)技：出卖制药技术。　㉑大败越人：吴人用不龟手之药事先做了预防，虽冬季水战，皮肤不冻裂，故能取胜。　㉒虑以为大樽：把它系在身上当腰舟。虑，结缚。大樽，一名"腰舟"，空心葫芦做成的漂浮用具，系在身上，可以自渡，因其形如酒器，故名"樽"。　㉓"则夫子"句：老先生您的心是不是像蓬草心那样狭窄而弯曲呀？此以蓬心喻见识浅陋。　㉔樗(chū初)：俗名臭椿，一种劣质大树。　㉕大本：指主干。拥肿：同"臃肿"，指树干多赘瘤。绳墨：木匠用以求直的工具，即墨斗。㉖卷曲：弯弯扭扭。规距：木匠求圆求方的工具。此连上句是言树的枝、干都不能用作制作器物的材料。　㉗狸：野猫。狌(shēng生)：俗名黄鼠狼。㉘敖者：指往来的小动物。敖，闲游。　㉙跳梁：同"跳踉(liàng亮)"，跳来跳去。　㉚辟：通"避"。　㉛机辟(pì僻)：捕鸟兽的机栝(kuò扩)，装有机关，一触即发弓箭。　㉜罔：同"網(网)"。罟(gǔ古)：网的通称。㉝斄(lí离)牛：即牦牛。　㉞无何有之乡：什么也没有的去处。此谓对于现实之物视而不见。　㉟广莫：广大。　㊱"彷徨"二句：在它旁边无所事事地逛来逛去，在它下面怡然自得地躺着睡着。　㊲不夭斤斧：不因刀斧砍伐而夭折。　㊳物无害者：没有什么东西能侵害到它。　㊴"无所"二句：意思是说，它没有什么用，就不会有困苦，这难道不是最大的用处吗？按，以上两段借与惠子的对话，谈"无用"之大"用"。

养　生　主①(节选)

　　吾生也有涯，而知也无涯②；以有涯随无涯，殆已③！已而为知者④，殆而已矣。为善无近名，为恶无近刑⑤，缘督以为经⑥，可以保身，可以全生⑦，可以养亲⑧，可以尽年⑨。

　　庖丁为文惠君解牛⑩，手之所触，肩之所倚，足之所履，膝之所踦⑪,砉然响然⑫,奏刀騞然⑬,莫不中音⑭,合于《桑林》之舞⑮,乃中《经首》之会⑯。

文惠君曰:"嘻⑰!善哉!技盖至此乎⑱?"庖丁释刀对曰⑲:"臣之所好者道也,进乎技矣⑳。始臣之解牛之时,所见无非牛者㉑。三年之后,未尝见全牛也㉒。方今之时,臣以神遇而不以目视㉓,官知止而神欲行㉔;依乎天理㉕,批大郤㉖,道大窾㉗,因其固然㉘,枝经肯綮之未尝㉙,而况大軱乎㉚?良庖岁更刀,割也㉛;族庖月更刀,折也㉝。今臣之刀十九年矣,所解数千牛矣,而刀刃若新发于硎㉞。彼节者有间,而刀刃者无厚;以无厚入有间,恢恢乎其于游刃必有馀地矣㉟。是以十九年而刀刃若新发于硎。虽然㊱,每至于族㊲,吾见其难为,怵然为戒㊳,视为止,行为迟㊴,动刀甚微,謋然已解㊵,如土委地㊶;提刀而立,为之四顾㊷,为之踌躇满志㊸,善刀而藏之㊹。"文惠君曰:"善哉!吾闻庖丁之言,得养生焉㊺。"

中华书局《诸子集成》本《庄子集解》卷一

①《养生主》见于《庄子·内篇》,讲养生之道,是庄子人生哲学的集中阐释。该篇是作品开始的一个部分,基本内容是借助庖丁讲述解牛十九年不伤刀之事,阐发不遣是非、在矛盾夹缝中求生存的保身全性方法。其中的"庖丁解牛"故事,则因其客观上说明了尊重事物内在规律的重要性、描写又极其绘声绘色,而成为寓言名篇。　②"吾生"二句:人的生命是有限的,知识却是无限的。吾,代指人类。涯,边际。　③"以有涯"二句:用有限的生命去追求无限的知识,这就没法安生了。殆(dài 代),危险,不安。　④已而:那么。为知者:有意追求知识名利的人。为,追求。　⑤"为善"二句:好事可以做,但不要去追求荣誉;不合规范的事也可以做,但不要触犯刑法。近,接近。名,名声、荣誉。　⑥"缘督"句:把遵循自然的中间之道作为行为的准则。缘,沿着,遵循。督,中间。经,常,常规。　⑦全生:全性,本性不受戕害。生,通"性"。　⑧养亲:奉养父母。亲,双亲。

⑨尽年:尽其天年,寿终。　⑩庖丁:名叫丁的一位厨师。一说,庖丁即厨师。文惠君:即魏惠王,战国时魏国国君。解:肢解,宰割。　⑪"手之"四句:手接触的地方,肩膀倚着的地方,脚踩的地方,膝盖抵着的地方。"手触"、"肩倚"、"足履"、"膝踦"都是写解牛时的动作。踦(yǐ倚),抵着。　⑫砉(huā花)然:解牛时皮骨分离的声音。　⑬奏刀騞(huō豁)然:用刀刺入牛身发出騞然的响声。奏,进。騞,比"砉"更大的声音。　⑭中音:合乎音乐节奏。中,读去声。下同。　⑮《桑林》:传说中商汤时的乐曲名。此指庖丁的动作与《桑林》曲所伴的舞蹈合拍。　⑯《经首》:传说为帝尧时《咸池》乐中的一章。会:节奏。　⑰嘻:赞叹声。　⑱"技盖(hé何)"句:解牛的技术怎么就能达到这种程度呢!盖,通"盍",何。　⑲释刀:放下刀。　⑳"臣之"二句:我所看重的是掌握其内部的规律,这是远远超过单纯的技术的。好,读去声。道,指规律。　㉑"所见"句:大意是说,看到的只是牛的外身,而不明了牛的结构,看不出骨节间可以下刀的缝隙。　㉒"未尝"句:大意是说,由于熟悉了牛身中的骨节经络,看见的便不再是一头完整的牛,而只是一些可以拆卸的部件了。　㉓"臣以"句:已经不必用眼睛去看,只凭神思就知道哪里可以下刀了。神,精神。遇,碰,此指解牛。　㉔"官知止"句:感觉器官的作用停止了,而精神活动还在进行。官知,器官知觉。神欲,精神活动。　㉕天理:天然结构。　㉖批大郤(xì隙):刺入牛体内筋骨相连的空隙之处。批,击入。郤,通"隙",空隙。㉗道大窾(kuǎn款):顺着牛体内骨节的空处。道,通"导"。窾,空穴。㉘因:依照。固然:指牛本来的结构。　㉙枝:枝脉。经:经脉。肯:粘着骨头的肉。綮(qìng庆):筋肉聚结处。这些地方都是用刀有所阻难之处。未尝:没有碰到。尝,试。　㉚軱(gū孤):盘结骨。　㉛"良庖"二句:技术好的厨师一年换一次刀,他是在用刀割牛肉。　㉜族庖:一般的厨师。族,众。　㉝折:用刀劈骨头,这极易伤刀,故一个月就需换一次刀。㉞硎(xíng刑):磨刀石。　㉟恢恢乎:宽绰的样子。游刃:动刀。㊱虽然:虽然如此,但……。　㊲族:筋骨交错处。　㊳怵(chù触)然:害怕貌,引申为小心。　㊴"视为止"二句:目光为之集中,动作为之放慢。㊵謋(huò霍)然:哗啦一下,形容分解快速的样子。　㊶如土委地:好像一摊泥堆在地上一样。形容牛被肢解后皮肉懈软的状态。委,堆积。㊷四顾:四处看看,形容得意之状。　㊸踌躇:来回溜达,自得貌。满志:心

149

满意足。　　㊹善:犹"拭",擦拭。藏:此指把刀插进刀鞘里。　　㊺得养生焉:从中体会出养生的道理了。

马　蹄①

马,蹄可以践霜雪,毛可以御风寒,龁草饮水②,翘足而陆③,此马之真性也。虽有义台路寝④,无所用之。及至伯乐⑤,曰:"我善治马。"烧之,剔之,刻之,雒之⑥。连之以羁馽⑦,编之以皂栈⑧,马之死者十二三矣。饥之,渴之,驰之,骤之⑨,整之,齐之⑩,前有橛饰之患⑪,而后有鞭策之威⑫,而马之死者已过半矣。陶者曰⑬:"我善治埴⑭;圆者中规,方者中矩⑮。"匠人曰⑯:"我善治木;曲者中钩,直者应绳⑰。"夫埴、木之性,岂欲中规矩钩绳哉?然且世世称之⑱,曰:"伯乐善治马,而陶、匠善治埴、木。"此亦治天下者之过也⑲。

吾意善治天下者不然。彼民有常性,织而衣,耕而食,是谓同德⑳。一而不党,命曰天放㉑。故至德之世,其行填填㉒,其视颠颠㉓。当是时也,山无蹊隧㉔,泽无舟梁㉕;万物群生,连属其乡㉖;禽兽成群,草木遂长㉗。是故禽兽可系羁而游㉘,鸟鹊之巢可攀援而窥。夫至德之世,同与禽兽居㉙,族与万物并㉚,恶乎知君子小人哉㉛!同乎无知,其德不离;同乎无欲,是谓素朴。素朴而民性得矣㉜。及至圣人㉝,蹩躠为仁㉞,踶跂为义㉟,而天下始疑矣㊱。澶漫为乐㊲,摘僻为礼㊳,而天下始分矣㊴。故纯朴不残,孰为牺尊㊵!白玉不毁,孰为珪璋㊶!道德不废㊷,安取仁义!性情不离,安用礼乐!五色不乱,孰为文采㊸!五声不乱,孰应六律㊹!夫残朴以为器,工匠之罪也;毁道德以为仁义,圣人之过也。

夫马,陆居则食草饮水,喜则交颈相靡㊺,怒则分背相踶㊻。马知已此矣㊼。夫加之以衡扼㊽,齐之以月题㊾,而马知介倪、闉扼、鸷曼、诡衔、窃辔㊿。故马之知而态至盗者,伯乐之罪也㉛。夫赫胥氏之时㉜,民居不知所为,行不知所之,含哺而熙,鼓腹而游㉝,民能以此矣㉞!及至圣人,屈折礼乐㉟,以匡天下之形㊱,县企仁义㊲,以慰天下之心,而民乃始踶跂好知,争归于利,不可止也㊳。此亦圣人之过也。

中华书局《诸子集成》本《庄子集解》卷三

　　①该篇见于《庄子·外篇》,以马、埴、木为喻,反复阐述了摆脱束缚、反朴归真的社会理想,表现出对人性诈伪和儒家"礼乐"、"仁义"的反感和否定。文章纵横议论,语言富于形象性和表现力。　②龁(hé 合):咬,嚼。　③翘足:一本作"翘尾"。陆(陸):通"踛(lù 路)",跳。　④义台路寝:高楼大屋。义(義),读为"峨",高。路,正,大。　⑤伯乐:相传秦穆公时善相马的人。　⑥"烧之"四句:均为治马的方法。烧,以烧热的铁器灼马毛。剔,剪马毛。刻,切削蹄甲。雒(luò 洛),通"烙",在马身上烙上印记。⑦"连之"句:给马戴上笼头,拴上绳索。羁,马笼头。馽(zhí 直),拴缚马足的绳索。　⑧"编之"句:把马关在马房里。编,编排。皂,马槽。栈(zhàn 占),养畜用的木栅栏。　⑨驰之、骤之:催马快跑。　⑩整之、齐之:严格训练使驾车的四马步调整齐。　⑪橛(jué 决):俗称"马嚼子",以木或铁为之,衔于马口中。饰:马笼头上的饰物,代指马笼头。　⑫鞭策:马鞭子。皮鞭称"鞭",竹木鞭称"策"。　⑬陶者:善治陶器的人。　⑭埴(zhí 直):粘土,可用以烧制陶器。　⑮"圆者"二句:使制出的陶器圆像圆,方成方,成为标准制品。中,读去声,合于标准。规,犹今"圆规",正圆的工具。矩,犹今"曲尺",正方的工具。　⑯匠人:此指木匠。　⑰"曲者"二句:把木料弄曲或弄直,使之合于曲钩或直绳的标准。钩、绳皆木匠所用定曲直的工具。应,犹"中"。　⑱称之:称道他们。　⑲"此亦"句:这种违背天性的情况,也是当今治理天下者好犯的过错。　⑳同德:共同的本性。　㉑"一而"二句:浑然一体而不有意偏私,所以叫作任性自然。

党,偏。天,自然。放,任性。　㉒填填:行路徐缓貌。　㉓颠颠:视物专一貌。　㉔蹊:小路。隧:隧道。　㉕泽:积水的洼地,此处泛指河川。舟梁:船只、桥梁。　㉖连属(zhǔ主)其乡:各乡连在一起没有分界。属,接连。　㉗遂长:顺利地生长。　㉘系羁而游:拴上绳索随意游玩。㉙"同与"句:与禽兽在一起巢居穴处。　㉚"族与"句:与万物聚在一起共同生活。族,聚集。并,俱。　㉛恶(wū乌)乎:哪里。此句言既然人与物都没有区别,哪里还会有君子、小人、贵人、贱人这些等级或所谓道德的分别呢。　㉜"同乎"五句:大家都无知识,就不会离开人之初德;大家都没有欲望,就能保持原始素朴的本色。只有素朴,人类真性才得以不失。素,生丝;朴,未加工的木,合指原初状态。　㉝圣人:此指儒家所推崇的圣德之人。　㉞蹩躠(bié xiè别谢):有腿疾而勉力走路,引申为十分费力用劲的样子。　㉟踶跂(zhì qǐ志企):垫起脚后跟,也是形容十分用力的样子。跂,通"企"。　㊱疑:猜度。此言因为有了"仁"和"义"的规定,人们才开始互相揣度起来。　㊲澶(dàn淡)漫:放纵,过分。　㊳摘僻:形容繁琐、拘泥。　㊴分:分化,分裂。此言因为有了制礼作乐的种种界定,天下才开始出现等级分化。　㊵"故纯朴"二句:若原始木材不被刻削,谁能做出兽形的酒尊。牺尊,古代酒器,多塑为禽兽之形。　㊶"白玉"二句:若完整的白玉不被磨损,谁又能造出珪、璋这样的玉制礼器。珪,上尖下方的玉器,半珪为璋。　㊷道德:指道家所崇尚的原初本性。　㊸"五色"二句:各种天然的颜色若不交错配置,哪能形成文采。　㊹"五声"二句:各种天然的声音若不错杂配合,哪能合上音乐的旋律。　㊺相靡(mó摩):互相摩触,十分亲热。靡,通"摩"。　㊻分背相踶(dì弟):反向站着互相踢蹬。踶,踢,用于兽类。　㊼知:通"智"。已此:仅此而已。　㊽衡:车辕前端的横木。扼:通"轭(è扼)",叉马颈之木,缚在衡上。　㊾月题:马笼头,在马的额部作月字形。　㊿"而马知"句:大意是说,加上束缚,马反而开始知道种种不安分的做法了。介倪,犹"睥(bì必)睨",傲视。阐(yīn因)扼,弯曲脖子企图逃脱轭的束缚。阐,曲。鸷曼,暴跳。诡衔,狡猾地吐出马嚼子。窃辔,偷偷地啃咬辔绳。　㉛"故马"二句:以马当初的智力而能发展到做坏事的程度,这都是伯乐的罪过。　㉜赫胥氏:传说中的上古帝王。　㉝"含哺"二句:极言上古之民浑沌无忧的情状。含哺,口含食物。熙,通"嬉"。鼓腹,腆着肚子。　㉞"民能"句:先民的能耐仅此而已。

以,通"已"。　　㊺屈折礼乐:犹言矫揉造作地制礼作乐。　　㊻匡:正,改变。　　㊼县(xuán悬)企仁义:把仁义高悬着使之成为人人都想达到的目标。县,同"悬"。　　㊽"而民"三句:从此人民才开始竭尽全力地去追求智巧,竞逐利禄,一发而不可收。

秋　　　水①(节选)

秋水时至,百川灌河,泾流之大②,两涘渚崖之间③,不辩牛马④。于是焉河伯欣然自喜⑤,以天下之美为尽在己,顺流而东行,至于北海,东面而视,不见水端。于是焉河伯始旋其面目⑥,望洋向若而叹曰⑦:"野语有之曰⑧,'闻道百,以为莫己若'者⑨,我之谓也。且夫我尝闻少仲尼之闻,而轻伯夷之义者⑩,始吾弗信,今我睹子之难穷也⑪,吾非至于子之门,则殆矣⑫。吾长见笑于大方之家⑬。"

北海若曰:"井蛙不可以语于海者,拘于虚也⑭;夏虫不可以语于冰者,笃于时也⑮;曲士不可以语于道者⑯,束于教也。今尔出于崖涘⑰,观于大海,乃知尔丑⑱,尔将可与语大理矣⑲。天下之水,莫大于海,万川归之,不知何时止,而不盈⑳;尾闾泄之,不知何时已,而不虚㉑;春秋不变,水旱不知㉒。此其过江河之流,不可为量数㉓。而吾未尝以此自多者,自以比形于天地,而受气于阴阳㉔,吾在天地之间,犹小石小木之在大山也。方存乎见少,又奚以自多㉕!计四海之在天地之间也,不似礨空之在大泽乎㉖?计中国之在海内,不似稊米之在大仓乎㉗?号物之数谓之万,人处一焉㉘;人卒九州㉙,谷食之所生,舟车之所通,人处一焉㉚;此其比万物也,不似豪末之在于马体乎㉛?五帝之所连㉜,三王之所争㉝,

153

仁人之所忧,任士之所劳㉞,尽此矣㉟!伯夷辞之以为名㊱,仲尼语之以为博㊲,此其自多也㊳。不似尔向之自多于水乎㊴?"

中华书局《诸子集成》本《庄子集解》卷四

①《秋水》是《庄子·外篇》之一,全文从谈论事物的相对性入手,引出万物随"道"自化的道理,从而提出"无以人灭天"和以"无为"为大为的主张,是庄子哲学的集中阐释。同时,这又是《庄子》中最富文采的篇章之一。本文节录的是开篇部分,行文通过河伯与北海若的生动对话,极力渲染了认识的无涯和大小的相对不定。　②泾流:径直涌流的河水。泾,通"径",直。③涘(sì 四):水边。渚(zhǔ 主):水中陆地。　④辩:通"辨",分辨。⑤焉:同"乎"。河伯:河神,相传姓冯(píng 平)名夷。　⑥旋:掉转。一说,转变。　⑦望洋:亦作"望羊"、"望阳"或"盳洋",仰视貌。若:海神,名若,即下文"北海若"。　⑧野语:俗语。　⑨"闻道百"句:听到一百样道理,就以为没有谁能比得上自己的人。百,泛指多。莫己若,莫若己。若,如。　⑩"且夫"二句:以孔子所知学问为少,以伯夷的义举为轻。"少"读上声,多少之"少",与"轻"均为形容词意动用法。伯夷,殷诸侯孤竹国君的长子,因让君位与其弟叔齐逃至周,后又以武王伐纣为臣弑君的不义之举而同隐首阳山,不食周粟而饿死。　⑪穷:穷尽。　⑫殆(dài 代):危险,可怕。　⑬大方之家:懂得大道理的人。"方"即"道"。　⑭"井蛙"二句:语,谈论。拘于虚,受居所的局限。虚,处所,所在地。　⑮"夏虫"二句:夏虫,只生存在夏天的昆虫。笃,固,引申为限制。　⑯曲士:乡曲之士,此指居于一隅、浅见寡闻之人。　⑰尔:你。下同。　⑱丑:鄙陋低劣,此指拘于一隅之见的褊狭与自大。　⑲大理:大道理。　⑳而不盈:此句主语为大海。盈,盈满涨溢。　㉑"尾闾"三句:尾闾,传说排泄海水之处,又名"沃焦"。因在百川之下,故称"尾";因是海水聚族之处,故称"闾"。闾,聚集。而不虚,主语亦为大海。虚,空。　㉒不知:感觉不到。此句意为无论水灾旱灾,大海都看不出有什么改变。　㉓"此其"二句:过,超过。不可为量数,无法用数字来计量。　㉔"自以"二句:自认为寄形于天地之间,禀受阴阳之气。比,通"庇",寄,托。　㉕"方存"二句:正

154

感到所见太少,又哪里还能自傲。奚,何。　　㉖礨(lěi 磊)空:小窟窿。礨,同"磊",积石。空,读为"孔"。大泽:大湖沼。　　㉗稊(tí 提)米:指极细小的米粒。"稊"是稗草一类的草,其米极细小。大仓:储粮的大仓库。　　㉘"号物"二句:说到物的数量,常称之为万物,人仅居其中之一。这是以人类与万物相对比而言。　　㉙人卒九州:人布满九洲。卒,尽,占尽。　　㉚"谷食"三句:谷物之所生产,车船之所交通,每人仅居其中之一。这是以个人与众人相对比而言。　　㉛"此其"二句:此,指上述万物之一、众人之中的个人。豪末,动物毫毛末梢。豪,通"毫"。　　㉜五帝:传说中上古的五个帝王,说法不一,《史记》载为黄帝、颛顼、帝喾、尧、舜。连:连续,此指五帝禅让天下。　　㉝三王:指夏启、商汤、周武王。争:争天下。　　㉞任士:以天下为己任的贤能之士。"所忧"、"所劳"的对象亦为天下。　　㉟尽此:全部不过如此。"此"指上文"豪末"。　　㊱辞之:辞让天下。以为名:为了求得名声。　　㊲博:广博。　　㊳自多:自满,自夸。　　㊴向:从前。

则　　阳①(节选)

魏莹与田侯牟约②,田侯牟背之。魏莹怒,将使人刺之。……

惠子闻之而见戴晋人③,戴晋人曰:"有所谓蜗者④,君知之乎?"曰⑤:"然。""有国于蜗之左角者⑥,曰触氏;有国于蜗之右角者,曰蛮氏。时相与争地而战⑦,伏尸数万⑧,逐北旬有五日而后反⑨。"

君曰:"噫!其虚言与⑩?"曰:"臣请为君实之⑪。君以意在四方上下有穷乎⑫?"君曰:"无穷。"曰:"知游心于无穷,而反在通达之国,若存若亡乎⑬?"君曰:"然。"曰:"通达之中有魏,于魏中有梁⑭,于梁中有王。王与蛮氏,有辩乎⑮?"君曰:"无辩。"客出而君惝然若有亡也⑯。

中华书局《诸子集成》本《庄子集解》卷七

①该篇节选自《庄子·杂篇·则阳》,通过戴晋人对魏惠王讲述的"蜗角触蛮"的故事,辛辣嘲讽了当时诸侯间的争斗和战争。作品想象诡异,设喻精辟,文意也耐人寻味。　②魏莹:魏惠王之名。田侯牟:即齐威王,田成子之后,故称田侯,名牟。约:订立互不侵犯盟约。　③惠子:魏相,详见《逍遥游》注。见(xiàn 现):引见。戴晋人:魏国贤人。此句言惠子介绍戴晋人来见魏王。　④蜗:蜗牛,生有两角。　⑤曰:主语为魏惠王。以下对话均为戴晋人与魏惠王一问一答,主语有时省略。　⑥"有国"句:在蜗牛的左角上建有一个国家。　⑦时:常常。相与:相互。　⑧伏尸:尸横遍地。　⑨"逐北"句:追击败兵的人要十五天后才能返回自己的国家。北,败。有,通"又"。反,同"返"。　⑩虚言:虚构之言。　⑪实之:证实这番说法。　⑫以意在:用心看看。在,察视。穷:穷尽。　⑬"知游心"三句:您已经知道天地的无穷无尽,再来看这人来人往的各个国家,它们是不是只能算是在若有若无之间呢?通达,指道路四通八达。在,原文作"有",据郭庆藩《庄子集释》本改。　⑭梁:在今河南开封一带,魏惠王三十一年为秦所逼,迁都于此,故魏惠王又称梁惠王。　⑮辩:同"辨",区别。下同。按,这里是说在游心于无穷的人看来,诸侯间的争霸就好比蜗牛角上的争地之战,在那里为了一点蝇头小利而头破血流,实在可怜可叹。　⑯惝(tǎng 倘)然:怅然若有所失。亡:失。按,这是经戴晋人一说,魏惠王顿时失去了争强斗胜的心绪。

一四　荀　子

　　《荀子》是一部以表现荀子思想为主要内容的先秦诸子散文著作,现存三十二篇,大部分是荀子自作。荀子(约前313—约前238),名况,字卿,战国后期赵国人,曾在齐国讲学,后来任楚国兰陵县令,老死于楚。荀子是先秦儒家学派最后一位代表人物,又因博采众说而独成一家,其折中于礼法、重后天改造、尚贤使能等思想,带有总结诸子的性质,其否定天命、强调人为的信念,则是新兴力量的声音。

　　荀子散文浑厚朴实,说理细密,主题明确,词汇丰富,篇幅加大,显示了说理散文在战国后期的发展。

劝　　学①(节选)

　　君子曰②:学不可以已③。青取之于蓝,而青于蓝④;冰水为之,而寒于水。木直中绳⑤,𫐓以为轮⑥,其曲中规⑦;虽有槁暴⑧,不复挺者⑨,𫐓使之然也。故木受绳则直,金就砺则利⑩,君子博学而日参省乎己,则知明而行无过矣⑪。

　　故不登高山,不知天之高也;不临深谿⑫,不知地之厚也;不闻先王之遗言⑬,不知学问之大也。干、越、夷、貊之子⑭,生而同声,长而异俗,教使之然也。《诗》曰⑮:"嗟尔君子,无恒安息⑯。靖共尔位⑰,好是正直⑱。神之听之,介尔景福⑲。"神莫大于化道⑳,福莫长于无祸。

吾尝终日而思矣,不如须臾之所学也㉑。吾尝跂而望矣㉒,不如登高之博见也。登高而招,臂非加长也,而见者远;顺风而呼,声非加疾也㉓,而闻者彰㉔。假舆马者㉕,非利足也㉖,而致千里㉗;假舟楫者㉘,非能水也,而绝江河㉙。君子生非异也,善假于物也㉚。

南方有鸟焉,名曰蒙鸠㉛。以羽为巢,而编之以发,系之苇苕㉜。风至苕折,卵破子死。巢非不完也,所系者然也。西方有木焉,名曰射干㉝,茎长四寸,生于高山之上,而临百仞之渊㉞。木茎非能长也,所立者然也。蓬生麻中㉟,不扶而直;白沙在涅,与之俱黑㊱。兰槐之根是为芷㊲,其渐之滫㊳,君子不近,庶人不服㊴。其质非不美也,所渐者然也。故君子居必择乡,游必就士㊵,所以防邪僻而近中正也。

物类之起㊶,必有所始。荣辱之来,必象其德㊷。肉腐出虫,鱼枯生蠹㊸。怠慢忘身㊹,祸灾乃作。强自取柱,柔自取束㊺。邪秽在身,怨之所构㊻。施薪若一,火就燥也㊼;平地若一,水就湿也。草木畴生㊽,禽兽群焉,物各从其类也。是故质的张而弓矢至焉㊾,林木茂而斧斤至焉,树成荫而众鸟息焉,醯酸而蚋聚焉㊿。故言有召祸也,行有招辱也,君子慎其所立乎㊿¹!

积土成山,风雨兴焉㊿²;积水成渊,蛟龙生焉;积善成德,而神明自得㊿³,圣心备焉㊿⁴。故不积跬步㊿⁵,无以至千里;不积小流,无以成江海。骐骥一跃㊿⁶,不能十步;驽马十驾㊿⁷,功在不舍㊿⁸。锲而舍之㊿⁹,朽木不折;锲而不舍,金石可镂⑥⁰。蚓无爪牙之利⑥¹,筋骨之强,上食埃土,下饮黄泉,用心一也。蟹八跪而二螯⑥²,非蛇蟮之穴无可寄托者⑥³,用心躁也⑥⁴。是故无冥冥之志者，无昭昭之明，无惛惛之事者，无赫赫之功㊅。行衢道者不至㊆，事两君者不容。目不能两视而明，耳不能两听而聪㊆。螣蛇无足而飞㊈，鼫鼠五技而穷㊉。《诗》曰⑰：“尸鸠在桑㉛，其子七兮。淑人君子㉜，其仪一兮㉝。其仪一兮，心如结兮㉞！”故君子结于一也。

中华书局《诸子集成》本《荀子集解》卷一

①《劝学》为今本《荀子》第一篇，系统论述了后天学习、改造的重要性，强调了生活环境、客观条件对人的影响，并提出了专心致志、锲而不舍、持之以恒等提高学习成果的优良途径和方法。文中以论学为中心，层层说明道理，内容丰富而脉络清晰，语句整齐，所用的一连串比喻也贴切实在，极具说服力。该文所选为全文的前半部分。劝，劝勉、鼓励。学，此指后天的学习、修养和改造。　②君子曰：古代常用“君子曰”来发表公正而有价值的议论。君子，多指有才德的人。　③已：中止，放弃。　④“青取”二句：青色是从蓝草中提取出来的，却又比蓝草更青。蓝，一种可以提制青色染料的植物。　⑤中：读去声，合于。绳：木匠取直的墨线。　⑥輮（róu 柔）：通“煣”，用火烤木使其弯曲。轮，车轮。　⑦规：圆规。　⑧槁（gǎo 搞）：枯干。曝（pù 铺）：晒干。　⑨挺：直。　⑩金就砺（lì 厉）则利：刀在磨刀石上磨过才锋利。金，指金属制刀具。就，靠近，接触。砺，磨刀石。⑪“君子”二句：君子广泛地学习而又每天都反省自己，就能明达事理而杜绝过错了。参，同“叁（三）”，多次。省（xǐng 醒），省察。知，通“智”。⑫深谿：深谷。谿，同“溪”。　⑬先王：指古代贤明的君主。　⑭干、越：春秋时南方诸侯国名。夷：古代东方族名。貉（mò 末）：同“貊”，古代北方族名。　⑮诗：《诗经》。以下引诗见于《诗经·小雅·小明》。⑯“无恒”句：不要常常贪图安逸。恒，常。　⑰“靖共（gōng 恭）”句：谨慎地守着你的职位。靖，敬慎。共，通“恭”，守奉。　⑱好：读去声，喜好。⑲“神之”二句：天神听到这些，一定会赐给你洪福。介，助，给予。景，大。⑳神：指一种很高的精神境界。化道：为道所化，在道的熏陶感染下变化、提高。此“道”是指圣贤之道。　㉑“吾尝”二句：花一整天去空想，还不如片

刻从事学习有所收获。吾尝,我曾经。此为泛指,下同。　㉒跂(qǐ 企):通“企”,踮起脚尖。　㉓疾:壮,声音洪亮。　㉔彰:清楚。　㉕假:借助。舆:车。　㉖利足:善于走路。　㉗致千里:到达千里之外。致,使至,使到达。　㉘楫(jí 及):船桨。　㉙绝:横渡。　㉚善假于物:此言区别就只在于谁更善于借助条件。　㉛蒙鸠:鸟名,即鹪鹩(jiāo liáo 焦辽),一种善于筑巢的小鸟。　㉜系(jì 记):结。苇:芦苇。苕(tiáo 条):芦苇穗。　㉝射(yè 业)干:植物名,白花长茎,生于高处。　㉞仞:古代长度单位,七尺或八尺为一仞。此处“百仞”极言其深,不是确数。㉟蓬:又名飞蓬,草名。麻:大麻,植物名。　㊱“白沙”二句:原本脱此二句,据王念孙说补。涅(niè 聂):黑泥。　㊲兰槐:香草名,其根叫“芷(zhǐ 止)”。　㊳其:若,如果。渐(jiān 尖):浸泡。滫(xiū 修):臭水。㊴服:佩带。　㊵游:出行,游学。就士:接近贤士。　㊶物类:万物,同类的物。　㊷象其德:与他本人德行的好坏相适应。象,相似,相应。㊸蠹(dù 杜):蛀虫。　㊹怠慢:懒惰疏忽。忘身:忘记有关自身的荣辱利害。　㊺“强自”二句:刚强坚硬者就会自作支柱,柔软懦弱者就会自找约束。按,“柱”,一说通“祝”,断,意谓物强自取断折。　㊻“邪秽”二句:大意是说,自身邪恶污秽,尽做坏事,当然就会招来一大堆怨恨仇视。构,集结。㊼“施薪”二句:柴火一样地放在那里,火会向干燥处延烧。施,放置。薪,柴。就,靠近。　㊽畴生:同类生在一起。畴,通“俦(chóu 仇)”,同类。㊾质的:箭靶。张:立在那里。　㊿醯(xī 西):醋。蜹(ruì 锐):同“蚋”,蚊虫。　(51)“故言”三句:大意是说,一个人的言行不慎,就会惹祸招辱,所以君子都应谨慎自己的立身行事。　(52)“积土”二句:古人认为风雨起自山谷。兴,起。此喻学习必须积少成多方见成效。　(53)神明:此指人的智慧。(54)圣心:圣人应有的思想。备:具备。　(55)蹞(kuǐ 傀)步:半步。按,古人两跨为一步,其半步相当于今天的一步。蹞,同“跬”。　(56)骐骥:泛指良马。　(57)驽(nú 奴)马:庸劣的马。十驾:指走十天的路程。每天需驾马卸马,故一日称一驾。　(58)不舍:不舍弃,不中止。　(59)锲(qiè 切):刻。(60)镂(lòu 漏):雕刻。　(61)螾:蚯蚓。　(62)八跪:八,原本作“六”,据卢文弨说校改。跪,足。螯(áo 遨):螃蟹的第一对脚,形状像钳子。　(63)蟺(shàn 善):通“鳝”。无可寄托:无处居住。　(64)躁:浮躁,不专一。(65)“是故”四句:言没有精诚专注的努力,就没有显赫的成功。冥冥、惛(hūn

昏)惛,皆默默、专注的意思。事,工作。昭昭,明达貌。赫赫,显盛貌。 ⑯"行衢(qú 渠)道"句:徘徊于岔路口的人永远到不了目的地。衢道,四下通行的道路,引申有叉路、歧路的意思。 ⑰"目不能"二句:眼睛不能同时看两样东西而又看得清楚,耳朵不能同时听两种声音而又听得清楚。明,视力好。聪,听力好。 ⑱螣(téng 腾)蛇:传说一种会飞的蛇。 ⑲鼫(shí 石)鼠:原本作"梧鼠",据杨倞说改。鼫鼠,一种似鼠的小动物,据说有五种技能,但都不精通:会飞但飞不过房屋,会爬树但爬不到树顶,会游泳但游不过山涧,会掏洞但藏不住身体,会走但跑不到人前头。穷:穷困。 ⑳诗曰:以下引诗见《诗经·曹风·鸤(shī 尸)鸠》。 ㉑尸鸠:同"鸤鸠",即布谷鸟。《毛传》:"鸤鸠之养七子,旦从上而下,暮从下而上,平均如一。"桑:桑树。 ㉒淑:善。 ㉓仪:举止态度。 ㉔结:绳子打结。在此形容用心专一。

天　　论①(节选)

天行有常②,不为尧存,不为桀亡③。应之以治则吉,应之以乱则凶④。强本而节用⑤,则天不能贫;养备而动时⑥,则天不能病;修道而不贰⑦,则天不能祸。故水旱不能使之饥渴,寒暑不能使之疾,祅怪不能使之凶⑧。本荒而用侈⑨,则天不能使之富;养略而动罕⑩,则天不能使之全;倍道而妄行⑪,则天不能使之吉。故水旱未至而饥,寒暑未薄而疾⑫,祅怪未至而凶。受时与治世同,而殃祸与治世异;不可以怨天,其道然也⑬。故明于天人之分,则可谓至人矣⑭。

……

星队木鸣⑮,国人皆恐。曰:是何也? 曰:无何也。是天地之变,阴阳之化,物之罕至者也。怪之,可也;而畏之,非也。夫日月之有蚀,风雨之不时,怪星之党见⑯,是无世而不常有之。上明而政平,则是虽并世起,无伤也⑰;上暗而政险,则是虽无一至者,无益也。夫星之队,木之鸣,是天地之变,阴阳之化,物之罕至者也。怪之,可也;而畏之,非也。
……

大天而思之,孰与物畜而制之⑱?从天而颂之⑲,孰与制天命而用之⑳?望时而待之㉑,孰与应时而使之㉒?因物而多之,孰与骋能而化之㉓?思物而物之,孰与理物而勿失之也㉔?愿于物之所以生,孰与有物之所以成㉕?故错人而思天㉖,则失万物之情。

中华书局《诸子集成》本《荀子集解》卷一一

①《天论》集中论述天人关系,在肯定天就是大自然及其运行规律的基础上,提出了"制天命而用之"的主张,表现出积极有为的人生态度。该文选取的是其中重要的片段,文中运用一连串比喻和排比对仗的句式,使论证富于文采。　②天:泛指大自然。常:规律。　③"不为"二句:大意是说,天道自然本身只是一个客观存在,不会因人的好坏而有无。尧,唐尧,传说中古代圣王。桀,夏桀,暴君。　④"应之"二句:大意是说,是吉是凶取决于人的作为。应,指对待客观自然的态度。治,治世,善政。乱,乱世,弊政。　⑤本:指农业生产。节用:节制消费用度。　⑥养备:养生的东西准备齐全。动时:行动举措合乎时节。　⑦修:应作"循",遵循。道:此指人道,人的行为规范,即"礼"。贰:应作"忒(tè 特)",差错。　⑧祆(yāo 妖):同"妖"。　⑨荒:荒废。佻:过多。　⑩略:缺乏,不足。罕:应是"䇞"之讹,䇞同"逆",不按时节办事。　⑪倍:通"背",违背。妄行:乱来。　⑫薄:迫近。　⑬"受时"四句:大意是说,所受时令与治世并无不同,遭到的祸患却不一样,这种时候不要怨天,这是"应之以乱则凶"的道理决定的。　⑭"故明"二句:大意是,明白了自然与人为各自的职分,懂得人要靠自身的努力而不是听天由命,这才算是达到了最高境界。　⑮星:此指流星,即陨石。队(zhuì坠):同"坠",落。木鸣:指树木因种种原因而发出响声。　⑯党(tǎng倘):通"倘",倘或、偶然。见:同"现",出现。　⑰"上明"三

162

句:若君上圣明,政治安定,即使这些奇怪现象在同一个时代一起出现,也没有什么妨害。 ⑱"大天"二句:把天看得极其伟大而寄托希望,哪里比得上把它当作畜养之物而加以控制和治理? ⑲从:顺从。颂:歌颂。 ⑳天命:天道,即大自然的规律。 ㉑望时:寄希望于四时的风调雨顺。 ㉒使之:指采取一定的措施加以使用。 ㉓"因物"二句:就着事物原有的基础使它数量自然增加,哪里比得上发挥人的能力促它发生大的变化。骋(chěng逞),施展,发挥。 ㉔"思物"二句:心里想着物,仅仅把它作为物来看待,哪里比得上用种种办法治理它,获得它? ㉕"愿于"二句:在那里羡慕万物生长的道理,哪里比得上付诸人力使它们真正长成呢?愿,倾慕。有,通"佑",助。 ㉖错:放置,放弃。

成　　相①(节选)

请成相②,世之殃,愚暗愚暗堕贤良③!人主无贤,如瞽无相④,何伥伥⑤!

请布基⑥,慎圣人⑦,愚而自专事不治。主忌苟胜⑧,群臣莫谏,必逢灾。

论臣过,反其施,尊主安国尚贤义⑨。拒谏饰非,愚而上同,国必祸⑩。

中华书局《诸子集成》本《荀子集解》卷一八

①"成相"可能是战国时代一种民歌的名称,荀子采用这种形式,宣传其"使贤任能"的政治主张。全篇重在说理,但语言通俗,节奏明快,富于民谣风味。这里选择的是其中的三章。相,乐器名,形如小鼓,演唱时用手击相以为歌声的节奏,因名"成相"。成,犹"奏"。 ②请成相:请听我唱成相。 ③"世之殃"二句:意思是世人的不幸来自愚昧昏暗的小人对贤良之士的毁坏。堕(huī灰),通"隳",毁灭。 ④瞽:盲人。相:扶助。 ⑤伥(chāng昌)伥:无所适从的样子。 ⑥布基:陈述治国之本。 ⑦慎圣

163

(聖)人:当为"慎听(聽)之"之讹(用俞樾说)。　⑧主忌苟胜:言人主治国,最忌凭侥幸获得成功。　⑨"论臣"三句:意思是说,考察臣下的过错,看他做了些什么;尊敬主上,安定国家,喜好贤义,才是为臣之道。论,考察。反,同"返",此言回头看看。施,作为。　⑩"拒谏"三句:意思是,臣下拒绝劝谏,掩盖错误,愚昧而苟同主上的意见,国家必定遭殃。

赋①(节选)

　　有物于此,生于山阜②,处于室堂;无知无巧③,善治衣裳;不盗不窃,穿窬而行④,日夜合离⑤,以成文章⑥;以能合从,又善连衡⑦;下覆百姓,上饰帝王;功业甚博,不见贤良⑧;时用则存,不用则亡⑨。臣愚不识,敢请之王。

　　王曰:此夫始生钜、其成功小者邪⑩?长其尾而锐其剽者邪⑪?头铦达而尾赵缭者邪⑫?一往一来,结尾以为事⑬;无羽无翼,反覆甚极⑭;尾生而事起⑮,尾遭而事已⑯;簪以为父⑰,管以为母⑱;既以缝表,又以连里⑲:夫是之谓箴理⑳。——箴㉑。

中华书局《诸子集成》本《荀子集解》卷一八

①《赋》篇以隐喻方式写礼、知、云、蚕、箴(针)五种事物,设为问答,铺陈描绘,并最早以赋名篇,这些因素都对汉赋的出现有一定影响。这里选取的是有关"箴"的一节,含蓄风趣、妙用比喻是其特点。按,"箴"即古"鍼"字,今通作"针"。　②阜(fù负):土山。　③知:通"智"。　④穿窬(yú余):穿洞。窬,小孔。按,盗贼窃物多"穿窬"入室。　⑤合离:使离者相合,即把若干片布连在一起。　⑥文章:有花纹之物。　⑦"以能"二句:此以战国诸侯"合纵"、"连横"为喻,描写其纵横缝合、连缀的状貌。从(zòng纵),通"纵"。衡,通"横"。　⑧不见贤良:不被称颂。见,被。贤

良,用作动词,称善。　　⑨"时用"句:用时它出现在人们的眼前,不用时就不见了。　　⑩"此夫"句:这莫非是那个初生时很大、制成后反而很小的东西吗? 钜,同"巨"。按,此指把铁磨成针是由大变小。　　⑪长其尾:指针鼻上连着线。锐其剽:指针尖很锋利。剽(biǎo表),末梢。　　⑫铦(xiān先):锋利。达:畅通。赵缭:读为"掉缭",长貌。一说缠绕貌,均指尾部拖着长线。　　⑬"结尾"句:行针前需先在线尾处打结。　　⑭极:通"亟",急,迅速。　　⑮尾生:指在针鼻上穿好线。　　⑯尾䜌(zhān沾):指缝合完毕时把线盘绕一下绾个结。䜌,转,回绕盘结之意。　　⑰簪:头发簪子,似针而大,故称针之父。　　⑱管:指针筒,用以盛针,故称针之母。　　⑲"既以"二句:表,指衣服面子;里,指衣服里子。　　⑳箴理:字面意义是指针线缝过的纹理,实指上述种种描写,即"针的道理"。　　㉑箴:此处为最后揭开谜底。

一五　韩非子

　　《韩非子》是一部以表现韩非思想为主要内容的先秦诸子散文著作,现存五十五篇,大都出于韩非自作。韩非(约前280—前233),战国末年韩国公子,屡次上书韩王,韩王不肯用,秦王激赏其文章,遂攻韩迫使其入秦,在秦遭受忌害而死。韩非是荀子的弟子,却接受了法家思想,熔商鞅的"法"、申不害的"术"、慎到的"势"于一炉而又有所发展,主张因时制宜,强调君主集权,重视赏罚手段,提出了一整套完整的法治理论,成为法家思想的集大成者。

　　韩非散文长于说理论事,思理严谨细密,言词切实犀利,分析入木三分;有些篇集中运用寓言故事,则使事理浅近而易晓。

五　　蠹①(节选)

　　上古之世,人民少而禽兽众,人民不胜禽兽虫蛇。有圣人作②,构木为巢以避群害,而民悦之,使王天下③,号之曰有巢氏。民食果蓏蚌蛤④,腥臊恶臭而伤害腹胃,民多疾病。有圣人作,钻燧取火以化腥臊⑤,而民说之⑥,使王天下,号之曰燧人氏。中古之世,天下大水,而鲧、禹决渎⑦。近古之世,桀、纣暴乱,而汤、武征伐。今有构木钻燧于夏后氏之世者⑧,必为鲧、禹笑矣;有决渎于殷、周之世者,必为汤武笑矣。然则今有美尧、舜、鲧、禹、汤、武之道于当今之世者⑨，必为新圣笑矣。是以圣人不期修古，不法常可，论世之事，因为之备⑩。宋人有耕者，田中有株⑪，兔走触株，折颈而死；因释其耒而守株⑫，冀复得兔；兔不可复得，而身为宋国笑。今欲以先王之政，治当世之民，皆守株之类也。

古者丈夫不耕，草木之实足食也；妇人不织，禽兽之皮足衣也。不事力而养足⑬，人民少而财有馀，故民不争。是以厚赏不行，重罚不用，而民自治。今人有五子，不为多；子又有五子，大父未死⑭，而有二十五孙。是以人民众而货财寡，事力劳而供养薄，故民争。虽倍赏累罚⑮，而不免于乱。

尧之王天下也，茅茨不翦⑯，采椽不斲⑰；粝粢之食⑱，藜藿之羹⑲；冬日麑裘⑳，夏日葛衣㉑：虽监门之服养，不亏于此矣㉒。禹之王天下也，身执耒臿㉓，以为民先，股无完胈㉔，胫不生毛㉕，虽臣虏之劳，不苦于此矣。以是言之，夫古之让天子者，是去监门之养而离臣虏之劳也，古传天下而不足多也㉖。今之县令，一日身死，子孙累世絜驾㉗，故人重之。是以人之于让也，轻辞古之天子，难去今之县令者，薄厚之实异也。夫山居而谷汲者，膢腊而相遗以水㉘；泽居苦水者，买庸而决窦㉙。故饥岁之春，幼弟不饷㉚；穰岁之秋㉛，疏客必食。非疏骨肉爱过客也，多少之心异也。是以古之易财㉜，非仁也，财多也；今之争夺，非鄙也，财寡也。轻辞天子，非高也，势薄也；重争士橐㉝，非下也，权重也。故圣人议多少、论薄厚为之政。故罚薄不为慈，诛严不为戾，称俗而行也㉞。故事因于世而备适于事㉟。

古者，文王处丰、镐之间㊱，地方百里，行仁义而怀西戎㊲，遂王天下。徐偃王处汉东㊳，地方五百里，行仁义，割地

167

而朝者三十有六国。荆文王恐其害己也㊴,举兵伐徐,遂灭之。故文王行仁义而王天下,偃王行仁义而丧其国,是仁义用于古而不用于今也。故曰:世异则事异㊵。当舜之时,有苗不服㊶,禹将伐之。舜曰:"不可!上德不厚而行武㊷,非道也。"乃修教三年,执干戚舞㊸,有苗乃服。共工之战㊹,铁铦短者及乎敌㊺,铠甲不坚者伤乎体。是干戚用于古,不用于今也。故曰:事异则备变㊻。上古竞于道德,中世逐于智谋,当今争于气力。齐将攻鲁,鲁使子贡说之㊼。齐人曰:"子言非不辩也,吾所欲者土地也,非斯言所谓也㊽。"遂举兵伐鲁,去门十里以为界㊾。故偃王仁义而徐亡,子贡辩智而鲁削。以是言之,夫仁义辩智,非所以持国也。去偃王之仁,息子贡之智,循徐、鲁之力,使敌万乘㊿,则齐、荆之欲,不得行于二国矣。

中华书局《诸子集成》本《韩非子集解》卷一九

①《五蠹》是韩非系统论述法治理论的长篇大文,在追溯社会历史变迁的基础上,论证了因时制宜的必然性和现时实行法治的合理性,指斥当时的学者(儒家)、言谈者(纵横家)、带剑者(游侠)、患御者(宠近之臣)和商工之民五种人为社会蠹虫,主张养耕战之士,除五蠹之民。蠹(dù 杜),木中虫,即蛀虫。这里所选的是其中的第一部分,集中阐释"世异则事异"的道理,著名的"守株待兔"寓言就见于此。　②作:兴起,出现。　③王:读去声,动词,称王。　④果:木本植物所结的果实。蓏(luǒ 裸):草本植物所结的果实。蜯(bàng 蚌):同"蚌"。蛤(gé 革):蛤蜊。"蚌""蛤"皆水生动物。⑤钻燧(suì 岁):钻木取火。燧,古代取火器。该句谓教民熟食。　⑥说(yuè 悦):通"悦"。　⑦决渎(dú 读):疏通河流。渎,指独流入海的河流,古代长江、黄河、淮河、济水称四渎。　⑧夏后氏之世:指禹之时。禹乃夏后氏部落领袖,其子启建立了夏王朝。　⑨尧、舜、鲧、禹、汤、武:原作"尧、舜、汤、武、禹",据王先慎说改。　⑩"是以"四句:大意是说,圣人治

世不必依古代之法,不必按旧有惯例,而应研究当前情况,采取相应措施。修,习,治。常可,犹言"惯例"。论,研究。备,设施,办法。　⑪株:伐木后所残剩的树桩。　⑫耒(lěi垒):翻土农具。　⑬不事力:犹言不必费劲劳作。养足:生活资料充足。　⑭大父:祖父。　⑮累罚:层层刑罚。⑯茅茨(cí词):用茅草覆盖屋顶。翦(jiǎn剪):同"剪",修剪。　⑰采:木名,即栎(lì利)树。椽(chuán船):屋顶上承瓦的木条。斫(zhuó浊):砍削,此作"雕饰"解。　⑱粝(lì力):粗米。粢(zī资):稻饼。　⑲藜(lí离):草名,可食。藿(huò或):豆叶。　⑳麑(ní尼):幼小的鹿。㉑葛(gé革):麻布。　㉒"虽监门"二句:拿今天来说,即使一个看门人的吃穿用度,也不会低于这个水平了。监门,看守里门的人。亏,损,减少。㉓臿(chā插):掘土农具,即锹(qiāo敲)。　㉔股:大腿。完:原本无此字,据王先慎引《御览》增。胈(bá拔):股上细毛。一说,腿上肌肉。　㉕胫:小腿。　㉖古:通"故"。传天下:把天下传给别人,即禅让。多:赞美。㉗累世:几代。絜(xié协)驾:系马驾车,指乘车,这里用来形容享受富贵。㉘膢(lóu楼):楚俗二月祭饮之神的节日。腊:腊月祭百神的节日。相遗(wèi胃)以水:山居的人汲水困难,故以水为贵重之物,每逢节日以此相馈赠。遗,赠送。　㉙买庸:花钱雇人。庸,通"佣(傭)",雇佣工。窦:水沟。㉚饷:给食。　㉛穰(ráng瓤):庄稼丰熟。　㉜易财:把财物看得很轻。㉝士:当作"仕",同"仕",指仕进,做官。橐(tuó砣):通"托",指依附于诸侯士大夫。　㉞"故罚薄"三句:大意是说,古代刑罚轻算不得仁慈,后世刑罚严也算不得暴虐,都是根据各自的风俗情况而行事的。戾(lì利),凶残。㉟"故事"句:大意是说,举事要视时代的不同而有所区别,措施要适应新的情况而有所变化。　㊱文王:周文王。丰:在今陕西西安市鄠邑区以东。镐(hào浩):在今西安长安区西南。周文王自岐山下迁都于丰,武王又自丰迁都于镐。　㊲怀西戎:感化了西戎族使之归附。　㊳徐偃王:西周穆王时徐国国君,国境在今江苏徐州一带,因行仁义使诸侯归附,国境遂延至汉水以东。　㊴荆:即楚。按,楚文王春秋时人,距徐偃王三百馀年,此言楚文王可能有误。　㊵"世异"句:时代不同,情况就不同。　㊶有苗:三苗,古代异族。有,语助词,无义。　㊷上德不厚:君王德化不足。㊸执干戚舞:指音乐教化。干,盾。戚,斧。此言把干、戚用为舞具而不用于战争,以德教感化三苗。　㊹共工:古代部族首领名,被视为"四凶"之一,

169

古帝王曾与之交战。　㊺铦(xiān先):类似标枪的武器。及乎敌:指为敌所制。　㊻"事异"句:情况不同措施就不同。　㊼子贡:孔子弟子,善辞令。说(shuì税):游说劝阻。　㊽"非斯言"句:不是说几句话就能解决问题的。　㊾"去门"句:言齐国侵占了鲁国大片土地,国界离鲁国都城城门只有十里了。　㊿"循徐鲁"二句:利用徐、鲁两国的民力去抵御大国的入侵。循,顺着,依照。万乘(shèng剩),拥有一万辆战车,代指大国。

定　　法①

问者曰②:"申不害、公孙鞅③,此二家之言,孰急于国④?"

应之曰:"是不可程也⑤。人不食十日则死,大寒之隆不衣亦死⑥,谓之'衣食孰急于人'?则是不可一无也,皆养生之具也。今申不害言术,而公孙鞅为法。术者,因任而授官⑦,循名而责实⑧,操杀生之柄,课群臣之能者也⑨,此人主之所执也⑩。法者,宪令著于官府⑪,刑罚必于民心⑫。赏存乎慎法,而罚加乎奸令者也⑬。此臣之所师也⑭。君无术,则弊于上⑮;臣无法,则乱于下⑯。此不可一无,皆帝王之具也。

问者曰:"徒术而无法⑰,徒法而无术,其不可何哉?"

对曰:"申不害,韩昭侯之佐也。韩者,晋之别国也⑱。晋之故法未息,而韩之新法又生⑲;先君之令未收,而后君之令又下。申不害不擅其法⑳,不一其宪令,则奸多。故利在故法,前令则道之;利在新法,后令则道之㉑。故新相反,前后相悖㉒,则申不害虽十使昭侯用术㉓,而奸臣犹有所谲其辞矣㉔。故托万乘之劲韩十七年,而不至于霸王者,虽用术于上,法不勤饰于官之患也㉕。公孙鞅之治秦也,设告相坐而责其实㉖,连什伍而同其罪㉗。赏厚而信㉘,刑重而必㉙。是以其民用力劳而不休,逐敌危而不却㉚,故其国富而兵强。然而无术以知奸,则以其富强也资人臣而已矣㉛。及孝公、商君死,惠王即位,秦法未败也,而张仪以秦殉韩、魏㉜。惠王死,武王即位,甘茂以秦殉周㉝。武王死,昭襄王即位,穰侯越韩、魏而东攻齐㉞,五年而秦不益一尺之地,乃成其陶邑之封㉟。应侯攻韩八年㊱,成其汝南之封。自是以来,诸用秦者㊲,皆应、穰之类也。故战胜则大臣尊,益地则私封立,主无术以知奸也。商君虽十饰其法,人臣反用其资㊳。故乘强秦之资数十年㊴,而不至于帝王者,法虽勤饰于官㊵,主无术于上之患也。"

问者曰:"主用申子之术,而官行商君之法,可乎?"

对曰:"申子未尽于术,商君未尽于法也㊶。申子言:'治不逾官,虽知弗言㊷。'治不逾官,谓之守职也可;知而弗言,是不谓过也㊸。人主以一国目视,故视莫明焉㊹;以一国耳听,故听莫聪焉㊺。今知而弗言,则人主尚安假借矣㊻?商君之法曰:'斩一首者爵一级,欲为官者为五十石之官㊼。斩二首者爵二级,欲为官者为百石之官。'官爵之迁,与斩首之功相称也。今有法曰㊽:'斩首者令为医、匠。'则屋不成而病不已。夫匠者手巧也,而医者齐药也㊾,而以斩首之功为之,则不当其能㊿。今治官者,智能也(51);今斩首者,勇力之所加也。以勇力之所加而治智能之官,是以斩首之功为医、匠也。故曰:二子之于法术,皆未尽善也。"

中华书局《诸子集成》本《韩非子集解》卷一七

①《定法》在总结评述申不害之"术"、商鞅之"法"的基础上,提出了

"法"、"术"并重的政治主张。该文设为问答,立论明晰,论证极富逻辑力量。
②问者:作者假设的提问者。 ③申不害(约前 385—前 337):郑国人,曾辅佐韩昭侯,以重视"术治"著称。公孙鞅(约前 390—前 338):即商鞅,卫国人,秦孝公时入秦推行变法,以"法治"治国。 ④孰急于国:哪个对治理国家更急需些? ⑤程:计量,比较。 ⑥隆:盛,顶点。 ⑦任:能力。 ⑧"循名"句:按照各自的官职要求相应的政绩。责,求。
⑨课:考核。 ⑩"此人主"句:意思是说,申不害的这些"术"乃是一国之主所操持的驾驭臣下的手段。 ⑪宪令:法令,种种规定。著:明,指明文颁布。 ⑫"刑罚"句:刑罚观念牢牢刻在民心之中。必,一定。
⑬"赏存乎"二句:赏赐送给那些奉公守法者,惩罚施加给那些知法犯法者。奸(gān 肝),通"干",犯。 ⑭"此臣"句:意思是商鞅的这些"法"是官吏应该遵循和掌握的。师,师法,遵循。 ⑮弊于上:在上者受到蒙蔽。弊,通"蔽"。 ⑯乱:作乱。 ⑰徒:只要,只讲。 ⑱别国:分出来的国家。韩、赵、魏本是晋国的三卿,公元前 453 年三家分晋,并于公元前 403 年另立为诸侯。 ⑲"晋之"二句:晋国原有的法令还没废除,韩国建立后又制定了新法。 ⑳擅(shàn 善):专一。 ㉑"故利在"四句:臣民们见到旧法令对自己有利,就按旧法行事;见到新法令对自己有利,就按新法令行事。道,由,遵从。 ㉒"故新"二句:前原有"利在"二字,据卢文弨说删。相悖(bèi 倍),互相违背。 ㉓十使:多次促使,努力促使。 ㉔"而奸臣"句:意思是说,奸臣还是可以利用新旧法的不一致,为自己狡辩。谲(jué 决),狡诈,诡辩。 ㉕"故托"四句:所以,申不害托身于有万辆兵车的强大韩国长达十七年,却没能使它成就霸业,问题就出在虽然使国君在上面使用手段,却忽视了在官吏中修治好法纪。勤饬,随时注意整饬。饬(chì 斥),通"饬"。患,弊病。 ㉖"设告"句:设立告发和连坐的制度,而要求不谎报事实。相坐,连坐,别人犯法而连带自己也有罪。责其实,要求所告、所坐都符合事实。 ㉗"连什伍"句:把十家、五家编在一起,一家犯法,其馀各家若不告发,就同样治罪。什伍,商鞅编制的居民组织,十家为"什",五家为"伍"。 ㉘信:讲信用。 ㉙必:坚决,坚定。 ㉚却:退却。
㉛"然而"二句:大意是说,尽管秦用商鞅之法以致富强,但君王不用术去察知奸臣,则不过是拿这富强的成果去资助奸臣而已。 ㉜"而张仪"句:大意是说,张仪为了自己的私利使秦国的力量消耗在韩魏两国那里。殉,牺牲。

按，张仪于惠王十年曾以武力迫使魏依附于秦，被任为相；后游说韩依附于秦，被封为武信君。事见《史记·张仪列传》。　㉝甘茂：曾于秦武王三年为秦相。他曾出兵攻韩，使秦武王得以"容车通三川（黄河、洛水、伊水），以窥周室"。其时周已沦为一个小国。事见《史记·樗里子甘茂列传》。　㉞穰（rǎng 壤）侯：即魏冉，秦昭侯时为相。越：越过。　㉟"乃成其"句：他自己却得到了陶邑的封赏。　㊱应（yìng 硬）侯：即范雎，秦昭王二十八年被封为应侯。攻韩后得到了汝南之地（秦所占据的韩国土地）的封赏。　㊲用秦：为秦国所任用。　㊳用其资：把它作为自谋私利的本钱。　㊴乘：凭借。　㊵虽：原本作"不"，据卢文弨说改。　㊶"申子"二句：原本作"申子未尽于法也"，脱去"于"和"法"中间六字，据顾广圻说补。未尽，未达到完善地步。　㊷"治不"二句：办政事不要超出权限，不在自己权限之内的事，虽知道也不要多嘴。　㊸不谓过：不报告过失。按，"不"字原本无，据王先慎说校补。　㊹"人主"二句：一国之主借助全国人的眼睛，所以才没有什么看不清的。下句仿此。　㊺聪：听觉灵敏。　㊻安：何，什么。假：借。　㊼"斩一"二句：在战场上斩敌首一颗，授爵一级，若想做官，封给俸禄为五十石米的官位。　㊽今有法：此为假设之语。　㊾齐（jì 剂）药：配制药方。齐，通"剂"。　㊿不当其能：与他的能力不相当。(51)"今治官"二句：现在从事治理的官职，是需要智能的。

难　　一①（节选）

历山之农者侵畔②，舜往耕焉，期年甽亩正③。河滨之渔者争坻④，舜往渔焉，期年而让长⑤。东夷之陶者器苦窳⑥，舜往陶焉，期年而器牢。仲尼叹曰："耕、渔与陶非舜官也⑦，而舜往为之者，所以救败也⑧。舜其信仁乎⑨！乃躬藉处苦⑩，而民从之。故曰，圣人之德化乎⑪！"

或问儒者曰⑫："方此时也，尧安在⑬？"其人曰："尧为天子。"然则仲尼之圣尧奈何⑭？圣人明察在上位，将使天下无奸也⑮。令耕渔不争⑯,陶器不窳,舜又何德而化⑰? 舜之救败也,则是尧有失也。贤舜,则去尧之明察;圣尧,则去舜之德化⑱。不可两得也⑲。

楚人有鬻楯与矛者⑳,誉之曰㉑:"吾楯之坚,物莫能陷也㉒。"又誉其矛曰:"吾矛之利㉓,于物无不陷也。"或曰:"以子之矛,陷子之楯,何如㉔?"其人弗能应也㉕。夫不可陷之楯,与无不陷之矛,不可同世而立㉖。今尧舜之不可两誉,矛楯之说也㉗。

且舜救败,期年已一过㉘,三年已三过。舜寿有尽㉙,天下过无已者㉚;以有尽逐无已,所止者寡矣㉛。赏罚㉜,使天下必行之。令曰:"中程者赏㉝,弗中程者诛。"令朝至暮变㉞,暮至朝变,十日而海内毕矣㉟,奚待期年㊱! 舜犹不以此说尧,令从己,乃躬亲,不亦无术乎㊲?

且夫以身为苦而后化民者㊳,尧舜之所难也。处势而矫下者,庸主之所易也㊴。将治天下,释庸主之所易㊵,道尧舜之所难㊶,未可与为政也㊷。

中华书局《诸子集成》本《韩非子集解》卷一五

①《难》是韩非自设问答的辩难文字,共四篇,每篇中又分若干节,分别就一些历史人物的言行提出责问,藉此进一步阐发自己的法家学说。本文节选自第一篇《难一》,专驳儒家津津乐道的尧舜事迹,抓住对方矛盾层层进逼是该文的显著特点,著名的"矛盾"之说就出于此。难(nàn 南去声),驳诘。
②历山:在今山东济南历城南,又名舜耕山。侵畔(pàn 判):越过田界争夺耕地。畔,田界。　③期(jī 基)年:满一周年。甽(quǎn 犬)亩正:田界规整。甽,田间小沟。　④坻(chí 池):水中高地,渔人捕鱼时立脚之地。
⑤让长(zhǎng 掌):把好地方让给年长者。　⑥东夷:古代对居住在东方各族的称呼。陶者:制造陶器的人。器苦窳(yǔ 雨):烧制出的陶器苦于不结

实。窳,粗劣。　　⑦非舜官:并非舜份内之事。官,职责。　　⑧救败:犹言"解决问题"。救,补救。败,败坏,引申作"毛病"。　　⑨信仁:实在是个有仁德的人。信,的确。　　⑩躬藉(jí籍):亲自实践。躬,身体,引申为自身、亲自。藉,践。处苦:受辛苦。　　⑪"圣人"句:圣人的仁德是可以感化人心的。　　⑫或问:有人问。此是韩非假设,借以质疑。　　⑬"方此时"二句:舜躬自化天下的这个时候,尧在哪里? 方,正当。　　⑭"然则"句:既然如此,孔子又把尧尊为圣人,这该怎么理解? 按,自此以下,全部是韩非对儒家的反驳。　　⑮"圣人"二句:若是圣人,就该在天子之位上明察秋毫,使天下不再有奸邪之事。　　⑯令:原本作"今",据王渭说改。令,假使。　　⑰"舜又"句:舜又用仁德去感化谁呢?　　⑱"贤舜"四句:表彰舜的贤能,就不能赞美尧的明察;推崇尧的圣明,就不能赞叹舜的以德化天下。去,除掉。　　⑲"不可"句:意思是二者必居其一。两得,两个都要。　　⑳鬻(yù玉):卖。楯(dùn盾):同"盾",古代交战中用于防御的盾牌。矛:用于冲刺的兵器。　　㉑誉之:此为称赞其盾。　　㉒"物莫"句:没有什么东西能够刺穿它。陷,攻入,此指刺透。　　㉓利:锋利。　　㉔"以子"三句:用你的矛,去刺你的盾,会怎么样? 子,您。　　㉕"其人"句:那卖盾和矛的人回答不上来了。应,答。　　㉖同世而立:同时存在。　　㉗"今尧舜"二句:如今对尧和舜不能同时赞誉,就像矛、盾不能同时夸口,道理是一样的。㉘已一过:犹言"解决一个问题"。已,中止。　　㉙"舜寿"句:原本作"舜有尽,寿有尽",据顾广圻说删改。　　㉚"天下"句:天底下的问题却没有完结的时候。　　㉛"以有尽"二句:用有限的生命去追着解决无穷无尽的问题,所能解决的毕竟不多。　　㉜赏罚:此是韩非提出的另一种治理办法,即不必亲自去感化,而是制定有关奖赏和惩罚的法规。　　㉝中(zhòng众)程:合乎规格。　　㉞朝至暮变:命令早上到达,晚上面貌就会发生改观。㉟"十日"句:只要十天时间,全国范围内就能一律按法令行事了。海内,当时地理观念认为中国四面是大海,故以海内指全国。毕,全部。　　㊱"奚(xī西)待"句:哪里用得着等上一年。奚,何。　　㊲"舜犹"四句:舜不能用这个道理劝说尧,使他听从自己,却亲自出马,不是太缺少办法了么? 说(shuì税),劝说。㊳以身为苦:亲自吃苦。　　㊴"处势"二句:居于支配地位,用命令来纠正下民,是平庸的君主都容易做到的。矫,原作"骄",据顾广圻说改。矫,纠正。　　㊵释:放弃。　　㊶道:取道,实行。

㊷"未可"句:不可用来作为治国之策。与,以。

外　储　说①(节选)

(一)

郑人有欲买履者②,先自度其足③,而置之其坐④,至之市而忘操之。已得履,乃曰:"吾忘持度⑤。"反归取之⑥。及反,市罢⑦,遂不得履。人曰:"何不试之以足?"曰:"宁信度无自信也⑧!"

(二)

宋人有酤酒者⑨,升概甚平⑩,遇客甚谨⑪,为酒甚美,县帜甚高⑫,然而不售⑬,酒酸。怪其故,问其所知闾长者杨倩⑭。倩曰:"汝狗猛耶?"曰:"狗猛则酒何故而不售?"曰:"人畏焉!或令孺子怀钱⑮,挈壶罋而往酤⑯,而狗迓而龁之⑰,此酒所以酸而不售也。"

夫国亦有狗。有道之士,怀其术,而欲以明万乘之主⑱,大臣为猛狗,迎而龁之。此人主之所以蔽胁⑲,而有道之士所以不用也。

故桓公问管仲曰:"治国最奚患?"对曰:"最患社鼠矣⑳!"公曰:"何患社鼠哉?"对曰:"君亦见夫为社者乎?树木而涂之㉑,鼠穿其间,掘穴托其中。熏之则恐焚木,灌之则恐涂阤㉒,此社鼠之所以不得也。今人君之左右,出则为势重而收利于民,入则比周而蔽恶于君㉓,内间主之情以告外㉔。外内为重㉕,诸臣百吏以为富㉖。吏不诛则乱法,诛之则君不安。据而有之㉗，此亦国之社鼠也。"

故人臣执柄而擅禁㉘，明为己者必利㉙，而不为己者必害，此亦猛狗也。夫大臣为猛狗而龁有道之士矣，左右又为社鼠而间主之情！人主不觉。如此，主焉得无壅㉚，国焉得无亡乎？

中华书局《诸子集成》本《韩非子集解》卷一一、一三

①《韩非子》中有《储说》一篇，分为内、外，内篇又分上下，外篇分为左右，左右又各分上下，是韩非集中汇集寓言和历史故事以备论证之用的作品。储，储备。这里选取的两节分别见于《外储说》左上和右上。前一节"郑人市履"讽刺了一个墨守成规、不知变通的蠢人；后一节"宋人有酤酒者"则尖锐指出了国君身边的权奸重臣对国家的危害。　②履：鞋。　③度（duó夺）：量。　④"而置"句：而把量好的尺码放在了座位上。坐，通"座"。　⑤度（dù肚）：指量好的尺码。　⑥反：同"返"，下同。　⑦市罢：集市已经散了。　⑧"宁信"句：宁肯相信量好的尺码，也不相信自己的脚。　⑨酤（gū估）酒：买酒，卖酒，此指卖酒。　⑩"升概"句：犹言"分量很足"。升，量酒器。概，古代量米麦时刮平斗斛的器具，此作"分量"解。平，满。　⑪"遇客"句：招待客人很周到。　⑫"县（xuán悬）帜"句：酒幌高悬着特别惹人注目。县，同"悬"。　⑬不售：酒却卖不出去。　⑭"问其"句：卖酒的人就去向乡里他所认识的一个名叫杨倩的年长者打听原因。闾（lǘ吕），里门。　⑮孺子：小孩。　⑯挈（qiè窃）：提着。甕：同"瓮"，储酒器。酤：此指买酒。　⑰迓（yà亚）：相迎。龁（hé核）：咬。　⑱明：晓谕，进言。万乘（shèng剩）之主：拥有兵车万乘的大国国君。　⑲蔽：受蒙蔽。胁：受胁迫。　⑳社鼠：穴居社树中的老鼠。社，古代祭祀社神（土地神）之所，多植树以为社主。　㉑树木：栽树。涂之：指在树的外表涂上泥灰。　㉒涂阤（tuó砣）：涂好的泥灰脱落下来。阤，同"陀"。陀，通"堕"，落。　㉓"出则"二句：到了外面就倚仗权势而搜刮民财，在朝廷之中就互相勾结以掩盖自己的罪恶。比周，结党营私。　㉔"内间（jiàn见）"句：在国君跟前刺探到一些隐情，然后泄露给别人。间，窥探。　㉕外内为重：在

177

内在外都营造出自己炙手可热的权势。　㉖"诸臣"句:大意是说,那些贪官污吏们依附于这些重臣而发不义之财。　㉗据而有之:言重臣们靠着接近国君而保有其权势地位。　㉘执柄:掌权。擅禁:擅自动用法令。
㉙"明为"句:知道某些人对自己有好处就一定加以优待。　㉚壅:蔽塞。

一六　吕氏春秋

《吕氏春秋》是战国末期由吕不韦门客集体撰写的一部论说性散文著作,分八览、六论、十二纪,又称《吕览》。《汉书·艺文志》列于杂家类。吕不韦(？—前235),阳翟(今河南禹州市)人,曾为秦王政相国,门下有食客三千人。该书即是食客们奉令各抒所闻之作。书中文章内容博杂,结构规整,语句简练,曾号称"一字千金"。其中通过故事说理的部分比较生动。

察　今①（节选）

（一）

荆人欲袭宋②,使人先表澭水③。澭水暴益④,荆人弗知,循表而夜涉⑤,溺死者千有馀人,军惊而坏都舍⑥。向其先表之时可导也⑦,今水已变而益多矣,荆人尚犹循表而导之,此其所以败也。今世之主法先王之法也,有似于此。其时已与先王之法亏矣⑧,而曰此先王之法也,而法之以为治⑨,岂不悲哉!

（二）

楚人有涉江者,其剑自舟中坠于水,遽契其舟⑩,曰:"是吾剑之所从坠⑪。"舟止,从其所契者入水求之。舟已行矣,而剑不行。求剑若此⑫,不亦惑乎⑬?以此故法为其国⑭,与此同。时已徙矣,而法不徙,以此为治,岂不难哉!

(三)

有过于江上者,见人方引婴儿而欲投之江中⑮,婴儿啼。人问其故,曰:"此其父善游。"其父虽善游,其子岂遽善游哉⑯!此任物⑰,亦必悖矣⑱。

中华书局《诸子集成》本《吕氏春秋》卷一五

①该三则节选自《吕氏春秋·慎大览第三》中的第八篇,旨在说明因时变法的必要性,所用寓言故事风趣生动,切近事理,已经为人所熟知。察今,即主张明察当前形势,以此作为制定法令的依据。　②荆人:即楚人。　③表:标记,此指设立标志。澭(yōng 拥)水:河名。　④暴益:暴涨。益,加多,增长。　⑤"循表"句:夜里按照标记涉水过河。循,遵循。　⑥而:通"如",像,似。坏都舍:城里的房屋倒塌。　⑦"向其"句:先前作标记的时候的确是可以根据这记号渡河的。向,原来。导(導),通"道",取道。　⑧亏:减损,此指不相符合。　⑨法之:效法它。以为治:仍以先王之法作为治国之法。　⑩遽(jù 剧)契其舟:赶快在那船上刻了记号。遽,速。契,刀刻。　⑪"是吾"句:这里就是我的剑掉进水里的位置。是,这,指船上刻记号处。　⑫求剑:找剑。　⑬惑:糊涂。　⑭"以此故法"句:用过去的旧法治理国家。"此"疑衍。　⑮方:正要。引:牵引,拉着。　⑯"其子"句:他的儿子难道就一定能善于游泳吗?遽,遂,就。　⑰任物:处理事物。　⑱悖(bèi 背):荒谬。

一七 礼 记

《礼记》是孔门"七十子后学"有关礼制文章的选编,其中多为战国时人所作,少数成于秦汉之际,编者为汉人戴圣。该书内容较为博杂,体例也不一致,有论有释有记,其中有的部分如《檀弓》等,杂记战国及前代的轶闻故事,言近意远,笔触细腻,有一定的文学价值。

曾子易箦[①]

曾子寝疾[②],病[③]。乐正子春坐于床下[④],曾元、曾申坐于足[⑤],童子隅坐而执烛[⑥]。童子曰:"华而睆,大夫之箦与[⑦]?"子春曰:"止[⑧]!"曾子闻之,瞿然曰[⑨]:"呼[⑩]!"曰[⑪]:"华而睆,大夫之箦与?"曾子曰:"然,斯季孙之赐也[⑫],我未之能易也[⑬]。元!起,易箦。"曾元曰:"夫子之病革矣[⑭],不可以变[⑮]。幸而至于旦[⑯],请敬易之。"曾子曰:"尔之爱我也不如彼[⑰]。君子之爱人也以德,细人之爱人也以姑息[⑱]。吾何求哉!吾得正而毙焉[⑲],斯已矣。"举扶而易之,反席未安而没[⑳]。

中华书局《十三经注疏》本《礼记》卷六

[①]该文选自《礼记·檀弓上》,写的是孔子弟子曾参临终前坚持要换掉

181

大夫所用床席的故事,以小见大,显示了曾参恪守礼制、严于律己、慎终如始的形象特点。曾子,名参(shēn 深),字子舆。易箦(zé 责),更换席子。箦,用竹片编成的床席。　②寝疾:生病不能起床。寝,卧。　③病:病加重。疾甚曰病。　④乐正子春:人名,孔子弟子,以乐正为氏。床下:床前。⑤曾元、曾申:曾参的两个儿子。坐于足:坐在曾参脚边。　⑥童子:童仆。隅坐:坐在一个角落。　⑦"华而睆(huǎn 缓)"二句:床席的花纹这样美丽而有光泽,这是大夫所用的竹席吧？睆,光泽貌。　⑧止:停止。乐正子春制止童子说话,是怕曾子听到。　⑨瞿(jù 惧)然:瞪目惊视貌。⑩呼:虚弱的呼气声。　⑪曰:主语是童子。童子以为曾子没有听清他的话,所以又重复了一遍。　⑫斯:这,指身下的床席。季孙:鲁国大夫。⑬未之能易:没来得及把它换掉。　⑭革(jí 及):通"亟",危急。⑮变:移动。　⑯幸:希望。旦:天亮,早晨。　⑰尔:你,指曾元。彼:指童子。　⑱细人:小人。姑息:马虎苟且。　⑲得正而毙:死也要依照正道,有个善终。按,曾子身为士人,自以为不当睡在大夫的床席上死去,所以坚持要换掉季孙所赐的这床竹席。　⑳反席:躺到换过的席子上。反,同"返"。未安:尚未躺安稳。没(mò 末):通"殁",死。

嗟来之食①

齐大饥,黔敖为食于路②,以待饿者而食之③。有饿者,蒙袂辑屦④,贸贸然来⑤。黔敖左奉食⑥,右执饮⑦,曰:"嗟,来食⑧！"扬其目而视之⑨,曰:"予唯不食'嗟来之食',以至于斯也⑩。"从而谢焉⑪,终不食而死。曾子闻之曰⑫:"微与⑬！其嗟也可去,其谢也可食⑭。"

中华书局《十三经注疏》本《礼记》卷一〇

①该篇选自《礼记·檀弓下》。故事以简洁之笔,刻划了一位宁肯饿死也不接受侮辱性施舍的人物形象。　②黔敖:人名。为食于路:在路旁摆

了些食物。　③食(sì四)之:给人吃东西。　④蒙袂(mèi昧):用衣袖遮住脸。辑屦(jù具):拖着鞋子。辑,敛,拖着不使脱落。　⑤贸贸然:昏沉沉的样子。贸贸,犹"眊(mào贸)眊",目不明貌。此当为饥饿所致。　⑥左奉食:左手捧着食物。奉,捧。　⑦执饮:端着汤。　⑧嗟(jiē接),来食:喂,来吃吧！嗟,不客气的招呼声。　⑨"扬其目"句:睁大眼睛看着黔敖。该句主语是饿者。　⑩"予唯"二句:我就是因为不吃这被吆喝着递来的食物,才饿成现在这个样子的。　⑪从而谢焉:黔敖跟上去表示道歉。该句主语是黔敖。谢,道歉。　⑫曾子:曾参。　⑬微与:无需如此。微,无。与,语气词,同"欤"。　⑭"其嗟"二句:别人吆喝你来吃,是可以拒之而去的,人家既已道歉,就可以吃了。

一八　屈　原

屈原(前340？—前278？)，名平，战国后期楚国人。与楚王同宗，楚怀王时曾任左徒之职。政治上对内主张改革弊政，对外主张联齐抗秦，受到贵族集团排挤、诬陷，被怀王疏远，贬官汉北。在楚遭到秦重创后，曾被召回郢都。其后怀王客死秦国，顷襄王即位，贵族集团当政，屈原受到更大迫害，被放逐江南(今湖南长沙一带)，最后投汨罗江自尽。

屈原是楚辞的创立者和代表作家，也是我国第一位伟大诗人，主要作品有《离骚》、《九歌》(十一篇)、《九章》(九篇)、《天问》、《招魂》等，大都是贬官后和流放中所作。其抒情之作表达了对楚国命运的忧虑，抒发了遭谗害的愤懑和痛苦，也表白了至死不渝的人格追求。还有一些篇章则是南方民间艺术的集成和升华。这些作品均收入西汉刘向所辑《楚辞》一书之中。

屈原作品情感充沛，诗思奔放，并大量运用神话传说和丰富奇特的想象构筑抒情境界，从而形成了鲜明独特的创作风格。

离　　骚①

帝高阳之苗裔兮②，朕皇考曰伯庸③。摄提贞于孟陬兮④，惟庚寅吾以降⑤。皇览揆余初度兮⑥，肇锡余以嘉名⑦：名余曰正则兮，字余曰灵均⑧。

纷吾既有此内美兮⑨，又重之以修能⑩；扈江离与辟芷兮⑪,纫秋兰以为佩⑫。汨余若将不及兮⑬,恐年岁之不吾与⑭。朝搴阰之木兰兮⑮,夕揽洲之宿莽⑯。日月忽其不淹兮⑰,春与秋其代序⑱。惟草木之零落兮⑲,恐美人之迟暮⑳。不抚壮而弃秽兮㉑,何不改此度㉒?乘骐骥以驰骋兮㉓,来吾道夫先路㉔!

昔三后之纯粹兮㉕,固众芳之所在㉖。杂申椒与菌桂兮㉗,岂维纫夫蕙茞㉘。彼尧舜之耿介兮㉙,既遵道而得路;何桀纣之猖披兮㉚,夫唯捷径以窘步㉛!惟夫党人之偷乐兮㉜,路幽昧以险隘。岂余身之惮殃兮㉝,恐皇舆之败绩㉞。忽奔走以先后兮㉟,及前王之踵武㊱。荃不察余之中情兮㊲,反信谗而齌怒㊳。余固知謇謇之为患兮㊴,忍而不能舍也㊵。指九天以为正兮㊶,夫唯灵脩之故也㊷。曰黄昏以为期兮,羌中道而改路㊸。初既与余成言兮㊹,后悔遁而有他㊺。余既不难夫离别兮㊻,伤灵脩之数化㊼。

余既滋兰之九畹兮㊽,又树蕙之百亩㊾;畦留夷与揭车兮㊿,杂杜衡与芳芷㉑。冀枝叶之峻茂兮㉒,愿俟时乎吾将刈㉓。虽萎绝其亦何伤兮㉔,哀众芳之芜秽㉕。

众皆竞进以贪婪兮㉖,凭不厌乎求索㉗。羌内恕己以量人兮㉘,各兴心而嫉妒㉙。忽驰骛以追逐兮㉚,非余心之所急。老冉冉其将至兮㉛,恐脩名之不立㉜。朝饮木兰之坠露兮,夕餐秋菊之落英㉝。苟余情其信姱以练要兮㉞,长顑颔亦何伤㉟?擥木根以结茞兮㊱,贯薜荔之落蕊㊲,矫菌桂以纫蕙兮㊳,索胡绳之纚纚㊴。謇吾法夫前脩兮㊵,非世俗之所服㊶;虽不周于今之人兮㊷,愿依彭咸之遗则㊸。长太息以掩涕兮㊹,哀民生之多艰㊺。余虽好脩姱以鞿羁兮㊻,謇朝谇而夕替㊼。既替余以蕙纕兮㊽,又申之以揽茞㊾。亦余心之所善兮,虽九死其犹未悔。怨灵脩之浩荡兮⑩,终不察夫民心⑧。众女嫉余之蛾眉兮⑧,谣诼谓余以善淫⑧。固时俗之工巧兮⑧,偭规矩而改错⑧;背绳墨以追曲兮⑧,竞周容以为度⑧。忳郁邑余侘傺兮⑧,吾独穷困乎此时也!宁溘死以流亡兮⑧,余不忍为此态也⑨!鸷鸟之不群兮⑨,自前世而固然。何方圜之能周兮⑨,夫孰异道而相安?屈心而抑志兮⑨,忍尤而攘诟⑨;伏清白以死直兮⑨,固前圣之所厚⑨。

悔相道之不察兮⑨,延伫乎吾将反⑨。回朕车以复路兮,及行迷之未远。步余马于兰皋兮⑨,驰椒丘且焉止息⑩。进不入以离尤兮⑩,退将复脩吾初服⑩。制芰荷以为衣兮⑩,集芙蓉以为裳⑩。不吾知其亦已兮⑩,苟余情其信芳。高余冠之岌岌兮⑩,长余佩之陆离⑩。芳与泽其杂糅兮⑩,维昭质其犹未亏⑩。忽反顾以游目兮⑪,将往观乎四荒⑪。佩缤纷其繁饰兮⑫,芳菲菲其弥章⑬。民生各有所乐兮,余独好脩以为常。虽体解吾犹未变兮⑭,岂余心之可惩⑮?

女媭之婵媛兮⑯,申申其詈予⑰。曰:"鲧婞直以亡身兮⑱,终然殀乎羽之野⑲。汝何博謇而好脩兮⑳,纷独有此姱节㉑。薋菉葹以盈室兮㉒,判独离而不服㉓。众不可户说兮㉔,孰云察余之中情㉕?世并举而好朋兮㉖,夫何茕独而不予听㉗?"

依前圣以节中兮㉘,喟凭心而历兹㉙。济沅湘以南征兮㉚,就重华而陈词㉛:"启《九辩》与《九歌》兮㉜,夏康娱以自纵㉝。不顾难以图后兮㉞,五子用失乎家巷㉟。羿淫游以佚畋兮㊱,又好射夫封狐㊲。固乱流其鲜终兮㊳,浞又贪夫厥家㊴。浇身被服强圉兮㊵,纵欲而不忍㊶。日康娱而自忘兮,厥首用夫颠陨㊷。夏桀之常违兮㊸,乃遂焉而逢殃㊹。后辛之菹醢兮⑭，殷宗用而不长⑯。汤禹俨而祗敬兮⑰，周论道而莫差，举贤而授能兮，循绳墨而不颇。皇天无私阿兮⑱，览民德焉错辅⑲。夫维圣哲以茂行兮⑳，苟得用此下土㉑。瞻前而顾后兮，相观民之计极㉒。夫孰非义而可用兮，孰非善而可服㉓。阽余身而危死兮㉔，览余初其犹未悔。不量凿而正枘兮㉕，固前脩以菹醢。"曾歔欷余郁邑兮㉖，哀朕时之不当。揽茹蕙以掩涕兮㉗，沾余襟之浪浪㉘。

跪敷衽以陈辞兮㉙，耿吾既得此中正㉚。驷玉虬以乘鹥兮㉛，溘埃风余上征㉜。朝发轫于苍梧兮㉝，夕余至乎县圃㉞。欲少留此灵琐兮㉟，日忽忽其将暮。吾令羲和弭节兮㊱，望崦嵫而勿迫㊲。路曼曼其脩远兮㊳，吾将上下而求索㊴。饮余马于咸池兮㊵，总余辔乎扶桑㊶。折若木以拂日兮㊷，聊逍遥以相羊㊸。前望舒使先驱兮㊹，后飞廉使奔属㊺。鸾皇为余先戒兮㊻，雷师告余以未具㊼。吾令凤鸟飞腾兮，继之以日夜。飘风屯其相离兮㊽，帅云霓而来御㊾。纷总总其离合兮㊿，斑陆离其上下[181]。吾令帝阍开关兮[182]，倚阊阖而望予[183]。时暧暧其将罢兮[184]，结幽兰而延伫[185]。世溷浊而不分兮[186]，好蔽美而嫉妒。

朝吾将济于白水兮[187]，登阆风而绁马[188]。忽反顾以流涕兮，哀高丘之无女[189]。溘吾游此春宫兮[190]，折琼枝以继佩[191]。及荣华之未落兮[192]，相下女之可诒[193]。吾令丰隆乘云兮，求宓妃之所在[194]。解佩纕以结言兮[195]，吾令蹇脩以为理[196]。纷总总其离合兮[197]，忽纬繣其难迁[198]。夕归次于穷石兮[199]，朝濯发乎洧盘[200]。保厥美以骄傲兮[201]，日康娱以淫游[202]。虽信美而无礼兮，来违弃而改求[203]。览相观于四极兮[204]，周流乎天余乃下[205]。望瑶台之偃蹇兮[206]，见有娀之佚女[207]。吾令鸩为媒兮[208]，鸩告

187

余以不好[209]。雄鸠之鸣逝兮[210],余犹恶其佻巧[211]。心犹豫而狐疑兮,欲自适而不可[212]。凤皇既受诒兮[213],恐高辛之先我[214]。欲远集而无所止兮[215],聊浮游以逍遥。及少康之未家兮[216],留有虞之二姚[217]。理弱而媒拙兮[218],恐导言之不固[219]。世溷浊而嫉贤兮,好蔽美而称恶。闺中既以邃远兮[220],哲王又不寤[221]。怀朕情而不发兮[222],余焉能忍与此终古[223]!

索藑茅以筳篿兮[224],命灵氛为余占之[225]。曰:"两美其必合兮[226],孰信脩而慕之[227]?思九州之博大兮[228],岂唯是其有女[229]?"曰:"勉远逝而无狐疑兮,孰求美而释女[230]?何所独无芳草兮,尔何怀乎故宇[231]?世幽昧以眩曜兮[232],孰云察余之善恶[233]?民好恶其不同兮,惟此党人其独异。户服艾以盈要兮[234],谓幽兰其不可佩。览察草木其犹未得兮[235],岂珵美之能当[236]?苏粪壤以充帏兮[237],谓申椒其不芳。"

欲从灵氛之吉占兮,心犹豫而狐疑。巫咸将夕降兮[238],怀椒糈而要之[239]。百神翳其备降兮[240],九疑缤其并迎[241]。皇剡剡其扬灵兮[242],告余以吉故[243]。曰:"勉升降以上下兮[244],求榘矱之所同[245]。汤禹严而求合兮[246],挚咎繇而能调[247]。苟中情其好脩兮,又何必用夫行媒?说操筑于傅岩兮[248],武丁用而不疑。吕望之鼓刀兮[249],遭周文而得举。宁戚之讴歌兮[250],齐桓闻以该辅[251]。及年岁之未晏兮[252],时亦犹其未央[253]。恐鹈鴂之先鸣兮[254],使夫百草为之不芳。"

何琼佩之偃蹇兮[255],众薆然而蔽之[256]?惟此党人之不谅兮[257],恐嫉妒而折之[258]。时缤纷其变易兮[259],又何可以淹留[260]?兰芷变而不芳兮,荃蕙化而为茅。何昔日之芳草兮,今直为此萧艾也[261]!岂其有他故兮,莫好脩之害也!余以兰为可恃兮[262],羌无实而容长[263]。委厥美以从俗兮[264],苟得列乎众芳[265]!

188

椒专佞以慢慆兮[267]，樧又欲充夫佩帏[268]。既干进而务入兮，又何芳之能祗[269]！固时俗之流从兮[270]，又孰能无变化？览椒兰其若兹兮，又况揭车与江离？惟兹佩之可贵兮[271]，委厥美而历兹[272]。芳菲菲而难亏兮，芬至今犹未沬[273]。和调度以自娱兮[274]，聊浮游而求女。及余饰之方壮兮[275]，周流观乎上下。

　　灵氛既告余以吉占兮，历吉日乎吾将行[276]。折琼枝以为羞兮[277]，精琼爢以为粻[278]。为余驾飞龙兮，杂瑶象以为车[279]。何离心之可同兮，吾将远逝以自疏。邅吾道夫昆仑兮[280]，路脩远以周流[281]。扬云霓之晻蔼兮[282]，鸣玉鸾之啾啾[283]。朝发轫于天津兮[284]，夕余至乎西极[285]。凤皇翼其承旂兮[286]，高翱翔之翼翼[287]。忽吾行此流沙兮[288]，遵赤水而容与。麾蛟龙使梁津兮[289]，诏西皇使涉予[290]。路脩远以多艰兮，腾众车使径待[291]。路不周以左转兮[292]，指西海以为期[293]。屯余车其千乘兮[294]，齐玉轪而并驰[295]。驾八龙之婉婉兮[296]，载云旗之委蛇[297]。抑志而弭节兮[298]，神高驰之邈邈[299]。奏《九歌》而舞《韶》兮[300]，聊假日以媮乐[301]。陟升皇之赫戏兮[302]，忽临睨夫旧乡[303]。仆夫悲余马怀兮[304]，蜷局顾而不行[305]。

　　乱曰[306]：已矣哉[307]！国无人莫我知兮[308]，又何怀乎故都！既莫足与为美政兮[309]，吾将从彭咸之所居[310]。

《四部备要》本《楚辞》卷一

　　①《离骚》为屈原的代表作，是中国古代文学史上著名的抒情长诗。关于该诗的创作，司马迁在《史记·屈原贾生列传》中指出："屈原疾王听之不聪也，谗谄之蔽明也，邪曲之害公也，故忧愁幽思而作《离骚》。"具体写作时期有其初被怀王疏远时、贬官汉北时及放逐后等不同说法，今取放流沅湘一带时所作说。全诗通过抒情主人公的倾吐，抒写了政治上遭受挫折和打击后寻觅、期待、失望、孤独、彷徨的内心凄苦，及对当时恶劣政治环境的憎恶、愤

慨,同时反复表白了对母国的忧虑、眷恋和至死不渝、坚持操守的决心。该诗内容丰富,结构庞大,借助神话传说创造奇幻境界,从而开创了以想象为特征的骚诗传统。"离骚"二字的含义,有"离忧"(司马迁说)、"遭忧"(班固说)、"别愁"(王逸说)等诸说,今人游国恩认为是楚国固有歌曲的名称,即"劳商",有"牢骚"之意。　②高阳:远古帝王颛顼(zhuān xū 专虚)的称号。苗裔(yì 议):"苗"是初生的草木,"裔"是衣边,引申为后代子孙。　③朕(zhèn 阵):古代贵贱通用的第一人称代名词,秦以后成为帝王自称的专用词。皇考:对先祖的美称。皇,光明。考,指已故的祖先。伯庸:皇考的字。④摄提:摄提格的简称。古代将天宫划为子、丑、寅、卯、辰、巳、午、未、申、酉、戌、亥十二等分,谓之十二宫,以岁星(木星)在天空运转所指向的方位来纪年,岁星指向寅宫(斗、牛之间)的那一年,叫作摄提格。摄提格即寅年的别称,这里省去"格"字。贞:通"正",正当。孟陬(zōu 邹):一年之始的孟春正月。孟,始。陬,即陬月,是夏历正月的别名。夏历正月建寅,陬月也即寅月。⑤惟:语助词。庚寅:庚寅日(纪日的干支)。降:降临。　⑥皇:"皇考"的简称。览:观察。揆(kuí 葵):衡量。初度:刚刚降临时的情况。　⑦肇(zhào 照):始。锡:赐,给予。嘉:美好。　⑧"名余"二句:意思是赋予自己以美好的名字。正则,公正的法则。灵均,美善而均平。王逸曰:"言正平可法则者,莫过于天;养物均调者,莫神于地。高平曰原。"认为其中隐含屈原的名字。　⑨纷:美盛貌,形容后面的"内美"。楚辞句例,往往形容词前置。内美:内在的美质,指前八句所言的世系、生辰、名字。　⑩重(chóng 虫):加上。脩能(tài 太):美好的容态。脩,同"修",善,美好。能,通"态(態)"。按,以下所言"脩能"均象征对美善的追求。　⑪扈(hù 户):披在身上。离:一作"蓠",香草,生于江中,故称"江离",又名"蘪(mí 迷)芜"。芷:即白芷,香草,生于幽僻之处,故称"辟(pì 僻)芷"。辟,通"僻",幽也。　⑫纫:串联。秋兰:香草名,秋天开小花。佩:披戴在身上的饰物。⑬汩(yù 域):水流疾貌。　⑭不吾与:即"不与我"。与,等待。　⑮搴(qiān 千):拔取。陂(pí 皮):土坡。木兰:香树名。　⑯揽:采。洲:水中陆地。宿莽:一种冬天不枯的草。　⑰忽:速也。淹:久留。　⑱代序:交替更代。　⑲惟:思也。　⑳美人:此"美人"有喻怀王、作者自喻、泛指贤士等诸说,清戴震以为喻壮盛之年,稍近似。㉑抚壮:趁年盛之时。抚,持,把握。壮,壮盛之年。秽:指不好的行为。㉒度:态度,或指现行

190

法度。㉓骐骥:良马。乘良马喻用贤人。㉔道:通"導(导)",导引。夫:语助词。先路:犹言"前驱"。㉕三后:指夏禹、商汤、周文王。后,君,纯粹:纯正不杂,指有美好的德行。㉖固:本来。众芳:许多香草,比喻众多贤臣。在:聚集。㉗杂:此指广泛搜罗。申椒:申地出产的花椒。菌桂:应作"箘(jùn俊)桂",即肉桂,一种香木。㉘岂维:岂只。维,通"唯"。蕙:香草,又名薰草。茝(chǎi钗上声):一种香草。以上申椒、菌桂、蕙、茝等芳香之物皆用来比喻贤人。㉙耿介:光明正大。耿,光明。介,大。㉚猖披:衣不束带之貌,引申为狂悖偏邪。㉛捷径:邪出的小路。窘步:困窘难行。㉜党人:结党营私之人。先秦的"党"字多指朋比为奸的不正当的结合。偷乐:苟且享乐。㉝惮(dàn旦):害怕。殃:祸灾。㉞皇舆:帝王的车子。喻指国家。败绩:指战车翻覆,引申为国家崩溃。㉟"忽奔走"句:指为国事匆匆奔忙。忽,迅疾貌,犹言"匆匆地"。以,犹"于"。㊱及:赶上。前王:指"三后"。踵武:脚步。踵,脚后跟。武,足迹。㊲荃(quán全):香草名,此喻楚王。㊳齌(jì记)怒:暴怒。齌,本指用猛火烧饭,引申为猛烈。㊴謇(jiǎn俭)謇:忠言直谏貌。㊵"忍而"句:想忍着不说却又无法放弃。㊶九天:古代传说天有九层,故称。正:通"证"。㊷灵脩:此谓神明而有远见的人,是对君王的尊称。楚人谓神为"灵";脩同"修",长,远。㊸"曰黄昏"二句:洪兴祖曰:"一本有此二句,王逸无注,至下文'羌内恕以量人'句始释'羌'义,疑此二句后人所增耳。"羌,楚人发语词。㊹成言:指彼此有约定。㊺遹:回避,此谓改变心意。他:指他心。㊻难:犹"惮",怕,畏惧。㊼数(shuò朔)化:屡次变化。㊽滋:栽培,繁殖。九:这里是虚数,表示很多(下文"九死"同此)。畹(wǎn晚):三十亩地为一畹。一说为十二亩。㊾树:作动词用,种植。百:也是虚数。㊿畦(xí席):田垄,这里作动词用,一行行地种植。留夷、揭车:均为香草名。㉛杂:掺杂种植。杜衡:香草名,俗名马蹄香。以上借种植各种香草,比喻广泛培植人才。㉜冀:希望。㉝俟(sì四):等待。刈(yì义):收割。㉞萎绝:枯萎死去。㉟芜秽:荒芜污秽,这里比喻人才的堕落变质。㊱竞进:竞相奔走以追逐名利。婪(lán兰):也是贪求之意。㊲凭(píng平):满足,楚方言。求索:此处谓营求私利。㊳恕:原谅。以量人:以己心揣度别人。量,衡量、猜测。㊴兴心而嫉妒:指生不良之心而嫉妒贤良。㊵驰骛(wù务):

191

胡乱奔跑。追逐:在此指相互追名逐利。 ⑥冉冉:渐进貌。 ⑥脩名:美名。 ⑥落英:初开的花。落,开始。《尔雅·释诂》:"落,始也。"英,花。一般菊花不自落,因而不能作"凋落的花瓣"解。 ⑥苟:如果。信:真诚。姱(kuā 夸):美好。练要:精粹。 ⑥颇颔(kǎn hàn 坎汉):因饥饿而面色憔悴的样子。 ⑥擥(lǎn 揽):同"揽"。根:指香木根。 ⑥贯:串联。薜荔(bì lì 辟力):香草名。落蕊:同"落英"。 ⑥矫:举,取用。
⑥索:绳索,此作动词用,搓绳。胡绳:一种蔓生的香草。纚(xǐ 洗)纚:长而下垂、整齐美观的样子。 ⑦謇:楚方言,发语词(与前"謇謇"之意不同)。前脩:此谓前代贤人。 ⑦服:佩戴。 ⑦周:合。 ⑦彭咸:据王逸注,彭咸乃殷代贤臣,谏君不听,投水而死。遗则:遗留下来的法则。
⑦太息:即叹息。掩涕:掩面拭泪。 ⑦民:人也。民生泛指人生。
⑦羁羁(jī jì 机既):缰绳和马笼头,在此作动词用,意思是受拘束,被牵制。
⑦谇(suì 岁):责骂。替:衰落,亏损,此谓小人对己的污损。一说依王注,"谇"为进谏,"替"为被废弃。 ⑦蕙纕(xiāng 香):"纕蕙"的倒文。纕,缠臂袖的带子,这里作动词用,佩带。 ⑦申:重也。加上。按,该句主语是"余",表示不会因佩蕙遭殃而退却,还要再采香茝,坚守节操。 ⑧浩荡:原义为水大貌,此处引申为放纵自恣、无思无虑、糊里糊涂。 ⑧民心:人心。一谓主人公自指。 ⑧众女:喻包围在君王左右的一群小人。蛾眉:蚕蛾须般的眉毛,用以代指美貌。此以众女妒美喻群小嫉贤。 ⑧谣诼(zhuó 浊):污蔑。善淫:善于淫荡,长于诱惑。 ⑧工巧:善于取巧。
⑧偭(miǎn 免):违背。规矩:匠人工具。规以量圆,矩以量方,引申为标准、正常的法则。错:通"措",措施。 ⑧背:违背。绳墨:匠人打线用的墨斗,这里也比喻法度。追曲:追随邪曲。 ⑧周容:苟合取容。度:行为准则。 ⑧忳(tún 屯):烦闷,忧郁。郁邑:愁苦,不安。侘傺(chà chì 岔赤):失意,孤独。 ⑧"宁溘(kè 客)死"句:宁愿立即死去,或者流放他乡。溘,忽然。以,作并列连词用,在此有选择之意。 ⑨忍:容忍。此态:指苟合取容之态。 ⑨鸷(zhì 志)鸟:指鹰隼一类猛禽。不群:此谓不与凡鸟为伍。 ⑨圜:同"圆"。能周:能够相合。 ⑨屈心:使心受委屈。抑志:压抑意志。 ⑨忍尤:忍受不白之冤。尤,罪过。攘(ráng 瓤):取也,引申为忍受。诟(gòu 够):辱骂。 ⑨伏:通"服",保持,怀抱。死直:为正道而死。 ⑨厚:看重,重视。 ⑨相道:审视、选择道路。不察:看得不清

楚。 ⑨延伫(zhù 注):长久站立。一说伸颈垫脚而望,即张望的样子。反:同"返"。 ⑨步:漫步,此指使马徐行。兰皋(gāo 高):生有兰草的水边高地。皋,泽畔高地。 ⑩椒丘:生有椒树的山丘。且:暂且。焉:于此,在那里。 ⑩进:进身。不入:不被接纳。此谓不被重用。离尤:遭遇罪责。离,通"罹(lí 离)",遭受。 ⑩初服:从前的服饰,喻固有的品德。 ⑩制:裁制。芰(jì 寄):菱花。荷:指荷叶。 ⑩集:积聚。芙蓉:即荷花。裳:下衣。 ⑩不吾知:即"不知吾",不了解我。已:罢。 ⑩岌(jí 及)岌:高貌。 ⑩陆离:曼长的样子。 ⑩"芳与泽"句:一说,指花饰的芳香与玉佩的润泽交相辉映,美上加美。泽,润泽。糅,掺和。一说,指芬芳和污浊混合在一起,比喻与奸邪小人共处,以应下句"昭质未亏"意。泽,川泽之泽,指卑下处,引申作污浊解(郭沫若说)。 ⑩昭质:洁白的质地。昭,明,光明。亏,减损。 ⑩反顾:回头看。游目:纵目四望。 ⑪四荒:四方边远的地方。 ⑫缤纷:盛貌。 ⑬菲菲:香气浓郁。弥章:更加显著。章,彰明。 ⑭体解:古代的一种酷刑,分裂人的四肢。 ⑮惩:戒惧。 ⑯女嬃:关心主人公的一位女性。婵媛(chán yuán 蝉原):感情深切而缠绵的样子。 ⑰申申:反复,一再。詈(lì 力):责备。 ⑱鲧(gǔn 滚):同"鲧",禹的父亲。婞(xìng 幸)直:倔强刚直。亡身:忘我。亡,通"忘"。 ⑲殀(yǎo 咬):早死。羽之野:羽山的郊野。传说帝舜把鲧杀死在羽山。 ⑳博謇:犹言过分直率。博,多。謇,忠贞直谏。 ㉑纷:众盛貌。姱(kuā 夸)节:美好的节操。 ㉒薋(cí 瓷):草多貌,这里用为动词,指把许多草堆积起来。菉(lù 录)、葹(shī 施):皆恶草名。 ㉓判:分开,离开。服:佩用。 ㉔户说:挨家挨户去说明。 ㉕余:犹言"我们"、"咱们"。 ㉖并举:互相吹捧抬举。好朋:热衷于结党营私。 ㉗茕(qióng 穷)独:孤单。 ㉘节中:犹言"取正",用为判断事物的准则。节,读为"折"。 ㉙喟(kuì 溃):叹息。凭心:意为愤懑满怀。凭,懑。历兹:至此。 ㉚沅湘:沅水、湘水。南征:向南进发。 ㉛就:趋,前往。重(chóng 虫)华:舜的别名,传说舜葬于沅湘以南的九嶷山(即苍梧山,在今湖南宁远县)。陈(chén 陈)词:申述,表白。陈,同"陈",陈述。 ㉜启:夏代帝王,禹的儿子。《九辩》、《九歌》:神话传说是天上的乐章,启上三嫔于天而得之。 ㉝夏:与上句"启"为互文,即指夏后启。或曰夏指夏代帝王。康娱:安逸享乐。纵,放纵。 ㉞顾难:顾及危难。图后:考虑后果。

193

⑱五子:即五观,《竹书纪年》作"武观",启之幼子。用失乎:当作"用乎",犹言"因而","于是乎"。"失"字衍(王引之说)。家巷(hàng沆):发生内乱。巷,借作"讧(hòng红去声)",相斗。按,史称启的儿子五观曾作乱,后为启平定。　⑱羿:即后羿,夏代部落有穷氏的君长,在启的儿子太康时代,乘夏乱夺取了政权。佚畋(tián田):放肆无度地耽于田猎。佚,放荡。畋,打猎。⑰封:大。　⑱乱流:犹言"好乱之辈"。鲜终:少有好结果。　⑲浞(zhuó浊):即寒浞,相传是羿的相,杀掉羿而强占了羿的妻子。厥:其。家:妻室。　⑭浇(ào傲):即寒浞与羿之妻所生之子。被服:穿戴为依仗、负恃。强圉(yǔ语):强壮多力。　⑭不忍:不能自制。　⑭用夫:因而。颠陨:坠落。按,史传浇杀死夏后相,后来他又被夏后相的儿子少康杀死。　⑭常违:即违常,违背常道。　⑭遂焉:终究的意思。　⑭后辛:即殷纣王,"辛"是其名。菹醢(zū hǎi租海):把人剁成肉酱。　⑭殷宗:指殷王朝世系。　⑭俨(yǎn眼):恭谨庄重。祗(zhī知)敬:敬畏。⑭阿(ē恶阴平):亲近,偏袒。　⑭民德:人的德行,此指君主。错辅:给予辅助。错,通"措",施于。　⑮维:通"唯"。茂行:黾勉而行。茂,通"懋(mào茂)",勉。　⑮苟得:才可能。苟,乃。用此下土:意思是得以享用这下方世界。"下"是对上天而言。　⑯相观:观察。民之计极:犹言人们论事的终极法则。民,人们。计,虑事。极,准则。　⑯可服:犹言"可行"。服,服事。　⑯阽(diàn店):临近危险的样子。危死:险些致死。⑯凿(zuò做):孔眼。枘(ruì锐):榫头。"量凿正枘"是说量好穿孔来削正一个与之相适应的木榫,在此用以比喻进谏必须看准对象。　⑯曾:重叠,此犹言"屡次地"。歔欷(xū xī虚希):抽噎声。郁邑:抑郁愁闷的样子。⑯茹蕙:柔软的蕙草。茹,柔软。　⑯浪(láng郎)浪:泪流不止的样子。⑯敷衽(rèn刃):铺开衣襟。衽,衣服的前下摆。　⑯耿:清楚明白。中正:恰当、正确的道理。　⑯驷:本义是驾车的四匹马,此用作动词,驾。玉虬(qiú求):白色的无角龙。鹥(yī医):凤凰一类的鸟。　⑯"溘埃风"句:言等待大风一到我就很快地往天上飞行。溘,迅疾。埃,当作"竢(sì四)",等待。　⑯发轫(rèn刃):出发。"轫"是放在车轮前制动的横木,车行前需把轫木撤去。苍梧:山名,传说是舜的葬处。　⑯县(xuán玄)圃:神话中的地名,传说在神山昆仑山的上一层。县,通"悬"。　⑯灵琐:神灵住处的宫门。琐,原为门上雕刻的花纹,这里代指门。　⑯羲和:神话中为太

194

阳驾车者。弭(mǐ 米)节:控制节奏缓慢前进。弭,止。　⑯崦嵫(yān zī 淹资):神话中的山名,据说太阳由此落入地平线下。迫:靠近。　⑱曼曼:遥远的样子。一作"漫漫"。　⑲上下:上天下地。求索:此谓寻求、寻找志同道合者。　⑰咸池:神话中的水名,据说为太阳洗澡之处。　⑰总:系结。辔:马缰绳。扶桑:神话中的树名,太阳所居之处。　⑰若木:也是神话中的树名,生在昆仑山的西极,青叶红花,光华下照。拂日:拂拭太阳,使之放出光明。　⑰聊:姑且。相羊:即"徜徉",自由自在地徘徊。　⑰望舒:神话传说中月亮的驾车者。先驱:先行开道。　⑰飞廉:神话中的风神。奔属(zhǔ 主):奔走相随。属,连接。　⑰鸾皇:即凤凰。先戒:先行而警戒,犹言"前卫"。　⑰雷师:神话中的雷神,名丰隆。未具:指尚未准备齐全。　⑰飘风:旋风。屯:聚合。离(lì 丽):通"丽",附着在一起。　⑰帅:率领。霓(ní 泥):虹的一种,或叫雌虹。御(yà 亚):通"迓(yà 亚)",迎接。　⑱纷总总:云霓盛多而聚集貌。离合:忽离忽合。　⑱斑陆离:色彩错杂灿烂貌。上下:指云霓忽上忽下。　⑱帝阍(hūn 昏):天帝的守门人。关:门闩。　⑱阊阖(chāng hé 昌合):天门。　⑱暧暧:昏暗貌。罢(pí 皮):极也,指一天将尽。　⑱结幽兰:将幽兰束结起来。按,古有结言于兰以赠所爱的习俗,此用空结幽兰以表达知己难求的怅惘之情。　⑱溷(hùn 混)浊:同"混浊"。　⑱白水:神话中的水名,据说源出于昆仑山。　⑱阆(làng 浪)风:神话中昆仑山的一个山峰名。缕(xiè 谢):同"绁",拴系。　⑲高丘:高山,指"阆风"。一说,楚山名。女:指神女。按,"高丘无女"象征上天求女的失败结局,喻求知音而不得的孤独情状。　⑲春宫:据说为东方青帝所居之宫。　⑲琼枝:玉树的树枝。继佩:增加佩饰。　⑲荣华:花朵的通称,指琼枝的花朵。草本植物开的花叫作"荣",木本植物开的花叫作"华"(古"花"字)。　⑲下女:指下文宓妃、简狄、二姚等下界美女,她们也都是神话和传说中的人物,因不住在天上,故称"下女"。诒:通"贻",赠送。　⑲宓(fú 伏)妃:传说为伏羲氏之女,溺死在洛水,为洛水神。宓,通"伏"。　⑲佩纕:佩带的丝带。结言:结佩为记,以贻其人,己所欲言者皆寓其中,谓之"结言"。此犹言致爱慕之意。　⑲蹇脩:神话中人物,旧说为伏羲之臣。理:使者,引申为媒人。　⑲纷总总:形容宓妃随从之盛。离合:若即若离,指宓妃态度迟疑不定。　⑲纬繣(huà 画):乖违,不相投合。迁:改动。　⑲次:住宿。穷石:山名,传说为后羿所居处。据说宓妃是河伯之妻,常与后羿偷情。　⑳濯发:洗头发。洧盘:神话中的水名,发源于崦嵫山。　㉑保:保持,拥有,引申作仗恃。㉒康娱:安逸享乐。康,安也。　㉓来:乃。违弃:离开、放弃,指抛开宓妃。改求:另求他女。　㉔览相观:连用三个同义词,都是看的意思。四极:四方的远处。　㉕周流:犹言"周游",遍行。　㉖瑶:以美玉砌成的楼台。偃蹇:高貌。　㉗有娀(sōng松)之佚女:指简狄。传说有娀氏女简狄住在瑶台,后嫁给帝喾,生契(商的祖先)。佚,美。　㉘鸩(zhèn振):恶鸟名,羽毛有毒。比喻小人。　㉙告余以不好:此言鸩从中破坏,说简狄的坏话。　㉚雄鸠:雄斑鸠鸟。鸣逝:边叫边飞。　㉛佻巧:轻佻巧诈。㉜自适:亲身前往。指不用行媒,亲自去找简狄。不可:指自觉于礼不合。㉝凤皇:一说即"玄鸟",就是燕子。受:通"授"。"受诒"指致送聘礼(受帝喾委托)。传说帝喾妃简狄吞食玄鸟的卵而生契。　㉞高辛:帝喾的称号。先我:是说凤皇已经送过聘礼,恐怕帝喾已先我而得简狄了。　㉟集:本指鸟栖于木,此喻安居。无所止:无处栖身。止,居处。　㊱少康:夏后相之子,杀寒浞和浇等,中兴夏朝。未家:未娶妻成家。　㊲有虞之二姚:指有虞国君的两个女儿。少康幼时受寒浞迫害,逃到有虞国,国君把两个女儿许配给他。国君姚姓,所以两个女儿称"二姚"。　㊳"理弱"句:指媒人无能。　㊴导言:指媒人从中说合的话。不固:不坚决,犹言无力。㊵闺中:女子所居之处。以:一本无此字,一本作"已"。邃远:深远。此句总括求女而不得。　㊶哲王:对君王的尊称。寤:觉醒。　㊷发:抒发。㊸此:这种现状。终古:永远,久远。　㊹索:取。藑(qióng穷)茅:供占卜用的一种草。筳(tíng廷):占卦用的小竹片。篿(zhuān专):楚人结草折竹来占卦叫篿。　㊺灵氛:传说中古代的神巫,"氛"是其名。楚人称巫为灵。　㊻两美:男女两美,即美男美女,喻贤者两美或君臣两美。合:投合。㊼慕:与上下文义矛盾,可能是"莫念"二字连写之误(从闻一多说)。念,思,恋。　㊽九州:泛指天下。　㊾是:此,此地。女:指可追求之女。㊿曰:以下仍为灵氛所言。勉:奋勉。狐疑:义同犹豫、容与。　㉛释:放过,丢下。女:汝。　㉜故宇:旧居,故土。　㉝眩曜(xuàn yào炫耀):纷乱迷惑貌。　㉞云:语助词。余:犹言"咱们",是一种表示亲密的称谓。㉟户:犹言"家家户户"。艾:艾蒿,指恶草。要:古"腰"字。　㊱"览察"句:言众人连草木都分辨不清美恶。得:谓得出正确的评价。　㊲理

(chéng呈):美玉。当:指给予正确的估价。　㉘苏:借作"叔",取。粪壤:粪土。帏:佩在身上的香囊。　㉙巫咸:据说是殷代神巫,"咸"是其名。夕降:于傍晚降神。古代巫被视为人神间的媒介,可凭借其虔诚使神降临附体,传达神的旨意。　㉚糈(xǔ许):祭神用的精米。要(yāo腰):通"邀",迎候。　㉛翳(yī医):遮蔽。遮天蔽日,形容神之多。备:全,都。㉜九疑:指九嶷山诸神。缤:众多的样子。　㉝皇剡(yǎn眼)剡:明亮发光的样子。皇,犹"煌",辉煌。剡剡,同"炎炎"。扬灵:显示神异。此句当指巫咸降神附体后的一种状貌。　㉞吉故:吉善的往事。　㉟曰:此"曰"字以下至"使夫百草为之不芳"为巫咸转述的百神之语。勉:尽力。升降以上下:犹言俯仰浮沉,意谓等待时机,求得与己相合的贤君。　㊱榘矱(jǔ yuē矩曰):犹言法度。榘,同矩。矱,尺度。　㊲严:同"俨",恭敬庄重。求合:访求志同道合的人。　㊳挚:商汤贤相伊尹的名字。咎繇(gāo yáo高遥):即皋陶(yáo遥),禹的贤臣。调:和合。此指君臣之间和衷共济。㊴说(yuè悦):即傅说,殷高宗武丁的贤臣。据说傅说本是傅岩地方筑土墙的奴隶,武丁梦到他,画了像到处寻访,举为国相。筑:打土墙用的杵。㊵吕望:又称吕尚,俗称姜太公。姜姓,吕是其氏。传说曾在朝歌当屠夫,遇文王而被重用。鼓刀:敲刀发声,以招揽生意。　㊶甯(níng宁)戚:春秋时卫国人,喂牛时敲着牛角唱歌,抒发怀抱,被齐桓公听到,带回宫中列为客卿。　㊷该:通"赅",赅备,全面。辅:辅佐。　㊸晏:晚。　㊹央:终,尽。"犹其未央"即"其犹未央"。　㊺鹈鴂(tí jué提决):鸟名,又名伯劳,秋天鸣。　㊻偃蹇:长长的样子。　㊼菱(ài爱)然:掩蔽不明的样子。　㊽谅:信实。　㊾折:损害。　㊿缤纷:这里是形容纷杂而混乱的样子。变易:变化无常。　㉛淹留:久留。　㉜直:简直,一种痛惜的语气。萧艾:皆恶草名。　㉝兰:旧说是暗射楚令尹子兰。按,此"兰"当是"余既滋兰之九畹兮"之"兰",因来"兰芷变而不芳",故有此种悲叹。　㉞羌:发语词。容:外表。长:义同"修",美好。　㉟委:弃。　㊱苟得:苟且而得。　㊲椒:旧说是暗射大夫子椒。按,此当属于"委厥美以从俗"之流。专佞:专横而谗佞。慢慆(tāo滔):傲慢,自高自大。　㊳榝(shā杀):木名,不香。　㊴"既干进"二句:言那些一心只想着往上爬的人,是不可能敬重美德的。干进、务入,皆指钻营以求进身升迁。祗(zhī支),恭敬。　㊵流从:随波逐流,趋炎附势。　㊶惟:同"唯"。兹佩:自

197

身之玉佩,喻自己的品德。兹,此。　㉗委:疑是"秉"的错字(高亨说)。秉,抱持。历兹:至今。　㉗沬(mò末):消散、终止。　㉗和调度:谓步履和着玉佩相击的节奏。和,指节奏和谐。调,指玉佩叮咚有节。度,指步履疾徐有度。　㉗饰:指玉佩。壮:盛。　㉗历:通"遴(lín林)",选择。吾将行:意思是说打算听取灵氛的劝告而远行。　㉗羞:脯,即干肉,这里泛指美好的菜肴。　㉗精:捣碎。麋(mí迷):碎屑细末。粻(zhāng张):食粮。　㉗象:指象牙。　㉘䩆(zhān沾):辖,转道。　㉘周流:周游。　㉘云霓:指旌旗。晻(yǎn掩)蔼:形容旗帜蔽日的样子。　㉘玉鸾(luán峦):玉制车铃,形如鸾鸟。啾啾:铃声。　㉘天津:天河的渡口,传说在箕、斗二星之间。津,渡口。　㉘西极:西天的尽头。　㉘翼:展翅。承:举,擎。旂(qí旗):旌旗的共名。　㉘翼翼:整齐之状。　㉘流沙:西北沙漠地带。　㉘遵:沿着。赤水:神话中发源于昆仑山的水名。容与:从容缓行貌。　㉙麾(huī挥):指挥。梁:桥梁,此处用作动词,架桥。　㉙诏:命令。西皇:西方天帝少皞。涉予:帮助我渡河。　㉙腾:驰起。径待:当作"径侍",在路两旁侍卫。　㉙路:路经。不周:山名,在昆仑山西北。　㉙西海:神话中的海,在最西方。期:目的地,极限。　㉙屯:聚集。　㉙轪(dài代):车轮的别名。　㉙婉婉:龙身弯曲的样子。　㉙委蛇(yí移):即"逶迤",舒卷蜿蜒貌。　㉙抑志:即"抑帜",收下旗子。弭节:停鞭。　㉚神:精神、心绪。邈(miǎo秒)邈:遥远的状态。　㉚《九歌》:古乐曲名(参见前注)。《韶》:虞舜的舞乐名。　㉚假日:借此时光。媮(yú愉):通"愉",快乐。　㉚陟(zhì至)升:上升。陟,登。皇:皇天的省文。赫戏:光明灿烂貌。戏,通"曦"。　㉚临睨(nì逆):俯视。睨,斜视。　㉚怀:思念,怀恋。　㉚蜷(quán拳)局:卷曲不伸的样子。顾:回头看。　㉚乱:尾声的意思。　㉚已矣哉:算了吧。绝望之词。　㉚莫我知:即"莫知我",无人了解我。　㉚美政:指理想的政治。　㉛从彭咸之所居:含有效法彭咸品德、遵从彭咸所选的道路之意。

东　　君①

　　暾将出兮东方②,照吾槛兮扶桑③。抚余马兮安驱④,夜皎皎兮既明⑤。驾龙辀兮乘雷⑥,载云旗兮委蛇⑦。长太息兮将上⑧,心低徊兮顾怀⑨。羌声色兮娱人⑩,观者憺兮忘归⑪。

緪瑟兮交鼓⑫,箫钟兮瑶簴⑬。鸣篪兮吹竽⑭,思灵保兮贤姱⑮。翾飞兮翠曾⑯,展诗兮会舞⑰。应律兮合节,灵之来兮蔽日⑱。

青云衣兮白霓裳⑲,举长矢兮射天狼⑳。操余弧兮反沦降㉑,援北斗兮酌桂浆㉒。撰余辔兮高驰翔㉓,杳冥冥兮以东行㉔。

《四部备要》本《楚辞》卷二

①该篇选自《楚辞·九歌》。《九歌》是屈原所作《东皇太一》、《东君》、《云中君》、《湘君》、《湘夫人》、《大司命》、《少司命》、《河伯》、《山鬼》、《国殇》、《礼魂》十一篇诗歌的总称,"九"在这里不指具体篇数,或认为泛表多数,或认为"九"借作"纠",或读为"鬼"等等,至今尚无定论。这是屈原被放后深入沅、湘一带,在民间祀神歌舞的基础上加工而成的一组乐歌作品,是南方民俗的生动展现,其中也自然隐含着作者的情感寄托。作品文辞优美,形象动人,表现出很高的艺术造诣。《东君》原列《少司命》后,据闻一多说改列第二篇,是祭日神之歌,既有日神形象的塑造,也描写了乐舞繁盛、人神同乐的场面。东君,太阳神的别称。 ②暾(tūn吞):太阳初升时光明、温暖之貌。按,自此以下第一部分,当为扮日神的男巫的独唱。 ③吾:日神自称。槛(jiàn见):窗下或长廊旁的栏杆。扶桑:神话传说中太阳所居的神树,位于东方。 ④安驱:安然驶进。 ⑤皎(jiǎo狡)皎:同"皎皎",明亮貌。 ⑥龙辀(zhōu舟):龙车。辀,古代车的独辕,这里代指车。雷:车行时的响声。 ⑦委蛇(wēi yí微夷):曲折盘旋,此是旌旗飘动貌。 ⑧长太息:长长叹息一声。此是写日神来到祭坛,不忍离去。上:升空而去。 ⑨低徊:迟疑。顾怀:留恋。 ⑩羌:楚人的发语词。声色:耳目之娱,指下文所写乐舞。 ⑪憺(dàn旦):安。 ⑫緪(gēng耕):同"絚",紧急。此谓急促地弹奏。交鼓:对着击鼓。按,自此以下第二部分,当为群巫齐唱,写盛设乐舞以娱日神。 ⑬箫钟:箫声、钟声合鸣。一说,箫,一本作"捎"

199

(sù速)",击也(闻一多说)。瑶簴(jù具):以美玉为饰的钟簴。簴,悬钟磬等乐器的木架。一说,瑶,读为"摇",摇动(王念孙说)。 ⑭篪(chí池):同"篪",古代竹制乐器,单管横吹。 ⑮灵保:犹"灵神",指扮日神的灵巫。姱(kuā夸):美好。 ⑯翾(xuān宣):鸟儿轻巧飞翔的样子,此处形容舞姿。翠曾:翠鸟之飞,也是形容舞姿。曾(zēng增),借作"翻",小飞貌。 ⑰展诗:陈诗。会舞:合舞。 ⑱灵:指扮日神侍从的群巫。蔽日:遮蔽天日,极言神灵之多。 ⑲"青云"句:以青云为上衣,以白虹为下装。此是写日神的装束。按,自此以下最后一部分,转为东君独唱,显示为民造福和运行不息的精神。 ⑳长矢:指弧矢星,又称天弓,由九颗星组成弓箭形,箭头常指向天狼星。天狼:星宿名,一颗星。古代传说天狼星主侵掠,是恶星;弧矢星主备盗贼,是吉星。 ㉑弧:弓类。反:同"返"。沦降:指太阳开始西沉。 ㉒援:引,拿起。北斗:星宿名,七颗星组成酒斗形状。酌:斟酒。桂浆:桂花酿制的淡酒。 ㉓撰:持,握。辔:马缰绳。 ㉔杳(yǎo咬):幽暗,深远。冥冥:昏黑。此句言日神西下后从幽深黑暗的地下返回东方。

湘　　君①

君不行兮夷犹,蹇谁留兮中洲②?美要眇兮宜修③,沛吾乘兮桂舟④。令沅湘兮无波⑤,使江水兮安流。望夫君兮未来,吹参差兮谁思⑥!

驾飞龙兮北征,邅吾道兮洞庭⑦。薜荔柏兮蕙绸⑧,荪桡兮兰旌⑨。望涔阳兮极浦⑩,横大江兮扬灵⑪。扬灵兮未极⑫,女婵媛兮为余太息⑬。横流涕兮潺湲⑭,隐思君兮陫侧⑮。桂棹兮兰枻,斫冰兮积雪⑯。

采薜荔兮水中,搴芙蓉兮木末⑰。心不同兮媒劳,恩不甚兮轻绝⑱!石濑兮浅浅,飞龙兮翩翩⑲。交不忠兮怨长⑳,期不信兮告余以不闲㉑。

鼂骋骛兮江皋㉒,夕弭节兮北渚㉓。鸟次兮屋上,水周兮堂下㉔。

　　捐余玦兮江中㉕,遗余佩兮醴浦㉖,采芳洲兮杜若㉗,将以遗兮下女㉘。时不可兮再得,聊逍遥兮容与㉙!

《四部备要》本《楚辞》卷二

　　①该篇选自《楚辞·九歌》,与下列《湘夫人》为同一篇祭歌的上下篇(用林河说,见《九歌与沅湘民俗》),是祭湘水之神的乐歌。湘君、湘夫人被想象为一对配偶神,这两篇祭歌即是通过表现他们的恋爱生活以娱神。歌曲由男巫、女巫分别扮演湘君、湘夫人,全篇当为二神对唱。虽为神歌,歌词却极富人情味,对环境的描写也极其优美细腻。　　②"君不行"二句:好人您犹豫着到现在还没来相会,会是谁把您留在了洲中?夷犹,即"犹豫"。蹇(jiǎn简),发语词。洲,水中陆地。按,自此以下八句是湘夫人所唱,她盼望湘君到来,由等待而生出隐忧。　　③要眇(miào妙):美好貌。宜修:修饰打扮得恰到好处。　　④沛:迅疾貌。桂舟:桂木造的船。此是湘夫人等湘君未来,自乘舟去迎候。　　⑤沅湘:沅水、湘水,均在今湖南。无波:不生波浪。⑥参差:排箫,以竹管编排而成,其状参差不齐,故称。谁思:谁来想念我。⑦"驾飞龙"二句:驾着飞龙舟向北行驶,我正在洞庭巡回。邅(zhān沾),转,绕道。道,取道,行进。按,自此以下十二句是湘君所唱,此时他正忙于公务,未及赴约。　　⑧"薜荔(bì lì 毕力)"句:薜荔作舟的壁挂,兰草作舟的饰物。薜荔,藤本植物,味香。柏(bó博),通"迫",逼近,附着。蕙,兰草的一种,又名佩兰。绸,缠缚。　　⑨"荪桡(sūn náo 孙挠)"二句:香荪饰船桨,兰花饰旌旗。荪,香草名。桡,短桨。　　⑩涔(cén岑)阳:江岸名,今湖南澧(lǐ礼)县有涔阳浦。极浦:遥远的水边。　　⑪横:横渡。扬灵:显灵。⑫未极:未到,此言尚未到达江北。　　⑬"女婵媛(chán yuán 蝉原)"句:仿佛听到湘夫人情思牵萦地在为我而叹息。婵媛,牵肠挂肚。太息,即叹息。⑭潺湲(chán yuán 蝉原):水流貌,此指流泪。　　⑮"隐思君"句:她在那里想我想得好凄苦。隐,痛。陫(fěi 悱)侧,同"悱恻",形容内心悲苦凄切。⑯"桂櫂(zhào 兆)"二句:大意是说,为了快些赶到她身边,我长桨短桨都用

201

上,冲激得水珠如冰崩,浪花如堆雪。棹,长桨。枻(yì义),短桨。斫(zhuó茁),斫开,此是形容舟行破浪。 ⑰"采薜荔"二句:就像在水中采那缘木而生的薜荔,到树梢采摘水生的芙蓉,我想他也是白想。搴(qiān千),手取。按,自此以下八句是湘夫人所唱,她不了解湘君正在赶路,仍在继续着自己的怨歌。 ⑱"心不同"二句:若两心不同,纵有媒人也是徒劳;若情意不深,当然会轻易把它抛开。 ⑲"石濑(lài赖)"二句:意思是水流很急,龙舟飞快,他本不难来到我身边。石濑,石上急流。浅(jiān坚)浅,水疾流貌。翩翩,疾飞貌。 ⑳交:彼此的感情。怨长:长相怨恨。 ㉑期:约会。信:讲信用。不闲:没有空闲。 ㉒"晁(zhāo朝)骋骛"句:自此以下四句是湘君所唱。晁,同"朝",早上。骋骛(wù务),直驰狂奔。皋(gāo高),水旁高地,岸边。 ㉓弭(mǐ米)节:停止鞭马使车缓行。弭,止。节,马鞭。此处谓止息。渚(zhǔ主):水中小岛。 ㉔"鸟次"二句:意思是只见鸟止宿在房上,水环绕在屋的四周,却未见到湘夫人的身影。次,止宿。周,围绕。 ㉕"捐余玦(jué决)"句:把佩玉扔到江中。自此以下是湘夫人所唱,表达她在仍未等到湘君时的幽怨、决绝之情。捐,舍弃。玦,玉佩名。 ㉖遗:留下。佩:玉佩。醴浦:即澧水,在今湖南省,流入洞庭湖。 ㉗芳洲:香草丛生之洲。杜若:香草名。 ㉘遗(wèi谓):赠送给。下女:下界凡女。 ㉙"聊逍遥"句:大意是说寂寞中只好姑且逍遥以解忧。容与,舒闲貌。

湘 夫 人①

帝子降兮北渚②,目眇眇兮愁予③。嫋嫋兮秋风④,洞庭波兮木叶下⑤。

登白薠兮骋望⑥,与佳期兮夕张⑦。鸟何萃兮蘋中,罾何为兮木上⑧?沅有茝兮醴有兰⑨,思公子兮未敢言。荒忽兮远望⑩,观流水兮潺湲。麋何食兮庭中,蛟何为兮水裔⑪?

朝驰余马兮江皋,夕济兮西澨⑫。闻佳人兮召予,将腾驾兮偕逝⑬。

筑室兮水中⑭,葺之兮荷盖⑮。荪壁兮紫坛⑯,播芳椒兮成堂⑰。桂栋兮兰橑⑱,辛夷楣兮药房⑲。罔薜荔兮为帷⑳,擗蕙櫋兮既张㉑。白玉兮为镇㉒,疏石兰兮为芳㉓。芷葺兮荷屋,缭之兮杜衡㉔。合百草兮实庭㉕,建芳馨兮庑门㉖。九嶷缤兮并迎㉗,灵之来兮如云㉘。

捐余袂兮江中㉙,遗余褋兮醴浦㉚。搴汀洲兮杜若㉛,将以遗兮远者㉜。时不可兮骤得,聊逍遥兮容与㉝!

《四部备要》本《楚辞》卷二

①该篇为《湘君》的续篇,表现湘君、湘夫人二神的相思以及终于相会的欢愉情景。　②帝子:天帝之子。湘君自称。降:降临。自此以下四句为湘君所唱,表达不见湘夫人的惆怅。　③眇(miǎo 秒)眇:远望不见貌。愁予:使我忧愁。　④嫋(niǎo 袅)嫋:吹拂貌。　⑤波:生波。下:落。⑥"登白蘋(fán 烦)"句:登上铺满湖泽的白蘋极目张望。自此以下十句为湘夫人唱。蘋,草名,生湖泽间。按,"登"字原本无,据明夫容馆本《楚辞》补。⑦"与佳期"句:大意是为了与你在佳期相会我早已做了准备。与,与会。夕,昨晚。张,铺设张罗。　⑧"鸟何萃(cuì 翠)兮"二句:大意是说,怎么就像小鸟觅巢却飞入了浮萍,渔人打鱼却把网张到树梢,结果总是徒劳。萃,集。蘋(píng 平),水草。罾(zēng 增),渔网。按,"萃"上原无"何"字,据王逸注补。　⑨茝(zhǐ 止):白芷,香草名。　⑩荒忽:犹"恍惚",不分明貌。　⑪"麋何食兮"二句:意与"鸟何萃兮"二句相仿,言怎么就像麋鹿跑到了庭中,蛟龙游到了岸上,所处都失其常。　⑫"朝驰"二句:自此以下四句为湘君所唱。济,渡水。澨(shì 式),水边。　⑬"将腾驾"句:我要飞马驱车去接她,与她同往。偕逝,同往。　⑭"筑室"句:大意是说,在水中构筑、布置我们的婚房。此为湘夫人所唱。按,自此以下写湘君、湘夫人终于相会的情景,为男女对歌,四句一换,最后两句可视为二人合唱。　⑮葺(qì 器):覆盖。荷盖:荷叶搭成的屋顶。　⑯"荪壁"句:用荪草饰壁,用紫贝铺地。紫,此谓紫色斑纹的贝壳;坛,中庭。　⑰播:布,铺。芳椒:充满芬芳的花椒。成堂:涂饰室壁。成,饰。　⑱栋:屋栋,屋脊柱。橑(lǎo

203

老):屋椽。 ⑲辛夷:木名,初春开花。楣(méi眉):门上横梁。药:白芷。 ⑳罔:同"网(網)",系结。帷:帷帐。 ㉑"擗(pǐ匹)蕙櫋(mián棉)"句:把蕙草析开悬在屋檐作为装饰。擗,析开。櫋,屋檐木。 ㉒镇:压席之物。 ㉓疏:分布。石兰:香草名。 ㉔缭:缠绕。杜衡:香草名。 ㉕合:汇集。实:充实,布满。 ㉖建:树栽。庑(wǔ午):门廊。 ㉗九嶷:此谓九嶷山神。并迎:都迎接进来。 ㉘灵:神。如云:形容众多。 ㉙袂(mèi妹):衣袖,代指上衣。 ㉚褋(dié叠):单衣。 ㉛汀(tīng厅)洲:水中平地。 ㉜远者:远道而来为我们祝福的客人。 ㉝"时不可"二句:良宵美景怎可多得,且快活逍遥尽情欢乐。

国　　殇[①]

操吴戈兮被犀甲[②],车错毂兮短兵接[③]。旌蔽日兮敌若云,矢交坠兮士争先。凌余阵兮躐余行[④],左骖殪兮右刃伤[⑤]。霾两轮兮絷四马[⑥],援玉枹兮击鸣鼓[⑦]。天时坠兮威灵怒[⑧],严杀尽兮弃原埜[⑨]。

出不入兮往不反[⑩],平原忽兮路超远[⑪]。带长剑兮挟秦弓[⑫],首身离兮心不惩[⑬]。诚既勇兮又以武[⑭],终刚强兮不可凌[⑮]。身既死兮神以灵[⑯],子魂魄兮为鬼雄[⑰]。

《四部备要》本《楚辞》卷二

①该篇选自《楚辞·九歌》,是为追悼为国捐躯者所作的祭歌。一说,是祭战神之歌。作品突出表现了不屈的精神。殇(shāng伤),未成年而死或在外而死的人。 ②操:手持。吴戈:吴国造的戈。被(pī披):通"披"。犀甲:犀牛皮制的铠甲。 ③错毂(gǔ古):战车交错。毂,轮中圆木。 ④凌:侵凌。躐(liè列):践踏。行(háng杭):行列。此指敌人进攻过来。 ⑤左骖(cān参):左边的骖马。古代四马驾车,内两马称"服",外两马称"骖"。殪(yì义):倒地而死。右刃伤:右骖为兵刃所伤。 ⑥霾(mái

埋):通"埋"。縶(zhí值):绊住。　⑦援:拿着。枹(fú服):鼓槌。鸣鼓:战鼓。　⑧天时坠:犹言天地昏暗。威灵怒:鬼神震怒。　⑨严杀:指惨烈牺牲。弃原野(yě野):尸体横在战场。壄,同"野"。　⑩反:同"返"。　⑪忽:恍惚不明貌,此形容风尘弥漫。超远:遥远。　⑫挟(xié胁):夹着。秦弓:秦国造的弓。　⑬首身离:身首异处。心不惩:心中无所畏惧。　⑭诚:诚然。勇:指精神。武:指力量。　⑮不可凌:指精神不可凌辱。　⑯神以灵:精神不死,化为神灵。　⑰子:您。鬼雄:鬼中的英雄。

抽　思①

心郁郁之忧思兮,独永叹乎增伤②。思蹇产之不释兮③,曼遭夜之方长④。悲秋风之动容兮⑤,何回极之浮浮⑥?数惟荪之多怒兮⑦,伤余心之忧忧⑧。愿摇起而横奔兮⑨,览民尤以自镇⑩。结微情以陈词兮⑪,矫以遗夫美人⑫。

昔君与我诚言兮⑬,曰黄昏以为期⑭。羌中道而回畔兮,反既有此他志⑮。憍吾以其美好兮,览余以其修姱⑯。与余言而不信兮,盖为余而造怒⑰?愿承闲而自察兮⑱,心震悼而不敢⑲;悲夷犹而冀进兮⑳,心怛伤之憯憯㉑。兹历情以陈辞兮㉒,荪详聋而不闻㉓。固切人之不媚兮㉔,众果以我为患。

初吾所陈之耿著兮㉕,岂至今其庸亡㉖?何毒药之謇謇兮㉗,愿荪美之可完㉘。望三五以为像兮㉙,指彭咸以为仪㉚。夫何极而不至兮,故远闻而难亏㉛。善不由外来兮,名不可以虚作。孰无施而有报兮,孰不实而有获㉜?

少歌曰㉝:与美人抽怨兮,并日夜而无正㉞。憍吾以其美好兮,敖朕辞而不听㉟。

倡曰㊱:有鸟自南兮,来集汉北㊲。好姱佳丽兮,牉独处此异域㊳。既惸独而不群兮㊴,又无良媒在其侧㊵。道卓远而日忘兮㊶,愿自申而不得。望北山而流涕兮㊷,临流水而太息。望孟夏之短夜兮㊸,何晦明之若岁㊹。惟郢路之辽远兮,魂一夕而九逝㊺。曾不知路之曲直兮,南指月与列星㊻。愿径逝而未得兮㊼,魂识路之营营㊽。何灵魂之信直兮㊾,人之心不与吾心同。理弱而媒不通兮㊿,尚不知余之从容[51]。

乱曰[52]:长濑湍流[53],泝江潭兮[54]。狂顾南行,聊以娱心兮[55]。轸石崴嵬,蹇吾愿兮[56]。超回志度,行隐进兮[57]。低佪夷犹,宿北姑兮[58]。烦冤瞀容,实沛徂兮[59]。愁叹苦神,灵遥思兮。路远处幽,又无行媒兮。道思作颂[60],聊以自救兮[61]。忧心不遂[62],斯言谁告兮。

《四部备要》本《楚辞》卷四

①该篇选自《楚辞·九章》。《九章》是屈原《惜诵》、《涉江》、《哀郢》、《抽思》、《怀沙》、《思美人》、《惜往日》、《橘颂》、《悲回风》九篇抒情作品的总称,它们并非作于一时一地,乃后人辑为一卷,并为之命名。《九章》是屈原自抒其情之作,可藉此了解作家的生平经历和现实情怀,其中《涉江》、《哀郢》、《抽思》、《怀沙》、《橘颂》更为可靠一些。《抽思》是屈原贬官汉北之作,较之流放之后的作品,尚怀希冀,"魂归郢都"一段,表达思归之情,尤为真切感人。抽思,抽绎情思,把蕴藏在内心深处像乱丝一样的愁绪一一抽绎出来。②永叹:长叹。增伤:愈益忧伤。 ③蹇(jiǎn 简)产:郁塞屈曲而不舒畅。④曼:长。此句言长夜难眠。 ⑤动容:此言秋风起而草木变色。⑥回极:言秋风回旋而至。浮浮:动荡貌。 ⑦数(shuò 硕):屡屡。惟:思。荪(sūn 孙):香草名,此尊称楚怀王。 ⑧憂(yōu 忧)慢:忧愁痛楚貌。 ⑨摇起而横奔:犹言"远走高飞"。 ⑩览:观,见。尤:遭受罪戾。镇:镇定。 ⑪"结微情"句:把心中隐情凝结成诗句尽情陈诉。结,结言,指写作。微情,隐情,心里话。 ⑫矫:举。遗(wèi 谓):致送。美人:此喻怀王。 ⑬诚言:一本作"成言",即有约成。此指怀王曾信用屈

206

原拟定新的宪令。　⑭"曰黄昏"句:古代婚礼在黄昏举行,故黄昏之期本指婚约,此是借男女之情喻君臣之义。　⑮"羌中道"二句:没想到您中途改路,又有了别的想法。回,改。畔,田间小道。此指怀王听信谗言,疏远自己,改宪令之事也就半途而废。　⑯"憍(jiāo骄)吾"二句:大意是说,怀王在我面前矜夸他自己的好处,自以为是。憍,同"骄"。览,看,此为使动用法,使看,犹言"炫示"。脩姱(kuā夸),美好。脩,同"修"。　⑰盍(hé何):通"盍",何,为何。造怒:借故发怒。　⑱承闲:找个机会。闲,得空。自察:自明,把事情说清楚。　⑲震悼:惊恐痛苦。　⑳夷犹:犹豫。冀进:希望靠拢君王。　㉑怛(dá达):悲伤。憺(dàn旦)憺:忧惧不宁貌。　㉒兹历情:一作"历兹情",列举这些事情。　㉓详(yáng阳):通"佯",假装。　㉔切人:恳切的人。不媚:不会讨好献媚。　㉕耿著:明白显著。　㉖"岂至今"句:难道现在就都忘了吗?庸,犹"乃"。亡,通"忘"。　㉗"何毒药(藥)"句:一作"何独乐(樂)斯之謇(jiǎn简)謇兮",我为何执意要这样忠言直谏?謇謇,见《离骚》注。乐,犹言"乐此不疲"。　㉘荪美:君王的美德。完:完善。按,完,一作"光",发扬光大。　㉙三五:三皇五帝,或三王五霸。像:榜样。按,此句是对君而言。　㉚彭咸:相传为殷代贤臣。仪:典范。按,此是对自己而言。　㉛"夫何极"二句:大意是说,若是如此,又有什么目标不能达到,君臣的美誉也就会流传久远,永不减损。极,准则,目标。　㉜不实:此谓不实实在在努力工作。　㉝少歌:乐章术语,指此处当改换歌调。此似是用作小结。　㉞"与美人"二句:大意是说,把心中的幽怨情思理出个头绪向君陈述,日日夜夜反复致意,却无人来为我论正是非曲直。抽怨,犹"抽思"。正,论是非,正曲直。　㉟敖:通"傲"。朕辞:我的陈词。　㊱倡:同"唱"。以下当另换一种歌调。

㊲"有鸟"二句:此以鸟自喻,言自己现在由南部郢都,贬官来到了汉北之地。汉北,今湖北襄樊地区。　㊳"好姱"二句:言此鸟虽美丽,却被迫离群来到这异地他乡。胖(pàn判),分离。　㊴惸(qióng穷)独:孤独无依。　㊵良媒:指能在君王面前代为说情的人。　㊶卓:一作"逴(chuò绰)",远。日忘:一天天被君王遗忘。　㊷望:瞻望。北山:当指郢都之北十里的纪山。　㊸孟夏:初夏,是夜晚最短的季节。　㊹晦明:从黑夜到天明。若岁:好像一年那样长。此句极写忧愁不眠苦夜长的感觉。　㊺"魂一夕"句:言自己虽身在汉北,魂却每夜都要多次踏上归都的路途。　㊻"曾

(zēng增)不知"二句:言魂不熟悉道路地形,就以月和群星作为南行的指路标志。曾,乃。　㊷径逝:径直前往。指自己亲自返都。　㊸营营:往来奔忙。　㊹灵魂:指自己的精神。　㊺理:使者,犹"媒"。　㊻从容:举动。　㊼乱:见《离骚》注。　㊽濑(lài赖):石上流水。湍(tuān团阴平):急。　㊾泝(sù速):同"溯",逆流而上。江潭:江水深处。　㊿"狂顾"二句:大意是说,我人不能回去,就掉头不停地往南走,聊以慰藉这思념之心。狂,急切。顾,回头。　(51)"轸(zhěn诊)石"二句:山石重重叠叠,突兀不平,困阻了我的南行之路。轸,盛多貌。崴嵬(wēi wéi威唯),高大不平貌。蹇(jiǎn减),困阻,滞碍。　(52)"超回"二句:跨过弯道,记住直路,不知不觉已经走了好大一段路程。回,曲折。志,记。度,犹"正道"。隐进,渐渐行进。　(53)"低佪(huái怀)"二句:言自己低沉迟疑,犹豫不决,到北姑又停下了脚步。北姑,地名。　(54)"烦冤"二句:言自己这是因愁思忧苦,冲动失常地往南行走。烦冤,心情烦乱而忧苦。瞀(mào贸)容,借作"蒙茸",乱走貌。实,是。沛徂(cú粗阳平),情绪冲动地急走。　(55)道思作颂:抒怀作歌。　(56)自救:自解,解脱内心的苦闷。　(57)遂:顺畅。

涉　江①

　　余幼好此奇服兮,年既老而不衰②。带长铗之陆离兮③,冠切云之崔嵬④。被明月兮珮宝璐⑤。世溷浊而莫余知兮⑥,吾方高驰而不顾。驾青虬兮骖白螭⑦,吾与重华游兮瑶之圃⑧。登昆仑兮食玉英⑨,与天地兮同寿,与日月兮齐光⑩!

　　哀南夷之莫吾知兮⑪,旦余济乎江湘⑫。乘鄂渚而反顾兮⑬,欸秋冬之绪风⑭。步余马兮山皋⑮,邸余车兮方林⑯。乘舲船余上沅兮⑰,齐吴榜以击汰⑱。船容与而不进兮⑲,淹回水而疑滞⑳。朝发枉陼兮㉑,夕宿辰阳㉒。苟余心其端直兮,虽僻远之何伤㉓!

　　入溆浦余儃佪兮㉔,迷不知吾所如㉕。深林杳以冥冥兮㉖,猨狖之所居㉗。山峻高以蔽日兮,下幽晦以多雨。霰雪纷其无垠兮㉘,云霏霏而承宇㉙。哀吾生之无乐兮,幽独处乎山中。吾不能变心而从俗兮,固将愁苦而终穷㉚。

接舆髡首兮㉛,桑扈臝行㉜。忠不必用兮,贤不必以㉝。伍子逢殃兮㉞,比干菹醢㉟。与前世而皆然兮㊱,吾又何怨乎今之人!余将董道而不豫兮㊲,固将重昏而终身㊳。

乱曰:鸾鸟凤皇,日以远兮㊴。燕雀乌鹊,巢堂坛兮㊵。露申辛夷,死林薄兮㊶。腥臊并御,芳不得薄兮㊷。阴阳易位,时不当兮㊸!怀信侘傺㊹,忽乎吾将行兮㊺!

《四部备要》本《楚辞》卷四

①该篇选自《楚辞·九章》,是屈原流放后的作品。诗中所写的是渡江而南、沿沅水西上、最后困处山中的一段经历和感受,故题名"涉江"。该诗在具体叙写其行程和所历的同时,反复申述其志行的高远、对时俗混乱的愤慨以及不畏打击坚持理想的决心,是屈原放逐生活的真实记录和人格精神的集中写照。其中既有感情激越的直白,又富于象征和蕴含情感的环境描写,艺术上也极有特点。　②"余幼"二句:用"好奇服"比喻自己与众不同的追求,并称始终如一,不见衰损。自此以下至"与日月兮齐光"均是以象征手法写自己高洁不凡的追求。　③长铗(jiá颊):长剑。陆离:长貌,形容剑之长。　④冠:用作动词,戴。切云:高冠名。崔嵬:高貌,形容冠之高。⑤被(pī披):通"披"。明月:夜光珠。珮(pèi佩):佩带。璐(lù路):美玉。⑥溷(hùn混)浊:同"混浊"。莫余知:即"莫知余",没有人了解我。⑦虬(qiú求):无角龙。一说,龙子而有角者。骖白螭(chī吃):以白螭为骖。螭,无角龙。　⑧重华:即舜。参见《离骚》注。瑶之圃:玉树的园圃。瑶,美玉。　⑨玉英:玉石之花。　⑩齐光:原作"同光",据王逸注改。⑪南夷:南方夷人。夷,蛮夷,当时对异族的称谓。　⑫旦:清晨。济:渡。江湘:长江和湘水。一说,"湘"指洞庭湖。湘水为注入洞庭湖的主流,故古代也以此称洞庭湖。　⑬乘:登上。鄂渚(zhǔ主):地名,在今湖北武昌以西。反顾:频频回首。　⑭欸(āi哀):叹。绪风:馀风　⑮山皋(gāo

高):依山傍水的高地。皋,近水处的高地。　⑯邸(dǐ 抵):停放。方林:地名。　⑰舲船:有窗的船。上沅:溯沅水而上。　⑱吴榜:大的船桨。吴,大。汰(tài 太):水波。　⑲容与:缓慢貌。　⑳淹:留。回水:回旋的水。凝(níng 宁)滞:即"凝滞",停滞不前。　㉑柱陼(zhǔ 渚):地名,在今湖南境内。陼,同"渚"。　㉒辰阳:地名,在柱陼以西。　㉓"苟余心"二句:只要我的内心是正直的,虽然来到这偏僻边远的地方,对我又有什么损伤?　㉔溆(xù 叙)浦:地名,今湖南有溆浦县,这里似指溆水岸边。溆水源出溆浦县南,北流又折而往西,注入沅水。儃佪(chán huái 蝉怀):徘徊。　㉕如:往。　㉖杳(yǎo 咬):远。冥冥:昏暗貌。　㉗猨(yuán 猿):同"猿"。狖(yòu 右):黑色的长尾猿。　㉘霰(xiàn 线):小的雪粒。无垠(yín 银):无边。　㉙霏霏:盛多貌。承宇:此谓连接着天边。　㉚终穷:永远穷困。　㉛接舆:与孔子同时的楚国贤者,曾自剃其发,表示不仕。髡(kūn 昆):剃发,本指一种刑罚。古人留长发,有罪者被强行剃发,叫"髡"。　㉜桑扈:古代贤者。臝(luǒ 裸)行:裸体而行,应是一种佯狂的举动。臝,通"裸"。　㉝"忠不必用"二句:自古以来,忠臣和贤者是不一定为世所用的。以,也是"用"的意思。　㉞伍子:即伍员(yún 云),号子胥,吴王夫差不听他的忠言劝谏,反而迫他自杀。　㉟比干:殷纣王时忠臣,被纣王害死,以其肉为酱。菹醢(zū hǎi 租海),把人剁成肉酱。　㊱与:通"举",全,整个。　㊲董道:沿正道而行。董,正。豫:犹豫。　㊳重(chóng 虫)昏:意为处于层层黑暗之中。重,重叠。　㊴"鸾鸟"二句:比喻贤人一天比一天远离了朝廷。　㊵"燕雀"二句:比喻小人占据了要位。巢,筑巢。坛,祭坛。　㊶"露申"二句:比喻贤人多被困死。露申,一种开香花的灌木。辛夷,玉兰树,香木。薄,草木交错处。　㊷"腥臊"二句:比喻小人被重用,贤人难进身。御,进用。薄,迫近。　㊸"阴阳"二句:言世道反常,是非颠倒。当(dàng 档),适当,合宜。　㊹怀信:怀抱忠信。侘傺(chà chì 岔翅):失意貌。　㊺忽:恍惚,形容内心茫然无所适从。

天　　问①(节选)

曰②:遂古之初,谁传道之③? 上下未形,何由考之④? 冥昭瞢暗,谁能极之⑤? 冯翼惟象,何以识之⑥? 明明暗暗,惟时何为⑦? 阴阳三合,何本何化⑧?

圜则九重,孰营度之⑨? 惟兹何功,孰初作之⑩? 斡维焉系⑪? 天极焉加⑫? 八柱何当⑬? 东南何亏⑭? 九天之际,安放安属⑮? 隅隈多有⑯,谁知其数?

天何所沓⑰? 十二焉分⑱? 日月安属⑲? 列星安陈⑳? 出自汤谷,次于蒙汜,自明及晦,所行几里㉑? 夜光何德,死则又育? 厥利维何,而顾菟在腹㉒?

女岐无合,夫焉取九子㉓? 伯强何处㉔? 惠气安在㉕? 何阖而晦? 何开而明㉖? 角宿未旦,曜灵安藏㉗?

《四部备要》本《楚辞》卷三

①《天问》是屈原在《离骚》之外所作的又一首长诗,全由提问形式组篇。在所问的一百七十多个问题中,既有关于天地自然的,如天地开辟、日月运行;也有关于神话传说的,如洪水、石林、灵蛇、黄熊;还有关于历史人物的,从尧舜直到齐桓、晋文等等。形式奇特,气魄宏伟,汇集了人类早期丰富的思想文化资料。这里所选是开头关于宇宙天体的部分。天问,关于天道的问题。 ②曰:启问。 ③"遂古"二句:宇宙形成之初遥远渺茫,谁能说出它的情形? 遂古,远古。遂,通"邃"。 ④"上下"二句:天地还未形成时的情况,依据什么考究分明? 上下,指天地。何由,由何,凭借什么。 ⑤"冥昭"二句:天体混沌或明或暗,谁能穷究其中的缘故? 冥昭,暗和明。瞢(méng蒙)暗,混沌不清。极,追根穷究。 ⑥"冯翼"二句:其中只是一些鼓荡流动的大气,凭着什么认识清楚? 冯(píng凭),冯冯,大气鼓荡貌。翼,翼翼,大气流动貌。象,形象,样子。 ⑦"惟时"句:这又是为了什么? 时,通"是",这个。何为,为何。 ⑧"阴阳"二句:阴气阳气混合在一起,根据什么,又变成了什么? 阴阳,阴气和阳气,指构成宇宙大气的两种成分,前者属地,后者属天。三(叁),同"参"。 ⑨"圜(yuán圆)则"二句:据说天体有九层,这是谁计算的? 圜,同"圆",指天体。九重,九层,传说中天分九层。

211

营度(duó夺),计算。　⑩"惟兹"二句:这是何等伟大的事业,是谁最先开始做的? 兹,这个。　⑪"斡(guǎn管)维"句:那拴住天的绳子系在哪里? 斡,车轮的一部分,可以旋转,这里指天。维,绳子。传说有绳拴天。⑫"天极"句:那天屋的栋梁安在哪里? 极,传说天有南北极,如房屋的栋梁。加,安放。　⑬"八柱"句:那支撑天的八根柱子,指的该是什么? 八柱,传说天有八山为柱。何当,与什么相当。　⑭"东南"句:东部和南部为何凹下一片? 亏,此指东南方都是海洋。　⑮"九天"二句:九层天的边际,和什么相连接? 属(zhǔ主),连接。　⑯隅隈(wēi微):角落和弯曲之处,指天弯曲的边缘。　⑰沓(tà踏):会合,此指天和地的会合。　⑱十二:传说天上星辰分为十二个区域。　⑲日月安属(zhǔ主):太阳、月亮连在哪里?　⑳列星安陈:群星在天空是怎么分布的?　㉑"出自"四句:太阳自汤谷出发,在蒙水边落下,从早到晚,究竟要走多少路程? 次,停住。汤(yáng羊)谷,即旸谷,古代神话中的日出之处。蒙汜(sì四),古代神话中的日入之处。　㉒"夜光"四句:月亮得了什么灵丹妙药,总是能够死而复生? 它肚里装个蟾蜍(或兔子),又有什么好处? 夜光,月亮别名。德,得。又育,再生,指月亮缺后又圆。厥,它的。维,通"唯"。顾菟(tù兔),蟾蜍。一说即顾兔,月中兔名。一说"顾"、"菟"为两物,即蟾蜍和兔子。　㉓"女岐"二句:女岐没有丈夫,为何生了九个儿子? 女岐,古代神话中的神女名。㉔伯强:即"隅强",传说中北方风神之名。何处(chǔ楚):住在哪里。㉕惠气:和顺之气,即"和风"。　㉖"何阖(hé合)"二句:为何天门关闭就晦冥昏暗,天门开启就大放光明? 阖,关上。　㉗"角宿(xiù秀)"二句:天尚未明还能看到星辰的时候,太阳究竟藏在哪里? 角宿,星辰名,这里泛指星辰。旦,天亮。曜(yào耀)灵,太阳。

招　　魂[①]（节选）

　　魂兮归来,去君之恒干,何为四方些[②]! 舍君之乐处,而离彼不祥些[③]!

　　魂兮归来,东方不可以托些[④]! 长人千仞,惟魂是索些⑤！十日代出,流金铄石些⑥！彼皆习之,魂往必释些⑦！归来兮,不可以托些!

　　魂兮归来,南方不可以止些！雕题黑齿⑧,得人肉以祀,以其骨为醢些⑨！蝮蛇蓁蓁⑩,封狐千里些⑪！雄虺九首⑫,往来儵忽⑬,吞人以益其心些！归来兮,不可以久淫些⑭!

　　魂兮归来,西方之害,流沙千里些！旋入雷渊⑮,麋散而不可止些⑯！幸而得脱,其外旷宇些！赤蚁若象⑰,玄蜂若壶些⑱！五谷不生,藂菅是食些⑲！其土烂人,求水无所得些!彷徉无所倚⑳,广大无所极些！归来兮,恐自遗贼些㉑!

　　魂兮归来,北方不可以止些！增冰峨峨㉒,飞雪千里些！归来兮,不可以久些!

　　魂兮归来,君无上天些！虎豹九关㉓,啄害下人些！一夫九首,拔木九千些㉔！豺狼从目㉕,往来侁侁些㉖！悬人以娱㉗,投之深渊些！致命于帝,然后得瞑些㉘！归来归来㉙,往恐危身些!

　　魂兮归来,君无下此幽都些㉚！土伯九约㉛,其角觺觺些㉜！敦脄血拇㉝,逐人駓駓些㉞！参目虎首㉟,其身若牛些！此皆甘人㊱,归来归来,恐自遗灾些!

　　　　　　　　　　《四部备要》本《楚辞》卷九

　　①本篇是利用民间招魂形式写成的抒情诗。关于它的作者和作意,有屈原招怀王、屈原自招、宋玉招屈原等不同说法,今从司马迁之说,断为屈原所作,当是怀王客死秦国后屈原借招魂以表哀思的作品。全诗除开篇序辞和结尾部分外,其中的招魂辞可分为两大部分,前一部分铺写东南西北及上下之可怖,后一部分极写故都之可爱,藉此感召亡灵的归来。诗篇结构完整,想象新奇,描写铺排,辞采绚丽,对后代辞赋创作有直接影响。这里选取的是招魂辞的前一部分。　　②"魂兮"三句:魂啊,归来吧！您为何要离开长久托身

的躯体,跑到四方去游荡? 恒,常,久。干,躯干。些(suò 所去声),楚方言,句尾虚词。洪兴祖补注:"凡禁咒句尾皆称些,乃楚人旧俗。" ③离(lí 犁):通"罹",遭遇。 ④托:寄身,作客。 ⑤"长人"二句:言东方长人专食鬼魂。长人,古代传说中长人国的人。千仞,极言其高。七尺或八尺曰"仞"。索,求。 ⑥"十日"二句:代出,一个接一个出现。铄(shuò 朔),熔化。 ⑦"彼皆"二句:那里的长人都已习于酷热,您去了却肯定会烤化的。释,熔解。 ⑧雕题:额上刻着花纹。题,额头。 ⑨醢(hǎi 海):肉酱。 ⑩蝮(fù 复)蛇:毒蛇。蓁(zhēn 珍)蓁:群蛇聚集貌。 ⑪封狐:大狐狸。千里:言其善走,一日千里。 ⑫雄虺(huǐ 毁):九头怪蛇。 ⑬儵(shù 树)忽:同"倏忽",疾急貌。 ⑭淫:王逸注:"淫,游也。"五臣云:"淫,淹也。"淹,滞留。 ⑮旋入:卷入。雷渊:神话中的水名。 ⑯靡(mí 弥)散:散成碎屑。 ⑰螘(yí 移):"蚁"的本字。 ⑱玄蜂:黑色的蜂。 ⑲藂菅(cóng jiān 丛坚):丛生的茅草。藂,同"丛"。 ⑳彷徉(páng yáng 旁羊):往来行走。 ㉑遗(wèi 慰)贼:给自己招来灾害。遗,送给。贼,害。 ㉒增(céng 层):通"层"。峨峨:高貌。 ㉓九关:指九重门,守门者为虎豹。 ㉔"一夫"二句:有九头巨人一天能拔九千棵大树。 ㉕从(zòng 纵)目:同"纵目",竖着眼。 ㉖侁(shēn 申)侁:往来走动的声音。 ㉗娭(xī 嬉):同"嬉",玩耍。 ㉘"致命"二句:谓必待天命尽后,方得瞑目而死。致,委。帝,天。瞑,谓死而瞑目。 ㉙归来归来:原作"归来",据王逸注补。下文"归来归来"同。 ㉚幽都:地下都城,传说为土神所治处。 ㉛土伯:地下怪物名。九约:同"纠钥",把关。 ㉜觺(yí 疑)觺:角锐利貌。 ㉝敦脄(méi 枚):背上的夹脊肉厚敦敦地高高隆起。脄,脊侧之肉。血拇:爪子上沾满人血。 ㉞驱(pī 批)驱:奔跑时发出的声响。 ㉟参目:三只眼睛。参,同"叁"。 ㊱甘人:以人肉为美食,即喜吃人肉。

一九　宋　玉

宋玉,战国末期楚国人,生卒年不可考,是稍后于屈原的辞赋作家。相传地位不高,经人推荐曾仕于楚襄王,近似文学侍从,后来受谗罢官,郁郁不得志。宋玉的作品收入《楚辞》、《文选》的有《九辩》、《高唐赋》、《神女赋》、《风赋》、《登徒子好色赋》、《对楚王问》等,其中唯《九辩》公认为宋玉所作,其馀各篇是否出自宋玉手笔,后人颇多争议,尚难遽作定论。

九　　辩①(节选)

悲哉秋之为气也!萧瑟兮草木摇落而变衰②。憭慄兮若在远行③,登山临水兮送将归④。泬寥兮天高而气清⑤,寂寥兮收潦而水清⑥。憯凄增欷兮薄寒之中人⑦,怆怳懭悢兮去故而就新⑧,坎廪兮贫士失职而志不平⑨。廓落兮羁旅而无友生⑩,惆怅兮而私自怜。燕翩翩其辞归兮,蝉寂漠而无声⑪。雁廱廱而南游兮⑫,鹍鸡啁哳而悲鸣⑬。独申旦而不寐兮⑭,哀蟋蟀之宵征⑮。时亹亹而过中兮⑯,蹇淹留而无成⑰。

《四部备要》本《楚辞》卷八

①《九辩》见于《楚辞》,是宋玉的代表作,表达了遭排挤失职后的不平和感伤。该诗在内容和形式上均可见屈原作品的明显影响,但全诗情景交融,

比喻丰富,特别是结合秋景以写愁绪,艺术上形成了自己的风格,其"悲秋"意象已对后代创作产生了独特影响。这里选取的即是开篇以秋景起兴的一节。九辩,原是古乐曲名,宋玉借以名篇。　②萧瑟:秋风吹动树叶的声音。　③憭慄(liáo lì 辽力):凄凉、寒冷。若在远行:言面对秋景,心中凄冷,就像远行在外孤独无依的感觉一样。　④"登山"句:言又像登山临水送人回乡那般惆怅。　⑤泬(xuè 谑)寥:空旷清朗貌。　⑥寂廖:一作"寂漻",同"寂寥",冷清貌,此指水。收潦(lǎo 老):犹言雨止。潦,雨水。⑦憯(cǎn 惨)凄:悲痛。增:屡次。欷(xī 息):感叹。薄寒:微寒。　⑧怆怳(chuàng huǎng 创谎):怅惘失意貌。圹悢(kuàng lǎng 圹朗):与"怆怳"意同。去故而就新:离开楚都到一个陌生的地方去。　⑨坎廪(lǎn 览):坎壈,犹"坎坷",遭遇不平,受挫折。贫士:作者自称。　⑩廓落:孤独空虚。羁旅:在外谋生。友生:朋友。　⑪宋漠:同"寂寞"。　⑫雍(yōng 拥)雍:雁叫声。雍,同"雍"。　⑬鹍(kūn 昆)鸡:鸟名,似鹤,黄白色。啁哳(zhōu zhá 周札):声音繁碎的样子。　⑭申旦:直到天明。申,达。⑮宵征:夜行。此指蟋蟀的夜鸣。　⑯亹(wěi 尾)亹:形容时间过得很快。过中:过了中年。　⑰蹇:发语词。淹留:久留。无成:无所成就。

对楚王问①

楚襄王问于宋玉曰:"先生其有遗行与②?何士民众庶不誉之甚也③?"

宋玉对曰:"唯,然,有之。愿大王宽其罪,使得毕其辞④。客有歌于郢中者⑤,其始曰《下里》、《巴人》⑥,国中属而和者数千人⑦;其为《阳阿》、《薤露》⑧,国中属而和者数百人;其为《阳春》、《白雪》⑨,国中属而和者不过数十人;引商刻羽,杂以流徵⑩,国中属而和者不过数人而已。是其曲弥高⑪,其和弥寡。故鸟有凤而鱼有鲲⑫。凤皇上击九千里,绝云霓⑬,负苍天,翱翔乎杳冥之上⑭;夫藩篱之鷃⑮,岂能与之料天地之高哉!鲲鱼朝发昆仑之墟⑯,暴鬐于碣石⑰,暮宿于孟诸⑱;夫尺泽之鲵⑲,岂能与之量江海之大哉!故非独鸟有凤而鱼有鲲也,士亦有之。夫圣人瑰意琦行⑳,超然独处;夫世俗之民,又安知臣之所为哉?"

中华书局影印李善注本《文选》卷四五

①该篇选自《文选》,题为宋玉作。后人或疑其本为记述宋玉轶事的作品,非宋玉所自作;或以为是宋玉用第三人称所写。作品十分艺术地表现了宋玉孤高自许的性格和出众的辩才,其中"曲高和寡"的文意及"下里巴人"、"阳春白雪"的比喻在后代已成为众所周知的寓言和成语。对,回答。楚王,楚襄王。按,《新序·杂事》也有同样记载,唯"楚襄王"误作"楚威王"。 ②遗行:应遗弃的行为,即不检点处。 ③不誉:不说好话。 ④毕其辞:犹"说明原委"。毕,说完。 ⑤郢(yǐng 影):楚都,在今湖北江陵西北。 ⑥《下里》、《巴人》:流行于当时楚都的民间俗曲名。 ⑦属(zhǔ 主)而和(hè 贺)者:跟着唱的人。 ⑧《阳阿(ē 婀)》、《薤(xiè 谢)露》:流行于楚都的乐曲名,较《下里》、《巴人》稍为雅一些。 ⑨《阳春》、《白雪》:楚乐曲名。较《阳阿》、《薤露》更为高雅。 ⑩"引商"二句:大意是用商、羽、徵(zhǐ 止)等不同的音阶协调起来,搭配成更高雅的乐曲。 ⑪弥:愈加。 ⑫"故鸟"句:言鸟中有凤凰,鱼中有巨鲲,各类中总有出类拔萃者。 ⑬绝云霓:高飞超越云层。 ⑭杳(yǎo 咬)冥:指极高极远的天空。 ⑮藩篱:篱笆,笼子。藩,通"蕃"。鷃(yàn 晏):小雀名。 ⑯墟:大山丘。古人以为黄河发源于昆仑山,故有"鲲鱼朝发昆仑"之说。 ⑰暴:露。鬐(qí 鳍):通"鳍",此指鱼脊背。碣(jié 杰)石:海畔山名,在今河北昌黎县。 ⑱孟诸:古大泽名,约在今河南商丘附近。 ⑲尺泽:一尺来长的小水洼。鲵(ní 溺):小鱼。 ⑳瑰意琦(qí 其)行:指言行修美高洁。瑰、琦,皆美玉。

217

秦汉文学

一 李 斯

李斯(？—前208)，战国楚上蔡(今河南上蔡县)人。初为郡吏，后与韩非俱学于荀子。战国末入秦，为客卿，后为廷尉。秦统一六国后，为丞相。秦二世时，为赵高诬陷，以谋反罪被诛，夷三族。

李斯是秦代著名政治家，在秦统一六国及建立中央集权制度方面起过重要作用，也是秦代散文家的代表。为文富于文采而论证周详，带有浓厚的战国纵横家的习气。散文作品主要有《谏逐客书》、《论督责书》等，此外尚有刻石文多篇。

李斯作品散见于《史记》及《古文苑》中。

谏 逐 客 书①

臣闻吏议逐客，窃以为过矣②。

昔缪公求士，西取由余于戎，东得百里奚于宛，迎蹇叔于宋，来丕豹、公孙支于晋③。此五子者，不产于秦，而缪公用之，并国二十④，遂霸西戎。孝公用商鞅之法⑤，移风易俗，民以殷盛，国以富强，百姓乐用，诸侯亲服⑥，获楚、魏之师，举地千里⑦，至今治强⑧。惠王用张仪之计⑨，拔三川之地⑩，西并巴、蜀⑪,北收上郡⑫,南取汉中⑬,包九夷,制鄢、郢⑭,东据成皋之险⑮,割膏腴之壤,遂散六国之从,使之西面事秦,功施到今⑯。昭王得范雎,废穰侯、逐华阳⑰,强公室、杜私门⑱,蚕食诸侯,使秦成帝业。此四君者,皆以客之功⑲。由此观之,客何负于秦哉!向使四君却客而不内,疏士而不用⑳,是使国无富利之实而秦无强大之名也。

今陛下致昆山之玉,有随、和之宝,垂明月之珠,服太阿之剑,乘纤离之马,建翠凤之旗,树灵鼍之鼓㉑。此数宝者,秦不生一焉,而陛下说之㉒,何也?必秦国之所生然后可,则是夜光之璧不饰朝廷㉓,犀象之器不为玩好㉔,郑、卫之女不充后宫㉕,而骏良駃騠不实外厩㉖,江南金锡不为用,西蜀丹青不为采㉗。所以饰后宫、充下陈、娱心意、说耳目者㉘,必出于秦然后可,则是宛珠之簪、傅玑之珥、阿缟之衣、锦绣之饰不进于前㉙,而随俗雅化、佳冶窈窕赵女不立于侧也㉚。夫击瓮叩缶,弹筝搏髀,而歌呼呜呜快耳者㉛,真秦之声也;郑、卫桑间,昭虞、武、象者㉜,异国之乐也。今弃击瓮叩缶而就郑、卫,退弹筝而取昭虞,若是者何也?快意当前,适观而已矣㉝。今取人则不然。不问可否,不论曲直㉞,非秦者去,为客者逐。然则是所重者在乎色乐珠玉,而所轻者在乎人民也。此非所以跨海内、制诸侯之术也㉟。

臣闻地广者粟多,国大者人众,兵强则士勇㊱。是以太山不让土壤㊲,故能成其大;河海不择细流,故能就其深㊳;王者不却众庶,故能明其德。是以地无四方,民无异国,四时充美,鬼神降福,此五帝、三王之所以无敌也㊴。今乃弃黔首以资敌国㊵,却宾客以业诸侯㊶,使天下之士退而不敢西向,裹足不入秦,此所谓"藉寇兵而赍盗粮"者也㊷。

夫物不产于秦,可宝者多;士不产于秦,而愿忠者众。今逐客以资敌国,损民以益仇㊸,内自虚而外树怨于诸侯㊹,求国无危,不可得也。

中华书局校点本《史记》卷八七

①本篇选自《史记·李斯列传》,题目为后人所加。本文写于秦王政十年(前237),是针对当时"逐客"之令给秦王的上书。书中以大量事实,分析"逐客"的错误,排比为文,辞气俱足,极有说服力,终使秦王除逐客之令。故《史记集解》引《新序》曰:"斯在逐中,道上上谏书,达始皇。始皇使人逐至骊邑,得还。"客,指客卿,非秦国人士而在秦为官的人。书,上书,古代臣子向帝王陈述意见的一种公文文体。　②"臣闻"二句:指出逐客乃错误之举。吏议逐客,据《史记》载,韩国苦于秦兵,乃使水工郑国至秦作渠,以分散秦力。此事被发觉,于是,"秦宗室大臣皆言秦王曰:'诸侯人来事秦者,大抵为其主游间于秦耳,请一切逐客'"(见本传)。即此。窃,私下。谦辞。过,错误。　③"昔缪公"五句:言缪公求士之事。缪公,秦穆公,名任好,春秋五霸之一,公元前659—前621年在位。缪,通"穆"。由余,春秋时晋人,亡入戎。后为戎使于秦。穆公知由余贤,遂为离间而降之。由余为秦谋伐戎之策,并国十二,辟地千里,遂霸西戎。戎,古代对西部少数民族的统称。百里奚,春秋时楚国宛(今河南南阳)人。曾为虞大夫。晋灭虞,被俘,作为晋献公女的陪嫁奴仆至秦,逃之宛,为楚人所执。秦穆公知其贤,以五张黑羊皮与楚人交换得之,任以为相。人称"五羖大夫"。蹇(jiǎn 简)叔,岐(今陕西岐山一带)人,游于宋。与百里奚为好友。百里奚荐于秦穆公,穆公迎以为上大夫。宋,诸侯国,子姓。周初封商纣王庶兄微子启于宋,都商丘(今河南商丘)。延至战国,公元前286年灭于齐。丕豹,晋大夫丕郑之子。丕郑被杀,丕豹逃至秦,穆公以之为将。公孙支,字子桑,岐人,居于晋。后归秦,穆公以之为大夫。　④并国二十:此总言五人之功,为夸饰之辞。　⑤孝公:秦孝公,名渠梁,公元前361—前338年在位。商鞅:战国时卫人,名公孙鞅,亦称卫鞅。先仕魏,后入秦。孝公用其实行变法,奠定了秦国统一六国的基础。封于商,故称商鞅、商君。孝公死,子惠王即位,以谋反罪被杀。　⑥"百姓"二句:意为百姓乐于为国效力,诸侯也依附服从。用,为之用。亲,亲近,

指结为友好。　　⑦"获楚魏"二句:意为打败了楚、魏的军队,夺取了千里之地。获,俘虏,俘获。举,攻取,占领。据《史记》,秦孝公十年(前352),商鞅"将兵围魏安邑,降之";孝公二十二年(前340),商鞅大破魏军,"虏魏公子卬"。同年,商鞅又"南侵楚"。　　⑧治强:犹言政治安定,国家强盛。
⑨惠王:指秦惠文王,名驷,孝公之子,公元前337—前311年在位。张仪:战国魏人,入秦为惠文王相,主张"连横"以对抗"合纵",为战国著名纵横家。
⑩拔:攻取。三川之地:今河南黄河以南、灵宝以东至洛阳一带,因境内有涧、洛、伊三水(或曰黄河、洛水、伊水),故名。三川之地原属韩,张仪为秦相,请伐韩,下兵三川。后张仪死,至秦武王时,才令甘茂拔宜阳(今河南宜阳)而通三川。　　⑪并:吞并。巴、蜀:皆古国名。巴在今四川东部一带。蜀在今四川中部一带。秦惠文王更元九年(前316),派司马错伐蜀,取之,分以为巴、蜀二郡。　　⑫收:收服。上郡:魏地,在今陕西北部一带。秦惠文王十年(前328),公子华与张仪攻魏,魏纳上郡十五县求和。　　⑬汉中:楚地,今陕西西南部地区。秦惠文王更元十三年(前312),秦"庶长章击楚於丹阳,虏其将屈匄,斩首八万,又攻楚汉中,取地六百里,置汉中郡"(《史记·秦本纪》)。　　⑭"包九夷"二句:意为控制了楚国少数部族地区及鄢、郢之地。包,囊括。九夷,泛指当时楚国境内的少数部族。鄢,楚地,今湖北宜城。郢,楚都城,今湖北江陵纪南城。　　⑮据:据有。成皋:古邑名,即虎牢,今河南荥阳汜水镇。形势险要,为古代军事要地。原属韩,秦庄襄王元年(前249),韩献于秦。　　⑯"遂散"三句:于是瓦解了六国的联合,让他们听命于秦国,功业延续到现在。散,离散,瓦解。从,同"纵",合纵。事,指服从。施(yì意),继续,延续。　　⑰"昭王"二句:秦昭王得到范雎,放逐了专权的穰侯和华阳君。昭王,秦昭襄王,公元前307—前251年在位。名则,又名稷,秦惠文王子,武王异母弟,继武王立。范雎,字叔,战国魏人,入秦,说昭王,为昭相。对外提出远交近攻的策略,以削弱诸侯力量;对内劝说昭王"废太后,逐穰侯、高陵、华阳、泾阳君于关外"(《史记·范雎蔡泽列传》)。后封于应,号为应侯。废,废除,罢免。穰侯,名魏冉,秦昭王母宣太后异父弟。封于穰,故称穰侯。数为秦相,专秦政三十馀年。逐,放逐。华阳,华阳君,名芈(mǐ米)戎,昭王母宣太后之同父弟,亦号新城君。曾为秦将,与魏冉并专秦政,"以太后故,私家富重于王室"(《史记·范雎蔡泽列传》)。　　⑱"强公室"句:意为加强了秦王室的力量,而杜绝了私人势力的发展。即指上文"废穰侯、

逐华阳"之事。公室,指秦王室。私门,私家,指豪门贵族。　⑲以客之功:凭借客卿之力而成就功业。以,犹用也。之,到达。此引申为成就。⑳"向使"二句:当初假使以上四位君主拒不接纳这些客卿,疏远而不重用他们。却,拒绝。内,同"纳",接纳。士,指客卿。　㉑"今陛下"七句:历数秦王所拥有的宝物。致,得到。昆山,即昆仑山,古时以产美玉闻名。随和之宝,指随侯珠和和氏璧,都是难得的宝物。随,周初诸侯国,在今湖北境内。《说苑》记载,随侯见一大蛇受伤,遂以药救治。后这条蛇衔一珠来报答。此珠遂称随侯珠。和,指卞和,春秋时楚人。《韩非子》记载,卞和曾于山中得一玉璞,先后献给楚厉王和楚武王。玉工不识,厉王、武王皆以为诳,卞和分别被砍去左、右脚。至楚文王时,卞和抱此璞在山下大哭。文王使人凿开,果得美玉,遂命为和氏璧。明月之珠,一种宝珠,或说即指夜光珠。太阿之剑,宝剑名,传说为春秋时铸剑名匠欧冶子与干将所铸。纤离之马,古代骏马名。建,立。翠凤之旗,用翠鸟羽毛装饰成凤凰图案的旗子。树,设置。灵鼍(tuó 驼)之鼓,用鼍皮做成的大鼓。鼍,俗称猪婆龙,鳄鱼类,皮可制鼓,声洪大。㉒说:同"悦"。　㉓夜光之璧:夜间发光的玉璧。《战国策·楚策》载,张仪为秦说楚王,楚王乃遣使献夜光之璧于秦。饰,装饰。　㉔犀象之器:指用犀牛角和象牙做成的器物。玩好:供赏玩的物品。　㉕郑卫之女:指美女。郑、卫,皆春秋时诸侯国。古时郑、卫之女以美而善歌舞著称。　㉖骏良駃騠(jué tí 决提):指良马。駃騠,骏马名。厩(jiù 旧),马房。　㉗丹青:丹砂和青雘(hù 户),古时绘画用的颜料。　㉘下陈:犹下列,后列。指侍妾之类。㉙"则是"句:意为各种好的服饰用品就不能得到。宛珠之簪,用宛珠装饰的簪子。宛珠,宛(今河南南阳)地出产的珠子。傅玑之珥,附有玑珠的耳饰。傅,通"附"。玑,不圆的珠子。珥,耳饰。阿缟,阿地出产的缟。阿,齐国东阿(今山东阳谷县阿城镇一带),以产缟著名。缟,白色精细丝织品。锦,织有花纹的彩色丝织品。绣,刺绣。　㉚"而随俗"句:意为时髦漂亮的美女也不能拥有。随俗雅化,追随时尚,打扮漂亮。佳冶窈窕,姿容娇艳,体态优美。赵女,赵地女子。古时认为燕、赵多美女。立于侧,站在身边,指为自己所拥有。　㉛"夫击瓮"三句:是对秦地音乐的描摹。击、叩,并指敲击。瓮、缶(fǒu 否),并为瓦器,可作为打击乐器。筝,古代秦地的一种弦乐器。搏髀(bì 必),拍打大腿,指打拍子的动作。搏,击。髀,大腿。歌呼,歌唱。呜呜,形容秦人歌声。快耳,悦耳。　㉜"郑卫"二句:历数优

223

美的音乐。郑、卫桑间,指郑、卫两国的音乐。古人称郑、卫之音"淫",实际是音调非常优美动听的音乐。桑间,卫国地名,在濮水之滨。桑间濮上之音是极为动人的音乐。昭虞,虞舜时乐名,当即为《韶》乐。相传是非常优美的音乐。《论语》曾载,孔子在齐闻《韶》,三月不知肉味。昭,通"韶"。武,周武王时的乐曲名。象,周武王时的舞名。 ㉝适观:指乐于观赏。适,悦也。 ㉞曲直:邪正。 ㉟跨海内、制诸侯:横跨海内,制服诸侯,指统一天下。跨,横跨,占有。海内,指全国。制,控制,制服。 ㊱兵:指军队。 ㊲太山:即泰山。一说,太山,大山。让:辞让,拒绝。 ㊳就:成。 ㊴"是以"五句:意为不论何方之地,不管何国之民,贤君能普施德化,使他们一年四季都能富足美好,得到鬼神的福佑,这是五帝三王之所以无敌的原因。充美,指富足而生活美好。五帝三王,指古代贤君。五帝,一般指黄帝、颛顼(zhuān xū 专须)、帝喾(kù 库)、尧、舜。三王,指夏禹、商汤、周文王(或周武王)这三代开国君王。 ㊵黔(qián 前)首:秦称民众为黔首。黔,黑。资:帮助。 ㊶业诸侯:使诸侯成就功业。 ㊷藉寇兵而赍(jī 基)盗粮:意为帮助敌人。藉,借给。兵,兵器。赍,给予,赠送。 ㊸"损民"句:意为减少自己的人员而增加敌人的力量。损,减少。益,增加。 ㊹"内自虚"句:意为对内使自己虚弱而对外与诸侯结怨。自虚,使自己虚弱。树怨,立怨,结怨。

二　贾　谊

贾谊(前200—前168),汉初洛阳(今河南洛阳市)人。出仕前就以善属文而闻名。二十多岁被汉文帝刘恒召为博士,不久升为太中大夫。后由于受到权贵排斥,被贬为长沙王太傅;又改任梁怀王太傅。因政治上不得志,三十三岁便郁郁而死。曾屡次向皇帝上疏,指陈时弊。主张削减地方王侯权势,抗击匈奴侵扰,重视农业,安定人民,从而稳固中央政权。

贾谊为汉初重要的政论文作家和辞赋家。其文章善于通过分析形势来陈述利害,说理透辟,语言富于形象性,且使用排偶句较多。作有《陈政事疏》、《论积贮疏》、《过秦论》、《吊屈原赋》、《服鸟赋》等。现存贾谊文集《新书》十卷,为后人所编辑。

过　秦　论(上)①

秦孝公据崤函之固②,拥雍州之地③,君臣固守而窥周室④,有席卷天下,包举宇内,囊括四海之意,并吞八荒之心⑤。当是时,商君佐之⑥,内立法度,务耕织⑦,修守战之备⑧,外连衡而斗诸侯⑨,于是秦人拱手而取西河之外⑩。

孝公既没⑪,惠王、武王蒙故业⑫,因遗册⑬,南兼汉中⑭,西举巴、蜀⑮,东割膏腴之地,收要害之郡⑯。诸侯恐惧,会盟而谋弱秦⑰,不爱珍器重宝肥美之地⑱,以致天下之士⑲,合从缔交,相与为一⑳。当是时,齐有孟尝,赵有平原,楚有春申,魏有信陵㉑。此四君者,皆明知而忠信㉒,宽厚而爱人,尊贤重士,约从离衡㉓,并韩、魏、燕、楚、齐、赵、宋、卫、中山之众㉔。于是六国之士,有宁越、徐尚、苏秦、杜赫之属为之谋㉕,齐明、周最、陈轸、昭滑、楼缓、翟景、苏厉、乐毅之徒通其意㉖,吴起、孙膑、带佗、兒良、王廖、田忌、廉颇、赵奢之朋制其兵㉗。常以十倍之地,百万之众,叩关而攻秦㉘。秦人开关延敌㉙,九国之师逡巡遁逃而不敢进㉚。秦无亡矢遗镞之费㉛,而天下诸侯已困矣。于是从散约解,争割地而奉秦。秦有馀力而制其敝㉜,追亡逐北㉝,伏尸百万㉞,流血漂卤㉟。因利乘便,宰割天下,分裂河山,强国请服,弱国入朝。

延及孝文王、庄襄王㊱,享国日浅㊲,国家无事。及至秦王㊳,续六世之馀烈㊴,振长策而御宇内㊵,吞二周而亡诸侯㊶,履至尊而制六合㊷,执棰拊以鞭笞天下㊸,威振四海。南取百越之地㊹,以为桂林、象郡㊺,百越之君俛首系颈㊻,委命下吏㊼。乃使蒙恬北筑长城而守藩篱㊽,却匈奴七百馀里㊾,胡人不敢南下而牧马㊿,士不敢弯弓而报怨(51)。于是废先王之道,焚百家之言(52),以愚黔首(53)。堕名城(54),杀豪俊,收天下之兵聚之咸阳(55),销锋铸鐻,以为金人十二(56),以弱黔首之民。然后斩华为城,因河为津(57),据亿丈之城(58),临不测之溪以为固(59)。良将劲弩守要害之处(60),信臣精卒陈利兵而谁何(61),天下以定(62)。秦王之心,自以为关中之固(63),金城千里(64),子孙帝王万世之业也(65)。

秦王既没,馀威振于殊俗(66)。陈涉,瓮牖绳枢之子,甿隶之人,而迁徙之徒(67),才能不及中人(68),非有仲尼、墨翟之贤(69),陶朱、猗顿之富(70),蹑足行伍之间(71),而倔起什伯之中(72),率罢散之卒(73)，将数百之众，而转攻秦。斩木为兵，揭竿为旗(74)，天下云集响应，赢粮而景从(75)，山东豪俊遂并起而亡秦族矣(76)。

且夫天下非小弱也，雍州之地，殽函之固自若也(77)。陈涉之位，非尊于齐、楚、燕、赵、韩、魏、宋、卫、中山之君；锄櫌棘矜(78)，非銛于句戟长铩也(79)；适戍之众，非抗于九国之师(80)；深谋远虑，行军用兵之道，非及乡时之士也(81)。然而成败异变，功业相反也。试使山东之国与陈涉度长絜大(82)，比权量力，则不可同年而语矣(83)。然秦以区区之地，千乘之权(84)，招八州而朝同列(85)，百有馀年矣。然后以六合为家，殽函为宫(86)，一夫作难而七庙堕(87)，身死人手(88)，为天下笑者，何也？仁义不施而攻守之势异也(89)。

中华书局校点本《史记》卷六

①该篇选自《史记·秦始皇本纪》。《过秦论》有上、下两篇和上、中、下三篇不同的分法。贾谊《新书》最早的版本分上、下两篇。《史记·秦始皇本纪》太史公论后，引录下篇（后又接着引录上篇、中篇，当为后人补入）。《陈涉世家》后又录上篇。今仍从旧说，分为三篇。过秦，言秦之过，"过"用作动词。目的在于总结秦灭亡的教训以作为汉朝的借鉴。上篇分析秦夺取政权的历史，总结秦灭亡的主要原因。通篇纵横开阖，气势雄伟，感情充沛，史论结合，历来为世人所传诵。　②秦孝公：秦献公子，姓嬴，名渠梁。战国时秦国国君，公元前361至前338年在位。殽：殽山，一作崤山，在今河南洛宁县北。函：函谷关，在今河南灵宝东北。皆为当时秦国险要关隘。　③拥：拥有，占据。雍州：古九州之一，约相当于今陕西主要部分、甘肃西北部、青海东南部及宁夏自治区一带。秦原就封于该地区。　④窥周室：谓伺机图谋吞并周朝。窥，偷看。周室，东周王朝。　⑤"有席卷"四句：皆谓并吞天下之意。席卷，谓用席尽卷之。包举，谓用包袱尽裹之。囊括，谓用袋子尽装之。宇内、四海、八荒，皆指天下。　⑥商君：即商鞅，姓公孙，名鞅。战国时魏人，又称魏鞅，辅佐秦孝公变法使秦富强。　⑦务：努力，专力从事。

⑧修:整治。守战之备:防守和攻战的装备。 ⑨"外连衡"句:谓实行秦与东方六国联合的策略,使诸侯间互相争斗。连衡,即"连横"。当时有两种斗争策略,秦与东方构和,称"连横";诸侯六国南北联合以抗秦,称"合纵"。 ⑩拱手:比喻毫不费力。西河之外:指魏国与秦接壤的黄河以西的广大土地。 ⑪没(mò末):通"殁",死亡。 ⑫惠王:即秦惠文王,孝公之子。武王:惠文王之子。蒙故业:继承旧业。 ⑬因遗册:因循前代遗留下来的方略。因,遵循,凭借。册,记载方略的典册。 ⑭兼:兼并,占有。汉中:今陕西南部汉水流域,本为楚地。 ⑮举:攻取。巴、蜀:古二国名,在今四川。 ⑯"东割"二句:指秦割取韩、魏等国土地、城邑。要害之郡,指重要的城邑。 ⑰谋弱秦:商量削弱秦国的策略。弱,用作动词。 ⑱爱:珍惜。 ⑲致:招纳,罗致。 ⑳"合从"二句:谓实行合纵策略,缔结友好关系,相互联合为一体。从,通"纵"。 ㉑"齐有孟尝"四句:孟尝,即孟尝君田文,齐公子。平原,即平原君赵胜,赵公子。春申,即春申君黄歇,楚贵族。信陵,即信陵君魏无忌,魏公子。四人皆以招贤纳士著称。 ㉒知:通"智"。 ㉓约从离衡:约为合纵,离散连横。 ㉔并:聚合。 ㉕"有宁越"句:宁越,赵人。徐尚,宋人。苏秦,东周人。杜赫,周人。这些人都是当时主张合纵抗秦的谋士。 ㉖齐明:东周臣。周最:东周君之子。陈轸:曾仕齐、楚。昭滑:楚臣。楼缓:曾任魏相。翟景:魏人。苏厉:苏秦之弟。乐毅:燕将,中山国人。 ㉗吴起:卫人,曾在鲁、魏为将,后为楚相。孙膑:孙武之后,齐将。带佗:楚将。兒(ní倪)良、王廖:都是当时著名的将领。田忌:齐将。廉颇、赵奢:皆赵将。朋:伦,类。制:控制、统帅。 ㉘叩关:攻打函谷关。 ㉙延:引,往里让。 ㉚九国之师:指上文所说韩、魏、燕、楚等九国军队。逡巡:犹豫不前。 ㉛亡矢遗镞之费:损失一支箭、一个箭头,指很少的损失。 ㉜制其敝:谓利用他们的失败。 ㉝追亡逐北:谓追击败逃的军队。亡,逃跑。北,溃败。 ㉞伏尸百万:谓斩首极多。此为夸张说法。 ㉟流血漂卤:血流成河,漂起盾牌。卤,通"橹",大盾牌。 ㊱延及:延续到。孝文王:昭襄王之子。庄襄王:孝文王之子。 ㊲享国日浅:在位时间短。孝文王即位三日而死,庄襄王在位也仅三年。 ㊳秦王:即秦始皇。 ㊴续:继续,连接。六世:指前代秦孝公、惠文王、武王、昭襄王、孝文王、庄襄王。馀烈:遗留的功业。 ㊵"振长策"句:比喻用武力统治各诸侯国。振,举起。策,马鞭。御,驾驭,统治。 ㊶吞:吞并。二周:指周末的东、西

周两小国。东周周赧王时分化为东、西二周,西周都洛(今河南洛阳),东周都巩(今河南巩县)。秦昭襄王五十一年(前256)灭西周,秦庄襄王元年(前249)灭东周。亡:使动用法。　㊷履至尊:指登上皇帝位子。至尊,指帝位。制六合:指统治天下。六合,天地四方,指天下。　㊸"执棰拊"句:指用严酷刑罚奴役和统治百姓。棰,杖。拊(fǔ府),即柎,大棒。鞭笞,抽打。㊹百越:古代南方越族各部落的总称。　㊺桂林、象郡:秦置二郡名,在今广西壮族自治区一带。　㊻俛首系颈:表示服从、投降之义。俛首,低头。俛,同"俯"。系颈,脖子拴上绳索。　㊼委命下吏:把自己性命交给秦国下级官吏。　㊽"乃使"句:于是命令蒙恬在北方修筑长城抵御匈奴侵扰。蒙恬,秦名将,祖先是齐国人。藩篱,指边防。　㊾却:退。　㊿牧马:此指侵扰。　㉛士:指六国遗民。一说指胡人的军士。弯弓:拉弓。报怨:报复怨恨。㉜焚百家之言:指烧毁诸子百家之书。　㉝黔(qián前)首:秦人称老百姓为"黔首"。　㉞堕(huī灰):通"隳",毁坏。　㉟兵:兵器。咸阳:秦国都城,今陕西咸阳市。　㊱"销锋"二句:谓将兵器熔化制成乐器,又铸成十二个金人。销,熔化。锋,泛指兵器。镶(jù巨),乐器。《史记·秦始皇本纪》:二十六年,"收天下兵,聚之咸阳,销以为钟镶,金人十二,重各千石,置廷宫中"。　㊲"然后"二句:谓据守华山以为城,就着黄河以为护城河。斩,《新书》作"践",为是。津,渡口,此处指护城河。《新书》作"池"。　㊳亿丈之城:指华山。　㊴不测之溪:指黄河。固:险要。㊵劲弩:强弓,此处指弓弩手。弩,一种用机械发射的弓。　㊶信臣:可信赖的大臣。精卒:指善战军卒。谁何:谓督察呵问来往行人。何,呵问。㊷以:通"已"。　㊸关中:即秦雍州之地。秦以函谷关为门户。固:牢固。㊹金城:坚固的城池。金,形容像金属一样坚固。《文选》李善注:"金城,言坚也。《史记》张良曰:'关中所谓金城千里,天府之国也。'"　㊺万世之业:指世世代代永远相传。《史记·秦始皇本纪》:"朕为始皇帝,后世以计数,二世三世至于万世,传之无穷。"　㊻殊俗:不同风俗的地方,指边远地区。　㊼"陈涉"四句:极写陈涉出身地位卑贱。陈涉,名胜,秦末农民起义领袖。事见《史记·陈涉世家》。瓮牖绳枢,以破瓮做窗户,用绳索系门轴。甿(méng萌)隶,指出卖劳动力的农民。甿,种田之民。迁徙之徒,被征发服役的人。　㊽中人:平常人。　㊾仲尼:孔子。墨翟:墨子。㊿陶朱:即范蠡,春秋时越人。他帮助越王勾践灭吴后,就跑到陶地经商,自

229

称陶朱公,后来成为大富翁。猗(yī衣)顿:春秋时鲁人,也是著名的富商。
⑦蹑(niè聂)足:犹"出身于"。蹑,践、蹈。行伍:指军队。行、伍,皆军队下层组织名称。　⑫倔起:指首先举起义旗。什伯:当为军中下级组织名。十人为什,百人为伯。　⑬罢:通"疲"。　⑭揭:举。　⑮赢粮:担粮。赢,担负,带着。景从:如影从形般跟从。景,同"影"。　⑯山东:指崤山、函谷关以东原六国之地。　⑰自若:如故。　⑱钼耰(yōu忧)棘矜:泛指起义军的粗笨武器。钼,同"锄"。耰,锄柄。棘矜,谓伐棘以为杖。矜,杖。　⑲铦(xiān先):通"銛",锋利。句戟:带钩的戟。句,同"勾"。长铩(shā杀):长矛一类的武器。　⑳"适(zhé辙)戍"二句:因罪被贬谪戍边的人,并不比九国的军队强大。适,通"谪"。抗,强,高。　㉑乡时之士:先前的士人。指上述六国贤能之士。乡,通"向"。　㉒度(duó夺)长絜(xié协)大:比量长短大小。絜,衡量。　㉓不可同年而语:谓不能相提并论。同年而语,与"同日而语"义同。　㉔"然秦"二句:皆言秦国小力单。区区之地,形容地少。千乘之权,是说力单。周制,天子地方千里,兵车万乘;诸侯地方百里,兵车千乘。　㉕"招八州"句:谓秦招令六国来臣服朝拜。八州,古时天下分为九州,秦据雍州,其它六国分居八州。朝,使来朝。同列,指原先与秦平等的六国。　㉖"然后"二句:谓秦兼并六国,把天下作为私有,把崤山、函谷关以西作为宫室。　㉗一夫作难:指陈涉起义反秦。七庙堕(huī灰):宗庙毁坏,即国家灭亡。周制,天子祖庙奉祀七代祖先,后以七庙作为封建政权的代称。　㉘身死人手:指秦王子婴被杀。子婴先是投降刘邦,不久即为项羽所杀。　㉙"仁义"句:谓因为不能施行仁政,攻和守所面临的形势截然不同的缘故。"攻"指秦统一天下时而言,"守"指面对陈涉起义而处的守势而言。

过　秦　论(中)①

　　秦并海内,兼诸侯,南面称帝,以养四海②,天下之士斐然乡风③,若是者何也?曰:近古之无王者久矣。周室卑微,五霸既殁,令不行于天下,是以诸侯力政④,强侵弱,众暴寡⑤,兵革不休,士民罢敝⑥。今秦南面而王天下,是上有天子也。既元元之民冀得安其性命,莫不虚心而仰上⑦,当此之时,守威定功⑧,安危之本在于此矣。

秦王怀贪鄙之心⑨,行自奋之智⑩,不信功臣,不亲士民,废王道,立私权⑪,禁文书而酷刑法⑫,先诈力而后仁义⑬,以暴虐为天下始⑭。夫并兼者高诈力,安定者贵顺权⑮,此言取与守不同术也。秦离战国而王天下⑯,其道不易,其政不改,是其所以取之守之者无异也。孤独而有之⑰,故其亡可立而待。借使秦王计上世之事⑱,并殷周之迹⑲,以制御其政⑳,后虽有淫骄之主而未有倾危之患也㉑。故三王之建天下,名号显美,功业长久。

今秦二世立㉒,天下莫不引领而观其政㉓。夫寒者利裋褐而饥者甘糟糠㉔,天下之嗷嗷㉕,新主之资也㉖。此言劳民之易为仁也㉗。乡使二世有庸主之行㉘,而任忠贤,臣主一心而忧海内之患,缟素而正先帝之过㉙,裂地分民以封功臣之后,建国立君以礼天下㉚,虚囹圄而免刑戮㉛,除去收帑污秽之罪㉜,使各反其乡里㉝,发仓廪,散财币,以振孤独穷困之士㉞,轻赋少事㉟,以佐百姓之急㊱,约法省刑以持其后㊲,使天下之人皆得自新㊳,更节修行㊴,各慎其身㊵,塞万民之望㊶,而以威德与天下㊷,天下集矣㊸。即四海之内㊹,皆讙然各自安乐其处㊺,唯恐有变,虽有狡猾之民,无离上之心,则不轨之臣无以饰其智㊻,而暴乱之奸止矣。二世不行此术,而重之以无道㊼,坏宗庙与民㊽,更始作阿房宫㊾,繁刑严诛㊿,吏治刻深㈤,赏罚不当,赋敛无度㈥,天下多事㈦,吏弗能纪㈧,百姓困穷而主弗收恤㈨。然后奸伪并起,而上下相遁㈩,蒙罪者众,刑戮相望于道,而天下苦之㊼。自君卿以下至于众庶㊳,人怀自危之心,亲处穷苦之实,咸不安其位,故易动也。是以陈涉不用汤武之贤,不藉公侯之尊,奋臂于大泽而天下响应者,其民危也㊴。故先王见始终之变㊵,知存亡之机㊶,是以牧民之道㊷,务在安之而已㊸。天下虽有逆行之臣㊹,必无响应之助矣。故曰"安民可与行义,而危民易与为非"㊺,此之谓也。贵为天子,富有天下,身不免于戮杀者,正倾非也㊻。是二世之过也。

中华书局校点本《史记》卷六

①本篇选自《史记·秦始皇本纪》。原作下篇。主要分析秦二世制定政策失当,因循错误而不改,指出秦灭亡的具体原因。 ②以养四海:《新书》作"以四海养",当是。一说,"养"义为取,"养四海"即取于四海。 ③斐然乡风:谓自然倾心于统一天下的秦朝。斐然,轻快貌。乡,通"向"。 ④力政:即力征,专以武力相征讨。政,通"征"。 ⑤暴:欺侮,凌辱。作动词用。 ⑥士民:指士与民。罢敝:即疲弊,困苦穷乏。 ⑦"既元元"二句:谓这样百姓希望保住性命,没有不诚心仰慕皇上的。既,即,则。元元,百姓,又称"黎元"。冀,希望。 ⑧守威:指保持住消灭六国的余威。定功:指建立统一后的功业。 ⑨秦王:秦始皇。贪鄙:指欲望大而见解褊狭。 ⑩行自奋之智:谓自以为是,任意胡为。 ⑪"废王道"二句:王道,与"霸道"相对,指以仁义治天下的政治主张。私权,指自己至高无上的权力。 ⑫"禁文书"句:秦始皇三十四年(前213),丞相李斯建议:"臣请史官非秦记皆烧之。非博士官所职,天下敢有藏《诗》、《书》、百家语者,悉诣守、尉杂烧之。有敢偶语《诗》、《书》者弃市。以古非今者族。"秦始皇下令实施。见《史记·秦始皇本纪》。 ⑬"先诈力"句:以诈力为先,以仁义为后。诈力,欺诈和武力。 ⑭"以暴虐"句:谓天下首倡暴虐。 ⑮"夫并兼"二句:谓兼并别人的人崇尚欺诈和武力,要保住兼并成果的人看重顺应形势。高,崇尚。权,权宜。 ⑯离战国而王天下:谓结束战国纷争而统一天下。离,离散。 ⑰孤独而有之:谓权力集中于皇帝一人而占有天下。 ⑱借使:假使。计:借鉴。 ⑲并殷周之迹:比较殷和周所以兴

亡的往事。并,比较。 ⑳以制御其政:来控制治理国家。 ㉑淫骄:骄横淫逸。 ㉒秦二世:即秦始皇少子胡亥。 ㉓引领:伸着头颈,形容心情急切。 ㉔"夫寒者"句:谓挨冻的人能穿上粗陋的衣服就觉得不错了,挨饿的人吃上酒糟糠皮一类食物也感到香甜。裋(shù 竖)褐,粗陋之衣。 ㉕嗷嗷:众口愁怨声。 ㉖资:资本,凭藉。 ㉗劳民之易为仁:对疲困劳苦之民容易施行仁义。 ㉘乡使:同"向使",即那时候假使。庸主:平常君主。 ㉙"缟素"句:谓穿着白色孝服就改正始皇帝的过错。即始皇帝一死,立即改正。缟素,白色衣服。此指孝服。正,纠正。 ㉚建国立君:谓分给亡国君主以少量的土地,以礼相待。以礼天下:以施礼于天下。 ㉛囹圄:有高墙的监狱。意同"囹圄"。 ㉜"除去"句:谓废除一人犯法其家属受株连等乌七八糟的法律。收帑,指秦代一人有罪,妻子连坐的法律。帑,通"孥",指儿女。汙秽,乌七八糟的意思。 ㉝反:同"返"。乡里:家乡。 ㉞振:同"赈",救助。 ㉟轻赋:指少征赋税。少事:指减少劳役。 ㊱佐:帮助。急:困难。 ㊲约法省刑:指简化法令,减轻刑罚。持其后:指实行上述"裂地分民"等措施后,再加以必要的约束。持,制,约束。 ㊳自新:指自己改正过失,有新的追求。即下文所讲"更节修行,各慎其身"。 ㊴更节修行:改进修整自己的立身准则和行为。 ㊵各慎其身:谓皆修德向善。《新书·道术》:"僶勉就善谓之慎。" ㊶塞:满足。 ㊷以威德与天下:即"施威德于天下"之义。威德,声威与德行。 ㊸天下集矣:指天下和平安定。集,和睦安定。 ㊹即:则,那么。 ㊺讙然:高兴的样子。讙,通"欢"。 ㊻不轨:指不守法度。饰其智:谓施展其弄巧设诈的手段。饰,粉饰,伪装。 ㊼重:加重。 ㊽坏:自行毁坏之义。宗庙与民:指宗庙与人民。据《史记·秦始皇本纪》,秦二世元年(前 209),群臣议尊始皇庙,有"先王庙或在西雍,或在咸阳。天子仪当独奉酌祠始皇庙。自襄公已下轶毁"诸语。"坏宗庙"当指此。 ㊾"更始"句:谓重新开始修筑阿房宫。阿房(ē páng 婀旁)宫,秦宫殿名,始筑于秦始皇三十五年(前 211),未成。秦二世元年四月,下令"复作阿房宫"。见《史记·秦始皇本纪》。 ㊿繁刑严诛:谓刑罚多,处罚重。 (51)吏治刻深:谓官吏审案苛刻严酷。 (52)赋敛无度:指无限制地征收赋税。 (53)天下多事:指政府多徭役之事。 (54)纪:治理。 (55)收恤:收容抚恤,指救济。 (56)上下相遁:指上下相互欺骗。遁,欺。 (57)"蒙罪"三句:谓获罪的人很多,受过刑戮的人接连不断,因而天下百姓为之痛苦。　㊽君卿:有地位的人,泛指朝中大臣。众庶:指百姓。　㊾"是以陈涉"四句:谓陈涉没有商汤、周武那样的贤德,不凭借公侯的尊位,在大泽乡振臂一呼,天下百姓就纷纷响应,是因为百姓处于危难之中。　⑩见始终之变:指见微知著。　㉛知存亡之机:明白存亡的关键。　㉜牧民:指统治百姓。　㉝务:务必,一定。安之:安定他们。　㉞逆行之臣:图谋不轨的大臣。　㉟"故曰"二句:谓生活安定的人能够同他们一起干正义的事,而处于危难境地的人则容易参与做坏事。此为当时成语。　㊱正倾非也:指秦二世政策错误,没能挽救秦朝灭亡。正,纠正。倾,形容秦如同欲倾之大厦。秦二世三年(前207)八月,秦二世被赵高杀于望夷宫。

过　秦　论(下)①

秦并兼诸侯山东三十馀郡②,缮津关③,据险塞④,修甲兵而守之⑤。然陈涉以戍卒散乱之众数百⑥,奋臂大呼,不用弓戟之兵⑦,锄耰白梃⑧,望屋而食⑨,横行天下。秦人阻险不守,关梁不阖,长戟不刺,强弩不射⑩。楚师深入,战于鸿门,曾无藩篱之艰⑪。于是山东大扰,诸侯并起,豪俊相立⑫。秦使章邯将而东征,章邯因以三军之众要市于外,以谋其上⑬。君臣之不信⑭,可见于此矣。子婴立,遂不寤⑮。藉使子婴有庸主之材⑯,仅得中佐⑰,山东虽乱,秦之地可全而有,宗庙之祀未当绝也⑱。

秦地被山带河以为固,四塞之国也⑲。自缪公以来,至于秦王,二十馀君⑳,常为诸侯雄。岂世世贤哉?其势居然也㉑。且天下尝同心并力而攻秦矣㉒。当此之世,贤智并列,良将行其师,贤相通其谋,然困于阻险而不能进,秦乃延入战而为之开关,百万之徒逃北而遂坏㉓。岂勇力智慧不足哉?

形不利,势不便也。秦小邑并大城,守险塞而军㉔,高垒毋战㉕,闭关据阨㉖,荷戟而守之。诸侯起于匹夫㉗,以利合,非有素王之行也㉘。其交未亲㉙,其下未附㉚,名为亡秦,其实利之也㉛。彼见秦阻之难犯也㉜,必退师。安土息民㉝,以待其敝㉞,收弱扶罢㉟,以令大国之君㊱,不患不得意于海内。贵为天子,富有天下,而身为禽者,其救败非也㊲。

秦王足己不问,遂过而不变㊳。二世受之,因而不改,暴虐以重祸㊴。子婴孤立无亲,危弱无辅㊵。三主惑而终身不悟㊶,亡,不亦宜乎? 当此时也,世非无深虑知化之士也㊷,然所以不敢尽忠拂过者㊸,秦俗多忌讳之禁㊹,忠言未卒于口而身为戮没矣㊺。故使天下之士,倾耳而听㊻,重足而立㊼,拑口而不言㊽。是以三主失道,忠臣不敢谏,智士不敢谋,天下已乱,奸不上闻㊾,岂不哀哉!

先王知雍蔽之伤国也㊿,故置公卿大夫士,以饰法设刑㉛,而天下治。其强也,禁暴诛乱而天下服㉜;其弱也,五伯征而诸侯从㉝;其削也,内守外附而社稷存㉞。故秦之盛也,繁法严刑而天下振㉟;及其衰也,百姓怨望而海内畔矣㊱。故周五序得其道,而千馀岁不绝㊲。秦本末并失㊳,故不长久。由此观之,安危之统相去远矣㊴。野谚曰:"前事之不忘,后事之师也㊵。"是以君子为国㊶,观之上古,验之当世,参以人事㊷,察盛衰之理㊸,审权势之宜㊹,去就有序㊺,变化有时㊻,故旷日长久而社稷安矣㊼。

中华书局校点本《史记》卷六

①本文选自《史记·秦始皇本纪》。原作上篇。主要分析子婴没有"庸主之才",不能救难扶危,加速了秦的灭亡。　②山东:指崤山、函谷关以东地区,原属六国的土地。　③缮:修治。津关:渡口和关隘,指水陆要道。

235

④据险塞:占居各地险要。据,凭依。　　⑤修甲兵:整备精良的武器装备。⑥戍卒:守卫边疆的士兵。　　⑦弓戟之兵:弓箭戟矛一类武器。　　⑧钼櫌(yōu 优)白梃(tǐng 挺):指以农具为武器。钼,同"锄"。櫌,锄柄。白梃,指没有加工过的木棒。　　⑨望屋而食:谓军行不带粮草,随处就食。⑩"秦人"四句:极写秦军望风披靡的情况。关梁不阖,指关口和桥梁来不及封闭。　　⑪"楚师"三句:楚军一直打到鸿门一带地方,连像篱笆那样的阻碍也没有遇到。楚师,指陈胜起义的部队。陈胜起义后号为"张楚"。鸿门,古地名,在今陕西西安市东北鸿门堡村。　　⑫"于是"三句:在这种情况下,秦在原来六国的统治大乱,各地纷纷乘机起兵。扰,乱。　　⑬"章邯"二句:章邯趁机凭借众多的军队,来图谋他的君主,求取自己的爵位。章邯,秦大将,陈胜起义之后,曾向秦二世建议赦免骊山囚徒以抵抗起义军队,后曾带领这支军队以抵抗起义部队,与项羽作战失败投降。要市,指谋求自己的利益。要,通"徼",求取。市,交易。章邯带领军队投降项羽时,曾相约攻秦,分占秦地。灭秦后,项羽封章邯为雍王。"要市于外"可能指此事。⑭不信:不忠实。　　⑮"子婴"二句:子婴当了皇帝,终于不能觉悟。秦二世三年(前207),赵高杀二世胡亥,立秦始皇长子扶苏之子公子婴为皇帝。遂,终,竟。寤,通"悟"。　　⑯藉使:假使。庸主之材:平常君主的才能。⑰中佐:具有中等才能的辅臣。　　⑱宗庙之祀:先主的祭祀。此代指国家政权。　　⑲"秦地"二句:形容秦地形势有利。被山带河,靠着崤山,被黄河围绕。被,通"披",依傍,靠近。四塞之国,四面有屏障的地方。⑳"自缪公"三句:秦穆公,春秋五霸之一,公元前659—前621年在位。自穆公至秦始皇共二十三代。缪,通"穆"。　　㉑势居:指秦地形势所处,即上述秦地险要地势。　　㉒"且天下"句:天下曾经同心协力攻打过秦国。按,山东六国曾以"合纵"的策略联合对付秦国。公元前318年和公元前241年,楚、韩、赵、魏、燕等五国军队曾两次联合攻秦。　　㉓"当此"七句:指六国良将贤相虽多,但由于秦地险阻,他们进攻秦国的行动终于失败。逃北而遂坏,败退逃跑而终于崩溃。　　㉔"秦小邑"二句:秦把小城的军队合并到大城之中,在险要关塞驻军据守。　　㉕高垒毋战:构筑坚固的营垒而不出战。㉖闭关据阸:关闭函谷关,把守住险要的关塞。　　㉗"诸侯"句:指山东各地的起事诸侯都是从平民中崛起的。匹夫,古时指老百姓中的男子,这里代指平民。　　㉘素王之行:素王的德行。素王,指没有王位而具有王者德行

的人。　㉙其交未亲：指各路诸侯的交情还不亲厚。　㉚其下未附：他们的下属还未亲附。　㉛利之：指这些诸侯都想借亡秦之机自立为王。㉜秦阻之难犯：指秦地险要，难以攻下。　㉝安土息民：使境内平安，民众休养生息。　㉞待其敝：等待他们的衰败。敝，败，坏。　㉟收弱扶罢：收养弱小，帮助穷困。罢，通"疲"。　㊱令大国之君：指对各诸侯国发号施令。　㊲"贵为"四句：谓子婴虽有天子的尊贵，占有天下的财富，却自身被人俘虏，是他挽救败亡的办法不对。禽，通"擒"，捉住。　㊳"秦王"二句：谓秦始皇骄傲自满，不虚心下问，明知自己有过错却不愿改正。遂过，顺成、掩饰过失。　㊴"二世"三句：秦二世继承了秦始皇的做法，因循而不加改变，又加上残酷暴虐，因而加重了祸患。　㊵"子婴"二句：子婴势单力孤，没有什么亲信，危险虚弱而又没有人辅佐。　㊶"三主"句：谓秦始皇、秦二世、子婴三代君主溺于错误而终身不悟。惑，困惑，迷乱。㊷深虑知化：智虑深远，了解形势变化的道理。　㊸尽忠拂（bì 必）过：竭尽自己的忠诚，提出纠正错误的意见。拂，通"弼"，辅正。拂过，帮助君主纠正过失。　㊹"秦俗"句：秦朝的风气有许多禁忌。俗，习俗，风气。㊺戮没：杀害。　㊻倾耳而听：侧着耳朵听，形容恭顺专心听的样子。㊼重足而立：两脚紧靠着站立，形容恭敬的样子。　㊽拑口而不言：闭着嘴不说话，形容恐惧的样子。　㊾奸不上闻：坏消息不让皇帝知道。㊿雍蔽：阻塞、蒙蔽。指上下之间情况不通。　(51)饰（chì 斥）法设刑：整饬法令，设立刑罚。饰，通"饬"，整治。　(52)"其强"二句：它强大的时候，能够制止暴虐、诛除邪恶而使天下顺服。　(53)"其弱"二句：在它衰弱的时候，也能靠五霸的征伐而使诸侯服从。五伯，即春秋五霸。伯，通"霸"。(54)"其削"二句：它削弱的时候，也能内部加强守备，外部交好其它国家而使政权保存下来。社稷，古时为国家的代称。社，土神。稷，五谷神。　(55)繁法严刑：法令繁复，刑罚严酷。振：通"震"，指惊恐慑服。　(56)怨望：怨恨。望，怨。畔：通"叛"。　(57)"故周"二句：所以，周王朝设置五等爵位，符合治国原则，因而延续了一千多年。五序，指公、侯、伯、子、男五等爵位。序，顺序。千馀岁，周朝统治，合计共八百馀年。此为夸大的说法。　(58)本末：指治理国家的根本方针和采取的方法、手段。　(59)统：统绪，纪纲。指使国家安全或危险的原理。　(60)师：师法，借鉴。　(61)为国：治理国家。(62)参以人事：用人情事理去检查它。参，检验。　(63)察盛衰之理：明了盛衰的道理。　㉔权势：此指不断变化的形势。宜：适当,适宜。　㉕去就有序：取舍有一定规矩。　㉖变化有时：变化有一定的时机。　㉗旷日：无法计算日期,形容长久。

论积贮疏①

管子曰②："仓廪实而知礼节③。"民不足而可治者,自古及今,未之尝闻④。古之人曰："一夫不耕,或受之饥;一女不织,或受之寒⑤。"生之有时⑥,而用之亡度⑦,则物力必屈⑧。古之治天下,至孅至悉也⑨,故其畜积足恃⑩。今背本而趋末⑪,食者甚众,是天下之大残也⑫。淫侈之俗⑬,日日以长⑭,是天下之大贼也⑮。残贼公行,莫之或止⑯;大命将泛⑰,莫之振救⑱。生之者甚少⑲,而靡之者甚多⑳,天下财产,何得不蹶㉑？汉之为汉,几四十年矣㉒,公私之积,犹可哀痛。失时不雨,民且狼顾;岁恶不入㉔,请卖爵、子㉕。既闻耳矣㉖,安有为天下阽危者若是而上不惊者㉗？

世之有饥穰㉘,天之行也㉙,禹汤被之矣㉚。即不幸有方二三千里之旱㉛,国胡以相恤㉜？卒然边境有急㉝,数十百万之众,国胡以馈之㉞？兵旱相乘㉟,天下大屈,有勇力者,聚徒而衡击㊱,罢夫羸老㊲,易子而咬其骨㊳。政治未毕通也㊴,远方之能疑者并举而争起矣㊵,乃骇而图之㊶,岂将有及乎㊷？

夫积贮者,天下之大命也㊸。苟粟多而财有馀㊹,何为而不成？以攻则取㊺,以守则固,以战则胜。怀敌附远㊻,何招而不至㊼？今殴民而归之农㊽,皆著于本㊾,使天下各食其力,末技游食之民㊿,转而缘南畮㉛,则畜积足而人乐其所矣㉜。

可以为富安天下,而直为此廪廪也㊿,窃为陛下惜之㊾。

中华书局校点本《汉书》卷二四上

①本文是贾谊写给汉文帝刘恒的一篇奏疏,选自《汉书·食货志》,题目为另拟。文中论述了农业生产对于稳定封建国家的重要性,提出必须储粮备荒、储粮备战。文章引古证今,又从正反两面陈述利害得失,说理透彻;语言流畅而比较整齐。　②筦子:即管子,名仲,字夷吾,春秋时齐国相。今存《管子》一书是后人编辑的,其中有管仲的著作,也有别人的伪托之作。筦,同"管"。　③"仓廪"句:粮食充足了,百姓就懂得礼节。引文见《管子·牧民》篇,原文作"仓廪实则知礼节"。廪,与"仓"同义,都是储藏粮食的仓库。圆的称"廪",方的称"仓"。　④未之尝闻:即"未尝闻之",未曾听说这样的事。　⑤"一夫"四句:引文见《管子·轻重甲》,原作"一农不耕,民或为之饥;一女不织,民或为之寒"。一夫,一个男子。或,有的人。受之饥,因之受饥饿。之,代词。　⑥生之有时:生产有时间的节制。指春耕夏耘秋收冬藏。　⑦用之亡度:消费财物不加限制。亡,通"无"。　⑧物力必屈(jué 决):财力一定要耗尽。屈,竭,穷尽。　⑨至孅至悉:非常纤悉。孅,通"纤",细致。悉,详密。　⑩畜积:积存。恃:依赖,依靠。　⑪背本:背弃农业。本,指农业。趋末:趋尚工商业。末,指工商业。　⑫残:害,危害。　⑬淫侈:奢侈浪费。　⑭日日以长:一天天地增长。　⑮贼:与上文"残"义相近,亦危害之意。　⑯莫之或止:没有人制止它。莫,没有人。之,代词,指"残贼公行"这件事。或,语气助词。　⑰大命:指国家的命运。泛:通"覂(fěng 讽)",覆灭。　⑱莫之振救:没有人挽救它。振救,救助,挽救。　⑲生之者:指从事生产的人。　⑳靡:耗费。　㉑蹶(jué 决):倾竭,竭尽。　㉒"汉之"二句:汉朝自建立政权以来将近四十年了。为,成为。几,近。　㉓民且狼顾:形容百姓像狼频频回顾那样惊恐不安。狼顾,狼性多疑,走路常回头看。　㉔岁恶:年成坏。不入:指纳不上税。　㉕请卖爵子:指朝廷出卖爵位,老百姓出卖子女。　㉖闻耳:闻于耳。指上述严重情况传达到皇帝耳朵里。　㉗安:疑问代词,哪。为:治理。阽(diàn 店)危:临近危险。者:语气助词。若是:像这样。上:指皇帝。　㉘饥穰(ráng 瓤):偏义词,饥荒。穰,丰收。　㉙天之行:犹言

"天之道",指客观的自然现象。 ㉚"禹汤"句:指禹曾遭九年水灾,汤曾遭七年旱灾。被,受。 ㉛即:倘若,假如。方:方圆。 ㉜胡以:用什么。胡,疑问代词,何。恤(xù序):救济。 ㉝卒(cù促)然:突然。卒,同"猝"。急:指紧急战事。 ㉞馈(kuì愧):通"馈",送食物给人(常用于上对下)。 ㉟兵:指战争。相乘:相因,指兵、旱同时出现。 ㊱聚徒:聚众。衡击:横行冲击,指抢劫。衡,通"横"。 ㊲罢夫羸(léi雷)老:指衰老瘦弱的人。罢,通"疲"。羸,瘦弱。 ㊳"易子"句:易子而食的意思。易,换。 ㊴"政治"句:谓国家的治理措施还没有来得及在各地实施。毕,完全。通,通达。 ㊵能:此字为衍文。疑者:指同王朝争上下的人。疑,通"拟",相比并的意思。 ㊶"乃骇"句:谓皇帝于是惊恐起来而不得不图谋对付那远方之疑者。乃,于是。图,图谋。之,代指远方之疑者。 ㊷"岂将"句:那还来得及吗?有及,犹"来得及"。 ㊸天下之大命:国家的大事。大命,大事,要事。 ㊹苟:如果。 ㊺以:介词,凭。"以"后省略介词宾语"之"。后两句"以"字的用法同此。 ㊻怀敌:使敌人来归顺。怀,来,这里是"使来"的意思。附远:使远方的人归附。附,归,这里是"使归附"的意思。 ㊼"何招"句:意谓招而即至,不会有招而不至的情况。 ㊽殴:同"驱",赶。归之农:即使之归于农。 ㊾皆著于本:都从事农业。著(zhuó浊),同"着",附着,指从事。 ㊿末技:指工商业。游食之民:指到处谋食的人。 (51)缘南晦:指从事农业。缘,沿着,这里有走向的意思。南晦,南北垄的地,此处泛指农田。晦,同"亩"。 (52)所:处所,这里指处境。 (53)"可以"二句:本来可以做到使天下富足安定,却特地造成这种使人畏惧的情形。为,做到。富安天下,即"使天下富安"。直,特,特地。廪廪,同"懔懔",畏惧的样子。 (54)窃:自谦之词,犹私下、私自。

吊屈原赋①

共承嘉惠兮②,俟罪长沙③。侧闻屈原兮④,自沈汨罗⑤。造托湘流兮,敬吊先生⑥。遭世罔极兮⑦,乃陨厥身⑧。呜呼哀哉,逢时不祥⑨!鸾凤伏窜兮,鸱枭翱翔⑩。阘茸尊显兮,谀谀得志⑪;贤圣逆曳兮,方正倒植⑫。世谓伯夷贪兮⑬,谓盗跖廉⑭;莫邪为顿兮⑮,铅刀为铦⑯。于嗟嚜嚜兮⑰,生之无故⑱!斡弃周鼎兮宝康瓠⑲,腾驾罢牛兮骖蹇驴⑳,骥垂两耳兮服盐车㉑。章甫荐屦兮,渐不可久㉒;嗟苦先生兮,独离此咎㉓!

讯曰㉔:已矣,国其莫我知,独堙郁兮其谁语㉕?凤漂漂其高遰兮,夫固自缩而远去㉖。袭九渊之神龙兮,沕深潜以自珍㉗。弥融爚以隐处兮,夫岂从蚁与蛭螾㉘?所贵圣人之神德兮,远浊世而自藏㉙。使骐骥可得系羁兮,岂云异夫犬羊㉚!般纷纷其离此尤兮㉛,亦夫子之辜也㉜!瞝九州而相君兮㉝,何必怀此都也?凤皇翔于千仞之上兮㉞,览德辉而下之㉟;见细德之险征兮㊱,摇增翮逝而去之㊲。彼寻常之污渎兮㊳,岂能容吞舟之鱼!横江湖之鳣鲸兮,固将制于蝼蚁㊴。

中华书局校点本《史记》卷八四

①本篇选自《史记·屈原贾生列传》,题目为后加。《汉书》和《文选》亦载录。据《史记》记载,贾谊因遭周勃、灌婴等人的谗毁,被贬为长沙王太傅。"贾生既辞往行,闻长沙卑湿,自以寿不得长,又以适(谪)去,意不自得。及渡湘水,为赋以吊屈原"。赋作借祭吊屈原以抒发自己郁郁不得志的思想感情。　②共:通"恭"。嘉惠:指皇帝的恩命。　③俟罪:待罪。长沙:郡国名,其辖境在今湖南东半部,都临湘(今长沙市)。汉初分封,长沙王为异姓诸侯王之一。　④侧闻:从旁闻知。此谓传闻,听说。　⑤沈:同"沉"。汨(mì密)罗:江水名,在湖南省,流入湘江。　⑥"造托"二句:谓凭借湘水而恭敬地吊祭屈原。造,到。托,凭。　⑦遭世罔极:遭遇到不公正的世道。罔极,犹无极,即无中正之道。　⑧乃陨厥身:而丧失了生命。陨,通"殒",死亡。厥,其。　⑨逢时不祥:遇到的时候不好,即生不逢时之意。　⑩"鸾凤"二句:凤鸟藏匿在下而鸱枭高高飞翔。比喻贤人退避而小人得志。鸱枭(chī xiāo 吃消),古书上所说的一种恶鸟,犹猫头鹰之类。

241

⑪"阘茸(tà róng 榻容)"二句:没有才能的人官高位显,谗邪谄谀之人得遂其志。阘茸,指才能低下的人。 ⑫"贤圣"二句:贤能的人不能行他们的正道,端方正直的人反在下位。逆曳,倒着拽,指不能顺道而行。倒植,倒置,指地位颠倒。 ⑬伯夷:殷、周时代有名的贤人。周武王伐纣后,因不食周粟而饿死在首阳山。贪,贪婪。 ⑭盗跖:春秋时代鲁国人,是古代著名大盗。廉,廉洁,清廉。 ⑮莫邪(yé爷):古代有名的宝剑,锋利无比。 ⑯铅刀:铅做的刀子。铦(xiān先):锋利。 ⑰于嗟:叹词。于,同"吁"。嘿嘿:不得意的样子。嘿,同"默"。 ⑱生:指屈原。故:通"辜",过错。 ⑲"斡(wò卧)弃"句:把周鼎那样贵重的物品抛弃,而把破瓦壶当作宝贝。斡弃,转而弃去,不以为意。斡,旋。康瓠(hù户),破瓦壶。瓠,通"壶"。 ⑳"腾驾"句:用疲惫的牛驾车,用跛驴为骖。腾,驾。罢,通"疲"。骖,在车辕两旁拉车的牲畜。蹇驴,跛腿驴。 ㉑"骥垂"句:以骥服盐车喻贤者不得重用。典出《战国策·楚策四》:"夫骥之齿至矣,服盐车而上太行,……白汗交流,中阪迁延,负辕不能上。伯乐遭之,下车攀而哭之。"骥,良马。服,驾御。 ㉒"章甫"二句:谓贤者不会久居下位。章甫荐屦,冠被垫在鞋子下,喻上下颠倒。章甫,殷冠名。荐,草席,草垫。此用作动词。屦(jù聚),古代一种鞋。渐,事物发展的开端。 ㉓"嗟苦"二句:叹息屈原劳苦,却独遭此难。嗟苦,嗟叹劳苦。离,通"罹",遭受,下同。咎,灾难。 ㉔讯曰:相当于楚辞中的"乱曰",有总括文章要旨的作用。讯,一作"谇"。 ㉕"国其"二句:国人都不了解我,心中的忧愁能向谁诉说?壹郁,义同抑郁,忧愁烦闷。 ㉖"凤漂漂"二句:凤凰高高地飞去,一定是自己远远地离开。漂漂,即飘飘,高飞的样子。遰,通"逝"。缩,退,抽身。《汉书》作"自引"。 ㉗"袭九渊"二句:要像深渊中的神龙那样,深深潜藏以自为珍重。袭,因袭,仿效。九渊,九重之渊,即深渊。沕(mì密),深藏不易见的样子。 ㉘"弥融爚(yuè跃)"二句:远离明光,深潜水中去隐居,又怎能与蛤蟆、水蛭等在一起呢!弥,远。融,明。爚,光。螘,同"蚁"。《汉书》作"虾",当从。虾(há蛤),即蛤蟆,青蛙和癞蛤蟆的通称。蛭蟥(zhì yǐn至引),水蛭和蚯蚓。 ㉙自藏:指保全自己。 ㉚"使骐骥"二句:假如骏马能够束缚羁绊得住,还与犬羊有什么两样。 ㉛般纷纷:形容小人纷纷构谗。般,乱。离,遭受。尤,罪过。此指非难。 ㉜"亦夫子"句:谓屈原不能如凤远去、如龙自珍,故遭此难。夫子,指屈原。辜,通"故",原因。 ㉝瞝(chī痴):历

观。九州:古代分中国为九州,此泛指当时各国。相君:选择君主。 ㉞千仞:形容其高。古代以八尺(一说七尺)为仞。 ㉟"览德辉"句:看到仁德的光辉才肯下来。 ㊱细德:小人之德,即不良的德行。险征:危险征兆。
㊲摇:扇动。增翮(céng hé 层合):指鸟的翅膀。增,通"层"。翮,鸟羽。
㊳寻常:古代八尺为寻,倍寻为常。此处形容其小。污渎:污浊的小水沟。
㊴"横江湖"二句:可以横行江湖的大鱼,落在小水沟之中,必定要受到蝼蚁的挟制。《庄子·庚桑楚》:"吞舟之鱼,砀而失水,则蚁能苦之。"鳣鲟(zhān xún 沾旬),代指大鱼。鳣,鳇鱼。鲟,鲟鱼的古称。蝼蚁,蝼蛄和蚂蚁,代指微小的动物。

三　晁　错

　　晁错(？—前154)，颍川(今河南禹州)人，汉文帝时为博士，景帝时任御史大夫。主张对外防御匈奴入侵，对内实行重农贵粟的政策，并要求加强中央集权。景帝采纳晁错建议，剥夺诸侯王土地，引起吴、楚等七国之乱，最后晁错以此被杀。他的文章长于分析问题，注重说理，讲求实用，逻辑性较强，但文采稍嫌不足。

论　贵　粟　疏①

　　圣王在上而民不冻饥者，非能耕而食之、织而衣之也②，为开其资财之道也。故尧、禹有九年之水，汤有七年之旱，而国亡捐瘠者③，以畜积多而备先具也④。今海内为一，土地人民之众不避汤、禹⑤，加以亡天灾数年之水旱，而畜积未及者⑥，何也？地有遗利⑦，民有馀力，生谷之土未尽垦，山泽之利未尽出也，游食之民未尽归农也⑧。民贫则奸邪生。贫生于不足，不足生于不农，不农则不地著⑨，不地著则离乡轻家，民如鸟兽，虽有高城深池⑩、严法重刑，犹不能禁也。

　　夫寒之于衣，不待轻暖⑪；饥之于食，不待甘旨⑫。饥寒至身，不顾廉耻。人情一日不再食则饥⑬，终岁不制衣则寒⑭。夫腹饥不得食，肤寒不得衣，虽慈母不能保其子⑮，君安能以有其民哉⑯！明主知其然也⑰，故务民于农桑⑱，薄赋敛，广畜积，以实仓廪，备水旱，故民可得而有也⑲。

民者，在上所以牧之⑳，趋利如水走下，四方亡择也㉑。夫珠玉金银，饥不可食，寒不可衣，然而众贵之者，以上用之故也。其为物轻微易臧㉒，在于把握㉓，可以周海内而亡饥寒之患㉔。此令臣轻背其主㉕，而民易去其乡，盗贼有所劝㉖，亡逃者得轻资也㉗。粟米布帛生于地，长于时㉘，聚于力㉙，非可一日成也；数石之重，中人弗胜，不为奸邪所利，一日弗得而饥寒至㉚。是故明君贵五谷而贱金玉。

今农夫五口之家，其服役者不下二人㉛，其能耕者不过百晦㉜，百晦之收不过百石。春耕夏耘，秋获冬臧，伐薪樵㉝，治官府㉞，给繇役㉟；春不得避风尘，夏不得避暑热，秋不得避阴雨，冬不得避寒冻，四时之间亡日休息；又私自送往迎来㊱，吊死问疾，养孤长幼在其中㊲。勤苦如此，尚复被水旱之灾，急政暴赋㊳，赋敛不时㊴，朝令而暮改。当具，有者半贾而卖，亡者取倍称之息㊵，于是有卖田宅、鬻子孙以偿责者矣㊶。而商贾大者积贮倍息㊷，小者坐列贩卖㊸，操其奇赢㊹，日游都市，乘上之急，所卖必倍㊺。故其男不耕耘，女不蚕织，衣必文采㊻，食必粱肉；亡农夫之苦，有仟伯之得㊼。因其富厚㊽，交通王侯㊾，力过吏势㊿，以利相倾(51)；千里游敖(52)，冠盖相望(53)，乘坚策肥(54)，履丝曳缟(55)。此商人所以兼并农人，农人所以流亡者也。今法律贱商人(56)，商人已富贵矣；尊农夫，农夫已贫贱矣。故俗之所贵，主之所贱也；吏之所卑，法之所尊也。上下相反，好恶乖迕(57)，而欲国富法立，不可得也。

方今之务，莫若使民务农而已矣。欲民务农，在于贵粟。贵粟之道，在于使民以粟为赏罚(58)。今募天下入粟县官(59)，得以拜爵(60)，得以除罪。如此，富人有爵，农民有钱，粟有所渫㉖。夫能入粟以受爵,皆有馀者也。取于有馀,以供上用,则贫民之赋可损㉖,所谓"损有馀,补不足"㉖,令出而民利者也。顺于民心,所补者三:一曰主用足,二曰民赋少,三曰劝农功㉖。今令民有车骑马一匹者,复卒三人㉖。车骑者,天下武备也,故为复卒。神农之教曰㉖:"有石城十仞,汤池百步㉖,带甲百万,而亡粟,弗能守也。"以是观之,粟者,王者大用,政之本务。令民入粟受爵,至五大夫以上,乃复一人耳㉖,此其与骑马之功相去远矣㉖。爵者,上之所擅㉖,出于口而亡穷;粟者,民之所种,生于地而不乏。夫得高爵与免罪,人之所甚欲也。使天下人入粟于边㉖,以受爵免罪,不过三岁,塞下之粟必多矣㉖。

中华书局校点本《汉书》卷二四上

①本文是晁错向汉文帝上的一篇奏疏,选自《汉书·食货志》,题目为后加。文章论述了务民于农和实行贵粟政策的重要,暴露了当时社会土地兼并、贫富悬殊和农民无以为生的现象。中心明确,组织严密,慷慨激切,语言有力。粟,指粮食。　②"非能"二句:谓并不是圣王亲自从事耕织供给人民吃穿。食(sì 四)之,指给人民粮食吃。衣之,指给人民衣服穿。③亡:通"无"。捐瘠:指因饥饿而死。捐,弃。瘠,通"胔(zì 自)",腐尸。④备先具:预先做好了准备。　⑤不避汤禹:指不比汤、禹的时候差。避,让,次于。　⑥畜积:即蓄积。未及:指比不上汤、禹时代。　⑦地有遗利:土地有尚未利用的潜力。　⑧归农:归田务农。　⑨地著:固定居住在一个地方。著,附着、固定。　⑩高城深池:指很高的城墙,很深的护城河。　⑪轻暖:指重量轻、保暖性强的御寒衣裳。　⑫甘旨:指好吃的食品。甘,甜。旨,美。　⑬人情:人之常情。再食:吃两顿饭。　⑭终岁:一年到头。　⑮保:养。　⑯以有其民:指在缺衣无食的情况下保有他的人民。　⑰"明主"句:谓贤明的君主懂得这个道理。　⑱务:致力。此为使动用法,使致力于。　⑲"故民"句:谓所以明主可以得到人民的拥

戴。　⑳"民者"二句:就人民来说,要看君主如何去治理。牧,养,管理。
㉑"趋利"二句:谓人民对利的追求就像水向低处流,并不选择方向。
㉒其为物:指像珠玉金银这类东西。臧:通"藏"。　㉓在于把握:谓可以拿在手中。　㉔周海内:指走遍全国各处。　㉕此:指上三句所说的情况。轻背其主:轻易地背叛他的君主。㉖有所劝:受到引诱。劝,鼓励。此处指引诱。　㉗亡逃者:指有罪逃亡之人。轻资:指便于携带的财物。
㉘长于时:生长于一定的季节。　㉙聚于力:谓把它们聚集起来要用人力。
㉚"数石"四句:谓几石重的粟米布帛,中等体力的人就拿不动,不是奸邪之人所贪求的东西,但一天得不到它却要忍饥受寒。石(dàn旦,古读shí时),计量单位。古代一百二十市斤为一石。弗胜,指力气不能胜任。利,贪爱,喜好。　㉛服役者:指为官府服劳役的人。　㉜能耕者:指能够耕种的土地。晦:同"亩"。㉝伐薪樵:指砍柴打草以做燃料。　㉞治官府:指修整官方房舍。㉟给繇役:服劳役,出官差。繇,通"徭"。㊱私自:指农民私人之间的,非官派的。送往迎来:指亲友之间的交际往来。
㊲养孤长(zhǎng掌)幼:供养孤独无依靠的人,抚养幼儿。在其中:指上述总花销都出自不过百石的收入。　㊳急政暴赋:指猛烈严酷地征收赋税。政,通"征"。㊴赋敛不时:征收赋税不定时候。　㊵"当具"三句:当要交纳赋税的时候,有东西可卖的人就半价出售,没有东西的人就用加倍的利息去借债。具,备,准备交纳。贾,同"价"。倍称之息,加倍的利息。借一还二叫"倍称"。㊶鬻(yù育):卖。责:同"债"。　㊷"而商贾(gǔ古)"句:指大商人靠囤积物资获取加倍利息。商贾,商人。行走经营的称商,坐店经营的称贾。㊸列:指列肆,一排排的店铺。　㊹奇(jī击)赢:指不正当的赢利。㊺"日游"三句:谓商人们整天在都会集市上游逛,趁着朝廷急需某种物品,卖出时的价格一定要加倍。㊻文采:指华美的衣服。㊼有仟伯之得:谓能得到像有土地一样的大量收益。仟伯,同"阡陌(qiān mò 千末)",本指田中疆界,代指田地。　㊽因:凭借。
㊾交通:交结。㊿力过吏势:谓权力超过官府。　51相倾:互相倾轧。
52游敖:游玩。敖,通"遨"。53冠盖相望:谓富商们来来往往不绝于路。冠盖,常用以指古代上层社会的官吏或富有的人。冠,指礼帽。盖,指有顶盖的车。　54乘坚策肥:坐着结实的车子,驾着肥壮的马。　55履丝曳缟(yè gǎo夜搞):穿着丝鞋,披着丝织长衣。曳,拖着。缟,一种不染色的丝织

247

品。 (56)“今法律”句:汉初曾有限制商人社会地位的法律,如商人不得衣丝乘车等。 (57)好恶乖迕(wǔ 午):指所推崇的和所轻贱的,在实际上不一致,互相倒置。 (58)以粟为赏罚:用粮食来求赏免罚。 (59)募:征求。入粟县官:向朝廷交纳粮食。县官,指朝廷。古代称天子所居之处叫“县”。(60)拜爵:封给爵位。古代任官爵叫“拜”。 (61)粟有所渫(xiè 泄):谓粮食就会被送到需用之处,而不会被商贾积贮。渫,分散,流通。 (62)损:减少。(63)“损有馀”二句:语出《老子》第七十七章:“天之道,损有馀而补不足。”(64)劝农功:鼓励农民从事农业生产。劝,助,鼓励。 (65)“今令”二句:按照现行法令,民户能够出车骑马一匹的,就免除三个人的兵役。车骑马,供驾车或骑乘用的马匹。复,免除。卒,步兵,指兵役。 (66)神农:传说中的古代帝王,曾教民耕种。又,《汉书·艺文志》有“《神农》二十篇”,今不存,“神农之教”或即引此书中的话。 (67)汤池:指难以逾越的护城河。汤,沸水。极言其难渡。 (68)“至五大夫”二句:谓用粮食换得的爵位高到五大夫以上,也不过被免掉一个人的兵役。五大夫,汉代二十级爵位的第九级。(69)“此其”句:谓入粟受爵的功用和出“车骑马”以“复卒”的功用相差甚远(意即“入粟受爵”较之“出车骑马”对朝廷更为有利)。 (70)擅:专有。(71)入粟于边:交纳粮食用于边防。 (72)塞下:指边地。当是长城一带地方。

守边备塞疏①

臣闻秦时北攻胡貉②,筑塞河上③,南攻杨粤④,置戍卒焉⑤。其起兵而攻胡、粤者,非以卫边地而救民死也,贪戾而欲广大也⑥,故功未立而天下乱。且夫起兵而不知其势⑦,战则为人禽⑧,屯则卒积死⑨。夫胡貉之地,积阴之处也⑩,木皮三寸,冰厚六尺,食肉而饮酪,其人密理,鸟兽毳毛⑪,其性能寒⑫。杨粤之地少阴多阳⑬,其人疏理⑭,鸟兽希毛,其性能暑。秦之戍卒不能其水土⑮,戍者死于边,输者偾于道⑯。秦民见行,如往弃市⑰,因以谪发之,名曰“谪戍”⑱。先发吏有谪及赘婿、贾人,后以尝有市籍者,又后以大父母、父母尝有市籍者,后入闾,取其左⑲。发之不顺,行者深怨,有背畔之心⑳。凡民守战至死而不降北者,以计为之也㉑。故战胜守固则有拜爵之赏㉒,攻城屠邑则得其财卤以富家室㉓,故能使其众蒙矢石㉔,赴汤火,视死如生。今秦之发卒也㉕,有万死之害,而亡铢两之报㉖,死事之后不得一算之复㉗,天下明知祸烈及己也㉘。陈胜行戍,至于大泽,为天下先倡,天下从之如流水者㉙,秦以威劫而行之之敝也㉚。

胡人衣食之业不著于地,其势易以扰乱边竟㉛。何以明之?胡人食肉饮酪,衣皮毛,非有城郭田宅之归居,如飞鸟走兽于广野㉜,美草甘水则止㉝,草尽水竭则移㉞。以是观之,往来转徙,时至时去㉟,此胡人之生业,而中国之所以离南晦也㊱。今使胡人数处转牧行猎于塞下,或当燕、代,或当上郡、北地、陇西,以候备塞之卒,卒少则入㊲。陛下不救,则边民绝望而有降敌之心;救之,少发则不足,多发,远县才至,则胡又已去㊳。聚而不罢㊴,为费甚大;罢之,则胡复入。如此连年,则中国贫苦而民不安矣。

陛下幸忧边境㊵,遣将吏发卒以治塞㊶,甚大惠也。然令远方之卒守塞,一岁而更㊷,不知胡人之能㊸;不如选常居者,家室田作,且以备之㊹。以便为之高城深堑㊺,具蔺石㊻,布渠答㊼。复为一城,其内城间百五十步㊽。要害之处,通川之道,调立城邑,毋下千家,为中周虎落㊾。先为室屋,具田器,乃募罪人及免徒复作令居之㊿;不足,募以丁奴婢赎罪及输奴婢欲以拜爵者㉛;不足,乃募民之欲往者。皆赐高爵,复其家㉜。予冬夏衣,廪食,能自给而止㉝。郡县之民得买其爵,以自增至卿㉞。其亡夫若妻者,县官买予之㉟。人情非有匹敌㊱,不能久安其处。塞下之民,禄利不厚㊲,不可使久居危难之地。胡人入驱而能止其所驱者,以其半予之㊳;县官为赎其民㊴。如是,则邑里相救助㊵,赴胡不避死㊶。非以德上也,欲全亲戚而利其财也㊷。此与东方之戍卒不习地势而心畏胡者,功相万也㊸。以陛下之时,徙民实边㊹,使远方无屯戍之事㊺,塞下之民父子相保,亡系虏之患㊻,利施后世㊼,名称圣明,其与秦之行怨民,相去远矣㊽。

中华书局校点本《汉书》卷四九

①本文是晁错向汉文帝上的一篇奏疏,选自《汉书·爰盎晁错传》,题目为后加。文中详细分析了徙民守边备胡的种种好处,论述深刻,言辞直接畅达。　②胡貉(hé何):又称"北狄",古代对我国北部西部边境少数民族的泛称。此处主要指匈奴。　③筑塞河上:在黄河上游构筑关塞。　④杨粤:指南越,秦汉时南部边境部族。杨,通"扬"。南越属扬州,故称。粤,同"越"。　⑤戍卒:守卫的兵卒。　⑥"非以"二句:并不是为了保卫边疆解救人民,而是贪婪暴戾想要扩充土地。　⑦起兵:发兵,派遣军队。势:形势,情势。　⑧为人禽:被敌方俘获。禽,通"擒"。　⑨屯:驻防。卒积死:指士卒因驻防长期滞留在外而死亡。　⑩积阴:指因地处北方,天气寒冷。　⑪"其人"二句:谓北地的人肌肤结实,北地的鸟兽身上的毛非常细密。毳(cuì翠),鸟兽的细毛。　⑫能(nài耐)寒:耐寒。能,通"耐",下文"能暑"同。　⑬多阳:指因地处南方,天气炎热。阳,温暖。　⑭其人疏理:指南地的人肌肤不像北地人那样结实。　⑮"秦之"句:谓秦国戍卒不服南北水土。能,胜任,适应。　⑯"戍者"二句:驻防的士卒死在边地,运输的役夫倒在路上。偾(fèn奋),倒地。　⑰"秦民"二句:谓秦国百姓被派往戍边,就像去被杀头一样。见行,犹言"当行"。弃市,在闹市处死。　⑱"因以"二句:谓把应受惩罚的人派去戍边,叫作"谪戍"。谪,惩罚。此指受惩罚的人。　⑲"先发"五句:首先发配戍边的是犯罪的官吏和赘婿、商人,然后是曾经编在商贾户籍的人,然后是祖父母、父母曾经是商贾户籍的人,然后凡是居住在里门左边的居民,皆属发配之列。

赘婿,招赘的男子。闾,里巷的大门。秦代居于里门左侧的皆为贫民。
⑳"发之"三句:谓被派往时不情愿,去的人非常怨恨,常有背叛的念头。畔,通"叛"。 ㉑"凡民"二句:谓百姓防守交战至死不投降的原因,都是由策略规定造成的。计,策略。详见下文。 ㉒战胜守固:交战获胜,防守稳固。拜爵:指得到官爵。 ㉓"攻城"句:谓攻占城邑后抢劫该城的财物归自家。卤(lǔ鲁),通"掳",抢夺。 ㉔蒙:冒着。 ㉕发卒:指上文所述谪遣戍卒之事。 ㉖亡铢两之报:极言无任何好处。亡,通"无"。铢两,我国古代重量单位。《汉书·律历志上》:"二十四铢为两,十六两为斤。" ㉗死事之后:指为公事而死的人的子孙。一算之复:免除一算的赋税。汉代规定,百姓自十五至五十六岁出赋钱,每人一算,一算为一百二十钱。复,免除。 ㉘祸烈及己:灾祸来到自己头上。烈,祸。 ㉙"陈胜"四句:谓陈胜谪遣前往戍边,走到大泽,率先揭竿起义,百姓跟从他就如同水往低处流。大泽,地名,即今安徽宿州东南刘村集。倡,同"唱",首先号令。 ㉚以威劫而行之:凭借威势强迫去做。敝:通"弊",弊病,害处。 ㉛"胡人"二句:谓胡人衣食之需不靠经营土地,这就势必要掠夺我边境。著(zhuó着),同"着"。竟,通"境"。 ㉜"如飞鸟"句:谓胡人就像飞鸟走兽一样活动在广阔的原野。 ㉝止:止息,居留。 ㉞移:指迁徙别处。 ㉟时至时去:一阵子到来一阵子又离去。 ㊱"此胡人"二句:谓迁移转徙是胡人谋生的手段,也是中原百姓不得不背井离乡的原因。中国,指中原。南畮,农田。此指家园。畮,同"亩"。 ㊲"今使"五句:谓目前让胡人在塞外多个地方游牧和打猎,这些地方有的属于燕、代,有的属于上郡、北地、陇西各郡,他们时时侦察守塞士卒的多寡,发现士卒少时就乘虚而入。候,侦察。 ㊳"多发"三句:谓要多派士卒,就要从内地郡县征集,内地郡县征集的士卒刚到,而胡人早已逃离了。 ㊴聚而不罢:指集合起士卒而不解散。 ㊵忧边境:指忧虑、关心胡人屡屡扰乱边境。 ㊶将吏:指将领。治塞:修整守卫边塞。 ㊷一岁而更:指守塞士卒一年轮换一次。 ㊸胡人之能:指胡人的习性。 ㊹"不如"二句:谓不如挑选一些士卒长期住下来,娶妻生子,耕种土地,并让他们防备胡人。 ㊺高城深堑:指把城墙加高,把护城河挖深。 ㊻具:准备。蔺石:即雷石,从城上掷下以打击敌人的大石。 ㊼布渠答:布设"铁蒺藜"一类防卫器具。 ㊽"复为"二句:再在城池周围建一小隔城,小隔城内距城池一百五十步。 ㊾"要

害"五句:谓在要害之处或交通要道建立若干居民不少于一千家的城邑。这些城邑,像在城池四周设置虎落护卫城池一样,拱卫着中心边城。调立,统筹设置。虎落,遮护城堡的竹篱。　㊿"先为"三句:谓先盖好房舍,准备齐农具,然后招募犯罪服刑的人和虽免去徒刑但仍需强迫劳动的人,让他们前来居住。　㊼"募以"句:谓招募那些用来赎罪的成年奴婢和那些因为要买爵位而卖给官方的奴婢。丁,古代指到了服役年龄的人。汉代规定,年十五岁始拿人头税,年二十岁始服徭役。　㊾复其家:指免除全家徭役。㊽"予冬"三句:谓公家先发给衣服和粮食,一直到能自给时为止。廪食,公家供给口粮。　㊾"郡县"二句:谓郡县的富人通过卖奴婢买到爵位,可以达到卿的地位。卿,秦汉时三公以下设有九卿。此指高级官员。　㊾"其亡"二句:谓如有人家死了丈夫或者妻子,官府买到人后送给他们。若,或者。　㊻匹敌:匹配,指男女组成家庭。　㊼禄利不厚:指钱物不多。㊾"胡人"二句:谓胡人入侵掳掠畜产和人口,如果谁能制止其掳掠,就令主人将畜产人口的一半给予他。　㊾"县官"句:谓如果胡人掳掠走汉人,由官府赎回。　㊿邑里相救助:指胡人掳掠时,远近相互救援。邑,古代城市,大曰都,小曰邑。里,民居、村落。　㊻赴胡:指进击胡人。　㊼"非以"二句:谓并非是为了向朝廷感恩,而是为了保全自己的亲人,也是为了得到财物。利,贪爱,喜好。　㊾"此与"二句:谓这与内地来的戍卒不熟悉当地情况而又惧怕胡人相比,其功效就相差甚远了。万,极言其大。㊿徙:迁移。　㊾远方:此指远离边境的内地各郡县。　㊾系虏:遭掳掠。系,捆绑。　㊾利施(yì 易)后世:好处延及后代。施,延续。㊾"其与"二句:谓这与秦谪遣心怀怨恨之人前往戍边,其效果就有很大差别了。

四 枚 乘

　　枚乘(？—约前140)，字叔，淮阴(今江苏淮安市辖区)人。他生活在汉文帝和汉景帝时代，初为吴王刘濞(bì 必)的郎中，后为梁孝王门客，以辞赋著称于时。武帝即位，征召入京，死于途中。枚乘赋《汉书·艺文志》著录有九篇，今流传的有《七发》、《梁王菟园赋》及《柳赋》三篇，其中《七发》一篇较为可靠，也最有名。

七　　发①(节选)

　　楚太子有疾，而吴客往问之，曰："伏闻太子玉体不安②，亦少间乎③？"太子曰："惫④，谨谢客。"客因称曰："今时天下安宁，四宇和平，太子方富于年⑤。意者久耽安乐⑥，日夜无极，邪气袭逆⑦，中若结轖⑧。纷屯澹淡⑨，嘘唏烦酲⑩，惕惕怵怵⑪，卧不得瞑⑫。虚中重听⑬，恶闻人声。精神越渫⑭，百病咸生⑮。聪明眩曜⑯，悦怒不平⑰。久执不废，大命乃倾⑱。太子岂有是乎⑲？"太子曰："谨谢客。赖君之力，时时有之，然未至于是也⑳。"客曰："今夫贵人之子，必宫居而闺处㉑，内有保母，外有傅父，欲交无所㉒。饮食则温淳甘膬㉓，脭醲肥厚㉔，衣裳则杂遝曼暖，燀烁热暑㉕。虽有金石之坚，犹将销铄而挺解也㉖，况其在筋骨之间乎哉？故曰：纵耳目之欲，恣支体之安者，伤血脉之和㉗。且夫出舆入辇，命曰蹶痿之

253

机㉘;洞房清宫,命曰寒热之媒㉙;皓齿娥眉㉚,命曰伐性之斧㉛;甘脆肥脓,命曰腐肠之药㉜。今太子肤色靡曼㉝,四支委随㉞,筋骨挺解,血脉淫濯㉟,手足堕窳㊱。越女侍前㊲,齐姬奉后㊳。往来游醮,纵恣于曲房隐间之中㊴。此甘餐毒药㊵,戏猛兽之爪牙也㊶。所从来者至深远㊷,淹滞永久而不废㊸,虽令扁鹊治内㊹,巫咸治外㊺,尚何及哉!今如太子之病者,独宜世之君子,博见强识㊻,承间语事㊼,变度易意㊽,常无离侧㊾,以为羽翼。淹沉之乐㊿,浩唐之心㉛,遹佚之志㉜,其奚由至哉㉝!"太子曰:"诺。病已,请事此言㉞。"客曰:"今太子之病,可无药石针刺灸疗而已㉟,可以要言妙道说而去也㊱。不欲闻之乎?"太子曰:"仆愿闻之㊲。"

客曰:"龙门之桐㊳,高百尺而无枝。中郁结之轮菌㊴,根扶疏以分离㊵。上有千仞之峰㊶,下临百丈之溪㊷。湍流溯波㊸,又澹淡之。其根半死半生,冬则烈风、漂霰、飞雪之所激也㊹,夏则雷霆、霹雳之所感也㊺。朝则鹂黄、鸤鸠鸣焉㊻,暮则羁雌、迷鸟宿焉㊼。独鹄晨号乎其上㊽,鹍鸡哀鸣翔乎其下㊾。于是背秋涉冬㊿,使琴挚斫斩以为琴㉛,野茧之丝以为弦㉜,孤子之钩以为隐㉝,九寡之珥以为约㉞。使师堂操《畅》㉟,伯子牙为之歌㊱,歌曰:'麦秀蕲兮雉朝飞㊲,向虚壑兮背槁槐㊳,依绝区兮临回溪㊴。'飞鸟闻之,翕翼而不能去㊵;野兽闻之,垂耳而不能行;蚑、蛲、蝼、蚁闻之㊶,拄喙而不能前㊷。此亦天下之至悲也!太子能强起听之乎?"太子曰:"仆病未能也。"

中华书局影印李善注本《文选》卷三四

①本文节选自(梁)萧统编《文选》卷三四。篇中假借楚太子有病,吴客

254

探问,用七件事启发太子,说明贪图享乐、安逸腐化的弊害;指出清除病害,必须从思想上治疗。文章有不少夸张、铺排的描写,词藻丰富而比较形象生动。全文开始一段为序,以下通过主、客问答,用七段文字分别描写七件事(音乐、饮食、骏马、宫苑、游猎、观涛、"要言妙道"),后人沿袭这种写法,被称为"七"体。这里选的是序和关于音乐的部分。　②伏:谦敬之词,多用于臣对君。　③少间(jiàn见):稍愈,稍好一些。　④惫(bèi备):疲乏。是说自己觉得极疲乏。　⑤方富于年:正是年轻时候。年轻人,将来的日子多,所以称"富"。　⑥意者:想来,估计是。耽(dān丹):迷恋,沉溺于。⑦袭逆:侵袭。　⑧"中若"句:谓心中闷乱像纠结堵塞了一样。结轖(sè啬),把蒙在车上的皮革固结起来,使车中闭塞气不畅。比喻郁塞不通。轖,古代车子周围用皮革交错做成的遮蔽物。　⑨纷屯澹淡:形容心情烦闷躁动。纷屯,纷扰聚集。澹淡,水波动荡。　⑩嘘唏:叹息呻吟声。烦酲(chéng成):心意烦乱像酒醉后一样。　⑪惕惕怵怵:惊慌不安的样子。⑫卧不得瞑:指躺倒不能入睡。瞑,寐。　⑬虚中:体中虚弱。重听:听觉不灵。　⑭越渫(xiè泄):消散。　⑮百病咸生:极言所患疾病之多。咸,都。　⑯聪:指听觉。明:指视觉。眩曜:迷乱的样子。　⑰悦怒不平:指喜怒失常。　⑱"久执"二句:谓若长久保持这种病态而不痊愈,则生命就将不保。废,止,指病愈。大命,生命。倾,坏。　⑲是:指上述种种病态。　⑳"赖君"三句:谓依靠国君的力量,我常常享受安乐,但还没到你说的那种程度。　㉑宫居:居住宫室。闺处:指生活在深宫内院。㉒"内有"三句:内有照顾生活的妇女,外有教导陪伴的师傅,想交游没有机会。　㉓温淳:指味道厚美的食物。甘脆(cuì翠):指香甜可口的食物。脆,同"脆"。　㉔腥醲(chéng nóng呈农)肥厚:如说"腥肥醲厚",意思是肉肥酒醇。腥,肥肉。醲,浓烈味醇的酒。　㉕"衣裳"二句:穿的衣裳很多而且轻细温暖,热得像过盛暑一样。杂遝(tà踏),众多的样子。曼,轻细。燂烁(xún shuò巡朔),形容火热、燥热。　㉖"虽有"二句:谓生活在那样安乐舒适的环境里,即使身体像金石一样坚固,也将要熔消而解散。销烁,熔化。挺解,解散开。挺,也是"解"的意思。　㉗"纵耳目"三句:谓放纵沉缅于声色欲望和肢体安逸,就会妨害血脉调和。支,通"肢"。　㉘"且夫"二句:况且出来进去都坐着车子,这就是腿脚瘫痪的先兆。命,名。蹶痿(jué wěi决尾),都是手脚瘫痪不能行走的病症。机,先兆。　㉙"洞房"二句:

255

幽深、清凉的宫室，是受寒受热的媒介。 ㉚皓齿娥眉：指漂亮的女子。娥眉，同“蛾眉”。 ㉛伐性之斧：砍伤性命的刀斧。以上二句谓女色伤身。 ㉜“甘脆”二句：甜美食品和醇厚美酒，都是腐烂肚肠的毒药。脓，通“酞”。 ㉝靡曼：细嫩的意思。 ㉞支：通“肢”。委随：困顿疲弱。 ㉟血脉淫濯：指脉象不正常。“淫”、“濯”都有“大”的意思。一说，“淫濯”指阻塞不通。 ㊱堕窳（yǔ 雨）：疲劳无力。 ㊲越女：越国的女子，此指美女。 ㊳齐姬：齐国的女子。姬，美女。 ㊴“往来”二句：谓不断地吃喝游玩，纵情取乐于曲折幽深的内室。醼，同“宴”。 ㊵甘餐毒药：把毒药当作美食吃。 ㊶“戏猛兽”句：与猛兽的爪牙为戏。意思是拿生命当儿戏。 ㊷所从来者：指受病的根源。至深远：甚为深远。 ㊸淹滞：停留，拖延。废：止。 ㊹扁鹊：春秋时名医。治内：治疗内脏的疾病。 ㊺巫咸：据说是殷代的神巫。咸，神巫名。治外：指用巫术进行祷祝之类。 ㊻博见强识：见闻广博而记忆力强。识，志，记。 ㊼承间语事：谓利用机会向太子谈谈事情。 ㊽变度易意：谓把太子的思想意识改变过来。 ㊾常无离侧：谓经常不离太子身边。 ㊿淹沉之乐：指过分的享乐。淹沉，沉溺。 (51)浩唐之心：指荒唐、放荡的想法。浩唐，同“浩荡”。 (52)遁佚：放纵过度。 (53)奚：何。此句是说以上那些不好的想法做法还从何处产生呢？ (54)“病已”二句：谓等我的病好了，一定照你说的去办。 (55)无：不用。已：止，指把病治好。 (56)以：用。要言妙道：中肯的言辞和精妙的道理。去：指治好病。 (57)仆：太子自己的谦称。 (58)龙门：即禹门口，在今陕西韩城市东北和山西河津市西北。黄河至此，两岸峭壁对峙。古人以为这里的桐木适合于制琴瑟等乐器。 (59)郁结：积聚的意思。轮菌：形容树干中纹理盘曲的样子。 (60)扶疏：形容树根繁茂分披的状态。 (61)千仞之峰：极言山高。仞，八尺，或言七尺。 (62)溪：此指深山水流。 (63)湍流：急流的水。遡（sù 素）波：回波，逆流。 (64)漂：通“飘”。霰（xiàn 现）：小的雪粒。激：冲激。 (65)霹雳（pī lì 批力）：响雷。感：通“撼”，震撼。 (66)鹂黄：即黄鹂，体黄色，善鸣，一名黄莺。鳱鴠（hàn dàn 汗旦）：鸟名。《文选》李善注引郭璞《方言》注说：“鸟似鸡，冬无毛，昼夜鸣。” (67)羁雌：失伴的雌鸟。迷鸟：迷途的鸟。 (68)独鹄（hú 胡）：孤独的鹄鸟。鹄，天鹅。 (69)鹍（kūn 昆）鸡：一作“鹖鸡”，鸟名，似鹤，黄白色。 (70)背秋涉冬：离秋至冬，即冬秋之间。 (71)琴挚：春秋时鲁国太师挚（也称师挚），善于弹琴。

斫(zhuó浊)斩以为琴:砍下桐木,以其做成琴。斫,用斧砍。　　⑦弦:同"弦"。　　⑦"孤子"句:用孤儿身上的衣带钩作琴上的装饰物。隐,琴上的一种装饰物。　　⑦"九寡"句:谓用九子之寡母的耳环做琴徽。《文选》李善注引《列女传》说:"鲁之母师,九子之寡母也。不幸早丧夫,独与九子居。"珥(ěr耳),耳环之类。约,琴上的标徽。按,以上两句所写的饰物,在古人看来,都可以使琴声多悲愁之音。　　⑦师堂:据说是春秋的师堂子京,一称师襄,古代乐师,孔子曾向他学琴。操,演奏。畅,相传为尧时的琴曲名。　　⑦伯子牙:即伯牙,古代善鼓琴者。　　⑦"麦秀"句:麦子结穗,雉鸟晨飞。麦秀,麦子结穗。蕲(jiàn谏),通"渐"。雉,野鸡。　　⑦虚壑:空旷山谷。此句是说雉鸟离开枯槁的槐树向空旷的山谷飞去。　　⑦绝区:危险的地方,如悬崖之类。回溪:曲折的溪涧。此句是说背后是危险的地方,面前是曲折的山涧。　　⑧翕(xì细)翼:合拢翅膀。　　⑧蚑(qí其)、蟜(jiǎo狡):都是爬行的小虫。蝼:蝼蛄。　　⑧拄喙(huì会):支起嘴巴。形容听到歌声不能自主的样子。拄,支。

五　司马相如

　　司马相如(前179—前117),字长卿,蜀郡成都(今四川成都)人。景帝时为武骑常侍,因病免,从梁孝王,与枚乘等游。武帝时,因所作《子虚赋》、《上林赋》得到赏识,用为郎。曾以中郎将奉使西南夷。后有人告发他出使时受金,被免官。年馀,又重新召用为郎。后拜孝文园令,再以病免,家居至死。

　　司马相如是汉初以来最有名的辞赋家。他政治上积极执行汉武帝的政策,曾出使西南夷,加强了汉王朝同西南地区各少数民族的联系。在文学上,是汉大赋的代表作家。他的赋体制博大,辞藻富丽,对后代大赋作家产生了很大的影响。

　　司马相如之赋,《汉书·艺文志》著录为二十九篇。今存有《天子游猎赋》、《大人赋》、《哀二世赋》、《长门赋》、《美人赋》。《天子游猎赋》,《文选》将其分作《子虚》、《上林》两篇。其它赋作大多散佚。后人辑其辞赋和散文为《司马文园集》二卷。

上 林 赋①

　　亡是公听然而笑曰②:"楚则失矣③,而齐亦未为得也。夫使诸侯纳贡者④,非为财币,所以述职也⑤。封疆画界者⑥,非为守御,所以禁淫也⑦。今齐列为东藩⑧,而外私肃慎⑨,捐国逾限⑩,越海而田⑪,其于义固未可也。且二君之论⑫,不务明君臣之义,正诸侯之礼,徒事争于游戏之乐,苑囿之大,欲以奢侈相胜[13],荒淫相越,此不可以扬名发誉[14],而适足以贬君自损也[15]。

"且夫齐楚之事,又乌足道乎[16]!君未睹夫巨丽也,独不闻天子之上林乎?左苍梧[17],右西极[18]。丹水更其南[19],紫渊径其北[20]。终始灞浐[21],出入泾渭[22];酆镐潦潏[23],纡馀委蛇[24],经营乎其内[25]。荡荡乎八川分流[26],相背而异态[27]。东西南北,驰骛往来[28],出乎椒丘之阙[29],行乎洲淤之浦[30],经乎桂林之中[31],过乎泱漭之野[32]。汨乎混流[33],顺阿而下[34],赴隘陜之口[35],触穹石[36],激堆埼[37],沸乎暴怒,汹涌澎湃。滭弗宓汨[38],偪侧泌㳌[39]。横流逆折,转腾潎洌[40],滂濞沆溉[41]。穹隆云桡[42],宛潬胶盭[43],逾波趋浥[44],涖涖下濑[45]。批岩冲拥[46],奔扬滞沛[47]。临坻注壑[48],瀺灂霣坠[49],沈沈隐隐[50],砰磅訇磕[51],潏潏淈淈[52],湁潗鼎沸[53]。驰波跳沫[54],汨㶖漂疾[55]。悠远长怀[56],寂漻无声[57],肆乎永归[58]。然后灏溔潢漾[59],安翔徐回[60],翯乎滈滈[61],东注太湖[62],衍溢陂池[63]。于是乎蛟龙赤螭[64],𩷏䱜渐离[65],鰅鳙鳍魠[66],禺禺魼鰨[67],揵鳍掉尾[68],振鳞奋翼,潜处乎深岩,鱼鳖讙声[69],万物众伙。明月珠子[70],的皪江靡[71]。蜀石黄碝[72],水玉磊砢[73],磷磷烂烂[74],采色澔汗,丛积乎其中[75]。鸿鹔鹄鸨[76],鴐鹅属玉[77],交精旋目[78],烦鹜庸渠[79],箴疵䴋卢[80],群浮乎其上,汎淫泛滥[81],随风澹淡[82],与波摇荡,奄薄水渚[83],唼喋菁藻[84],咀嚼菱藕。

"于是乎崇山矗矗[85],𡾰崉崔巍[86],深林巨木,崭岩参嵳[87],九嵕嶻嶭[88]。南山峨峨[89],岩陁甗锜[90],嶊崣崛崎[91]。振溪通谷[92],蹇产沟渎[93],谽呀豁閜[94]。阜陵别隝[95],崴磈崴瘣[96],丘虚堀礨[97],隐辚郁㠑[98],登降施靡[99],陂池貏豸[100],沇溶淫鬻[101],散涣夷陆[102],亭皋千里,靡不被筑[103]。揜以绿蕙[104],被以

259

江蓠⑩,糅以蘪芜⑩,杂以留夷⑩。布结缕⑩,攒戾莎⑩,揭车衡兰⑩,稾本射干⑪,茈姜蘘荷⑫,葴持若荪⑬,鲜支黄砾⑭,蒋芧青薠⑮,布濩闳泽⑯,延曼太原⑰。离靡广衍⑱,应风披靡,吐芳扬烈⑲,郁郁菲菲⑳,众香发越㉑,肸蚃布写㉒,晻薆咇茀㉓。

"于是乎周览泛观,缜纷轧芴㉔,芒芒恍忽㉕。视之无端,察之无涯,日出东沼㉖,入乎西陂㉗。其南则隆冬生长,涌水跃波㉘。其兽则㺎旄貘犛㉙,沈牛麈麋㉚,赤首圜题㉛,穷奇象犀㉜。其北则盛夏含冻裂地㉝,涉冰揭河㉞。其兽则麒麟角端㉟,騊駼橐驼㊱,蛩蛩驒騱㊲,駃騠驴骡㊳。

"于是乎离宫别馆㊴,弥山跨谷,高廊四注㊵,重坐曲阁㊶,华榱璧珰㊷,辇道𬘡属㊸,步櫩周流㊹,长途中宿㊺。夷嶘筑堂㊻,累台增成㊼,岩突洞房㊽,頫杳眇而无见㊾,仰攀橑而扪天㊿,奔星更于闺闼㉛,宛虹拖于楯轩㊾,青龙蚴蟉于东箱㊾,象舆婉僤于西清㊾,灵圉燕于闲馆㊾,偓佺之伦㊾,暴于南荣㊾。醴泉涌于清室㊾,通川过于中庭㊾。盘石振崖㊾,嵚岩倚倾㊾。嵯峨嶵嶭㊾,刻削峥嵘㊾。玫瑰碧琳㊾,珊瑚丛生,瑉玉旁唐㊾,玢豳文鳞㊾,赤瑕驳荦㊾,杂臿其间㊾,晁采琬琰㊾,和氏出焉㊾。

"于是乎卢橘夏熟㊾,黄甘橙楱㊾,枇杷橪柿㊾,亭柰厚朴㊾,梬枣杨梅㊾,樱桃蒲陶㊾,隐夫薁棣㊾,荅遝离支㊾,罗乎后宫,列乎北园。貤丘陵㊾,下平原,扬翠叶,扤紫茎㊾,发红华,垂朱荣㊾,煌煌扈扈㊾,照曜钜野㊾。沙棠栎槠㊾,华枫枰栌㊾,留落胥邪㊾,仁频并闾㊾,欃檀木兰㊾,豫章女贞㊾,长千仞,大连抱㊾,夸条直畅㊾,实叶葰楙㊾,攒立丛倚㊾,连卷櫼佹㊾,崔错癹骫㊾,坑衡閜砢㊾,垂条扶疏,落英幡纚㊾,纷溶箾蔘㊾,猗狔从风㊾,藰莅卉歙㊿,盖象金石之声,管籥之音㊿。

260

傃池茈虒,旋还乎后宫[202],杂袭累辑[203],被山缘谷,循阪下隰[204],视之无端[205],究之无穷。

"于是乎玄猨素雌[206],蜼玃飞蠝[207],蛭蜩蠼猱[208],獑胡縠蛫[209],栖息乎其间。长啸哀鸣,翩幡互经[210]。夭蟜枝格[211],偃蹇杪颠[212]。隃绝梁[213],腾殊榛[214],捷垂条[215],掉希间[216],牢落陆离[217],烂漫远迁[218]。若此者数百千处。娱游往来,宫宿馆舍[219],庖厨不徙,后宫不移,百官备具[220]。

"于是乎背秋涉冬[221],天子校猎[222]。乘镂象[223],六玉虬[224],拖蜺旌[225],靡云旗[226],前皮轩[227],后道游[228]。孙叔奉辔,卫公参乘[229],扈从横行[230],出乎四校之中。鼓严簿[231],纵猎者,河江为阹[232],泰山为橹[233],车骑雷起[234],殷天动地[235],先后陆离[236],离散别追[237]。淫淫裔裔[238],缘陵流泽[239],云布雨施。生貔豹[240],搏豺狼[241],手熊罴[242],足壄羊[243],蒙鹖苏[244],绔白虎[245],被班文[246],跨壄马[247],凌三嵕之危[248],下碛历之坻[249]。径峻赴险,越壑厉水[250]。椎蜚廉[251],弄獬豸[252],格虾蛤[253],铤猛氏[254],羂要袅[255],射封豕[256]。箭不苟害[257],解脰陷脑[258],弓不虚发,应声而倒。于是乘舆弭节徘徊[259],翱翔往来,睨部曲之进退[260],览将帅之变态[261]。然后侵淫促节[262],儵夐远去[263],流离轻禽[264],蹴履狡兽[265]。轊白鹿[266],捷狡兔[267],轶赤电[268],遗光耀[269]。追怪物[270],出宇宙[271],弯蕃弱[272],满白羽[273],射游枭[274],栎蜚遽[275]。择肉而后发[276],先中而命处[277],弦矢分,艺殪仆[278]。然后扬节而上浮[279],凌惊风,历骇猋[280],乘虚无[281],与神俱。躏玄鹤[282],乱昆鸡[283],遒孔鸾[284],促鵔鸃[285],拂翳鸟[286],捎凤凰[287],捷鸳鶵[288],掩焦明[289]。道尽途殚,回车而还。消遥乎襄羊[290],降集乎北纮[291],率乎直指[292],晻乎反乡。蹷石阙,历封峦,过鳷鹊,望露寒[293],下棠梨[294],息宜春[295],西驰宣曲[296],濯鹢牛首[297],登龙台[298],掩细柳[299],

观士大夫之勤略[304],均猎者之所得获[305],徒车之所辚轹[306],步骑之所蹂若[307],人臣之所蹈籍[308],与其穷极倦㝈[309],惊惮詟伏[310],不被创刃而死者,他他籍籍[311],填坑满谷,掩平弥泽[312]。

"于是乎游戏懈怠[313],置酒乎颢天之台[314],张乐乎胶葛之寓[315]。撞千石之钟[316],立万石之虡[317],建翠华之旗[318],树灵鼍之鼓[319],奏陶唐氏之舞[320],听葛天氏之歌[321],千人唱,万人和,山陵为之震动,川谷为之荡波。巴渝宋蔡[322],淮南干遮[323],文成颠歌[324],族居递奏[325],金鼓迭起,铿锵闛鞈[326],洞心骇耳[327]。荆吴郑卫之声,韶濩武象之乐[328],阴淫案衍之音[329],鄢郢缤纷[330],激楚结风[331]。俳优侏儒,狄鞮之倡[332],所以娱耳目乐心意者,丽靡烂漫于前[334],靡曼美色[335],若夫青琴、宓妃之徒,绝殊离俗,妖冶娴都[337],靓妆刻饰[338],便嬛绰约[339],柔桡嫚嫚[340],妩媚孅弱[341]。曳独茧之褕袣[342],眇阎易以戌削[343],便姗嫳屑[344],与俗殊服,芬芳沤郁[345],酷烈淑郁[346];皓齿粲烂,宜笑的皪[347];长眉连娟[348],微睇绵藐[349],色授魂与,心愉于侧[351]。

"于是酒中乐酣[352],天子芒然而思[353],似若有亡[354],曰:'嗟乎!此大奢侈。朕以览听馀闲[355],无事弃日[356],顺天道以杀伐[357],时休息于此[358]。恐后叶靡丽[359],遂往而不返[360],非所以为继嗣创业垂统也[361]。'于是乎乃解酒罢猎,而命有司曰:'地可垦辟,悉为农郊[362],以赡萌隶[363],隤墙填堑[364],使山泽之人得至焉。实陂池而勿禁[365],虚宫馆而勿仞[366],发仓廪以救贫穷,补不足,恤鳏寡,存孤独,出德号[367],省刑罚,改制度,易服色,革正朔[368],与天下为更始[369]。'

"于是历吉日以斋戒[370],袭朝服[371],乘法驾,建华旗,鸣玉鸾[373],游于六艺之囿[374],驰骛乎仁义之塗,览观《春秋》之林[376],射《狸首》[377],兼《驺虞》[378],弋玄鹤[379],舞干戚[380],载云䍐[381],

262

搯群雅[382],悲《伐檀》[383],乐乐胥[384],修容乎礼园[385],翱翔乎书圃[386],述《易》道[387],放怪兽,登明堂[388],坐清庙[389],次群臣,奏得失,四海之内,靡不受获[390]。于斯之时,天下大说[391],乡风而听,随流而化[392],芔然兴道而迁义[393],刑错而不用[394],德隆于三王[395],而功羡于五帝[396]。若此故猎,乃可喜也。若夫终日驰骋,劳神苦形,罢车马之用[397],抏士卒之精[398],费府库之财,而无德厚之恩,务在独乐,不顾众庶,亡国家之政,贪雉兔之获,则仁者不繇也[399]。从此观之,齐楚之事,岂不哀哉!地方不过千里,而囿居九百[400],是草木不得垦辟,而人无所食也。夫以诸侯之细[401],而乐万乘之侈[402],仆恐百姓被其尤也[403]。"

于是二子愀然改容[404],超若自失[405],逡巡避席[406],曰:"鄙人固陋[407],不知忌讳[408],乃今日见教,谨受命矣。"

中华书局影印李善注本《文选》卷八

① 本篇选自《文选》卷八。《上林赋》是《子虚赋》的姊妹篇。据《史记》记载,《子虚赋》写于梁孝王门下,《上林赋》写于武帝朝廷之上,是司马相如最著名的作品。《上林赋》以夸耀的笔调描写了汉天子上林苑的壮丽及汉天子游猎的盛大规模,歌颂了统一王朝的声威和气势。在写作上,它充分体现了汉大赋铺张夸饰的特点,规模宏大,叙述细腻。上林,上林苑,故址在今陕西西安市西及周至、鄠邑界。它本是秦代的旧苑,汉武帝时重修并加扩大。
② 亡是公:作者假托的人名。亡,通"无"。听(yǐn引)然:张口而笑的样子。
③ 失:指不对。《上林赋》是承《子虚赋》而来,《子虚赋》是借楚国子虚和齐国乌有先生的对话展开,以折齐称楚结束,所以本文这样承接。　④ 纳贡:交纳贡物。　⑤ 述职:古代诸侯朝见天子,陈述政务方面的情况。
⑥ 封疆画界:指画定诸侯国之间的疆界。古代植树为界,称封疆,在两封之间又树立标志,称画界。　⑦ 淫:放纵,过分。指诸侯不知节制,侵入别国疆界。　⑧ 东藩:东方的藩国。齐国在东,故称"东藩"。藩,藩篱、屏障。
⑨ 私:指私自交好。肃慎:古国名,在今长白山以北至黑龙江一带。　⑩ 捐

国:指离开自己的国家。逾限:越过本国边界。　⑪越海而田:指《子虚赋》言齐王"秋田乎青丘"之事。"青丘"为传说中的海外国名,故云"越海"。田,通"畋",畋猎。　⑫二君:指《子虚赋》中的子虚和乌有先生。　⑬相胜:相互压服。　⑭扬名发誉:即发扬名誉。意思是使好的名声传播开来。　⑮贬君自损:贬低君主,损害自己的声誉。　⑯乌:何。　⑰左:指东方。苍梧:汉郡名,治所在今广西苍梧县。苍梧古属交州,在长安东南,故言"左"。　⑱右:指西方。西极:古指豳地,在长安西北一带,故言"右"。　⑲丹水:水名,出陕西商州市西北冢岭山,东南流入河南境。更:经过。　⑳紫渊:当为上林苑北边水名。径:同"经"。　㉑终始灞浐:指灞水和浐水始终流在上林苑中。终始,作动词用。灞浐,都是渭水的支流。　㉒出入泾渭:指泾水和渭水流入苑中又流出苑去。泾,泾水,源出宁夏南部六盘山东麓,流经甘肃,至陕西高陵县境入渭水。渭,渭水,源出甘肃渭源县之鸟鼠山,东流至陕西潼关县入黄河。　㉓酆镐(hào 浩)潦(lǎo 老)潏(jué 决):皆为水名。酆,源出陕西宁陕县东北秦岭,东北流经长安入渭水。镐,源出陕西西安市长安区以南,北注于渭水。现下游已湮,上游北注于潏水。潦,源出陕西西安市鄠邑区南山涝谷,东北经咸阳西南境注于渭水。潏,源出陕西西安市鄠邑区南山石鳖谷,北经长安入渭水。　㉔纡馀委蛇(yí 移):形容水流曲折宛转的样子。委蛇,同"逶迤"。　㉕经营乎其内:指诸水流经其中。经营,周旋。　㉖八川分流:指上述灞、浐、泾、渭、酆、镐、潦、潏八条河流各自流动。　㉗相背:指诸水流向不一。　㉘驰骛:马疾行的样子,这里指水流很快。　㉙椒丘之阙:生满椒树的山相对而立,类似于阙的形状。阙,又名门观。门前两旁建台,上有楼观,中间有阙口为通道,故称阙。　㉚洲淤:水中可居之地。古时长安一带人呼洲为淤。浦:水边。　㉛桂林:指上林苑中的桂树林。　㉜泱漭:广大、辽阔。　㉝汩(yù 玉)乎混流:指水流很急,水势很大。汩,水流迅速。混,水势浩大。　㉞阿:高大的山丘。　㉟隘陿:即狭隘。陿,同"狭"。　㊱穹石:大石。　㊲堆埼(qí 奇):高大曲折的河岸。　㊳滭弗(bì fèi 毕沸),同"觱沸",水上涌的样子。宓(mì 密)汩:水流疾去的样子。　㊴偪侧:水迫近岸边。泌浡(jié 节):水浪涌起互相冲击的样子。偪,同"逼"。　㊵转腾:旋转激荡。潎(piē 瞥)洌:水波互相冲击的样子。　㊶滂濞(pāng pì 乓僻):即"彭湃",水波相互撞击的声音。沆(hàng 杭去声)溉:水浪愤怒涌起的样子。

264

㊷穹隆：水势高起的样子。云桡：形容水势回旋翻滚如云涌。桡，扰动。㊸宛潬（shàn 善）：水流盘曲的样子。胶盭：水流纠绞在一起的样子。盭，同“戾”。㊹逾波：一波超一波，即后浪推前浪。趋浥：指很快地流向低处。㊺涖（lì 利）涖：水流急的样子。濑（lài 赖）：浅水沙石滩。㊻批：击打。拥：同“壅”，防水堤。㊼奔扬：水流奔腾。滞沛：浪花翻卷。㊽临坻（chí 持）：临近小丘。坻，水中小丘。注壑：流入沟壑之中。㊾瀺灂（chán zhuó 馋着）：小水声。指水流近小丘时发出的细小声音。霣坠：指水从高处落到低处。霣，通“陨”。㊿沈沈：水深的样子。隐隐：水势盛大。(51)砰磅（pēng pāng 烹乓）：即“乒乓”，象声词。訇礚（hōng kē 轰科）：指水流激荡发出轰隆隆的声音。(52)潏（jué 决）潏淈（gǔ 古）淈：水涌出的样子。潏，水涌出貌。淈淈，同“汩汩”。(53)湁潗（chì jí 赤集）鼎沸：形容水流上涌如沸腾的样子。湁潗，水沸腾的样子。(54)驰波跳沫：水流疾泻而飞沫跳荡。(55)汩濦（yù xī 遇吸）：水流急转的样子。濦，《汉书》作“湙”。漂疾：同“剽疾”，形容水势猛悍。(56)怀：归往。(57)寂漻：同“寂寥”，水流平缓而无声。(58)肆：安，指水流平稳安定。(59)灏溔（hào yǎo 号杳）：水势广大无际的样子。潢（guāng 光）漾：水势深广，水波荡漾。(60)安翔徐回：形容水流缓慢。回，回旋。(61)翯（hè 鹤）乎滈（hào 浩）滈：谓大水泛着白光。翯，白而有光泽。滈滈，指水泛着白光。(62)太湖：在今江苏省。因在长安东方，故曰“东注”。(63)衍溢陂（pí 皮）池：谓水流满池塘。陂池，池塘。(64)螭（chī 吃）：传说中蛟龙一类动物，无角。(65)䱭鰽（gèng méng 更去声萌）：鱼名，形似鳝。渐离：鱼名，形状不详。(66)鰅（yú 于）：鲶类的一种，皮肤有文。鰫（yōng 庸）：同“鳙”，即花鲢鱼。鰬（qián 虔）：鱼名，形似鲤而体长。魠（tuō 托）：即河豚。或说即黄颊鱼，口大而食小鱼。(67)禺禺：黄地黑文，皮上有毛的一种鱼。鱋（qū 区）：即比目鱼。鳎（tǎ 塔）：亦比目鱼一类。(68)揵（qiān 牵）：扬起。掉：摇动。(69)讙：喧哗，闹嚷。(70)明月：宝珠名。(71)的皪（lì 历）江靡（méi 眉）：谓宝珠的光芒照耀江边。的皪，明亮的样子。靡，通“湄”，水边。(72)蜀石：质次于玉的一种石。黄碝（ruǎn 软）：黄色的碝石。碝，石名，质地次于玉。(73)水玉：即水晶石。磊砢（luǒ 裸）：众多。(74)磷磷烂烂：谓玉石色泽鲜明，光彩灿烂。(75)“采色”二句：谓玉石积聚于水中，光芒辉映。澔汗，同“浩汗”，盛多的样子。这里指光采灼灼，相互映辉。藂，同“丛”。(76)鸿：

大雁。鹔(sù 肃):即鹔鹴,雁的一种,毛为绿色。鸹:天鹅。鸨:似雁而大,灰颈白腹,背部有黄褐和黑色斑纹。 ⑦䴔(jiā 家)鹅:雁的一种,形比鸭大而嘴小。《方言》:"雁,自关而东谓之䴔鹅。"䴔,同"䴔"。䲹(zhú 烛)玉:即"鸀鳿",水鸟,似鸭而大。 ⑧交精:同"鵁鶄",水鸟名,俗名茭鸡,形如凫而腿长。旋目:鸟名,大于鹭而尾短,眼旁毛呈现回旋的样子。 ⑦⑨烦鹜:鸟名,外形像鸭而小。庸渠:鸟名,俗名水鸡,外形像鸭而鸡足。 ⑧⑩箴疵:水鸟名,形似鱼虎,毛呈苍黑色。鵁卢:俗称水老鸦。 ⑧①汎淫泛滥:指鸟浮于水面上自由自在的样子。汎,同"泛",飘浮。 ⑧②澹淡:此指飘动的样子。 ⑧③奄薄水渚:指群鸟止息于小洲之上。奄,息。薄,集。 ⑧④唼喋(zā dié 匝谍):指鸟聚在一起吃食。菁、藻:都是水草名。 ⑧⑤蠢蠢:山直立高耸的样子。 ⑧⑥㟎岊(lóng zōng 龙宗)崔巍:山高峻的样子。 ⑧⑦崭(chán 缠)岩参嵯:山势险要高低不平。崭,同"巉"。参嵯,同"参差"。 ⑧⑧九嵕(zōng 宗):山名,在陕西礼泉县东北。巀嶭(jié niè 截聂):山高峻的样子。 ⑧⑨南山:终南山,主峰在陕西西安市南。峨峨:高大。 ⑨⑩岩陁(zhì 志)甗(yǎn 眼)锜(qí 其):指山中多穴洞。陁,坂,山坡。甗,瓦器名,即甑。锜,三只脚的釜。王先谦《补注》说:"山之嵌空玲珑有若锜然,与甗同文。" ⑨①摧崣:同"崔巍",山势高峻的样子。崛崎:形容山势陡峭险绝。 ⑨②振溪通谷:指大的山谷。振,开放。溪,溪谷。通,通达。 ⑨③蹇产:曲折的样子。 ⑨④谽(hān 酣)呀豁閜(xiā 虾)闳:指山谷幽远空洞的样子。谽呀,形容山谷幽深。豁閜,空虚的样子。 ⑨⑤阜陵别岛:谓山丘像被水分成的一个个小岛。岛,同"岛"。 ⑨⑥崴(wēi 危)磈嵔(wěi 伟):都是高峻的意思。 ⑨⑦丘虚堀礨(jué lěi 决垒):指山特起不平的样子。虚,通"墟"。 ⑨⑧隐辚郁礨(lěi 磊):指山堆积不平的样子。 ⑨⑨登降施(yǐ 以)靡:指山势高下绵延。施靡,山势倾斜绵延的样子。 ⑩⑩陂池貏豸(bǐ zhì 比至):指山势渐渐平坦。陂池,读如"坡陀",倾斜的样子。貏豸,渐趋平坦。 ⑩①沇(wěi 伟)溶淫鬻:指水在山涧中缓缓流动。淫鬻,水流缓慢。 ⑩②散涣:涣散,散开。夷陆:平坦的原野。 ⑩③"亭皋"二句:谓水边地方没有不平坦的。亭,平。皋,水边地。被筑,指筑地令平。 ⑩④掩(yǎn 眼):遮盖。绿蕙:香草名。 ⑩⑤被:覆盖。江蓠:香草名。 ⑩⑥糅:掺杂。蘪芜:香草名,又名蕲茞。 ⑩⑦留夷:香草名。 ⑩⑧布:布满。结缕:草名,多年蔓生,叶如白茅。 ⑩⑨攒戾莎:戾莎丛聚而生。戾莎,草名。 ⑩⑩揭车衡兰:指揭车、杜衡和兰草三种香草。　⑪槁(gǎo稿)本:香草名,根可入药。射干:草名,根可入药。　⑫茈姜:即紫姜,嫩姜。茈,同"紫"。蘘(ráng瓤)荷:一名蘘草,茎叶似姜,根可食,也可入药。　⑬葴(zhēn针)持:即酸浆草。若荪:杜若和荪草,都是香草。　⑭鲜支:香草名,又名燕支,可染红色。黄砾:香草名,可染黄色。　⑮蒋:即菰蒲草,又名茭,所结实即菰米。苎(zhù注):同"芧",草名,即三棱草。青薠:草名,形状类莎(suō蓑)草而稍大。　⑯布濩(hù户):散布,布满。闳泽:大水泽。闳,宏大。　⑰延曼:蔓延。太原:广大原野。　⑱离靡:连绵不断的样子。广衍:广泛散布开来。衍,展开。　⑲吐芳扬烈:谓花草散发出浓烈的香气。　⑳郁郁菲菲:形容香气浓烈。　㉑发越:发扬,散发。　㉒肸蚃(xī xiǎng希响):指香气四散,沁入人心。肸,响声传布。蚃,对声音反应敏感的一种虫子。布写:四散传布。写,通"泻"。　㉓晻薆咇茀(bì bó必伯):形容香气充盛。　㉔缤纷:茂密繁多。轧芴(wù勿):致密而不可分辨。　㉕芒芒恍忽:眼花缭乱的样子。　㉖东沼:上林苑东边池沼。　㉗西陂:亦上林苑池名。与上句联系,极言上林苑之大。　㉘"其南"二句:指上林苑面积广阔,其南部隆冬也草木生长,水不结冻。　㉙㺎(róng容):又名封牛,颈上有肉堆,有力而善于奔走。旄:旄牛。貘(mò莫):形似犀牛而略小,鼻长无角。犛(lí犁):小于旄牛,皮黑色。　㉚沈牛:水牛。麈(zhǔ主):鹿类,一角,尾大,可作拂尘。麋:即驼鹿,又叫犴(hān鼾),四不像。　㉛赤首:传说中的一种兽的名称。圜题:亦是一种兽名。传说两兽均生活在南方。题,额。　㉜穷奇:传说中的怪兽,能食人,外形像牛,毛如蝟,声音像嗥狗。㉝其北:指上林苑北部。　㉞揭(qì器):提起衣服度水。　㉟角端:兽名,外形像貈(形似熊),角生在鼻上。　㊱騊駼(táo tú陶途):兽名,形似马。橐驼:即骆驼。　㊲蛩(qióng穷)蛩:一种白色野兽,形似马。驒騱(tuó xī驼溪):野马的一种,青黑色,有白色鳞纹。　㊳駃騠(jué tí决提):骏马名。驘:同"骡"。　㊴离宫别馆:指皇宫以外供皇帝临时居住的宫殿馆舍。　㊵四注:四面围绕。　㊶重坐:指两层楼房。曲阁:指曲折连结的楼阁。　㊷华榱(cuī崔):用花纹装饰的椽子。璧珰:用璧玉装饰的瓦当。　㊸辇道纚(xǐ喜)属:指宫中辇道四通八达。辇道,可以乘辇而行的阁道。纚属,阁道回环,如织丝之相连属。纚,束发的帛。　㊹步櫩(yán言):可以通行的长廊。櫩,同"檐"。周流,周遍。　㊺长途中宿:谓长廊

267

走不完,中间需要停宿。夷,削平。峻,高的山。"层"。成,一层叫一成。 ⑭頫:同"俯"。杳眇:深邃的样子。此句是形容亭台极高,下视不见地。 ⑮橑(lǎo 老):屋椽。扪(mén 门):用手摸。此句亦形容亭台极高。 ⑯奔星:流星。更:经过。闺闼:宫中的小门。 ⑰夷嵏(zōng 宗)筑堂:削平山岭,建筑房屋。 ⑯累台增成:高的楼台一层又一层。增,通 ⑱岩窔(yǎo 咬):深邃的样子。洞房:幽深的房屋。 ⑲宛虹:弯曲的虹。拖:同"拖"。楯(shǔn 吮)轩:指门窗的栏杆。 ⑳"青龙"句:谓青龙驾的车子可以在东厢房行进。此极力形容房屋的宽阔。蚴蟉(yǒu liú 友流),龙行的样子。此用以形容车子。东箱,东边厢房。箱,通"厢"。原作"葙",据《考异》改正。 ㉑象舆:象拉的车子。婉僤(shàn 善):车行进的样子。西清:指西厢房。清,清静之处。 ㉒灵圉(yǔ 语):对于仙人的总称。燕:燕息,闲居。闲馆:清雅的馆舍。 ㉓偓佺:古代传说的仙人名。伦:类。 ㉔暴:通"曝",晒太阳。荣:指飞檐。 ㉕醴泉:甘甜的泉水。清室:即静室。 ㉖通川:流水。 ㉗盘石:大石。盘,通"磐"。振崖:砌成整齐的石崖。振,《考异》以为当作"振(zhèn 振)",累积整齐。 ㉘嵚(qīn 钦)岩:倾斜的样子。倚倾:偏斜倾侧。 ㉙嵯峨:高大的样子。嶫岦(jié yè 捷业):高峻的样子。 ㉚刻削:形容石崖险峻,像刀削过一样。 ㉛玫瑰:珍珠名。碧琳:玉石名。 ㉜珸玉:像玉的美石。珸,同"珉"。旁唐:如说"磅礴",广大的样子。 ㉝玢(bīn 宾)豳:有纹理的样子。文鳞:文彩斑烂像鳞片一样排列。 ㉞赤瑕:赤色的玉。驳荦(luò 洛):色彩斑驳。驳,同"驳"。 ㉟杂臿:夹杂。臿,通"插"。 ㊱晁采:美玉名。琬琰(yǎn 演):美玉名。 ㊲和氏:指和氏璧。为春秋时楚国人卞和所发现。 ㊳卢橘:橘子的一种,皮厚,大小像柑。秋天结实,第二年夏天始熟。 ㊴黄甘:即黄柑,橘的一种。楱(còu 凑):橘的一种,又称小橘。 ㊵樲(rán 然):即酸枣。 ㊶亭:即棠梨,又名海棠果。柰:属苹果一类的水果。厚朴:树名,果实甘美,树皮可入药。 ㊷楟(yīng 影)枣:枣类,外形似柿而小。 ㊸蒲陶:即葡萄。 ㊹隐夫:果木名,形状不详。薁(yù 郁)棣:即唐棣,又名郁李,果实可食,种子入药。 ㊺答遝(tà 踏):木名,果实像李子。离支:即荔枝。 ㊻䊀(yí 宜):通"迤",延及,绵延。 ㊼扤(wù 物):摇动不定。 ㊽荣:木本植物的花。 ㊾煌煌扈扈:光彩鲜艳的样子。 ㊿钜野:广阔的原野。钜,同"巨"。 ㊿沙棠:果名,俗名沙果。栎(lì 立):橡实。楮(zhū 朱):苦楮,木名,常绿乔木,果实小于橡实。 ⑱华:即桦树。枰(píng 平):平仲树,即银杏树。栌(lú 卢):黄栌。 ⑯留落:石榴树。胥邪:即椰子树。 ⑰仁频:即槟榔树。并间:即棕榈树。 ⑱欃檀:檀木的一种。木兰:又名杜兰,木名。 ⑲豫章:即樟树。女贞:即冬青树。 ⑲大连抱:指树干很粗,几个人才能合抱过来。 ⑲夸条:指花朵和枝条。夸,通"䔢(huā 花)",花。直畼:指任意舒展。 ⑫夔桭(jùn mào 俊茂):肥大茂盛。夔,大。桭,同"茂"。 ⑬攒立丛倚:指草木丛聚而生,或直立,或相互依傍。 ⑭连卷(quán 拳):即"连蜷",指枝柯屈曲生长。欐佹(lì guǐ 立鬼):指树枝相互交错,向背不一。欐,依附。佹,背离。 ⑮崔错:错杂的样子。癹骫(bō wěi 拨委):指枝条屈曲错杂的样子。骫,通"委"。 ⑯坑衡:抗衡。坑,通"抗"。𨂐砢(kě luǒ 可裸):指枝条盘屈扭结,互相倾倚。 ⑰落英:落花。幡纚(xǐ 喜):飞扬的样子。 ⑱纷溶:繁盛的样子。箾蓡(xiāo sēn 萧森):高大的样子。 ⑲猗犯从风:指花随风飘动。猗犯,同"旖旎",柔美的样子。 ⑳茒苉:风吹草木发出的声音。卉歙(xī 吸):如同说"呼吸",指风迅疾吹木的声音。 ㉑籁:古代的一种管乐器。 ㉒"偨池"二句:指高高低低树木围绕后宫生长。偨池,同"差池",高低不平的样子。茈虒(cí chí 词池),义亦同"差池",不整齐。旋还,环绕。 ㉓杂袭:错杂重复。絫辑:同"累集",众多繁盛。 ㉔循:沿着。阪:山坡。隰(xí 习):低湿的地方。 ㉕无端:无边。 ㉖玄猨素雌:黑色的雄猿,白色的雌猿。猨,同"猿"。 ㉗蜼(wěi 伟):一种长尾猿,形如弥猴,黄黑色。玃(jué 觉):大母猴。蠝(lěi 垒):鼯鼠。前后肢间有薄膜,能从树上飞翔。 ㉘蛭:传说中一种能飞的兽,四翼。蜩:当作"獨(zhǒu 帚)",传说中一兽名,大如驴,形如猴,善爬树。蠼猱(jué náo 决挠):同"玃猱",老弥猴。 ㉙獑(chán 馋)胡:同"獑猢",兽名,似猿。豰(hú 狐):即白狐子,以猴类为食物。蛫(guǐ 诡):猿类。 ㉚翩幡:鸟飞轻疾的样子。这里指猿类来往轻捷灵巧。幡,通"翻"。互经:互相经过。 ㉛夭蟜(jiǎo 狡):指猿猴跳荡矫健的动作。枝格:长的树枝。 ㉜偃蹇:指猿猴身体活动屈曲宛转的样子。杪(miǎo 秒)颠:树枝顶端。杪,树梢。 ㉝隃:同"逾",越过。绝梁:断的桥梁。这里形容从甲树跃到乙树如越绝梁,非实指。 ㉞腾:跃上。殊榛(zhēn 真):另一片榛树丛。 ㉟捷垂条:拉住下垂的树枝。捷,通"接"。 ㊱掉希间:指猿猴在树枝稀疏的空间荡

269

来荡去。掉,摆动,摇荡。 ㉗牢落陆离:指猿猴零落不齐,聚散无常。牢落,散漫的样子。陆离,参差不齐。 ㉘烂漫远迁:指猿猴往来迁徙。烂漫,形容猿猴奔走蹦跳的样子。 ㉙宫宿馆舍:在离宫止宿,在别馆居住。 ㉚"庖厨"三句:谓离宫别馆中有庖厨,有宫女,有百官奉侍,不必从朝廷调来。 ㉛背秋涉冬:指秋末冬初。背,离开。涉,入。 ㉜校(jiào 较)猎:用木栏圈起猎场打猎。校,木栏。 ㉝镂象:指用象牙雕刻装饰的车子。 ㉞六玉虬:指用六匹马驾车。虬,无角的龙。这里指马。 ㉟拖:曳。蜺旌:指色彩斑斓有如虹蜺的旌旗。蜺,同"霓"。 ㊱靡:倾斜。云旗:画有熊虎的大旗。 ㊲皮轩:以兽皮作饰的车子。 ㊳道游:指道车和游车。古代天子出行,用道车五乘、游车九乘作为前导。道,通"导"。 ㊴孙叔:古代善于驾车的人。一说,指汉武帝时的太仆公孙贺(字子叔)。奉:捧。 ㊵卫公:也是指古代善于驾车的人。一说,指汉武帝时大将军卫青。参乘:陪乘,即车右,担任护卫。参,通"骖"。 ㊶扈从:即护从,指天子的侍卫。 ㊷四校:指天子射猎时的四支扈从部队。 ㊸鼓严簿:指在戒备森严的仪仗侍卫队伍中击鼓。簿,卤簿,天子出行时的随行仪仗。 ㊹河江:即江河。阹(qù 去):阻拦禽兽的围阵。 ㊺橹:望楼。 ㊻雷起:形容车骑声很大,如同雷响。 ㊼殷天:震天。 ㊽陆离:分散。 ㊾别追:指分别追逐禽兽。 ㊿淫淫裔裔:指围猎的人来来往往。 ㉑流泽:指打猎的车骑密密麻麻地拥向水泽。 ㉒生貔(pí 皮)豹:活捉貔豹等野兽。貔,豹一类的猛兽。 ㉓搏:搏击。 ㉔手:徒手击杀。罴:熊类猛兽。 ㉕足:用脚踏住。壄:同"野"。 ㉖蒙鹖苏:指戴着用鹖鸟尾装饰的帽子。鹖,鸟名,形像雉鸡,斗时至死不退却。苏,尾。 ㉗绔(kù 库)白虎:穿着织有白虎纹饰的裤子。绔,同"袴",套裤,此指穿套裤。 ㉘被:通"披",穿着。班文:指用虎豹一类兽皮作成的衣服。 ㉙跨:骑。壄马:指北地所产的良马,又名駃騠。 ㉚凌:登。三峻:山名。危:顶巅。 ㉛碛(qì 气)历:高低不平的样子。坻(dǐ 底):山斜坡。 ㉜径:同"经",过。 ㉝厉:涉水。 ㉞椎:击杀。蜚廉:龙雀,鸟身鹿头。 ㉟弄:用手摆弄,此也指擒获。獬豸:神兽名,相传似鹿而一角。 ㊱格:搏杀。虾蛤:猛兽名。 ㊲鋋(chán 谗):铁柄短矛。这里指用短矛刺杀。猛氏:兽名,形状像熊而小,毛短,有光泽。 ㊳羂(juǎn 卷):用绳索绊取野兽。騕褭(yǎo niǎo 咬鸟):神马名,传说能日行千里。 ㊴封豕:大野猪。

㉖⓪箭不苟害:指每箭必射中要害,而不是胡乱将猎物射伤即可。　㉖①解:分解,分开。脰(dòu豆):颈项。　㉖②乘(shèng胜)舆:皇上乘坐的车。此指皇上。弭节:驻节,停车。　㉖③睨:视。部曲:指参加围猎的队伍。　㉖④变态:指各种各样的形态。　㉖⑤侵淫促节:逐渐加快行驶的速度。
㉖⑥儵夐(shū xiòng抒兄去声):忽然远去的样子。儵,同"倏"。　㉖⑦流离:四散,即冲散。轻禽:指飞鸟。轻,轻捷。　㉖⑧蹴履:即践踏。狡兽:猛兽。狡,健。　㉖⑨辖(wèi卫)白鹿:用车轴头挂住白鹿。辖,车轴头。
㉗⓪捷:疾取。　㉗①轶赤电:形容车骑疾速。轶,超过。　㉗②遗光耀:也极言车骑迅疾。遗,指抛在后面。　㉗③怪物:指奇珍怪兽。　㉗④出:超出。宇宙:指天地之间的空间。天地四方称"宇",古往今来称"宙"。　㉗⑤蕃弱:传说中夏后氏良弓名。　㉗⑥满:拉弓到箭头称为满。白羽:指用白色翎毛作尾羽的箭。　㉗⑦游枭:各处游荡的枭。枭,一名枭羊,兽名。一说即狒狒。　㉗⑧栎(lì力):击打。蜚遽:神兽名,鹿头龙身。　㉗⑨择肉:指选择肥胖的。一说选择禽兽身上可射的地方。　㉘⓪"先中"句:谓先指明要射中什么地方,然后射中预定目标。　㉘①艺:箭靶。这里指射的目标。殪(yì意)仆:指猎物被射死倒下。　㉘②扬节而上浮:旌节飞扬上游于太空。
㉘③骇猋(biāo标):即惊风,疾风。猋,通"飙",从下向上刮的疾风。
㉘④乘:升,登。虚无:指天空。　㉘⑤躏:践踏。玄鹤:黑色的鹤。　㉘⑥乱:指使其行列混乱。昆鸡:同"鹍鸡",鸟名,形状似鹤,赤喙长颈,全身黄白色。
㉘⑦遒:迫,追捕。孔鸾:孔雀和鸾鸟。　㉘⑧促:捕捉。骏蚁:即赤雉,毛五彩,有花纹。　㉘⑨拂:击。翳鸟:传说中的大鸟,毛五彩,飞起能遮蔽一乡。
㉙⓪捎:同"箾",以竹竿击打。　㉙①捷:取。鵷雏:凤凰一类的鸟。
㉙②掩:同"掩",捕捉。焦明:西方鸟名,也属凤凰一类。又作"焦朋"。
㉙③消遥:同"逍遥",悠游自得的样子。襄羊:同"倘佯",自由徘徊的样子。
㉙④降集:停留。降,下降。集,止。北纮:指极北边的地方。古代认为地的周围有八泽,八泽之外有八纮,北纮称为委羽。纮,维。　㉙⑤率乎:直指的样子。直指:一直往前。　㉙⑥睨乎:迅速的样子。反乡:即"反向",返回。
㉙⑦"蹷(jué厥)石阙"四句:指经过了石阙、封峦、鸤鹊、露寒四个观。这四个观是汉武帝建元间所建,在甘泉宫外。蹷,踏过。望,探看。　㉙⑧下:住。棠梨:宫名,在甘泉宫东南三十里。　㉙⑨宜春:宫名,在陕西西安市东南。
㉚⓪宣曲:宫名,在昆明池以西(今陕西西安市西南)。　㉚①濯鹢:指划船

濯,通"櫂",摇船的工具。鹢,船头有鹢鸟图形装饰的船。牛首:池名,在上林苑西边(今陕西西安市西北)。 ㉜龙台:观名,在今陕西西安市鄠邑区东北,靠近渭水。 ㉝掩:止息。细柳:观名,在昆明池南面(今陕西西安市西南)。 ㉞勤略:辛勤巡查。略,巡行。 ㉟均:比较多少。得获:获得。 ㊱徒车:指士卒和车骑。徒,车前步行的士卒。轹(lìn吝):践踏。轹(lì历):碾压。 ㊲步骑:指步兵骑士。蹂若:践踏。 ㊳蹋籍:踏踩。籍,通"藉"。 ㊴穷极倦㦖(jù剧):走投无路,疲惫不堪。㦖,极度疲惫。 ㉚惊惮讋(zhé折)伏:惊恐而不敢活动。讋,同"慑",恐惧。 ㉛他他籍籍:纵横交错的样子。 ㉜掩平:遮蔽了平原。弥泽:填满了大泽。此句极言死亡禽兽之多。 ㉝懈怠:疲劳懒怠。此指射猎活动后放松。 ㉞颢天之台:上接天宇的高台。颢天,同"昊天"。 ㉟张:陈设。胶葛之㝢:指空旷辽阔的屋子。胶葛,寥廓。㝢,同"宇",屋宇。 ㊱石:古代重量单位,一石重一百二十斤。 ㊲虡(jù巨):悬挂钟磬的木架。 ㊳翠华之旗:以翠羽装饰的旗子。 ㊴灵鼍(tuó驼)之鼓:用鼍皮做成的鼓。鼍,鳄鱼一类的动物。 ㉒陶唐氏:即唐尧。 ㉑葛天氏:古代部落首领,据说其善歌。 ㉒巴渝宋蔡:指这些地方的歌舞。巴、渝,今四川一带。宋、蔡,今河南一带。 ㉓淮南:诸侯国名,相当于今安徽淮河以南、和县以北地区,治所寿春。干遮:曲名。 ㉔文成:县名,当今河北卢龙县境,其地人善歌。颠歌:指滇地的乐歌。颠,同"滇",即今云南一带,汉时属西南夷的一部分。 ㉕族居:聚集在一起。递奏:互相交替地演奏。 ㉖铿鎗:同"铿锵",指钟声。闛鞈(táng tà唐踏):指鼓声。 ㉗洞心:响彻内心。 ㉘韶:虞舜时乐名。濩:商汤时乐名。武:周武王时乐名。象:周公旦时乐名。 ㉙阴淫案衍:指过度而无节制的音乐。 ㉚鄢郢:都是楚地名。缤纷:指舞蹈时交杂错落的样子。 ㉛激楚:指楚地的歌曲。结风:指歌曲结尾馀音悠长。 ㉜俳优:古代表演杂戏等以供人取乐的人。侏儒:矮人。此指侏儒中任优伶、乐师者。 ㉝狄鞮(dī低):西方部族名。倡:乐工。
㉞丽靡烂漫:美好华丽、色彩鲜明。 ㉟靡曼:指美人的细腻润泽,姿态美妙。 ㊱青琴:传说中的古代神女。宓(fú伏)妃:传说中的伏羲氏之女,溺死于洛水,遂为洛水之神。 ㊲妖冶:美好。娴都:美丽典雅。 ㊳靓(jìng静)妆:指以粉黛妆扮。刻饰:指修整头发。以胶刷鬓发,使其整齐如刻画。 ㊴便嬛(huán环):轻盈俏丽的样子。绰约:柔婉的样子。 ㊵柔

栁嫚嫚:指身体柔软苗条、姣好多姿。栁,曲。　㉞妩媚:容貌美丽,悦人心意。嬺弱:指身体轻细柔软。　㉞独茧:一个蚕茧的丝。指丝线颜色纯净一致。褕(yú 俞):短衣。绁:同"袣(yì 异)",衣袖。此皆指衣服。㉞眇:美好,形容下文"阎易"、"邮削"。阎易:衣长的样子。邮削:指衣服线条整齐清晰。　㉞便姍嫳(piè 撇去声)屑:衣服翩翩飘动的样子。
㉞沤郁:郁积,指香气浓盛。　㉞淑郁:形容香气浓厚、美好。　㉞宜笑:微露牙齿的笑。的皪(lì 历):指牙齿鲜白的样子。　㉞连娟:又弯又细的样子。　㉞微睇:微微顾盼。睇,流盼。绵藐:指眼光的绵长悠远。
㉚色授魂与:指女子以颜色、精神勾引人。一说"色授"是指女子以色勾引男子,"魂与",是指男子与之精神相应。　㉛心愉于侧:指倾心于侧。愉,通"输",心输,即倾心。　㉜酒中:饮酒到一半时。　㉝芒然:怅然。芒,通"茫"。　㉞亡:失。　㉟览听馀闲:指处理政事之后的空闲时间。
㉞无事弃日:指没有政事,只是虚度时日。弃,抛弃、闲置。　㉟"顺天道"句:指顺应天道在秋末冬初打猎。　㉞此:指上林苑。　㉟后叶:后世。靡丽:奢华。　㉠往而不返:指一味追求奢侈,不知回头。　㉡继嗣:继承者,后嗣。创业垂统:创立基业,留传后代。　㉢农郊:农田。郊,田。
㉣萌隶:农夫。萌,通"氓"。　㉤隤(tuí 颓)墙填堑:谓把上林苑四周的墙推倒,把壕沟填平。隤,毁坏。　㉥实陂池:指在陂池中放养鱼类。勿禁:指让百姓随意打鱼。　㉦"虚宫馆"句:指不再使用上林苑中的宫馆。虚宫馆,使宫馆空虚。仞,满。　㉧出德号:指发布实行德政的命令。
㉨革正朔:改革历法。正,指每年的正月。朔,指每月的初一。古代封建王朝新建立之时,总要易服色、革正朔,以表示与前个朝代不同。　㉩更始:指重新开始。更,变更。　㉰历:选择。斋戒:古人在举行典礼之前,为了表示恭敬,不饮酒,不吃荤,不宿内寝,称为斋戒。　㉱袭:穿。　㉲法驾:天子车驾的一种,用于通常的行动,由奉车郎御车,侍中骖乘,属车四十六乘。
㉳鸣玉鸾:指车辆行走时发出和谐悦耳的铃声。鸾,马镳上的铃。　㉴六艺:即《诗》、《书》、《礼》、《乐》、《易》、《春秋》六经。此句是说遍读六经。
㉵塗:通"途"。　㉶《春秋》之林:指《春秋》中包含的众多的经验道理。
㉷射:指行射礼。《狸首》:古逸诗的篇名。古代诸侯举行射礼时,奏《狸首》乐章。　㉸《驺虞》:《诗经·召南》中的一篇。古代天子举行射礼时,奏《驺虞》乐章。驺虞,相传是一种动物,性仁慈。　㉹弋玄鹤:指表演弋射

273

玄鹤的舞蹈。弋,用弓缴来射。玄鹤,黑色的鹤,古代认为它是一种瑞鸟。 ㉛干戚:盾和斧。相传舜舞干戚,感服了南方的有苗氏。后演化为舞干戚的大夏舞。 ㉛云罕(hǎn 罕):本指捕捉禽兽的网,此指旌旗。古注说,云罕用以猎兽,今载之于车,象征"捕群雅"。 ㉜撢:罩住,捕。这里指收罗。群雅:指众多的有才能的人。雅,既指才俊之士,又同"鸦",语义双关。
㉝悲《伐檀》:谓汉天子因读《伐檀》而兴悲。《伐檀》,《诗经·魏风》篇名。旧说这首诗是讽刺贤者不遇明主。 ㉞乐乐胥:谓汉天子因读到"乐胥"的诗句而高兴。《诗经·小雅·桑扈》:"君子乐胥,受天之祜。"郑玄笺:"胥,有才智之名也。祜,福也。王者乐臣下有才智,知文章,则贤人在位,庶官不旷,政和而民安,天予之以福禄。" ㉟修容:修饰容仪。礼囿:指《礼》的规定范围。 ㊱翱翔:往来游观。书圃:指《尚书》的规定范围。
㊲《易》:指六经之一的《易经》。古人认为《易》包含有一些洁静微妙的道理。 ㊳明堂:古代天子朝见诸侯的地方。此指处理政事、朝见大臣的地方。 ㊴清庙:太庙,天子祭祖先之庙。 ㊵靡不受获:没有人不受到天子的恩泽。获,猎获物,此处指恩惠。 ㊶说:通"悦"。 ㊷"乡风"二句:谓像风行水流一样,百姓乐意服从天子。乡,通"向"。 ㊸㞬(huì 卉)然:勃然兴起的样子。兴道:指按道行事。迁义:指逐渐接近义。迁,登,接近。 ㊹错:通"措",弃置。 ㊺"德隆"句:谓德高过了三王。隆,高,盛。三王,即夏禹、商汤、周文王(或周武王)。 ㊻羡:溢,超过。五帝:指黄帝、颛顼、帝喾、尧、舜。 ㊼罢:通"疲"。作动词用。 ㊽忨(wán 完):损耗。精:指精力。 ㊾繇:通"由",从。此句指仁德之人不照这个样子做。 ㊿囿居九百:极言苑囿之广。 ⓐ细:微小。 ⓑ乐万乘之侈:喜好天子的奢华。万乘,代指天子。 ⓒ被其尤:遭受那种做法带来的祸殃。尤,祸患。 ⓓ愀然改容:改变了脸色。愀然,脸色改变的样子。
ⓔ超若自失:怅然若失。超,怅惘,惆怅。若,义同"然"。 ⓕ逡巡:向后退。避席:古人席地而坐,有所敬则离坐而起,谓之避席。 ⓖ鄙人:粗鄙的人,谦称。固陋:指见识狭隘浅陋,不合于礼义。 ⓗ忌讳:指不应当说、不应当做的事。

长　门　赋[1]并序

孝武皇帝陈皇后[2],时得幸[3],颇妒。别在长门宫,愁闷悲思。闻蜀郡成都司马相如天下工为文[4],奉黄金百斤,为相如文君取酒[5],因于解悲愁之辞[6]。而相如为文以悟主上[7],陈皇后复得亲幸。其辞曰:

夫何一佳人兮[8],步逍遥以自虞[9]。魂逾佚而不反兮[10],形枯槁而独居。言我朝往而暮来兮,饮食乐而忘人[11]。心慊移而不省故兮[12],交得意而相亲[13]。

伊予志之慢愚兮[14],怀贞悫之懽心[15]。愿赐问而自进兮[16],得尚君之玉音[17]。奉虚言而望诚兮[18],期城南之离宫[19]。修薄具而自设兮[20],君曾不肯乎幸临[21]。廓独潜而专精兮[22],天漂漂而疾风[23]。登兰台而遥望兮[24],神怳怳而外淫[25]。浮云郁而四塞兮[26],天窈窈而昼阴[27]。雷殷殷而响起兮[28],声象君之车音。飘风回而起闺兮[29],举帷幄之襜襜[30]。桂树交而相纷兮[31],芳酷烈之訚訚[32]。孔雀集而相存兮[33],玄猨啸而长吟[34]。翡翠胁翼而来萃兮[35],鸾凤翔而北南[36]。

心凭噫而不舒兮[37],邪气壮而攻中[38]。下兰台而周览兮,步从容于深宫[39]。正殿块以造天兮[40],郁并起而穹崇[41]。间徙倚于东厢兮,观夫靡靡而无穷[42]。挤玉户以撼金铺兮,声噌吰而似钟音[43]。

刻木兰以为榱兮[44],饰文杏以为梁[45]。罗丰茸之游树兮,离楼梧而相撑[46]。施瑰木之欂栌兮,委参差以槺梁[47]。时仿佛以物类兮,象积石之将将[48]。五色炫以相曜兮[49],烂耀耀而成光[50]。致错石之瓴甓兮,象瑇瑁之文章[51]。张罗绮之幔帷

275

兮㊾,垂楚组之连纲㊿。

　　抚柱楣以从容兮㊿,览曲台之央央㊿。白鹤噭以哀号兮㊿,孤雌跱于枯杨㊿。日黄昏而望绝兮㊿,怅独托于空堂㊿。悬明月以自照兮,徂清夜于洞房㊿。援雅琴以变调兮,奏愁思之不可长㊿。案流徵以却转兮,声幼妙而复扬㊿。贯历览其中操兮,意慷慨而自卬㊿。左右悲而垂泪兮,涕流离而从横㊿。舒息悒而增欷兮㊿,蹝履起而彷徨㊿。揄长袂以自翳兮㊿,数昔日之諐殃㊿。无面目之可显兮,遂颓思而就床㊿。抟芬若以为枕兮㊿,席荃兰而茝香㊿。

　　忽寝寐而梦想兮,魄若君之在旁㊿。惕寤觉而无见兮㊿,魂迋迋若有亡㊿。众鸡鸣而愁予兮㊿,起视月之精光㊿。观众星之行列兮,毕昴出于东方㊿。望中庭之蔼蔼兮,若季秋之降霜㊿。夜曼曼其若岁兮㊿,怀郁郁其不可再更㊿。澹偃蹇而待曙兮㊿,荒亭亭而复明㊿。妾人窃自悲兮㊿,究年岁而不敢忘㊿。

中华书局影印李善注本《文选》卷一六

①本文选自《文选》卷一六。赋作表现陈皇后被遗弃后苦闷和抑郁的心情,艺术表现上反复重叠,而又极其细腻,是一篇优秀的抒情作品。长门,指长门宫,汉代长安别宫之一。　②孝武皇帝:指汉武帝刘彻。陈皇后:名阿娇,是汉武帝姑母之女。武帝为太子时娶为妃,继位后立为皇后。　③得幸:受到宠爱。幸,宠幸,宠爱。　④工为文:擅长写文章。工,擅于,擅长。　⑤文君:即卓文君。取酒:买酒。　⑥于:为。此句说让相如作解悲愁的辞赋。　⑦为文:指作了这篇《长门赋》。　⑧"夫何"句:这是怎样的一个佳人啊。夫,犹"是"。何,疑问之辞。　⑨逍遥:缓步行走的样子。虞,度,思量。　⑩逾佚:外扬,失散。佚,散失。反:同"返"。　⑪"言我"二句:谓武帝曾说过朝往而暮来,现在却恣乐于饮食而把人给忘记了。我,指汉武帝。人,指陈皇后。　⑫慊(qiàn 欠)移:决绝变化。省(xǐng 醒)故:念旧。此句指武帝的心已决绝别移,忘记了故人。　⑬得意:指称心如意

276

之人。相亲:相爱。　⑭伊:发语词。予:指陈皇后。慢愚:迟钝。
⑮怀:抱。贞慤(què却):忠诚笃厚。懽:同"欢"。此句指自以为欢爱靠得住。　⑯赐问:指蒙武帝的垂问。自进:前去进见。　⑰"得尚"句:谓侍奉于武帝左右,聆听其声音。尚,奉。　⑱奉虚言:指得到一句虚假的承诺。望诚:当作是真实。　⑲"期城南"句:在城南离宫中盼望着他。期,盼望。离宫,正宫之外供帝王出巡时居住的宫室。此指长门宫。　⑳修:置办,整治。薄具:指菲薄的肴馔饮食。　㉑曾:乃,却。幸临:光降。㉒廓:空寂,孤独。此指忧伤的样子。独潜:独自深居。专精:用心专一。此指一心思念。　㉓漂漂:同"飘飘"。　㉔兰台:华美的台榭。一说台名。　㉕悦悦:同"怳怳",心神不定的样子。外淫:指神不守舍。淫,游。㉖郁:郁结。四塞(sè色):遍布。　㉗窈窈:幽暗的样子。　㉘殷(yīn隐)殷:形容雷的声音。㉙飘风:旋风。起闺:指吹开内室之门。闺,宫中小门。　㉚帷幄:帷帐。襜(chān搀)襜:摇动的样子。　㉛交:交错。相纷:杂乱交错。　㉜芳:指香气。訚(yín银)訚:形容香气浓烈。㉝相存:相互慰问。　㉞玄猨:黑猿。猨,同"猿"。　㉟翡翠:鸟名。胁翼:收敛翅膀。萃:集。　㊱鸾凤:指鸾鸟和凤凰。翔而北南:南北飞翔。此指自由飞来飞去。　㊲忼慨:愤懑抑郁。　㊳攻中:攻心。
㊴"下兰台"二句:谓走下兰台,在深宫中周游观览。极写百无聊赖。
㊵块:屹立的样子。造天:达到天上。造,达。　㊶郁:形容宫殿雄伟、壮大。穹崇:高大的样子。　㊷"间徙倚"二句:谓有时在东厢各处徘徊游观,观览华丽美好的景物。间,有时。徙倚,徘徊。靡靡,华丽。　㊸"挤玉户"二句:谓推开殿门摇动金属作的门环,发出很大的像撞钟一样的声音。挤,排挤,推开。撼,摇动。金铺,金属作的门环。噌吰(zēng hóng增宏),钟声。　㊹木兰:树名,似桂树。榱(cuī崔):屋椽。　㊺文杏:即银杏树。以上二句形容建筑材料的华美。　㊻"罗丰茸"二句:谓梁上的柱子交错支撑。罗,集。丰茸(róng荣),繁多的样子。游树,浮柱,指屋梁上的短柱。离楼,众木交加的样子。梧,屋梁上的斜柱。　㊼"施瑰木"二句:谓用瑰奇之木做成斗拱以承屋栋,房间非常空阔。瑰木,瑰奇之木。欂栌(bó lú博卢),指斗拱。斗拱是我国木结构建筑中柱与梁之间的支承构件,主要由拱(弓形肘木)和斗(拱与拱之间的斗形垫木)纵横交错,层层相叠而成,可使屋檐逐层外延。委,堆积。参差,指斗、拱纵横交错、层层相叠的样子。橑梁,同

277

"康寔",屋室空阔的样子。　㊽"时仿佛"二句:谓时时疑惑这样的宫殿有什么可比类的,那就像积石山一样高峻。时,时时的意思。仿佛,相似,近似。物类,以物比物。积石,指积石山。将(qiāng 枪)将,高峻的样子。㊾炫:明亮。曜:照耀。　㊿耀耀:明亮的样子。　㉛"缴错石"二句:谓用彩石铺成的地面,像瑇瑁的花纹一样华丽。缴,细密。错石,积众石而成彩。瓴甓(líng pì 伶辟),铺地的砖。瑇瑁,即玳瑁。海龟类动物,背部有褐色和淡黄色相间的花纹。文章,花纹、色彩。　㉜罗、绮:皆指用丝织成的布。幔:帐幕。帷:帐子。　㉝楚组:指楚地产的丝带。组,组绶,本用以系玉,以楚产最有名。连纲:指连结幔帷的绳带。纲,网上的总绳。　㉞抚:按,摸。柱楣:柱子和门楣。楣,门上横梁。从容:舒缓。此处指神态消极。㉟曲台:宫殿名。旧注说在未央宫东面。央央:广大的样子。　㊱噭(jiào 叫):鸟哀鸣声。　㊲孤雌:失偶的雌鸟。跱:同"峙",停留。　㊳望绝:指久候而不至。　㊴怅:愁怅,悲伤。托:指托身。　㊵"悬明月"二句:谓明月高挂,孤独地照着自己,在洞房中消磨如此良夜。徂(cú 殂),往,消逝。洞房,深邃的内室。　㊶"援雅琴"二句:谓操起琴来弹奏却改变了原来的常调,虽可抒发心中愁思但不能维持长久。援,引,操起。　㊷"案流徵(zhǐ 止)"二句:谓弹奏中转成徵声,声音由轻细而变成激扬。案,同"按",此指弹奏。徵,古代五音中的第四音,声音激越。幼妙,同"要妙",指声音轻细。　㊸"贯历览"二句:谓将上述琴曲连贯起来看胸中情操,显示出志意慷慨不平。贯,连贯,贯通。自卬(áng 昂):自我激励。　㊹涕:眼泪。流离:流泪的样子。从横:同"纵横",此指泪流之多。　㊺舒:展,吐。息悒:叹息忧闷。欷:抽泣声。　㊻蹝(xǐ 徙)履:跂着鞋子。彷徨:徘徊的意思。㊼揄(yú 余):扬起。袂(mèi 妹):衣袖。自翳(yì 义):自遮其面。翳,遮蔽。㊽数:计算,回想。愆(qiān 千)殃:过失和罪过。愆,同"愆"。　㊾"无面目"二句:谓自己无面目见人,只好满怀心事上床休息。颓思,愁思,伤感。　㊿抟(tuán 团):揉。芬若:香草名。　㉛荃、兰、茝:皆为香草名。此句说以荃、兰、茝等香草为席。旧注说以香草比喻修洁自己行为。　㉜魄:魂魄。此指梦境。若君之在旁:谓像在君之旁。　㉝惕寤:指突然惊醒。惕,急速,突然。寤,醒。　㉞迋(guàng 逛)迋:恐惧的样子。若有亡:若有所失。　㉟愁予:即予愁。　㊱月之精光:即月光。　㊲毕、昂:二星宿名,五六月间出于东方。　㊳"望中庭"二句:谓望着中庭微暗的月光,虽然是盛夏,感受如同深秋一样。蔼蔼,月光微暗的样子。季秋,深秋。　　㉗曼曼:同"漫漫",言其漫长。　　㉘郁郁:此指心中的愁苦。不可再更:指不能重有欢乐之时。　　㉛澹:荡动。偃蹇:伫立的样子。此句指心绪不宁,坐立不安等待天明。　　㉜荒:昏暗。亭亭:久远的样子。　　㉝妾人:自称之辞。　　㉞"究年岁"句:谓穷年累月终不敢忘君。究,终。

六　东　方　朔

东方朔(前154—前93),字曼倩,平原厌次(今山东德州市陵城区)人。汉武帝初即位,征召天下贤士,时东方朔二十二岁,诣阙上疏,被召入朝。后用为常侍郎,又擢为太中大夫给事中。朔为人好谐谑,善调笑,被武帝视为俳优一类人物,虽屡屡上疏直言切谏,终未被重用。作有《答客难》、《非有先生论》,抒发怀才不遇之情。《楚辞》卷十三载《七谏》七篇。明张溥辑有《东方大中集》一卷。

答　客　难[①]

客难东方朔曰:"苏秦、张仪一当万乘之主[②],而都卿相之位[③],泽及后世[④]。今子大夫修先王之术[⑤],慕圣人之义,讽诵《诗》、《书》百家之言[⑥],不可胜数,著于竹帛,唇腐齿落[⑦],服膺而不释[⑧],好学乐道之效[⑨],明白甚矣;自以智能海内无双,则可谓博闻辩智矣[⑩]。然悉力尽忠以事圣帝[⑪],旷日持久,官不过侍郎[⑫],位不过执戟[⑬],意者尚有遗行邪[⑭]?同胞之徒无所容居[⑮],其故何也?"

东方先生喟然长息[⑯],仰而应之曰:"是固非子之所能备也[⑰]。彼一时也,此一时也,岂可同哉?夫苏秦、张仪之时,周室大坏[⑱],诸侯不朝[⑲],力政争权[⑳],相禽以兵[㉑],并为十二国[㉒],未有雌雄[㉓],得士者强,失士者亡,故谈说行焉[㉔]。身处尊位,珍宝充内㉕,外有廪仓,泽及后世,子孙长享。今则不然。圣帝流德㉖,天下震慑㉗,诸侯宾服㉘,连四海之外以为带㉙,安于覆盂㉚,动犹运之掌,贤不肖何以异哉㉛?遵天之道,顺地之理,物无不得其所。故绥之则安,动之则苦㉜;尊之则为将,卑之则为虏㉝;抗之则在青云之上,抑之则在深泉之下㉞;用之则为虎,不用则为鼠;虽欲尽节效情,安知前后㉟?夫天地之大,士民之众,竭精谈说㊱,并进辐凑者不可胜数㊲,悉力慕之,困于衣食,或失门户㊳。使苏秦、张仪与仆并生于今之世㊴,曾不得掌故㊵,安敢望常侍郎乎㊶!故曰时异事异。

"虽然㊷,安可以不务修身乎哉!《诗》云:'鼓钟于宫,声闻于外㊸。''鹤鸣于九皋,声闻于天㊹。'苟能修身,何患不荣㊺!太公体行仁义㊻,七十有二,乃设用于文、武㊼,得信厥说㊽,封于齐,七百岁而不绝㊾。此士所以日夜孳孳㊿,敏行而不敢怠也[51]。辟若鹡鸰[52],飞且鸣矣。传曰[53]:'天不为人之恶寒而辍其冬,地不为人之恶险而辍其广,君子不为小人之匈匈而易其行[54]。天有常度,地有常形,君子有常行[55]。君子道其常,小人计其功。'《诗》云:'礼义之不愆,何恤人之言[56]?'故曰:'水至清则无鱼,人至察则无徒[57]。冕而前旒,所以蔽明[58];黈纩充耳,所以塞聪[59]。'明有所不见,聪有所不闻,举大德,赦小过,无求备于一人之义也。'枉而直之,使自得之[60];优而柔之,使自求之[61];揆而度之,使自索之[62]。'盖圣人教化如此,欲自得之。自得之,则敏且广矣[63]。

"今世之处士[64],魁然无徒[65],廓然独居[66],上观许由[67],下察接舆[68],计同范蠡[69],忠合子胥[70],天下和平,与义相扶,寡耦少徒,固其宜也[71]。子何疑于我哉?若夫燕之用乐毅[72],秦之

281

任李斯⑦³,郦食其之下齐⑦⁴,说行如流⑦⁵,曲从如环⑦⁶,所欲必得,功若丘山,海内定,国家安,是遇其时也,子又何怪之邪?语曰'以筦阚天⑦⁷,以蠡测海⑦⁸,以莛撞钟⑦⁹',岂能通其条贯⑧⁰,考其文理⑧¹,发其音声哉!繇是观之⑧²,譬犹鼱鼩之袭狗⑧³,孤豚之咋虎⑧⁴,至则靡耳⑧⁵,何功之有?今以下愚而非处士⑧⁶,虽欲勿困,固不得已。此适足以明其不知权变,而终或于大道也⑧⁷。"

中华书局校点本《汉书》卷六五

①本文选自《汉书·东方朔传》。据本传记载:朔上书陈农战强国之计,辞数万言,而终不被重用,于是假设论客难己的问对形式,写了这篇文章。文中通过辩难的方式,阐述当今士不得重用的原因,正话反说,借以抒发牢骚和不平。难,非难,责问。 ②苏秦、张仪:战国时代的纵横家。苏秦:东周洛阳人,曾被任为齐相,主张合纵灭秦。张仪,魏国人,曾任秦相,封武信君,游说各国连横以服从秦国。当:遇。万乘之主:指大国的君主。此指秦、齐等国的国君。 ③都:居。 ④泽及后世:指苏秦、张仪的后代受到恩惠。 ⑤子:古代对男子的尊称。修:学习,研习。 ⑥《诗》、《书》:指《诗经》和《尚书》等儒家经典。 ⑦唇腐齿落:指熟读至老。 ⑧服膺:谨记于心,衷心信服。服,著,记。膺,胸。释:废弃。 ⑨乐道:喜好圣贤之道。效:效果,功效。 ⑩博闻:知识渊博。辩智:聪慧善言。 ⑪悉力:竭尽全力。圣帝:指汉武帝。 ⑫侍郎:官名。汉代郎官的一种,为宫廷近侍。 ⑬执戟:秦汉时宫廷侍从武卫郎官的别称,因值勤时手持戟而得名。 ⑭意者:推想起来。遗行:失德的意思。指品德有缺点。 ⑮"同胞"句:谓因俸禄少,连累得兄弟也没有照顾到。容,容身。 ⑯喟然:叹息的样子。息:叹气。 ⑰是:指这其中道理。固:原本。备:备知的意思。 ⑱周室大坏:周朝分崩离析。 ⑲诸侯不朝:诸侯国不朝见周天子。意谓各诸侯国不接受周王朝统治。 ⑳力政:同"力征",以武力相征伐。 ㉑相禽以兵:指以武力相互吞并。禽,通"擒"。兵,兵器。此指武力。 ㉒十二国:指战国时代的鲁、卫、齐、宋、楚、郑、燕、赵、韩、魏、秦、中山等十二

个诸侯国。　㉓未有雌雄：指不分高下，胜败未定。　㉔谈说行焉：指战国时代士人靠能言善辩游说人主，并受到重用。　㉕珍宝充内：指占有大量珍宝。　㉖流德：恩德流布。　㉗震慑：震惊恐怖。慑，惧。　㉘宾服：按时入贡朝见天子，表示服从。此指各诸侯王服从汉王朝。　㉙"连四海"句：意谓四邻各族像用带子连结在一起一样，环绕四周，形成屏障。指边境安定。四海，《尔雅·释地》："九夷、八狄、七戎、六蛮，谓之四海。"　㉚覆盂：覆置的盂，比喻稳固。盂，圆口器皿，底小口大。　㉛"动犹"二句：谓治理天下非常容易，就像玩物于掌中，不必用贤人，所以贤与不贤就没有区别了。运，玩弄，拨弄。　㉜"故绥之"二句：绥，安，安抚。动，劳动，使之不安宁。苦，劳苦。　㉝卑：轻视。虏：奴仆。　㉞"抗之"二句：抗，抬举。抑，压制。　㉟"虽欲"二句：尽节效情，尽臣节，效忠心。前后，"前"指上文之绥、尊、抗、用，"后"指动、卑、抑、不用。　㊱竭精：用尽心力。　㊲辐凑：车辐凑集在毂上。此处比喻人才聚集。　㊳"悉力"三句：谓圣帝虽尽力招募士人，士人或因衣食之虞，或因不知入仕门路，故不能受到重用。　㊴仆：谦称。　㊵曾（céng层）：乃，竟。掌故：汉代掌管礼乐故实的小官，秩仅百石。　㊶常侍郎：皇帝的侍从近臣。《汉书·东方朔传》："上（汉武帝）以朔为常侍郎，遂得爱幸。"　㊷虽然：即使如此。　㊸"鼓钟"二句：语出《诗经·小雅·白华》，意谓只要内里存在，必然显露于外。鼓，敲击。宫，指室内。　㊹"鹤鸣"二句：语出《诗经·小雅·鹤鸣》，意谓虽然处低，但声音传播高远。九皋，深泽。　㊺荣：荣耀。此句指何愁不受重用。　㊻太公：指姜尚，先后辅佐周文王、周武王，灭殷纣王后，被封于齐。俗称姜太公。体行仁义：身体力行，实行仁义。　㊼"乃设"句：谓施展其才具以相周文王、周武王。设，施，用。用，才具。　㊽信：证实。此指实现。一说通"伸"。说：学说，观点。　㊾七百岁而不绝：公元前十一世纪周分封齐为诸侯国，至公元前221年为秦所灭，享国约八百馀年。七百岁为笼统之说。　㊿孳孳：同"孜孜"，努力不懈怠。　(51)敏行：指勉力修身。　(52)辟：通"譬"。鹏鸰：一种小鸟，飞时则鸣叫，行走时则摇尾。此处比喻士像鹏鸰鸟一样勤苦。　(53)传：指古代著作。下面引文出自《荀子·天论》，文字略有不同。　(54)"天不"三句：恶，厌恶。辍，止。匈匈，同"汹汹"，议论吵嚷，扰乱不安。　(55)"天有"三句：常度，指固定的规律。常行，指不变的行为准则。　(56)"礼义"二句：谓于礼义无过失，不必担忧别人说些什么。衍,过。恤,忧。此二句为逸诗,不见于今本《诗经》。(57)“水至清”二句:至,极。察,明察。徒,众。按,“水至”六句及下文“枉而”六句均为《大戴礼记·子张问入官》所记孔子之语,有的文字、次序略有不同。　(58)“冕而”二句:谓冕前垂旒,是为了遮掩眼光。冕,古代帝王诸侯以及卿大夫的礼冠。旒(liú 流),挂在冕前的玉串。　(59)“黈纩”二句:意谓用丝线将黈纩悬挂在冕的两旁,是为了表示不想妄听是非。黈纩(tǒu kuàng 头上声况),悬于冕两边的黄色丝绵小球。充,塞。此“充耳”指垂于两耳旁边。聪,听力。　(60)“枉而”二句:谓纠正人的错误,使其自有心得,认识改正。枉,曲,指错误、过失。直,伸,指纠正。　(61)“优而”二句:谓对人宽和温厚,使他自己有所追求。优,宽和。柔,温和。　(62)“揆而”二句:谓揣度人的资质性情,使其各求其分。揆(kuí 奎),揣度。度(duó 夺),估量。索,求。　(63)敏且广:指勉力修身而又学识广博。敏,勤勉,审慎。(64)处士:古代指有才德而隐居不仕的人。　(65)魁(kuài 块)然:孤独的样子。魁,通“块”。　(66)廓然:空落落的样子。　(67)许由:古代传说中的贤人。据说尧将天下让许由,而许由耻闻之。　(68)接舆:春秋时代楚国的隐士,佯狂而匿迹。　(69)计:计谋。范蠡:春秋时代越国大夫,辅佐勾践灭吴国,功成而身退。　(70)子胥:即伍子胥,春秋时吴国大夫,因劝谏吴王夫差勿许越国求和而遭疏远,后被迫自杀。　(71)“天下”四句:谓天下士人虽贤如古人,而如今天下和平,百姓以仁义处事,所以士人寡合少众,不被信用,是情理中事。相扶,相辅,相依。耦,合。　(72)乐毅:战国时燕将。燕昭王好贤,重用乐毅,曾率军攻破齐国,下七十馀城。　(73)李斯:原为秦国客卿,受秦王嬴政重用,成就帝业,官至丞相。　(74)郦食其(yì jī 义击):汉高祖刘邦的谋臣,楚汉相争时,曾说服齐王田广归汉。　(75)说行如流:谓他们的主张的实施如同流水一样畅通无阻。　(76)曲从如环:谓国君们听从他们的话如同环之转动一样没有阻滞。曲从,委曲顺从。　(77)以筦阚天:用竹管观察天象。筦,同“管”。阚,同“窥”。　(78)以蠡测海:用瓢量海水。蠡,瓢。(79)莛(tíng 廷):草茎。　(80)条贯:条理,系统。此指天体星象布局。(81)文理:纹理,花纹。此指海水的流动情形。　(82)繇:通“由”。　(83)鼱鼩(jīng qú 精渠):小鼠。　(84)豚(tún 屯):小猪。咋(zé 责):啃咬。(85)至则靡耳:谓以小袭大,不待与对方接触,即必遭失败。靡,坏,烂。(86)下愚:指答问中的“客”。非:责难。　(87)或:通“惑”。

七 司马迁

司马迁(前145—约前93),字子长,生于龙门(今陕西韩城市附近),西汉著名的历史学家和文学家。父司马谈于汉武帝初年为太史令。司马迁幼时有过一段"耕牧"生活,后随父至长安。二十岁开始漫游,先后到过长江和黄河中下游一带;后任郎中,曾奉使至云南、四川等地。公元前108年继父职任太史令,四年后开始编写《史记》。公元前99年因替投降匈奴的李陵辩护,被关进监狱,遭受腐刑。出狱后任中书令,继续坚持编写《史记》。约在《史记》完成后不久即去世。

《史记》全书共五十二万多字,包括十二"本纪"、八"书"、十"表"、三十"世家"和七十"列传",共一百三十篇。所记历史上自传说中的黄帝,下至汉武帝时代。从文学的角度来看,其中的人物传记部分比较重要。战国历史散文主要是通过历史事件来显现人物,而《史记》的许多传记,则是以人物为中心,通过写人物来记叙历史,这是由历史散文到传记文学的一个发展。

项 羽 本 纪①(节选)

初,宋义所遇齐使者高陵君显在楚军②,见楚王曰③:"宋义论武信君之军必败,居数日,军果败④。兵未战而先见败征⑤,此可谓知兵矣。"王召宋义与计事而大说之,因置以为上将军⑥。项羽为鲁公,为次将⑦,范增为末将⑧,救赵⑨。诸别将皆属宋义,号为卿子冠军⑩。行至安阳⑪,留四十六日不进。项羽曰:"吾闻秦军围赵王钜鹿⑫,疾引兵渡河⑬,楚击其外,赵应其内,破秦军必矣。"宋义曰:"不然。夫搏牛之䖟不可以破虮虱⑭,今秦攻赵,战胜则兵罢⑮,我承其敝⑯;不胜,则我引兵鼓行而西⑰,必举秦矣⑱。故不如先斗秦、赵⑲。夫被坚执锐⑳,义不如公;坐而运策,公不如义。"因下令军中曰:"猛如虎,很如羊㉑,贪如狼,强不可使者㉒,皆斩之。"乃遣其子宋襄相齐,身送之至无盐㉓,饮酒高会㉔。天寒大雨,士卒冻饥。项羽曰:"将戮力而攻秦㉕,久留不行。今岁饥民贫㉖,士卒食芋菽㉗,军无见粮㉘,乃饮酒高会,不引兵渡河因赵食,与赵并力攻秦,乃曰'承其敝'。夫以秦之强,攻新造之赵㉙,其势必举赵。赵举而秦强,何敝之承㉚?且国兵新破㉛,王坐不安席,埽境内而专属于将军㉜,国家安危,在此一举。今不恤士卒而徇其私㉝,非社稷之臣㉞。"项羽晨朝上将军宋义㉟,即其帐中斩宋义头,出令军中曰:"宋义与齐谋反楚,楚王阴令羽诛之。"当是时,诸将皆慴服,莫敢枝梧㊱。皆曰:"首立楚者,将军家也㊲。今将军诛乱。"乃相与共立羽为假上将军㊳。使人追宋义子,及之齐㊴,杀之。使桓楚报命于怀王㊵。怀王因使项羽为上将军,当阳君、蒲将军皆属项羽㊶。

项羽已杀卿子冠军,威震楚国,名闻诸侯。乃遣当阳君、蒲将军将卒二万渡河㊷,救钜鹿。战少利㊸,陈馀复请兵。项羽乃悉引兵渡河,皆沈船,破釜甑,烧庐舍㊹,持三日粮,以示士卒必死,无一还心㊺。于是至则围王离㊻,与秦军遇,九战㊼,绝其甬道㊽,大破之,杀苏角㊾,虏王离。涉间不降楚,自烧杀。

当是时,楚兵冠诸侯㊿。诸侯军救钜鹿下者十馀壁[51],莫敢纵兵㊾。及楚击秦,诸将皆从壁上观㊼。楚战士无不一以当十,楚兵呼声动天,诸侯军无不人人惴恐㊽。于是已破秦军,项羽召见诸侯将,入辕门㊿,无不膝行而前㊿,莫敢仰视。项羽由是始为诸侯上将军,诸侯皆属焉。

··········

行略定秦地㊼。函谷关有兵守关㊽,不得入。又闻沛公已破咸阳㊾,项羽大怒,使当阳君等击关。项羽遂入,至于戏西㊿。沛公军霸上㊿,未得与项羽相见。沛公左司马曹无伤使人言于项羽曰㊿:"沛公欲王关中㊿,使子婴为相㊿,珍宝尽有之。"项羽大怒,曰:"旦日飨士卒㊿,为击破沛公军!"当是时,项羽兵四十万,在新丰鸿门㊿;沛公兵十万,在霸上。范增说项羽曰㊿:"沛公居山东时㊿,贪于财货,好美姬㊿;今入关,财物无所取,妇女无所幸㊿,此其志不在小。吾令人望其气㊿,皆为龙虎,成五采,此天子气也。急击勿失!"

楚左尹项伯者㊿,项羽季父也,素善留侯张良㊿。张良是时从沛公,项伯乃夜驰之沛公军,私见张良,具告以事㊿,欲呼张良与俱去,曰:"毋从俱死也。"张良曰:"臣为韩王送沛公㊿,沛公今事有急,亡去不义㊿,不可不语㊿。"良乃入,具告沛公。沛公大惊,曰:"为之奈何?"张良曰:"谁为大王为此计者?"曰:"鲰生说我曰㊿:'距关,毋内诸侯㊿,秦地可尽王也。'故听之。"良曰:"料大王士卒足以当项王乎?"沛公默然,曰:"固不如也,且为之奈何㊿?"张良曰:"请往谓项伯,言沛公不敢背项王也。"沛公曰:"君安与项伯有故㊿?"张良曰:"秦时与臣游㊿,项伯杀人,臣活之㊿。今事有急,故幸来告良。"沛公曰:"孰与君少长㊿?"良曰:"长于臣。"沛公曰:"君为我呼入,吾得兄事之㊿。"张良出,要项伯㊿。项伯即入见沛公。沛公奉卮酒为寿(87)，约为婚姻(88)，曰："吾入关，秋豪不敢有所近(89)，籍吏民(90)，封府库，而待将军(91)。所以遣将守关者，备他盗之出入与非常也(92)。日夜望将军至，岂敢反乎！愿伯具言臣之不敢倍德也(93)。"项伯许诺，谓沛公曰："旦日不可不蚤自来谢项王(94)。"沛公曰："诺。"于是项伯复夜去，至军中，具以沛公言报项王。因言曰："沛公不先破关中，公岂敢入乎？今人有大功而击之，不义也，不如因善遇之(95)。"项王许诺。

沛公旦日从百馀骑来见项王(96)，至鸿门，谢曰："臣与将军戮力而攻秦(97)，将军战河北(98)，臣战河南，然不自意能先入关破秦(99)，得复见将军于此。今者有小人之言，令将军与臣有郤(100)。"项王曰："此沛公左司马曹无伤言之。不然，籍何以至此(101)。"项王即日因留沛公与饮。项王、项伯东向坐，亚父南向坐(102)。亚父者，范增也。沛公北向坐，张良西向侍。范增数目项王(103)，举所佩玉玦以示之者三(104)，项王默然不应。范增起，出召项庄(105)，谓曰："君王为人不忍(106)，若入前为寿(107)，寿毕，请以剑舞，因击沛公于坐，杀之。不者，若属皆且为所虏(108)。"庄则入为寿，寿毕，曰："君王与沛公饮，军中无以为乐(109)，请以剑舞。"项王曰："诺。"项庄拔剑起舞，项伯亦拔剑起舞，常以身翼蔽沛公(110)，庄不得击。于是张良至军门，见樊哙(111)。樊哙曰："今日之事何如？"良曰："甚急！今者项庄拔剑舞，其意常在沛公也。"哙曰："此迫矣！臣请入，与之同命(112)！"哙即带剑拥盾入军门。交戟之卫士欲止不内(113)，樊哙侧其盾以撞，卫士仆地，哙遂入，披帷西向立(114)，瞋目视项王(115)，头发上指(116)，目眦尽裂(117)。项王按剑而跽曰(118)："客何为者？"张良曰："沛公之参乘樊哙者也(119)。"项王曰："壮士！赐之卮酒!"则与斗卮酒⑩。哙拜谢,起,立而饮之。项王曰:"赐之彘肩㉑!"则与一生彘肩㉒。樊哙覆其盾于地,加彘肩上㉓,拔剑切而啖之㉔。项王曰:"壮士!能复饮乎?"樊哙曰:"臣死且不避,卮酒安足辞!夫秦王有虎狼之心,杀人如不能举,刑人如恐不胜㉕,天下皆叛之。怀王与诸将约曰:'先破秦入咸阳者王之㉖。'今沛公先破秦入咸阳,豪毛不敢有所近,封闭宫室,还军霸上,以待大王来。故遣将守关者,备他盗出入与非常也。劳苦而功高如此,未有封侯之赏,而听细说㉗,欲诛有功之人,此亡秦之续耳㉘,窃为大王不取也!"项王未有以应㉙,曰:"坐。"樊哙从良坐。坐须臾㉚,沛公起如厕,因招樊哙出。

沛公已出,项王使都尉陈平召沛公㉛。沛公曰:"今者出,未辞也,为之奈何?"樊哙曰:"大行不顾细谨,大礼不辞小让㉜。如今人方为刀俎,我为鱼肉㉝,何辞为㉞!"于是遂去。乃令张良留谢。良问曰:"大王来何操㉟?"曰:"我持白璧一双,欲献项王;玉斗一双㊱,欲与亚父。会其怒,不敢献。公为我献之。"张良曰:"谨诺。"当是时,项王军在鸿门下,沛公军在霸上,相去四十里。沛公则置车骑㊲,脱身独骑,与樊哙、夏侯婴㊳、靳强㊴、纪信㊵等四人持剑盾步走㊶,从郦山下㊷,道芷阳间行㊸。沛公谓张良曰:"从此道至吾军,不过二十里耳,度我至军中㊹,公乃入。"沛公已去,间至军中㊺,张良入,谢曰:"沛公不胜桮杓㊻,不能辞。谨使臣良奉白璧一双,再拜献大王足下㊼;玉斗一双,再拜奉大将军足下㊽。"项王曰:"沛公安在?"良曰:"闻大王有意督过之㊾,脱身独去,已至军矣。"项王则受璧,置之坐上。亚父受玉斗,置之地,拔剑撞而破之,曰:"唉!竖子不足与谋㊿!夺项王天下者,必沛公也。吾属今为之虏矣!"沛公至军,立诛杀曹无伤。

....

汉欲西归[151],张良、陈平说曰:"汉有天下太半[152],而诸侯皆附之。楚兵罢食尽,此天亡楚之时也,不如因其机而遂取之[153]。今释弗击,此所谓'养虎自遗患'也。"汉王听之。汉五年[154],汉王乃追项王至阳夏南[155],止军,与淮阴侯韩信、建成侯彭越期会而击楚军[156]。至固陵[157],而信、越之兵不会。楚击汉军,大破之。汉王复入壁[158],深堑而自守[159],谓张子房曰:"诸侯不从约[160],为之奈何?"对曰:"楚兵且破,信、越未有分地[161],其不至固宜。君王能与共分天下,今可立致也[162]。即不能,事未可知也[163]。君王能自陈以东傅海[164],尽与韩信;睢阳以北至谷城[165],以与彭越:使各自为战,则楚易败也。"汉王曰:"善!"于是乃发使者告韩信、彭越曰:"并力击楚。楚破,自陈以东傅海与齐王,睢阳以北至谷城与彭相国。"使者至,韩信、彭越皆报曰[166]:"请今进兵。"韩信乃从齐往,刘贾军从寿春并行[167],屠城父[168],至垓下[169]。大司马周殷叛楚,以舒屠六[170],举九江兵[171],随刘贾、彭越皆会垓下,诣项王[172]。

项王军壁垓下,兵少食尽,汉军及诸侯兵围之数重。夜闻汉军四面皆楚歌[173],项王乃大惊曰:"汉皆已得楚乎?是何楚人之多也!"项王则夜起,饮帐中。有美人名虞,常幸从[174];骏马名骓[175],常骑之。于是项王乃悲歌忼慨[176],自为诗曰:"力拔山兮气盖世,时不利兮骓不逝[177]。骓不逝兮可奈何,虞兮虞兮奈若何[178]!"歌数阕[179],美人和之[180]。项王泣数行下,左右皆泣,莫能仰视。

于是项王乃上马骑[181],麾下壮士骑从者八百馀人,直夜溃围南出[182],驰走。平明,汉军乃觉之,令骑将灌婴以五千骑追之。项王渡淮,骑能属者百馀人耳[183]。项王至阴陵[184],迷失道,问一田父[185]。田父绐曰[186]:"左。"左,乃陷大泽中。以故汉追及之。项王乃复引兵而东,至东城[187],乃有二十八骑。汉骑追者数千人。项王自度不得脱[188],谓其骑曰:"吾起兵至今八岁矣,身七十馀战[189],所当者破[190],所击者服,未尝败北,遂霸有天下。然今卒困于此,此天之亡我,非战之罪也。今日固决死[191],愿为诸君快战[192],必三胜之,为诸君溃围、斩将、刈旗[193],令诸君知天亡我,非战之罪也。"乃分其骑以为四队,四向。汉军围之数重。项王谓其骑曰:"吾为公取彼一将。"令四面骑驰下,期山东为三处[194]。于是项王大呼驰下,汉军皆披靡[195],遂斩汉一将。是时,赤泉侯为骑将[196],追项王。项王瞋目而叱之[197],赤泉侯人马俱惊,辟易数里[198]。与其骑会为三处。汉军不知项王所在,乃分军为三,复围之。项王乃驰,复斩汉一都尉,杀数十百人,复聚其骑,亡其两骑耳。乃谓其骑曰:"何如?"骑皆伏曰[199]:"如大王言。"

于是项王乃欲东渡乌江[200]。乌江亭长舣船待[201],谓项王曰:"江东虽小[202],地方千里,众数十万人,亦足王也。愿大王急渡。今独臣有船,汉军至,无以渡[203]。"项王笑曰:"天之亡我,我何渡为!且籍与江东子弟八千人渡江而西,今无一人还。纵江东父兄怜而王我[204],我何面目见之?纵彼不言,籍独不愧于心乎?"乃谓亭长曰:"吾知公长者。吾骑此马五岁,所当无敌,尝一日行千里,不忍杀之,以赐公。"乃令骑皆下马步行,持短兵接战。独籍所杀汉军数百人。项王身亦被十馀创[205]。顾见汉骑司马吕马童[206],曰:"若非吾故人乎[207]?"马童面之[208],指王翳曰:"此项王也。"项王乃曰:"吾闻汉购我头千金,邑万户,吾为若德[209]。"乃自刎而死。王翳取其头,馀骑相蹂践争项王,相杀者数十人。最其后,郎中骑杨喜[210],骑司马吕马童,郎中吕胜、杨武各得其一体。五人共会其体[211],皆是。故分其地为五[212]:封吕马童为中水侯[213],封王翳为杜衍侯[214],封杨喜为赤泉侯,封杨武为吴防侯[215],封吕胜为涅阳侯[216]。

项王已死,楚地皆降汉,独鲁不下[217]。汉乃引天下兵欲屠之,为其守礼义,为主死节[218],乃持项王头视鲁[219],鲁父兄乃降。始,楚怀王初封项籍为鲁公,及其死,鲁最后下,故以鲁公礼葬项王谷城。汉王为发哀[220],泣之而去。

诸项氏枝属[221],汉王皆不诛。乃封项伯为射阳侯[222]。桃侯、平皋侯、玄武侯皆项氏[223],赐姓刘。

太史公曰:吾闻之周生曰[224],舜目盖重瞳子[225]。又闻项羽亦重瞳子,羽岂其苗裔邪[226]?何兴之暴也!夫秦失其政,陈涉首难,豪杰蜂起[227],相与并争,不可胜数。然羽非有尺寸[228],乘势起陇亩之中,三年,遂将五诸侯灭秦[229],分裂天下而封王侯,政由羽出,号为"霸王",位虽不终,近古以来未尝有也。及羽背关怀楚[230],放逐义帝而自立[231],怨王侯叛己,难矣!自矜功伐[232],奋其私智而不师古[233],谓霸王之业,欲以力征经营天下[234],五年卒亡其国,身死东城,尚不觉寤[235],而不自责,过矣!乃引"天亡我,非用兵之罪也",岂不谬哉!

中华书局校点本《史记》卷七

①《项羽本纪》是叙写项羽一生事迹的传记。按《史记》体例,"本纪"是记载历代帝王的事迹的。司马迁认为,在楚、汉相争的几年中"政由羽出",所以把项羽的传也列入"本纪"。项羽(前232—前202),秦末起义军领袖。出身贵族。公元前209年项羽从叔父项梁在吴(今江苏苏州)起兵响应陈胜、吴广起义。陈胜、吴广失败以后,项羽于公元前207年率军击败章邯,消

灭了秦王朝军队的主力。第二年刘邦率领另一支起义军攻入咸阳。此后项、刘之间展开争夺统治权的斗争,最终项羽战败自杀,刘邦建立了汉王朝。本篇节选了《项羽本纪》中关于巨鹿之战、鸿门宴和垓下之围等三段内容。
②初:当初。宋义:项梁的下属,据说曾为楚国的令尹。高陵君显:封于高陵,名显。项羽叔父项梁军在定陶时,曾派宋义出使齐国,路上遇见齐使者高陵君显。　③"见楚王"句:此句主语为"高陵君显"。楚王,指楚怀王心,战国时楚怀王熊槐之孙。秦灭楚后,流落民间,为人牧羊,项梁拥立为怀王。
④"宋义"三句:宋义路遇高陵君时,曾对他说:"臣论武信君军必败。"不久,项梁果然败于秦将章邯,身死军中。武信君,项梁起兵后的自号。　⑤征:征象,预兆。　⑥上将军:诸将军的首领,即主帅。　⑦次将:副帅。
⑧范增:项羽的主要谋士,曾被项羽尊为亚父。末将:位次于次将的将领。
⑨救赵:陈胜起义后,令武臣、张耳、陈馀等人北略赵地。武臣至邯郸,自立为赵王。后武臣为人所杀,张耳、陈馀遂立战国时赵国后人赵歇为赵王,张耳为相,陈馀为将。事见《史记·张耳陈馀列传》。此时秦军主力攻赵,故楚出兵救赵。　⑩卿子:当时对人的尊称。冠军:指位列诸军之上。　⑪安阳:在今山东曹县东南,非河南省安阳。　⑫钜鹿:即巨鹿,今河北平乡县西南。钜,同"巨"。　⑬河:黄河。　⑭搏:击,搏斗。蝱:同"虻",牛虻。虮(jǐ己):虱卵。宋义以此喻指其志在大不在小。　⑮罢:通"疲"。
⑯敝:疲困。　⑰鼓行:指大张旗鼓地进军。　⑱举:取,攻克。
⑲先斗秦赵:先使秦赵互相攻打。　⑳被:通"披"。坚:指坚甲。锐:指锐利的兵器。　㉑很:通"狠"。羊性好斗,故曰"狠"。　㉒强(jiàng匠):倔强。以上四句都暗指项羽。　㉓身送之:亲自送宋襄。无盐:在今山东东平县东。　㉔高会:盛会,指大会宾客。　㉕戮(lù路)力:并力,协力。　㉖岁饥:年荒。　㉗芋:薯类。菽:豆类。　㉘见粮:存粮。见,同"现"。　㉙造:建立。　㉚何敝之承:谓有什么疲困的机会可以利用呢?何敝之承,即"承何敝"。　㉛国兵:楚人自称其军队。破:失败。指项梁兵败事。　㉜"埽境内"句:把国内的全部兵力交给了将军。埽,同"扫",聚集。属(zhǔ主),通"嘱",委托。将军,指宋义。　㉝不恤士卒:不体恤士卒困苦。徇(xùn迅)其私:谋求个人的私利。　㉞非社稷之臣:不是忠于国家的大臣。社稷,本为古代天子、诸侯所祭的土神与谷神,以代指国家。　㉟朝(cháo潮):谒见。　㊱枝梧:这里有抵触、抗拒的意思。

枝,架屋的小柱。梧,架屋的斜柱。　㊲家:家族,指项氏叔侄。　㊳假上将军:暂代上将军(因尚未得到楚王的正式任命)。　㊴及之齐:即"及之于齐",在齐国境内赶上了他。　㊵桓楚:楚将名。报命于怀王:把经过向怀王报告。报命,奉命办事完毕回来报告。　㊶当阳君:黥布的封号。当阳,今湖北当阳市。黥布本姓英,因受黥面之刑,故称黥布。蒲将军:姓名不详。　㊷河:指漳河。　㊸战少利:战斗稍有胜利。　㊹"皆沈船"三句:沈,同"沉"。釜,饭锅。甑(zèng赠),蒸煮用的瓦器。庐舍,指营房。㊺"以示"二句:用来向士卒表示必死的决心,没有一点后退的打算。㊻王离:秦将,秦名将王翦之孙。　㊼九战:经过多次战斗。　㊽绝:截断。甬道:两旁筑有垣墙的通道。秦军为防备敌军袭击,筑甬道运粮。㊾苏角:秦将。下文"涉间"同。　㊿冠诸侯:即为诸侯之冠,意思是楚军的声势压倒诸侯之兵。　㈤下:指钜鹿城下。十馀壁:十几座营垒。壁,营垒。　㈥纵兵:派兵出战。　㈦从壁上观:从营垒上观看。　㈧惴(zhuì缀)恐:惊惧慌恐。　㈨辕门:古代行军以战车为阵列,把车辕竖起,对立为门,故称辕门。后来泛指官署的外门。　㈩膝行而前:双膝跪着前进。　㈤行:将要。略定:攻取。秦地:指战国时秦国本土,在函谷关以西。㈥函谷关:在今河南灵宝市东北王垛村。时刘邦已先入关破秦,派兵把守函谷关,以拒项羽。　㈦沛公:即汉高祖刘邦。秦末刘邦起兵于沛(今江苏沛县),号称沛公。咸阳:秦京城,在今陕西咸阳市东北。　㈧戏:指戏水,在今陕西临潼东。　㈨军:驻军,作动词用。霸上:亦作"灞上",即灞水西白鹿原,在今陕西西安市东。　㈩左司马:掌管军政的官名。　㈥欲王(wàng旺)关中:想在关中为王。王,作动词用。关中,指函谷关以西秦国故地。　㈦子婴:秦二世(胡亥)的侄子。赵高逼二世自杀,立子婴为帝。后投降刘邦。　㈧旦日:明天。飨(xiǎng享):用酒食款待。　㈨新丰:汉县名,在今陕西西安市东北。鸿门:在新丰东十七里,今名项王营。　㈩说(shuì税):劝说。　㈥山东:战国时泛称六国之地为山东,因为六国在崤山以东。　㈦美姬:美女。　㈧幸:亲近。　㈨望其气:这是迷信说法,认为看人头上的云气,可知人的命运。　㈩左尹:楚国官名。项伯:名缠,项羽的族叔,后投降刘邦。　㈥善:友好。此处作动词用,交好。张良:字子房,刘邦主要谋士,后封为留侯。　㈦具告以事:把项羽欲击刘邦的事全部告诉了张良。具,完全。　㈧"臣为"句:张良曾劝项梁立韩公子成为韩王,项梁从之,并以良为韩司徒。后刘邦令韩王成留守阳翟(今河南禹州),自与张良同入武关击秦军。事见《史记·留侯世家》。 ⑦⑥亡去:逃跑。 ⑦⑦语(yù育):告诉。 ⑦⑧鲰(zōu邹)生:浅陋的小人。后亦被用作自谦之词。鲰,浅陋渺小。 ⑦⑨"距关"二句:距,通"拒",把守。内,通"纳"。 ⑧⑩且:将。 ⑧①安:怎么。故:旧,指交情。 ⑧②游:交游往来。 ⑧③活之:即"使之活",使他免于偿命。 ⑧④"孰与君"句:谓项伯和你年纪谁小谁大。 ⑧⑤"吾得"句:我要像对待兄长一样地对待他。事,尊敬地对待,侍奉。 ⑧⑥要:通"邀",请。 ⑧⑦奉:两手恭敬地捧着。卮(zhī支)酒:一杯酒。卮,一种酒杯。为寿:敬酒祝福。 ⑧⑧约为婚姻:约定作儿女亲家。 ⑧⑨秋豪:兽类秋天新生的细毛,比喻细小的东西。豪,通"毫"。 ⑨⓪籍吏民:把官吏、人民登记在户口簿,即造户口册子。籍,注册,登记。 ⑨①将军:指项羽。 ⑨②备:防备。非常:意外的事变。 ⑨③倍德:忘恩。倍,通"背"。 ⑨④蚤:通"早"。 ⑨⑤因善遇之:就此好好地对待他。 ⑨⑥从百馀骑(jì季):使百馀骑跟随他。骑,指一人一马。 ⑨⑦臣:指刘邦自己。 ⑨⑧河北:黄河以北。 ⑨⑨不自意:自己没料想到。 ⑩⓪郤:通"隙",隔阂。 ⑩①籍:项羽名籍,字羽。 ⑩②亚父:项羽对范增的尊称。亚,次的意思。 ⑩③数(shuò朔)目项王:屡次向项羽使眼色。目,作动词用,使眼色。 ⑩④"举所佩"句:三次把所佩的玉玦举起来给项羽示意。玉玦(jué决),有缺口的玉环。因"玦"与"决"同音,所以范增的这一动作,是暗示项羽要下决心杀死刘邦。 ⑩⑤项庄:项羽的堂弟。 ⑩⑥不忍:不能下狠心。 ⑩⑦若:你。 ⑩⑧若属:你们。且为所虏:将为他所俘虏。 ⑩⑨"军中"句:军营里没有用来取乐的东西。 ⑩⑩翼蔽:掩护。 ⑩⑪樊哙(kuài快):沛人,原以屠狗为业,后随刘邦起事。 ⑩⑫与之同命:指和刘邦同生死。 ⑩⑬交戟之卫士:持戟守门的卫士。交戟,交叉持戟。 ⑩⑭披帷:揭开帷帐。 ⑩⑮瞋(chēn抻)目:瞪着眼睛。 ⑩⑯上指:向上竖起。 ⑩⑰目眦(zì自):眼眶。 ⑩⑱跽(jì记):长跪。古人席地而坐,以两膝著地,臀部贴在脚后跟上为坐;直身,臀不着脚后跟为跪;跪而挺腰耸身为跽,即长跪。 ⑩⑲参乘:即"骖乘",在车右担任警卫的人。 ⑩⑳斗卮:大卮,大酒杯。 ⑫①彘(zhì至)肩:整条猪腿。 ⑫②生:未熟。 ⑫③加彘肩上:把猪腿放在盾牌上。 ⑫④啖(dàn淡):吃。 ⑫⑤"杀人"二句:杀人多得不能悉数,用刑唯恐不重。此极言其残酷。如,连词,而。举,全

295

数的意思。胜,加,过。 ⑫"怀王"二句:怀王心与刘邦、项羽等人相约事,见《史记·高祖本纪》。 ⑫细说:小人的谗言。 ⑫亡秦之续:指继续亡秦的道路。亡秦,已亡之秦。 ⑫未有以应:无言对答。应,对答。 ⑬须臾:一会儿。 ⑬都尉:武官名。陈平:阳武(今河南原阳东南)人。此时尚在项羽部下,不久即投刘邦,后为汉丞相。 ⑬"大行"二句:谓干大事要注意大的方面,不必拘泥于小节。大行,指行大事。大礼,指举行大的典礼。细谨、小让都是细微末节的意思。 ⑬"如今"二句:现在人家正像刀俎,我们却像鱼肉。俎(zǔ阻),切肉的案板。 ⑬何辞为:还告辞干什么。"为"置于句末,是古汉语中疑问句法。 ⑬来何操:来时带了什么礼品。操,持。 ⑬玉斗:玉制的酒器。 ⑬置车骑(jì季):丢下车马。 ⑬夏侯婴:沛人,从刘邦起事,后封汝阴侯。 ⑬靳强:刘邦的部下,后封汾阳侯。 ⑭纪信:从刘邦为将军,后项羽围刘邦于荥阳,他装作刘邦来骗项军,被项羽烧死。 ⑭步走:徒步争行。走,跑,急行。 ⑭郦山:即骊山,位于鸿门西,在今陕西西安市临潼区东南。 ⑭道:取道。芷(zhǐ止)阳:在今西安市东。间行:指避开楚军,抄小路走。间,空隙。 ⑭度(duó夺):估计,揣度。 ⑭间至军中:由间道(小路)到军中。这是张良的估计。 ⑭不胜桮杓:禁不起酒力,即不能再饮酒。不胜,禁不起。桮杓,此为酒的代称。桮,同"杯"。杓,同"勺"。 ⑭再拜:古代一种礼节,先后拜两次,表示礼节隆重。足下:对人的尊称。 ⑭大将军:指范增。 ⑭督过:责备。 ⑮竖子:小子。不足与谋:不值得替他出主意。此句明骂项庄,暗指项羽。 ⑮汉欲西归:刘邦、项羽双方约定,以鸿沟(古运河名,故道自今河南荥阳市北引黄河水,东流经今中牟、开封北,折而南经通许东、太康西,至淮阳东南入颍水)为界,东为楚而西为汉。项羽退兵之后,刘邦也打算退兵,故说"汉欲西归"。 ⑮太半:即一多半。 ⑮"不如"句:不如趁着现在的机会而攻取楚地。因其机,即趁楚兵疲食尽的机会。 ⑮汉五年:指公元前202年。 ⑮阳夏(jiǎ甲):秦代县名,治今河南太康县境。 ⑯建成侯彭越:彭越当时为魏相国,史书无彭越封建成侯的记载。据《史记·高祖功臣侯者年表》,建成侯为吕后次兄吕释之的始封号。期会:约期会合。 ⑮固陵:地名,今河南太康南。 ⑮入壁:回到营垒。壁,壁垒。 ⑮深堑而自守:深挖沟堑,坚守自保。堑,深的壕沟。 ⑯从约:遵从约言。 ⑯分地:分封的土地。 ⑯立致:马上使他们来到。 ⑯"即不能"二句:如果不能这样做,事情就不可预料了。　⑯自陈以东傅海:从陈地往东直到沿海一带。陈,故地在今河南淮阳一带。傅,至,达。　⑯睢阳:秦代县名,治今河南商丘市南。谷城:古城名,故址在今山东平阴西南东阿镇。⑯报:答复。　⑯刘贾:刘邦的从兄,汉朝建立后封为荆王。后来被黥布所杀。寿春:秦代县名,治今安徽寿县。　⑯城父:汉代县名。治今安徽亳州市东南的城父村。　⑯垓(gāi该)下:古地名,今安徽灵璧东南沱河北岸。⑰以舒屠六:用舒地的力量屠杀六地的人众。舒,汉代县名,治今安徽庐江西南。六,西汉郡国名,治今安徽六安市北。　⑰举九江兵:发动九江兵马。据《史记·黥布列传》载,黥布(英布)于秦末率骊山刑徒起事,归项羽,封九江王;后随何说之归汉,封淮南王。汉六年(前201),"布与刘贾入九江,诱大司马周殷,周殷反楚,遂举九江兵与汉击楚,破之垓下"。举,发。九江,郡名,地当今江西及安徽淮河以南地区。　⑰诣项王:谓上述几路军马都集中到项王所在的地方。　⑰楚歌:用楚地声调演唱的歌曲。⑰幸从:受到项羽宠爱而随时跟从。　⑰骓:苍白杂色的马。　⑰悲歌:唱着悲壮的歌。忼慨:愤激感慨。忼,同"慷"。　⑰时:指天时。逝:奔驰向前。⑰奈若何:拿你怎么办呢? 若,你。　⑰阕:一曲终了叫一阕。　⑱和(hè贺)之:应和着一同歌唱。和,声音相应。　⑱马骑(jì寄):坐骑。骑,即一人乘一匹马。　⑱直夜:当夜。溃围:突破包围。　⑱属(zhǔ主):跟随。　⑱阴陵:秦县名,治今安徽定远县西北。　⑱田父:农夫。⑱绐(dài代):欺骗。　⑱东城:秦县名,治今安徽定远县东南。　⑱自度(duó夺):自料,自己估计。　⑱身:亲身经历。　⑲所当者破:谓凡遇到的敌人都被打败。　⑲固决死:一定必死无疑。　⑲快战:痛痛快快打一仗。　⑲刘旗:砍到敌将旗帜。刘,砍,割。　⑲"期山东"句:相约在山东面分三个地方聚合。山,当指四隤山,在今安徽和县北七十里。见《汉书·陈胜项籍传》。　⑲披靡:随风倒伏。此形容汉军溃散而逃的样子。　⑲赤泉侯:即下文的"郎中骑杨喜",灭项羽后封为赤泉侯。赤泉侯当为县侯,封地不详。　⑲瞋目而叱之:愤怒地瞪大眼睛呵斥他。⑲辟(bì币)易:后退。辟,退避。　⑲伏:伏身,表示敬佩的样子。⑳东渡乌江:从乌江这里东渡过江。乌江,古地名,在今安徽和县东北乌江镇。　㉑亭长:秦汉时制度,十里一亭,设亭长一人,类似于后来里正一类。权(yí仪):把船靠拢岸边。　㉒江东:泛指今芜湖以下长江南岸地区。项羽初起兵反秦,即在这一带。　㉓无以渡:谓无船可渡。　㉔纵:纵然,即使。怜而王(wàng旺)我:可怜我而尊我为王。王,用作动词。　㉕被十馀创:受了十几处伤。创,创伤。　㉖顾:回头看。骑司马:骑兵队伍中的官名。　㉗故人:老朋友。　㉘面之:面向项王。有面向审视之义。㉙吾为若德:谓我就送你个人情吧。德,恩惠。　㉚郎中骑:武官名。下文"郎中"同。　㉛会其体:指把抢到的残骸拼合到一起。　㉜分其地:指瓜分所悬赏的"邑万户"的土地。　㉝中水侯:中水县侯。封地在今河北献县西北。　㉞杜衍侯:杜衍县侯。封地在今河南南阳西南。　㉟吴防侯:亦为县侯。封地在今河南遂平县。　㊱涅阳侯:亦为县侯。封地在今河南镇平县南。　㊲鲁:指春秋时鲁国故地,在今山东曲阜一带。战国时曾为项氏封地。下:屈服,投降。㊳死节:以死来坚守节操。谓宁可去死,也不改变节操。　㊴视鲁:给鲁地人看。视,通"示",展示给人看。㊵发哀:举行哀悼仪式。　㊶枝属:指同宗族的人。　㊷射阳侯:县侯,封地在今江苏淮安市淮安区东南。　㊸桃侯:名襄。封地在今山东汶上县东北。一说在今河北冀县西北。平皋侯:名佗。封地在今河南温县东。玄武侯:不详。　㊹周生:汉初的儒者,名不详。　㊺盖:表示不肯定的语气。重瞳子:眼中有两个瞳子。　㊻苗裔:后代子孙。　㊼蜂起:如群蜂飞舞,纷纷并起。　㊽尺寸:此指极少的一点凭借和权柄。　㊾将:率领。五诸侯:指为秦所灭的齐、赵、韩、魏、燕五国。　㊿背关怀楚:指项羽灭秦之后,焚烧咸阳,放弃关中,思归楚而都彭城。背,背弃。　(231)"放逐"句:灭秦后,项羽尊怀王心为"义帝",自立为西楚霸王。汉元年(前206),又把义帝迁徙到长沙郴县,并暗地命令衡山王吴芮、临江王共敖以及九江王英布等将其劫杀于江中。　(232)自矜(jīn今)功伐:自己夸耀自己的功劳。矜,自夸。伐,功劳。　(233)奋:逞。私智:个人短浅的识见。不师古:指不效法古代贤王。　(234)力征:武力征讨。经营天下:此指开创天下。经营,治理、整顿。　(235)觉寤:觉醒,醒悟。寤,通"悟"。

陈　涉　世　家①

　　陈胜者,阳城人也,字涉。吴广者,阳夏人也②,字叔。

陈涉少时，尝与人佣耕③，辍耕之垄上④，怅恨久之⑤，曰："苟富贵⑥，无相忘。"佣者笑而应曰："若为佣耕⑦，何富贵也！"陈涉太息曰："嗟乎⑧！燕雀安知鸿鹄之志哉⑨！"

二世元年七月⑩，发闾左適戍渔阳九百人⑪，屯大泽乡⑫。陈胜、吴广皆次当行⑬，为屯长⑭。会天大雨，道不通，度已失期⑮。失期，法皆斩⑯。陈胜、吴广乃谋曰："今亡亦死，举大计亦死⑰，等死⑱，死国可乎⑲？"陈胜曰："天下苦秦久矣！吾闻二世少子也⑳，不当立；当立者乃公子扶苏㉑。扶苏以数谏故㉒，上使外将兵㉓。今或闻无罪，二世杀之㉔。百姓多闻其贤，未知其死也。项燕为楚将㉕，数有功，爱士卒，楚人怜之㉖，或以为死，或以为亡。今诚以吾众诈自称公子扶苏、项燕，为天下唱㉗，宜多应者。"吴广以为然。乃行卜㉘。卜者知其指意㉙，曰："足下事皆成，有功。然足下卜之鬼乎㉚？"陈胜、吴广喜，念鬼㉛，曰："此教我先威众耳㉜。"乃丹书帛曰"陈胜王"㉝，置人所罾鱼腹中㉞。卒买鱼烹食，得鱼腹中书，固以怪之矣㉟，又间令吴广之次所旁丛祠中㊱，夜篝火㊲，狐鸣呼曰㊳："大楚兴，陈胜王。"卒皆夜惊恐。旦日，卒中往往语，皆指目陈胜㊴。

吴广素爱人，士卒多为用者。将尉醉㊵，广故数言欲亡，忿恚尉，令辱之㊶，以激怒其众。尉果笞广㊷。尉剑挺㊸，广起夺而杀尉。陈胜佐之，并杀两尉。召令徒属曰："公等遇雨，皆已失期，失期当斩。藉弟令毋斩㊹，而戍死者固十六七㊺。且壮士不死即已，死即举大名耳。王侯将相宁有种乎㊻！"徒属皆曰："敬受命。"乃诈称公子扶苏、项燕，从民欲也。袒右㊼，称大楚。为坛而盟，祭以尉首。陈胜自立为将军，吴广为都尉。攻大泽乡，收而攻蕲㊽。蕲下，乃令符离人葛婴将

299

兵徇蕲以东㊾,攻铚、酂、苦、柘、谯㊿,皆下之。行收兵㊶,比至陈㊷,车六七百乘㊸,骑千馀,卒数万人。攻陈,陈守令皆不在㊹,独守丞与战谯门中㊺。弗胜,守丞死,乃入据陈。数日,号令召三老、豪杰与皆来会计事㊻。三老、豪杰皆曰:"将军身被坚执锐㊼,伐无道,诛暴秦,复立楚国之社稷,功宜为王。"陈涉乃立为王,号为张楚㊽。

当此时,诸郡县苦秦吏者,皆刑其长吏㊾,杀之以应陈涉。乃以吴叔为假王㊿,监诸将以西击荥阳㉛。令陈人武臣、张耳、陈馀徇赵地㉜,令汝阴人邓宗徇九江郡㉝。当此时,楚兵数千人为聚者,不可胜数。

葛婴至东城㉞,立襄强为楚王。婴后闻陈王已立㉟,因杀襄强,还报㊱。至陈,陈王诛杀葛婴。陈王令魏人周市北徇魏地㊲。吴广围荥阳。李由为三川守㊳,守荥阳,吴叔弗能下。陈王征国之豪杰与计㊴,以上蔡人房君蔡赐为上柱国㊵。

周文,陈之贤人也,尝为项燕军视日㊶,事春申君㊷,自言习兵㊸,陈王与之将军印,西击秦。行收兵至关㊹,车千乘,卒数十万,至戏㊺,军焉㊻。秦令少府章邯免郦山徒人、奴产子生㊼,悉发以击楚大军,尽败之。周文败,走出关㊽,止次曹阳二三月㊾。章邯追败之,复走次渑池十馀日㊿。章邯击,大破之。周文自刭㉛,军遂不战。

武臣到邯郸㉜,自立为赵王,陈馀为大将军,张耳、召骚为左、右丞相。陈王怒,捕系武臣等家室,欲诛之。柱国曰㉝:"秦未亡而诛赵王将相家属,此生一秦也。不如因而立之。"陈王乃遣使者贺赵㉞,而徙系武臣等家属宫中㉟,而封耳子张敖为成都君㊱,趣赵兵亟入关㊲。赵王将相相与谋曰㊳:"王王赵,非楚意也㊴。楚已诛秦,必加兵于赵。计莫如毋西兵⑩,使使北徇燕地以自广也⑪。赵南据大河⑫,北有燕、代⑬,楚虽胜秦,不敢制赵。若楚不胜秦,必重赵。赵乘秦之弊⑭,可以得志于天下。"赵王以为然,因不西兵,而遣故上谷卒史韩广将兵北徇燕地⑮。

燕故贵人、豪杰谓韩广曰⑯:"楚已立王,赵又已立王。燕虽小,亦万乘之国也⑰。愿将军立为燕王。"韩广曰:"广母在赵,不可。"燕人曰:"赵方西忧秦,南忧楚,其力不能禁我。且以楚之强,不敢害赵王将相之家,赵独安敢害将军之家⑱!"韩广以为然,乃自立为燕王。居数月⑲,赵奉燕王母及家属归之燕⑳。

当此之时,诸将之徇地者,不可胜数。周市北徇地至狄⑩,狄人田儋杀狄令⑫,自立为齐王,以齐反击周市。市军散,还至魏地,欲立魏后故宁陵君咎为魏王⑬。时咎在陈王所,不得之魏⑭。魏地已定⑮,欲相与立周市为魏王,周市不肯。使者五反⑯,陈王乃立宁陵君咎为魏王,遣之国。周市卒为相⑰。

将军田臧等相与谋曰⑱:"周章军已破矣⑲,秦兵旦暮至⑳,我围荥阳城弗能下,秦军至,必大败。不如少遗兵,足以守荥阳,悉精兵迎秦军。今假王骄,不知兵权⑪,不可与计,非诛之,事恐败。"因相与矫王令以诛吴叔⑫,献其首于陈王。陈王使使赐田臧楚令尹印⑬,使为上将。田臧乃使诸将李归等守荥阳城,自以精兵西迎秦军于敖仓⑭。与战,田臧死,军破。章邯进兵击李归等荥阳下⑮,破之。李归等死。

阳城人邓说将兵居郏⑯,章邯别将击破之⑰,邓说军散走陈。铚人伍徐将兵居许⑱,章邯击破之,伍徐军皆散走陈。陈王诛邓说。

301

陈王初立时,陵人秦嘉、铚人董缫、符离人朱鸡石、取虑人郑布、徐人丁疾等皆特起⑲,将兵围东海守庆于郯⑳。陈王闻,乃使武平君畔为将军㉑,监郯下军㉒。秦嘉不受命,嘉自立为大司马㉔,恶属武平君㉕。告军吏曰㉖:"武平君年少,不知兵事,勿听!"因矫以王命杀武平君畔。章邯已破伍徐,击陈,柱国房君死。章邯又进兵击陈西张贺军㉗。陈王出监战㉘,军破,张贺死。

腊月㉙,陈王之汝阴,还至下城父㉚,其御庄贾杀以降秦㉛。陈胜葬砀㉜,谥曰隐王㉝。

陈王故涓人将军吕臣为仓头军㉞,起新阳㉟,攻陈下之。杀庄贾,复以陈为楚㊱。

初,陈王至陈,令铚人宋留将兵定南阳㊲,入武关㊳。留已徇南阳,闻陈王死,南阳复为秦㊴。宋留不能入武关,乃东至新蔡㊵,遇秦军,宋留以军降秦。秦传留至咸阳㊶,车裂留以徇㊷。

秦嘉等闻陈王军破出走,乃立景驹为楚王㊸,引兵之方与㊹,欲击秦军定陶下㊺。使公孙庆使齐王㊻,欲与并力俱进㊼。齐王曰:"闻陈王战败,不知其死生,楚安得不请而立王㊽!"公孙庆曰:"齐不请楚而立王,楚何故请齐而立王!且楚首事㊾,当令于天下。"田儋诛杀公孙庆。

秦左、右校复攻陈㊿,下之。吕将军走,收兵复聚㉛。鄱盗当阳君黥布之兵相收㉒,复击秦左、右校,破之青波㉓,复以陈为楚。会项梁立怀王孙心为楚王㉔。

陈胜王凡六月㉕。已为王,王陈㉖。其故人尝与佣耕者闻之,之陈,扣宫门曰㉗:"吾欲见涉。"宫门令欲缚之㉘。自辩数㉙,乃置㊱,不肯为通㉛。陈王出,遮道而呼"涉"㉒。陈王闻之,乃召见,载与俱归[163]。入宫,见殿屋帷帐,客曰:"伙颐,涉之为王沈沈者[164]!"楚人谓多为伙,故天下传之,"伙涉为王[165]",由陈涉始。客出入愈益发舒[166],言陈王故情[167]。或说陈王曰:"客愚无知,颛妄言[168],轻威[169]。"陈王斩之。诸陈王故人皆自引去[170],由是无亲陈王者。陈王以朱房为中正[171],胡武为司过[172],主司群臣[173]。诸将徇地,至[174],令之不是者[175],系而罪之[176],以苛察为忠[177]。其所不善者,弗下吏,辄自治之[178]。陈王信用之。诸将以其故不亲附,此其所以败也。

陈胜虽已死,其所置遣侯王将相竟亡秦,由涉首事也。高祖时,为陈涉置守冢三十家砀[179],至今血食[180]。

中华书局校点本《史记》卷四八

①《陈涉世家》是为我国第一次农民大起义的领袖陈胜、吴广所作的一篇传记。由于陈胜"首事"的地位,"其所置遣侯王将相"最终灭亡了秦朝,所以《史记》把他列为世家,并排在汉初诸世家的前面。陈涉(?—前208),名胜,字涉,阳城(今河南登封市东)人。公元前209年与吴广等举行起义,并建立了我国历史上第一个农民政权,后为叛徒所谋害。　②阳夏(jiǎ甲):秦代县名,治今河南太康县境。　③佣耕:被雇用去替人耕地。　④"辍耕"句:耕地时停下来到田埂上休息。辍,停止。垄,田埂。　⑤怅恨:失意怨恨。　⑥苟:如果。　⑦若:你。　⑧嗟(jiē阶)乎:感叹之词。　⑨鸿鹄(hú胡):天鹅。　⑩二世元年:公元前209年。秦始皇的小儿子胡亥继秦始皇为皇帝,称二世。　⑪闾:里门。秦时编列户口,富者住在闾右,贫者住在闾左。适(zhé谪):通"谪",调发。渔阳:秦代县名,治今北京密云区西南。　⑫屯:驻扎。大泽乡:地名,即今安徽宿州东南刘村集。　⑬皆次当行:按照征发的次序,都应当前往。　⑭屯长:戍卒领队。　⑮失期:误期,超过期限。　⑯法皆斩:依法皆应斩首。　⑰举大计:干大事,指起义。　⑱等死:同样是死。　⑲死国:为国家大事(指起义)而死。　⑳少子:小儿子。秦二世为秦始皇第十八子。　㉑扶苏:秦始皇的长子。　㉒数(shuò朔)谏:屡次进谏。　㉓上:皇上,

指秦始皇。将兵：带兵，指奉秦始皇之命和蒙恬领兵北防匈奴。 ㉔二世杀之：公元前210年（秦始皇三十七年），胡亥勾结赵高、李斯，假称受秦始皇遗命，将扶苏、蒙恬杀死。 ㉕项燕：项梁的父亲，项羽的祖父，楚国将军，楚国灭亡时，被围自杀。 ㉖怜：爱。 ㉗唱：通"倡"，倡议，号召。 ㉘卜：占卜。 ㉙指意：即意旨，意图。指，通"旨"。 ㉚卜之鬼乎：即"卜之于鬼乎"，向鬼神问过吉凶吗？ ㉛念鬼：思索"卜之鬼"之意。 ㉜威众：指在群众中取得威信。 ㉝丹书帛：即"丹书于帛"，用朱砂写在白绸子上。书，作动词用。 ㉞罾（zēng 增）：渔网的一种。此用作动词，"网得"的意思。 ㉟以：通"已"。 ㊱间：暗地里。之：往。次所：驻地。丛祠：有很多树木的庙。 ㊲篝（gōu 勾）火：把火放到笼中，谓假装作鬼火。篝，笼，此作动词用。 ㊳狐鸣：像狐狸那样地叫。此用作状语。 ㊴指目：指着看。 ㊵将尉：带领戍卒的军官。 ㊶"忿恚（huì 惠）尉"二句：谓故意激怒尉，使其凌辱吴广。忿恚，恼怒。 ㊷笞（chī 吃）：用竹板或木杖打人。 ㊸剑挺：剑已拔出鞘。挺，拔。 ㊹"藉弟"句：即使幸得不被斩首。藉，假使。弟，但，意即幸得。 ㊺固：本来。十六七：十分之六七。 ㊻宁：难道。有种：谓世代相传。 ㊼袒右：谓露出右臂，作为参加起义的标志。 ㊽收：谓收集士众。蕲（qí 其）：古地名，在今湖北蕲春县境。 ㊾符离：秦代县名，治今安徽宿州市东北。徇：攻取。率军队巡行各地，使之降服，谓徇地。 ㊿铚（zhì 智）：县名，在今安徽宿州西南。酂（zàn 赞）：县名，在今河南永城市西南。苦：县名，在今河南鹿邑县东。柘：县名，在今河南柘城县北。谯（qiáo 桥）：县名，在今安徽亳州市。 (51)行收兵：谓一路上吸收人参加起义的队伍。 (52)比：及，等到。陈：县名，秦时是陈郡的郡治所在，在今河南周口市淮阳区。 (53)乘（shèng 胜）：辆。 (54)守令：郡守和县令。 (55)守丞：郡守的助手。谯门：城楼下的门。 (56)三老：秦代掌管教化的乡官。秦制，十里一亭，十亭一乡，乡有三老。与：使。会：集会。计事：议事。 (57)被坚执锐：指临阵作战。被，通"披"。坚，指坚甲。锐，指锐利的兵器。 (58)张楚：国号，取张大楚国之义。 (59)刑：惩罚。长吏：长官。 (60)吴叔：即吴广。假王：代理王。 (61)监：率领。荥（xíng 刑）阳：在今河南荥阳市东北。 (62)赵地：指战国时赵国的领土，在今河北南部至山西西部。 (63)汝阴：秦县名，治今安徽阜阳市。九江郡：秦置郡名，约当今安徽、河南淮河以南，湖北黄冈市以东和江西全省。

⑥₄东城:秦县名,治今安徽定远县东南。　⑥₅陈王:陈胜。　⑥₆还报:回去向陈胜汇报。　⑥₇魏地:指战国时魏国的领土,在今河南北部和山西西南部。　⑥₈李由:李斯之子。三川守:三川郡守。三川,郡名,包括今河南省黄河以南、灵宝市以东的伊、洛流域和北汝河上游地区。因境内有黄河、洛水、伊河三水,故称。　⑥₉征:召请。豪杰:指下文的蔡赐、周文等人。　⑦₀上蔡:郡名,在今河南上蔡县一带。房君:封号。上柱国:高级官职,相当于后世的相国。一说为楚之最高武官。　⑦₁视日:占卜时日吉凶的官。　⑦₂事:供职,服务。春申君:战国时楚相黄歇的封号。　⑦₃习兵:熟习兵法。　⑦₄关:指函谷关。　⑦₅戏:指戏水,在今陕西西安临潼东。　⑦₆军:作动词用,扎营。　⑦₇少府:秦朝掌管国家财政税收的最高官职。免:免除。郦山:即骊山。徒人:犯人,指发配在骊山服役的夫役。奴产子:私家奴隶所生之子。"生"字疑衍,《汉书》无。　⑦₈走:逃跑。　⑦₉次:驻扎。曹阳:亭名(秦汉时十亭为一乡),在今河南灵宝市东。　⑧₀渑(miǎn免)池:邑名,在今河南渑池县西。汉置渑池县。　⑧₁自刭(jǐng井):自杀。刭,用刀割脖子。　⑧₂邯郸:秦郡名,治今河北邯郸市。　⑧₃柱国:指蔡赐。　⑧₄遣使者贺赵:派遣使者去赵国祝贺,即表示承认。　⑧₅"而徙系"句:谓把武臣等人的家属搬到宫中软禁起来。徙,迁移。　⑧₆成都:旧县名,治今四川成都市。　⑧₇趣:催促。亟:赶快。　⑧₈"赵王"句:指赵国的武臣、张耳、召骚等人相聚议事。　⑧₉"王王赵"二句:大王在赵称王,不符合楚国(指陈胜)的心意。前一"王"字为名词,指武臣;后一"王(wàng旺)"字为动词,为称王的意思。　⑨₀"计莫如"句:最好的计策莫过于不向西(指秦国)出兵。　⑨₁使使:前一"使"字为动词,派遣;后一"使"字为名词,使者。燕地:指战国时燕国领土,在今河北(西北部除外)、辽宁一带地方。自广:扩充自己的地盘。　⑨₂据:扼。大河:黄河。　⑨₃代:古代小国,战国时为赵国所灭,在今山西东北部和河北西北部。　⑨₄乘:趁。弊:疲乏。　⑨₅故:原来。上谷:郡名,治今河北怀来县东南。卒史:郡守的下属。　⑨₆燕故贵人:燕国旧贵族及官吏。　⑨₇万乘之国:拥有一万辆兵车的国家。　⑨₈独:偏偏。安敢:怎么敢,哪里敢。　⑨₉居数月:过了几个月。　⑩₀奉:护送。　⑩₁狄:县名,在今山东高青县临济村。　⑩₂田儋(dān丹):齐国王族,后引兵救魏,为秦将章邯所杀。　⑩₃宁陵:汉代县名,治今河南宁陵县。咎:魏国诸公子之一,原封为宁陵君。　⑩₄"时咎"二句:那时魏咎在

陈胜处,不能回魏国。之,动词,到。　⑩定:指收复。　⑩五反:往返五次。反,同"返"。　⑩卒:最后。　⑩田臧:吴广手下将领。　⑩周章:即周文。　⑩旦暮至:早晚就要来。　⑪兵权:用兵的计谋策略。⑫矫(jiǎo狡)王令:假传陈王命令。矫,假托。　⑬令尹:楚国称国相为"令尹"。　⑭敖仓:在今河南荥阳东北敖山上。秦朝在敖山上筑仓储粮,故称。　⑮荥阳下:荥阳城下。　⑯邓说(yuè月):人名。郯(tán谈):秦代县名,治今山东郯城县北。当时章邯兵力并未到达此处,向来多认为"郯"是"郏"(音jiá夹,今河南郏县)之误。　⑰别将:章邯所率领的其他将领。　⑱伍徐:一作"伍逢"。许:在今河南许昌市建安区。　⑲陵:当作"凌",秦县名,治今江苏宿迁市东南。董缲(xiè谢):人名。取虑(qiū lǚ秋闾):秦县名,治今江苏睢宁县西南。徐:在今安徽泗县东。皆特起:都树旗反秦。　⑳东海:古代郡名,包括今山东、江苏两省交界的一带地方。庆:东海郡守的名字。　㉑武平君:封号。畔:武平君的名字。　㉒监郯下军:领导秦嘉、董缲等各路围攻郯城的军队。　㉓不受命:不接受武平君的命令。　㉔大司马:执掌军政大权的长官。　㉕恶(wù务):厌恶。属:指受武平君的节制。　㉖军吏:军中下级军官。　㉗张贺:起义军将领之一。当时驻扎在陈城的西面。　㉘监战:督战。　㉙腊月:阴历十二月。　㉚下城父(fǔ府):古地名,在今安徽涡阳东南。　㉛御:指驾车的人,车夫。　㉜砀(dàng荡):秦县名,治今河南永城市东北。㉝谥(shì市):古代有名位的人死后,根据其生前事迹所立名号。隐王:表示陈胜未推翻秦朝,中途被害。隐,有功业未显使人哀伤之意。　㉞涓人:即中涓,主管宫中清洁之事。为仓头军:组织仓头军。仓头军,吕臣部下,尽戴青帽,故称"仓头军"。仓,通"苍",青色。　㉟新阳:在今安徽省太和县西北。　㊱"复以"句:谓又使陈地归楚国所有。　㊲南阳:郡名,包括今河南西南部及湖北襄河地区,治所在宛县(今河南南阳市)。　㊳武关:在今陕西商南县西北。　㊴"南阳"句:谓南阳郡又归降于秦。　㊵新蔡:今河南新蔡县。　㊶传(zhuàn赚):指用传车押解。传车是政府所设驿站的车子。　㊷车裂:五马分尸,为当时的酷刑。徇:示众。　㊸景驹:楚国旧贵族。　㊹方与:在今山东鱼台县。　㊺定陶:今山东菏泽市定陶区。　㊻使齐王:指出使齐国拜见齐王。　㊼并力俱进:指联合起来攻打秦军。　㊽"楚安得"句:楚国怎么可以不向齐国请示就擅自立景驹为

306

王呢？　⑭首事：带头起事，指首先起兵反秦。　⑮左、右校：指左、右校尉（秦朝武官名）所率领的军队。　⑯收兵复聚：吸收补充兵员，重新聚集。　⑯鄱（pó 婆）：汉置县名，秦称番县，即今江西鄱阳县。当阳君黥（qíng 情）布：黥布曾在鄱阳一带的长江中为盗，陈胜起义时，率众归服鄱阳令吴芮，故又称"鄱盗"。相收：与吕臣军相互联合。　⑱青波：即青陂（pí 皮），在今河南新蔡县西南。　⑲怀王孙心：楚怀王孙子，名心。
⑮凡：总共。　⑯王陈：在陈地做王。　⑰扣：敲打。　⑱宫门令：守卫宫门的官。　⑲自辩数：自己反复辩解。数，多次。　⑳置：搁置。此指不再令人缚之。　㉑通：通报。　㉒遮道：拦路。　㉓载与俱归：用车载着他一块回去。　㉔"伙颐"二句：谓陈胜做王十分阔气。伙，多。颐，语气助词，相当于"呀"。沈（chén 陈）沈，宫室、用品厚重繁多的样子。　㉕伙涉为王：此为口头语，可能是用以形容一朝得志十分阔气的人。
㉖发舒：随便，放肆。　㉗故情：过去的事情。　㉘颛（zhuān 专）：通"专"。妄言：胡说。　㉙轻威：有损王的威信。　㉚引：退避。　㉛中正：掌管人事的官。　㉜司过：掌管纠察群臣过失的官。　㉝主司群臣：专管探察各级官吏的过失。司，通"伺"。　㉞至：指到陈地复命。　㉟令之不是者：谓诸将徇地，有不服从朱房、胡武命令的。不是，不以为然，不服从。　㊱系：指拘捕。罪：指判罪。　㊲苛察：苛刻地寻求过失。为忠：作为对陈王的忠诚。　㊳"其所"三句：谓朱房、胡武对他们认为不对的人，不交司法审判，就自己去处理。　㊴守冢（zhǒng 肿）：看守坟墓的人。冢，坟。　㊵至今：指作者写文章时，即武帝时代。血食：享受祭祀。古时祭祀要宰杀牲畜，故称"血食"。

孙膑列传[①]（节选）

孙武既死[②]，后百馀岁有孙膑。膑生阿、鄄之间[③]，膑亦孙武之后世子孙也。孙膑尝与庞涓俱学兵法[④]。庞涓既事魏，得为惠王将军[⑤]，而自以为能不及孙膑，乃阴使召孙膑[⑥]。膑至，庞涓恐其贤于己[⑦]，疾之[⑧]，则以法刑断其两足而黥

307

之⑨,欲隐勿见⑩。齐使者如梁⑪,孙膑以刑徒阴见⑫,说齐使。齐使以为奇⑬,窃载与之齐⑭。齐将田忌善而客待之⑮。

忌数与齐诸公子驰逐重射⑯。孙子见其马足不甚相远⑰,马有上、中、下辈⑱。于是孙子谓田忌曰:"君弟重射⑲,臣能令君胜。"田忌信然之,与王及诸公子逐射千金⑳。及临质㉑,孙子曰:"今以君之下驷与彼上驷㉒,取君上驷与彼中驷,取君中驷与彼下驷。"既驰三辈毕,而田忌一不胜而再胜㉓,卒得王千金。于是忌进孙子于威王㉔。威王问兵法,遂以为师㉕。

其后魏伐赵,赵急,请救于齐。齐威王欲将孙膑㉖,膑辞谢曰:"刑馀之人不可㉗。"于是乃以田忌为将,而孙子为师㉘,居辎车中㉙,坐为计谋。田忌欲引兵之赵,孙子曰:"夫解杂乱纷纠者不控卷㉚,救斗者不搏撠㉛,批亢捣虚㉜,形格势禁㉝,则自为解耳。今梁赵相攻,轻兵锐卒必竭于外㉞,老弱罢于内㉟。君不若引兵疾走大梁㊱,据其街路㊲,冲其方虚,彼必释赵而自救㊳。是我一举解赵之围而收弊于魏也㊴。"田忌从之,魏果去邯郸㊵,与齐战于桂陵㊶,大破梁军。

后十三岁,魏与赵攻韩㊷,韩告急于齐。齐使田忌将而往,直走大梁。魏将庞涓闻之,去韩而归,齐军既已过而西矣㊸。孙子谓田忌曰:"彼三晋之兵素悍勇而轻齐㊹,齐号为怯,善战者因其势而利导之㊺。兵法㊻:百里而趣利者蹶上将,五十里而趣利者军半至㊼。使齐军入魏地为十万灶,明日为五万灶,又明日为三万灶㊽。"庞涓行三日,大喜,曰:"我固知齐军怯,入吾地三日,士卒亡者过半矣㊾。"乃弃其步军,与其轻锐倍日并行逐之㊿。孙子度其行㉛,暮当至马陵㉜。马陵道陕㉝,而旁多阻隘㉞,可伏兵,乃斫大树白而书之曰㉟:

"庞涓死于此树之下。"于是令齐军善射者万弩[56],夹道而伏,期曰[57]:"暮见火举而俱发[58]。"庞涓果夜至斫木下,见白书[59],乃钻火烛之[60]。读其书未毕,齐军万弩俱发,魏军大乱相失[61]。庞涓自知智穷兵败,乃自刭。曰:"遂成竖子之名[62]!"齐因乘胜尽破其军,虏魏太子申以归[63]。孙膑以此名显天下,世传其兵法[64]。

中华书局校点本《史记》卷六五

①本文选自《史记·孙子吴起列传》,题目为后加。孙膑(bìn 鬓)为孙武后代,战国时杰出的军事家。名字未详,因其受过膑刑,后来便称孙膑。本篇中具体记述了他所策划和指挥的"围魏救赵"、"马陵之战"等著名战役。膑,一种断足之刑。一说削去膝盖骨。　②孙武:春秋末著名的军事家,齐国人,著有《孙子》十三篇。　③阿(ē 婀):今山东阳谷县东北。鄄(juàn 倦):今山东鄄城县。　④庞涓:魏国人。　⑤惠王:魏惠王。魏世为晋卿。韩、赵、魏三家分晋,魏始立国,是为魏文侯,都安邑(今山西夏县西北)。魏文侯之孙魏荧始称王,徙都大梁(今河南开封市),是为魏惠王。此后魏亦称梁。　⑥阴:暗地里。　⑦贤于己:胜过自己。于,介词,比。⑧疾:通"嫉",嫉妒,嫉恨。　⑨"则以"句:谓假借罪名,处孙膑以刖刑,并黥其面。黥(qíng 情),古代一种刑罚,用刀刺刻面部,再涂之以墨。⑩"欲隐"句:谓想使孙膑不能行动、不得见人。见,同"现",显现,显露。⑪如:动词,到,往。梁:大梁,魏国都城。　⑫以刑徒阴见:以受刑罪人的身份偷偷地去见齐使者。　⑬奇:指奇才,难得之才。　⑭"窃载"句:偷偷地将孙膑放在车上一块带到齐国。　⑮田忌:齐国宗族。善:赞许。此指认为孙膑有才能。客待之:把他当作客人款待。　⑯数(shuò 朔):屡次。驰逐:赛马。重射:下大的赌注。　⑰马足:指马的足力。　⑱辈:等级。　⑲弟:但,只管。　⑳千金:指黄金千斤。此形容赌注重,非实指。　㉑及临质:到临场比赛时。质,对。此指比赛。　㉒"今以"句:现在用您的下等马与他的上等马比赛。驷,古代一辆车套四马。此泛指马。㉓再胜:两次获得胜利。　㉔进:推荐。威王:齐国国君,名因齐。

㉕遂:于是,就。 ㉖将:名词作动词用,任作将领。 ㉗刑馀之人:遭受过刑戮的人。 ㉘师:指军师。 ㉙辎(zī 资)车:一种有帷盖的车。 ㉚“夫解”句:谓要想解开杂乱纠缠在一起的东西,就不能紧握着拳头。控卷,紧握拳头。卷,通“拳”。 ㉛“救斗”句:谓劝解斗殴者不能参与搏斗。撠,刺。 ㉜批亢捣虚:避实就虚。批,撇开。亢,充满,指敌军兵力充实的地方。捣,同“捣”。 ㉝“形格”句:谓受形势的阻碍或限制。 ㉞轻兵锐卒:即下文的“轻锐”,指行动迅疾的精锐部队。竭:用尽,指精力衰尽。 ㉟罢:通“疲”。 ㊱疾:快速,赶快。走:奔向。 ㊲据其街路:谓截断其交通要道。 ㊳释赵:放弃进攻赵国。 ㊴收弊于魏:谓坐收魏军自弊之效。弊,疲困,失败。 ㊵去:离开。邯郸:秦郡名,治今河北邯郸市。 ㊶桂陵:古地名,在今河南长垣西南;一说在今山东菏泽市东北。 ㊷韩:韩国,战国七雄之一。其地约在今山西南部和河南中部。 ㊸“齐军”句:齐国军队已经越过齐国国境而向西进入魏国领土。西,指西进。 ㊹三晋:本指分晋之韩、赵、魏,此主要指魏。素:向来。轻齐:轻视齐国。 ㊺因其势而利导之:顺着事物的发展趋势而加以引导。即魏以齐为胆怯,齐便索性伪装胆怯逃跑,以诱使魏上当。 ㊻兵法:指孙武的著作《孙子》。下所引两句见于今本《孙子·军争》篇,文字稍有不同。 ㊼“百里”二句:谓作战时为了追逐胜利而一日追到百里以外,主将就要受到挫折;追到五十里以外,军队只能到达一半。趣,奔赴。蹶,失败,挫折。 ㊽“使齐军”三句:谓为了给魏造成齐军减员的假象而逐日减灶。十万灶,供十万人做饭用的灶。 ㊾亡:逃跑。 ㊿倍日并行:两天的路程一天赶完。 (51)度(duó 夺)其行:估计庞涓追兵的行程。 (52)马陵:古地名,春秋魏地,在今河北大名县东南。 (53)陕:同“狭”,狭隘。 (54)阻隘:指地形险恶而多障碍。 (55)斫(zhuó 浊):砍。白:指砍去树皮露出白的木质。 (56)善射者万弩:善射的弩手一万人。弩,此指弓弩手。 (57)期:约定。 (58)发:射箭。 (59)白书:白色木质上写的字。 (60)钻火烛之:钻木取火照树上字。 (61)相失:彼此失去联系。 (62)竖子:这小子,指孙膑。 (63)魏太子申:魏惠王之子,名申。 (64)世传其兵法:孙子的兵法后失传,1973 年临沂银雀山汉墓出土一批竹简,才重被发现。

魏公子列传①

魏公子无忌者,魏昭王少子而魏安釐王异母弟也②。昭王薨,安釐王即位,封公子为信陵君。是时范睢亡魏相秦③,以怨魏齐故④,秦兵围大梁⑤,破魏华阳下军,走芒卯⑥。魏王及公子患之。

公子为人仁而下士⑦,士无贤不肖⑧,皆谦而礼交之,不敢以其富贵骄士。士以此方数千里争往归之⑨,致食客三千人⑩。当是时,诸侯以公子贤,多客,不敢加兵谋魏十馀年。

公子与魏王博⑪,而北境传举烽⑫,言"赵寇至,且入界"。魏王释博,欲召大臣谋。公子止王曰:"赵王田猎耳,非为寇也。"复博如故。王恐,心不在博。居顷⑬,复从北方来传言曰:"赵王猎耳,非为寇也。"魏王大惊,曰:"公子何以知之?"公子曰:"臣之客有能深得赵王阴事者⑭,赵王所为,客辄以报臣⑮,臣以此知之。"是后,魏王畏公子之贤能,不敢任公子以国政。

魏有隐士曰侯嬴,年七十,家贫,为大梁夷门监者⑯。公子闻之,往请,欲厚遗之⑰。不肯受,曰:"臣修身絜行数十年⑱,终不以监门困故而受公子财。"公子于是乃置酒大会宾客。坐定,公子从车骑⑲,虚左⑳,自迎夷门侯生。侯生摄敝衣冠㉑,直上载公子上坐㉒,不让,欲以观公子。公子执辔愈恭㉓。侯生又谓公子曰:"臣有客在市屠中㉔,愿枉车骑过之㉕。"公子引车入市,侯生下见其客朱亥,俾倪故久立㉖,与其客语,微察公子。公子颜色愈和。当是时,魏将相宗室宾客满堂,待公子举酒㉗。市人皆观公子执辔。从骑皆窃骂侯生。侯生视公子色终不变,乃谢客就车。至家,公子引侯生坐上坐㉘,遍赞宾客㉙,宾客皆惊。酒酣,公子起,为寿侯生前㉚。侯生因谓公子曰:"今日嬴之为公子亦足矣㉛!嬴乃夷门抱关者也㉜,而公子亲枉车骑自迎嬴㉝,于众人广坐之中,不宜有所过㉞,今公子故过之。然嬴欲就公子之名㉟,故久立公子车骑市中,过客以观公子,公子愈恭。市人皆以嬴为小人,而以公子为长者能下士也。"于是罢酒,侯生遂为上客。

侯生谓公子曰:"臣所过屠者朱亥,此子贤者,世莫能知,故隐屠间耳。"公子往数请之㊱,朱亥故不复谢㊲,公子怪之。

魏安釐王二十年,秦昭王已破赵长平军㊳,又进兵围邯郸。公子姊为赵惠文王弟平原君夫人㊴,数遗魏王及公子书㊵,请救于魏。魏王使将军晋鄙将十万众救赵。秦王使使者告魏王曰:"吾攻赵旦暮且下,而诸侯敢救者,已拔赵,必移兵先击之。"魏王恐,使人止晋鄙,留军壁邺㊶,名为救赵,实持两端以观望㊷。平原君使者冠盖相属于魏㊸,让魏公子曰㊹:"胜所以自附为婚姻者㊺,以公子之高义,为能急人之困。今邯郸旦暮降秦而魏救不至,安在公子能急人之困也㊻!且公子纵轻胜,弃之降秦,独不怜公子姊邪㊼?"公子患之㊽,数请魏王㊾,及宾客辩士说王万端㊿。魏王畏秦,终不听公子。公子自度终不能得之于王㉛,计不独生而令赵亡,乃请宾客,约车骑百馀乘㉜,欲以客往赴秦军,与赵俱死。

行过夷门,见侯生,具告所以欲死秦军状。辞决而行㉝,侯生曰:"公子勉之矣,老臣不能从。"公子行数里,心不快,曰:"吾所以待侯生者备矣㉞,天下莫不闻。今吾且死而侯生曾无一言半辞送我㉟,我岂有所失哉?"复引车还,问侯生。

侯生笑曰："臣固知公子之还也㊺。"曰："公子喜士,名闻天下。今有难,无他端而欲赴秦军㊼,譬若以肉投馁虎㊽,何功之有哉？尚安事客㊾？然公子遇臣厚,公子往而臣不送,以是知公子恨之复返也。"公子再拜,因问。侯生乃屏人间语㊿,曰："嬴闻晋鄙之兵符常在王卧内,而如姬最幸㉑,出入王卧内,力能窃之。嬴闻如姬父为人所杀,如姬资之三年㉒,自王以下欲求报其父仇,莫能得。如姬为公子泣,公子使客斩其仇头,敬进如姬。如姬之欲为公子死,无所辞,顾未有路耳㉓。公子诚一开口请如姬,如姬必许诺,则得虎符夺晋鄙军㉔,北救赵而西却秦,此五霸之伐也㉕。"公子从其计,请如姬。如姬果盗晋鄙兵符与公子。

公子行,侯生曰："将在外,主令有所不受,以便国家。公子即合符㉖,而晋鄙不授公子兵而复请之,事必危矣。臣客屠者朱亥可与俱,此人力士。晋鄙听㉗,大善；不听,可使击之。"于是公子泣。侯生曰："公子畏死邪？何泣也？"公子曰："晋鄙嚄唶宿将㉘,往恐不听,必当杀之,是以泣耳,岂畏死哉？"于是公子请朱亥。朱亥笑曰："臣乃市井鼓刀屠者㉙,而公子亲数存之㉚,所以不报谢者,以为小礼无所用㉛。今公子有急,此乃臣效命之秋也㉜。"遂与公子俱。公子过谢侯生㉝。侯生曰："臣宜从,老不能。请数公子行日,以至晋鄙军之日,北乡自刭㉞,以送公子。"公子遂行。

至邺,矫魏王令代晋鄙㉟。晋鄙合符,疑之,举手视公子㊱,曰："今吾拥十万之众,屯于境上,国之重任。今单车来代之㊲,何如哉？"欲无听。朱亥袖四十斤铁椎㊳,椎杀晋鄙,公子遂将晋鄙军。勒兵下令军中曰㊴："父子俱在军中,父归；兄弟俱在军中,兄归；独子无兄弟,归养㊵。"得选兵八万

313

人,进兵击秦军。秦军解去[81],遂救邯郸,存赵。赵王及平原君自迎公子于界,平原君负韣矢[82],为公子先引[83]。赵王再拜曰:"自古贤人未有及公子者也。"当此之时,平原君不敢自比于人[84]。

公子与侯生决,至军,侯生果北乡自刭。

魏王怒公子之盗其兵符,矫杀晋鄙,公子亦自知也。已却秦存赵,使将将其军归魏,而公子独与客留赵。赵孝成王德公子之矫夺晋鄙兵而存赵[85],乃与平原君计,以五城封公子。公子闻之,意骄矜而有自功之色[86]。客有说公子曰:"物有不可忘[87],或有不可不忘。夫人有德于公子,公子不可忘也;公子有德于人,愿公子忘之也。且矫魏王令,夺晋鄙兵以救赵,于赵则有功矣,于魏则未为忠臣也。公子乃自骄而功之,窃为公子不取也。"于是公子立自责[88],似若无所容者[89]。赵王埽除自迎[90],执主人之礼,引公子就西阶[91]。公子侧行辞让[92],从东阶上[93]。自言罪过,以负于魏,无功于赵。赵王侍酒至暮,口不忍献五城,以公子退让也。公子竟留赵。赵王以鄗为公子汤沐邑[94],魏亦复以信陵奉公子。公子留赵。

公子闻赵有处士毛公藏于博徒、薛公藏于卖浆家[95],公子欲见两人,两人自匿不肯见公子。公子闻所在,乃间步往从此两人游[96],甚欢。平原君闻之,谓其夫人曰:"始吾闻夫人弟公子天下无双,今吾闻之,乃妄从博徒卖浆者游[97],公子妄人耳[98]。"夫人以告公子。公子乃谢夫人去[99],曰:"始吾闻平原君贤,故负魏王而救赵,以称平原君[100]。平原君之游,徒豪举耳[101],不求士也。无忌自在大梁时,常闻此两人贤,至赵,恐不得见。以无忌从之游,尚恐其不我欲也[102],今平原君乃以为羞,其不足从游。"乃装为去[103]。夫人具以语平原君。

平原君乃免冠谢[104],固留公子。平原君门下闻之[105],半去平原君归公子,天下士复往归公子,公子倾平原君客[106]。

公子留赵十年不归。秦闻公子在赵,日夜出兵东伐魏。魏王患之,使使往请公子。公子恐其怒之[107],乃诫门下[108]:"有敢为魏王使通者,死。"宾客皆背魏之赵[109],莫敢劝公子归。毛公、薛公两人往见公子曰:"公子所以重于赵、名闻诸侯者,徒以有魏也。今秦攻魏,魏急而公子不恤[110],使秦破大梁而夷先王之宗庙[111],公子当何面目立天下乎?"语未及卒,公子立变色,告车趣驾归救魏[112]。

魏王见公子,相与泣,而以上将军印授公子,公子遂将。魏安釐王三十年,公子使使遍告诸侯。诸侯闻公子将,各遣将将兵救魏。公子率五国之兵破秦军于河外[113],走蒙骜[114]。遂乘胜逐秦军至函谷关,抑秦兵,秦兵不敢出。当是时,公子威振天下,诸侯之客进兵法,公子皆名之[115],故世俗称《魏公子兵法》[116]。

秦王患之,乃行金万斤于魏[117],求晋鄙客,令毁公子于魏王曰:"公子亡在外十年矣,今为魏将,诸侯将皆属。诸侯徒闻魏公子,不闻魏王。公子亦欲因此时定南面而王[118],诸侯畏公子之威,方欲共立之。"秦数使反间[119],伪贺公子得立为魏王未也[120]。魏王日闻其毁,不能不信,后果使人代公子将。公子自知再以毁废[121],乃谢病不朝[122],与宾客为长夜饮[123],饮醇酒,多近妇女。日夜为乐饮者四岁,竟病酒而卒[124]。其岁,魏安釐王亦薨。

秦闻公子死,使蒙骜攻魏,拔二十城,初置东郡[125]。其后秦稍蚕食魏[126],十八岁而虏魏王、屠大梁[127]。

高祖始微少时[128],数闻公子贤。及即天子位,每过大梁,常祠公子[129]。高祖十二年,从击黥布还,为公子置守冢五家[130],世世岁以四时奉祠公子。

太史公曰:吾过大梁之墟[131],求问其所谓夷门。夷门者,城之东门也。天下诸公子亦有喜士者矣,然信陵君之接岩穴隐者[132],不耻下交,有以也[133]。名冠诸侯,不虚耳。高祖每过之而令民奉祠不绝也。

中华书局校点本《史记》卷七七

①本篇记述了魏公子信陵君一生的事迹。全文以"窃符救赵"为中心,通过对这一事件前前后后的描写,表现了信陵君礼贤下士的品质和作风。文章结构严密完整,描写细致具体,人物性格生动鲜明,很能体现《史记》传记文学的特色。魏公子,名无忌,封信陵君,封地在葛乡(今河南宁陵县境),为著名的战国四公子之一(其他三个为齐孟尝君、赵平原君、楚春申君)。
②魏昭王:名遫,魏国第五代国君,公元前295年至前277年在位。魏安釐王:昭王子,名圉,魏国第六代国君,公元前276年至前243年在位。釐,同"僖"。 ③范雎:魏人,字叔。初欲事魏王,不得。后亡入秦,事秦昭王,甚见信用。后为相,封应侯。详见《史记·范雎蔡泽列传》。亡魏,逃离魏国。相秦,为秦相。 ④魏齐:魏王宗室,曾为魏相。他曾使舍人打折范雎肋骨和牙齿,范雎装死才得以逃脱。 ⑤大梁:魏都,今河南开封市。
⑥"破魏"二句:击败驻扎在华阳的魏军,打败了芒卯。华阳,地名,在今河南新郑市东南。走,打败,使败走。芒卯,魏国将领。按,秦围大梁在公元前275年(魏安釐王二年,秦昭襄王三十二年),破华阳下军、走芒卯在公元前273年(魏安釐王四年,秦昭襄王三十四年)。其时距范雎为秦相尚有近十年时间。此处叙事似有舛误。 ⑦仁而下士:仁爱而能谦虚待士。 ⑧无贤不肖:无论贤与不贤。 ⑨方数千里:方圆几千里的地方。此形容范围之广。归:归附。 ⑩致:招致。食客:旧时寄食于豪门帮忙或帮闲的门客。 ⑪博:博戏,古代可以赌赛的一种棋类游戏。 ⑫举烽:点烽火报警。举,起。 ⑬居顷:过了不长时间。 ⑭深得赵王阴事:谓详细探知赵王的秘密。 ⑮辄:经常,总是。 ⑯夷门监者:夷门的守门人。夷

门,魏国都城大梁的东门。 ⑰欲厚遗(wèi卫)之:想送他一份厚礼。遗,赠送。 ⑱修身絜行:谓修养品德和检点行为。絜,同"洁"。 ⑲从车骑:带着随行的车马。 ⑳虚左:空着车子左边的位子。古代以左边为上座,故以虚左表示尊敬。 ㉑摄:整理。 ㉒直上:谓径行上车,毫不推托。公子上坐:即上文所言空出的左首位置。 ㉓执辔:谓手持马缰驾车。辔,马缰绳。 ㉔市屠:市井中屠宰牲畜的地方。 ㉕枉车骑:谓委屈您的车马随从。过:拜访,探望。 ㉖俾(bǐ比)倪:同"睥睨",斜视的样子。 ㉗待公子举酒:谓等公子回来开始饮酒,即宣布宴会开始。 ㉘坐上坐:坐于上首座位。上一"坐"字为动词;下一"坐"为名词,通"座"。 ㉙遍赞宾客:一一对各位宾客作介绍。赞,引见。 ㉚为寿侯生前:即在侯生面前敬酒祝福。 ㉛为公子亦足矣:谓难为您已经够了。 ㉜夷门抱关者:即夷门守门人。关,即门栓。 ㉝枉:委屈。 ㉞过:拜访,探望。一说,指过分的礼节。 ㉟就:成就。 ㊱往数请之:屡屡前往致意、问候。请,拜访,问候。 ㊲故不复谢:有意地不答谢。 ㊳"魏安釐王"二句:秦昭王四十七年(前260),秦将白起围赵军四十万于长平(今山西高平市),射杀赵将赵括,尽降其众。除遣年少者二百四十人归赵外,其馀全部坑杀。其时距魏安釐王二十年(前257)已有三年。 ㊴赵惠文王:名何,赵武灵王之子,为赵国第七世君主,在位三十三年(前298至前266)。平原君:赵武灵王之子,名胜,封平原君,为战国四公子之一。 ㊵"数遗"句:谓屡次送信给魏安釐王和信陵君。 ㊶壁邺:驻扎在邺城。壁,营垒。此作动词用。邺,魏地名,在今河北临漳县西南邺镇东。 ㊷两端:指游移于两者之间的态度。 ㊸冠盖相属:谓使者往返不断。冠盖,指使者的冠冕和所乘车的车盖。属,连属,连续不断。 ㊹让:责备。 ㊺自附为婚姻:自愿结为婚姻。附,托。 ㊻安在:何在,哪里见得。 ㊼怜:爱。 ㊽患:忧愁。 ㊾数请魏王:谓屡次请求魏王发兵。 ㊿说王万端:谓千方百计游说魏王。 51自度:自己估量。得之于王:从魏王处得到出兵的允诺。 52约:凑集。 53辞决:告别。决,通"诀"。 54备:周到。 55曾:竟然。 56固知:本来就知道,此指早已料到。 57端:端绪,办法。 58饿虎:饥饿的老虎。 59尚安事客:那还用宾客干什么。尚,还。安,意同"何"。事,用。 60屏(bǐng饼)人间语:遣开其他人而悄悄地说。间,秘密地,私下里。 61幸:指受宠爱。 62资之三年:为捉拿仇人而悬赏了三年时间。资,赏金,此用作动词。 (63)顾:但,只。路:路径,机会。 (64)虎符:虎形兵符。初以玉为之,后改用铜,剖为两半,是古代调遣军队的凭信。 (65)五霸之伐:五霸一样的功勋。五霸,春秋时先后称霸的五个诸侯,说法不一,一说为齐桓公、宋襄公、晋文公、秦穆公、楚庄王。伐,功业。 (66)即合符:即使兵符两半相合。 (67)听:服从。 (68)嚄唶(huò zè 或仄)宿将:有叱咤风云之气概的老将。嚄唶,形容很有气势的样子。 (69)鼓刀:敲刀,指拿刀屠杀。鼓,击物作声。 (70)亲数存之:亲自多次地慰问帮助我。存,慰问,顾恤。 (71)小礼:琐细的礼节往来,指回访等事。 (72)效命之秋:以生命来报效的时节。效命,献出生命。秋,时期,时候。 (73)过谢:前往拜谢。 (74)乡:通"向"。 (75)矫:假托。 (76)举手视公子:抬起手看信陵君。表示满腹怀疑的样子。 (77)单车:独车,指没有随护的兵马。 (78)袖:动词,指藏在衣袖中。椎:捶击具,亦为兵器。 (79)勒兵:治军,整顿军队。 (80)归养:回家奉养父母。 (81)解去:撤围而去。 (82)负韊(lán 兰)矢:背负着箭袋、弓箭。韊,盛弩箭的袋子。 (83)先引:先行,先导。 (84)不敢自比于人:指平原君不敢与信陵君相比。 (85)赵孝成王:名丹,赵惠文王之子,为赵国第八代君主,在位二十一年(前 265 至前 245)。德:感激。 (86)"意骄矜"句:有骄傲夸耀之意,而露出自以为有功的神色。 (87)物:事情。 (88)立自责:立刻自我责备。 (89)似若无所容者:好像无地自容的样子。 (90)埽除自迎:打扫道路,亲自迎接。古代礼节,迎接贵宾,主人必须亲自打扫道路。埽,同"扫"。 (91)引公子就西阶:古代礼节,升堂时,主人应当从东阶上,客人应当从西阶上。就,趋向,靠近。 (92)侧行辞让:谓侧着身子走,表示谦让。 (93)从东阶上:谓公子自谦,与主人一起从东阶升堂。 (94)鄗(hào 浩):赵邑名,在今河北柏乡县北。汤沐邑:本是古代天子赐给诸侯来朝时用来斋戒洗浴的城邑,此指赐给的封地。 (95)处士:学问道德很好而隐居不做官的人。博徒:赌徒。卖浆家:卖酒的店家。 (96)间步:私下步行。游:交游,交往。 (97)妄:胡乱,指不加辨别。 (98)妄人:无知妄为的人。 (99)谢:辞别。 (100)以称(chèn 衬)平原君:谓这样做才对得起平原君的才德。称,适合,相称。 (101)徒豪举耳:只是一种夸耀的行为罢了。 (102)不我欲:即"不欲我",谓不肯和我交往。 (103)乃装为去:于是整理行装准备离开赵国。 (104)免冠谢:脱冠谢罪。免冠,脱去冠,是古人谢罪的一种表示。 (105)门下:门客,指投奔平原君的士人。

⑩"公子"句:谓信陵君的门客大大超过平原君。倾,超过,压倒。　⑩恐其怒之:害怕魏王恨他窃符杀晋鄙之事。　⑩诫:告诫,警告。　⑩"宾客"句:谓信陵君的门客都是背弃魏国来到赵国的。　⑩恤:救援,救助。　⑪使:假如。夷:削平。　⑫告车:指吩咐套车。趣(cù 促)驾:指驾车疾行。趣,疾速。　⑬五国之兵:指救魏的齐、楚、燕、韩、赵五国的军队。河外:指黄河以南的地区。　⑭蒙骜:秦国的上卿,蒙恬之祖。时率军攻魏。　⑮皆名之:都署上自己的名字。按,这种做法在当时比较普遍,《吕氏春秋》等就是这样成书的。　⑯《魏公子兵法》:刘歆《七略》曾著录有《魏公子兵法》二十一篇,图七卷。　⑰行金万斤:以金万斤来行贿。　⑱定南面而王:打算南面称王。定,打算,预备。南面,坐北向南。古代以坐北向南为尊位。　⑲数使反间:屡次用反间计。　⑳"伪贺"句:谓假装不知而来魏国向公子道贺,问他是否已立为王。　㉑再以毁废:第二次因受谗毁被废置不用。此与上文所言"不敢任公子以国政"相呼应。　㉒谢病不朝:以有病为托辞,不再朝见魏王。　㉓为长夜饮:指通宵达旦饮酒。　㉔竟病酒而卒:谓终因饮酒过多患病而死。　㉕东郡:秦所置郡,辖地相当于今山东西部与河北东南部一带地区。　㉖稍蚕食魏:逐渐像蚕食桑叶般占领魏地。　㉗"十八岁"句:指信陵君死后十八年秦灭魏国。时间在公元前225年,即秦王政二十二年。　㉘始微少时:起初微贱的时候。　㉙祠:祭祀。　㉚置守冢五家:安排五户人家守护坟墓。　㉛大梁之墟:大梁城的遗迹。墟,废墟。　㉜接岩穴隐者:谓虚心接纳那些处于极偏僻环境中的隐士。　㉝有以也:是很有道理的。即是说,信陵君这样做,是很有见地、很有眼光的。

廉颇蔺相如列传①(节选)

廉颇者,赵之良将也。赵惠文王十六年②,廉颇为赵将,伐齐,大破之,取阳晋③,拜为上卿④,以勇气闻于诸侯。蔺相如者,赵人也,为赵宦者令缪贤舍人⑤。

赵惠文王时,得楚和氏璧⑥。秦昭王闻之⑦,使人遗赵王书⑧,愿以十五城请易璧⑨。赵王与大将军廉颇诸大臣谋:欲予秦,秦城恐不可得,徒见欺⑩;欲勿予,即患秦兵之来⑪。计未定,求人可使报秦者⑫,未得。宦者令缪贤曰:"臣舍人蔺相如可使。"王问:"何以知之?"对曰:"臣尝有罪⑬,窃计欲亡走燕⑭。臣舍人相如止臣曰:'君何以知燕王?'臣语曰⑮:'臣尝从大王与燕王会境上⑯,燕王私握臣手,曰:"愿结友。"以此知之,故欲往。'相如谓臣曰:'夫赵强而燕弱,而君幸于赵王⑰,故燕王欲结于君。今君乃亡赵走燕⑱,燕畏赵,其势必不敢留君,而束君归赵矣⑲。君不如肉袒伏斧质请罪⑳,则幸得脱矣㉑。'臣从其计,大王亦幸赦臣。臣窃以为其人勇士,有智谋,宜可使㉒。"于是王召见,问蔺相如曰:"秦王以十五城请易寡人之璧,可予不㉓?"相如曰:"秦强而赵弱,不可不许。"王曰:"取吾璧,不予我城,奈何?"相如曰:"秦以城求璧而赵不许,曲在赵㉔;赵予璧而秦不予赵城,曲在秦。均之二策,宁许以负秦曲㉕。"王曰:"谁可使者?"相如曰:"王必无人㉖,臣愿奉璧往使㉗。城入赵而璧留秦;城不入,臣请完璧归赵㉘。"赵王于是遂遣相如奉璧西入秦。

秦王坐章台见相如㉙,相如奉璧奏秦王㉚。秦王大喜,传以示美人及左右㉛,左右皆呼万岁。相如视秦王无意偿赵城,乃前曰:"璧有瑕㉜,请指示王。"王授璧。相如因持璧却立,倚柱㉝,怒发上冲冠㉞,谓秦王曰:"大王欲得璧,使人发书至赵王,赵王悉召群臣议,皆曰:'秦贪,负其强㉟,以空言求璧㊱,偿城恐不可得。'议不欲予秦璧。臣以为布衣之交尚不相欺㊲,况大国乎!且以一璧之故,逆强秦之欢㊳,不可。于是赵王乃斋戒五日㊴,使臣奉璧,拜送书于庭㊵。何者?严大国之威以修敬也㊶。今臣至,大王见臣列观㊷,礼节甚倨㊸;得璧,传之美人,以戏弄臣。臣观大王无意偿赵王城邑,故臣复取璧。大王必欲急臣㊹,臣头今与璧俱碎于柱矣!"相如持其璧睨柱㊺,欲以击柱。秦王恐其破璧,乃辞谢固请㊻,召有司案图㊼,指从此以往十五都予赵㊽。相如度秦王特以诈详为予赵城㊾,实不可得,乃谓秦王曰:"和氏璧,天下所共传宝也㊿,赵王恐,不敢不献。赵王送璧时,斋戒五日,今大王亦宜斋戒五日,设九宾于廷㉛,臣乃敢上璧㉜。"秦王度之,终不可强夺,遂许斋五日,舍相如广成传㉝。相如度秦王虽斋,决负约不偿城㉞,乃使其从者衣褐怀其璧㉟,从径道亡㊱,归璧于赵。

秦王斋五日后,乃设九宾礼于廷,引赵使者蔺相如。相如至,谓秦王曰:"秦自缪公以来二十馀君㊲,未尝有坚明约束者也㊳。臣诚恐见欺于王而负赵㊴,故令人持璧归,间至赵矣㊵。且秦强而赵弱,大王遣一介之使至赵㊶,赵立奉璧来。今以秦之强而先割十五都予赵,赵岂敢留璧而得罪于大王乎?臣知欺大王之罪当诛,臣请就汤镬㊷,唯大王与群臣孰计议之㊸!"秦王与群臣相视而嘻㊹。左右或欲引相如去㊺,秦王因曰:"今杀相如,终不能得璧也,而绝秦赵之欢。不如因而厚遇之㊻,使归赵。赵王岂以一璧之故欺秦邪!"卒廷见相如㊼,毕礼而归之㊽。相如既归,赵王以为贤大夫,使不辱于诸侯㊾,拜相如为上大夫㊿。秦亦不以城予赵,赵亦终不予秦璧。

其后,秦伐赵,拔石城㋁。明年,复攻赵,杀二万人。秦王使使者告赵王,欲与王为好会于西河外渑池㋂。赵王畏秦,欲毋行㋃。廉颇、蔺相如计曰:"王不行,示赵弱且怯也。"赵王遂行,相如从。廉颇送至境,与王诀曰㋄:"王行,度道里会遇之礼毕,还,不过三十日㊄。三十日不还,则请立太子为王,以绝秦望㊅。"王许之,遂与秦王会渑池。秦王饮酒酣㊆,曰:"寡人窃闻赵王好音㊇,请奏瑟㊈。"赵王鼓瑟。秦御史前书曰㊉:"某年月日,秦王与赵王会饮,令赵王鼓瑟。"蔺相如前曰:"赵王窃闻秦王善为秦声㉑,请奏盆缻秦王,以相娱乐㉒。"秦王怒,不许。于是相如前进缻,因跪请秦王。秦王不肯击缻。相如曰:"五步之内,相如请得以颈血溅大王矣㉓!"左右欲刃相如㉔,相如张目叱之㉕,左右皆靡㉖。于是秦王不怿㉗,为一击缻㉘。相如顾召赵御史书曰㉙:"某年月日,秦王为赵王击缻。"秦之群臣曰:"请以赵十五城为秦王寿㉚!"蔺相如亦曰:"请以秦之咸阳为赵王寿㉛!"秦王竟酒㉜,终不能加胜于赵㉝。赵亦盛设兵以待秦,秦不敢动。

既罢,归国,以相如功大,拜为上卿,位在廉颇之右㉞。廉颇曰:"我为赵将,有攻城野战之大功,而蔺相如徒以口舌为劳,而位居我上,且相如素贱人㉟,吾羞,不忍为之下。"宣言曰㊱:"我见相如,必辱之。"相如闻,不肯与会。相如每朝时,常称病,不欲与廉颇争列㊲。已而相如出㊳,望见廉颇,相如引车避匿㊴。于是舍人相与谏曰:"臣所以去亲戚而事君者⑩,徒慕君之高义也⑩。今君与廉颇同列,廉君宣恶言,而君畏匿之,恐惧殊甚⑩,且庸人尚羞之⑩,况于将相乎!臣等不肖⑩,请辞去。"蔺相如固止之⑩,曰:"公之视廉将军,孰与秦王⑩?"曰:"不若也⑩。"相如曰:"夫以秦王之威,而相如廷叱之⑩,辱其群臣。相如虽驽⑩,独畏廉将军哉?顾吾念之⑪,强秦之所以不敢加兵于赵者,徒以吾两人在也。今两虎共斗,其势不俱生。吾所以为此者,以先国家之急而后私雠也⑪!"廉颇闻之,肉袒负荆⑫,因宾客至蔺相如门谢罪⑬,曰:

"鄙贱之人,不知将军宽之至此也⑭!"卒相与欢⑮,为刎颈之交⑯。

中华书局校点本《史记》卷八一

①本篇"列传"记述廉颇、蔺相如两人的事迹,节录部分主要为蔺相如的故事。文中通过"完璧归赵"、"渑池会"、"将相和"等情节,表现了蔺相如坚持正义、不畏强暴和顾全大局、"先国家之急而后私仇"的精神。全文严密紧凑、波澜迭起,是一篇有名的传记文学作品。廉颇,战国后期赵国的名将。 ②赵惠文王:名何,武灵王子。其十六年,为公元前283年。 ③阳晋:本为卫邑,后属于齐,其地约在今山东菏泽市西北。 ④上卿:战国时最高职位的官。 ⑤宦者令:宫中太监的头目。舍人:战国至汉初王公贵官的侍从宾客、左右亲近的通称。 ⑥和氏璧:美玉名。 ⑦秦昭王:即秦昭襄王,名则,公元前306年至前251年在位。 ⑧遗(wèi位):送给。 ⑨易:交换。 ⑩徒见欺:白白受欺骗。 ⑪即:则,又。患:担心。 ⑫报:答复。 ⑬尝:曾。 ⑭亡走燕:逃跑到燕国去。 ⑮语(yù玉):告诉。 ⑯会境上:在边境相会。 ⑰幸于赵王:为赵王所宠爱。幸,宠爱。 ⑱亡赵走燕:从赵国逃到燕国去。 ⑲束君归赵:捆起你来送回赵国。 ⑳肉袒伏斧质:请求受刑的意思。肉袒,脱去上衣,露出肩臂。斧质,古代斩人的刑具。质,斩刑时垫在下面的砧板。请罪:承认有罪,请求处置。 ㉑脱:指免罪。 ㉒宜:应该。可使:可供派遣。 ㉓不:同"否"。 ㉔曲在赵:理曲在赵国方面。 ㉕"均之"二句:权衡这两种方法,宁肯答应秦国而让他们负理曲的责任。 ㉖必无人:谓实在无人可派遣。 ㉗奉:恭敬地用手捧着。此指小心保护。往使:出使秦国。 ㉘完璧归赵:把玉璧完整无损地归还赵国。 ㉙章台:战国时秦王渭南离宫(如同别墅)的一个台名,故址在今陕西西安市长安区故城西南隅。不在正朝接见,有轻视之意。 ㉚奏:呈献。 ㉛传:传递。美人:指姬妾。左右:指近侍。 ㉜瑕:玉上的斑点。 ㉝"相如"二句:蔺相如趁机拿着玉倒退几步站定,把身体倚在庭柱上。 ㉞"怒发"句:谓因愤怒头发也竖起来,以至于帽子被顶起。此为夸张描写。 ㉟负其强:仗恃自己强大。 ㊱空言:说空话(指用十五城换璧)。 ㊲布衣之交:指平民之间的交往。

323

㊳逆:违背,触犯。　㊴斋戒:表示恭敬。做法是沐浴更衣,戒酒戒荤等。
㊵拜送书于庭:谓赵王按照礼节在朝廷上恭敬地把国书交给我送来。
㊶严:尊重。威:威望。修敬:加意地表示敬意。　㊷列观(guàn贯):一般的台观,此指章台。观,楼台之类。　㊸倨(jù剧):傲慢。　㊹必欲急臣:一定要逼迫我。臣,蔺相如自称。　㊺睨(nì逆)柱:斜眼看柱子。睨,斜视。　㊻辞谢:道歉。固请:坚持请求相如不要那样做(指破璧)。
㊼有司:官吏,此指掌管地图和户籍的官吏。案图:查看地图。　㊽十五都:十五座城。　㊾"相如"句:蔺相如推测秦王只不过是故意假装要把这几座城给赵国。特,只是。详(yáng羊)为,同"佯为",假装。　㊿共传:大家公认。　51设九宾于廷:此为当时外交上最隆重的礼节,做法是在朝廷上排列宾相(赞礼传呼的人)九人来接待使者。　52上璧:进献和氏璧。
53舍:用作动词,留宿的意思。广成传(zhuàn赚):传舍之名。　54决:必然,一定。　55衣褐(hè贺):穿上粗布衣服。怀其璧:怀中藏着和氏璧。
56从径道亡:从小路逃走。　57缪公:指春秋时的秦穆公。缪,通"穆"。
58坚明约束:牢固明确的信用。约束,信用的意思。　59见欺于王:受大王(秦王)欺骗。负赵:有负于赵国。　60间(jiàn见):走小路。　61一介之使:一个使者。　62就汤镬(huò获):指受烹刑。汤镬,煮着滚水的大锅。古代用作刑具,用来烹煮罪人。　63孰:同"熟"。　64嘻:一种惊讶、恼怒的声音。此用作动词。　65引相如去:指拉相如就汤镬。
66因而厚遇之:趁此机会好好款待他。　67卒:终于。廷见:在朝廷上正式接见。　68毕礼:尽礼,该用的礼节都用了。　69"赵王"二句:谓赵王认为相如是个称职的大夫,出使外国能够不辱使命。按,当时出使外国的使臣,例须大夫担任,故相如已为大夫身份。　70上大夫:大夫中地位最高的一级。　71拔:攻下。石城:在今河南林州市西南。此事发生在赵惠文王十八年(前281)。　72好会:友好会见。西河外:古称黄河南北流向的部分为西河。此指自北而南流经今山西、陕西的一段。秦在其西,渑池在其东,故就秦而言,渑池在"西河外"。渑(miǎn免)池:地名,约在今河南渑池县西。渑池之会在赵惠文王二十年(前279)。　73毋(wú无)行:不去。毋,不。　74诀:辞别。　75"度(duó夺)道里"三句:估计从上路到完成全部会见礼节至回国,所需时间不过三十日。度,推测,估计。　76以绝秦望:以断绝秦国的念头(如扣留赵王等)。　77酒酣:酒兴正浓之时。

⑱好音:喜欢音乐。　⑲奏瑟:弹瑟。瑟为弦乐器,一般二十五弦,形似琴而大。　⑳御史:掌管图籍和记载国家大事的官。前书曰:向前写上道。　㉑秦声:秦地方音乐。　㉒"请奏"二句:谓请允许我把瓦盆献给秦王,愿您按节拍敲打以互相娱乐。奏,进,奉献。缻(fǒu否),同"缶",瓦器,口小而肚大,秦人歌唱时击缶以为节拍。　㉓"相如"句:谓相如要与秦王以死相拼。　㉔刃:刀锋,用作动词,杀的意思。　㉕张目叱之:睁大眼睛向他们大喝一声。　㉖靡:倒,此指倒退。　㉗不怿(yì义):不高兴。　㉘为一击缻:谓勉强敲了一下。　㉙顾召:回头召唤。　㉚为秦王寿:作为给秦王祝贺的礼物。　㉛咸阳:秦国都城。　㉜竟酒:指直至宴会终了。　㉝加胜:盖过,占上风。　㉞在廉颇之右:即在廉颇之上。秦、汉以前以右为尊。　㉟素贱人:一向是个低贱之人。指相如曾为宦者令缪贤舍人。　㊱宣言:对外扬言。　㊲争列:争朝会时的位次先后。　㊳已而:过了不久。　㊴引车避匿:谓掉转车子的方向躲避。　㊵去亲戚:谓离别亲属。　㊶徒:只是。　㊷殊甚:特别厉害。　㊸庸人:指一般的人,与下句"将相"相对应。　㊹不肖:不贤。此为自谦之词。　㊺固止之:坚决挽留他们。　㊻"公之"二句:你们看廉将军与秦王相比谁强?孰与,比对方怎么样。　㊼不若也:谓廉将军不如秦王。　㊽廷叱之:在朝廷上斥责他。　㊾驽(nú奴):劣马,此指无能。　㊿顾:但。　⑪雠:同"仇"。　⑫负荆:背着荆杖,表示认罪请责。　⑬因:通过。　⑭将军:上卿职兼将相,故称相如为"将军"。宽之至此:宽容我到这样地步。　⑮卒相与欢:终于彼此相归于好。　⑯刎颈之交:谓生死之交。

屈　原　列　传①(节选)

屈原者,名平,楚之同姓也②。为楚怀王左徒③。博闻强志④,明于治乱⑤,娴于辞令⑥。入则与王图议国事⑦,以出号令;出则接遇宾客⑧,应对诸侯。王甚任之⑨。

上官大夫与之同列⑩,争宠而心害其能⑪。怀王使屈原造为宪令⑫,屈平属草稿未定⑬。上官大夫见而欲夺之,屈平不与,因谗之曰:“王使屈平为令,众莫不知,每一令出,平伐其功⑭,以为‘非我莫能为’也。”王怒而疏屈平⑮。

屈平疾王听之不聪也⑯,谗谄之蔽明也⑰,邪曲之害公也⑱,方正之不容也⑲,故忧愁幽思而作《离骚》⑳。“离骚”者,犹离忧也㉑。夫天者,人之始也㉒;父母者,人之本也㉓。人穷则反本㉔,故劳苦倦极㉕,未尝不呼天也;疾痛惨怛㉖,未尝不呼父母也。屈平正道直行㉗,竭忠尽智以事其君,谗人间之㉘,可谓穷矣!信而见疑㉙,忠而被谤,能无怨乎?屈平之作《离骚》,盖自怨生也。《国风》好色而不淫㉚,《小雅》怨诽而不乱㉛。若《离骚》者,可谓兼之矣㉜。上称帝喾㉝,下道齐桓㉞,中述汤、武㉟,以刺世事㊱。明道德之广崇㊲,治乱之条贯㊳,靡不毕见㊴。其文约㊵,其辞微㊶,其志絜㊷,其行廉㊸,其称文小而其指极大㊹,举类迩而见义远㊺。其志絜,故其称物芳㊻;其行廉,故死而不容自疏㊼。濯淖污泥之中㊽,蝉蜕于浊秽,以浮游尘埃之外㊾,不获世之滋垢㊿,皭然泥而不滓者也(51)。推此志也,虽与日月争光可也。

屈平既绌(52),其后秦欲伐齐,齐与楚从亲(53),惠王患之(54),乃令张仪详去秦(55),厚币委质事楚(56),曰:“秦甚憎齐,齐与楚从亲,楚诚能绝齐(57),秦愿献商、於之地六百里(58)。”楚怀王贪而信张仪,遂绝齐,使使如秦受地(59)。张仪诈之曰:“仪与王约六里,不闻六百里。”楚使怒去,归告怀王。怀王怒,大兴师伐秦。秦发兵击之,大破楚师于丹、淅(60),斩首八万,虏楚将屈匄(61),遂取楚之汉中地(62)。怀王乃悉发国中兵以深入击秦(63),战于蓝田(64)。魏闻之,袭楚至邓(65)。楚兵惧,自秦归。而齐竟怒不救楚(66),楚大困。

明年㊿,秦割汉中地与楚以和。楚王曰:"不愿得地,愿得张仪而甘心焉。"张仪闻,乃曰:"以一仪而当汉中地㊿,臣请往如楚。"如楚,又因厚币用事者臣靳尚㊿,而设诡辩于怀王之宠姬郑袖㊿。怀王竟听郑袖,复释去张仪㊿。是时屈平既疏,不复在位,使于齐㊿,顾反㊿,谏怀王曰:"何不杀张仪?"怀王悔,追张仪不及。

其后,诸侯共击楚㊿,大破之,杀其将唐眛㊿。

时秦昭王与楚婚,欲与怀王会。怀王欲行,屈平曰:"秦虎狼之国,不可信,不如毋行㊿。"怀王稚子子兰劝王行㊿:"奈何绝秦欢㊿!"怀王卒行㊿。入武关㊿,秦伏兵绝其后㊿,因留怀王㊿,以求割地。怀王怒,不听。亡走赵㊿,赵不内㊿。复之秦㊿,竟死于秦而归葬㊿。

长子顷襄王立㊿,以其弟子兰为令尹㊿。楚人既咎子兰以劝怀王入秦而不反也㊿。

屈平既嫉之㊿,虽放流㊿,睠顾楚国㊿,系心怀王㊿,不忘欲反㊿,冀幸君之一悟㊿,俗之一改也㊿。其存君兴国㊿,而欲反覆之㊿,一篇之中三致志焉㊿。然终无可奈何,故不可以反⑩,卒以此见怀王之终不悟也⑩。

……

令尹子兰闻之大怒,卒使上官大夫短屈原于顷襄王⑩,顷襄王怒而迁之⑩。

屈原至于江滨⑩,被发行吟泽畔⑩,颜色憔悴,形容枯槁⑩。渔父见而问之曰⑩:"子非三闾大夫欤⑩?何故而至此?"屈原曰:"举世混浊而我独清,众人皆醉而我独醒,是以见放⑩。"渔父曰:"夫圣人者⑩,不凝滞于物而能与世推移⑪。举世混浊,何不随其流而扬其波⑪?众人皆醉,何不餔其糟

327

而啜其醨⑬?何故怀瑾握瑜⑭,而自令见放为?"屈原曰:"吾闻之,新沐者必弹冠⑮,新浴者必振衣⑯,人又谁能以身之察察,受物之汶汶者乎⑰!宁赴常流而葬乎江鱼腹中耳⑱,又安能以皓皓之白⑲,而蒙世俗之温蠖乎⑳!"乃作《怀沙》之赋㉑。……

于是怀石㉒,遂自沈汨罗以死㉓。

屈原既死之后,楚有宋玉、唐勒、景差之徒者㉔,皆好辞而以赋见称㉕;然皆祖屈原之从容辞令㉖,终莫敢直谏。其后楚日以削㉗,数十年竟为秦所灭㉘。

中华书局校点本《史记》卷八四

①本篇选自《史记·屈原贾生列传》,简要记述了大诗人屈原的生平、思想和作品,是研究屈原及其创作的宝贵资料。作者同情屈原,同时也借写屈原发泄自己对现实社会的某些不平之感。这篇传记叙议结合,字里行间洋溢着强烈抒情气氛。　②楚之同姓:楚国王族本姓芈(mǐ 米),屈原的祖先屈瑕是楚武王熊通的儿子,封在屈地,因此以屈为姓。　③楚怀王:名熊槐,在位三十年(前328—前299)。左徒:楚官名,在国君左右参与政事,起草诏令,地位仅次于令尹(丞相)。　④博闻:学识广博。强志:记忆力强。志,记。　⑤明于治乱:懂得国家所以治乱的道理。　⑥娴(xián 闲)于辞令:谓熟习接待应酬语言。　⑦图议:谋划计议。　⑧接遇:接见,招待。宾客:指各诸侯国使节。　⑨任:信任。　⑩上官大夫:复姓上官,官职大夫。同列:同位,官阶相同。　⑪心害其能:谓嫉妒屈原才能。害,患,嫉妒。　⑫造为宪令:制定法令。　⑬属(zhǔ 主):写作。　⑭伐:自我夸耀。　⑮疏:疏远。　⑯疾:痛惜的意思。不聪:不能明辨是非。聪,听觉清楚。　⑰谗:用坏话诬蔑人。谄:用好听的话奉承人。蔽明:指遮蔽楚王的眼光。　⑱邪曲:邪恶、不正派。公:指公正之人。　⑲方正:正直。不容:不被朝廷所容。　⑳幽思:沉默深思。　㉑"离骚"二句:这是司马迁对于"离骚"的解释。离忧,遭受忧愁。离,通"罹",遭受。
㉒"夫天"二句:谓天是人类的本源。古人认为人类是天创造的。始,根本,

本源。 ㉓“父母”二句：父母是人的根本。此从人皆由父母所生而言。㉔穷：指处境艰难。反本：追念本源。指追念“天”和“父母”。反，同“返”。㉕倦极：疲倦困苦。极，疲困，困窘。 ㉖疾痛：指身体上的痛苦。惨怛（dá 达）：指内心的忧伤悲痛。 ㉗正道：谓志向公正。直行：谓行为正直。㉘间：离间。 ㉙信而见疑：谓对楚王诚实而反被怀疑。 ㉚“国风”句：谓《诗经·国风》多写男女之爱，但不过分。淫，过分。 ㉛“小雅”句：谓《诗经·小雅》多怨恨非议之词，但并没有逾越臣下忠于君王的原则。不乱，君臣之分、上下之别没有打破。 ㉜兼之：指兼有《国风》和《小雅》的特点。 ㉝上：前，远。称：称道，述说。帝喾（kù 酷）：传说中古帝王名，相传是黄帝的曾孙，号高阳氏。 ㉞齐桓：春秋时的齐桓公。 ㉟汤、武：商汤。武：周武王。 ㊱刺：批评。世事：指楚国当时的政事。 ㊲明：阐明。广崇：广大崇高。 ㊳条贯：条理。此指国家之所以治或乱的因果关系。 ㊴靡不毕见：无不完全表现出来。见，同“现”。 ㊵约：简练。㊶微：深微，不显露。 ㊷絜：同“洁”，高洁。 ㊸廉：有棱角，不苟合。㊹称文：指使用的文辞。小：琐细，指《离骚》中引用很多花鸟草木等琐细的词汇。指：通“旨”，指屈原的用意。 ㊺类：事例。迩：近。 ㊻称物芳：指《离骚》中引用许多香花香草作比喻。 ㊼不容：不肯。自疏：自己疏远。一说，“自疏”当属下句，则“不容”指不为人所容。 ㊽濯淖（zhuó nào 浊闹）：污浊的烂泥。濯，通“浊”。 ㊾“蝉蜕”二句：谓像蝉蜕皮一样从秽浊环境中蜕化出来，而超脱于尘世之外。蝉蜕，蝉退的皮。此用作动词，蜕化出来的意思。 ㊿“不获”句：不为世俗的污垢所玷辱。滋，黑色，污浊。垢，脏东西。 (51)皭（jiào 叫）然：洁白的样子。泥而不滓：出自污泥而不被染黑。泥，谓出自污泥。滓，黑色，作动词用，染黑。 (52)绌：通“黜”，被贬斥。 (53)从亲：指齐、楚两国合纵抗秦，关系亲密。从，通“纵”。(54)惠王：秦惠王。患之：忧虑齐、楚“从亲”。 (55)详：通“佯”，假装。去秦：离开秦国。 (56)厚币：丰厚的礼品。“币”是礼物的通称。委：呈献。质：通“贽”，相见时所送的礼物。 (57)诚：若，如果。 (58)商、於（wū 乌）：秦地名，在今陕西商州市至河南内乡县一带地方。 (59)如：往，到。受地：接受秦国割让的土地。 (60)丹、淅：二水名。丹水，发源于今陕西商州市西北；淅水，丹水支流，源出今河南卢氏县南，在河南淅川县注入丹水。(61)屈匄（gài 盖）：姓屈名匄。匄，同“丐”。 (62)汉中：地名，在今陕西汉中市以东一带地方。 ⑬悉:全部。 ⑭蓝田:秦县名,在今陕西蓝田县西。 ⑮邓:地名,即今河南邓州市。 ⑯竟:终。 ⑰明年:指楚怀王十八年(前311)。 ⑱当:抵充。 ⑲"又因"句:谓又用丰厚礼品贿赂楚国当权的臣子靳尚。因,凭借,用。用事者,当权的人。 ⑳设诡辩:编造诡诈的言辞。 ㉑释去:放走。 ㉒使于齐:出使到齐国。 ㉓顾反:回来。顾,还。反,同"返"。 ㉔"诸侯"句:指楚怀王二十八年(前301),秦、齐、韩、魏等诸侯国共同攻打楚国。 ㉕唐眛(mò 末):人名,又作"唐蔑"。 ㉖毋行:不要去。 ㉗稚子:小儿子。 ㉘"奈何"句:为什么断绝和秦的友好关系! ㉙卒:终于。 ㉚武关:在今陕西商州市东,是当时秦国的南关。 ㉛绝其后:截断楚王后路。 ㉜留:拘留。 ㉝亡走赵:逃跑到赵国。 ㉞内:同"纳"。 ㉟复之秦:又回到秦国。 ㊱归葬:尸体送回楚国埋葬。 ㊲顷襄王:名熊横,在位三十六年(前298—前263)。 ㊳令尹:楚官名,职位相当于丞相。 ㊴既尽,都。咎:责备,抱怨。 ㊵"屈平"句:谓因子兰劝楚怀王入秦而不能回国,所以屈原痛恨他。 ㊶放流:被放逐。一说,意思是放浪,即前文"既疏"、"不复在位"的意思。按,这句同下面几句上下文不顺。前面只说"王怒而疏屈平",这里说"放流",以此推论,屈原在顷襄王即位前已被流放,但后文又说"顷襄王怒而迁之",据此,屈原被流放当在顷襄王即位以后。前后文不一致。如作"放浪"解,则前文又屡次提到屈原劝谏怀王,也嫌前后矛盾。所以前人多疑此处有脱误。 ㊷睠顾:眷恋。睠,同"眷"。 ㊸系心:心里挂念。 ㊹不忘欲反:谓不忘祖国,希望再回到朝廷任职。 ㊺冀幸:存有万一的希望。冀,希望。幸,幸而。 ㊻俗:当指楚国昏暗的政治。 ㊼存君:关怀君王的意思。 ㊽反覆之:指把楚国当时衰弱的国势改变过来。 ㊾三致志:再三表现出这种志愿。 ㊿反:指回到朝中。 ①卒:终于。以此:由此(指上文所说屈原的遭遇)。 ②"卒使"句:马上让上官大夫在顷襄王面前毁谤屈原。卒(cù 醋),同"猝",急,马上。短,作动词用,毁谤。 ③迁:放逐。一说,迁移。指屈原本已在流放中,此次又被放逐到另一地。 ④江滨:江边。 ⑤被:通"披"。泽畔:水边。 ⑥枯槁:本指树木枯干,此用以形容身形面容瘦弱憔悴的样子。 ⑦渔父:打鱼的老人。父,对老人的尊称。 ⑧三闾大夫:楚国官名,掌管楚国王族昭、屈、景三姓的事务。 ⑨见放:被放逐。 ⑩圣人:此指聪明而识时务的人。　⑪凝滞:固执,拘泥。物:指社会事物。与世推移:指随顺世俗变化。　⑫随其流而扬其波:谓随波逐流,与世沉浮。扬,推。　⑬"何不"句:这里以食酒糟、喝薄酒作比喻,劝屈原对世俗稍作迁就。餔(bǔ卜)其糟,食酒糟。餔,食。啜(chuò绰)其醨(lí离),喝薄酒。醨,淡酒,薄酒。　⑭瑾、瑜:都是美玉。此指美好操守。　⑮"新沐"句:谓刚洗过头的人,一定要弹一弹帽子上的灰尘,怕把新洗过的头发弄脏。沐,洗头。　⑯"新浴"句:谓刚洗过澡的人,一定要抖一抖衣服上的灰尘,免得把身体弄脏。　⑰"人又"二句:谓高尚的人谁又能够让自己高洁品行蒙受世俗的污辱呢!察察,清洁的样子。物,指外界事物,引申为世俗。汶(mén门)汶,玷辱。　⑱常流:同"长流",指江水。　⑲皓(hào浩)皓之白:指高洁的品质。皓皓,洁白的样子。　⑳温蠖(huò货):犹昏愦。一说,犹混污。《楚辞·渔父》作"尘埃"。　㉑《怀沙》:《楚辞·九章》中的一篇。本篇此下删去了所引《怀沙》全文。　㉒怀石:抱着石头。　㉓汨(mì密)罗:水名,在今湖南湘阴县。　㉔唐勒、景差:与宋玉同时,都是当时的辞赋家。　㉕好辞:喜好文辞,此指喜好文学。见称:被人称道。　㉖祖:本,继承,效法。从容辞令:指文章委婉含蓄。　㉗楚日以削:楚国领土一天比一天缩小。㉘竟为秦所灭:楚被秦灭亡在公元前223年。

悲士不遇赋①

　　悲夫士生之不辰②,愧顾影而独存③。恒克己而复礼④,惧志行而无闻⑤。谅才韪而世戾⑥,将逮死而长勤⑦。虽有行而不彰⑧,徒有能而不陈⑨。何穷达之易惑⑩,信美恶之难分⑪。时悠悠而荡荡⑫,将遂屈而不伸⑬。

　　使公于公者,彼我同兮⑭;私于私者,自相悲兮⑮。天道微哉⑯,吁嗟阔兮⑰;人理显然⑱,相倾夺兮⑲。好生恶死,才之鄙也⑳;好贵夷贱㉑,哲之乱也㉒。炤炤洞达㉓,胸中豁也㉔;昏昏罔觉㉕,内生毒也㉖。

331

我之心矣㉗,哲已能忖㉘。我之言矣,哲已能选㉙。没世无闻,古人惟耻㉚。朝闻夕死㉛,孰云其否。逆顺还周㉜,乍没乍起㉝。无造福先,无触祸始㉞。委之自然,终归一矣㉟。

上海古籍出版社汪绍楹校本《艺文类聚》卷三〇

①本文抒发了士不被重用的伤悲感情,最终归结为道家的遂顺自然。赋作的具体写作时间不详,照情理推测应在作者遭宫刑之后。　②生之不辰:即生不逢时。不辰,不得其时。　③愧:惭愧。顾影:自顾其影,有自怜之意。独存:指无所事事,不受重用。　④恒:常。克己复礼:谓克制私欲,使言行合于礼。《论语·颜渊》:"克己复礼为仁"。　⑤志行:志向和操行。　⑥谅:诚,确实。韪(wěi伟):善,美。戾(lì利):乖张,暴戾。此处指世道不好。　⑦逮:及,到。长勤:指将终生劳顿而无所作为。⑧行:德行。此指美好品德。彰:显,明。　⑨能:才能。不陈:不能显示。指不被重用。　⑩穷达:"穷"指仕途不通,"达"指仕途顺利。　⑪信:确实,的确。　⑫悠悠而荡荡:即悠悠荡荡,飘忽的样子,形容时光在不知不觉中流逝。　⑬屈而不伸:指因受压抑而抱负无法施展。　⑭"使公"二句:谓出于公心致力于公事,大家都会赞同的。使,假设之辞。⑮"私于"二句:谓出于私心谋求私利,自己也应觉得是可悲的。　⑯微:指微妙深奥。　⑰吁嗟阔兮:《诗经·邶风·击鼓》:"于嗟阔兮。"吁嗟,感叹词。阔,广远。　⑱人理:与上文"天道"相对而言,指人世间的事理。显然:明白,明显。　⑲倾夺:倾轧争夺。　⑳才:指有知识的人。鄙:鄙视,轻蔑。　㉑好贵夷贱:尊宠贵者鄙夷贱者。夷,贬低,轻视。　㉒哲:指懂道理、有修养的人。乱:迷惑。　㉓炤(zhāo昭)炤:同"昭昭",明白,明亮。洞达:通达,透彻,指明白事理。　㉔豁:开朗,明白。　㉕昏昏:昏暗不明的样子。罔觉:不清醒,不明白。　㉖毒:痛苦。　㉗心:指自己的思想、想法。　㉘忖:思量,猜度。　㉙选:通"算"。　㉚"没世"二句:谓一世不被人所知,古人认为是耻辱的事。惟,是。　㉛《论语·里仁》:"朝闻道,夕死可矣。"谓"闻道"不在早晚。　㉜逆顺还周:谓吉凶祸福的轮转。　㉝乍没乍起:即时没时起。指变化无定。㉞"无造"二句:谓福未到之前不要去刻意追求,祸未到来之前也不要因处事

不当而引发。造,作,追求。触,触动,引起。　㉟"委之"二句:谓遂顺自然变化,最终同归于一。委,托付。归,归附。一,指宇宙万物的原始本质状态。《老子》:"道生一,一生二,二生三,三生万物"。

报任少卿书①

太史公牛马走司马迁再拜言②,少卿足下③:曩者辱赐书④,教以顺于接物、推贤进士为务⑤,意气勤勤恳恳,若望仆不相师,而用流俗人之言⑥。仆非敢如此也。仆虽罢驽⑦,亦尝侧闻长者之遗风矣⑧。顾自以为身残处秽⑨,动而见尤⑩,欲益反损⑪,是以独郁悒而与谁语⑫!谚曰:"谁为为之,孰令听之⑬?"盖钟子期死,伯牙终身不复鼓琴⑭。何则? 士为知己者用,女为说己者容⑮。若仆大质已亏缺矣⑯。虽才怀随和⑰,行若由夷⑱,终不可以为荣,适足以见笑而自点耳⑲。书辞宜答,会东从上来⑳,又迫贱事㉑,相见日浅,卒卒无须臾之间得竭至意㉒。今少卿抱不测之罪㉓,涉旬月,迫季冬㉔,仆又薄从上雍㉕,恐卒然不可为讳㉖,是仆终已不得舒愤懑以晓左右,则长逝者魂魄私恨无穷㉗,请略陈固陋㉘。阙然久不报㉙,幸勿为过。

仆闻之:修身者,智之符也㉚;爱施者,仁之端也㉛;取与者,义之表也㉜;耻辱者,勇之决也㉝;立名者,行之极也㉞。士有此五者,然后可以托于世㉟,而列于君子之林矣。故祸莫憯于欲利,悲莫痛于伤心,行莫丑于辱先,诟莫大于宫刑㊱。刑馀之人,无所比数㊲,非一世也,所从来远矣。昔卫灵公与雍渠同载,孔子适陈㊳;商鞅因景监见,赵良寒心㊴;同子参乘,袁丝变色㊵,自古而耻之。夫以中才之人,事有关于宦竖,莫不伤气,而况于慷慨之士乎㊶! 如今朝廷虽乏人,奈何令刀锯之馀㊷,荐天下豪俊哉㊸! 仆赖先人绪业㊹,得待罪辇毂下㊺,二十馀年矣。所以自惟㊻:上之不能纳忠效信㊼,有奇策才力之誉,自结明主;次之又不能拾遗补阙㊽,招贤进能,显岩穴之士;外之又不能备行伍㊾,攻城野战,有斩将搴旗之功㊿;下之不能积日累劳㊿¹,取尊官厚禄,以为宗族交游光宠㊿²。四者无一遂㊿³,苟合取容㊿⁴,无所短长之效㊿⁵,可见如此矣㊿⁶。向者仆常厕下大夫之列,陪外廷末议㊿⁷,不以此时引维纲、尽思虑㊿⁸,今以亏形为扫除之隶㊿⁹,在阘茸之中㊿,乃欲仰首伸眉,论列是非㊿¹,不亦轻朝廷、羞当世之士邪㊿²? 嗟乎,嗟乎! 如仆,尚何言哉,尚何言哉!

且事本末未易明也㊿³。仆少负不羁之行,长无乡曲之誉㊿⁴。主上幸以先人之故,使得奏薄伎,出入周卫之中㊿⁵。仆以为戴盆何以望天㊿⁶,故绝宾客之知㊿⁷,亡室家之业,日夜思竭其不肖之才力,务一心营职㊿⁸,以求亲媚于主上。而事乃有大谬不然者。夫仆与李陵㊿⁹,俱居门下㊿,素非能相善也。趣舍异路㊿¹,未尝衔杯酒、接殷勤之馀欢㊿²。然仆观其为人,自守奇士㊿³,事亲孝,与士信,临财廉,取与义,分别有让,恭俭下人,常思奋不顾身,以徇国家之急㊿⁴,其素所蓄积也㊿⁵,仆以为有国士之风㊿⁶。夫人臣出万死不顾一生之计,赴公家之难,斯以奇矣㊿⁷。今举事一不当㊿⁸,而全躯保妻子之臣,随而媒糵其短㊿⁹,仆诚私心痛之。且李陵提步卒不满五千㊿,深践戎马之地㊿¹,足历王庭㊿²,垂饵虎口㊿³,横挑强胡,仰亿万之师㊿⁴,与单于连战十有馀日,所杀过半当㊿⁵。虏救死扶伤不给㊿⁶,旃裘之君长咸震怖㊿⁷,乃悉征其左、右贤王㊿⁸,举引弓之人,一国共攻而围之。转斗千里,矢尽道穷㊿⁹,救兵不至,士

334

卒死伤如积⑩。然陵一呼劳军⑪,士无不起,躬自流涕,沫血饮泣,更张空拳,冒白刃,北向争死敌者⑫。陵未没时⑬,使有来报,汉公卿王侯皆奉觞上寿⑭。后数日,陵败书闻,主上为之食不甘味,听朝不怡⑮。大臣忧惧,不知所出⑯。仆窃不自料其卑贱,见主上惨怆怛悼⑰,诚欲效其款款之愚⑱,以为李陵素与士大夫绝甘分少⑲,能得人死力,虽古之名将,不能过也。身虽陷败⑳,彼观其意㉑,且欲得其当而报于汉㉒。事已无可奈何,其所摧败㉓,功亦足以暴于天下矣㉔。仆怀欲陈之而未有路㉕,适会召问,即以此指推言陵之功㉖,欲以广主上之意,塞睚眦之辞㉗。未能尽明,明主不晓,以为仆沮贰师㉘,而为李陵游说,遂下于理㉙。拳拳之忠,终不能自列㉚。因为诬上,卒从吏议㉛。家贫,货赂不足以自赎㉜;交游莫救㉝,左右亲近不为一言㉞。身非木石,独与法吏为伍,深幽囹圄之中㉟,谁可告愬者㊱!此真少卿所亲见㊲,仆行事岂不然乎?李陵既生降,隤其家声㊳,而仆又佴之蚕室,重为天下观笑㊴。悲夫!悲夫!事未易一二为俗人言也㊵。

仆之先,非有剖符丹书之功㊶,文史星历,近乎卜祝之间㊷。固主上所戏弄㊸,倡优所畜㊹,流俗之所轻也。假令仆伏法受诛㊺,若九牛亡一毛,与蝼蚁何以异?而世又不与能死节者㊻,特以为智穷罪极㊼,不能自免,卒就死耳。何也?素所自树立使然也㊽。人固有一死,或重于泰山,或轻于鸿毛,用之所趋异也㊾。太上不辱先㊿,其次不辱身,其次不辱理色㉛,其次不辱辞令㉜,其次诎体受辱㉝,其次易服受辱㉞,其次关木索、被箠楚受辱㉟,其次剔毛发、婴金铁受辱㊱,其次毁肌肤、断肢体受辱,最下腐刑极矣㊲!传曰:"刑不上大夫㊳"。此言士节不可不勉励也㊴。猛虎在深山,百兽震恐,及及在槛穽之中⑭,摇尾而求食,积威约之渐也⑭。故有画地为牢,势不可入;削木为吏,议不可对,定计于鲜也⑭。今交手足,受木索,暴肌肤,受榜箠,幽于圜墙之中⑭。当此之时,见狱吏则头抢地,视徒隶则正惕息⑭。何者?积威约之势也⑭。及以至是,言不辱者,所谓强颜耳⑭,曷足贵乎!且西伯,伯也,拘于羑里⑭;李斯,相也,具于五刑⑭;淮阴,王也,受械于陈⑭;彭越、张敖,南面称孤,系狱抵罪⑭;绛侯诛诸吕,权倾五伯,囚于请室⑭;魏其,大将也,衣赭衣,关三木;季布为朱家钳奴⑭,灌夫受辱于居室⑭。此人皆身至王侯将相,声闻邻国,及罪至罔加⑭,不能引决自裁,在尘埃之中⑭。古今一体,安在其不辱也⑭?由此言之,勇怯,势也;强弱,形也⑭。审矣⑭,何足怪乎!夫人不能早自裁绳墨之外⑭,以稍陵迟,至于鞭箠之间,乃欲引节,斯不亦远乎⑭!古人所以重施刑于大夫者,殆为此也。夫人情莫不贪生恶死,念父母,顾妻子。至激于义理者不然,乃有所不得已也⑭。今仆不幸,早失父母,无兄弟之亲,独身孤立。少卿视仆于妻子何如哉!且勇者不必死节。怯夫慕义,何处不勉焉⑭!仆虽怯懦,欲苟活,亦颇识去就之分矣⑭,何至自沈溺缧绁之辱哉⑭!且夫臧获婢妾⑭,由能引决⑭,况仆之不得已乎?所以隐忍苟活⑭,幽于粪土之中而不辞者⑭,恨私心有所不尽,鄙陋没世而文采不表于后世者也⑭!

古者富贵而名摩灭⑭,不可胜记,惟倜傥非常之人称焉⑭。盖文王拘而演《周易》⑭;仲尼厄而作《春秋》⑭;屈原放逐,乃赋《离骚》;左丘失明,厥有《国语》⑭;孙子膑脚⑭,兵法修列⑭;不韦迁蜀⑭,世传《吕览》⑭;韩非囚秦⑭,《说难》、《孤愤》;《诗》三百篇,大底圣贤发愤之所为作也⑭。此人皆意有郁结,不得通其道[183],故述往事、思来者[184]。乃如左丘无目[185],孙子断足,终不可用,退而论书策以舒其愤,思垂空文以自见[186]。仆窃不逊[187],近自托于无能之辞[188],网罗天下放失旧闻[189],略考其行事,综其终始,稽其成败兴坏之纪[190],上计轩辕[191],下至于兹,为十表、本纪十二、书八章、世家三十、列传七十,凡百三十篇,亦欲以究天人之际,通古今之变,成一家之言[192]。草创未就,会遭此祸,惜其不成,已就极刑而无愠色[193]。仆诚以著此书,藏诸名山,传之其人[194],通邑大都[195],则仆偿前辱之责[196],虽万被戮,岂有悔哉!然此可为智者道,难为俗人言也。

　　且负下未易居,下流多谤议[197]。仆以口语遇此祸,重为乡党所笑[198],以污辱先人,亦何面目复上父母丘墓乎!虽累百世,垢弥甚耳[199]。是以肠一日而九回[200],居则忽忽若有所亡,出则不知其所往[201]。每念斯耻,汗未尝不发背沾衣也。身直为闺阁之臣[202],宁得自引于深藏岩穴邪[203]?故且从俗浮沈[204],与时俯仰,以通其狂惑[205]。今少卿乃教以推贤进士,无乃与仆私心剌谬乎[206]!今虽欲自雕琢[207],曼辞以自饰[208],无益,于俗不信,适足取辱耳。要之,死日然后是非乃定。书不能悉意[209],略陈固陋[210]。谨再拜。

　　　　　　中华书局影印李善注本《文选》卷四一

　　①本文选自《文选》。《汉书·司马迁传》也载有这篇文章而字句稍有不同。任安,字少卿,汉荥阳(今河南荥阳市)人。少年家贫,后为大将军卫青舍人,被卫青推荐为郎中,又升任益州刺史、北军使者护军。汉武帝征和二年(前91),以戾太子事得罪,被判腰斩。他在益州时曾写信给司马迁,要他"以顺于接物,推贤进士为务"。任安获罪后,司马迁才写了这封回信。他在信中说明了自己得罪受刑的经过和自己甘愿蒙受这种奇耻大辱的原因,表达了

337

自己愤懑不平的情绪和受刑后的痛苦心情。报,回复。　②太史公牛马走:写信开头的谦辞。太史公,对太史令的敬称。太史,汉代为太常属官,掌记史事,兼管图书典籍、天文历法等。牛马走,是一种自谦说法。走,如同说仆人。一说,"牛马走"当为"先马走"(马前行走的健卒)之误。再拜,敬辞。按,《汉书·司马迁传》没有这一句。司马迁写这封信时,已改任为中书令;又给他人写信,也不应当自称"太史公"(一说,太史公指司马谈,也不妥)。似当从《汉书·司马迁传》为是。　③足下:对人的尊敬的称呼。　④曩:先前,以前。　⑤顺于接物:谓待人接物要和顺。推贤进士:推举和引进贤人。为务:当作自己的事情。　⑥"意气"三句:谓信的口气是那样诚恳,好像埋怨我不听你的意见,而信从一些世俗人的言语。望,怨。　⑦罢驽:比喻没有才能。罢,通"疲"。驽,劣马。此句系自谦之辞。　⑧侧闻:从旁听到。谦词。遗风:遗留下来的风教。　⑨顾:只是。身残处秽:指身体受宫刑,处于污秽不名誉的地位。　⑩动而见尤:谓动则招来责难。　⑪欲益反损:想于事有益,却反而损害它。　⑫郁悒:忧愁烦闷。　⑬"谚曰"二句:谚语说:为谁去做事,又能让谁听从我呢?谁为,即为谁。为之,指做推贤进士这件事。　⑭"盖钟子期"二句:钟子期、俞伯牙二人都是春秋时楚国人。俞伯牙善鼓琴,钟子期最能领悟俞伯牙琴音的妙理。因此,两人结为生死之交。后来钟子期死,俞伯牙破琴绝弦,终生不再鼓琴。　⑮说:同"悦"。容:打扮修饰。　⑯大质:指身体。已亏缺:指已受宫刑。　⑰才怀随和:具有像随侯珠、和氏璧那样美好的才能。随和,指随侯珠与和氏璧,是古代传说中最有名的宝珠和璧玉。　⑱行若由夷:品行像许由和伯夷那样高尚。许由、伯夷,都是古代廉士。　⑲自点:自取侮辱。点,玷污,污辱。　⑳东从上来:跟随皇帝向东来。此指汉武帝征和二年,戾太子举兵诛江充,汉武帝由甘泉宫(今陕西淳化以北)返回长安,司马迁以中书令随从武帝。　㉑又迫贱事:谓又忙于琐细之事。　㉒"相见"二句:谓彼此相见的机会很少,没有一点时间把我内心的想法全都表达出来。卒卒,同"猝猝",急忙匆促的样子。至意,深切的意思。　㉓不测之罪:不能预料之罪,指死罪。此为婉转说法。　㉔"涉旬月"二句:谓再过一个月,就临近危险的十二月了。季冬,指十二月。汉律十二月处决囚犯。旬,满,周遍。　㉕薄从上雍:临近跟从皇帝到上雍的日子。薄,临近。上雍,在今陕西凤翔南,是武帝祭祀五帝的地方。　㉖"恐卒然"句:谓恐怕突然之间任安会被

338

处死。不可为讳,被处死的委婉说法。　㉗"是仆"二句:谓这样自己就始终不能把愤懑之情明白告诉任安,那么死去的人(指任安)在精神上也会有无穷的怨恨。左右,指任安。不直称对方,只称其执事者,表示尊敬。
㉘略陈固陋:稍陈粗浅看法。此为自谦之辞。　㉙阙然:空缺的样子。久不报:指长期不回信。　㉚"修身"二句:培养自身的道德,是智慧的证明。符,标志,凭证。　㉛"爱施"二句:施行仁爱,这是仁的首要内容。
㉜"取与"二句:如何对待索取与施予的关系,是判断一个人是否义的标志。
㉝"耻辱"二句:如何对待耻辱,是判断一个人是否勇敢的标准。　㉞"立名"二句:树立好的名声,是行为的最高准则。　㉟托于世:谓可以在世上托身。　㊱"故祸"四句:祸没有比对于"利"怀有强烈欲望更惨烈的,悲伤没有比心灵受到伤害更痛苦的,行为没有比辱没祖先更丑恶的,耻辱没有比受宫刑更大的了。憯,同"惨"。诟,耻辱。　㊲"刑馀"二句:受过宫刑的人,是不能被同等对待的。刑馀,此指受过宫刑。比数,相与并列,相提并论。
㊳"昔卫灵公"二句:据《史记·孔子世家》载,孔子在卫国时,卫灵公与夫人同车出游,让宦者雍渠陪同,而让孔子坐第二辆车。孔子认为卫灵公这样做是不好"德",因而离开卫国,到曹、宋、郑等国,最后到陈国,住了三年。
㊴"商鞅"二句:据《史记·商君列传》载,商鞅通过秦孝公很宠信的宦者景监才见到秦孝公,从而得官,赵良认为这是很不名誉的事。寒心,失望,痛心。
㊵"同子"二句:据《史记·袁盎晁错列传》载,汉文帝一次与宦者赵谈同车到东宫去,袁盎当即俯伏车前谏止,于是汉文帝就叫赵谈下车。同子,指赵谈。司马迁的父亲名谈,司马迁避父讳,在《史记》中把赵谈写作赵同,故此处又称"同子"。"子"为尊称。袁丝,即袁盎,字丝。　㊶"夫以"四句:谓凡事涉及到宦者,一般的人都感到丧气,何况意气激昂、怀抱不凡的人物。宦竖,对宦者的蔑称。伤气,意气受到损伤。　㊷刀锯之馀:此指受过宫刑的人,为司马迁自指。　㊸荐:举荐。豪俊:英杰。　㊹赖先人绪业:谓仰赖父亲司马谈之学问与职业。绪业,事业,遗业。　㊺待罪辇毂下:指在皇帝身边做官。待罪,等待处罚,为官的一种委婉自谦的说法。辇毂下,皇帝的车驾左右,代指京城。　㊻自惟:自己考虑。惟,思考,考虑。　㊼上:对上。纳忠效信:谓献纳自己的忠信。纳,献纳。效,报效,贡献。　㊽次:其次。拾遗补阙:拾遗忘,补缺漏。　㊾外:在外。备行伍:指从军。备,置身。行伍,指军队。古代军队编制,五人为伍,五伍为行。　㊿搴(qiān 千)旗:谓

339

拔取敌方旗帜。 (51)下:此指对亲友。 (52)“以为”句:作为亲戚朋友引为荣耀的事。交游,朋友。光宠,荣耀。 (53)“四者”句:四方面没有一样有所成就。 (54)苟合取容:附合迁就,以求容纳于世。 (55)无所短长:谓不能提出意见、论列是非。短长,评议,批评。 (56)可见如此:于此可见。(57)“向者”二句:从前我也曾置身于下大夫行列中,参加朝堂议论。常,通“尝”,曾经。厕,混杂,置身于。为自谦的说法。下大夫,古代爵位的一级。汉代太史令秩六百石,相当于下大夫的级别。外廷末议,伴随外朝官员发表微末意见,意即参加朝廷上国家大事的讨论。外廷,国君听政的地方。相对内廷、禁中而言。 (58)引维纲、尽思虑:申张法度,竭尽心智。维纲,指治国的法令、纪纲。 (59)扫除之隶:主管洒扫的仆役。此为对自己官职的谦虚说法。 (60)阘(tà 榻)茸:细碎微贱之人。 (61)“乃欲”二句:谓无拘无束,平等地参加是非得失的讨论。 (62)轻朝廷、羞当世之士:轻视朝廷无人,羞辱当今有名的士人。 (63)本末:始终,指经过情形。 (64)“仆少负”二句:谓小时没有出众的才能和行为,成人后也得不到乡里的赞誉。负,缺乏,欠缺。不羁,不可羁绊,即不可约束。 (65)“使得”二句:谓使我得以施展微薄的才能,而出入于宫廷之中。周卫,即朝廷。 (66)戴盆何以望天:戴着盆子就不能仰望天空。比喻事难两全。这里用来说明自己忙于公务,无暇顾及私事。 (67)知:结交,交游。 (68)营职:经营本职事务。 (69)李陵:汉景帝、武帝时名将李广的孙子,字少卿,善骑射。曾率兵与匈奴作战,被包围,矢尽粮绝,最后投降匈奴。事见《史记·李将军列传》、《汉书·李陵传》。 (70)俱居门下:都在皇帝跟前任职。李陵少时曾为侍中,司马迁曾为太史令,都是能出入宫廷的官。门下,门庭之下,此指皇帝身边。 (71)趣舍异路:谓志趣爱好不同。趣舍,追求和舍弃。 (72)接殷勤之馀欢:谓相互表示情意,有少少的一点欢乐。 (73)自守奇士:能够坚守自己节操的奇异之士。 (74)徇:通“殉”,以身从事,即作出牺牲。 (75)蓄积:此指平时积累起来的优良品质。 (76)国士之风:国士的风度。国士,指为全国所推重、敬仰的人。 (77)“夫人臣”三句:谓人臣抱万死不辞的决心,奔赴国家的危难之事,已经是非常的了不起。以,通“已”。 (78)举事一不当:此指李陵战败后投降匈奴。举事,做事。一,一旦。 (79)媒蘖(niè 聂)其短:渲染、夸大他的短处。媒蘖,曲饼,即用于酿酒的酵母。用以比喻借端构陷,酿成他人罪过。蘖,同“糵”。 (80)提:率领。 (81)“深践”句:谓深入匈奴腹地。

戎马之地，有重兵把守的地方。 (82)足历王庭：足迹到达匈奴君王的驻地。 (83)垂饵虎口：到像虎口那样危险的地方诱敌。 (84)仰：迎着，面对。 (85)所杀过半当：《汉书·司马迁传》作“所杀过当”。指所杀的敌人超过了自己军队的总人数。当，相当，相等。此从《汉书》。 (86)不给：指没有充裕的时间，即来不及。给，丰足，充裕。 (87)旃裘之君长：匈奴首领们。旃裘，匈奴人所穿的衣服，此代指匈奴。咸震怖：都震惊害怕。 (88)左、右贤王：匈奴单于以下两个最高首领的称号。 (89)道穷：无路可走。指被围困。 (90)死伤如积：指死伤之人成堆。极言死人之多。 (91)陵一呼劳军：谓李陵对军士一表示慰劳、勉励。 (92)“士无”六句：谓军士人人奋起，感动得流下眼泪，然后满脸带血，含着热泪，拉开空弓，迎着敌人刀剑，争着与敌人进行拼死战斗。躬自，自己。沬（huì 惠）血，以血洗面。沬，通“颒”，洗脸。拳，通“弮”，强弓。北向，指面对着敌人。死敌，死于敌，即与敌人战斗到底。 (93)没：覆没。 (94)奉觞上寿：谓举酒向皇帝祝贺。 (95)怡：快乐。 (96)不知所出：提不出什么办法。 (97)惨怆怛（dá 达）悼：忧伤痛惜。 (98)“诚欲”句：确实想表达自己诚恳的见解。效，献。款款，忠诚恳切。愚，谦称自己的见解。 (99)绝甘分少：甘美的食物自己不吃，东西很少也要与大家分享。谓自己不图享受，待人优厚。 (100)身虽陷败：谓虽然失败被俘虏。陷，沦陷，指作了俘虏。 (101)彼观：即“观彼”。彼，他。 (102)且：将要。得其当（dàng 荡）：指得到适当的时机。 (103)其所摧败：谓李陵兵败前一路击败匈奴之事。 (104)暴（pù 铺）：显露。 (105)“仆怀”句：谓自己的想法要向皇帝述说但没有机会。怀，心中的想法。路，途径，机会。 (106)“即以”句：就按照这个意思述说李陵的功劳。指，意旨。推言，推断论说。 (107)“欲以”二句：想以这种方法宽慰皇帝，堵塞那些怨恨的说法。广，宽慰。睚眦（yá zì 涯字），怒目而视，指怨忿。 (108)“以为”句：认为我有意诋毁贰师将军。沮，诋毁，说人坏话。贰师，即贰师将军李广利，汉武帝宠妃李夫人的哥哥，贰师将军是他的封号。此次出征匈奴，李陵自请为前部，李广利统兵在后。李陵被围之后，李广利却坐视不救，因而李陵兵败被俘。司马迁为李陵说话，因而被认为是诋毁李广利。 (109)理：主管刑狱的官，秦称廷尉，汉景帝中元六年改名大理，武帝建元四年又改称廷尉。 (110)“拳拳”二句：谓自己忠诚之心终不能分剖清楚。拳拳，忠诚的样子。列，陈述。 (111)“因为”二句：谓终于听从了刑狱官吏的建议，以为我欺蒙皇上。因为，因此以为。吏议,指刑狱官们给司马迁定的罪名。　⑪㊁货赂:财产。自赎:自己赎罪。根据汉代法律,可以用钱财赎罪。　⑪㊂莫:没有谁。　⑪㊃左右亲近:指皇帝身边受信用的人。　⑪㊄幽:幽闭,囚禁。图圄:监狱。　⑪㊅愬:同"诉",诉说。　⑪㊆真:正。　⑪㊇隤(tuí 颓):败坏。　⑪㊈"而仆"二句:谓自己又受了宫刑,深深地受到天下人的耻笑。侵,次,紧接着。之,至,到。蚕室,犯人受宫刑时居住的屋子。因温暖而不透风,类似于养蚕的屋子,故称。　⑫㊀"事未"句:谓事情的真相不容易对世俗之人一一说明。一二,即逐一,一一。　⑫㊁剖符丹书之功:指能获得皇帝颁赐的剖符丹书这样的功劳。剖符丹书,皇帝对于有功大臣的一种特殊待遇,汉初多有。剖符,分符,即把符信一分为二,君臣各执其一,作为某种誓约的凭证。丹书,即丹书铁券,在铁券上用朱丹写上约誓,作为后世子孙享受某种待遇的凭证。⑫㊂卜祝:占卜和祭祀,这里指专管占卜和祭礼的人。　⑫㊃固:本来就是。戏弄:玩弄。　⑫㊄倡优:乐舞艺人。此指像倡优一样。古代,倡优是极受轻贱的一类人,社会地位极低。畜:畜养,养活。　⑫㊅伏法受诛:依照法令而被杀死。　⑫㊆"而世"句:谓世人又不把我看作能尽臣节而死的人。与,许,认可。死节,为保全节操而死。　⑫㊇特:只是。智穷罪极:智虑穷尽,罪过深重。　⑫㊈"素所"句:谓自己平素的作为所导致的结果。此指其为人轻视的职业而言。　⑬㊀"用之"句:因此,人们对于死所采取的态度就有所不同。用之,因为这样。趋,趋向。这里指人们所采取的态度、做法。　⑬㊀太上不辱先:最上不辱没祖先。　⑬㊁不辱理色:不在理色上受污辱。理,道理。色,颜面。　⑬㊂不辱辞令:不在言辞上受污辱。　⑬㊃诎(qū 屈)体受辱:身体被捆绑而受到污辱。诎体,弯曲肢体。指被捆绑起来。　⑬㊄易服:指换上罪人所穿的衣服。古代罪人要穿赭红色的囚服。　⑬㊅关木索、被箠楚:戴上刑具,受到拷打。关,通"贯",戴上。木索,刑具。木,指项枷、手梏、足桎,即下文所说的"三木"。索,绳索。箠、楚,都是刑杖。　⑬㊆剔毛发、婴金铁:指受到髡刑和钳刑。髡刑是剃去头发,钳刑是用铁圈束颈。剔,同"剃"。婴,绕。　⑬㊇腐刑:即宫刑。极:到顶。　⑬㊈"传曰"二句:引文见《礼记·曲礼上》。传,指古书。大夫,爵位的一种,各个朝代级别不同。这里泛指有官爵的人。　⑭㊀勉励:努力磨炼。　⑭㊀槛:关野兽的木笼。穿:同"阱",捕兽的陷阱。　⑭㊁"积威约"句:这是威势长期为人制约,逐渐形成的结果。积,长久。　⑭㊂"定计"句:谓早就有明确的打算。指不等到受辱就自杀。定计,做打算。鲜,明确。 ⑭圜墙:指监狱。 ⑭"视徒隶"句:看到狱卒就胆战心惊。正,当从《汉书·司马迁传》作"心"。惕息,害怕喘息,形容胆战心惊。 ⑭势:势态,指所造成的情势。 ⑭强(jiàng降)颜:厚脸皮,不顾羞耻。 ⑭"且西伯"三句:谓西伯是一方之长,曾被拘于羑里。西伯,殷纣王时对周文王的封号。伯,指方伯,为古时一方诸侯的首领。羑(yǒu有)里,古地名,在今河南汤阴。殷纣王曾经把周文王囚禁在这里。 ⑭"李斯"三句:谓李斯是丞相,也备受五刑。五刑,据《汉书·刑法志》,当为黥劓、斩左右趾、笞杀、枭首、菹骨肉五种刑罚。此泛指酷刑。 ⑭"淮阴"三句:谓淮阴侯是诸侯王,也在陈地遭到械系。淮阴,指淮阴侯韩信。王,韩信先被刘邦封为齐王,后封为楚王。受械于陈,韩信为楚王时曾被刘邦在陈(今河南淮阳)地逮捕,械至洛阳,改封为淮阴侯。械,指桎梏一类刑具。这里用作动词。事见《史记·淮阴侯列传》。 ⑮"彭越"三句:谓彭越、张敖也曾经南面称王,也曾被关进监狱以抵罪。彭越,秦末农民起义的首领,后归附刘邦。刘邦封他为梁王,后来称病不朝,被刘邦囚禁。张敖,赵王张耳的儿子,继父位为赵王。后来,因为赵相贯高等谋刺刘邦未遂,被人告发,因此刘邦将他逮捕到长安,下狱。事见《史记》中的《魏豹彭越列传》和《张耳陈馀列传》。 ⑮"绛侯"三句:谓绛侯诛除掉吕氏一伙,权力超过春秋五霸,但也曾被囚于请室。绛侯,周勃,因从刘邦有功,封为绛侯。刘邦死后,为太尉。吕后篡汉,任用亲族吕禄、吕产等。吕后死,诸吕谋作乱,周勃与丞相陈平等定计尽诛诸吕,迎立刘恒,是为文帝。后来,有人诬告周勃谋反,遂被囚禁。请室,大臣待罪之室。事见《史记·绛侯周勃世家》。 ⑮"魏其(jī基)"四句:谓魏其侯是大将军,也曾穿上罪衣,戴上刑具。魏其,窦婴,汉景帝时,在平定吴楚七国之乱中有功,封魏其侯。后来因和丞相田蚡有矛盾,被杀。赭衣,为囚犯之服。关三木,头、手、脚都戴着刑具。事见《史记·魏其武安侯列传》。 ⑮季布:楚人,好任侠。初为项羽将,曾多次困窘刘邦。项羽灭亡后,刘邦出重金捉拿季布,季布藏在濮阳周家。后来,周氏与季布定计,髡钳为奴,卖给鲁地大侠朱家。事见《史记·季布栾布列传》。
⑭灌夫:颍阴(今河南许昌一带)人。汉武帝时为太仆。后因得罪武安侯田蚡,劾不敬,被囚于居室。居室,官署名,为少府下属的机构之一。事见《史记·魏其武安侯列传》。 ⑮罔加:法网加身。罔,网。 ⑮"不能"二句:谓不能下决心自杀,而置身于牢狱之中。引决,下决心,指自杀。尘埃,污

343

秽之处。此指牢狱。　⑮"安在"句:谓他们哪能不受污辱呢?　⑱"勇怯"四句:谓勇敢和怯懦,是由于形势不同;强大和软弱,是由于情况不同。⑲审:明白,清楚。　⑯"夫人"句:谓人不能在受到法律制裁之前就早点自杀。绳墨之外,在法律所及的范围之外,即还没有遭受刑罚的时候。绳墨,指法律。　⑯"以稍"四句:因而情况逐渐变坏,等到刑罚临身的时候,才想到要坚守节操而自杀,这不与坚持节操相去太远了吗?稍,逐渐。陵迟,衰败,指情况逐渐变坏。引节,指守节自杀。　⑯"至激"二句:至于那些被义理所激发的人就不这样,那是由于情况使他不得不这样做。义理,指合于正义、道理的事情。　⑯"怯夫"二句:谓怯懦的人要是钦慕"义"的话,在什么情况下不能自勉呢!　⑯去就之分(fēn份):此指舍生就义的道理。去,指舍生;就,指就义。　⑯沈:同"沉"。缧绁(léi xiè 雷谢)之辱:指被囚禁的耻辱。缧绁,拘系罪人的绳索。　⑯臧获:对于奴仆的贱称。⑯由:通"犹",还,尚且。引决:自杀。　⑯隐忍苟活:极力忍耐,苟且偷生。　⑯幽:囚禁。粪土之中:形容污浊之处,指牢狱。　⑰"鄙陋"句:谓以在耻辱中死去而著作不能显露于后世为耻辱。没世,指死去。文采,文章之事,指著作。表,显露。　⑰摩灭:同"磨灭"。　⑰倜傥:洒脱而不受拘束,即特出、卓越。称:受到赞扬。指著称于世。　⑰文王:指周文王。据说周文王被殷纣王囚禁在羑里,根据古代的八卦推衍而成六十四卦,称为《周易》。演:推衍。　⑭厄:困厄。据《史记·孔子世家》载,孔子在政治上很不得意,其主张无法实现,因而便根据鲁国的史书而写成了《春秋》一书。　⑮左丘:左丘明,据说《国语》是他所作。按,左丘失明后乃作《国语》一事,他书无载。　⑯厥:乃。　⑰孙子:指孙膑。膑脚:被砍去双足。一说,被削去膝盖骨。　⑱修列:撰著,写作。　⑲不韦:吕不韦,原为大商人,因立秦庄襄王有功,始皇初年为相国,后被免职。又奉命迁蜀,自杀。事见《史记·吕不韦列传》。　⑱《吕览》:即《吕氏春秋》,为吕不韦集合其门客所著而成,因它全书分为八览六论十二纪,因此又名《吕览》。⑱韩非:战国末年韩国人,后到秦国,被李斯等所谗,下狱死。《说难》、《孤愤》是韩非著作中的篇名,实作于到秦国之前。事见《史记·老子韩非列传》。　⑱大底:大抵,大都。　⑱通:实行。道:主张。　⑱述往事:追述以往之事。思来者:希望将来的人能从这里知道自己的抱负和胸怀。⑱乃如:就像。　⑱垂:流传。空文:即文章。因为不是在社会上建立实际的功业,所以称为空文。自见(xiàn 现):表明自己的主张或见解。见,同"现"。 ⑱仆窃不逊:谓自己不自量。窃,私下,谦辞。逊,辞让。 ⑱"近自托"句:谓近来差不多把自己的全部力量用来著述。无能之辞,没用的文辞,犹说拙劣文辞。谦辞。 ⑱放失:散佚。 ⑲稽:考察,探究。兴坏:兴盛和衰亡。纪:纪纲,此指原则、规律。 ⑲轩辕:传说中的上古五帝之一,即黄帝,号轩辕氏。 ⑲"亦欲"三句:也想以此探究自然界与人类社会之间的关系,了解古今的变化,成为一家之言。天人之际,指天道与人事相互之间的关系。 ⑲就极刑:谓受极其残酷的宫刑。无愠色:没有恼怒的表情。 ⑲其人:指能理解自己、理解这部著作的人。 ⑲通邑大都:大都会,大城市。此指传播到通邑大都去。 ⑲责:同"债"。指所遭受到的耻辱。 ⑲"且负下"二句:况且身负侮辱之名不容易居处,身居下流毁谤必多。下流,下游,指处于卑贱地位。谤议,毁谤非议。 ⑲"仆以"二句:谓自己因说话而遭受祸患,深为乡里人所耻笑。口语,言语。重(zhòng 众),深深的。 ⑲"虽累"二句:谓即使百代以后,这种耻辱仍会越来越厉害。累,积累,多。 ⑳肠一日而九回:指忧愤之情在胸中反复回荡。九,形容其多。回,回转。 ㉑"居则"二句:居处则心神恍惚若有所失,出行则不知要到何处去。忽忽,形容心中空虚恍惚的样子。亡,失。 ㉒直:仅仅是,不过是。闺阁之臣:指宦者充当的官员。 ㉓宁得:哪能。自引:指自动隐退。深藏岩穴:指远远地隐居起来。 ㉔沈:同"沉"。 ㉕通其狂惑:谓顺适自己狂妄昏惑的性情,不自振作。这是愤激之词。通,顺。 ㉖无乃:岂不是。剌(là 辣)谬:违背,乖谬。 ㉗雕琢:比喻修饰美化。 ㉘曼辞:美好动听的言词。自饰:指自己掩饰自己的耻辱。 ㉙悉意:尽意。 ㉚固陋:指闭塞、浅陋之见。固,偏执一端,不能通变。陋,见闻短浅。

八 扬 雄

扬雄(前53—公元18年),字子云,蜀郡成都(今四川成都)人。少好学博览,但不喜章句训诂,通其大义而已。四十几岁时,由蜀来游京师,以文见召,侍从汉成帝祭祀游猎,上《甘泉》、《河东》、《羽猎》、《长杨》四大赋,被任为郎官,给事黄门。历经成、哀、平三朝。王莽篡汉后,被封为大夫,作《剧秦美新》赞美新朝。后校书天禄阁,受刘歆事牵累,被收捕,投阁自杀未死。晚年潜心经学,仿《周易》作《太玄》,仿《论语》作《法言》,并著有《训纂》、《方言》等语言文字著作。扬雄是著名辞赋家,除上述四大赋作外,尚有《反离骚》、《解嘲》、《解难》等作品。张溥编《汉魏六朝百三名家集》有《扬侍郎集》。

长 杨 赋[①](节选)

子墨客卿问于翰林主人曰:"盖闻圣主之养民也,仁霑而恩洽[②],动不为身[③]。今年猎长杨,先命右扶风[④],左太华而右褒斜[⑤],椓嶻嶭而为弋[⑥],纡南山以为罝[⑦],罗千乘于林莽[⑧],列万骑于山隅[⑨],帅军踤阹[⑩],锡戎获胡[⑪]。扼熊罴[⑫],拕豪猪[⑬],木雍枪累[⑭],以为储胥[⑮],此天下之穷览极观也。虽然,亦颇扰于农民[⑯]。三旬有馀,其廑至矣[⑰],而功不图[⑱],恐不识者[⑲],外之则以为娱乐之游[⑳],内之则不以为干豆之事[㉑],岂为民乎哉！且人君以玄默为神㉒,澹泊为德㉓,今乐远出以露威灵㉔,数摇动以罢车甲㉕,本非人主之急务也,蒙窃或焉㉖。"

翰林主人曰:"吁㉗,谓之兹邪㉘! 若客,所谓知其一未睹其二,见其外不识其内者也。仆尝倦谈㉙,不能一二其详㉚,请略举凡㉛,而客自览其切焉㉜。"

客曰:"唯,唯。"

主人曰:"昔有强秦,封豕其士,窦窳其民㉝,凿齿之徒相与摩牙而争之㉞,豪俊麋沸云扰㉟,群黎为之不康㊱。于是上帝眷顾高祖㊲,高祖奉命,顺斗极,运天关㊳,横钜海㊴,票昆仑㊵,提剑而叱之,所麾城撕邑㊶,下将降旗㊷,一日之战,不可殚记㊸。当此之勤㊹,头蓬不暇疏㊺,饥不及餐,鞿鍪生虮虱㊻,介胄被霑汗㊼,以为万姓请命虖皇天㊽。乃展民之所诎㊾,振民之所乏㊿,规亿载㊿¹,恢帝业㊿²,七年之间而天下密如也㊿³。

"逮至圣文㊿⁴,随风乘流㊿⁵,方垂意于至宁㊿⁶,躬服节俭㊿⁷,绨衣不敝,革鞜不穿㊿⁸,大夏不居㊿⁹,木器无文㊿⁰。于是后宫贱瑇瑁而疏珠玑㊿¹,却翡翠之饰㊿²,除彫瑑之巧㊿³,恶丽靡而不近㊿⁴,斥芬芳而不御㊿⁵,抑止丝竹晏衍之乐㊿⁶,憎闻郑卫幼眇之声㊿⁷,是以玉衡正而太阶平也㊿⁸。

....

"今朝廷纯仁㊿⁹,遵道显义,并包书林㊿⁰,圣风云靡㊿¹;英华沈浮㊿²,洋溢八区㊿³,普天所覆,莫不沾濡;士有不谈王道者则樵夫笑之。故意者以为事罔隆而不杀,物靡盛而不亏㊿⁴,故平不肆险㊿⁵,安不忘危。乃时以有年出兵㊿⁶,整舆竦戎㊿⁷,振师五柞㊿⁸,习马长杨㊿⁹,简力狡兽㊿⁰,校武票禽㊿¹。乃萃然登南山㊿²,瞰乌弋㊿³;西厌月嶲㊿⁴,东震日域㊿⁵。又恐后世迷于一时之事[86],常以此取国家之大务[87],淫荒田猎[88],陵夷而不御也[89],是以车不安轫[90],日未靡旃[91],从者仿佛[92],骫属而还[93];亦所以奉太宗之烈[94],遵文武之度[95],复三王之田[96],反五帝之虞[97];使农不辍耰[98],工不下机,婚姻以时,男女莫违;出恺弟[99],行简易[100],矜劬劳[101],休力役[102];见百年[103],存孤弱[104],帅与之,同苦乐[105]。然后陈钟鼓之乐,鸣鞀磬之和[106],建碣磄之虡[107],拮隔鸣球[108],掉八列之舞[109];酌允铄,肴乐胥[110],听庙中之雍雍[111],受神人之福祜[112];歌投颂,吹合雅[113]。其勤若此,故真神之所劳也[114]。方将俟元符[115],以禅梁甫之基,增泰山之高[116],延光于将来,比荣乎往号[117],岂徒欲淫览浮观,驰骋秔稻之地[118],周流梨栗之林[119],蹂践刍荛[120],夸诩众庶[121],盛狄獲之收,多麋鹿之获哉[122]!且盲不见咫尺[123],而离娄烛千里之隅[124];客徒爱胡人之获我禽兽,曾不知我亦已获其王侯[125]。"

言未卒,墨客降席再拜稽首曰[126]:"大哉体乎[127]!允非小子之所能及也[128]。乃今日发蒙[129],廓然已昭矣[130]。"

中华书局校点本《汉书》卷八七下

①本篇节选自《汉书·扬雄传》。长杨,宫殿名,原址在今陕西周至县境内。据《汉书》记载,汉成帝为了向胡人显示禽兽之多,在长杨宫田猎时,圈出场地,将禽兽放养其中,"令胡人手搏之,自取其获"。成帝还亲自去观览。扬雄侍从成帝,回来之后,写了这篇赋。赋以子墨客卿和翰林主人对话的方式写出,委婉讽谏"淫荒田猎"之不当。 ②霑:同"沾"。洽:浸润。 ③身:自己。 ④右扶风:官名,又为其所辖政区名。汉武帝太初元年(前104),改主爵都尉为右扶风。其地在今陕西西安市长安区以西,为拱卫长安的三辅之一。 ⑤"左太华"句:指东起太华山西至褒斜二谷。太华,即西岳华山。褒斜,褒水、斜水流经的两条山谷。褒,同"襃"。 ⑥椓:敲打,槌击。巀嶭(jié niè 截聂):即嵳峨山。弋:橛,木桩。 ⑦纡(yū 迂):弯曲。罝(jū 拘):捕兽的网。 ⑧罗:聚集。林莽:草木丛聚之处。此处指

348

原野。　⑨山隅:山旁。此指山脚下。　⑩帅军:犹"率军"。踤陆(cuì qū 翠区):指聚集在一起围猎野兽。踤,通"萃",聚。陆,用天然地形围猎野兽。　⑪"锡戎"句:胡人所获禽兽,皆赐予之。锡,通"赐"。　⑫搤(è 饿):同"扼"。掐住,捉住。　⑬拕:同"拖"。豪猪:一种身上长满硬刺的动物,又称箭猪。　⑭木雍枪累:将木和枪排起,并用绳索联结起来。⑮储胥:藩篱,栅栏。　⑯扰:扰乱。　⑰廑:同"勤",勤劳。　⑱功不图:指劳而无益。图,谋取。　⑲不识者:不识事之人。识,明白,明了。⑳外:指民间。　㉑内:朝廷。干豆之事:指宗庙祭祀。即猎取禽兽,做成干肉,盛满祭器以祭宗庙。干,干肉。豆,古代食器,也用作祭器,形似盘,下有高足。　㉒玄默:幽玄恬默。指清静无为。　㉓澹泊:恬淡寡欲。㉔乐远出:以远出为乐。露威灵:宣耀声威。　㉕罢:通"疲"。　㉖蒙:犹愚,自称谦词。或:通"惑"。　㉗吁(xū 虚):叹词,表示惊怪、不以为然。㉘谓之兹邪:何为如此。　㉙仆:谦称。尝:通"常"。倦谈:懒于讲话。㉚一二其详:指一一细说。一二,一一,逐一。　㉛举凡:陈述其大概。凡,大概,大略。　㉜览:了解,考察。切:切要,要领。　㉝"封豕"二句:谓秦贪婪,像猛兽一样残食士民。封豕,大猪。窫窳(yà yǔ 轧雨),一种形状奇异的吃人怪兽。　㉞"凿齿"句:谓其他像凿齿一样的凶恶之人,也磨爪牙而相争,加害士民。凿齿,一种怪兽名,相传有凿子一样的牙齿。摩,通"磨"。　㉟麋沸云扰:形容豪俊失路,四处奔走,如糜之沸,如云之扰。麋,通"糜",粥。沸、扰,纷乱。　㊱群黎:百姓。康:安定。　㊲眷顾:垂爱,关注。此指因关爱而授命。高祖:汉高祖刘邦。　㊳"顺斗极"二句:顺天承命的意思。斗极,北斗星和北极星。天关,指北辰,即北极星。一说,指牵牛星。斗极、天关喻指天帝。　㊴横钜海:横渡大海。钜,同"巨",大。　㊵票昆仑:摇荡昆仑山。极言刘邦起兵声势之大。票,通"飘",摇荡。　㊶麾城掺(chàn 忏)邑:指攻城略地。麾城,指挥攻城。掺邑,攻取城邑。掺,芟,削除。　㊷下将:俘虏敌军将帅。降旗:降下敌军旌旗。　㊸殚记:尽记。此句极言交战之多。　㊹勤:苦。　㊺蓬:蓬草,此形容头发像蓬草一样乱。疏:理,梳理。　㊻鞮鍪(dī móu 低谋):头盔。　㊼介胄:铠甲和头盔。被霑汗:被汗水浸湿。霑,渍,浸。㊽"以为"句:谓用上述做法而替百姓向皇天请命。虖,同"乎",于。㊾展:申,申张。诎:通"屈",冤枉,委屈。　㊿振:救。　(51)规亿载:建立永久的法度。规,法度,作动词用。　㊷恢:光大。　㊸密如:安静,安定。如,助词。　㊹圣文:指汉文帝刘恒。　㊺随风乘流:指继承汉高祖的传统。　㊻垂意:留意,关心。至宁:至安之道。　㊼躬服节俭:身体力行,实行节俭。服,实行,致力。　㊽"绨衣"二句:谓衣服、鞋子不穿破,不更换新的。绨衣,厚缯制成的衣服;革鞜(tà沓),皮革做的鞋子。二者均为粗厚耐用之物。敝、穿,均为破敝之意。　㊾大厦:广厦,宽敞的房屋。　㉖无文:不作文饰。　㉗后宫:代指妃嫔。贱、疏:均为轻视之意。此指不使用。瑇瑁:此指用玳瑁甲壳制成的装饰品。瑇,同"玳"。珠玑:珠玉。　㉘却:拒绝。翡翠:玉石的一种。　㉙彫瑑(zhuàn篆):雕刻。彫,同"雕"。　㉚恶:厌恶。丽靡:指华丽的色彩。　㉛斥:屏弃。芬芳:指装饰用的香物。御:用。　㉜晏衍之乐:邪淫的音乐。　㉝郑卫幼眇(yào miǎo药秒)之声:指《诗经》中的《郑风》和《卫风》。正统儒家视郑卫之音为乱世之音,因而对其加以排斥。幼眇,细微,犹今言"靡靡之音"。　㉞玉衡正而太阶平:天下太平安定的意思。玉衡,泛指北斗星。北斗七星的第五颗叫玉衡。太阶,古代讲星历,认为天上的星宿分作三台,又称三阶,上阶为天子,中阶为诸侯公卿大夫,下阶为士庶人。三阶平则阴阳和顺,风雨及时,天下太平。　㉟朝廷:指汉武帝。纯仁:至仁。　㊱并包书林:指能包容各类文人学者。书林,文人学者之群。　㊲圣风云靡:谓圣人的教化施及天下。靡,弥漫,笼罩。　㊳英华沈浮:比喻皇帝恩德像英华一样多。英华,草木之美者。比喻皇帝的恩德。沈浮,众多。一说,指轻重得中。沈,同"沉"。　㊴洋溢八区:谓皇帝的恩德沾溉及八方。洋溢,充满,广泛传播。　㊵"故意者"二句:谓或许主上知道一切事物是没有常盛不衰的。意者,测度之词,大概,或许。此指揣度成帝心意。以为,认为。罔、靡,无,没有。隆,盛。杀(shài晒),衰微,凋零。亏,减少,毁坏。　㊶平不肆险:平安时不忘记有危险。肆,放,弃。　㊷时:适时。有年:丰年。　㊸整舆竦戎:整治兵车,勤力用兵。竦,通"悚",劝戒,悚惧。戎,军队,士兵。　㊹振师五柞(zuó昨):从五柞宫举兵。振,奋,发。五柞,宫殿名。　㊺习马长杨:在长杨宫操练军马,指在长杨宫射猎。　㊻简力狡兽:捕猎凶猛的野兽。简力,犹角力。狡兽,凶猛的野兽。　㊼校武票禽:通过射疾飞的鸟来比试技艺。校,考。票禽,飞得轻快的鸟禽。票,通"飘"。　㊽萃然:聚集在一起的样子。　㊾瞰:远视。乌弋:汉西部边远地区小国名。　㊿西:西望。厌:满足,合

350

心。此指心满意足。月堀(kū窟):又作"月窟",传说中月的归宿之处。 ⑧东:东望。震:振奋,心情激动。日域:太阳升起之处。 ⑧一时之事:指田猎。 ⑧取:用,当作。国家之大务:国家大事。 ⑧淫荒:指过度迷恋,沉溺。 ⑧陵夷:指接连不断。御:止,禁。 ⑨车不安轫:谓没时间停下车马休息。指田猎的时间安排很紧凑。轫,止车之木。 ⑨日未麾旃(zhān毡):在日光下旌旗的影子没有移动。指田猎用时短暂。麾,倒,移动。旃,纯赤色的曲柄旗。 ⑨从者仿佛:谓随从田猎者人数不多。仿佛,似有若无的样子。 ⑨觙(wěi委)属而还:谓田猎一毕,立即返回。觙属,左右相随。觙,通"委"。 ⑨太宗:《文选》作"太尊",指高祖刘邦。烈:功业。 ⑨文武:指汉文帝、汉武帝。度:法度,规范。 ⑨复:恢复。三王之田:指古代贤王田猎的"三驱"之制,即田猎时须让开一面,只在三面驱赶,以示好生之德。一说,指田猎以一年三次为度。三王,指夏、商、周三代之君。 ⑨反:同"返"。五帝之虞:当指五帝之一的舜之时,以益为负责山泽、苑囿之事的官,开辟山泽,繁衍禽兽。五帝,指少昊、颛顼、高辛、唐尧、虞舜五位传说中的帝王。虞,官名,负责山泽苑囿之事。《尚书·舜典》:"咨益,汝作朕虞。"《史记·五帝本纪》:"益主虞,山泽辟。" ⑨农不辍耰(yōu优):农民不停止耕作。耰,锄田工具。 ⑨出恺弟(tì替):指处事平和宜人。恺,和乐。弟,通"悌"。此指谦和。 ⑩行简易:指做事简单易行,不苟求仪法。 ⑩矜劬(qú渠)劳:怜惜同情劳苦之人。矜,怜悯。劬劳,辛劳,劳苦。 ⑩休力役:停止各种徭役。 ⑩见百年:前往探视百岁以上老人。 ⑩存孤弱:关心照顾幼弱的孤儿和孤苦无依的人。存,抚慰,顾恤。 ⑩"帅与之"二句:谓带领并帮助他们,与之同甘共苦。帅,带领。与,帮助。 ⑩鞀(táo逃):同"鼗",有柄的小鼓。 ⑩建碣磍(jié xiá捷辖)之虡(jù俱):谓建起刻有猛兽形象的钟鼓架。碣磍,猛兽震怒的样子。虡,悬挂钟鼓之类的礼器的架子。 ⑩拮隔:敲击。鸣球:玉磬。 ⑩掉:指摇动身体。八列之舞:即八佾之舞。八佾即八列,每列八人,共六十四人舞蹈,为天子之乐舞。 ⑩"酌允铄"二句:谓酌信义以当酒,帅礼乐以为肴,在饮宴中尽情享受礼乐之美。允,信。铄,美。胥,语气词。 ⑪"听庙"句:谓在庙中举行祭祖之礼乐。《诗经·大雅·思齐》:"雍雍在宫,肃肃在庙。"雍雍,形容祭祀时乐声和谐。 ⑫福祜(hù户):赐福保佑。 ⑬"歌投颂"二句:指歌乐符合雅颂的要求。投,合。 ⑭"故真"句:所以真正受到神祇

351

的关怀和勉励。劳,劝勉。《诗经·大雅·旱麓》:"恺悌君子,神所劳矣。" ⑬俟:等待。元符:大的祥瑞。 ⑯"以禅"二句:指在泰山行封禅大典。到山顶祭天称作"封",在山下祭地称"禅"。梁甫,泰山脚下小山名,在今山东新泰市西。古代帝王常在此山辟基祭奠山川。 ⑰"延光"二句:谓传光耀于将来,比荣华于往古帝王。往号,古帝王的称号。此指三王五帝。 ⑱秔稻之地:即稻田。秔,稻之不粘者。 ⑲周流:即周游。 ⑳蹂践:践踏,扰害。刍荛:草野鄙陋之人。此泛指百姓。 ㉑夸诩:夸耀。众庶:指天下百姓。 ㉒"盛狖玃(yòu jué 又觉)"二句:谓墨客获得很多狖玃、麋鹿等野兽。盛、多,皆用作动词。狖,猿猴的一种,又称黑猿。玃,大母猴。麋,鹿的一种。 ㉓咫尺:极言其短。八寸为咫。 ㉔离娄:古代传说中视力很强的人。烛:明察。隅:边远地方。 ㉕"客徒"二句:谓墨客只知对将猎获的禽兽送给胡人感到吝惜,却不知这样做已使胡人的王侯归服了我们。爱,吝惜,舍不得。 ㉖降席:离开席位。稽首:古时一种跪拜礼,叩头到地。 ㉗体:体统,规范,指上述田猎制度。 ㉘允:确实。 ㉙发蒙:使盲人复明。比喻大开眼界。蒙,盲,目失明。 ㉚廓然:豁然开朗的样子。昭:明。

九 桓 宽

桓宽(生卒年不详),字次公,汉汝南郡(治所在今河南上蔡西南)人,治《公羊春秋》。宣帝时举为郎,后官至庐江太守丞。其知识广博,善为文。著有《盐铁论》六十篇。

《盐铁论》是根据昭帝始元六年(前81)召开的盐铁会议的文件写成的政论性散文集。它比较生动地记述了御史大夫桑弘羊和从全国各地召集来的"贤良"、"文学"们的辩论,保存了许多西汉中叶的经济思想史料和风俗习惯,揭露了当时社会的一些问题和矛盾。在写作上,它通过一定的集中和概括,描写了几个各有特点的人物形象,有些人物语言和描写文字比较生动,感情色彩也比较浓;特别是采用对话体的形式,并且各篇之间互相联系,这在散文作品中是很少见的。但整体看来,其写法稍觉刻板。

取 下①

大夫曰②:"不轨之民困桡公利③,而欲擅山泽④。从文学、贤良之意⑤,则利归于下而县官无可为者⑥。上之所行则非之,上之所言则讥之,专欲损上徇下⑦,亏主而适臣⑧,尚安得上下之义、君臣之礼,而何颂声能作也?"

贤良曰:"古者上取有量⑨,自养有度⑩,乐岁不盗⑪,年饥则肆⑫,用民之力,不过岁三日,籍敛不过十一⑬。君笃爱⑭,臣尽力,上下交让⑮,天下平⑯。'浚发尔私⑰',上让下也;'遂及我私⑱',先公职也⑲。孟子曰:'未有仁而遗其亲,义而后其君也⑳。'君君臣臣,何为其无礼义乎? 及周之末塗㉑,德惠塞而嗜欲众㉒,君奢侈而上求多。民困于下,怠于上公㉓,是以有履亩之税㉔,《硕鼠》之诗作也㉕。卫灵公当隆冬兴众穿池㉖,海春谏曰㉗:'天寒,百姓冻馁,愿公之罢役也。'公曰:'天寒哉? 我何不寒哉?'人之言曰:'安者不能恤危,饱者不能食饥。'故餘粱肉者难为言隐约㉘,处佚乐者难为言勤苦。夫高堂邃宇、广厦洞房者㉙,不知专屋狭庐、上漏下湿之痑也㉚。系马百驷、货财充内、储陈纳新者㉛,不知有旦无暮、称贷者之急也。广第唐园、良田连比者㉜,不知无运踵之业、窜头宅者之役也㉝。原马被山、牛羊满谷者㉞,不知无孤豚瘠犊者之窭也㉟。高枕谈卧、无叫号者,不知忧私责与吏正戚者之愁也㊱。被纨蹑韦、抟粱啮肥者㊲,不知短褐之寒、糠秕之苦也㊳。从容房闱之间、垂拱持案食者㊴,不知蹠耒躬耕者之勤也㊵。乘坚驱良、列骑成行者㊶,不知负担步行者之劳也㊷。匡床旄席、侍御满侧者㊸,不知负辂挽船、登高绝流者之难也㊹。衣轻暖、被美裘、处温室、载安车者㊺,不知乘边城、飘胡代、乡清风者之危寒也㊻。妻子好合、子孙保之者㊼,不知老母之憔悴、匹妇之悲恨也㊽。耳听五音、目视弄优者㊾,不知蒙流矢、距敌方外者之死也㊿。东向伏几、振笔如调文者㉛,不知木索之急、箠楚者之痛也㉜。坐旃茵之上、安图籍之言若易然㉝,亦不知步涉者之难也。昔商鞅之任秦也,刑人若刈菅茅㉞,用师若弹丸㉟,从军者暴骨长城,戍漕者辇车相望㊱,生而往,死而旋㊲,彼独非人子耶? 故君子仁以恕,义以度㊳,所好恶与天下共之,所不施不仁者㊴。公

354

刘好货,居者有积,行者有囊⑩。大王好色,内无怨女,外无旷夫㉑。文王作刑㉒,国无怨狱。武王行师㉓,士乐为之死,民乐为之用。若斯,则民何苦而怨,何求而讥?"

公卿愀然㉔,寂若无人。于是遂罢议,止词㉕。

奏曰:"贤良、文学不明县官事,猥以盐铁为不便㉖,请且罢郡国榷沽、关内铁官㉗"。

奏,可㉘。

中华书局新编诸子集成本《盐铁论校注》卷七

①本篇是《盐铁论》的第四十一篇,记述了"大夫"和"贤良"关于盐铁专利问题的一场辩论,行文整齐而灵活,对比铺张的描写较多,且有一定的感情色彩。取下,即"得下",意思是政府采取的措施应得人心,也即所谓"好恶与天下共之"。　②大夫:指御史大夫桑弘羊。　③不轨:不法。困桡:损害。困,困窘。桡,削弱。　④擅山泽:指专有盐铁之利。　⑤文学、贤良:是被荐参加盐铁会议的儒生的两种名义。文学,指郡、国中"以文学高第"名目举荐的儒生。贤良,指以"贤良方正"名目举荐的儒生。　⑥县官:指朝廷。无可为:没有什么能干的事情。　⑦损上徇下:损害国家而屈从下民。徇,屈从,偏私。　⑧"亏主"句:谓伤害君主而满足臣子。适,迎合。　⑨上取有量:指统治者收取赋税有一定限度。　⑩自养:指统治者自我消耗财物。有度:有节制。　⑪乐岁:丰年。盗:指巧立名目,多所征收。一说,盗为"盈"之误,指多所收取。　⑫年饥:灾年。肆:缓,指缓征赋税。　⑬籍敛:征收田税。十一:十分之一。　⑭笃爱:深爱。　⑮上下交让:指君臣之间互相谦让。　⑯平:安定。　⑰浚发尔私:语出《诗经·周颂·噫嘻》:"率时(此)农夫,播厥百谷。骏发尔私,终(尽)三十里。"浚,通"骏",迅疾,快。发,开发,开垦。尔私,你的私田。　⑱遂及我私:语出《诗经·小雅·大田》:"雨我公田,遂及我私。"意思是雨水落到公田里,我的私田也能沾到。　⑲职:事。　⑳"未有"二句:见《孟子·梁惠王上》,词句略有不同。仁,仁德,内容是"亲亲"。义,合宜的道理,内容是"尊尊"。　㉑末塗:指后期状况。塗,通"途",道路。　㉒德惠塞:指对

下的恩惠德政不能实行。塞,堵塞。嗜欲众:爱好多。指一味贪图身体感官方面的享受。　㉓怠:松懈。上公:指公家之事。　㉔履亩之税:根据土地亩数征收的赋税。　㉕《硕鼠》:见《诗经·魏风》。硕,大。　㉖"卫灵公"句:事见《吕氏春秋·分职》及《新序·杂事》。卫灵公,春秋时卫国君主,公元前534年至前493年在位。穿,挖,凿。　㉗海春:人名,事迹不详。或作"宛春",非是。　㉘梁肉:指精美食物。为言:与之交谈。隐约:穷愁忧困。隐,忧患。约,受屈。　㉙邃宇:深广的屋宇。洞房:幽深的内室。　㉚专屋:小屋。专,小。瘆(cǎn惨):痛苦。　㉛系马百驷:马圈里拴着无数的马匹。百驷,形容马匹数目之多。驷,四匹马。　㉜广第唐园:宽阔的宅第和园林。唐,大。连比:互相连结在一起。比,并排。㉝无运踵之业:极言家产之少。运踵,旋踵,转动脚后跟。无容头宅:极言房屋之小。窬,容。宅,房舍。役:事,此指辛苦之事。　㉞原马被山:指骏马满山。原,即䮽马。黑鬃黑尾的赤色马叫骝马;骝马而又白腹的叫䮽马。原,通"䮽"。　㉟孤豚瘠犊:一只猪一只瘦牛犊。䆮:穷困。　㊱忧私责:忧虑私家的债务。责,同"债"。吏正戚:悲愁于官吏的征敛。正,通"征",征税。戚,悲伤,忧愁。　㊲被纨躐韦:穿着丝绸衣服和皮制鞋子。纨,极细薄的白绸。抟(tuán团)粱齧(niè聂)肥:谓吃着白米饭和肥肉。抟,用手捏聚成团。原作"搏",乃形近而误。齧,用牙咬。　㊳糠秳(kuò括):秕糠。秳,糠。原作"粝",乃形近而误。　㊴从容:舒适,悠闲。闱:宫中小门。垂拱:垂衣拱手,形容不必亲自劳作。持案食者:端着食案吃东西的人。案,有足的托盘。　㊵躐耒躬耕:踏着耒耜亲自耕作。躐,踏,踩。耒,翻土的农具。勤:辛苦。　㊶乘坚驱良:乘坐坚车驱赶良马。　㊷负担:挑着担子。担(擔),原作"檐",乃形近而误。　㊸匡床:安适的床。一说方正的床。旃席:毡制的褥垫。旃,同"毡"。　㊹负辂挽船:推着车子拉着船。登高绝流:攀上高山渡过流水。　㊺美裘:漂亮的毛皮衣服。安车:古代一种可以乘坐的小车。这里指舒适的车子。　㊻乘边城:戍守边防城邑。乘,守城。胡代:指僻远荒漠的地方。胡,胡地,泛指北方和西方少数民族居住地区。代,指代郡,今山西北部一带。乡清风:迎着寒风。乡,通"向"。清,寒冷。　㊼好合:情投意合。保:养育,抚养。　㊽匹妇:指平民妇女。　㊾五音:指宫、商、角、徵、羽五个音级。这里泛指动听的音乐。弄优:扮演节目的优伶。优,旧时对乐舞艺人的称呼。　㊿蒙:冒。距敌方外:拒敌于国境之外。距,通"拒",抵抗。方,地域。　㊿振笔如调文:挥动毛笔,写作文书。当指听狱者写判词之类。如,而。调文,掉文,舞文弄墨。　52木索:木指枷一类刑具;索即绳索。此处皆用作动词。箠:短木棍子。楚:荆杖。此处皆用作动词。　53茵:坐垫。安图籍之言:指把玩或诵习书籍。安,对某种环境、事物感到安适或习惯。　54刑人:处决犯人。菅(jiān尖)茅:菅草和茅草。　55用师:调用军队,指发动战争。弹丸:弹出弹丸。极言轻易。　56"戍漕"句:拉着车子给戍守的军队运送物品的人后先相继,互相看得见。此形容人数之多。漕,水路运输粮食。这里指运输。辇车,用人拉的辎重车。　57旋:还。　58"故君子"二句:仁以恕,谓待人仁爱宽容。以,而。义以度,谓注重仪则法度。　59施:行。
60"公刘"三句:谓公刘喜好财物,却能与天下共有,故居家的人粮仓里有存粮,出行的人行囊中有干粮。语出《孟子·梁惠王下》:"昔者公刘好货……故居者有积仓,行者有裹粮也。"公刘,周部族的先祖。相传他是后稷的曾孙,曾率领周人迁徙到豳(bīn宾)地,开垦荒地,使百姓安居乐业。
61"大王"三句:谓大王喜好女色,却能推己及人,故女子能及时出嫁,男子能及时娶妻。语出《孟子·梁惠王下》:"昔者太王好色,爱厥妃……当是时也,内无怨女,外无旷夫。"大王,周文王的祖父古公亶父,曾率领周部族从豳地迁居岐山之阳。大,同"太"。怨女,年纪已大而不能及时出嫁的女子。旷夫,没有妻子的成年男子。　62作刑:制定刑律。　63行师:出师。
64愀(qiǎo巧)然:脸色改变。　65止词:停止发言。　66"猥(wěi委)以"句:谓大多数人认为盐铁官营不利。猥,多。　67罢:免,废除。榷(què却)沽:酒类专卖。关内:指函谷关以西、长安附近一带的地方。铁官:掌管铁器铸造等事的官。　68可:准许。

一〇 班 固

班固(32—92),字孟坚,东汉扶风安陵(今陕西咸阳东)人,出身世代显贵家庭。父班彪,汉代著名学者,曾为《史记》作"后传"数十篇。其后班固在此基础上撰写《汉书》。明帝时以班固为兰台令史(掌章奏及印工文书),继续《汉书》的写作。晚年因大将军窦宪问罪,牵连被捕,死于狱中。《汉书》由其妹班昭及马续续成。

《汉书》继承史家的"实录"精神,叙写西汉一代二百二十多年的历史(武帝以前部分多采用《史记》的材料而稍作增删),是我国第一部纪传体断代史,也是一部有成就的史传文学作品,具有与《史记》并称的美誉。《汉书》叙事,"文赡而事详","赡而不秽,详而有体"(《后汉书·班固传论》),表现出文辞富赡、组织细密的特点,对后代散文有较大的影响。另外,班固也是有名的汉赋作家。其赋作极力追摹司马相如,规模宏大,尤以《两都赋》最为有名。

苏 武 传[①](节选)

武字子卿[②],少以父任,兄弟并为郎[③]。稍迁至栘中厩监[④]。时汉连伐胡,数通使相窥观[⑤]。匈奴留汉使郭吉、路充国等前后十馀辈[⑥]。匈奴使来,汉亦留之以相当[⑦]。天汉元年[⑧],且鞮侯单于初立[⑨],恐汉袭之,乃曰:"汉天子我丈人行也[⑩]。"尽归汉使路充国等。武帝嘉其义[⑪],乃遣武以中郎将使持节送匈奴使留在汉者[⑫],因厚赂单于[⑬],答其善意。武与副中郎将张胜及假吏常惠等⑭,募士、斥候百馀人俱⑮。既至匈奴,置币遗单于⑯。单于益骄,非汉所望也⑰。

方欲发使送武等,会缑王与长水虞常等谋反匈奴中⑱。缑王者,昆邪王姊子也⑲,与昆邪王俱降汉,后随浞野侯没胡中⑳。及卫律所将降者㉑,阴相与谋劫单于母阏氏归汉㉒。会武等至匈奴,虞常在汉时素与副张胜相知㉓,私候胜曰㉔:"闻汉天子甚怨卫律,常能为汉伏弩射杀之㉕。吾母与弟在汉,幸蒙其赏赐㉖。"张胜许之,以货物与常。后月馀,单于出猎,独阏氏子弟在㉗。虞常等七十馀人欲发㉘,其一人夜亡,告之㉙。单于子弟发兵与战㉚,缑王等皆死,虞常生得㉛。

单于使卫律治其事㉜。张胜闻之,恐前语发,以状语武㉝。武曰:"事如此,此必及我㉞。见犯乃死,重负国㉟。"欲自杀,胜、惠共止之㊱。虞常果引张胜㊲。单于怒,召诸贵人议㊳,欲杀汉使者。左伊秩訾曰㊴:"即谋单于㊵,何以复加?宜皆降之㊶。"单于使卫律召武受辞㊷。武谓惠等:"屈节辱命,虽生,何面目以归汉㊸!"引佩刀自刺。卫律惊,自抱持武,驰召医㊹。凿地为坎,置煴火㊺,覆武其上,蹈其背以出血㊻。武气绝,半日复息㊼。惠等哭,舆归营㊽。单于壮其节㊾,朝夕遣人候问武,而收系张胜㊿。

武益愈㉑。单于使使晓武,会论虞常,欲因此时降武㉒。剑斩虞常已,律曰:"汉使张胜谋杀单于近臣㉓,当死。单于募降者赦罪。"举剑欲击之,胜请降。律谓武曰:"副有罪,当相坐㉔。"武曰:"本无谋㉕,又非亲属,何谓相坐?"复举剑拟之㉖,武不动。律曰:"苏君!律前负汉归匈奴,幸蒙大恩㉗,赐号称王,拥众数万,马畜弥山㉘,富贵如此!苏君今日降,明日复然。空以身膏草野㉙,谁复知之!"武不应。律曰:"君

359

因我降[60],与君为兄弟。今不听吾计,后虽欲复见我,尚可得乎[61]?"武骂律曰:"女为人臣子,不顾恩义,畔主背亲,为降虏于蛮夷,何以女为见[62]?且单于信女,使决人死生;不平心持正[63],反欲斗两主,观祸败[64]。南越杀汉使者,屠为九郡[65];宛王杀汉使者,头县北阙[66];朝鲜杀汉使者,即时诛灭[67];独匈奴未耳。若知我不降明[68],欲令两国相攻,匈奴之祸从我始矣。"

律知武终不可胁,白单于[69]。单于愈益欲降之,乃幽武[70],置大窖中[71],绝不饮食[72]。天雨雪,武卧啮雪与旃毛并咽之[73],数日不死,匈奴以为神。乃徙武北海上无人处,使牧羝[74]:"羝乳,乃得归[75]。"别其官属常惠等[76],各置他所。

武既至海上,廪食不至[77],掘野鼠去草实而食之[78]。杖汉节牧羊[79],卧起操持,节旄尽落。积五六年,单于弟於靬王弋射海上[80]。武能网纺缴,檠弓弩[81]。於靬王爱之,给其衣食。三岁馀,王病,赐武马畜、服匿、穹庐[82]。王死后,人众徙去[83]。其冬,丁令盗武牛羊,武复穷厄[84]。

············

昭帝即位数年[85],匈奴与汉和亲。汉求武等,匈奴诡言武死[86]。后汉使复至匈奴,常惠请其守者与俱[87],得夜见汉使,具自陈道。教使者谓单于,言"天子射上林中,得雁,足有系帛书,言武等在某泽中[88]"。使者大喜,如惠语以让单于[89]。单于视左右而惊[90],谢汉使曰[91]:"武等实在[92]。"……单于召会武官属,前以降及物故,凡随武还者九人[93]。

武以始元六年春至京师[94]。……武留匈奴凡十九岁,始以强壮出,及还,须发尽白。

中华书局校点本《汉书》卷五四

①本篇选自《汉书·李广苏建传》,叙述苏武出使匈奴的事迹,表现了他在万般危难的情况下艰苦卓绝、誓死不屈的节操。其中"苏武牧羊"的故事成为我国人民所熟悉和喜爱的故事之一,后代许多戏剧、歌词、绘画都取材于此。　②武字子卿:这里只叙苏武的名和字,没有提姓和籍贯,因为节去的上一段文字是其父苏建传,已经说过姓苏,是杜陵(在今陕西西安市长安区以南)人。　③"少以"二句:年轻时凭父亲的职位,弟兄几个人都做了郎官。父任,父亲的职位。苏建曾做代郡太守,封平陵侯。兄弟,苏武兄名嘉,弟名贤。郎,汉代侍卫皇帝的官员。　④移(yí移)中厩(jiù旧)监:在皇宫移园的马房中主管鞍马、鹰犬和射猎用具的官员。移,木名,即唐棣,这里是汉宫中的园名。　⑤"时汉"二句:当时汉朝接连攻打匈奴,常常互相派人窥探对方。胡,这里指匈奴。数(shuò朔),多次。　⑥留:扣留。十馀辈:十多个人。　⑦相当:相对抵。　⑧天汉元年:公元前100年。天汉,汉武帝的年号。　⑨且鞮(jū dī 居低)侯单(chán 蝉)于:匈奴称其君主为单于,且鞮侯是当时单于嗣位以前的封号。　⑩丈人行(háng 杭):长辈。丈人,对父辈的尊称。行,辈。　⑪嘉:赞赏。义:指上文释放汉使的行为。　⑫"乃遣"句:于是派遣苏武以中郎将的身份带着皇帝的旄(máo毛)节去出使,以送还汉朝扣留的匈奴使者。中郎将,汉代皇宫主宿卫侍从的武官,秩比二千石。节,即旄节,在竹竿上饰以三层旄牛尾,作为使者的信物。　⑬赂(lù 路):用财物赠送或收买别人。　⑭假吏:临时充任的官吏。　⑮募:招募。士:士兵。斥候:侦察人员。俱:一同前往。　⑯置币:准备财物。遗(wèi 位):赠送。　⑰"非汉"句:不像汉武帝原来希望的那样。　⑱会:恰好遇上。缑(gōu 钩)王:匈奴的一个贵族。长水:地名,在今陕西蓝田县。其地多胡骑。虞常:人名,长水人。　⑲昆邪(hún yē 浑噎)王:匈奴贵族,汉武帝元狩二年(前121)降汉。姊子:外甥。　⑳浞(zhuó 浊)野侯:指汉将赵破奴。武帝太初二年(前103)被匈奴所俘虏。没胡中:陷入匈奴,指缑王跟着赵破奴一起为匈奴所俘。　㉑卫律:长水胡人,先在汉朝为官,后降匈奴,封丁零王。所将:所统率的。　㉒"阴相与"句:暗中共同策划,要把单于母亲阏氏劫持到汉朝。阴,暗暗地。劫,劫持。阏氏(yān zhī 烟支),单于配偶的称号。　㉓素:平素。相知:互相熟识。　㉔私候:私下拜访。　㉕伏弩(nǔ 努):埋伏弓箭。弩,一种设有机关的弓。　㉖"幸蒙"句:希望得到汉朝的赏赐。其,指汉朝廷。　㉗子弟:指单于的

361

年轻子弟们。　㉘发:发动叛乱。　㉙“其一人”二句:其中有一个人连夜逃出,揭发了这件事。亡,逃走。告,告发。　㉚与战:指与缑王、虞常等人作战。　㉛生得:活捉。此指被活捉。　㉜治:审理。　㉝“恐前语”二句:担心过去和虞常所说的合谋造反的话被泄露,就把情况告诉了苏武。发,泄露。语(yù 育)武,告诉苏武。　㉞及:连累。　㉟“见犯”二句:被侮辱之后才死,更加对不起国家。见犯,被侵犯,指被逮捕侮辱。重(chóng 虫),更加。　㊱止:劝阻。　㊲引:牵扯,攀连。指虞常供出张胜合谋之事。　㊳诸贵人:指匈奴的贵族。　㊴左伊秩訾(zī 资):匈奴官名。　㊵谋:谋害。　㊶宜皆降之:应该都让他们投降。降之,使之降。　㊷受辞:受审讯。　㊸“屈节”三句:损坏了自己的节操,辱没了国家的使命,虽然还活着,但有什么脸面回到汉朝去呢!　㊹“卫律”三句:卫律大惊,亲自抱住苏武,并使人快马请来医生。毉,同“医”。　㊺“凿地”二句:在地上掘个坑,里边点上有烟无焰的火。煴(yūn 晕)火,初燃未旺、有烟无焰的火。　㊻“覆武”二句:把苏武面朝下伏在坑上,敲打他的背以把血放出来(免得血淤积体内为害)。蹈,通“搯(tāo 滔)”,轻轻敲打。
㊼复息:恢复正常的呼吸。　㊽舆归营:用车把苏武运回营帐。舆,作动词用,用车运载。　㊾壮其节:即“以其节为壮”,认为他的气节了不起。
㊿收系:逮捕关押。　(51)武益愈:苏武的伤渐渐痊愈。　(52)“单于”三句:单于派使者告知苏武,共同审判虞常,打算趁这时迫使苏武投降。晓,告知。会论,犹言会审。　(53)“汉使”句:指上文虞常与张胜商议以伏弩射杀卫律之事。近臣,亲近的臣,卫律自指。　(54)“副有罪”二句:言副使张胜有罪,苏武应当连坐。相坐,连带治罪。　(55)本无谋:本来没有和张胜同谋。　(56)“复举剑”句:卫律又举起剑来做出要杀人的样子。拟,比划着做个样子。　(57)幸蒙大恩:有幸蒙受匈奴单于的大恩。　(58)“拥众”二句:拥有好几万人,马匹等牲畜漫山遍野。弥,满。　(59)“空以”句:白白地让自己的肉体变做野草的肥料。指徒然流血牺牲。膏,作动词用,使……肥沃。
(60)因我:迁就我。　(61)得:能够。　(62)“为降虏”二句:你投降做了外族的俘虏,我见你做什么。何以女为见,即“何以见女为”,为什么要见你。女,同“汝”。为,语气助词。　(63)平心:居心公平。　(64)“反欲”二句:反而要唆使两方君主相斗,坐观成败。斗两主,使汉和匈奴两主相斗。　(65)“南越”二句:汉武帝元鼎五年(前 112)夏四月,南越王相吕嘉反,杀其王、王太后

及汉使者。武帝遣将征讨。六年,杀吕嘉,遂分南越之地为南海、苍梧、郁林、合浦、交阯、九真、日南、珠厓、儋耳九郡。屠,分裂。　　66"宛王"二句:大宛出汗血马。汉武帝派遣使者车令持重金求良马,大宛不与。使者因此辱骂宛王,大宛中贵人乃使东边郁成王遮杀汉使。武帝遂于太初元年(前104)发兵征大宛。四年,大宛诸贵人乃谋杀大宛王毋寡,献其头并良马于汉。宛王,指大宛王毋寡。大宛,汉代西域国名,在今中亚费尔干纳盆地一带。县,同"悬"。北阙,指汉宫北阙。　　67"朝鲜"二句:汉武帝元封二年(前109),派涉何为使说降朝鲜王右渠,未果。而涉何派人刺死送其返国的朝鲜裨王长。后涉何封辽东东部都尉,朝鲜发兵袭杀涉何。武帝乃派兵征朝鲜。至元封三年,朝鲜尼溪相参乃使人刺杀朝鲜王右渠,归降汉朝。汉分朝鲜地为真番、临屯、乐浪、玄菟四郡。　　68"若知"句:你明知我不肯投降。若,你。　　69"律知"二句:卫律知道终究不能用威胁的手段使苏武投降,便报告了单于。白,告诉。　　70幽:禁闭,关押。　　71窖(jiào叫):收藏粮食的地洞。　　72绝不饮食:断绝供应,不给他吃喝。饮食(yìn sì印寺),都作动词用。　　73"天雨"二句:天下雪,苏武躺在地窖里嚼着雪,和毡毛一起吞下。雨,落下。啮(niè孽),咬。旃(zhān沾),同"毡",毛织物。　　74"乃徙"二句:于是把苏武迁到北海没人住的地方,叫他牧羊。徙,迁居。北海,即今贝加尔湖,在今俄罗斯东西伯利亚南部。羝(dī堤),公羊。　　75"羝乳"二句:等到公羊产下小羊,才能回来。意即永不得归。这是匈奴威胁苏武的话。乳,指生小羊。　　76别:分别,隔离开。　　77廪(lǐn林上声)食:公家供应的粮食。　　78去:通"弆(jǔ举)",储藏。　　79"杖汉节"句:拿着汉朝的旄节放羊。杖,拄着。　　80於靬(wū jiān乌坚)王:且鞮侯单于之弟。弋(yì义):用带细绳的箭射猎,此泛指射猎。　　81"武能"二句:苏武会结渔网,纺缴丝,矫正弓弩。网,作动词用,结网的意思。一本"网"上有"结"字。缴(zhuó酌),系在箭上的细绳。檠(jǐng警),矫正弓的工具,这里作动词用,矫正弓弩的意思。　　82服匿:盛酒酪(lào涝)的瓦器。穹(qióng穷)庐:北方游牧民族居住的圆形毡帐,即今"蒙古包"。　　83"人众"句:意为於靬王部下的人都迁走了。　　84"丁令"二句:丁令人偷走苏武的牛羊,苏武又穷困了。丁令,即"丁灵"、"丁零",匈奴的别支。厄(è饿),困苦。　　85昭帝:武帝的儿子刘弗陵,公元前87年继位。　　86诡言:诈言,假说。　　87"常惠"句:常惠请求和看守自己的人一起去。　　88"言天子"四句:请汉使向单于说,汉帝在上林苑打猎,射到一只大雁,脚上系着用帛写的信,里边说苏武等人在某一个水泽里。上林,即上林苑,汉代皇家苑囿。帛,一种丝织品。　⑱"如惠语"句:照着常惠的话来责怪单于说谎。让,责怪。　⑲"单于"句:单于看看左右侍从,感到非常惊讶。　㉑谢:谢罪,道歉。　㉒实在:确实还活着。　㉓"单于"三句:单于召集当初跟从苏武的僚属,除去以前已投降匈奴和死了的,现在跟随苏武一起回去的共有九人。以,同"已"。物故,死亡。　㉔始元六年:公元前81年。京师:京城,指长安。

朱 买 臣 传①

　　朱买臣,字翁子,吴人也②。家贫,好读书,不治产业。常艾薪樵③,卖以给食④。担束薪⑤,行且诵书⑥。其妻亦负戴相随⑦,数止买臣毋歌呕道中⑧。买臣愈益疾歌⑨,妻羞之,求去。买臣笑曰:"我年五十当富贵,今已四十馀矣。女苦日久⑩,待我富贵报女功。"妻恚怒曰⑪:"如公等⑫,终饿死沟中耳,何能富贵?"买臣不能留,即听去⑬。其后,买臣独行歌道中,负薪墓间⑭。故妻与夫家俱上冢⑮,见买臣饥寒,呼饭饮之⑯。

　　后数岁,买臣随上计吏为卒⑰,将重车至长安⑱,诣阙上书⑲,书久不报⑳。待诏公车㉑,粮用乏,上计吏卒更乞丐之㉒。会邑子严助贵幸㉓,荐买臣。召见,说《春秋》㉔,言楚词㉕,帝甚说之㉖,拜买臣为中大夫㉗,与严助俱侍中㉘。是时方筑朔方㉙,公孙弘谏㉚,以为罢敝中国㉛。上使买臣难诎弘㉜,语在《弘传》㉝。后买臣坐事免㉞,久之,召待诏。

　　是时,东越数反覆㉟,买臣因言:"故东越王居保泉山㊱,一人守险,千人不得上。今闻东越王更徙处南行㊲,去泉山五百里㊳,居大泽中。今发兵浮海㊴,直指泉山,陈舟列兵㊵,席卷南行,可破灭也。”上拜买臣会稽太守㊶。上谓买臣曰:“富贵不归故乡,如衣绣夜行㊷,今子何如?”买臣顿首辞谢㊸。诏买臣到郡,治楼船㊹,备粮食、水战具㊺,须诏书到㊻,军与俱进。

初㊼,买臣免,待诏,常从会稽守邸者寄居饭食㊽。拜为太守,买臣衣故衣㊾,怀其印绶㊿,步归郡邸。直上计时(51),会稽吏方相与群饮,不视买臣(52)。买臣入室中,守邸与共食,食且饱(53),少见其绶(54)。守邸怪之,前引其绶(55),视其印,会稽太守章也。守邸惊,出语上计掾吏(56)。皆醉,大呼曰:“妄诞耳(57)!”守邸曰:“试来视之(58)。”其故人素轻买臣者入内视之(59),还走,疾呼曰(60):“实然!”坐中惊骇,白守丞(61),相推排陈列中庭拜谒(62)。买臣徐出户(63)。有顷,长安厩吏乘驷马车来迎(64),买臣遂乘传去(65)。会稽闻太守且至,发民除道(66),县吏并送迎,车百馀乘。入吴界,见其故妻、妻夫治道(67)。买臣驻车,呼令后车载其夫妻,到太守舍,置园中,给食之(68)。居一月,妻自经死(69),买臣乞其夫钱(70),令葬。悉召见故人与饮食诸尝有恩者,皆报复焉(71)。

居岁馀,买臣受诏将兵,与横海将军韩说等俱,击破东越,有功。征入为主爵都尉(72),列於九卿(73)。

数年,坐法免官,复为丞相长史(74)。张汤为御史大夫。始买臣与严助俱侍中,贵用事(75),汤尚为小吏,趋走买臣等前(76)。后汤以廷尉治淮南狱(77),排陷严助(78),买臣怨汤。及买臣为长史,汤数行丞相事(79),知买臣素贵,故陵折之(80)。买臣见汤,坐床上弗为礼。买臣深怨,常欲死之(81)。后遂告汤阴事(82),汤自杀,上亦诛买臣(83)。

买臣子山拊㉞,官至郡守,右扶风㉟。

中华书局校点本《汉书》卷六四上

①本篇选自《汉书·严朱吾丘主父徐严终王贾传》,叙述朱买臣如何从一个刈樵担薪的穷文人爬到会稽太守、主爵都尉的经过,反映了当时的种种人情世态,较生动地刻画了朱买臣的形象。　　②吴:地名,即今江苏吴县。　　③艾(yì意):通"刈",割,砍。薪樵(qiáo乔):木柴。　　④给(jǐ己):供给。　　⑤束薪:捆着的柴。　　⑥"行且"句:边走边背诵书。　　⑦戴:通"载"。　　⑧数(shuò朔):屡次。呕:通"讴(ōu欧)",唱。按,此当指诵书。　　⑨疾歌:大声吟诵。　　⑩女:同"汝",下同。　　⑪恚(huì会)怒:愤怒。　　⑫如公等:像你这样。　　⑬听:任凭。　　⑭"负薪"句:背着柴路过墓地。　　⑮上冢(zhǒng肿):上坟。　　⑯饭饮之:给予他饮食。　　⑰上计吏:即"计吏",官名,主管郡国的人事征召、登记。因其每年要把登记册送至京师,故称"上计吏"。　　⑱将:扶,驾驭。重车:辎重之车。　　⑲诣(yì意)阙:到朝廷。诣,到,前往。阙,指宫殿,引申为朝廷。　　⑳不报:指未给答复。　　㉑"待诏"句:在公车令处候命。待诏,等待朝命。公车,汉代官署名,主管皇宫中司马门的管理,臣民上书或征召,都由公车接待。　　㉒更:轮流。乞丐:求乞。　　㉓会:适逢,恰值。邑子:同邑之人。严助:本姓庄,《汉书》避明帝刘庄讳,改为严。西汉辞赋家,此时为中大夫。贵幸:指得到宠幸。　　㉔说:讲解,解说。　　㉕楚词:指当时带有楚地方音特点的辞赋。　　㉖帝:汉武帝刘彻。说:同"悦"。　　㉗中大夫:官名,掌论议。　　㉘侍中:官名。这里指ср从皇帝左右。　　㉙方:将要。筑朔方:筑城以置朔方郡之意。朔方,郡名,汉武帝元朔二年(前127)置。其地在今内蒙古自治区境内。　　㉚公孙弘:此时为御史大夫。　　㉛罢(pí皮):通"疲"。　　㉜难:反驳,辩难。"难"字读去声。诎(qū屈):折服。　　㉝《弘传》:《汉书》的《公孙弘传》。　　㉞坐事:因事获罪。免:免官。　　㉟东越:闽越的一支,汉武帝时封馀善为东越王。反覆:指态度变化无常。事见《汉书·两粤传》。　　㊱居保:据守。泉山:山名,在今福建晋江市北。　　㊲更:又。徙(xǐ洗)处:迁移居处。　　㊳去:离开,距离。　　㊴浮海:渡海。　　㊵陈舟:排列战船。　　㊶会(kuài块)稽:汉郡名。辖境包括今江苏东部及

浙江西部,治吴。太守:官名,为一郡的最高行政长官。 ㊷衣(yì亿)绣夜行:穿着锦绣衣裳在夜间走路。指荣耀不能显示出来。 ㊸顿首:叩头。 ㊹治:指训练。楼船:战船,指水军。西汉时江淮以南诸郡训练的水军,名"楼船士"。 ㊺具:用具,指装备。 ㊻须:待。 ㊼初:当初。 ㊽守邸者:看守官舍的人。 ㊾衣故衣:指穿着过去所穿的破旧衣服。 ㊿怀其印绶:怀揣着他的官印。印绶,印和系印的丝带,指官印。 51直:同"值",遇到。上计:参见注⑰。 52不视:视而不见之意。 53且:将要,快要。 54少见(xiàn县):稍微露出。见,同"现"。 55引:牵引,拉。 56上计掾(yuàn苑)吏:即"计吏"。掾吏,古代属官的通称。 57妄诞:虚妄荒诞。 58试:姑且。 59素轻:一向轻视。素,平时,向来。 60疾呼:大声呼喊。 61白:告诉,禀告。守丞:指郡邸守邸的官吏。 62相推排:互相推挤。 63徐出户:从容不迫地走出门。 64厩吏:管马的官。 65传(zhuàn转):官府载人的车子。 66发:征调。除:清扫。 67治:清理。 68给食(sì饲):供养。 69自经:上吊。 70乞(qì气):给予。 71报复:古代报恩、报仇都称报复,此指报答,回报。 72主爵都尉:官名,掌列侯。武帝太初元年更名为"右扶风",变为地方行政长官。 73九卿:古代中央政府的九个高级官职。主爵都尉是九卿之一。 74丞相长史:丞相的属官。 75贵:地位显要。用事:主事。 76趋走:奔走讨好之意。 77"后汤"句:后来张汤以廷尉的身份处理淮南王造反的案件。 78排陷:打击陷害。 79数:屡次。行:兼摄官职。 80陵折:欺压,折辱。 81死之:致之于死。之,指张汤。 82阴事:隐秘之事。 83"上亦"句:张汤自杀后,武帝知其为朱买臣等三长史所陷,又杀三长史。事见《汉书·张汤传》。 84山拊(fū夫):朱买臣儿子的名字。 85右扶风:官名,与左冯翊、京兆尹并称三辅。汉时管理京师长安渭城以西之地。参见注72。

两都赋①并序(节选)

或曰:"赋者,古诗之流也②。"昔成、康没而颂声寝③,

367

王泽竭而诗不作④。大汉初定,日不暇给⑤。至于武、宣之世⑥,乃崇礼官,考文章⑦。内设金马、石渠之署⑧,外兴乐府、协律之事⑨,以兴废继绝,润色鸿业⑩,是以众庶悦豫⑪,福应尤盛⑫。白麟、赤雁、芝房、宝鼎之歌⑬,荐于郊庙⑭;神雀、五凤、甘露、黄龙之瑞,以为年纪⑮。故言语侍从之臣,若司马相如、虞丘寿王、东方朔、枚皋、王褒、刘向之属⑯,朝夕论思⑰,日月献纳⑱。而公卿大臣御史大夫倪宽、太常孔臧、太中大夫董仲舒、宗正刘德、太子太傅萧望之等⑲,时时间作。或以抒下情而通讽谕⑳,或以宣上德而尽忠孝,雍容揄扬㉑,著于后嗣,抑亦雅颂之亚也㉒。故孝成之世论而录之㉓,盖奏御者千有余篇㉔,而后大汉之文章,炳焉与三代同风㉕。且夫道有夷隆㉖,学有粗密,因时而建德者,不以远近易则㉗。故皋陶歌虞㉘,奚斯颂鲁㉙,同见采於孔氏,列於诗书,其义一也。稽之上古则如彼,考之汉室又如此。斯事虽细,然先臣之旧式㉚,国家之遗美㉛,不可阙也。臣窃见海内清平,朝廷无事;京师修宫室,浚城隍㉜,起苑囿,以备制度㉝;西土耆老㉞,咸怀怨思㉟,冀上之眷顾,而盛称长安旧制,有陋雒邑之议㊱。故臣作《两都赋》,以极众人之所眩曜㊲,折以今之法度㊳。其词曰:

有西都宾问于东都主人曰㊴:"盖闻皇汉之初经营也㊵,尝有意乎都河洛矣㊶。辍而弗康㊷,寔用西迁,作我上都㊸。主人闻其故而睹其制乎㊹?"主人曰:"未也。愿宾摅怀旧之蓄念㊺,发思古之幽情,博我以皇道㊻,弘我以汉京㊼。"

宾曰:"唯唯。汉之西都,在于雍州㊽,寔曰长安。左据函谷、二崤之阻㊾,表以太华、终南之山㊿。右界褒斜、陇首之险(51),带以洪河泾渭之川(52)。众流之隈,汧涌其西(53)。华实之毛㊾,则九州之上腴焉㊿;防御之阻,则天地之隩区焉㊾。是故横被六合,三成帝畿㊾;周以龙兴㊾,秦以虎视㊾。及至大汉受命而都之也,仰悟东井之精㊿,俯协河图之灵㊿,奉春建策,留侯演成㊿,天人合应㊿,以发皇明㊿,乃眷西顾,寔惟作京㊿。于是睎秦岭㊿,睋北阜㊿,挟沣灞㊿,据龙首㊿,图皇基于亿载㊿,度宏规而大起㊿。肇自高而终平㊿,世增饰以崇丽㊿。历十二之延祚㊿,故穷泰而极侈㊿。建金城而万雉㊿,呀周池而成渊㊿。披三条之广路㊿,立十二之通门㊿。内则街衢洞达,闾阎且千㊿;九市开场㊿,货别隧分㊿。人不得顾,车不得旋,阗城溢郭㊿,旁流百廛㊿,红尘四合㊿,烟云相连。于是既庶且富,娱乐无疆,都人士女㊿,殊异乎五方㊿。游士拟于公侯㊿,列肆侈于姬姜㊿。乡曲豪举㊿,游侠之雄,节慕原尝㊿,名亚春陵㊿,连交合众,骋骛乎其中。

"若乃观其四郊,浮游近县㊾,则南望杜霸㊾,北眺五陵㊾,名都对郭㊾,邑居相承㊾。英俊之域㊾,绂冕所兴㊾,冠盖如云,七相五公⑩。与乎州郡之豪杰,五都之货殖⑩,三选七迁⑩,充奉陵邑⑩。盖以强干弱枝⑩,隆上都而观万国也⑩。封畿之内,厥土千里,逴跞诸夏⑩,兼其所有。其阳则崇山隐天⑩,幽林穹谷⑩,陆海珍藏⑩,兰田美玉⑩。商、洛缘其隙⑪,鄠、杜滨其足⑪。源泉灌注,陂池交属⑪。竹林果园,芳草甘木,郊野之富⑪,号为近蜀⑪。其阴则冠以九嵕⑪,陪以甘泉⑪。乃有灵宫起乎其中⑪,秦汉之所极观⑪,渊、云之所颂叹⑫,于是乎存焉。下有郑、白之沃⑫,衣食之源,提封五万⑫,疆埸绮分⑫。沟塍刻镂⑫,原隰龙鳞⑫。决渠降雨,荷插成云⑫。五谷垂颖⑫,桑麻铺棻⑫。东郊则有通沟大漕⑫,溃渭洞河⑬,泛舟山东,控引淮湖⑬,与海通波。西郊则有上囿禁苑,林麓薮泽。陂池连乎蜀、汉[132]、缭以周墙,四百馀里,离宫别馆,三十六所[133],神池灵沼[134],往往而在。其中乃有九真之麟[135],大宛之马[136],黄支之犀[137],条支之鸟[138]。逾昆仑,越巨海[139],殊方异类[140],至于三万里。

"其宫室也,体象乎天地[141],经纬乎阴阳[142]。据坤灵之正位[143],仿太紫之圆方[144]。树中天之华阙[145],丰冠山之朱堂[146]。因瑰材而究奇[147],抗应龙之虹梁[148]。列棼橑以布翼[149],荷栋桴而高骧[150]。雕玉瑱以居楹[151],裁金璧以饰珰[152]。发五色之渥彩[153],光焰朗以景彰[154]。于是左城右平[155],重轩三阶,闺房周通[156],门闼洞开[157]。列钟虡于中庭[158],立金人于端闱[159]。仍增崖而衡阈[160],临峻路而启扉[161]。徇以离宫别寝[162],承以崇台闲馆[163]。焕若列宿,紫宫是环[164]。清凉宣温[165],神仙长年[166]。金华玉堂,白虎麒麟[167]。区宇若兹[168],不可殚论。增盘崔嵬[169],登降炤烂[170],殊形诡制,每各异观。乘茵步辇[171],惟所息宴。后宫则有掖庭椒房[172],后妃之室。合欢增城,安处常宁,茞若椒风,披香发越,兰林蕙草,鸳鸾飞翔之列[173]。昭阳特盛[174],隆乎孝成[175]。屋不呈材,墙不露形[176]。裹以藻绣[177],络以纶连[178]。随侯明月[179],错落其间。金釭衔璧[180],是为列钱[181]。翡翠、火齐[182],流耀含英;悬黎、垂棘[184],夜光在焉。于是玄墀扣砌[185],玉阶彤庭[186]。硍䃰綵致[187],琳珉青荧[188]。珊瑚碧树[189],周阿而生[190]。红罗飒纚[191],绮组缤纷[192],精曜华烛,俯仰如神[194]。后宫之号,十有四位[195]。窈窕繁华[196],更盛迭贵[197]。处乎斯列者,盖以百数。左右庭中,朝堂百寮之位[198]。萧曹魏邴[199],谋谟乎其上[200]。佐命则垂统[201],辅翼则成化,流大汉之恺悌,荡亡秦之毒螫[204]。故令斯人扬乐和之声[205],作画一之歌[206]。功德著乎祖宗[207],膏泽洽乎黎庶[208]。又有天禄、石渠[209],典籍之府。命夫惇诲故老[214]，名儒师傅，讲论乎六艺，稽合乎同异[211]。又有承明、金马[212]，著作之庭。大雅宏达，于兹为群[213]。元元本本[214]，殚见洽闻[215]，启发篇章，校理秘文[216]。周以钩陈之位[217]，卫以严更之署[218]。总礼官之甲科[219]，群百郡之廉孝[220]。虎贲赘衣[221]，阉尹阍寺[222]，陛戟百重，各有典司。周庐千列[223]，徼道绮错[224]。辇路经营，修除飞阁[226]。自未央而连桂宫[227]，北弥明光而亘长乐[228]。凌隥道而超西墉[229]，掍建章而连外属[230]。设璧门之凤阙[231]，上觚棱而栖金爵[232]。内则别风之嶕峣[233]，眇丽巧而耸擢[234]。张千门而立万户[235]，顺阴阳以开阖。尔乃正殿崔嵬，层构厥高，临乎未央。经骀荡而出馺娑[237]，洞枍诣以与天梁[238]。上反宇以盖戴[239]，激日景而纳光[240]。神明郁其特起[241]，遂偃蹇而上跻[242]。轶云雨于太半[243]，虹霓回带于棼楣[244]。虽轻迅与僄狡[245]，犹愕眙而不能阶[246]。攀井幹而未半[247]，目眴转而意迷[248]。舍棂槛而却倚[249]，若颠坠而复稽[250]。魂悦悦以失度[251]，巡回塗而下低[252]。既惩惧于登望[253]，降周流以傍徨[254]。步甬道以萦纡[255]，又杳窱而不见阳[256]。排飞闼而上出[257]，若游目于天表[258]，似无依而洋洋[259]。前唐中而后太液[260]，览沧海之汤汤[261]。扬波涛于碣石，激神岳之嶈嶈[262]。滥瀛洲与方壶[263]，蓬莱起乎中央[264]。于是灵草冬荣[265]，神木丛生[266]，岩峻崷崒[267]，金石峥嵘[268]。抗仙掌以承露[269]，擢双立之金茎[270]。轶埃堨之混浊[271]，鲜颢气之清英[272]。骋文成之丕诞，驰五利之所刑[274]。庶松乔之群类[275]，时游从乎斯庭[276]。实列仙之攸馆[277]，非吾人之所宁[278]。"

中华书局影印李善注本《文选》卷一

①本篇最早见于范晔《后汉书·班彪列传》所附之《班固传》。在描写都

邑的汉赋作品中,《两都赋》体制宏大完备,是这类作品的代表。在写作上,它第一次采用了在正文之前加序的方法,使序成为作品的构成部分。《两都赋序》阐明了班固对于汉赋及其流变过程的看法,是研究汉赋发展历史的重要资料。这里节选的是序及《两都赋·西都赋》的前半部分。两都,指汉之西都长安和东都洛阳。　②古诗:古代诗歌,此指"诗三百"之类。流:品类。　③成、康:指周成王、周康王。史称成康时天下安宁,刑措不用,为至治之世。周成王,名诵,武王子。周康王,名钊,成王子。颂声:歌颂赞美之声。此指《诗经》中的"颂"诗之类作品。寝:息。　④泽:德泽。　⑤日不暇给:每天忙于事务,没有闲暇时间。给,足。　⑥武、宣之世:指汉武帝、汉宣帝时期。　⑦"乃崇"二句:崇,尊崇。礼官,掌礼仪教化之官。考,考校。文章,著作。此指诗赋之类作品。　⑧金马:汉代官署,以其门前有铜马,故称金马门,为各地征召的优秀之士待诏之处。石渠:石渠阁。汉高祖时建于未央宫内,是收藏图书典籍之处。署:官署。　⑨乐府:汉代设立的音乐机关。武帝时扩大,除演奏音乐外,又有负责采集歌诗、创作乐曲等任务。协律:协调音律,指整理、创作乐曲等。汉乐府中设协律都尉,主持此事。　⑩鸿业:大业。　⑪悦豫:高兴快乐。　⑫福应:吉祥的感应。这是谶纬迷信的说法。　⑬"白麟"句:这几支歌都是武帝时因为出现了所谓祥瑞而创作的。汉武帝到雍(今陕西宝鸡市凤翔区一带)游幸,获白麟,作《白麟之歌》。到东海时获赤雁,作《赤雁之歌》。甘泉宫生出芝草,九茎,叶子互相连结,于是作《芝房歌》。又在后土祠旁得到铜鼎,于是作《宝鼎歌》。　⑭荐:进献。郊庙:祭天和祭祖之地。庙,宗庙。　⑮"神雀"二句:这几种是汉宣帝时出现的所谓祥瑞。宣帝时,有神雀集于长乐宫,因而改元为神雀元年(前61)。公元前57年,有五只凤凰飞来,因而改元为五凤元年。公元前53年,甘露降,因而改元为甘露元年。公元前49年,有黄龙现于新丰,因而改元为黄龙元年。瑞,祥瑞。年纪,年号。　⑯"若司马"句:司马相如、虞丘寿王、东方朔、枚皋都是汉武帝时的辞赋作家。王褒为宣帝时作家。刘向为宣、元、成帝时期的作家。虞丘寿王,即吾丘寿王,字子赣,为侍中。东方朔,字曼倩,为太中大夫,给事中。枚皋,字少孺,为郎。王褒,字子渊,为谏大夫。刘向,字子政,为中垒校尉。　⑰论思:讨论思考。指研究辞赋。　⑱献纳:指将所作辞赋献呈给皇帝。　⑲"而公卿"句:倪宽、孔臧、董仲舒、刘德皆为武帝时大臣,萧望之为宣帝时大臣。御史大夫,汉代

372

三公之一,司监察之职。太常,九卿之一,掌典礼祭祀诸事。太中大夫,掌议论之官。宗正,九卿之一,掌皇室宗族事务。太子太傅,辅导太子之官。 ⑳通:达。讽谕:用委婉的语言进行劝说。 ㉑雍容:和缓的样子。揄扬:赞扬称誉。 ㉒雅颂:《诗经》中的雅诗、颂诗。亚:匹、类。 ㉓孝成:即汉成帝。论而录之:指成帝时诏刘向校中秘书,因而对于辞赋也加以整理记录。论,论定,评定。 ㉔奏御:进献给皇帝看。千有馀篇:据《汉书·艺文志》载,包括屈原、宋玉等人的作品及乐府采集的歌诗在内,诗赋共一百零六家一千三百一十八篇。若以汉代赋作论,则不足千篇。这里说千有馀篇,只是约数而已。 ㉕炳:显。指成绩辉煌显著。三代:指夏、商、周。风:景象。 ㉖道:指世道。夷隆:即盛衰。 ㉗远近:指距离当时年代的远近。易则:改变法则。 ㉘皋陶(yáo 尧)歌虞:皋陶歌颂虞舜。《尚书》载《皋陶歌》:"元首明哉,股肱良哉,庶事康哉。"皋陶,舜的臣子。 ㉙奚斯颂鲁:奚斯赞美鲁国。《诗经·鲁颂·閟宫》有"新庙奕奕,奚斯所作"的句子,《韩诗》薛君注说:"是诗,公子奚斯所作也。"把"作"解释为作这篇诗,与毛诗解释"作"为"作是庙"不同。这里是以韩诗为说。奚斯,鲁国的公子。 ㉚先臣:指前文所列举的皋陶、奚斯以及司马相如等汉代诸臣。旧式:老规矩。式,法式。 ㉛遗美:遗传下来的美好风尚、德行等。 ㉜浚城隍:挖掘护城河。浚,疏通,挖深。隍,没有水的护城河。 ㉝备制度:使按制度应有的设施完备。 ㉞西土:指长安,西汉京都。耆老:指老者。古人六十称耆,七十称老。 ㉟怨思:怨望的情绪。 ㊱"有陋"句:存有认为雒邑狭小简陋的议论。雒邑,洛阳,东汉京都。 ㊲极:止。眩曜:惑乱 ㊳折:折服。法度:规模,体制。 ㊴西都宾、东都主人:《两都赋》中假设的代表西都长安和东都洛阳的两个人物。 ㊵皇汉:大汉。经营:筹划营谋,指治理天下。 ㊶"尝有意"句:《汉书·高帝纪》载,高祖初都洛阳,后因戍卒娄敬劝说而西都长安。都河洛,在河洛建都。河洛,黄河和洛水之间的地区。这里指洛阳。 ㊷辍(chuò 绰)而弗康:指建都洛阳的事未能实现。辍,停止。康,安。 ㊸"寔(shí 石)用"二句:寔用,因此。寔,通"是",此,这。用,因。作,作成,修建。上都,指长安。古时以右为上。长安在西,居右,故称上都。 ㊹故:缘故。指建都于长安的原因。制:形制,样子。 ㊺摅(shū 书):发抒。蓄念:积念。 ㊻博:广博。指使其更多地了解。皇道:大道。指建都长安的道理。 ㊼弘:扩大。

指使其增加了解。汉京:指长安。　　㊽雍州:中国古代所分的九州之一,相当于现在的陕西、甘肃一带。　　㊾左:因函谷、二崤在长安东,所以称左。函谷:函谷关。在今河南灵宝市东北。二崤:崤山。在今河南西部,分东西两支,所以称二崤。阻:险隘之地。　　㊿表:指在其外。太华:太华山,即华山,在今陕西华阴县南。终南:终南山,又名南山,秦岭主峰之一,在今陕西西安市西南。　　(51)界:接临,接壤。褒斜:秦岭谷名,长四百七十里。南口称褒谷,北口称斜谷。陇首:山名,在今陕西陇县西北。　　(52)洪河:指黄河。洪,大。泾渭:泾水和渭水。　　(53)汧(qiān 牵)涌:汧水涌流。汧河,源于甘肃东部六盘山麓,东南流经陇县、汧阳县,到宝鸡入渭水。　　(54)华实之毛:开花结实的草木。华,同"花"。毛,指草木。草木生于地,如同毛发之于人体,所以称"毛"。　　(55)九州:古代传说中的行政区划。说法不一。《尚书·禹贡》以冀、兖、青、徐、扬、荆、豫、梁、雍为九州。上腴:上等富庶的地区。　　(56)隩(ào 奥)区:深险的地区。　　(57)"是故"二句:横被,遍及,广泛覆盖。六合,天地四方。三成帝畿,三次作为帝王之都。三,指周、秦、汉三朝。畿,古时帝王所居方千里的地区称畿。　　(58)龙兴:指王业的创立,如龙之兴起。　　(59)虎视:如虎之视。指威加于全国。　　(60)悟:见。东井之精:据记载,沛公刘邦灭秦时,五星见于东井之野,据说这是刘邦受天命而为帝王的征象。东井,即井宿,古代认为它是属于秦地的分野。精,指五星,即岁星、荧惑、镇星、太白、辰星。古代的迷信说法,谓五星所聚宿,其国王天下。

(61)协:合。河图:据传说,伏羲氏时,有神龙负图出于河,称为河图。后来,也把记载帝王受命符应的书称为河图,如汉代的纬书之类。灵:灵验。据纬书《春秋汉含孳》说,刘邦握卯金刀而服天下,成功在西,所以建都长安。

(62)"奉春"二句:指娄敬提出建议,而张良促成之。据记载,刘邦最初想定都洛阳,戍卒娄敬对他陈述建都洛阳的不便,劝刘邦西都长安。刘邦以此询问张良,张良也极力劝刘邦这样做。于是刘邦即日驾至长安。后来,刘邦封娄敬为奉春君,并赐姓刘氏。策,策略,意见。留侯,张良的封号。演成,即促成。　　(63)天人合应:指天意和人谋相符合。　　(64)发:发扬,显现。皇明:指汉高祖刘邦的圣明。　　(65)作京:建成为京都。　　(66)睎:望。秦岭:秦岭山脉。这里指终南山。　　(67)眺:看。北阜:北山。关中平原北部诸山的总称。　　(68)挟:依傍。沣:沣水,源于西安市鄠邑区南部山谷,北流入渭水。灞:灞水,源于蓝田县山谷,北流入渭水。　　(69)据:靠着。龙首:山名,在华山之西。　⑦图:谋。皇基:皇帝的基业。　⑦度(duó夺):谋划。宏规:宏大的规模。大起:大肆兴建。　⑦肇:起始。高:指汉高祖刘邦。平:指汉平帝刘衍。　⑦世:世代。崇丽:高大华丽。　⑦"历十二"句:指从汉高祖到平帝共绵延经历十二代。祚,国祚。　⑦穷泰:穷极奢侈。泰,侈。　⑦金城:语出《管子·度地》,指坚固的城。万雉:极言城墙高广,古代以城墙高三丈、长一丈为雉。　⑦呀(xiā虾):大空貌。这里指又宽又深。周池:指护城河。　⑦"披三条"句:开辟三条宽阔的道路。按,古代制度,国都方九里,每边三门,每门都修一条道路,所以说三条。披,开辟。　⑦立:设立、建立。十二之通门:指城四周有十二座城门。通门,指城门之大,可以通达无阻。　⑧间阎:指里巷。且:近。　⑧九市:汉时长安设立九市,以分别贸易。开场:如同说开张,即开始交易之时。　⑧隧:市中的道路。　⑧阗城溢郭:指城中人众之多把城郭都塞满了。阗,充塞。　⑧旁流百廛:指在九市之外有许多商业街市。廛(chán蝉),此指列有店铺的街市。　⑧红尘四合:指尘土飞扬,塞满天地之间。红尘,尘土。四合,从四周合拢来,即笼罩之意。　⑧都人士女:漂亮的男子和女子。都,美好。　⑧殊异:非常不同。五方:东西南北中。这里泛指全国各地。　⑧游士:宦游之士。此指游人。拟于公侯:指车用服饰可以与公侯相比拟。　⑧列肆:各市中,这里指各市中的妇女。肆,市中店铺。侈于姬姜:指服饰装扮的侈华超过姬姜。姬,周姓。姜,齐国之姓。因姬姜二姓常通婚姻,后因以姬姜作为贵族妇女的美称。　⑨乡曲:乡里。豪举:指举动豪迈的人。　⑨节:志向。原尝:平原君和孟尝君。平原君赵胜,战国时赵国公子,招致宾客数千人。孟尝君田文,战国齐人,也以养士著称,有宾客数千。　⑨亚:匹俦。春陵:春申君和信陵君。春申君黄歇,战国时楚人,为楚考烈王相,封春申君,有宾客三千多人。信陵君魏无忌,详见《史记·魏公子列传》。　⑨浮游:旅游。近县:指临近长安的各县。　⑨杜霸:杜陵和霸陵,汉宣帝刘询和汉文帝刘恒的陵墓。两陵都在长安东南。　⑨五陵:指汉高祖刘邦长陵、汉惠帝刘盈安陵、汉景帝刘启阳陵、汉武帝刘彻茂陵、汉昭帝刘弗陵平陵。五陵都在渭水以北。　⑨名都对郭:指长安与近县之城郭遥遥相对。名都,指长安。　⑨邑居相承:城邑的住宅互相接连。承,承接。　⑨英俊:指才能超群、出类拔萃的人才。古人谓智慧超过万人称英,超过千人称俊(《文子·上礼》)。　⑨绂冕:指为官的人。绂,印绶。冕,古时大夫以上的人所戴的冠。　⑩七相五公：指丞相、御史大夫和将军等王公大臣。七相,指曾经做过丞相的韦贤、车千秋、黄霸、平当、魏相、王商、王嘉等七人。五公,指做过御史大夫的张汤、杜周和做过将军的萧望之、冯奉世、史丹等五人。公,御史大夫和将军的通称。　⑩五都：指洛阳(今河南洛阳)、邯郸(今河北邯郸)、临淄(今山东临淄)、宛(今河南南阳)、成都(今四川成都)。货殖：指经商的富豪之家。　⑩三选：选择三种人,指上文的七相五公、州郡豪杰、五都货殖。七迁：迁徙于七陵的所在地。五陵加杜陵、霸陵合称七陵,泛指长安地区。秦汉时多有迁关东豪族于关中地区的记载。如《史记》载秦始皇"徙天下豪富于咸阳十二万户"。《汉书·地理志》载,"汉兴,立都长安,徙齐诸田,楚昭、屈、景及诸功臣家于长陵。后世世徙吏二千石、高訾富人及豪桀并兼之家于诸陵。盖亦以强干弱支,非独为奉山园也"。　⑩充奉陵邑：承担供奉皇陵的事务。充,任,担任。陵邑,指皇陵所在地。　⑩强干弱枝：加强主干,削弱旁枝。指加强汉王朝中央的控制力量,削弱各地的地方势力。　⑩隆上都：使长安隆盛。指提高长安的地位。观万国：让万国观瞻。指使天下服从。观,给人看。万国,指天下。　⑩逴跞(chuō luò 戳洛)：超绝。诸夏：指全国。　⑩其阳：指长安之南。　⑩穹谷：深谷。　⑩陆海：泛指关中地区。因其地为平原而且物产富饶,所以称为陆海。《汉书·东方朔传》："汉兴,去三河之地,止霸产以西,都泾渭之南,此所谓天下陆海之地。"　⑩兰田：县名,在长安东,以产美玉著名。　⑪商、洛：指商县和上洛县(今陕西商洛市一带)。隈：山水弯曲的地方。　⑫鄠(hù户)、杜：指鄠县(今陕西西安市鄠邑区)和杜阳县(今陕西麟游县)。滨：临近。足：指山脚下。　⑬陂(bēi 杯)池：池沼。交属(zhǔ 主)：一个接着一个。　⑭郊野：泛指城外之地。古代城外称郊,郊外称野。　⑮号为近蜀：号称近似于蜀地。蜀地土地肥沃,物产富饶,关中与其相类,所以称为近蜀。　⑯其阴：指长安之北。冠：山势高峻在上,所以称冠。九嵕(zōng宗)：山名,详见前《上林赋》注⑱。　⑰陪：陪衬。甘泉：山名,在今陕西淳化县西北。　⑱"乃有"句：指秦始皇在甘泉山建林光宫,汉武帝又增建扩大为甘泉宫,又建延寿馆、通天台等。灵宫,汉武帝置宫甘泉山以祈祀求仙,所以称为灵宫。　⑲极观：大观。极,最高的。观,景象。　⑳渊、云：指王褒和扬雄。王褒,字子渊,宣帝时人,曾作《甘泉颂》。扬雄,字子云,成帝、新莽时人,曾作《甘泉赋》。　㉑郑、白：指郑国渠和白渠。郑国渠,秦王政十年(前237)开凿。起自中山西瓠口(今陕西泾阳县境),引泾水东流,会合浊水、石川河,东流入洛河,长三百多里,是汉、魏时泾水流域的主要灌溉系统。白渠,也称白公渠,汉武帝太始二年(前95)开凿。起自谷口(今陕西醴泉东北),引泾水东南流,至下邽南注入渭水,全长二百多里,为重要人工灌溉渠道。沃:灌溉。 ⑫提封:封限,即界限。提,通"堤",积土为界称堤。五万:指两渠所能灌溉的大概亩数。据记载,郑国渠可灌田四万余顷,白渠可灌田四千五百余顷。 ⑫疆埸(yì易):指田地之间的疆界。绮分:分割得像绸子的花纹一样。 ⑭刻镂:指沟塍交错像雕刻的一般。 ⑮原隰龙鳞:指高地和低湿之地像龙鳞一样排列着。原,高平之地。隰,低湿之地。 ⑯"决渠"二句:意指因有郑、白二渠的灌溉之利,乃有下文之丰饶景象。《汉书·沟洫志》载民谣:"郑国在前,白渠起后。举锸为云,决渠为雨。泾水一石,其泥数斗"。荷锸,扛着铁锹。锸,通"锸",铁锹。成云,极言修渠人数之多。 ⑰颖:禾穗。 ⑱铺芬:密布而且茂盛。芬,通"纷",茂盛的样子。 ⑲通沟大漕:指与黄河相通的鸿沟和与渭水相连的漕渠。 ⑳溃渭:从旁穿渠直通渭水。溃,决,此指决口引水。据记载,汉武帝时穿漕渠通渭水。洞河:指通于黄河。据《史记》载,黄河水通过鸿沟与淮、泗相通。 ㉑控引淮湖:指与淮、湖的水流相通。控引,控制、牵引,长安一带居诸水上游,所以称控引。湖,疑当作"泗"。 ㉒蜀、汉:指蜀郡和汉中郡。 ㉓"离宫"二句:据《后汉书》注引《三辅黄图》记载,汉代"上林有建章、承光等一十一宫,平乐、茧观等二十五,凡三十六所"。 ㉔神池灵沼:指上林苑中的池沼。"神"、"灵"是对池沼的赞美、形容。 ㉕九真之麟:宣帝时,九真郡(今越南河静、清化两省及乂安省东部地区)曾献奇兽,此兽驹形、麟色、牛角。 ㉖大宛之马:大宛出产的汗血马。大宛,古西域国名,在今中亚的费尔干纳盆地,以出产汗血马著名。 ㉗黄支之犀:黄支国出产的犀牛。黄支,古国名,在南海中。 ㉘条支之鸟:条支国出产的大鸟。条支,古西域国名,临波斯湾,据说有鸟,卵如瓮。 ㉙巨海:大海。 ㉚殊方:异域。异类:指各种各样不同种类的禽兽。 ㉛"体象"句:指宫室的方圆取象于天地的形态。古人观念是天圆地方,因此,圆象天而方象地。 ㉜"经纬"句:指宫室的布置合于阴阳的法度。经,南北方向。纬,东西方向。 ㉝据:占据。坤灵:指地。正位:中正的位置。 ㉞太紫:太微和紫宫。太微十二星,四方形,故象方;紫宫环十二星,故象圆。 ㉟中天之华阙:高入半天的阙。华,美好壮观。阙,宫门、城门两侧的高台,中间为道路,台上筑楼观。　⑭丰:使广大。冠山之朱堂:在山顶之上的朱红色殿堂。冠山,堂在山上,如同戴有帽子一样,所以称冠山。朱堂,指未央殿。　⑰因:凭借。瑰材:珍奇的材质。究奇:穷尽奇异的形态。　⑱抗:高。此指高高地架起。应龙之虹梁:形如应龙的虹梁。应龙,有翼的龙。虹梁,形容所架之梁如长虹贯空。　⑭棼(fén 坟):重楼的栋。橑:屋椽。布翼:指栋上布椽像两翅一样。　⑮荷:负载。栋桴:屋梁。栋,大梁,正梁。桴,位于正梁前后的屋梁。高骧:高举。指栋桴把棼橑高高撑起。　⑯玉瑱(tiàn 天去声):玉石的柱础。居楹:安放房柱。楹,柱。　⑯"裁金璧"句:用金铂裁制为璧形,用作椽头的装饰。珰,指椽头。　⑬渥彩:鲜明润泽的色彩。　⑭焰朗:像火焰一样明亮。焰,火苗。景彰:影像彰明。景,同"影"。　⑮"左墄(qī 期)"句:左供人行,故为之阶;右供车行,故使之平。墄,台阶。　⑯闺房周通:指殿中和各小室之间都有小门互相连通。闺,宫中小门。　⑰门闼:宫门。大门为门,中门为闼。　⑱钟虡(jù 巨):悬挂的钟。虡,悬钟的架子。　⑲金人:铜铸的人像。端闱:端门,宫中正门。闱,宫中门。　⑯仍:因。增(céng 层)崖:层层高崖。增,通"层"。衡阈(yù 玉):设立门槛。衡,通"横"。　⑯峻路:高峻的道路。　⑯徇:绕。离宫别寝:指正宫之外供帝王出巡时居住的宫室。寝,寝殿,指帝王卧室。　⑯承:接。崇台闲馆:高台大馆。闲,空阔宽大。　⑭"焕若"二句:谓诸宫寝台馆周回布列,环绕着未央殿,就像粲粲列星围绕着紫宫一样。　⑮清凉宣温:未央宫中的清凉殿、宣室殿、温室殿。　⑯神仙:指长乐宫的神仙殿。长年:殿名。⑯"金华"二句:指未央宫中的金华殿、玉堂殿、白虎殿、麒麟殿。　⑯区宇:一处处的殿宇。兹:指上述各殿。　⑲增:通"层",重重。盘:屈曲。崔嵬:高大貌。　⑰登降:上下。炤(zhāo 召)烂:明亮,灿烂。炤,同"昭"。⑰"乘茵"句:乘坐带有车垫的辇车。茵,垫子。步辇,乘辇而行。辇,人挽的车,秦汉以后称帝王后妃专用之车。　⑰掖庭:宫中的旁舍,宫人居住之地。椒房:宫中后妃居住的殿舍,以椒泥涂壁,故称。　⑰"合欢"六句:合欢、增成至鸳鸯、飞翔均未央宫后宫殿名,为后妃所居。列,类,指上述诸宫殿。　⑭昭阳:未央宫后宫殿名,汉成帝时赵飞燕所居。飞燕初为婕妤,后为皇后,其妹为昭仪,贵倾后宫。　⑮隆乎孝成:指赵氏姊妹深受成帝宠爱。隆,深爱。　⑰"屋不"二句:谓因装饰华丽繁复,以致看不出房屋墙

378

璧的本来面貌。呈,显露。　⑰裹:缠绕。藻绣:五彩的绣品。　⑱络:绕。纶连:用丝带结成的网络。犹今之扎彩。　⑲随侯:随侯珠。随为周初诸侯国。据说随侯救了一条受伤的蛇,以后这条蛇衔了一颗明珠来报答他,因此称随侯珠。明月:宝珠,以其光辉如月,所以称明月珠。　⑱金釭(gōng工):宫殿壁带(壁中横木露出如带形)上的环形金属饰物。衔璧:嵌镶着璧玉。《汉书·外戚传·孝成赵皇后》:"壁带往往为黄金釭,函蓝田璧,明珠、翠羽饰之,自后宫未尝有焉。"可参考。　⑱列钱:指像钱币一样排成行列。　⑱翡翠:指翠鸟的羽毛。用以饰帏帐。火齐:火齐珠,宝珠的一种。　⑱流耀:光彩流动。含英:光明内含。　⑱悬黎、垂棘:都是璧玉名。　⑱玄墀:以黑漆涂地。墀,殿上的地面。釦(kòu扣)砌:用金玉缘饰台阶。釦,以金玉饰器。砌,台阶。　⑱玉阶:以白玉为台阶。彤庭:将厅堂漆成红色。　⑱碝(ruǎn软)、磩(qī期):都是次于玉的石名。彩致:文理致密。　⑱琳、珉:也都是次于玉的石名。青荧:发出青色的光彩。⑱珊瑚碧树:指珊瑚、玉树等摆设。　⑲周阿而生:谓置之殿庭之隅。阿,曲隅。　⑲红罗:红色丝织品。此指用红罗所制衣裙。飒纚(xǐ喜):长袖飘舞貌。　⑲绮组:用织有花纹的缯做成的绶带。缤纷:盛多貌。⑲精曜华烛:宫中美人神彩飞扬,像华美的蜡烛一样光彩照人。　⑲俯仰如神:美人动作俯仰如神仙般姣好。　⑲"后宫"二句:指汉代后宫的称号共有十四等。据《汉书》记载,汉代后宫正嫡称皇后,妾皆称夫人,共有十四等。这十四等是昭仪、婕妤、娙娥、傛华、美人、八子、充衣、七子、良人、长使、少使、五官、顺常以及无涓、共和、娱灵、保林、良使、夜者(以上六种共为一等)。　⑲繁华:喻容貌美丽。　⑲更盛迭贵:谓贵盛不一,相继替代。更,替。迭,代。　⑲百寮:百官。寮,通"僚"。　⑲萧:指萧何,沛人,随刘邦定天下,刘邦即位,拜为相国。曹:曹参,沛人,萧何死后,代萧何为相国。魏:魏相,字弱翁,济阴人,汉宣帝时为丞相。邴:邴吉,字少卿,鲁国人,代魏相为丞相。　⑳谋谟:出谋划策。谟,谋。　㉑佐命:辅佐帝王创业。垂统:指帝王把基业传给后代。此指能长治久安。　㉒辅翼:辅佐协助。此指辅佐帝王治理天下。成化:形成风气。指开一代新风气。㉓流:流布。恺悌:和易近人。这里指仁爱之德。　㉔荡:荡涤,消除。毒螫(shì是):毒害。指秦的酷虐之政。　㉕乐和之声:欢乐和谐的乐曲。此代指善政。《孔丛子》:"古之帝王,功成作乐,其功善者其乐和。"　㉖画一之歌:汉代颂扬萧何、曹参德政的歌谣,见《汉书·萧何曹参传》。歌曰:"萧何为法,较若画一;曹参代之,守而勿失。载其清靖,民以宁壹。"画一,整齐,一致。　㉗祖宗:指汉高祖和汉文帝。高祖庙号太祖,文帝庙号太宗,故称。　㉘膏泽:指恩泽。洽:遍及。黎庶:指百姓。　㉙天禄、石渠:都是汉王室收藏图书的阁名,在未央宫大殿北。　㉚惇诲故老:指勉力教诲的故老。故老,年老而有声望的人,多指旧臣。　㉛"讲论"二句:六艺,指儒家六经,即《诗》、《书》、《礼》、《乐》、《易》、《春秋》。稽合,考校。　㉜承明、金马:承明庐和金马门,汉代文士待诏者所居之处。　㉝"大雅"二句:指德行高尚而又学识渊博的人,在这里有很多。群,众多。　㉞元元本本:追源寻本。元元,探索原始。本本,寻求根本。　㉟殚见:识见精微。殚,尽。洽闻:闻见广博。　㊱秘文:秘书,指宫廷藏书。　㊲周:环绕。钩陈之位:指宫殿侍卫之位。钩陈,星名,卫紫微宫,所以这里用作宫卫的象征。　㊳严更之署:主管夜间巡视报时的署衙。　㊴总:聚集。礼官甲科:礼官试策的优秀人才。礼官,指奉常。汉代奉常署设博士官掌试策,考其优劣以定甲乙科。　㊵群:汇合。百郡:指全国各地。百郡是举其概数而言。廉孝:指以孝廉而被荐举的人。　㊶虎贲:主管天子宿卫的人员。赘衣:主管天子衣物的官。　㊷阍尹、阍寺:掌管宫禁门户诸事的宦官。阍、寺,都是宦者。　㊸周庐:皇宫周围所设的警卫庐舍。千列:形容极多。　㊹徼道:往来巡查警戒所经过的道路。绮错:交错。　㊺辇路:楼阁可以行辇的陛阶。经营:设计营造。　㊻修除:修治。飞阁:指阁道,空中架设的通道。　㊼未央:未央宫。桂宫:宫名,汉武帝造,在未央宫北,有复道与未央宫相连。　㊽弥:终。明光:明光宫,汉武帝为求仙而建。亘:连接。长乐:长乐宫,汉高祖由秦兴乐宫改建。　㊾隥(dèng 邓)道:阁道,由石级组成的山道。超:超越。堳:城墙。　㊿"捆(hùn 混)建章"句:建章宫在央宫西,长安城外。汉武帝时,在未央、建章二宫之间,跨城作飞阁,有辇道相通。捆,同"混"。外属,指城外的建章宫。属,类。　㊿壁门:建章宫正门。凤阙:在建章宫东,高二十馀丈。　㊿觚棱:殿堂的最高处。这里指凤阙的最高处。金爵:铜凤凰。建章宫阙上有铜凤凰。爵,通"雀",此指凤凰。　㊿别风:指建章宫壁门内的折风阙,折风一名别风。嶕峣:高耸。　㊿眇:通"妙"。美好。丽巧:壮丽奇巧。　㊿"张千门"句:指建章宫设立的门户之多。　㊿顺阴阳:按照阴阳的变化。过去说晚为阴,朝为阳。　㊿骀

(dài 殆)荡、驱(sà 飒)娑:都是建章宫中殿名。 ㉘洞:穿过。枍(yì 义)诣、天梁:均为建章宫中宫殿名。 ㉙反宇:飞檐上翻。盖戴:覆盖。 ㉚激日景:指宫殿的光彩与日光互相激荡。景,同"影"。纳光:指光线射入室内。纳,收纳。 ㉛神明:神明台,汉武帝建。郁:盛貌。 ㉜偃蹇:高耸貌。跻(jī 机):升。 ㉝轶:超过。太半:三分之二称为太半。 ㉞回带:萦曲盘绕。棼楣:指楼阁的栋梁。 ㉟轻迅:轻捷迅疾。僄(piào 票)狡:敏捷勇猛。 ㊱愕眙(chì 翅):惊骇貌。眙,眼直视。阶:攀登。 ㊲井幹:楼名,汉武帝建,高五十丈。 ㊳眴(xuàn 炫)转:目光摇曳,看不清楚。意迷:神智迷惘。 ㊴舍:止。桱槛:栏干。 ㊵若:似乎。稽:留。 ㊶怳怳:不能自持貌。失度:失去常度。 ㊷巡(yán 沿):通"沿",顺着。回塗:即回途,依原路。下低:下至低处。 ㊸慹惧:恐惧。 ㊹周流:周游。 ㊺甬道:楼阁的空中通道。萦纡:萦回曲折。 ㊻杳窱(tiǎo 挑):同"窈窕",深邃貌。阳:光明。 ㊼排:推开。飞闼:阁道上的门,因其势若凌空,所以称飞闼。 ㊽游目:目光由近及远,随意观览。天表:天外。 ㊾洋洋:无所归依的样子。 ㊿唐中:池名,在建章宫太液池南。太液:池名,在建章宫北,中起三山,以象蓬莱、方丈、瀛洲。 ○261汤(shāng 商)汤:水势浩大貌。 ○262"扬波涛"二句:言池水像大海波涛冲激碣石山一样发出大声响。碣石,碣石山,在河北昌黎县北。激,冲激。神岳,神山,指碣石山。枪(qiāng 枪)枪,水波冲击山石的声音。 ○263滥:浮。指瀛洲、方丈等仙山在浩渺的水波中,如同漂浮着一样。方壶,方丈山的别名。 ○264中央:指蓬莱居于瀛洲、方丈的中央。 ○265灵草:仙草,传说食之可以长生。荣:茂盛。 ○266神木:指灵异的树木。 ○267崷崒(qiú zú 酋卒):高峻貌。 ○268金石:形容仙山石头的贵重。 ○269抗:高举。仙掌以承露:汉武帝时,在建章宫以铜作承露盘,高二十丈,上有仙人掌以承接露水,冀饮以延年。 ○270擢:耸立。金茎:指承露盘的铜柱。 ○271轶:超过。埃壒(ài 爱):尘埃。壒,尘。 ○272鲜:净洁。颢气:指洁白的露气。颢,气白貌。清英:精华。指澄澈纯净的露水。 ○273文成:指文成将军。齐人李少翁以方术进见汉武帝,声称可以招致天神,汉武帝封李少翁为文成将军。丕诞:大话。指大法术。 ○274五利:五利将军。胶东人栾大多方略,又敢为大言,曾声称在东海中见到安期、羡门这些仙人。汉武帝就拜他为五利将军。刑:法,榜样。 ○275庶:希幸。松、乔:指赤松子和王子乔,都是传说中的仙人。赤

381

松子,传说是神农时的雨师,常服食水玉,并以此教神农。王子乔,传说为周灵王的太子晋,被道士浮丘公接到嵩山之上而成仙。群类:指众仙人之类。
㉗㊅时:时时。游从:相随而游。斯庭:指上述诸宫殿。 ㉗㊆攸馆:住所。
㉗㊇所宁:指安居之处。宁,安居。

答宾戏①并序

永平中为郎②,典校秘书③。专笃志于博学,以著述为业④,或讥以无功。又感东方朔、扬雄自喻以不遭苏、张、范、蔡之时⑤,曾不折之以正道⑥,明君子之所守⑦,故聊复应焉⑧。其辞曰:

宾戏主人曰:盖闻圣人有一定之论⑨,烈士有不易之分⑩,亦云名而已矣⑪。故太上有立德,其次有立功⑫。夫德不得后身而特盛⑬,功不得背时而独彰⑭,是以圣哲之治栖栖遑遑⑮,孔席不暖⑯,墨突不黔⑰。由此言之,取舍者,昔人之上务⑱;著作者,前列之馀事耳⑲。今吾子幸游帝王之世⑳,躬带绂冕之服㉑,浮英华,湛道德㉒,杳龙虎之文㉓,旧矣㉔。卒不能摅首尾㉕,奋翼鳞,振拔洿涂㉖,跨腾风云,使见之者影骇㉗,闻之者响震;徒乐枕经籍书㉘,纡体衡门㉙,上无所蒂㉚,下无所根,独摅意乎宇宙之外㉛,锐思于毫芒之内㉜,潜神默记,緼以年岁㉝。然而器不贾于当己㉞,用不效于一世,虽驰辩如涛波,摛藻如春华㉟,犹无益于殿最也㊱。意者且运朝夕之策㊲,定合会之计㊳,使存有显号,亡有美谥,不亦优乎?

主人逌尔而笑曰㊴:若宾之言,所谓见世利之华,阇道德之实㊵,守䆫奥之荧烛㊶,未仰天庭而睹白日也㊷。曩者王塗芜秽㊸,周失其驭,侯伯方轨,战国横骛㊹。于是七雄虓阚㊺,

分裂诸夏⑯,龙战虎争。游说之徒,风飚电激⑰,并起而救之。其馀焱飞景附⑱,雪煜其间者⑲,盖不可胜载。当此之时,搦朽摩钝,铅刀皆能一断㊿。是故鲁连飞一矢而蹶千金㊶,虞卿以顾眄而捐相印㊷。夫啾发投曲㊸,感耳之声㊹,合之律度,淫蛙而不可听者㊺,非《韶》、《夏》之乐也㊻。因势合变㊼,遇时之容㊽,风移俗易,乖迕而不可通者,非君子之法也㊾。及至从人合之,衡人散之㊿,亡命漂说㉑,羁旅骋辞㉒,商鞅挟三术以钻孝公㉓,李斯奋时务而要始皇㉔。彼皆蹑风尘之会㉕,履颠沛之势㉖,据徼乘邪㉗,以求一日之富贵。朝为荣华,夕为颠顿㉘;福不盈眦㉙,祸溢于世。凶人且以自悔㊀,况吉士而是赖乎㊁!且功不可以虚成㊂,名不可以伪立㊃。韩设辨以激君㊄,吕行诈以贾国㊅。《说难》既遒,其身乃囚㊆;秦货既贵,厥宗亦坠㊇。是以仲尼抗浮云之志㊈,孟轲养浩然之气㊉,彼岂乐为迂阔哉㊊?道不可以贰也㊋!方今大汉洒扫群秽,夷险芟荒㊌,廓帝纮,恢皇纲㊍;基隆于羲、农,规广于黄、唐㊎。其君天下也,炎之如日,威之如神,函之如海,养之如春㊏。是以六合之内,莫不同源共流,沐浴玄德,禀仰太和,枝附叶著㊐。譬犹草木之植山林,鸟鱼之毓川泽㊑,得气者蕃滋㊒,失时者零落。参天地而施化,岂云人事之厚薄哉㊓?今吾子处皇代而论战国㊔,曜所闻而疑所觌㊕,欲从堥敦而度高乎泰山㊖,怀沈滥而测深乎重渊㊗,亦未至也。

宾曰:若夫鞅、斯之伦,衰周之凶人,既闻命矣。敢问上古之士㊘,处身行道㊙,辅世成名,可述于后者㊚,默而已乎㊛?

主人曰:何为其然也!昔者咎繇谟虞㊜,箕子访周㊝,言通帝王,谋合神圣㊞。殷说梦发于傅岩㊟,周望兆动于渭滨㊠,齐宁激声于康衢㊡,汉良受书于邳垠㊢,皆俟命而神交㊣,匪词言之所信。故能建必然之策,展无穷之勋也[106]。近者陆子优游,《新语》以兴[107];董生下帷,发藻儒林[108];刘向司籍,辨章旧闻[109];扬雄谭思,《法言》、《太玄》[110]:皆及时君之门闱[111],究先圣之壶奥[112],婆娑乎术艺之场[113],休息乎篇籍之囿[114],以全其质而发其文[115],用纳乎圣德[116],烈炳乎后人[117],斯非亚与[118]!若乃伯夷抗行于首阳[119],柳惠降志于辱仕[120],颜潜乐于箪瓢[121],孔终篇于西狩[122],声盈塞于天渊[123],真吾徒之师表也。且吾闻之:一阴一阳,天地之方[124];乃文乃质[125],王道之纲;有同有异,圣哲之常[126]。故曰:慎修所志[127],守尔天符[128];委命供己[129],味道之腴[130];神之听之,名其舍诸[131]?宾又不闻和氏之璧,韫于荆石[132];隋侯之珠[133],藏于蚌蛤乎?历世莫眂[134],不知其将含景曜、吐英精、旷千载而流光也[135]。应龙潜于潢汙[136],鱼鼋媟之[137],不睹其能奋灵德、合风云、超忽荒而躇昊苍也[138]。故夫泥蟠而天飞者[139],应龙之神也;先贱而后贵者,和隋之珍也;时暗而久章者,君子之真也[140]。若乃牙旷清耳于管弦[141],离娄眇目于毫分[142],逢蒙绝技于弧矢[143],般输榷巧于斧斤[144],良乐轶能于相驭[145],乌获抗力于千钧[146],和鹊发精于针石[147],研桑心计于无垠[148],走亦不任厕技于彼列[149],故密尔自娱于斯文[150]。

中华书局影印李善注本《文选》卷四五

①本篇最早见于《汉书·叙传》。本篇之序,即《叙传》之文。全文通过宾与主人设为答问的形式,抒发了作者立志著述、不务时名的操守。宾,文中虚拟的人物。戏,戏言。　　②永平:东汉明帝刘庄年号,为公元58—75年。为郎:为郎官之职。按,据《后汉书·班彪列传》附《班固传》(以下简称本传)载,班固因作《汉书》,被人告发为私改国史,下狱。固弟超诣阙上书,明帝知固之事,"甚奇之,召诣校书部,除兰台令史","迁为郎,典校秘书"。③典校秘书:主持校勘宫廷中的藏书。　　④"专笃志"二句:立志于学问,

以著述作为主要事业。《后汉书》本传载,班固作《汉书》,"自永平中始受诏,潜精积思二十馀年,至建初(汉章帝刘炟年号,公元76—83年)中乃成"。博,原文作"儒",据《汉书·叙传》改。　　⑤"又感"句:就东方朔作《答客难》及扬雄作《解嘲》事而言。苏(秦)、张(仪)、范(雎)、蔡(泽),并为战国时著名纵横家,以游说献策位列卿相。东方朔《答客难》云:"使苏秦、张仪与仆并生于今之世,曾不得掌故,安敢望常侍郎乎!"扬雄《解嘲》云:"范雎,魏之亡命也";"蔡泽,山东之匹夫也"。他们以"胆智"而获成功,"亦会其时之可为也"。感,感慨。扬,原文作"杨",据《汉书·叙传》改。喻,明白,知晓。⑥"曾不"句:承上句,谓东方朔、扬雄之文没有取正于正确的道理。曾,竟。折,折中,取正。正道,正确准则。　　⑦明:阐明。所守:此指君子所奉行的准则。守,遵守,奉行。　　⑧应:回应,回答。　　⑨一定之论:指立场坚定不肯动摇的说法。　　⑩烈士:有气节的人。易:变化。分:指原则。⑪"亦云"句:指所谓有一定之论、不易之分,也就是能得到个名声而已。⑫"故太上"二句:出自《左传·襄公二十四年》叔孙豹语:"豹闻之,大(太)上有立德,其次有立功,其次有立言,虽久不废,此之谓不朽。"言其传名于不朽之事。太上,最上。立德,树立德业。立功,建立功劳。　　⑬"夫德"句:意为德业应在身前建立起来。后身,身后。特,独。盛,显明,显赫。⑭背时:违背时势,不合时宜。彰:显扬。　　⑮治:作为,从事。栖栖遑遑:忙碌不安,奔忙不定。　　⑯孔席不暖:谓孔子急于推行其道,到处奔走,席不暇暖。席,坐席。　　⑰墨突不黔:谓墨子东奔西走,方至一地,烟筒尚未熏黑,又往别处。突,烟道,烟筒。黔,黑色。　　⑱"取舍"二句:意为要有为于世还是无所作为,是前人认为最重要的事情。取,指立德立功。舍,舍弃。此指守静无为。上务,最需讲求之事。　　⑲前列之馀事:指立德、立功之外的事情。前列,指上述之事。　　⑳游:游宦。帝王之世:犹言盛世。㉑"躬带"句:指身着官服,言为宦也。带,大带,古代官员束衣用。绂,系印的丝带。《汉书·叙传》无"绂"字,是。冕,古代天子以至官员的礼冠。㉒"浮英华"二句:谓外有美名善誉,内则履道崇德。英华,指名誉。浮、湛,谓优游陶冶其中。湛(chén沉),同"沉"。　　㉓㮚(mǎn满):被覆。龙虎之文:喻指文章之美。　　㉔旧:久。　　㉕摅(shū书)首尾:首尾腾跃。此处是以龙为喻。摅,腾跃。　　㉖振拔:飞跃而起之意。洿(wū污)塗:泥水。洿,小的水塘。塗,泥。　　㉗影骇:见影而惊惧。指惊惧之甚,不待见形。

385

㉘枕经籍(jiè 借)书:枕着经,垫着书。形容以书为伴。经,六经。籍,通"藉",铺垫。 ㉙纡(yū 吁)体:曲着身子。衡门:横木为门。指简陋的房屋。《诗经·陈风·衡门》:"衡门之下,可以栖迟。" ㉚蔕(dì 弟):同"蒂",花、果与枝茎相连的部分。此作动词用,是依托的意思。 ㉛摅意:抒发心意。宇宙之外:极言漫无边际。 ㉜锐思:深思。毫芒之内:喻极其细微的范围内。 ㉝亘(gèng 更):穷、竟。 ㉞贾(gǔ 古):卖。当己:正当己身尚在之时。 ㉟摛(chī 吃)藻:铺陈辞藻,指写文章。华,同"花"。 ㊱殿最:犹言高低,指名声大小。殿,末等。最,上等。 ㊲意者:想来。意,思。朝夕之策:指应变之策。 ㊳合会之计:谓能取名位之计。合会,遇合。 ㊴逌(yōu 优)尔:舒适自得之貌。逌,同"攸"。 ㊵"所谓"二句:意为只见名利而昧于道德。世利,指名利。世,《汉书·叙传》作"势",意同。闇(àn 暗),不了解。 ㊶窔(yào 药)奥:一隅。窔,房间的东南角。奥,房间的西南角。荧烛:光微弱如荧火之烛。 ㊷天庭:指上天。 ㊸曩者:以前,指春秋战国时期。王塗:王道。 ㊹"侯伯"二句:意为各诸侯国毫无顾忌,交相争夺。侯伯,指春秋各诸侯国。方轨,车辆并行。横骛,东西交驰。 ㊺虓阚(xiāo hǎn 消喊):猛虎怒吼。虓,怒吼。阚,老虎发威。 ㊻诸夏:泛指中原地区。 ㊼飑(páo 咆):暴风刮起。激:急速。 ㊽猋(biāo 标)飞景附:言附庸之者,应上句"风飑电激"而言。猋,旋风。景,同"影"。 ㊾霅(zhá 闸)煜:光明闪耀的样子。 ㊿"搦(nuò 懦)朽"二句:意为极粗钝的武器,也会有所用处。搦,摩擦。朽,锈蚀的兵器。铅刀,铅作的刀,指极钝的兵器。 (51)鲁连:鲁仲连,战国时齐人。飞一矢:《史记·鲁仲连列传》载,齐田单攻燕,燕将保守聊城,岁馀不下。鲁仲连遂为帛书射于城中,为陈利害。燕将得之,泣而自杀。蹶千金:据《史记·鲁仲连列传》载,秦围赵邯郸,魏将新垣衍欲使赵尊秦为帝,鲁仲连面讥新垣衍,使不复言帝秦。秦将闻之,却军五十里。平原君遂以千金为鲁仲连寿,鲁仲连辞而不受。蹶,拒绝,舍弃。 (52)虞卿:战国时游士,曾为赵上卿。顾眄:言其轻视也。即《史记》所谓"不重万户侯卿相之印"。捐相印:《史记·范雎列传》载,秦相范雎与魏齐有仇,秦求魏齐急,魏齐乃夜亡,见故友赵相虞卿,虞卿乃解相印,与魏齐间行奔信陵君。捐,弃。 (53)啾:指歌吟。投曲:迎合时调。投,合;曲,调。 (54)感耳:犹言动听。此指动俗人之耳。 (55)"合之"二句:以音律法度去衡量它,则淫邪而不可听。淫蛙,不

合雅正的淫邪之曲。蛙,通"哇",指乐音靡曼不正。 (56)"非《韶》"句:言其不是纯正的乐曲。《韶》,韶乐,虞舜时乐名。《夏》,禹时乐名。古代视《韶》、《夏》为尽善尽美的乐曲。 (57)因势:顺应时势。合变:投合事情的变化。 (58)遇时之容:指投合当时的需要。遇,投合。容,宜。按,《汉书·叙传》本句作"偶时之会"。 (59)"风移"三句:意为一旦时势发生变化,就会背乎常理而行不通,这不是君子的行事准则。风移俗易,指世事变迁。乖迕,违逆情理。法,法则,准则。 (60)"及至"二句:至于合纵的人主张联合六国,连横的人主张解散六国的联合。从,同"纵",合纵。衡,同"横",连横。 (61)亡命:指离弃故国的游说之士。漂说:游说。 (62)羁旅:谓寄身他乡的游士说客。 (63)"商鞅"句:谓商鞅持三种方略去游说秦孝公。商鞅,名公孙鞅,卫人,入秦封为商君,故名商鞅。三术,指帝道、王道、霸道。一说指王道、霸道、富国强兵。钻,钻营、干求。孝公,秦孝公,用商鞅以变法,卒强秦国。按,《史记·商君列传》载,商鞅见秦孝公,先说以帝道,再说以王道,均弗听;后说以霸道,终为所用。 (64)李斯:战国时楚人,入秦为客卿。秦王政统一六国,以李斯为相。始皇死,赵高弄权,诬为谋反被杀。奋时务:揭示当时之要务。指李斯以乘时兼并六国、"灭诸侯,成帝业,为天下一统"(《史记·李斯列传》)游说秦始皇。奋,发。要:结,结好。始皇:秦王政,统一六国后称始皇帝。 (65)蹑:蹈,依据。风尘之会:指战乱之际。尘,《汉书·叙传》作"云"。风云际会,指君臣遇合。 (66)履:踏,此指利用。颠沛之势:指天下倾危的形势。颠沛,困顿仆倒。 (67)据徼:依据徼幸之心。乘邪:利用不合正道的手段。 (68)颠顇:同"憔悴",困顿。 (69)盈眥:满眼。此指看一眼的时间。 (70)凶人:指上述商鞅、李斯等人。自悔:自己悔悟。按,据《史记》,秦孝公死,太子虔即位,发吏捕商鞅。商鞅逃之关下,欲舍客舍,舍人不敢纳。商鞅叹曰:"嗟乎,为法之敝一至此哉!"此商鞅之悔。李斯临刑,顾谓其中子曰:"吾欲与若复牵黄犬俱出上蔡东门逐狡兔,岂可得乎!"父子相哭。此李斯之悔。 (71)吉士:贤人。是赖:以此为依赖、依托。 (72)虚成:成虚功。虚,假,不真实。 (73)伪立:指立伪名。 (74)韩:韩非。设辨以激君:指韩非著书十馀万言以打动君主。《史记·老子韩非列传》载,秦王见韩非《孤愤》、《五蠹》之书,曰:"嗟乎,寡人得见此人与之游,死不恨矣!" (75)吕:吕不韦,本为商人,后被秦始皇任为相国。行诈以贾国:以诈术而取得国家。按,据《史记·吕不韦列传》,秦昭王太子安国君之子子楚在赵国为人质,处于困境。吕不韦趁机与之交好,并以有身之姬进献,生子政。后子楚父子相继为王,秦王政即后来之秦始皇。秦王政即位,以吕不韦为相国,号为"仲父"。贾,买。　　⑯"《说难》"二句:谓《说难》之文虽雄健,而其作者自身却被囚禁。《史记·老子韩非列传》:"然韩非知说之难,为《说难》书甚具,终死于秦,不能自脱。"　　⑰"秦货"二句:意为吕不韦所倚之人既已显贵,而其宗族也就毁灭。秦货,指子楚。《史记·吕不韦列传》载,吕不韦初在赵见子楚,曰:"此奇货可居。"贵,指秦孝文王(即安国君)死后,子楚被立为秦庄襄王,三年死,子政立。厥宗亦坠,指吕不韦最终为秦王政所罪,饮鸩而死。　　⑱仲尼抗浮云之志:《论语·述而》:"不义而富且贵,于我如浮云。"抗,立,树立。　　⑲"孟轲"句:《孟子·公孙丑上》:"我善养吾浩然之气。"浩然,盛大纯正的样子。　　⑳"彼岂"句:《史记·孟子荀卿列传》谓孟子"则见以为迂远而阔于事情"。彼,指孔、孟。迂阔,不切实际。　　㉑贰:两样,不一致。此指变化无常。　　㉒"方今"二句:比喻汉朝正在扫除邪恶而归于盛世。洒扫,扫除。群秽,各种污秽邪恶的事。夷,平。芟,除。　　㉓"廓帝纮(hóng宏)"二句:意为大张帝王之纲纪。廓、纮,均为弘扬之意。纮,纲。　　㉔"基隆"二句:业绩高于伏羲、神农,而典则广于黄帝、唐尧。基,业。　　㉕"其君天下"五句:言汉家之君临天下,光明如日月,威严如神灵,包容如海洋,养民如春时。君,君临,统治。炎,光明,照耀。函,容。　　㉖"莫不"四句:无不以天下为一家,受其厚德,享受太平,像枝叶附着于树干一样。玄德,厚德。禀,承受。仰,敬辞。太和,太平。著(zhuó着),依附。　　㉗毓:生。　　㉘气:指自然之气。蕃滋:繁殖增益。　　㉙"参天地"二句:意为依照自然之规律以施行教化,哪里只是人的努力的多少呢? 言人事必与天地相参,然后乃可以成功。参,参验,符合。天地,指自然规律。施化,施行教化。人事,人之所为,指人的努力。厚薄,指多少。　　㉚皇代:盛明之世。　　㉛曜:炫耀,显示。觌(dí敌):见。　　㉜堥(máo毛)敦:小山丘。堥,《汉书·叙传》作"庬",意同。丘前高曰堥,覆敦曰敦。敦,古代食器,器身半球形。　　㉝氿(guǐ鬼)滥:小泉。泉旁出曰氿,正出曰滥。　　㉞敢:谦辞,表敬意。　　㉟处身:立身。　　㊱可述:有事迹可述说。　　㊲默而已:指沉默而不着意追求名利。　　㊳咎繇(gāo yáo高摇):亦作皋陶,虞舜时的贤臣。《尚书》有《皋陶谟》篇。谟,谋。虞,指舜。　　㊴箕子:殷纣王庶兄(一说为父辈),封于箕。纣王无

388

道,箕子谏而不听,披发佯狂。后周武王克商,曾相访问,封之于朝鲜。今朝鲜平壤有箕子墓。访:谋议。今《尚书》有《洪范》篇,相传乃箕子为武王所作。　⑩神圣:指古代圣人。《汉书·叙传》作"圣神",意同。　⑩"殷说(yuè悦)"句:相传殷高宗武丁思治,梦得贤人,名曰"说",乃使百工图其形而求之野,终得于傅岩之中,与语而大悦,举以为相,国因大治,卒得中兴。傅岩,地名,傅说服役之处。　⑩"周望"句:相传姜尚钓于渭滨,周文王出猎将过其地,夜梦飞熊,卜之,得辞曰:所得非龙非螭,非豹非罴,乃帝王之辅。后果遇姜尚,载而归。周,指周代。望,姜尚。据载,文王遇见姜尚后说:吾太公望子久矣。故号曰太公望,亦称日望。兆动,指征兆开始显露。渭滨,渭水之滨。　⑩"齐宁"句:春秋时,卫国宁戚家贫,为人挽车,至齐,饭牛于康衢之中,扣牛角而歌。齐桓公闻而异之,迎之为上卿。宁,宁戚。激声,扬声,指扣牛角而歌。康衢,大路。古代称路五达曰康,四达曰衢。　⑩"汉良"句:汉张良尝居下邳,一日游于桥上,一老者堕其履于桥下,张良取回为他穿上。老者约张良平明相会,授一编书,曰:读此则为王者师矣。视其书,乃《太公兵法》。良,张良,曾佐刘邦灭秦平楚,封留侯。邳,下邳,在今江苏邳县境。垠,岸边。　⑩俟命:等待命运。神交:意谓通过神灵相助而结交。⑩"故能"二句:所以才能提出一定会被采纳的策略,建立莫大的功勋。建,建言,提出。展,展示,指取得成功。　⑩"近者"二句:近世的陆贾在悠然自得之中,著成了《新语》。陆子,指汉初陆贾,为著名的口辩之士,曾为刘邦分析天下成败得失之事,著《新语》十二篇。优游,悠闲自得之貌,言不为仕宦所累。兴,产生。　⑩"董生"二句:谓董仲舒因专心学问而名满儒林。董生,指董仲舒,治公羊《春秋》,下帷讲诵,三年不观赏家中花园,以修学著书为事,学士皆师尊之。下帷,放下帷帐,指教书。发藻,显扬文采。藻,文章,辞藻。　⑩"刘向"二句:刘向主管校理典籍之事,而使旧典分辨清楚。刘向,汉楚元王之后,刘德子。西汉成帝时,受诏典校五经秘书,每一书毕,便条其篇目,撮其旨意,录而奏之。司籍,指领校五经秘书之事。辨章,分辨明白。刘向校书分为六艺、诸子、诗赋、兵书、术数、方技六类,使古籍各有所属,条理井然。旧闻,指旧籍,图书。　⑩"扬雄"二句:扬雄深思,而著《法言》、《太玄》。扬雄,字子云,为西汉末著名学者、辞赋家。谭思,深思。谭,通"覃"。《汉书·扬雄传》载其"口吃不能剧谈,默而好深湛之思"。《法言》,扬雄著作之一,模仿《论语》之作。据《汉书·扬雄传》载,扬雄见诸子之

389

书多诋訾圣人,以挠世事,终破大道而惑众;太史公所记,又不与圣人同,是非颇谬于经,故撰《法言》十三卷。《太玄》,为扬雄模仿《易》的一部著作。《汉书·扬雄传》云:"其意欲求文章成名于后世,以为经莫大于《易》,故作《太玄》。" ⑪"皆及"句:谓以上诸人都得到了君主的赏识。闱,宫中门。
⑫究:探求。壸(kǔn捆)奥:指深邃精微之处。壸,宫中巷;奥,室之西南角。引申为深隐秘密之处。 ⑬婆娑:盘桓。术艺之场:指学术六艺之域。场,圃,领域。 ⑭休息:停留。篇籍之囿:文章图书之林。囿,苑囿,园地。
⑮全其质:保全其本质。质,指处身行道之根本。发其文:表现其文采。
⑯用:才具,才能。纳:收罗使用。圣德:明君之德。此指能重用贤才。
⑰烈:事业。炳:明,显耀。 ⑱亚:同类。《汉书·叙传》"亚"前有"其"字。 ⑲抗行:指伯夷不食周粟,饿死于首阳山之事。抗行,行为高尚。抗,高。 ⑳柳惠:柳下惠。即展禽,名获,字季,居柳下,谥惠,故称柳下惠。春秋时鲁人。《汉书·叙传》"惠"前无"柳"字。降志:降低志向。辱仕:柳下惠曾仕为士师,三黜,故称辱仕。 ㉑颜:颜回。潜乐:内心安乐。箪瓢:《论语·雍也》:"贤哉回也。一箪食,一瓢饮,在陋巷,人不堪其忧,回也不改其乐。"箪,盛饭的竹筐。 ㉒孔:孔子。终篇于西狩:指孔子作《春秋》,截止到鲁哀公十四年。《春秋公羊传·哀公十四年》:"西狩获麟。孔子曰:'吾道穷矣。'因而绝笔。" ㉓声:声名。天渊:天地之间。渊,泉也。
㉔方:常道,规律。 ㉕乃文乃质:文质结合之意。文,指礼仪。质,指道德。 ㉖"有同"二句:谓如与道相合则仕,与道不合则退隐,这是圣哲的普遍原则。圣哲,指具有超人的道德才智的人。常,常道。 ㉗修:设,树立。 ㉘天符:天生的命运。 ㉙委命:听任命运支配。供己:恭谨以律己。供,通"恭"。 ㉚味道之腴(yú鱼):体会道的美妙之处,亦即实践其道。味,体味。腴,善,美好。 ㉛"神之"二句:意为神灵听知这些,能对你的声名舍而不顾吗?其,岂。舍,弃。 ㉜"宾又"二句:以和氏之璧为喻。《韩非子·和氏》载,楚人卞和于山中得璞玉,先后献于楚厉王、楚武王,均以为诳,刖其两足,后楚文王使玉工理之,果得宝玉,遂名之曰和氏之璧。韫,蕴藏。荆石:楚山之石。 ㉝隋侯之珠:传说中的宝珠。 ㉞眂(shì视):察视。眂,同"视"。 ㉟景曜:光芒。英精:精华。旷千载:历千年。
㊱应龙:古代传说中有翼的龙。潢汙:死水湾。 ㊲媟:狎戏侮辱。
㊳奋灵德:奋发神灵之性。德,性。忽荒:辽远,指上天。蹠:踞,站立。昊苍:

指天。⑬泥蟠(pán盘):盘曲在泥污中。天飞:飞于天。 ⑭"时暗"二句:一时不得志但会久而自彰,这是君子的真性。章,同"彰",显明。真,真性,指君子不因失志或得意而改变操守。 ⑭牙旷:指伯牙和师旷,都是春秋时期精于音乐的人。清耳:正耳,指分辨乐音准确。清,公正。 ⑭"离娄"句:古代传说,离娄是古代视力极好的人,能察秋毫之末于百步之外。眇目,眼睛能看极细微的东西。眇,细视也。毫分,犹毫末。 ⑭逢蒙:古代善射的人。弧矢:弓箭,指射箭。 ⑭般输:指公输般,春秋末鲁人,是著名的巧匠。一说,般,通"班"。指鲁班;输,指公输氏,并为著名巧匠。榷(què却)巧:专巧,独精。斧斤:斧子。此指木工之事。 ⑭良乐:指王良和伯乐。王良,古代善驭之人,晋人。伯乐,秦穆公时人,善相马。轶,同"逸",超绝。 ⑭乌获:古代著名的力士,能举千钧。钧:古代三十斤为钧。 ⑭和鹊:和,秦医和;鹊,扁鹊。都是古代著名的医生。发精于针石:显示精湛的医术。针石,古代针灸用的石针。此泛指医术。 ⑭研桑:研,计研,又作计倪、计然。春秋时越人,传说为范蠡之师,是善于计算的人。桑,桑弘羊,汉代洛阳人,武帝时为侍中,善于计算,主张盐铁官营,后为御史大夫,昭帝时以谋反罪被诛。《汉书》有传。心计:心算。无垠:无涯,无所限制。 ⑭走:自称的谦词,此为班固自称。任:能。厕:置。 ⑮密尔:安静的样子。

咏　　史①

三王德弥薄②,惟后用肉刑③。太仓令有罪④,就递长安城⑤。自恨身无子,困急独茕茕⑥。小女痛父言,死者不可生⑦。上书诣阙下⑧,思古歌《鸡鸣》⑨。忧心摧折裂⑩,《晨风》扬激声⑪。圣汉孝文帝,恻然感至情⑫。百男何愦愦⑬,不如一缇萦。

中华书局校点本《史记》卷一〇五

①本篇选自《史记·扁鹊仓公列传》唐张守节"正义"所引,题目据《诗品》"孟坚才流,而老于掌故,观其咏史,有感叹之词"而加。诗作概述缇萦上书救父故事,虽质木无文,却是我国现存最早的文人五言诗。 ②三王:三代之王,指夏禹、商汤、周文王、周武王。弥:益也,犹言"越来越"。 ③惟后:随后。肉刑:指残伤人体的刑罚,如黥、劓、刖以至大辟等。 ④太仓令:主管国家仓库之官,此指淳于意,缇萦之父,汉代良医。 ⑤递:押送。《史记·扁鹊仓公列传》:"文帝四年中,人上书言意,以刑罪当传西之长安。"递,一作"逮"。 ⑥茕茕:孤独无援状。 ⑦"小女"二句:《史记·扁鹊仓公列传》载淳于意被逮之时,"意有五女,随而泣。意怒,骂曰:'生子不生男,缓急无可使者!'于是少女缇萦伤父之言,乃随父西。上书曰:'妾父为吏,齐中称其廉平。今坐法当刑,妾切痛死者不可复生,而刑者不可复续,虽欲改过自新,其道莫由,终不可得。妾愿入身为官婢,以赎父刑罪,使得改行自新也。'"小女,即指缇萦。 ⑧阙下:指朝廷。 ⑨思古:追思古人。《鸡鸣》:见《诗经·齐风》,含无罪被谗之意,见三家诗说。 ⑩"忧心"句:意为内心忧伤如折裂般痛苦。摧,悲痛。 ⑪《晨风》:见《诗经·秦风》。《毛诗序》以为该诗刺康公"弃其贤臣",本篇取义亦在此,即上书中所谓"妾父为吏,齐中称其廉平"而将被刑之意。激声:令人感动之声。 ⑫恻然:忧伤貌。至情:指父女之情。情,或作"诚"。《史记·扁鹊仓公列传》:"书闻,上悲其意,此岁中亦除肉刑法。" ⑬愦愦:庸碌无能的样子。愦愦,或作"愤愤"。

一一 王 充

王充(27—107),字仲任,会稽上虞(今浙江绍兴市上虞区)人。自称出身"细族孤门",父、祖曾与豪族对抗。二十岁左右受业太学,师事班彪,但不守一家之言而好博览各家之说。一生除做过几任小官外,大部分时间以教书为生。著有《论衡》、《养性书》(已佚)等。

《论衡》是王充的主要著作,该书"释物类同异,正时俗嫌疑",讨论了有关哲学、政治、宗教、文化等各个方面的问题,对当时盛行的谶纬迷信和世俗禁忌展开了系统的针锋相对的批判,对当时许多不良文风也进行了抨击。在文章写作和文学批评方面,主张重视文章的实际作用,反对"虚妄"、"华饰"的文辞;强调文章要有好的内容,要有独创性,要写得通俗易懂,等等。文笔朴素通达,不为艰深之言,颇具批判锋芒。

自 纪 篇[①](节选)

充既疾俗情[②],作《讥俗》之书[③]。又闵人君之政[④],徒欲治人,不得其宜,不晓其务[⑤],愁精苦思,不睹所趋[⑥],故作《政务》之书[⑦]。又伤伪书俗文,多不实诚,故为《论衡》之书[⑧]。夫贤圣殁而大义分[⑨],蹉跎殊趋,各自开门[⑩]。通人观览,不能钉铨[⑪],遥闻传授,笔写耳取,在百岁之前,历日弥久[⑫]。以为昔古之事所言近是,信之入骨,不可自解⑬,故作实论⑭。其文盛,其辩争⑮,浮华虚伪之语,莫不澄定⑯。没华虚之文⑰,存敦厖之朴⑱;拨流失之风⑲,反宓戏之俗⑳。

充书形露易观㉑。或曰:口辨者其言深㉒,笔敏者其文沉㉓。案经艺之文㉔,贤圣之言,鸿重优雅㉕,难卒晓睹㉖;世读之者,训古乃下㉗。盖贤圣之材鸿,故其文语与俗不通㉘。玉隐石间,珠匿鱼腹㉙,非玉工珠师莫能采得。宝物以隐闭不见,实语亦宜深沉难测㉚。《讥俗》之书,欲悟俗人,故形露其指㉛,为分别之文㉜;《论衡》之书,何为复然㉝?岂材有浅极,不能为覆㉞?何文之察,与彼经艺殊轨辙也㉟?答曰:玉隐石间,珠匿鱼腹,故为深覆;及玉色剖于石心㊱,珠光出于鱼腹,其犹隐乎㊲?吾文未集于简札之上㊳,藏于胸臆之中,犹玉隐珠匿也;及出荑露㊴,犹玉剖珠出乎!烂若天文之照,顺若地理之晓㊵,嫌疑隐微尽可名处㊶,且名白事自定也㊷。《论衡》者,论之平也㊸。口则务在明言,笔则务在露文㊹。高士之文雅㊺,言无不可晓,指无不可睹㊻。观读之者,晓然若盲之开目,聆然若聋之通耳㊼。三年盲子,卒见父母㊽,不察察相识㊾,安肯说喜㊿?道畔巨树㊅,埏边长沟㊆,所居昭察㊇,人莫不知;使树不巨而隐㊈,沟不长可匿,以斯示人,尧舜犹惑㊉。人面色部七十有馀㊊,颊肌明洁㊋,五色分别㊌,隐微忧喜,皆可得察,占射之者㊍,十不失一;使面黚而黑丑㊎,垢重袭而覆部㊏,占射之者,十而失九。夫文由语也㊐,或浅露分别,或深迂优雅㊑,孰为辩者㊒?故口言以明志,言恐灭遗㊓,故著之文字。文字与言同趋㊔,何为犹营隐闭指意㊕?狱当嫌幸㊖,卿决疑事㊗,浑沌难晓,与彼分明可知,孰为良吏?夫口论以分明为公,笔辩以荑露为通,吏文以昭察为良㊘。深

394

覆典雅,指意难睹,唯赋颂耳[71]!经传之文,贤圣之语,古今言殊,四方谈异也[72]。当言事时[73],非务难知[74],使指闭隐也[75]。后人不晓,世相离远,此名曰语异,不名曰材鸿[76]。浅文读之难晓,名曰不巧,不名曰知明[77]。秦始皇读韩非之书,叹曰:"朕独不得此人同时[78]!"其文可晓,故其事可思;如深鸿优雅,须师乃学[79],投之于地,何叹之有!夫笔著者,欲其易晓而难为,不贵难知而易造[80]。口论务解分而可听[81],不务深迂而难睹。孟子相贤以眸子明瞭者[82],察文以义可晓[83]。

　　充书违诡于俗[84]。或难曰[85]:文贵夫顺合众心,不违人意,百人读之莫谴[86],千人闻之莫怪。故管子曰:"言室满室,言堂满堂[87]。"今殆说不与世同[88],故文剌于俗[89],不合于众。答曰:论贵是而不务华,事尚然而不高合[90]。论说辩然否,安得不谲常心、逆俗耳[91]?众心非而不从,故丧黜其伪而存定其真[92];如当从众顺人心者[93],循旧守雅[94],讽习而已[95],何辩之有?孔子侍坐于鲁哀公[96],公赐桃与黍。孔子先食黍而啖桃[97],可谓得食序矣[98],然左右皆掩口而笑[99],贯俗之日久也[100]。今吾实犹孔子之序食也;俗人违之,犹左右之掩口也。善雅歌,于郑为人悲[101];礼舞,于赵为不好[102]。尧舜之典,伍伯不肯观[103];孔墨之籍,季孟不肯读[104]。宁危之计,黜于闾巷[105];拨世之言,訾于品俗[106]。有美味于斯[107],俗人不嗜[108],狄牙甘食[109];有宝玉于是,俗人投之,卞和佩服[110]。孰是孰非?可信者谁?礼俗相违,何世不然!鲁文逆祀[111],畔者五人[112]。盖犹是之语[113],高士不舍[114],俗夫不好;惑众之书,贤者欣颂,愚者逃顿[115]。

　　充书不能纯美[116]。或曰:口无择言,笔无择文[117]。文必丽以好,言必辩以巧[118]。言瞭于耳,则事味于心;文察于目,则篇留于手⑲。故辩言无不听⑳,丽文无不写㉑。今新书既在论譬㉒,说俗为戾㉓,又不美好,于观不快。盖师旷调音㉔,曲无不悲;狄牙和膳㉕,肴无淡味㉖。然则通人造书㉗,文无瑕秽㉘。《吕氏》、《淮南》悬于市门,观读之者,无訾一言㉙。今无二书之美㉚,文虽众盛,犹多谴毁㉛。答曰:夫养实者不育华㉜,调行者不饰辞㉝。丰草多华英㉞,茂林多枯枝。为文欲显白其为㉟,安能令文而无谴毁! 救火拯溺㊱,义不得好㊲;辨论是非,言不得巧㊳。入泽随龟,不暇调足;深渊捕蛟,不暇定手㊴。言奸辞简㊵,指趋妙远㊶;语甘文峭㊷,意务浅小㊸。稻谷千钟㊹,糠皮太半㊺;阅钱满亿,穿决出万㊻。太羹必有淡味㊼,至宝必有瑕秽,大简必有大好㊽,良工必有不巧。然则辩言必有所屈,通文犹有所黜㊾。言金由贵家起,文粪自贱室出㊿。《淮南》、《吕氏》之无累害,所由出者,家富官贵也(51)。夫贵故得悬于市,富故有千金副(52)。观读之者,惶恐畏忌,虽见乖不合(53),焉敢谴一字!

中华书局《诸子集成》本《论衡》

①本文是《论衡》的最后一篇,是王充的自叙传,也是他关于自己的著作和写作原则的总的说明。这里节选的是论述其写作主张的部分。文章以辩难的形式展开,观点鲜明。论说多用事例,剖析详明,颇有说服力。
②疾:同"嫉",恨。　③《讥俗》:王充所著书名,已亡佚。　④闵:同"悯",忧伤。　⑤不晓其务:不知道该如何致力去做。务,致力。
⑥不睹所趋:看不到应努力的方向。趋,趋向。　⑦《政务》:王充所著书名,已亡佚。　⑧《论衡》:八十五篇,其中《招致》一篇有目无文,现实存八十四篇。　⑨殁:死亡。大义:指圣贤所论的那些道理。分:指被分裂。
⑩"蹉跎(cuō tuó 搓驼)"二句:各家以不同的方式朝不同的方向努力,各自树立门户。蹉跎,参差不齐的样子。　⑪"通人"二句:意为学识渊博通达的人阅读了圣贤留下的著作,也不能予以订正和解释清楚。《韩非子·显学》:

396

“故孔、墨之后，儒分为八，墨离为三，取舍相反不同，而皆自谓真孔、墨。孔、墨不可复生，将谁使定世之学乎？”可参考。钉铨，同“订诠”，订正、解说之意。　⑫“遥闻”四句：意为一般人辗转听来，互相传授，笔写耳闻，都是百年以前的事，经历的时间已经很久了。　⑬“以为”三句：他们认为远古的事情，所说的大体是正确的，深信不疑，不能够自我解脱。入骨，形容相信之深。　⑭实论：崇实之论。指《论衡》一书。　⑮其辩争：所作的论辩是激烈的。争，竞争，指辩说激烈。　⑯澄定：刘盼遂《论衡集解》谓“当作证定”。证定，证实、确定之意。　⑰没：去掉。　⑱敦厖（máng 忙）：敦厚朴实。　⑲“拨流失”句：扭转流荡失实的不正之风。流失之风，指浮华虚伪之风。　⑳“反宓（fú 伏）戏”句：恢复古代伏羲氏时的质朴风俗。宓戏，同“伏羲”。　㉑形露：意为文章写得浅明。形，指文章语言形式。露，显露。　㉒口辨者：善于辩论的人。辨，通“辩”。　㉓笔敏者：善于写作的人。沉：深奥。　㉔经艺：指儒家“六经”，即《诗》、《书》、《易》、《礼》、《乐》、《春秋》。“六经”又称“六艺”。　㉕鸿重：博大深沉。鸿，大。优雅：优美典雅。　㉖难卒晓睹：很难完全看得懂。卒，全部，尽。　㉗训古乃下：意为要通过注释才能读下去。训古，同“训诂”，也称“故训”，指解释古籍中词句的意义。　㉘“盖贤圣”二句：圣贤的才能是巨大的，所以他们的文辞语言同一般世俗之人有所隔阂。　㉙匿：藏。　㉚实语：指真实有分量的话。　㉛形露其指：使其旨意外露。指，同“旨”，下同。㉜分别之文：指明白易懂的文章。　㉝复然：又是如此，指还是“形露其指”。　㉞“岂材”二句：是不是才能浅薄，不能写出深奥的文章呢？浅极，浅深，这里作偏义词用，浅的意思。覆，本指遮蔽，这里是深奥之意。按，“不能为覆”，据下文“故为深覆”，疑当作“不能深覆”。深覆，深奥难明之意。㉟“何文”二句：为什么文字这样浅明，同那些经书路数不同呢？察，明。㊱“及玉色”句：及至美玉从包孕它的石头中剖露出来。玉色，玉的光彩。石心，石头内部。　㊲其犹隐乎：它们还能够隐而不露吗？按，原文“犹”字在“乎”后，据文渊阁本《四库全书》改正。　㊳未集于简札之上：指尚未写出来的时候。简札，古代书写文字用的竹、木简。　㊴荴（fú 扶）露：显露，这里是浅明的意思。荴，散发。下文“笔辩以荴露为通”义同。　㊵“烂若”二句：文笔灿烂像天上的日月星辰一样明亮，条理通顺像地上的山川那样清楚。天文，指日月星辰。地理，指河川山岳。　㊶“嫌疑”句：疑难隐晦的事理都能明白地确定。名处,意同"明处",明白地加以确定。　㊷名白:意同"明白",指说得清楚明白。事自定:事理的真相也就确定无疑了。㊸"《论衡》"二句:《论衡》的意思就是将言论说得平易。平,平常,平易。按,《论衡·对作篇》云:"《论衡》者,所以铨轻重之言,立真伪之平。""平"当为标准之意。此处解为平易,于上下文方协。　㊹"口则"二句:口一定要把话说得明白,笔一定要把文章写得浅显。　㊺高士:才高之人。文雅:指写文章不拘于流俗。　㊻睹:见,看出来。　㊼"晓然"二句:看得分明,像瞎子睁开了眼睛;听得清楚,像聋子听清了声音。通耳,指恢复了听觉。㊽卒:通"猝",突然。　㊾察察:明白清楚貌。　㊿安肯:怎能。说喜:喜悦。说,同"悦"。　㛑道畔:路旁。　㛒堑(qiàn 欠):护城河。㛓"所居"句:所处的位置明白显著。　㛔使:假如。　㛕尧舜犹惑:尧舜也要疑惑。　㛖"人面"句:人的面部不同部位的颜色变化有七十多种。古人迷信,认为观察不同部位面色的变化可以判断人的祸福吉凶,而人的面部可划分成几十处,各处在不同时令和条件下,颜色会有许多变化。㛗颊肌:指面部肌肉。　㛘五色分别:意为各种不同的颜色分明。㛙占射:指通过观察人的面色来推测吉凶。占,观察。射,猜测。　㛚黝(yǒu 友):淡青黑色。　㛛垢重袭:污垢重叠。覆部:同"覆蔀",覆盖意。蔀,用席覆盖。　㛜由:意同"犹"。　㛝深迂:深沉迂曲。　㛞孰为辩者:哪一种(指上述两种文章写法)算是清楚明白的呢?辩,叙事说理明晰、清楚。　㛟灭遗:消失。此指不得流传。　㛠同趋:犹"同趣",意义一样。　㛡"何为"句:为什么还要追求隐蔽旨意呢?　㛢狱当嫌辜:狱吏判决疑难案件。狱,指狱吏,掌管讼案刑狱的官吏。当,判决。辜,罪行。㛣卿:官吏。决:判断。　㛤"夫口论"三句:意为口头论说要清楚明白才算成功,文章要浅明才算通达,公文要写得明确才算好。公,通"功",成功。笔辩,文字论述。吏文,官府文书。昭察,明察。　㛥赋颂:指汉大赋。汉代赋也称"颂"。　㛦"经传"四句:经传的文章、圣贤的话所以不易懂,是由于古今语言不同和各地方言的差异。谈,言谈。　㛧言事:论述事理。㛨非务难知:不是一定要让人难于明白。　㛩指:旨意。一说,"指"下当脱"意"字。　㛪"此名曰"二句:这叫做语言有差异,不叫做才学鸿博。㛫"浅文"三句:若是浅显的文章让人难以看懂,那叫做拙于为文,不叫做才智高明。知,同"智"。　㛬"朕独"句:《史记·老子韩非列传》:"秦王见

《孤愤》、《五蠹》之书,曰:'嗟乎,寡人得见此人与之游,死不恨矣!'"此处用其意。　⑦⑨须师乃学:必须老师的指导才能学习。　⑧⓪"夫笔著"三句:执笔为文的人,宁可使他的文章写时艰难而读上去明白易懂,也不应该以难懂为贵而轻易编造。　⑧①"口论"句:口头发议论,一定要能剖析明白而且言语动听。　⑧②"孟子"句:孟子看人贤与不贤,就看他的眼睛是否明亮(见《孟子·离娄上》)。　⑧③"察文"句:考察文章好坏,应以其内容是否能让人明白为标准。　⑧④违诡:违背。诡,异。　⑧⑤难:责问。　⑧⑥谴:指责。　⑧⑦"言室"二句:见《管子·牧民》。意为不论在什么地方,讲出话来都能得到大众的拥护。言室,在室中讲话。　⑧⑧"今殆"句:如今大概是你的学说不与当世相同。殆,恐怕,大概。　⑧⑨剌(là 辣):违背。　⑨⓪"论贵是"二句:议论贵在正确,而不求华丽动听;事情重在做得对,并不在于是否顺合众人。高合,以合(于众人)为高。　⑨①"论说"二句:论事说理要辨明是非,哪能不违反一般人的心理,使常人听来觉得不顺耳呢?谲(jué 决),违反。　⑨②"众心"二句:众人内心反对,也不去迎合盲从,所以才能丢掉那些虚假的东西,而保存住那些真实的东西。丧黜,排斥掉。　⑨③如当:如若。　⑨④循旧守雅:遵循旧有的一套,抱守正统的说法。雅,正,合乎规范的。　⑨⑤讽习:诵读学习。　⑨⑥"孔子"句:孔子陪着鲁哀公闲坐。以下故事又见《韩非子·外储说左下》、《孔子家语·子路初见》。　⑨⑦先食黍而啖(dàn 旦)桃:据《韩非子》、《孔子家语》,"啖"上当脱一"后"字。啖,吃。　⑨⑧得食序:孔子先吃黍后食桃,这样的顺序是符合于礼的。古代以黍为五谷之长,用于飨祭,是上品,而桃则不能用于祭献,所以应当先食黍。　⑨⑨"然左右"句:据《韩非子》所记,鲁哀公准备了黍米不是供吃的,而是要用它来擦掉桃上的绒毛,所以左右见孔子食黍"皆掩口而笑"。　⑩⓪贯俗:习惯于这种风俗。贯,通"惯"。　⑩①"善雅歌"二句:意为雅歌唱得再好,但郑国人却认为不好听。雅歌,指与俗音相对的"正音"。人,据下句推断当为"不"之误。悲,痛,指让人感动。　⑩②"礼舞"二句:意为赵国人喜欢俗舞而不爱礼舞。礼舞,指用于礼仪的严肃庄重的舞蹈。　⑩③"尧舜"二句:是说春秋五霸(一般指齐桓公、晋文公、秦穆公、楚庄王、宋襄公)不喜欢王道,所以不愿意看尧舜的经典。伯,通"霸"。一说"伍伯"即皂隶,指身份低贱的人。　⑩④季孟:鲁国大夫季孙氏、孟孙氏,曾因专权越礼,受到孔子批评。一说"季"为少,"孟"为长,"季孟"泛指普通人,如说张三、李四。　⑩⑤"宁

399

危"二句:关于国家安危的方针大计,一般居民是不予理会的。宁危,安危。黜,排斥。　⑯"拨世"二句:矫正世风的言论,是要受到一般俗人的诋毁的。拨世,治理乱政。訾,诋毁。品,众。　⑰斯:此,这里。　⑱嗜:喜好。　⑲狄牙甘食:狄牙却觉得很香甜。狄牙,即"易牙",齐桓公时有名的厨师。　⑩卞和:人名,善于鉴识玉石。参见《答宾戏》注㉜。佩服:佩带。　⑪鲁文:春秋时鲁文公。逆祀:指不按规定举行祭祀。事见《公羊传·定公八年》。　⑫畔者:指反对鲁文公的人。畔,通"叛"。按:此二句疑有脱误。本书《定贤篇》及《公羊传·定公八年》述此二句并非"(鲁)文公逆祀,去者三人;定公顺祀,畔(叛)者五人"。正应上文礼俗相违之两种情况。　⑬犹是之语:有独到见解的话。犹,孙人和曰:当从元本作"独"。⑭高士不舍:高才之人是不会舍弃的。　⑮"惑众"三句:欺世惑众的书,愚蠢的人就欣赏称颂,而贤德之人却避而不读。此句"贤"、"愚"二字误倒。逃顿,即"逃遁",逃避。　⑯纯美:尽美尽善。纯,尽,皆。　⑰"口无"二句:语见《孝经》。意为口中不要说难听的话,笔下不要写不好的文章。择,通"斁(dù 杜)",败,坏。　⑱"文必"二句:文章一定要华丽而美好,说话一定要动听而工巧。辩,言辞巧妙动听。　⑲"言瞭"四句:话能够听明白,所说之事才能体味在心;文章能够看明白,才会把它保存在手。⑳"故辩言"句:所以动听的话没有不愿意听的。　㉑写:指抄录。㉒新书:指《论衡》。论譬:论述晓谕。　㉓说俗为戾:意为要取悦于世人又不可能做到。说,同"悦"。为戾,同"诐(诐)戾",相背谬之意。　㉔师旷:春秋时晋平公的乐师,他所奏的音乐无不悲凉动听。　㉕和膳:调制食物。　㉖澹味:同"淡味"。淡而无味。　㉗通人:指学识渊博的人。造书:写书。　㉘文无瑕秽:文章应当没有毛病。　㉙《吕氏》三句:意为《吕氏春秋》和《淮南子》两书写成后,都曾悬在城门上,去观看阅读的人,连一个字的毛病都挑不出来。事见《史记·吕不韦列传》、《文选·答临淄侯笺》李注引桓谭《新论》等。訾(zǐ 子),指摘毛病。　㉚今:指《论衡》。㉛犹多谴毁:却有许多可以指责批评的地方。　㉜实:果实。华:同"花"。㉝调行者:指修养自己操行的人。　㉞华英:当作"落英",即落花;与"丰草"反正成文。下句句法同此。　㉟欲显白其为:要表明自己的观点。为,所为,即指自己的见解。　㊱救火拯溺:救人于水火。　㊲义不得好:外表不可以优美。义,通"仪",仪容,状貌。此指外部表现。　㊳巧

400

指有文饰、好听。　　⑲"入泽"四句:到湖泽里去捉龟,无暇调整脚步;到深渊中捕捉蛟龙,没时间确定用哪只手。　　⑭言奸:这里是语言质朴之意。奸,恶,指不华美。这句指作者肯定的文章。　　⑭指趋:同"旨趣"。
⑭语甘文峭:语言美丽,文笔俊俏。指另一种文章。　　⑭意务浅小:立意却浅薄渺小。务,趋向。　　⑭稻谷:据孙人和校,当作"舀(yǎo 咬)谷",舂谷的意思。舀,指将舂好的谷从臼中取出。钟:古容量单位名。一钟有六斛四斗、八斛、十斛等不同说法。　　⑭太半:大半。　　⑭"阅钱"二句:点数上亿的钱,其中破损的总会有上万之多。穿决,缺损,破裂。这四句比喻文章写多了,总要有些毛病。　　⑭太羹:古代祭祀时用的不加五味的肉汁。
⑭大好:据上下文意推断,当作"不好",指有缺陷。　　⑭"然则"二句:那么,动听的言词,必然也有被人驳难之处;通达的文章,也会有被人指摘的地方。屈,折,被驳倒。　　⑮"言金"二句:一字千金的著作,是因为出自权贵之家;文章如粪土,是因为它由鄙贱之人写成。　　⑮"淮南"三句:意思说,《淮南子》、《吕氏春秋》没有被批评指摘,是因为出自富贵之家。　　⑮千金副:指以千金之价悬赏。副,辅助。　　⑮见乖:看法不同。乖,背离。

401

一二 张 衡

张衡(79—139),字平子,南阳西鄂(今南阳石桥镇)人。精天文、阴阳、历算之学,东汉安帝时被召为郎中,先后做过太史令、侍中(皇帝的侍从官)、河间相(河间王刘政的相)等。为官时,敢于对国家政事提出意见;但遭到宦官谗毁后,时有全身远害、归隐田园的思想。

张衡是我国古代著名的科学家,曾发明浑天仪和候风地动仪,著有《灵宪》、《算罔论》等。在文学方面,创作有诗、赋多篇。较著名的赋作有《二京赋》、《南都赋》、《思玄赋》、《归田赋》等;诗作有《四愁诗》、《同声歌》等。

归 田 赋①

游都邑以永久②,无明略以佐时③。徒临川以羡鱼④,俟河清乎未期⑤。感蔡子之慷慨,从唐生以决疑⑥。谅天道之微昧⑦,追渔父以同嬉⑧。超埃尘以暇逝⑨,与世事乎长辞⑩。

于是仲春令月⑪,时和气清,原隰郁茂⑫,百草滋荣。王雎鼓翼⑬,鸧鹒哀鸣⑭。交颈颉颃⑮,关关嘤嘤⑯。于焉逍遥⑰,聊以娱情。尔乃龙吟方泽,虎啸山丘⑱。仰飞纤缴⑲,俯钓长流。触矢而毙⑳,贪饵吞钩㉑。落云间之逸禽㉒,悬渊沉之魦鰡㉓。于时曜灵俄景,系以望舒㉔。极般游之至乐㉕,虽日夕而忘劬㉖。感老氏之遗诫㉗,将回驾乎蓬庐㉘。弹五弦之妙指㉙,咏周孔之图书㉚。挥翰墨以奋藻㉛,陈三皇之轨模㉜。苟纵心于物外,安知荣辱之所如㉝。

　　　　中华书局影印李善注本《文选》卷一五

　　①这是一篇抒情短赋,主要抒写田园之美、隐逸之乐,反映了作者政治上受打击后的归隐情绪。全篇清新自然,行文有骈偶成分,显示了东汉赋作的一种发展变化。　　②都邑:指东汉的都城洛阳。永久:长久。　　③"无明略"句:没有智谋辅佐当世的君主。这是自谦的话。明略,高明的谋略。　　④"徒临川"句:意为自己空怀佐时之愿而无所实施。"临川羡鱼"当为汉人的一句俗语。《淮南子·说林训》:"临河而羡鱼,不若归家织网。"《汉书·董仲舒传》:"临渊羡鱼,不如退而结网。"义并同。本意为羡慕荣利不如退而修德。这里指空有佐时之志而不能施展,不如归田以修身养性。　　⑤俟(sì四):等待。河清:指政治清明之时。古人认为黄河水清是政治清明的表现,而据说黄河几百年才清一次。未期:未知其期。　　⑥"感蔡子"二句:意思说,想到了蔡泽那样慷慨不得志,愿意也请唐生给自己决断一下前途命运。感,有所感,想到。蔡子,即蔡泽,战国时燕人,先不得志,去求术士唐举看相,后来到秦国代范雎为相。慷慨,不得志貌。唐生,即唐举。决疑,指请唐举看相事。　　⑦谅:信,诚然是。天道:天理。微昧:昏暗不明。　　⑧渔父:《楚辞·渔父》中的人物,是屈原描述的一个避世的隐者形象。嬉:游玩。⑨埃尘:比喻纷乱污浊的现实。暇逝:远远地离开。　　⑩世事:指世俗之事。长辞:永别。　　⑪仲春:阴历二月。令:善,好。"月"称"令月",如同"日"、"时"称"吉日"、"良辰"一样。　　⑫隰(xí席):低湿之地。郁茂:形容草木繁盛。　　⑬王雎:即雎鸠,一种水鸟。　　⑭鸧鹒(cāng gēng仓庚):黄莺。　　⑮颉颃(xié háng协杭):鸟上下翻飞貌。　　⑯关关:王雎和鸣的声音。嘤嘤:鸧鹒的叫声。以上六句写万物各尽其性,各得其乐。⑰于焉:于是,在这里。　　⑱"尔乃"二句:以龙吟、虎啸自比,写出一种逍遥自在的生活状态。尔乃,于是乎。方泽,大湖。　　⑲飞:这里是射出之意。纤缴(zhuó浊):指射鸟的箭。纤,细。缴,系在箭上的丝绳。　　⑳触矢而毙:写鸟被射死。应上"仰飞"句。　　㉑贪饵吞钩:贪图吃食而吞下钓

403

钩,写鱼被钓到。应上"俯钓"句。　㉒"落云间"句:再写射鸟之乐。逸禽,指飞得高远的鸟。　㉓"悬渊沉"句:再写钓鱼之乐。悬,指钓起。渊沉,深渊。鲉,同"鲨",指吹沙鱼,古代一种小鱼名。鰡(liú留),即鲻(zī资)鱼。　㉔"于时"二句:这时候,阳光西落,明月东出。曜灵,一作"耀灵",太阳。俄,倾斜。景,同"影"。系,接续。"系"一作"继"。望舒,神话中月神的御者,代指月。　㉕极:尽情地。般(pán盘)游:同"盘游",盘桓游玩。　㉖劬(qú渠):过分的劳累。　㉗老氏:指老子。遗诫:遗留下来的告诫。《老子》十二章有"驰骋畋猎,令人心发狂"的话,告诫人们不能耽于畋猎。㉘回驾:驾着车子返回。蓬庐:茅屋。　㉙五弦:五弦琴。相传为舜所制。指,通"旨",旨趣。　㉚周孔:周公和孔子。　㉛"挥翰"句:言奋笔写作。翰墨,笔墨。奋藻,写文章。藻,辞藻,指文章。㉜陈:述说。三皇:传说中远古的帝王,具体名号传说不一,或说为天皇、地皇、泰皇,或说为燧人、伏羲、神农,或说为伏羲、神农、黄帝等。轨模:法规,法度。　㉝"苟纵心"二句:是说只要自己能放纵心志于世俗之外,哪里还去考虑荣辱得失的结果呢。如,往,归。

四　愁　诗①并序

张衡不乐久处机密②,阳嘉中③,出为河间相④。时国王骄奢⑤,不遵法度,又多豪右并兼之家。衡下车⑥,治威严⑦,能内察⑧。属县奸滑行巧劫⑨,皆密知名,下吏收捕,尽服擒⑩。诸豪侠游客⑪,悉惶惧逃出境。郡中大治⑫,争讼息,狱无系囚。时天下渐弊⑬,郁郁不得志,为《四愁诗》。依屈原以美人为君子,以珍宝为仁义,以水深雪雰为小人⑭,思以道术相报⑮,贻于时君⑯,而惧谗邪不得以通⑰。其辞曰:

一思曰⑱:我所思兮在太山⑲,欲往从之梁父艰⑳,侧身东望涕沾翰㉑。美人赠我金错刀㉒,何以报之英琼瑶㉓。路远莫致倚逍遥,何为怀忧心烦劳㉔。

二思曰:我所思兮在桂林,欲往从之湘水深㉕,侧身南望涕沾襟。美人赠我金琅玕㉖,何以报之双玉盘㉗。路远莫致倚惆怅,何为怀忧心烦伤。

三思曰:我所思兮在汉阳㉘,欲往从之陇阪长㉙,侧身西望涕沾裳。美人赠我貂襜褕㉚,何以报之明月珠。路远莫致倚踟蹰,何为怀忧心烦纡㉛。

四思曰:我所思兮在雁门㉜,欲往从之雪纷纷,侧身北望涕沾巾。美人赠我锦绣段,何以报之青玉案㉝。路远莫致倚增叹㉞,何为怀忧心烦惋㉟。

中华书局影印李善注本《文选》卷二九

①本诗是张衡晚年作品。全诗以象征手法,表达政治寄托,抒写内心的苦闷忧伤,深得骚人之旨。形式上脱胎于骚体,是七言诗的先声。序非原诗所有,为后人所加。　②久处机密:据《后汉书·张衡列传》载,衡以雅善术学,公车特征拜郎中,再迁为太史令,"后迁侍中,帝引在帷幄,讽议左右",直至出为河间相。故云。机密,指机要之职。　③阳嘉:汉顺帝年号,当公元132—135年。按,此处误。《后汉书·张衡列传》载,"永和初,出为河间相"。故阳嘉当为永和。永和,汉顺帝年号,当公元136—141年。　④出:外任。河间相:河间王的相。按,河间为汉章帝子刘开所封国。开立四十二年,于顺帝永建六年死。子惠王政嗣位,在位十年,永和六年死。由此知,张衡为河间惠王相。据《后汉书·孝章八王传》,"政懔悷,不奉法宪。顺帝以侍御史吴郡沈景有强能称,故擢为河间相"。是张衡为河间相,当代沈景为之。　⑤国王:指河间惠王政。国,诸侯国。　⑥下车:指初到任。⑦治威严:以法度严明为治。《后汉书·张衡列传》:"治威严,整法度。"⑧内察:听取意见并明辨之。内,同"纳",听取,采纳。此指听取意见。⑨属县:指河间所属各县。奸滑:奸邪狡诈,此指各类奸邪不法之徒。行巧劫:做巧取豪夺之事。此指有此种行为之人。　⑩服擒:束手就擒之意。服,通"伏",屈服。　⑪豪侠游客:指上文奸滑之徒。游客,游侠之人。

405

⑫郡中:指河间所辖之地。汉代诸侯国地位相等于郡,故称"郡中"。
⑬天下渐弊:指天下政治渐趋腐败。《后汉书·张衡列传》载,"时政事渐损,权移于下",外戚、宦官迭相为政,故云。弊,败坏。 ⑭"依屈原"三句:意为仿效屈原以美人比喻君子,珍宝比喻仁义,水深雪雾比喻小人的象征手法为诗。此即《四愁诗》的象征意义。按,王逸《离骚传序》云:"《离骚》之文,依《诗》取兴,引类譬喻。故善鸟香草以配忠贞,恶禽臭物以比谗佞,灵修美人以媲于君,宓妃佚女以譬贤臣,虬龙鸾凤以托君子,飘风云霓以为小人。"本句"依"字原缺,据《文选》五臣注补。依,依傍,仿照。 ⑮道术:指治国之术。报:报答。 ⑯贻:赠。时君:当时的君主,此指汉顺帝刘保。
⑰通:通报,传达。 ⑱一思曰:此三字为衍文,当删。以下"二思曰"等并同。 ⑲所思:指所思念之人。太山:同"泰山",在今山东泰安市。古时帝王功成则登泰山以封禅。此句谓思致君于治也。 ⑳梁父:泰山下的小山名。此指小人。 ㉑侧身:倾身,向往之貌。翰:笔,此指书札。
㉒金错刀:以黄金错饰的佩刀。 ㉓英琼瑶:光彩灿烂之美玉。英,通"瑛",玉的光泽。琼、瑶,皆为美玉。 ㉔"路远"二句:意为路远无法送达,致使内心烦乱忧闷。致,送达。倚,因也。一说,倚,同"猗",语助词,无意义。逍遥,缓行貌。何为,为何。烦劳,烦闷忧愁。 ㉕"我所思兮"二句:因舜死葬于九疑山,湘水自山旁流过,桂林在其南,故此以喻思明君也。桂林,汉郡名,郡治即今广西桂林。湘水,水名,即今之湘江,为洞庭湖最大的支流之一。 ㉖琅玕:形似珠的玉石。 ㉗玉盘:应劭《汉官仪》云:"封禅坛有白玉盘。"故此当喻有大用之物也。 ㉘汉阳:即汉天水郡,明帝时改称汉阳郡。治今甘肃天水。 ㉙陇阪:天水附近山名。《汉书》颜师古注引应劭语云:"天水有大阪,名曰陇阪。"阪,山坡。 ㉚襜褕(chān yú 搀于):直襟之衣。《说文》:"直裾谓之襜褕。" ㉛烦纡:烦闷不舒貌。纡,曲也。 ㉜雁门:汉有雁门郡,在今山西北部一带。西汉郡治在善无县(今山西右玉县东南),东汉移治阴馆县(今山西朔州市朔城区夏关城)。
㉝青玉案:以青玉做成的几案。玉案,指君所凭倚之几案。 ㉞增叹:深深叹息。增,通"层",重也。 ㉟烦惋:烦闷怅叹貌。惋,叹也。

406

一三　秦　嘉

秦嘉(生卒年不详),字士会,东汉陇西(今甘肃)人。桓帝时(147—167)仕郡,举上掾,入洛,后除黄门郎,病卒于津乡亭。作品今存《述婚诗》二首、四言《赠妇诗》一首、五言《留郡赠妇诗》三首等。

留郡赠妇诗三首①

人生譬朝露,居世多屯蹇②。忧艰常早至,欢会常苦晚③。念当奉时役④,去尔日遥远。遣车迎子还,空往复空返⑤。省书情悽怆⑥,临食不能饭。独坐空房中,谁与相劝勉。长夜不能眠,伏枕独展转。忧来如寻环⑦,匪席不可卷⑧。

①本篇《玉台新咏》卷一径题作《赠妇诗》,今题据《诗纪》改。诗前有云:嘉"为郡上掾,其妻徐淑,寝疾还家,不获面别,赠诗云尔"。是诗为赴洛前作。全诗从不同方面表达了夫妻之间的深笃情义和不能面别的感伤惆怅。叙情写意,凄惋感人。　②居世:处世,生活于世。屯蹇:艰难。屯、蹇,皆艰难之意。　③欢会:欢乐的相聚。苦晚:指不能早至。此言欢会之不易得。　④奉时役:奉命出差。时役,指秦嘉为郡上掾而由郡赴京都洛阳之行。时,通"是",这。役,差事。　⑤"空往"句:指秦嘉之妻徐淑因在母家卧病,故不能回家与秦嘉相会,迎接的车子只好空为往返。　⑥省书:指

看了徐淑的信。书,信。据载,徐淑不能回家,就给秦嘉写了一封信,叙说自己因病不能回及对秦嘉的关爱之情。见《艺文类聚》卷三二引。悽怆:伤感,悲痛。　⑦"忧来"句:意为上述的悽怆忧思之情不可断绝,往复不已。寻环,同"循环"。　⑧"匪席"句:语出《诗经·邶风·柏舟》:"我心匪席,不可卷也。"比喻忧愁难以排遣。匪,同"非"。本首叙写赴京之前未能与妻子面别的忧思之情。

　　皇灵无私亲①,为善荷天禄②。伤我与尔身,少小罹茕独③。既得结大义④,欢乐苦不足⑤。念当远离别,思念叙款曲⑥。河广无舟梁,道近隔丘陆⑦。临路怀惆怅⑧,中驾正踯躅⑨。浮云起高山,悲风激深谷⑩。良马不回鞍,轻车不转毂⑪。针药可屡进,愁思难为数⑫。贞士笃终始⑬,恩义不可属⑭。

　　①皇灵:皇天。私亲:私于所亲,即对亲近者有所偏爱。　②荷:蒙受。天禄:天赐之福。　③"少小"句:意为自小即孤单无依。罹,遭。茕独,孤独。　④得:得以。结大义:指结为婚姻。　⑤苦:苦于。此字原作"若",系据《四部丛刊》本改。　⑥思念:《文选》李注引作"思面",谓思当面也,于义较胜。又《艺文类聚》卷三二引秦嘉与妻徐淑书中有云:"又计往还,将弥时节。念发同怨,意有迟迟。欲暂相见,有所属托。"可为"思面"作注脚。款曲:衷情,内心之情。　⑦"河广"二句:上句化自《诗经·卫风·河广》之"谁谓河广,一苇杭之"而反用其意,意为障碍难通,难与妻子相见。隔,阻隔。丘陆,山岭。陆,大土山。　⑧临路:即将起程。　⑨中驾:车驾行进途中,即指动身之后。踯躅:徘徊不前貌。此是秦嘉设想动身之后的情形。　⑩激:激荡,吹刮。　⑪"良马"二句:意为思念亲人,车子也不愿前行。不回鞍,不回返,一直向前之意,与"不转毂"连类成文。　⑫"针药"二句:意为屡进针药也难以解除愁思。难为数,不可计算之意。　⑬贞士:忠贞之士。笃:诚,信。终始:始终如一。　⑭恩义:指夫妻之情义。不可属(zhǔ主):岂不专之意。不可,一说当作"可不",疑是。可不,岂

不,不可不之意。属,专注。本首通过回忆,抒发离家临行时依依不舍之情。

肃肃仆夫征①,锵锵扬和铃②。清晨当引迈③,束带待鸡鸣。顾看空室中,仿佛想姿形。一别怀万恨,起坐为不宁④。何用叙我心⑤,遗思致款诚⑥:宝钗可耀首,明镜可鉴形;芳香去垢秽,素琴有清声⑦。诗人感《木瓜》,乃欲答瑶琼⑧。愧彼赠我厚⑨,惭此往物轻⑩。虽知未足报⑪,贵用叙我情。

《四部备要》本《玉台新咏》卷一

①肃肃:急行貌。征:行也。 ②锵锵:铃声。扬:飞扬,响起。和铃:古代车前横木上悬挂的铃。 ③引迈:动身远行。 ④"起坐"句:意谓为之起坐不安。为,为之,指因为离别时心怀万恨。 ⑤叙:述,表达。 ⑥遗(wèi畏)思:赠物与所思之人。此与《古诗十九首·庭中有奇树》"攀条折其荣,将以遗所思"意同。致:表达。款诚:诚挚之情。 ⑦"宝钗"四句:分别写所赠之物。可耀首,一作"好耀首",意为使头上亮丽光鲜。鉴,照。素琴,如同说雅琴。清声,清越悠扬之音。 ⑧"诗人"二句:用《诗经·木瓜》之诗意,说明赠物之意。诗人,指《木瓜》诗的作者。《木瓜》,《诗经·卫风》篇名,其诗有"投我以木瓜,报之以琼琚。匪报也,永以为好也"云云,凡三章。为男女赠答之作。 ⑨彼:指徐淑。赠我厚:赠给我的礼物非常厚重。按,《艺文类聚》卷七三引徐淑报秦嘉书,有"今奉金错碗一枚,可以盛书水;琉璃碗一枚,可以服药酒"。又《太平御览》卷六九七有"今奉细布袜二量"。此或即所指。此下之义,仍沿上文《木瓜》之义而来。 ⑩往物:回赠之物,指秦嘉留赠给徐淑的宝钗、明镜、芳香、素琴等物。按,《艺文类聚》卷三二引秦嘉重报妻书云:"车还空反,甚失所望。兼叙远别,恨恨之情,顾有恨然。间得此镜,既明且好,形观文采,世所希有。意甚爱之,故以相与。并宝钗一双,好香四种,素琴一张,常所自弹也。明镜可以鉴形,宝钗可以耀首,芳香可以馥身,素琴可以娱耳。"可参。轻,指价值菲薄。 ⑪报:报答,回报。本首叙写临行之时的思念,以留物为赠表达其内心之情。

409

一四 赵 壹

赵壹(生卒年不详),字元叔,汉阳西县(今甘肃天水市)人,主要活动约在东汉桓帝、灵帝时。为人不满世俗,恃才倨傲,初屡抵罪,几被处死。灵帝光和元年,举郡上计吏,到京师,名声大振。后十辟公府,皆不就,终于家,终身为官不过郡吏。他的著作,据《后汉书》本传所记,有赋、颂、箴、诔、书、论及杂文十六篇。流传到现在的,以《刺世疾邪赋》最有名。

刺世疾邪赋[①]

伊五帝之不同礼,三王亦又不同乐[②]。数极自然变化[③],非是故相反驳[④]。德政不能救世溷乱[⑤],赏罚岂足惩时清浊[⑥]!春秋时祸败之始[⑦],战国愈复增其荼毒[⑧]。秦汉无以相逾越[⑨],乃更加其怨酷[⑩]。宁计生民之命[⑪],唯利己而自足[⑫]。

于兹迄今[⑬],情伪万方[⑭]。佞谄日炽[⑮],刚克消亡[⑯]。舐痔结驷[⑰],正色徒行[⑱]。妪娪名埶[⑲],抚拍豪强[⑳]。偃蹇反俗[㉑],立致咎殃[㉒]。捷慑逐物[㉓],日富月昌。浑然同惑[㉔],孰温孰凉[㉕]。邪夫显进[㉖],直士幽藏[㉗]。

原斯瘼之攸兴[㉘],实执政之匪贤[㉙]。女谒掩其视听兮[㉚],近习秉其威权[㉛]。所好则钻皮出其毛羽[㉜],所恶则洗垢求其瘢痕[㉝]。虽欲竭诚而尽忠,路绝崄而靡缘[㉞]。九重既不可启㉟,又群吠之狺狺㊱。安危亡于旦夕,肆嗜欲于目前㊲。奚异涉海之失柁㊳,积薪而待燃!荣纳由于闪揄㊴,孰知辨其蚩妍㊵!故法禁屈挠于势族㊶,恩泽不逮于单门㊷。宁饥寒于尧舜之荒岁兮,不饱暖于当今之丰年。乘理虽死而非亡㊸,违义虽生而匪存㊹。

有秦客者㊺,乃为诗曰:"河清不可俟㊻,人命不可延。顺风激靡草㊼,富贵者称贤㊽。文籍虽满腹㊾,不如一囊钱。伊优北堂上㊿,抗脏倚门边(51)。"

鲁生闻此辞(52),系而作歌曰(53):"势家多所宜,欬唾自成珠(54)。被褐怀金玉,兰蕙化为刍(55)。贤者虽独悟,所困在群愚(56)。且各守尔分,勿复空驰驱(57)。哀哉复哀哉,此是命矣夫(58)!"

中华书局校点本《后汉书》卷八〇下

①本篇选自《后汉书·文苑列传》。文中大胆抨击了东汉后期的黑暗政治和腐败的社会风气,言辞质直,感情激昂,较能切中时弊,是汉赋中不多见的作品。疾,憎恨。一作"嫉",义同。　②"伊五帝"二句:言五帝、三王的时代不同,典章制度也有所不同。伊,发语词。五帝,传说中的五个古帝王,据《史记》所记,为黄帝、颛顼、帝喾、尧、舜。礼,泛指典章制度。下句"乐"义同此。三王,指夏、商、周三代开国的君主禹、汤和文王、武王。　③"数极"句:气数到了极限,自然要发生变化。数,气数,即命运,是古代一种不科学的、先验论的观念。极,指发展到顶点。　④"非是"句:非和是本来就是相互排斥的。反驳,反对,排斥。　⑤溷(hún 混)乱:浑浊纷乱。溷,同"浑"。　⑥岂足:怎能够。惩:惩戒。清浊:偏义复词,浊乱之意。⑦时:是。　⑧愈复:更加。荼(tú 途)毒:残害。此指人们的苦难。⑨"秦汉"句:秦汉没有什么比以前(春秋战国)为好的地方。逾越,超出。⑩怨酷:惨酷暴烈。　⑪宁计:哪里能想到。　⑫唯:只是。自足:指满足自己的欲望。　⑬于兹:自此,从这时(指春秋)。　⑭情伪:情弊,弊

411

病。万方:指众多。　⑮佞谄(nìng chǎn 宁产):奸巧谄媚。炽(chì 翅):盛行。　⑯刚克:指一种刚正胜人的品德。《尚书·洪范》说,治民要靠三德:"一曰正直,二曰刚克,三曰柔克。"　⑰"舐(shì士)痔"句:意为那些善于阿谀拍马的人得到了高车驷马,非常显赫。《庄子·列御寇》有一篇寓言说,宋人曹商为秦王舐痔而得到车乘的赏赐。舐,舔。痔,痔疮。　⑱正色:指不能巧言令色的正直之人。徒行:徒步行路(与"结驷"者成对照)。　⑲姁媮(yǔ qǔ 羽取):即"伛偻",这里形容弯腰打躬的样子。名埶:指有名有势的人。埶,同"势"。下同。　⑳抚拍:亲附、取谀。　㉑偃寒:高傲。指独立不羁。反俗:不同于世俗。　㉒立致:立即招致。咎殃:灾祸。　㉓捷慴:同"捷蹑(niè 聂)",快步走。逐物:指追逐权势名利。　㉔"浑然"句:意为是非不分。惑,辨认不清。　㉕"孰温"句:指冷热不分,好坏莫辨。　㉖邪夫:奸邪小人。显进:得到荣耀和提升。　㉗直士:正直之士。幽藏:潜居隐藏,指沉沦底层。　㉘原:作动词用,指追根究源。斯:这。瘼:病症。攸:所。兴:兴起,发生。　㉙执政:掌权的统治者。匪:同"非",不。　㉚女谒(yè业):指宫中得宠的女人。掩:遮蔽。　㉛近习:指执政者平素所亲狎的人。秉:持,把握。　㉜所好(hào号):指"女谒"、"近习"所喜爱的人。钻皮出其毛羽:形容百般加以美化。　㉝恶(wù务):厌恶。洗垢求其瘢痕:形容吹毛求疵地加以指摘。　㉞绝崄(xiǎn险):极其险峻。崄,同"险"。靡缘:指没有任何机会。缘,因缘,机遇。　㉟九重:九重门,指皇帝所居之处。启:打开。　㊱"又群吠"句:喻指皇帝周围小人的谗言。猎(yín 寅)猎,狗叫声。　㊲"安危亡"二句:执政者安心地处于这危亡即将发生之时,并放纵着自己眼前的贪欲。　㊳奚异:有何不同。柂:同"舵"。　㊴荣纳:享荣宠而被进用。闪揄:同"闪输",邪佞不正貌。　㊵蚩:同"媸(chī痴)",丑陋。妍(yán言):美好。　㊶法禁:法令。屈挠:被阻挠破坏。埶族:与"寒门"相对,指豪门大族。　㊷逮:及,到达。单门:指无权势的寒门。　㊸乘理:顺理,坚持真理。　㊹违义:违背正义。　㊺秦客:作者所虚拟的人物。　㊻河清:指政治清明之时。参见《归田赋》注⑤。俟:待。　㊼"顺风"句:形容世俗之人像小草随风倒伏。激,吹动。靡草,细小的草。　㊽"富贵者"句:言富贵之人总是被称颂为贤者。　㊾文籍:文章典籍,指学问。　㊿"伊优"句:意为小人得到重用。伊优,指阿谀谄媚的人。北堂,坐北朝南的厅堂,富贵者所居。 (51)抗脏:指刚直的人。倚门边:形容被执政者弃置不用。 (52)鲁生:也是作者虚拟的人物。 (53)系:接着。 (54)“孰家”二句:意为有权势的人家,他们的所作所为,总是被认为是适当的;他们所说的话,都被视为珠玉之言。欬唾,指谈吐议论。欬,同“咳”。 (55)“被褐”二句:意为贫贱的人即使满怀德才,也被人轻视,就像兰蕙被看作刍草一样。被褐,身穿粗布衣,指贫贱者。金玉,喻指好的德才。兰、蕙,都是香草名。刍,喂牲畜的干草。 (56)“贤者”二句:意为贤能的人虽然自己觉悟到这种情况,但却为众多愚阍之人的俗见所困,不能改变这种现实。独悟,独自觉悟,指认识到上述“孰家”和贫贱有德之人的不同境遇。群愚,众多的昏愚之人。 (57)“且各”二句:姑且各自守住自己的本分吧,不要再白白地奔波了。 (58)命:命运。在作了一系列的揭露之后,上面四句语含讽刺。

一五 蔡 邕

蔡邕(132—192),字伯喈,陈留圉(今河南杞县)人。东汉末文学家。有才学,好辞章、数术、天文,通音律,善鼓琴。灵帝时为议郎,因上书匡谏朝政阙失,几被杀,后减罪流放朔方。遇赦后,畏宦官陷害,"亡命江海,远跡吴会"(《后汉书·蔡邕列传》)十馀年。董卓专权,被任为侍御史,官至左中郎将。卓被诛后,为王允所捕,死于狱中。

蔡邕"所著诗、赋、碑、诔、铭、赞、连珠、箴、吊、论议、独断、劝学、释诲、叙乐、女训、篆势、祝文、章表、书记,凡百四篇"(《后汉书·蔡邕列传》),多散佚。有后人所辑《蔡中郎集》行世。

述 行 赋[①]并序

延熹二年秋[②],霖雨逾月[③]。是时梁冀新诛[④],而徐璜、左悺等五侯擅贵于其处[⑤]。又起显明苑于城西[⑥],人徒冻饿,不得其命者甚众[⑦]。白马令李云以直言死[⑧],鸿胪陈君以救云抵罪[⑨]。璜以余能鼓琴,白朝廷[⑩],敕陈留太守遣余[⑪]。到偃师[⑫],病不前,得归。心愤此事,遂托所过,述而成赋。

余有行于京洛兮,遘淫雨之经时[⑬]。涂屯邅其蹇连兮,潦污滞而为灾[⑭]。乘马蟠而不进兮,心郁伊而愤思[⑮]。聊弘虑以存古兮[⑯],宣幽情而属词。

夕余宿于大梁兮⑰,诮无忌之称神⑱。哀晋鄙之无辜兮,忿朱亥之篡军⑲。历中牟之旧城兮⑳,憎佛肸之不臣㉑。问甯越之裔胄兮,貌仿佛而无闻㉒。经圃田而瞰北境兮㉓,晤卫康之封疆㉔。迄管邑而增叹兮,愠叔氏之启商㉕。过汉祖之所隘兮㉖,吊纪信于荥阳㉗。降虎牢之曲阴兮,路丘墟以盘萦㉘。勤诸侯之远戍兮,侈申子之美城。稔涛涂之愎恶兮,陷夫人以大名㉙。登长阪以凌高兮㉚,陟葱山之嶕崪㉛;建抚体而立洪高兮,经万世而不倾㉜。回峭峻以降阻兮㉝,小阜寥其异形㉞。冈岑纡以连属兮,溪壑复其杳冥㉟。追嵯峨以乖邪兮,廓岩窞以峥嵘㊱。攒栎朴而杂榛楛兮,被浣濯而罗布㊲。蘴荄荑与苔菭兮,缘增崖而结茎㊳。行游目以南望兮,览太室之威灵㊴。顾大河于北垠兮,瞰洛汭之始并㊵。追刘定之攸仪兮,美伯禹之所营㊶。悼太康之失位兮,愍五子之歌声㊷。

寻修轨以增举兮,邈悠悠之未央㊸。山风泊以飚涌兮,气憀憀而厉凉㊹。云郁术而四塞兮㊺,雨濛濛而渐唐㊻。仆夫疲而劬瘁兮㊼,我马虺隤以玄黄㊽。格莽丘而税驾兮㊾,阴瞪瞪而不阳㊿。

哀衰周之多故兮,眺濒隈而增感㉛。忿子带之淫逸兮,啗襄王于坛坎。悲宠嬖之为梗兮,心恻怆而怀懆㊺。操方舟而溯湍流兮,浮清波以横厉㊹。想宓妃之灵光兮,神幽隐以潜翳㊴。实熊耳之泉液兮㊵,总伊瀍与涧瀍㊶。通渠源于京城兮㊷,引职贡乎荒裔㊸。操吴榜其万艘兮㊹,充王府而纳最㊺。济西溪而容与兮㊻,息巩都而后逝㊼。愍简公之失师兮,疾子朝之为害㊽。

玄云黯以凝结兮,集零雨之溱溱㊾。路阻败而无轨兮㊿,涂泞溺而难遵。率陵阿以登降兮,赴偃师而释勤㊱。壮田横之奉首兮,义二士之侠坟⑥。伫淹留以候霁兮,感忧心之殷殷⑧。并日夜而遥思兮,宵不寐以极晨⑨。候风云之体势兮⑩,天牢湍而无文⑪。弥信宿而后阕兮⑫,思逶迤以东运⑬。见阳光之颙颙兮⑭,怀少弭而有欣⑮。

命仆夫其就驾兮,吾将往乎京邑⑯。皇家赫而天居兮⑰,万方徂而并集⑱。贵宠扇以弥炽兮⑲,金守利而不戢⑳。前车覆而未远兮,后乘驱而竞入㉑。穷变巧于台榭兮,民露处而寝湿㉒。清嘉谷于禽兽兮,下糠粃而无粒㉓。弘宽裕于便辟兮㉔,纠忠谏其侵急㉕。怀伊吕而黜逐兮,道无因而获入㉖。唐虞眇其既远兮㉗,常俗生于积习;周道鞠为茂草兮㉘,哀正路之日湮㉙。

观风化之得失兮,犹纷掌其多违㉚。无亮采以匡世兮,亦何为乎此畿㉛?甘衡门以宁神兮㉜,咏都人而思归㉝。爰结踪而回轨兮㉞,复邦族以自绥㉟。

乱曰:跋涉遐路,艰以阻兮。终其永怀,窘阴雨兮㊱。历观群都,寻前绪兮㊲。考之旧闻,厥事举兮㊳。登高斯赋,义有取兮㊴。则善戒恶,岂云苟兮㊵。翩翩独征,无俦与兮㊶。言旋言复㊷,我心胥兮㊸。

《四部备要》本《蔡中郎集》

①本篇选自《蔡中郎集·外纪》。《后汉书·蔡邕列传》:"桓帝时,中常侍徐璜、左悺等五侯擅恣,闻邕善鼓琴,遂白天子,敕陈留太守督促发遣。邕不得已,行到偃师,称疾而归。"本篇即其归后所作。篇中凭吊古迹,抒发感慨,同情民众,批评时政,是东汉后期一篇重要的抒情短赋。 ②延熹二年:公元159年。延熹是汉桓帝刘志年号(公元158—167年)。 ③霖雨:久雨不止。 ④梁冀:桓帝梁皇后的哥哥,扶立桓帝,并以外戚的身份执政专权。梁皇后死后,桓帝与宦官密谋诛杀之。 ⑤五侯:指徐璜、左悺、单

超、具瑗、唐衡五位宦官,因他们参与密谋诛杀梁冀,被同日封侯,故称"五侯"。擅贵:以贵要而专权。于其处:意为替代梁冀的位置。　　⑥起:兴建。显明苑:宫苑名。　　⑦"人徒"二句:意为服役百姓冻饿而死的很多。人徒,指被役使的百姓。不得其命,不能享受应有的寿命,指因冻饿而死。　　⑧白马令:白马县令。白马,东汉县名,治在今河南滑县东北。李云:字行祖,曾上书桓帝,认为五侯当政是"官位错乱,小人谄进"。桓帝怒,捕李云入狱,死于狱中。事见《后汉书·李云传》。　　⑨鸿胪:官职名,掌管宣赞相礼等事。陈君:指陈蕃。蕃为汉末名臣,桓帝时官至太尉。灵帝时,与大将军窦武谋诛宦官侯览等,事泄被害。《后汉书·李云传》载,陈蕃曾上书桓帝救李云。桓帝甚怒,诏切责蕃,免归田里。"抵罪"即指此而言。　　⑩"璜以余"二句:徐璜因为我善于弹琴而奏诸朝廷。璜,徐璜。白,禀告,奏明。　　⑪敕(chì斥):命令。陈留:汉代郡名,治今河南开封市祥符区陈留镇。太守:汉代郡的长官。　　⑫偃师:今河南洛阳市偃师区。　　⑬"余有行"二句:意为我在前往京城途中,遭遇到连绵的阴雨。京洛,京城洛阳。因东汉建都洛阳,故云。遘,遭遇。淫雨,连阴雨。经时,很久一段时间。　　⑭"涂屯邅(zhān毡)"二句:意为路途泥泞难行,积水成灾。涂,通"途"。屯邅、蹇连,皆指因路途泥泞,艰苦难行之意。潦污,雨后的积水。滞,积聚。　　⑮"乘(shèng胜)马"二句:意为马匹也难以前进,因而内心忧愁而浮想连翩。乘马,四匹马拉的车。此指拉车的马匹。蟠,盘桓不进貌。愤思,指思绪不断。愤,发。　　⑯弘虑:放开思绪。弘,大。存古:回想以往的事情。　　⑰夕:原为"久",形近似而误。据明兰雪堂本改。大梁:战国时魏国的国都,即今河南开封市。　　⑱消:讥讽。无忌:战国时魏国公子,号信陵君,以养士著名。称神:指被推崇。　　⑲"哀晋鄙"二句:信陵君曾使朱亥袖铁椎杀晋鄙,夺其军以救赵。事见《史记·魏公子列传》。作者不同意这种做法,所以对晋鄙的死表示伤悼,而愤怒朱亥的"篡军"。忿,原作"忽",据《全汉文》改。　　⑳历:经过。中牟:汉县名,由战国魏中牟邑置,即今河南中牟县。又春秋时古邑名,当时属晋国,在今河南鹤壁市西,或曰即今河南中牟。　　㉑佛肸(bì xī毕希):晋国大夫范中行氏家臣,为中牟邑宰(地方官)。晋国另一大夫赵简子以晋君命伐中牟,佛肸据中牟拒之。不臣:不守臣道。　　㉒"问甯越"二句:意为访问甯越的后裔,却因时间久远而无人了解。甯越,战国时中牟人,刻苦好学。《吕氏春秋》载,别人说他三十年可以学成,他只学了十五年,就做了周威王师。裔胄,后代。藐,通"邈",时间久远。仿佛,模糊不清之貌。 ㉓圃田:古代薮泽名,在今河南中牟县境。 ㉔晤:见。卫康:指卫国国君康叔。康叔为周武王同母弟,受封于卫(今河南淇县、滑县、濮阳一带)。 ㉕"迄管邑"二句:意为到了管邑更为感叹,怨恨管叔、蔡叔帮助商的遗民叛乱。迄,到。管邑,又名管城,为周武王管叔封地。在今河南郑州市附近。愠,怒。叔氏,指管叔和蔡叔。启商,指引发武庚叛乱。武王灭商纣后,封纣子武庚为诸侯,并令管、蔡安抚商遗民。武王死后,管、蔡挟武庚作乱反周。启,招致,引发。 ㉖汉祖:汉高祖刘邦。隘:指刘邦遭受困厄之处。 ㉗"吊纪信"句:谓在荥阳凭吊纪信。史载,汉高祖刘邦被项羽围困在荥阳,将领纪信假扮刘邦投降项羽,刘邦方溃围而出。纪信后被项羽所杀。荥阳,故城在今河南荥阳市东北。 ㉘"降虎牢"二句:意为沿着虎牢的山谷下行,走过了曲折的山路。虎牢,古城邑名,在今河南荥阳市境内。曲阴,弯弯曲曲的山谷。丘墟,山丘。盘萦,盘绕。 ㉙"勤诸侯"四句:据《左传》僖公四年、五年、七年记载:春秋时,齐桓公伐楚旋师,途经陈国和郑国。陈国大夫辕涛涂对郑国大夫申侯说:齐国军队路经陈、郑,对两国都很不利;不如让齐军沿东海回国。申侯表示同意。当辕涛涂把这个意见告诉齐桓公,桓公已同意后,申侯却又去见桓公,主动劝说齐军路经陈、郑回国。桓公于是非常喜欢申侯,把虎牢赏赐给他,而"执辕涛涂"。辕涛涂怨恨申侯出尔反尔,在被放回后便设计报复。他劝申侯在虎牢修个"美城",以获得"大名",并答应助成其事。当城修好后,又随即向郑文公告发,说"美城其赐邑,将以叛也"。申侯由此获罪,并终被杀。联系史实,大意是:让诸侯勤于戍守,却又治裁申侯建城。深知辕涛涂是恶意中伤,用劝人家获"大名"的手段陷人以死罪。侉,恃多以凌人,引申为"治裁"。美城,指城楼及其他守备设施完美。稔,熟知,指洞察。愎恶(wù务),指中伤别人的乖戾的做法。恶,谗毁、中伤。 ㉚阪:崎岖难行的山路。凌高:登高。 ㉛陟:登上。葱山:山名,在今河南巩县境。嶢(yáo尧)峥:当为"嶢崝(同"峥")",山势高峻貌。"峥"与"崝"形近致误。 ㉜"建抚体"二句:意为回望申侯建立的虎牢关,又稳又高,虽经万代也不会坍塌。含有对辕涛涂陷人以罪的做法不以为然之意。抚体,形容城池巍然不动。抚,安稳意。洪高,大而高。 ㉝"回峭峻"句:意为从险峻的高山上下来。阻,险。 ㉞小阜:小土冈。寥:空阔。异形:形状各异。 ㉟"冈岑"句:意为"冈"和"岑"曲曲折折地连接在一起，溪谷幽深昏暗。冈，土冈。岑，小而高的山。纡，曲折。敻（xiòng 兄去声），幽深貌。杳冥，昏暗。 ㊱“迫嵯峨”二句：意为溪谷有时为山势逼迫得萦回曲折，有时又冲破山岩的阻滞露出原来的面目。廓，清，清除阻滞。 ㊲“攒棫朴”二句：意为丛生的棫朴和榛楛，因受雨露滋润而繁茂生长，满山遍野。攒、杂，聚集之意。棫（yù 域）、朴、榛（zhēn 真）、楛（hù 户），并木名。《诗经·大雅·棫朴》：“芃芃棫朴”。《诗经·大雅·旱麓》：“榛楛济济”。罗布，罗列。布，《全后汉文》作“生”。 ㊳“藬菼（wěi tǎn 尾毯）”二句：藬，草名。菼，苇类植物，又名荻。薁（yù 玉），即野葡萄，又名蘡薁。台，同“苔”，即莎草。莔（méng 萌），即贝母。增，通“层”。 ㊴太室：太室山，即嵩山。 ㊵“顾大河”二句：意为在北边看到了洛水流入黄河。大河，黄河。垠，边际。洛汭（ruì 锐），地名，汉代为洛水入黄河处，在今河南巩县。 ㊶“追刘定”二句：意为想起刘定公敬仰夏禹，赞美他治水的功绩。追，追思，想到。刘定，指刘定公，名夏，周景王卿士。他曾说：“美哉禹功，明德远矣。微禹，吾其鱼乎！”（《左传·昭公元年》）攸，所。仪，善，这里是赞美敬仰之意。伯禹，夏禹。传说禹为伯爵，故称。 ㊷“悼太康”二句：意为伤悼夏王太康因喜欢游猎而失去君位，为五子劝太康时所唱的歌而悲哀。传说太康为禹之孙，喜欢游猎，长久不归，政事败坏，以至失国。其弟五人在洛汭作歌，表戒劝之意。《书序》云：“太康失邦，兄弟五人，须于洛汭，作《五子之歌》。”愍（mǐn 敏），哀伤。 ㊸“寻修轨”二句：意为在悠远的路途上不断地前行。寻，通“循”，沿着。修轨，长远的路途。轨，车辙。增举，继续前行。未央，未尽。 ㊹“山风”二句：意为山风狂暴地刮起来，气氛是那样悲惨而凄苦。泊，通“薄”，至。飚，飙之异体字。飙涌，狂风骤起。慅（cǎo 草）慅，愁惨貌。厉，很。 ㊺郁术：烟云上升貌。塞：充满。 ㊻渐唐：指雨越下越大。唐，大。一说，渐（jiān 尖），沾湿。唐，同“塘”，指堤岸。 ㊼劬（qú 渠）瘁：极度劳累。 ㊽“我马”句：意为马匹也积劳成疾。虺隤（huī tuí 灰颓），病足跛蹶。玄黄，马病貌。《诗经·周南·卷耳》：“我马虺隤”、“我马玄黄”。 ㊾“格莽丘”句：意为到了杂草丛生的高地暂时停息。格，至。莽丘，杂草丛生的高地。税驾，止驾，车马停止行进。税，止息。 ㊿“阴曀（yì 意）曀”句：意为天色昏暗而无阳光。曀曀，阴暗貌。不阳，不见日光。(51)濒隈：近水之地，这里指洛水边的巩县一带。 (52)“忿子带”四句：据《左传·僖公二十四年》记载，太子郑和王子带为周惠王二子。王子带“有宠于惠后,惠后将立之,未及而卒"。太子郑即位后,是为周襄王。王子带因争位失败而逃奔齐国。后王子带曾一度回国,并与襄王后隗氏私通,又勾结戎狄举兵逐襄王,襄王出奔在坎欿(dàn 淡)。此处所指就是这段史事。坛坎,当作"坎欿",在今河南巩县东。宠嬖,指王子带被惠后宠信。梗,祸患。恻怆,悲伤意。憪,愁不安貌。 ㉝"操方舟"二句:写在洛水上乘船前行。操,一作"乘"。方舟,两船相并。溯(sù 素),逆水而上。横厉,横渡。 ㉞"想宓(fú 伏)妃"二句:意为由于阴雨,洛水之神的灵光也隐而不露。宓妃,洛水之神。详见《离骚》注⑩。灵光,神异之光。此处为有灵验之意。幽隐、潜翳,都是隐而不露之意。 ㉟"实熊耳"句:意为洛水发源于熊耳山。熊耳,山名,在洛阳西南。 ㊱"总伊瀍"句:意为洛水汇集了伊、瀍、涧三条河流。按,伊、瀍、涧三水均于洛阳附近注入洛水。濑,急流。 ㊲"通渠"句:意为作为阳渠源头的洛水直通京城洛阳。渠源,阳渠水的源头,指洛水。渠,春秋时地名,即阳渠,亦名九曲渎,在今河南巩县西。由此可溯洛水直达洛阳。 ㊳"引职贡"句:意为由洛水运来远方朝贡的物品。职贡,藩属或外国对朝廷的贡纳。荒裔,指边远地区。 ㊴吴榜:大船桨,此指船。 ㊵纳冣:积聚。冣,聚。 ㊶济:渡。西溪:《左传·昭公二十二年》杜预注:"河南巩县西有荣锜涧。"或即指此。容与:徘徊不进貌。 ㊷巩都:巩邑。巩为周畿内国,故称"都",即今河南巩义市。逝:去。 ㊸"愍简公"二句:据《左传·昭公二十二年》记载,周景王死后,其庶子王子朝和王子猛(即周悼王)争位,双方各有私党,属于王子猛一派的巩简公曾被王子朝打得大败。以后赖晋国出兵援助,才驱逐王子朝使王子猛复位。作者途经巩县,故言及巩简公事。简公,巩简公,周卿士。疾,痛恨、憎恶。子朝,王子朝。 ㊹"集零雨"句:意为雨由小变大。集,降,降下。零雨,时断时续的雨。溱(zhēn 珍)溱,盛多貌。形容雨水很大。 ㊺阻败:指道路泥泞难行。 ㊻"率陵阿"二句:意为为了躲避泥泞,只好沿着高地上上下下,到偃师才得休息。率,沿着。阿,大土山。释勤,解除疲劳,即得到休息之意。 ㊼"壮田横"二句:意为赞赏田横和二士的悲壮行为。《史记·田儋列传》记载,汉高祖刘邦灭齐,齐王田横逃入海岛,高祖召之。田横不得已与二客奉召前往洛阳,未至,自杀,令二客奉首级见高祖。高祖礼葬田横后,二客也自杀。壮,以⋯⋯为壮,赞赏。奉首,献上首级。义,以⋯⋯为义。坟,一作"愤"。 ㊽"伫淹留"句:意为停了很长时间以等待天晴,内心却充满忧伤。霁,天晴。

殷殷,忧愁的样子。　⑩"宵不寐"句:意为彻夜不寐直到早晨。极,至。
⑩"候风云"句:谓等待天气变化,盼望天晴。候,伺望、观测。体势,形势。
⑪牢湍:"牢"谓阴云密布,"湍"谓雨势盛大。无文:没缝隙。文,通"纹"。
⑫"弥信宿"句:意为住了两夜不准备再住下去了。弥,满。信宿,两夜,再宿为"信"。阕(què却),停止。　⑬"思逶迤"句:意为打算不再前往京城而要转道东返故乡。逶迤,从容自得貌。东运,向东行。　⑭颢(hào皓)颢:阳光明媚的样子。　⑮"怀少豤"句:谓内心稍得平静而有欣喜之意。豤,平静。　⑯"命仆夫"二句:意为由于天气好转,命仆夫驾车重新向京师进发。按,前文"思逶迤以东运",是作者的真实思想;此处重向京师,只是表面意思,且可引出下文,为文蓄势。就驾,开始驾车。　⑰"皇家"句:意为皇室显赫威风如同居住在天上一般。赫,显赫、兴盛意。　⑱"万方"句:意为天下的人都来到这里聚集。徂,来到。　⑲"贵宠"句:意为权贵及其亲信们的气焰,如火被扇一样,更加炽烈。扇,作动词用。　⑳"佥守利"句:意为共同贪利而不止。佥,皆。守利,贪利,把持利益。戢,停止。　㉑乘:指车。入:进。此指重蹈覆辙。　㉒"穷变巧"二句:意为权贵们的宫室建筑花样翻新,极其豪华,而百姓却无处居住。榭,台上有亭叫"榭"。露处、寝湿,并露宿意。　㉓"清嘉谷"二句:意为把好粮食全用来喂养禽兽(供玩乐),下民则因无粮而只好吃糠秕。清,尽。　㉔"弘宽裕"句:意为对于奸佞之徒非常宽宏大量。便辟(pì僻),奸巧邪僻之人。　㉕"纠忠谏"句:谓对忠谏者的迫害则越来越厉害。纠,督责,惩治。侵,渐。　㉖"怀伊吕"二句:意为即使具有伊尹、吕尚那样的才德的人也会被赶走,他们的主张也不会被采纳。伊吕,伊尹、吕尚,分别为商、周开国的功臣。吕尚,即姜尚。黜逐,被贬职斥退。道,指治国之正道。　㉗"唐虞"句:意为尧舜的盛世已经很远了。唐虞,指尧舜。尧号陶唐氏,舜号有虞氏。眇,同"渺",极远。
㉘"周道"句:平坦的大道长满了野草。喻时君治国不由正道。鞠,尽,全部。《诗经·小雅·小弁》:"踧踧周道,鞠为茂草。"　㉙正路:大路。此指朝政。日忽(hū乎):一天天坏下去。忽,水流貌。　㉚"犹纷掌"句:意为风化纷乱,多有不合正道之处。掌,当从《全汉文》作"挐"。纷挐,纷乱。违,失,错误。　㉛"无亮采"二句:意为既无才德以救世,为什么还要到京师去呢?亮采,指辅佐帝业的才德。畿,京郊,此代指京城。　㉜"甘衡门"句:意为甘心过平民的清贫生活,以求心神安定。《诗经·陈风·衡门》:"衡

421

门之下,可以栖迟。"这里用其意。衡门,即以横木为门,言其卑陋。此指隐者所居。　　㉟都人:《诗经·小雅》有《都人士》篇,《毛序》以为是"伤今不复见古人也",郑笺以为"疾时皆奢淫"。蔡邕借以表示他对时事的感伤和思归之情。　　㉞"爰结踪"句:意为于是回车往回赶路。结踪,犹止踪,指不再往前走。结,结束,停止。回轨,即回车,沿原路往回走。　　㉟"复邦族"句:意为回到家乡求得自安。复,返。邦族,犹俗称本乡本土。绥,安。　　㊱"终其"二句:意为我一直对京城十分怀念,不想却为阴雨所困不能前往。此为委婉之词。终,到底,始终。永怀,长久怀念。窘,困,为……所困。　　㊲"历观"二句:意为遍览了沿途的古城,寻求前人的事迹。前绪,前人的事业。　　㊳厥事:指上文所述诸史实。厥,其,举,列举。　　㊴"登高"二句:谓其写此赋本有所寄寓,即下文所谓的"则善戒恶"。斯,则,乃。按《汉书·艺文志》云:"登高能赋,可以为大夫。"谓登高见广,能赋诗述其感受,当是士大夫所应具备的能力之一。"登高"句即用其意。　　㊵"则善"二句:意为写此赋的目的本是为了扬善惩恶,并非随意为之。则,效法。苟,随便,不审慎。　　㊶俦与:同行者。俦,匹,伴侣。　　㊷言:语助词。"旋"和"复"都是回返之意。　　㊸胥:喜悦,快乐。

一六　汉代乐府民歌

"乐府",原为汉代设立的一个掌管音乐的机构,后来人们便把这个机构所收集和配乐演唱的歌辞,称为"乐府诗",也简称"乐府"。汉代的乐府诗,既有贵族、文人的创作,也包括一部分民歌。据记载,仅西汉乐府机构收集民歌的地区即几乎遍及当时的全国,范围超出了《诗经》十五国风产生的地域。但是,由于年代久远和其它原因,当时收集到的民歌,很多都已经亡佚了。

现存汉代乐府民歌,大都收录在宋人郭茂倩编的《乐府诗集》中。《乐府诗集》收集汉代至唐代的乐府诗,并根据音乐的不同,将其分为十二大类。其中汉代乐府民歌多见于鼓吹曲辞、相和歌辞和杂曲歌辞等几类中,大约有三四十首。这些作品,有的真实地再现了民众的种种悲惨遭遇,有的揭露了封建礼教、封建制度的罪恶,还有的反映了人民的爱情生活和对于美好理想的追求。它们往往叙事的成分较多,形式自由而富于变化,语言则以刚健清新和朴素自然为特色。

战　城　南[①]

战城南,死郭北,野死不葬乌可食[②]。为我谓乌[③]:"且为客豪[④]!野死谅不葬[⑤],腐肉安能去子逃?"水深激激[⑥],蒲苇冥冥[⑦]。枭骑战斗死[⑧],驽马徘徊鸣[⑨]。梁筑室[⑩],何以南,何以北[⑪],禾黍不获君何食[⑫]?愿为忠臣安可得?思子良臣[⑬],

良臣诚可思。朝行出攻,暮不夜归⑭!

文学古籍刊行社影宋本《乐府诗集》卷一六

①本篇选自《乐府诗集·鼓吹曲辞·汉铙歌》,最早见于《宋书·乐志》。本诗以强烈的感情,诅咒战争给民众带来的苦难,并对战死者深表哀悼。诗中以战死者的口吻叙写其与乌鸦的对话,读来倍感痛切。　②乌:乌鸦。　③我:战死者自称。　④客:指战死者。豪:同"嚎",哭号。　⑤谅:诚然,当然。　⑥激激:流水声。　⑦冥冥:幽深静寂之状。　⑧枭骑:勇健的马,兼喻战死的勇士。枭,通"骁",勇。　⑨驽马:劣马,兼喻懦夫。⑩梁:桥梁。筑室:指构筑工事。　⑪"何以"二句:意为怎能够南北来往?指交通断绝。"何以北"原作"梁何北",据宋陈仁子辑《文选补遗》卷三十四改。　⑫不:原作"而",据元刘履辑《风雅翼》改。君:君主。一说指士卒。⑬子:你们,指战死者。　⑭"暮不"句:或当作"暮夜不归",汉人多"暮夜"连文。《文选补遗》正作此。

有　所　思①

有所思,乃在大海南。何用问遗君②?双珠玳瑁簪③,用玉绍缭之④。闻君有他心,拉杂摧烧之⑤。摧烧之,当风扬其灰⑥。从今以往,勿复相思!相思与君绝⑦!鸡鸣狗吠,兄嫂当知之⑧。妃呼狶⑨!秋风肃肃晨风飔⑩,东方须臾高知之⑪。

文学古籍刊行社影宋本《乐府诗集》卷一六

①本篇选自《乐府诗集·鼓吹曲辞·汉铙歌》,最早见于《宋书·乐志》。写一位女子要与情人断绝关系,却又不能完全断绝的炽烈复杂感情。有所思,有所爱之意。　②何用:拿什么。问遗(wèi畏):赠送。为当时口语。

424

③玳瑁：一种龟类动物，其甲可做成各种装饰品。簪：古人用来插挽发髻的饰发之物。　④"用玉"句：意为以玉饰簪，以表示她的深情。绍缭，缠绕。　⑤拉杂：胡乱，不再珍惜之意。摧烧之：指把"双珠玳瑁簪"摧毁烧坏。　⑥"当风"句：迎风抛洒其灰。写女子极度怨恨。　⑦"从今"三句：从今以后，不再相爱，对你的爱永远断绝。　⑧"鸡鸣"两句：写女子回想当初和男子幽会时的情景，觉得旧情难舍。　⑨妃呼狶(xī希)：表声字，无意义。　⑩肃肃：犹"萧萧"。晨风：鸟名，又名鹯，属鹞鹰一类，善疾飞。飔(sī思)：疾速。一说晨风即雉。雉常朝鸣以求偶。飔，同"思"，思慕。　⑪"东方"句：意为过一会儿，东方日出，将照见我的本心，并非一定要和你绝交。一说，此为自慰之词，意为天亮之后我就会知道应该怎么办了。须臾，一会儿。高，通"皓"，指东方发白。

上　　邪①

上邪！我欲与君相知②，长命无绝衰③。山无陵④，江水为竭，冬雷震震⑤，夏雨雪⑥，天地合，乃敢与君绝！

文学古籍刊行社影宋本《乐府诗集》卷一六

①本篇选自《乐府诗集·鼓吹曲辞·汉铙歌》，最早见于《宋书·乐志》。当为民间情歌，为女子指天自誓之辞，率直地表达了主人公对爱情的真挚、专一和生死不渝的态度。上邪，犹言"天哪"。上，指天；邪，同"耶"。　②相知：相爱。　③命：令，使。绝衰：指感情断绝或减弱。　④山无陵：意为高山化为平地。陵，指山峰。　⑤震震：雷声。　⑥雨：作动词用，降、落。

十五从军征①

十五从军征，八十始得归②。道逢乡里人："家中有阿

425

谁③?""遥看是君家,松柏冢累累④。"兔从狗窦入⑤,雉从梁上飞。中庭生旅谷⑥,井上生旅葵⑦。舂谷持作饭⑧,采葵持作羹。羹饭一时熟,不知饴阿谁⑨。出门东向看,泪落沾我衣!

文学古籍刊行社影宋本《乐府诗集》卷二五

①本篇选自《乐府诗集·横吹曲辞·梁鼓角横吹曲》,为《紫骝马歌辞》中的一部分,题注引《古今乐录》曰:"'十五从军征'以下是古诗。"本诗以一位从军六十多年的老兵退伍回乡后的悲惨境况,反映繁重的兵役对民众生活的破坏。诗中抓住典型情景描述,给人以真切的感受。 ②"十五"二句:汉代规定,民众服兵役的年限,是二十岁至五十六岁,但诗中这位老人却足足服了六十五年兵役,可见制度之名存实亡。 ③阿:语助词。这句是老兵的发问。 ④冢:坟。累累:形容坟头很多。这两句是"乡里人"的回答。 ⑤狗窦:狗洞。此下四句写老兵回家所见。 ⑥中庭:院中。旅谷:未经播种而野生的谷子。下句"旅葵"同此。 ⑦葵:菜名,叶可食。 ⑧饭:同"饭"。下同。 ⑨饴:通"贻",送给。

陌 上 桑①

日出东南隅②,照我秦氏楼。秦氏有好女,自名为罗敷③。罗敷憙蚕桑④,采桑城南隅。青丝为笼系,桂枝为笼钩⑤。头上倭堕髻⑥,耳中明月珠⑦。缃绮为下裙⑧,紫绮为上襦⑨。行者见罗敷⑩,下担捋髭须⑪。少年见罗敷,脱帽著帩头⑫。耕者忘其犁,锄者忘其锄⑬。来归相怨怒,但坐观罗敷⑭。

使君从南来⑮,五马立踟蹰⑯。使君遣吏往,问是谁家姝⑰?"秦氏有好女,自名为罗敷⑱。""罗敷年几何⑲?""二十尚不足,十五颇有馀⑳。"使君谢罗敷㉑:"宁可共载不㉒?"罗敷前置辞:"使君一何愚㉓!使君自有妇,罗敷自有夫。"

"东方千馀骑㉔,夫婿居上头㉕。何用识夫婿?白马从骊驹㉖。青丝系马尾,黄金络马头。腰中鹿卢剑㉗,可直千万馀。十五府小史㉘,二十朝大夫㉙;三十侍中郎㉚,四十专城居㉛。为人洁白皙㉜,鬑鬑颇有须㉝。盈盈公府步㉞,冉冉府中趋㉟。坐中数千人,皆言夫婿殊㊱。"

文学古籍刊行社影宋本《乐府诗集》卷二八

①本篇选自《乐府诗集·相和歌辞·相和曲》。最早见于《宋书·乐志》,题为《艳歌罗敷行》;《玉台新咏》又题之为《日出东南隅行》。篇中叙写采桑女子秦罗敷拒绝太守调戏引诱的故事,刻画了一位美丽、机智、坚贞的女子形象。诗中以夸饰的言辞和衬托的手法写出罗敷的形象和对使君的讥讽,富有喜剧效果。陌(mò 末)上桑,取采桑于陌上之意。陌,田间小路。　②东南隅:东南方。隅,角,指方位。　③自名:本名,犹言名字叫做。罗敷,汉人常用作美女的名字,如《焦仲卿妻》中也有一个"秦罗敷"。　④憙:喜好,爱好。　⑤"青丝"二句:用青色丝绳做篮子上的系绳,桂树枝条做其提把。言其华美。笼,指采桑用的篮子。系,竹篮上用以提挂的绳子。　⑥倭堕(wō duò 窝剁):同"髿髻"。倭堕髻又名堕马髻,发髻偏在一边,呈欲堕的样子,是东汉时髦的发式。　⑦耳中:指戴在耳垂上。明月珠:一种宝珠,有光泽而大。　⑧缃(xiāng 香):浅黄色。绮(qǐ 起):有花纹的丝织品。　⑨上襦(rú 儒):短上衣。　⑩行者:指过路的人。　⑪捋(luō罗阴平)髭(zī 姿)须:用手抚摸着胡须,形容看得出神的样子。髭,上唇的胡子。　⑫著:露出。帩(qiào 俏)头:一作"绡头",即帕头,古代男子裹发的纱巾。　⑬"耕者"二句:耕田与锄地的人都忘记了手中的工作。极力形容其出神的状态。　⑭"来归"二句:意为回家后都互相埋怨,因为只顾看秦罗敷而耽误了干活。来归,归来。但,只。坐,因为。　⑮使君:汉代对太守(一郡之最高长官)或刺史(低于太守,为部所置巡察官)的称呼。　⑯五马:指使君的车驾。古礼,诸侯驾五。太守为一方之长,与诸侯相当,故汉太守之车五马。踟蹰(chí chú 池除),徘徊不前貌。　⑰姝(shū 书):美

427

女。　⑱"秦氏"二句：这是吏回答使君的话。　⑲"罗敷"句：是使君的问话。　⑳"二十"二句：是吏再次回答使君的话。　㉑谢：问，告。㉒宁：表示诘问，用法同"其"。共载：同乘一车，指嫁给自己。不：同"否"。㉓一何：何等，多么。　㉔东方：指罗敷丈夫做官的地方。千馀骑（jì寄）：指其夫随从之盛，系夸张之辞。以下并以夸张笔法写出。　㉕夫婿：丈夫。居上头：在前列。　㉖从：后面跟着。骊驹：黑马驹。　㉗鹿卢剑：同"辘轳剑"。剑柄上有辘轳形花纹或装饰，故名。　㉘十五：十五岁。下文"二十"、"三十"、"四十"统指年龄。府小史，指在郡府中做小官。小史：从事文案工作的吏员。史，《玉台新咏》作"吏"。　㉙朝大夫：在朝为大夫。㉚侍中郎：侍中之职。汉代多为加官。　㉛专城居：为一城之长，如太守之类。㉜白皙（xī西）：指皮肤细而白。　㉝鬑（lián廉）鬑：须发稀疏貌。一说，须发美长貌。颇：少，略微。　㉞盈盈：缓步从容貌。公府步：官步，犹言四方步。公府，官府。　㉟冉冉：意同"盈盈"。趋：走动。㊱殊：与众不同。

东　门　行①

出东门，不顾归②。来入门，怅欲悲③。盎中无斗米储④，还视架上无悬衣。

拔剑东门去，舍中儿母牵衣啼⑤："他家但愿富贵，贱妾与君共餔糜⑥。上用仓浪天故，下当用此黄口儿⑦。"

"今非⑧！咄⑨！行⑩！吾去为迟！白发时下难久居⑪！"

文学古籍刊行社影宋本《乐府诗集》卷三七

　　①本篇选自《乐府诗集·相和歌辞·瑟调曲》。叙述一个男子在饥寒交迫之下，忍无可忍，毅然拒绝妻子的劝阻，打算离家而去，奋起反抗。《宋书·乐志》亦载此篇，但属"大曲"，词句有所不同。《乐府诗集》称其为"晋乐所奏"，而称本诗属"本辞"。东门，诗中主人公所住城邑的东门。行，古代

乐曲的一种。　　②顾:念,想。顾,一作"愿"。　　③怅(chàng唱):烦恼失望。　　④盎(àng昂去声):一种腹大口小的陶制容器。　　⑤儿母:指妻子。　　⑥贱妾:古时女子对丈夫自称的谦词。餔糜(bū mí卜阴平迷):吃粥。　　⑦"上用"二句:意为上为苍天,下为幼儿,你不要去铤而走险。用,为了。仓浪天,如说苍天、青天。仓浪,苍青色。　　⑧今非:意为如今世道不好。　　⑨咄(duō多):呵叱声。　　⑩行:走开!　　⑪时下:不时地脱落。难久居:难以生活下去。

饮马长城窟行①

青青河畔草,绵绵思远道②。远道不可思,宿昔梦见之③。梦见在我傍,忽觉在他乡④。他乡各异县,展转不相见⑤。枯桑知天风,海水知天寒⑥。入门各自媚,谁肯相为言⑦!

客从远方来,遗我双鲤鱼⑧。呼儿烹鲤鱼,中有尺素书⑨。长跪读素书,书中竟何如⑩?上言加飡饭,下言长相忆⑪。

文学古籍刊行社影宋本《乐府诗集》卷三八

①本篇选自《乐府诗集·相和歌辞·瑟调曲》,最早见于《文选》卷二七,为思妇怀念征夫之辞。题目当为乐府古题,又曰《饮马行》。《古今乐录》引王僧虔《技录》云:"《饮马行》今不歌。"《玉台新咏》收此诗题为蔡邕作,似不确。以顶真格修辞视之,当出民间。　　②"青青"二句:以青草绵延远去,引起对远方亲人的思念。绵绵,心不绝貌。远道,远方。　　③宿昔:意同"夙夕",即早晚,犹言"不分早晚"。一说,宿昔,昨晚。宿,一作"夙"。④"梦见"二句:梦中见到亲人在我身傍,猛然惊醒却仍远在异乡。忽觉,猛然醒来。　　⑤展转:同"辗转",反复貌,形容翻来覆去,不能入睡。不相见:不能相见。相,一本作"可"。　　⑥"枯桑"二句:以枯桑、海水为喻。意为枯桑虽枯,但亦知风,海水虽深,但亦知寒,只是迹象不明显。比喻思妇、征夫离别孤凄之苦,也只有内心自知而已。　　⑦"入门"二句:意为从远方归

家之人各自爱其家人,谁肯与己言谈以慰孤独呢! 媚,爱。为言,同我交谈。为,施与,给予。 ⑧双鲤鱼:代指书信。是一种比喻,详下。 ⑨"呼儿"二句:《诗经·桧风·匪风》:"谁能亨(烹)鱼,溉之釜鬵;谁将西归,怀之好音。"烹鱼得书,古辞借以为喻(黄节说)。故这里是得到书信的一种隐喻说法。烹,煮。尺素书,用帛写的信。古人书信,多用一尺一寸长的简或帛书写,故称书信为"尺书"、"尺牍"、"尺素"等。 ⑩"长跪"二句:写女子看信的迫切情状。长跪,伸直了腰跪着。竟何如,究竟如何,即究竟写什么内容。 ⑪"上言"二句:概言信中内容为互勉保重,彼此永远相念。上、下,犹言前后。加飡饭,一本作"加餐食",义同。飡,同"餐"。相忆,相思。

妇 病 行①

妇病连年累岁②,传呼丈人前一言③。当言未及得言④,不知泪下一何翩翩⑤!"属累君两三孤子⑥,莫我儿饥且寒⑦,有过慎莫笪笞⑧,行当折摇⑨,思复念之⑩。"

乱曰⑪:抱时无衣⑫,襦复无里⑬。闭门塞牖⑭,舍孤儿到市。道逢亲交⑮,泣坐不能起。从乞求与孤买饵⑯,对交啼泣,泪不可止。"我欲不伤悲不能已⑰!"探怀中钱持授交⑱。入门见孤儿,啼索其母抱。徘徊空舍中。行复尔耳,弃置勿复道⑲!

文学古籍刊行社影宋本《乐府诗集》卷三八

①本篇选自《乐府诗集·相和歌辞·瑟调曲》,写的是一个贫穷人家,病妇死后,丈夫无力照应幼子,以至沦于乞讨的境地,反映了当时社会的悲惨现实。典型场景的描写,给人以悲风刺骨的感觉。 ②连年、累岁:多年之意。因为音节的需要而重复。 ③丈人:指病妇的丈夫。 ④"当言"句:要说话还没有来得及说话。 ⑤翩翩:本为鸟飞貌,此指泪流不断。

⑥属:同"嘱",托付。累:牵累,拖累。君:你。病妇称丈夫。 ⑦"莫我儿"句:不要让我儿挨饿受冻。 ⑧笪箠(dá chī 达吃):击打。笪,击,打。箠,用鞭子或竹板打。 ⑨行当:即将。折摇:同"折夭",夭折。这句话指的是孤儿。 ⑩"思复"句:意为望你常思念着这些话。复,再。 ⑪乱:曲调的末段,相当于"尾声"。 ⑫衣:指长衣。 ⑬"襦复"句:意为虽有件短上衣却是单的,也不能防寒。襦(rú 儒),短上衣。 ⑭牖(yǒu 友):窗户。此下七句写丈夫。 ⑮道:路上。亲交:亲友。 ⑯"从乞"句:谓请求亲交代其给孤儿买食。与,替。饵(ěr 耳),糕饼,此指食物。 ⑰"我欲"句:我想要不悲伤也不能够。这是亲交的话。 ⑱交:一说"交"或可属下读。 ⑲"行复"二句:意为孤儿又将像他母亲一样(死掉)啊,还是丢开别说了吧!行复,又将要。尔,这样。弃置,丢开。

艳 歌 行①

翩翩堂前燕,冬藏夏来见②。兄弟两三人,流宕在他县③。故衣谁当补,新衣谁当绽④。赖得贤主人,览取为吾绽⑤。夫婿从门来,斜柯西北眄⑥。语卿且勿眄,水清石自见⑦。石见何累累⑧,远行不如归。

文学古籍刊行社影宋本《乐府诗集》卷三九

①本篇选自《乐府诗集·相和歌辞·瑟调曲》。诗歌摄取一个典型画面,表现了游子生活的辛酸和思乡之情。 ②"翩翩"二句:以燕之冬往夏来,兴起游子的飘泊之叹。翩翩,燕子飞舞貌。 ③流宕:流落。宕,同"荡"。他县,异乡。 ④"故衣"二句:意为游子之新衣、旧衣,有谁来给制作缝补呢!谁当,谁能、有谁之意。谁当补,一本作"谁为补"。绽,缝。 ⑤览:同"揽",取。绽(zhàn 绽):缝补。 ⑥斜柯:斜立。眄,斜眼看。 ⑦"语卿"二句:意为请不要用这种怀疑的眼光来看我,我是清清白白的。语卿,如同说"告诉您"。卿,指女主人的夫婿。水清石见,喻自己行事磊落。

431

正因为这样还引起了男主人的怀疑,才引出了下文"远行不如归"的感叹。一说,水清石见,比喻事实日后自然会明白的。　　⑧粲粲:分明貌。

白　头　吟①

皑如山上雪,皎若云间月②。闻君有两意③,故来相决绝④。今日斗酒会,明旦沟水头⑤。躞蹀御沟上,沟水东西流⑥。凄凄复凄凄,嫁娶不须啼。愿得一心人,白头不相离⑦。竹竿何袅袅,鱼尾何簁簁。男儿重意气,何用钱刀为⑧!

文学古籍刊行社影宋本《乐府诗集》卷四一

①本篇选自《乐府诗集·相和歌辞·楚调曲》,描写一位被遗弃女子的悲伤心情和表示的决绝态度,反映了封建社会妇女们婚姻中的不幸。白头吟,《西京杂记》曰:司马相如将聘茂陵女为妾,卓文君作《白头吟》以自绝,相如乃止。又一说云:《白头吟》,疾人相知以新间旧,不能至于白首,故以为名。得名之意,并可参考。　　②"皑如"二句:用"雪"和"月"比喻女子自己的情感纯洁专一。"皑"和"皎"都是洁白之意。　　③两意:二心。指另有所欢。　　④决绝:分手,一刀两断。　　⑤"今日"二句:意为今天饮酒是最后一次聚会,明早就要在沟边分手。斗,酒器。沟水头,取沟水流去之意,象征分手。　　⑥"躞蹀"二句:意为想到明早相别后,独自在御沟边徘徊,过去的爱情也如同沟水般流逝了。躞蹀(xiè dié 谢蝶),徘徊。御沟,封建时代环绕宫苑而修的水沟。据此,这首民歌应产生于长安或洛阳。东西,偏义复词,此指东流。　　⑦"凄凄"四句:是女子经过这番痛苦遭遇得出的结论。凄凄,悲伤意。嫁娶,偏义复词,指女子出嫁。　　⑧"竹竿"四句:意为钓鱼的人要凭钓竿得鱼,男子汉须凭情义娶妇;如若三心二意,即使有很多钱又有什么用呢! 袅(niǎo 鸟)袅,摇动貌。簁(xǐ 喜)簁,指鱼刚被钓出水面时,鱼尾摆动貌。意气,情义。钱刀,金钱。古代钱币有的作刀形,故称。

432

蜨 蝶 行①

蜨蝶之遨游东园②,奈何卒逢三月养子燕③,接我苜蓿间④。持之我入紫深宫中⑤,行缠之傅欂栌间⑥。雀来燕⑦。燕子见衔哺来⑧,摇头鼓翼何轩奴轩⑨。

文学古籍刊行社影宋本《乐府诗集》卷六一

①本篇选自《乐府诗集·杂曲歌辞》,写的是一只蝴蝶被燕子捉去喂雏燕的故事。全诗假借蝴蝶的口吻叙述故事,生动别致,表现手法很有创造性。②蜨蝶:蝴蝶。蜨,音义同"蝶"。《初学记》卷三〇作"蛱"(jiá 夹)。此句"之"字及下文二"之"字,皆表声字,无义。　③卒:同"猝"。养子燕:正在哺育雏燕的燕子。　④接:捉。苜蓿:豆科植物名,开紫花,是优质牧草。⑤紫深宫:即深紫宫。紫宫为帝王住所。深,形容宫殿广大深邃。⑥"行缠"句:意为燕子飞进宫后,又继续飞往燕巢。缠傅,缠绕、附着。欂栌(bó lú 博卢),柱子和屋梁间似斗形的方木,上承屋梁,使更稳固。燕巢就筑在欂栌上。　⑦雀来燕:其意未详。疑连下句可读作"雀来燕燕,子见衔哺来"。雀,指养子燕。子,指雏燕。燕燕,安适快乐貌。此更可见其两种遭遇的对比。不言悲,而自有其身世之悲。　⑧燕子:指雏燕。哺:口中所含的食物。　⑨"摇头"句:意为雏燕看到母燕带食物回来,又是摇头,又是扇动翅膀,高兴得像跳舞一样。轩轩,舞动的样子。奴,衍文。

焦仲卿妻①并序

汉末建安中②,庐江府小吏焦仲卿妻刘氏③,为仲卿母所遣④,自誓不嫁。其家逼之,乃没水而死⑤。仲卿闻之,亦自缢于庭树⑥。时人伤之,而为此辞也⑦。

孔雀东南飞,五里一徘徊⑧。“十三能织素⑨,十四学裁衣,十五弹箜篌⑩,十六诵诗书。十七为君妇,心中常苦悲。君既为府吏,守节情不移⑪。鸡鸣入机织⑫,夜夜不得息。三日断五匹⑬,大人故嫌迟⑭。非为织作迟,君家妇难为⑮。妾不堪驱使,徒留无所施⑯。便可白公姥⑰,及时相遣归⑱。”府吏得闻之,堂上启阿母⑲:“儿已薄禄相,幸复得此妇⑳。结发同枕席,黄泉共为友㉑。共事二三年,始尔未为久㉒。女行无偏斜㉓,何意致不厚㉔?”阿母谓府吏:“何乃太区区㉕!此妇无礼节,举动自专由㉖。吾意久怀忿,汝岂得自由!东家有贤女,自名秦罗敷㉗。可怜体无比㉘,阿母为汝求。便可速遣之,遣去慎莫留!”府吏长跪告㉙,伏惟启阿母㉚:“今若遣此妇,终老不复取㉛!”阿母得闻之,槌床便大怒㉜:“小子无所畏,何敢助妇语!吾已失恩义,会不相从许㉝!”

府吏默无声,再拜还入户㉞。举言谓新妇㉟,哽咽不能语㊱:“我自不驱卿㊲,逼迫有阿母。卿但暂还家,吾今且报府㊳。不久当归还,还必相迎取。以此下心意㊴,慎勿违吾语。”新妇谓府吏:“勿复重纷纭㊵!往昔初阳岁,谢家来贵门㊶。奉事循公姥,进止敢自专㊷?昼夜勤作息㊸,伶俜萦苦辛㊹。谓言无罪过,供养卒大恩㊺。仍更被驱遣,何言复来还?妾有绣腰襦㊻,葳蕤自生光㊼。红罗复斗帐㊽,四角垂香囊㊾。箱帘六七十㊿,绿碧青丝绳(51)。物物各自异,种种在其中(52)。人贱物亦鄙,不足迎后人(53)。留待作遣施,于今无会因(54)。时时为安慰,久久莫相忘。”

鸡鸣外欲曙,新妇起严妆(55)。著我绣夹裙(56),事事四五通(57);足下蹑丝履(58),头上玳瑁光(59);腰若流纨素(60),耳著明月珰(61);指如削葱根(62),口如含朱丹(63)。纤纤作细步(64),精妙世无双⑥⑤。上堂谢阿母,母听去不止⑥⑥。"昔作女儿时,生小出野里⑥⑦。本自无教训,兼愧贵家子⑥⑧。受母钱帛多⑥⑨,不堪母驱使。今日还家去,念母劳家里。"却与小姑别⑦⑩,泪落连珠子:"新妇初来时,小姑始扶床;今日被驱遣,小姑如我长⑦①。勤心养公姥⑦②,好自相扶将⑦③;初七及下九⑦④,嬉戏莫相忘⑦⑤。"出门登车去,涕落百馀行。

府吏马在前,新妇车在后,隐隐何甸甸⑦⑥,俱会大道口。下马入车中,低头共耳语:"誓不相隔卿⑦⑦。且暂还家去,吾今且赴府。不久当还归,誓天不相负。"新妇谓府吏:"感君区区怀⑦⑧。君既若见录⑦⑨,不久望君来。君当作磐石⑧⑩,妾当作蒲苇⑧①。蒲苇纫如丝⑧②,磐石无转移。我有亲父兄,性行暴如雷,恐不任我意,逆以煎我怀⑧③。"举手长劳劳⑧④,二情同依依⑧⑤。

入门上家堂,进退无颜仪⑧⑥。阿母大拊掌⑧⑦:"不图子自归⑧⑧!十三教汝织,十四能裁衣,十五弹箜篌,十六知礼仪,十七遣汝嫁,谓言无誓违⑧⑨。汝今无罪过,不迎而自归⑨⑩?""兰芝惭阿母,儿实无罪过。"阿母大悲摧⑨①。

还家十馀日,县令遣媒来。云"有第三郎,窈窕世无双⑨②,年始十八九,便言多令才⑨③"。阿母谓阿女:"汝可去应之。"阿女衔泪答:"兰芝初还时,府吏见丁宁,结誓不别离⑨④。今日违情义,恐此事非奇⑨⑤。自可断来信,徐徐更谓之⑨⑥。"阿母白媒人:"贫贱有此女,始适还家门⑨⑦。不堪吏人妇,岂合令郎君⑨⑧?幸可广问讯,不得便相许⑨⑨。"媒人去数日⑩⑩,寻遣丞请还⑩①,说"有兰家女,承籍有宦官⑩②"。云"有第五郎,娇逸未有婚。遣丞为媒人,主簿通语言⑩③"。直说"太守家,有此令郎君。既欲结大义,故遣来贵门⑩④"。阿母谢媒人⑩⑤:"女子先有誓,老姥岂敢言[106]?"阿兄得闻之,怅然心中烦。举言谓阿妹:"作计何不量[107]!先嫁得府吏,后嫁得郎君。否泰如天地[108],足以荣汝身。不嫁义郎体[109],其往欲何云[110]?"兰芝仰头答:"理实如兄言。谢家事夫婿,中道还兄门,处分适兄意[111],那得自任专?虽与府吏要[112],渠会永无缘[113]。登即相许和[114],便可作婚姻。"媒人下床去,诺诺复尔尔[115]。还部白府君[116]:"下官奉使命,言谈大有缘[117]。"府君得闻之,心中大欢喜。视历复开书[118]:"便利此月内,六合正相应[119]。良吉三十日[120],今已二十七,卿可去成婚[121]。"交语速装束[122],络绎如浮云[123]。青雀白鹄舫[124],四角龙子幡[125],婀娜随风转[126]。金车玉作轮,踯躅青骢马[127],流苏金镂鞍[128]。赍钱三百万,皆用青丝穿。杂彩三百匹[129],交广市鲑珍[130]。从人四五百,郁郁登郡门[131]。阿母谓阿女:"适得府君书[132],明日来迎汝。何不作衣裳?莫令事不举[134]!"阿女默无声,手巾掩口啼,泪落便如泻。移我琉璃榻[135],出置前窗下。左手持刀尺,右手执绫罗,朝成绣夹裙,晚成单罗衫。晻晻日欲暝[136],愁思出门啼[137]。

　　府吏闻此变,因求假暂归。未至二三里,摧藏马悲哀[138]。新妇识马声,蹑履相逢迎。怅然遥相望,知是故人来。举手拍马鞍,嗟叹使心伤:"自君别我后,人事不可量[139]。果不如先愿,又非君所详[140]。我有亲父母,逼迫兼弟兄。以我应他人,君还何所望!"府吏谓新妇:"贺卿得高迁[141]!磐石方且厚,可以卒千年[142];蒲苇一时纫,便作旦夕间[143]。卿当日胜贵[144],吾独向黄泉。"新妇谓府吏:"何意出此言!同是被逼迫,君尔妾亦然。黄泉下相见,勿违今日言[145]!"执手分道去,各各还家门。生人作死别,恨恨那可论!念与世间辞,千万不复全[146]。

府吏还家去,上堂拜阿母:"今日大风寒[147],寒风摧树木,严霜结庭兰[148]。儿今日冥冥,令母在后单[149]。故作不良计,勿复怨鬼神[150]!命如南山石,四体康且直[151]。"阿母得闻之,零泪应声落:"汝是大家子,仕宦于台阁[152]。慎勿为妇死,贵贱情何薄[153]!东家有贤女,窈窕艳城郭[154]。阿母为汝求,便复在旦夕[155]。"府吏再拜还,长叹空房中,作计乃尔立[156]。转头向户里,渐见愁煎迫[157]。

其日牛马嘶[158],新妇入青庐[159]。奄奄黄昏后[160],寂寂人定初[161]。"我命绝今日,魂去尸长留。"揽裙脱丝履,举身赴清池[162]。府吏闻此事,心知长别离。徘徊庭树下,自挂东南枝[163]。

两家求合葬,合葬华山傍[164]。东西植松柏,左右种梧桐。枝枝相覆盖,叶叶相交通[165]。中有双飞鸟,自名为鸳鸯;仰头相向鸣,夜夜达五更。行人驻足听,寡妇起彷徨[166]。多谢后世人[167],戒之慎勿忘[168]!

文学古籍刊行社影宋本《乐府诗集》卷七三

①本篇选自《乐府诗集·杂曲歌辞》。最早见于南朝(陈)徐陵所编《玉台新咏》卷一,题为《古诗为焦仲卿妻作并序》。后人或取其首句,题为《孔雀东南飞》。大约为东汉末年作品,在流传过程中,或经过不断修改、丰富。诗中通过刘兰芝、焦仲卿的婚姻悲剧,暴露了封建礼教、封建家长制的吃人罪恶。全诗长达三百五十多句,结构完整,叙述委婉,线索清晰,形象较为鲜明,是我国古代著名的叙事长诗。　　②"汉末"句:原文此句前尚有"《焦仲卿妻》",不知谁氏之所作也。其序曰"云云。今不录,仅取其序文。建安,汉献帝刘协年号(公元196—219)。　　③庐江:汉郡名。郡治初在今安徽庐江县西一百二十里,汉末移治今安徽潜山市。府小吏:太守府中的小官吏。④遣:旧时指女子被夫家休弃回娘家。　　⑤没水:投水。　　⑥自缢(yì益):上吊。　　⑦为:作。《玉台新咏》本句作"为诗云尔"。　　⑧"孔雀"

二句:借鸟飞起兴。古乐府民歌写夫妇离别,多以鸟飞起兴。徘徊,来回飞翔。　⑨十三:指刘兰芝的年龄。下文"十四"等同此。素:白色绸绢。从这句到"及时相遣归"都是刘兰芝向焦仲卿诉苦的话。　⑩箜篌(kōng hóu 空侯):古弹拨乐器名。　⑪守节:持守节操。情:指对仲卿的感情。此句兰芝自谓。一说,此句系指焦仲卿忠于职守,不为夫妇之情所转移。按,《玉台新咏》此句下有"贱妾留空房,相见常日稀"二句。　⑫入机:坐上织布机。　⑬"三日"句:三天织成五匹布。断,指从织布机上把织好的布截下来。　⑭大人:指婆母。故:犹。迟:慢。　⑮"非为"二句:不是我织作太慢,而是你们家的媳妇太难做了。　⑯"妾不"二句:我既然不能胜任婆婆的驱使,白白地留在这里也无用处。妾,刘兰芝自称。驱使,使唤。所施,所用。　⑰白:告诉。公姥(mǔ 母):公婆。本诗当专指婆婆。下同。　⑱及时:犹言"趁早"。遣归:打发回娘家。　⑲启:禀告。阿母:母亲。　⑳"儿已"二句:我已生就一个福浅禄薄的穷相,幸亏还能娶得这个媳妇。禄相,古人迷信,认为从相貌上可以看出一个人的福禄寿命。禄,福禄,这里指官职地位等。　㉑"结发"二句:意为我们两个一成年便结成夫妇,一直到死也要作为伴侣。结发,束发,指成年。古代男子二十岁束发加冠,女子十五岁束发加笄(jī基)。黄泉,地下,指死去。　㉒始尔:开始这种生活,指两人的婚后生活。尔,如此。　㉓行:行为。　㉔"何意"句:哪里料到招致了母亲的不喜欢呢。意,意料。厚,厚爱,厚待。　㉕区区:愚拙,犹言固执,想不开。下文"感君区区怀"的"区区"指感情真挚专一。　㉖自专由:即自专自由,自作主张。　㉗秦罗敷:汉乐府中常用作美女的代称。　㉘可怜:可爱。体:指体态相貌。　㉙长跪:伸长腰跪着。　㉚伏惟:伏身思念。古人常用为谦恭和敬谨之语。启:告。　㉛取:同"娶"。　㉜槌(chuí锤)床:拍打着床。此极言其怒。床,古代一种坐具。　㉝"会不"句:决不依从和允许你。会不,当不、决不之意。　㉞"再拜"句:拜别母亲回到房内。上文言"长跪",故此言"再拜",犹言"拜别"。再,又一次。　㉟举言:发言,开口说。新妇:即媳妇,这里不是新娘之意。　㊱哽咽:悲痛至极,气咽不能发声。　㊲卿:你,夫妻间的亲切称呼。　㊳报(fù付)府:到府署办公。报,通"赴",往,去。　㊴"以此"句:为了这个缘故你先受些委屈罢。下心意,低心下气之意,指容忍。　㊵"勿复"句:意为不必再说什么迎娶的事了。纷纭,多而杂乱,引申为找麻烦。　㊶"往昔"二

438

句:意为那年冬末春初的季节,嫁到你家来。初阳岁,指冬末春初的时候。谢家,辞别娘家。 ㊷"奉事"二句:行事都顺着婆母的心意,进退举止哪里敢自作主张呢? 这是针对前面婆母说"此妇无礼节,举动自专由"而言。奉,行。循,顺着。进止,进退举止,即一切行动。止,原作"心",误。据《玉台新咏》改。 ㊸作息:劳作和休息。在此为偏义词,指劳作。 ㊹"伶俜(pīng乒)"句:孤孤单单,为辛苦所牵绕。伶俜,孤单。萦(yíng营),缠绕。 ㊺"谓言"二句:自以为没有过错,可以终生孝敬婆婆以报答她的大恩。卒,终了,指孝敬一生。 ㊻绣腰襦(rú儒):绣花的齐腰短袄。 ㊼葳蕤(wēi ruí威锐阳平):草木茂盛貌。这里形容衣上刺绣的花纹繁富美丽。生光:闪烁着光彩。 ㊽罗:细软的丝织品。复斗帐:两层而状如覆斗的帐子。斗帐,小帐,形如覆斗。斗,量具,旧时斗的形状是方口方底,口大底小。 ㊾香囊:装有香料的小口袋。 ㊿箱帘:泛指大小箱子。帘,同"奁(lián连)",盛梳妆用具等物的匣子。 ㈤"绿碧"句:箱子都用青丝绳捆扎着。"绿"、"碧"、"青"同指一种颜色。 ㊾"物物"二句:各件物色都不相同,各种东西都在里边。 ㊿"人贱"二句:人既已受轻贱,我的东西也会被人鄙弃,不配留给后来的人使用。后人,设想焦仲卿日后再娶的妻子。 ㊾"留待"二句:这些东西留下来以为赠送之用吧,从此我们再没有相见的机会了。遗施,赠送。遗,一作"遗"。会因,见面机会。 ㊾严妆:郑重地打扮起来。 ㊾夹裙:有里子的裙。 ㊾事事:指穿衣、戴首饰诸事。四五通:指每件事都反复四五次。通,遍。 ㊾躧(niè聂):指穿鞋。 ㊾玳瑁(dài mào代冒):龟一类的动物,甲壳有光泽,可以做装饰品。这里指用玳瑁制成的发簪之类的首饰。光:有光泽,闪光。 ㊿"腰若"句:腰束纨素,好像就要飘荡起来。纨素,白色的绸子,这里代指用白绸制成的服饰。 ㊿明月珰(dāng当):用明月珠做的耳珰。珰,耳坠。 ㊿削葱根:尖的葱白,形容手指纤细洁白。 ㊿"口如"句:形容嘴唇的红艳好像含着红宝石。朱丹,一种红宝石。 ㊿纤纤:细巧貌。细步:小步。 ㊿精妙:指姿态美妙。 ㊿"上堂"二句:兰芝上堂辞别婆母,婆母听任她自去,不加挽留。 ㊿野里:村野之地。 ㊿"本自"二句:本来缺乏教养,又加上嫁给你们贵家子弟,更使我惭愧。兼,又加上。 ㊿钱帛:指聘礼。 ㊿却:退,犹言"转身"。 ㊿"新妇"四句:回忆与小姑的相处。原文无"小姑始扶床;今日被驱遣"二句,据《玉台新咏》补。如我长:和我一样高了。

⑫"勤心"句:殷勤小心地侍奉母亲。　⑬"好自"句:自己好好保重。扶将,扶持,照应。　⑭初七:指农历七月初七,旧俗妇女在这天晚上祭织女。下九:每月十九日。古人以二十九日为"上九",初九日为"中九",十九日为"下九"。古代妇女常在"下九"日置酒相会,结伴游戏。　⑮莫相忘:意为不要忘记我。　⑯隐隐、甸甸:均为车声。何:语气助词。　⑰"誓不"句:意为发誓不与你分离。隔,离开、断绝。卿,原作"乡",误。据《玉台新咏》改。　⑱"感君"句:感激你对我的挚爱之心。　⑲"君既"句:意为既然蒙你记着我。见,被,蒙。录,记。　⑳磐石:大石。比喻情意坚定不移。　㉑蒲苇:水草。比喻虽然柔弱然而坚韧。　㉒纫:通"韧"。　㉓"逆以"句:预想到这些,使我心如油煎。逆,预料。一说,逆,违背。指违背我的心愿。　㉔劳劳:忧伤不已。　㉕依依:恋恋不舍。　㉖无颜仪:没脸面。　㉗阿母:指兰芝的母亲。拊(fǔ府)掌:拍手。当是表示惊讶的动作。　㉘"不图"句:没有想到你自己回娘家来了!等于说,没想到你竟被人家撵回来了。古代女子出嫁后,通常母家来迎接才能回娘家,自己回娘家是被休弃的表现。图,料想。　㉙誓:疑为"愆(qiān千)"之误。愆,同"愆"。愆违,即过失。　㉚"汝今"二句:你若是没有过错,怎么不等娘家去迎接而自己回来了?　㉛悲摧:悲伤。　㉜"云有"二句:县令差遣的媒人来说:县令有个三儿子,漂亮得世上没有可以与他相比的。窈窕,美好貌。　㉝便(旧读pián骈)言:即"辩言",有口才。令:善,美。　㉞"府吏"二句:意为被仲卿一再嘱咐过,发誓决不分离。见,被。丁宁,同"叮咛"。结誓,誓约。　㉟非奇:不佳,不妙。　㊱"自可"二句:应该回绝媒人,然后慢慢再说。自可,自当。断,指回绝。信,送信的人,这里指媒人。更,再。谓,说。之,代词,指上文说亲的事。　㊲"始适"句:出嫁不久就被遣送回家了。适,嫁。　㊳"不堪"二句:既然都不配作小吏的媳妇,又怎么能配得上贵公子呢?合,配得上。　㊴"幸可"二句:意为希望你们再广泛地打听一下还有谁家姑娘合适,不宜现在就这样答应你。幸,委婉语,希望。　㊵"媒人"句:媒人离去几天以后。　㊶"寻遣"句:谓不久太守派郡丞说媒至刘家。寻,随即,接着。丞,郡丞。此字原作"承",误。据《玉台新咏》改。　㊷"说有"二句:郡丞对太守说:有个兰家的女子,是官宦人家出身。意谓郡丞建议太守向兰家求婚。说,原文作"谁",误。据《玉台新咏》改。承籍,同"承藉(jiè介)",如同说"出身"。　㊸"云有"四

440

句:为太守叮嘱郡丞之语。意谓太守要郡丞为儿子向刘家求婚。主簿,掌管文书档案的官。　　⑩㊃"直说"四句:郡丞到刘家说:"太守家有这么个好公子,愿意和你家结亲,所以派遣我来到你们家。"结大义,指结成婚姻。按,前面从"寻遣丞请还"到"主簿通语言"数句,历代注释意见分歧较大,疑其文字有脱漏。此只举一种观点,以供参考。　　⑩㊄谢:谢绝。　　⑩㊅"老姥"句:我怎么敢对兰芝说起婚事呢?老姥,老妇,兰芝母自称。　　⑩㊆"作计"句:考虑问题怎么不盘算盘算!作计,等于说"拿主意"。量,思量。　　⑩㊇"否泰"句:两次婚姻的好坏有如天地之别。否(pǐ匹)、泰,《易经》卦名。"否"表示坏运,"泰"表示好运。　　⑩㊈义郎:对太守儿子的美称。郎,原作"即",据《玉台新咏》改。按上文云"后嫁得郎君",当以作"郎"为是。　　⑪⓪"其往"句:这样下去打算怎么办呢?往,原作"住",据闻人倓说改。闻云:"其往,犹言过此以往。"解较顺畅。云,语助词。　　⑪①处分:处理。适:顺。　　⑪②要(yāo夭):约定。指上文与焦仲卿的约定。　　⑪③渠会:与他相会。渠,他,指焦仲卿。　　⑪④登即:当即,立即。许和:答应。　　⑪⑤诺诺、尔尔:都是应答声,如同说"好好"、"是是"。　　⑪⑥"还部"句:回到衙门禀告太守。部,衙门。　　⑪⑦"下官"二句:意为我奉了你的命令去说媒,谈话十分投机。"下官"是郡丞对太守的自称。　　⑪⑧"视历"句:意为翻看并查阅历书。　　⑪⑨"便利"二句:在本月内就合适,六合相应正宜结婚。旧时迷信,结婚要选择吉日,六合相应才是吉日。利,适宜。六合,指月建与日辰的干支相适合。即子与丑合,寅与亥合,卯与戌合,辰与酉合,巳与申合,午与未合,总称六合。　　⑫⓪良吉:良辰吉日。　　⑫①卿:你。这里是太守对郡丞的称呼。成婚:办理婚事。　　⑫②交语:传话给手下的人。装束:指筹办婚礼用的东西。　　⑫③"络绎"句:形容筹办婚礼的人像浮云一样连续不断。络绎,连续不断。　　⑫④"青雀"句:青雀舫和白鹄(hú胡)舫,即画有青雀、白鹄的船。舫(fǎng纺),船。　　⑫⑤龙子幡:绣龙的旗幡。指悬于船四角的装饰。幡,长条形旗帜。　　⑫⑥婀娜:龙子幡随风轻柔飘动之状。　　⑫⑦踯躅(zhí zhú直竹):徘徊不进。骢(cōng聪):青白杂色的马。　　⑫⑧流苏:用彩色羽毛或丝线做的穗子,挂在马鞍上做装饰品。金镂鞍:用金属镂花装饰成的马鞍。　　⑫⑨"赍钱"句:是说下了三百万的聘礼。赍(jī基),送给。　　⑬⓪杂彩:各色缎匹。　　⑬①"交广"句:从交州、广州一带买来山珍海味。交,交州,汉置,东汉治所在广信(今广西梧州市),旋移治番禺(在今广东广州市)。鲑(xié

441

鞋),鱼类菜肴的总称。 ⑬郁郁:盛多貌。登郡门:聚集到太守府。一说,"登"当作"发"。 ⑬适:方才。书:信。 ⑭事:指婚事。不举:不能举行,指措办不及。 ⑮琉璃榻:镶嵌琉璃的坐榻。榻,比床矮的坐具。 ⑯晻(yǎn掩)晻:日色昏暗。日欲暝(míng冥):天要黑了。 ⑰"愁思"句:写兰芝满怀愁思地到门外哭泣。 ⑱"未至"二句:意为焦仲卿还差二三里路未到兰芝的家门,就感到心情悲伤,马也为之哀鸣。摧藏,即"凄怆",悲伤。 ⑲不可量:是说变化很大,不可预料。 ⑳详:尽知。 ㉑"府吏"二句:意为仲卿对兰芝说,祝贺你登了高枝。谓,原作"为";得,原作"德",并据《玉台新咏》改。按,此下七句都是焦仲卿由于不了解详情而产生的误会之辞。 ㉒"磐石"二句:为仲卿自喻。方且厚,又方又厚。方则不移,厚则坚实,故以为喻。且,原作"可",据《古诗源》改。卒千年,意为一千年也不变化。 ㉓"蒲苇"二句:蒲苇虽坚韧一时,不过只能维持旦夕而已。这是指责兰芝的话。 ㉔日胜贵:指生活一天比一天好,地位一天比一天高。 ㉕"同是"四句:尔、然,都是"如此"之意。下,原作"不";勿,原作"忽",据《玉台新咏》改。 ㉖"生人"四句:意为二人生离死别,满怀愤恨无法倾诉。想到无论如何总是一死,便不想再保全自己。这里同时写两人当时的心情。 ㉗大风寒:比喻有不幸的事情发生。 ㉘"寒风"二句:寒风摧残了树木,严霜凝结在庭前的兰花上(使花凋零了)。这两句用树摧花零比喻自己生命即将完结。 ㉙"儿今"二句:我今天像太阳快要落山一样(生命就要结束了),使母亲以后孤单地留在世上。日冥冥,指日暮。 ㉚"故作"二句:这是我自己有意寻短见,你不要怨恨鬼神。不良计,不好的打算,指自杀。 ㉛"命如"二句:祝你寿命像南山石一样长久,身体健康又舒适。这是焦仲卿与母亲诀别的话。四体,四肢,指身体。直,顺,指舒服。 ㉜"汝是"二句:你是高贵门第出身的人,将来还要到台阁去做大官。台阁,指尚书台(官署名)。尚书是汉代在宫中掌管机要文书的官。一说,台阁泛指官府,此句指现在官府任职。 ㉝"贵贱"句:意为你同她贵贱悬殊,把她休弃了算什么薄情! ㉞"窈窕"句:意为是全城最美的人。 ㉟"便复"句:旦夕之间就可以得到答复。便,即。复,答复。 ㊱"作计"句:主意就这样拿定了。计,指自杀的主意。乃尔,就这样。立,定。 ㊲"渐见"句:越来越被愁苦所熬煎逼迫。见,被。 ㊳其日:指太守家迎娶兰芝那天。牛马嘶:形容迎娶时的热闹景象。嘶,鸣叫。 ㊴青庐:用青布幔搭成的棚子,即喜棚,婚礼时用。　⑯菴菴:昏暗貌。菴,通"暗"。　⑯寂寂:寂静无声。人定初:指夜深人声初静时。　⑯举身:纵身。赴清池:指投水自杀。　⑯"自挂"句:在东南边的一棵树上上吊自杀。　⑯华山:当是庐江郡内小山,今不可考。　⑯相交通:相接连之意。　⑯"行人"二句:意为行人及寡妇都为之感动而忧伤。驻足,停住脚步。起,原作"赴",据《玉台新咏》改。　⑯多谢:再三嘱告。谢,告。　⑱戒之:以之为鉴戒,引申为"牢牢记住"之意。

443

一七 辛延年

辛延年,东汉人,生平事迹不详。

羽 林 郎[①]

昔有霍家奴,姓冯名子都[②],依倚将军势,调笑酒家胡[③]。胡姬年十五,春日独当垆[④]。长裾连理带[⑤],广袖合欢襦[⑥]。头上蓝田玉[⑦],耳后大秦珠[⑧]。两鬟何窈窕[⑨],一世良所无[⑩]。一鬟五百万,两鬟千万馀[⑪]。不意金吾子[⑫],娉婷过我庐[⑬]。银鞍何煜爚[⑭],翠盖空踟蹰[⑮]。就我求清酒,丝绳提玉壶。就我求珍肴,金盘鲙鲤鱼[⑯]。贻我青铜镜,结我红罗裾[⑰]。不惜红罗裂,何论轻贱躯[⑱]!男儿爱后妇,女子重前夫。人生有新故[⑲],贵贱不相逾[⑳]。多谢金吾子[㉑],私爱徒区区[㉒]。

文学古籍刊行社影宋本《乐府诗集》卷六三

①本篇选自《乐府诗集·杂曲歌辞》,最早见于《玉台新咏》卷一。诗篇假借西汉霍光家奴冯子都之事,曲折地揭露了东汉外戚窦氏家奴调戏妇女的行径。《后汉书·窦融列传》载,东汉和帝(刘肇)即位,太后(窦宪妹)临朝,以窦宪为大将军,其弟景为执金吾,"权贵显赫,倾动京都","奴客缇骑(执金吾部下)依倚形势,侵陵小人,强夺财货,篡取罪人,妻略妇女。商贾闭塞,如避寇仇。有司畏懦,莫敢举奏"。诗中暴露的便是"妻略妇女"这一方面的不法之行。羽林郎,汉武帝时所置,掌宿卫和侍从皇帝。诗篇应写于和帝时代。

描写中表现出明显的汉乐府民歌的影响。　　②"昔有"二句:以西汉霍光事比附东汉窦家之事。霍光是西汉外戚权贵,昭帝时为大将军。《汉书·霍光金日䃅传》载:"光爱幸监奴冯子都,常与计事。"监奴,颜师古曰:"谓奴之监知家务者也。"犹言家务总管。奴,原作"姝",误。据《玉台新咏》改。
③酒家胡:卖酒的胡女。汉时称西北地区少数民族为"胡"。　　④当垆:即卖酒。垆,放酒坛子的土台子。　　⑤裾:衣的前襟。连理带:意思是系衣服的带子结成双飘的样式。连理,异根草木枝干连生。　　⑥广袖:汉时以衣袖阔大为时尚。合欢襦:绣有对称花纹图案的短衣,穿在单衫之外。
⑦"头上"句:意为头上戴着名贵的玉簪。蓝田,地名,即今陕西蓝田县,以产美玉著称。玉,指玉簪。　　⑧大秦:国名,即古罗马帝国。据《后汉书·西域传》载,大秦国"多金银奇宝",有夜光璧、明月珠等。　　⑨鬟:环形的发髻。窈窕,原作"窕窕",误,据《玉台新咏》改。　　⑩一世:全世上。良:实在是。　　⑪"一鬟"二句:意指头上饰品贵重,价值万千。　　⑫金吾子:即执金吾,"掌宫外戒司非常水火之事"(《后汉书·百官志》)。这里以"金吾子"代指冯子都。冯虽不是执金吾,但作者以冯代表窦氏的"奴客缇骑",而"奴客缇骑"隶属执金吾,故称冯为"金吾子"。以下转为胡姬自述。
⑬娉婷:本指姿容美好,这里形容装模作样。　　⑭煜爚(yuè月):形容银鞍光明炫目。　　⑮翠盖:以翠鸟羽毛装饰的车盖。踟蹰:不进貌。此指停留。
⑯鲙鲤鱼:细切的鲤鱼肉做成的肴馔。　　⑰"贻我"二句:意为金吾子赠胡姬以铜镜,并亲自系在其衣裾之上。此即上文所说的"调笑酒家胡"。
⑱"不惜"二句:写胡姬对于金吾子的调戏不惜裂裾拒绝,并表示,如若再无礼,就不惜舍命相拼。轻贱躯,胡姬自谓。与下文"贵贱"句相照应。
⑲新故:即新旧。新,对金吾子的调戏求欢而言。故,指自己爱情已有所属。
⑳"贵贱"句:意为你贵我贱的界限是不能逾越的。逾,越。　　㉑多谢:十分感谢。这里含拒绝意味。　　㉒"私爱"句:意为向我献殷勤只是一厢情愿,白费心机。私爱,私心爱慕。徒,枉然。区区,自得之貌。

一八 古诗十九首

《古诗十九首》,始见于南朝(梁)萧统《文选》。十九首不是一人一时之作,前后排列也没有严格的顺序。从诗的本身看,作者可能多是社会中下层文人,写成的时间大约都在东汉后期。其内容,有的是抒发仕途的失意和不满,有的是描写朋友、夫妇间的离情别绪,有的是感慨岁月的流逝等。虽内容各有不同,而格调却是一致的,表现的是文人心灵中带有普遍性的几种感伤情结,意蕴深微,故能引起后世读者的广泛共鸣。艺术上,这些诗写得朴素而清新,能够用生动的比喻和具体的物象,把主观的感情表现得委曲尽致。它们的出现,标志着五言抒情诗进一步走向成熟。

行行重行行①

行行重行行,与君生别离②。相去万馀里,各在天一涯③。道路阻且长,会面安可知?胡马依北风,越鸟巢南枝④。相去日已远,衣带日已缓⑤。浮云蔽白日,游子不顾反⑥。思君令人老,岁月忽已晚⑦。弃捐勿复道,努力加餐饭⑧。

中华书局影印李善注本《文选》卷二九

①本诗为"十九首"之第一首。原无题,据首句加。诗中写一位女子对长期在外的丈夫的思念,语言朴素,情深意笃,可以明显看出受同样题材乐府民歌的影响。行行重行行,意为不停顿地前行,以女方的想象写其在外的丈

夫。　②生别离:《楚辞·九歌·少司命》:"悲莫悲兮生别离。"这里化用其意。　③"各在"句:犹言天各一方。涯,方。　④"胡马"二句:意为胡地产的马依恋北风,而越地生的鸟总是在向南的树枝上做窝,表明它们都不忘故土。依,依恋。　⑤"相去"二句:意为离别甚久,日夜思念,身体都变瘦了。缓,宽松。衣带不会自宽,人瘦方觉衣带宽。　⑥"浮云"二句:是说由于政治险恶("浮云蔽日"比喻谗邪害贤良),所以游子不想回家。一说,"浮云蔽日"比喻游子为别的女人所惑,亦可。顾,念。　⑦"岁月"句:意为岁月流逝,一年很快又要过完了。忽,迅速,突然。晚,终,将尽。　⑧"弃捐"二句:犹言丢开这些不管,还是要多多保重吧。为自我宽解、安慰之意。按,《妇病行》有"弃置勿复道",为无奈中自慰之词。《饮马长城窟行》有"上言加飧饭",亦为相思慰勉之语。故疑此二句为当时习用之语。弃捐,丢开。

冉冉孤生竹①

　　冉冉孤生竹,结根泰山阿②。与君为新婚,菟丝附女萝③。菟丝生有时④,夫妇会有宜⑤。千里远结婚,悠悠隔山陂⑥。思君令人老,轩车来何迟⑦。伤彼蕙兰花⑧,含英扬光辉⑨。过时而不采,将随秋草萎。君亮执高节⑩,贱妾亦何为⑪!

中华书局影印李善注本《文选》卷二九

　　①本诗为"十九首"之第八首,原无题,据首句加。关于本诗含意有二说:一为写女子新婚久别之怨;一为婚迟怨望之作。似以前说为长。全诗以比兴手法,抒写缠绵哀婉之情,深微细致。　②"冉冉"二句:冉冉孤竹,结根泰山,象征女子婚姻,为比兴义。冉冉,柔弱貌。结根,生根。泰山,一说通"大山",指高山。阿,角落,指山坳。　③"菟丝"句:以二物纠缠喻指夫妻情笃。兔,通"菟"。菟丝,一种蔓生植物,茎细长,夏季开淡红小花。此为女子自指。女萝,即松萝,亦蔓生,细枝,代指女子之夫。附,攀附、附着。

447

④生有时:指菟丝开花有定时。生,指旺盛、鲜活。时,时节。　⑤会有宜:指相聚也应在最好的时间,即应趁青春之时聚会。会,聚首。宜,适宜。　⑥"悠悠"句:写新婚之后即远别。悠悠,远貌。隔山陂,犹言"隔山水"。陂(bēi杯),水泽。　⑦"轩车"句:指丈夫久出不归。轩车,汉代的一种车,上有车盖、两边有蔽幛,多为官员所乘。此指女子丈夫所乘之车。　⑧"伤彼"句:蕙、兰均为香草名,女子自喻。伤,痛惜。按,"伤彼"以下四句当为女子自伤之辞,有失时之叹。　⑨含英:花初放而未尽发之时。英,花。　⑩亮:诚,必定。执:坚持。高节:高尚节操,指对爱的忠贞专一。　⑪何为:意谓何必如此感伤呢!

庭中有奇树①

庭中有奇树,绿叶发华滋②。攀条折其荣③,将以遗所思④。馨香盈怀袖⑤,路远莫致之⑥。此物何足贡⑦,但感别经时⑧!

中华书局影印李善注本《文选》卷二九

①本诗为"十九首"之第九首,原无题,据首句加。本篇抒发对于亲人的思念,以行动写心态,具体而细腻。奇树,指嘉树,美树。　②发华滋:花开得很茂盛。华,同"花"。滋,繁盛。　③条:枝条。荣:花,此指枝梢上开得最好的花。　④遗(wèi位):送给。所思:指自己想念的人。　⑤馨(xīn辛):香气。盈:充溢。　⑥莫致之:指不能把花送到。　⑦何足贡:哪值得献给对方呢。贡,一作"贵"。　⑧"但感"句:意为只是感到离别时间已久,想借以寄托思念之情罢了。

迢迢牵牛星①

迢迢牵牛星,皎皎河汉女②。纤纤擢素手③,札札弄机杼④。

终日不成章⑤,泣涕零如雨⑥。河汉清且浅,相去复几许⑦?盈盈一水间⑧,脉脉不得语⑨。

中华书局影印李善注本《文选》卷二九

①本诗为"十九首"之第十首,原无题,据首句加。诗中借牵牛、织女的神话故事,抒写男女离别之情,想象丰富,是一篇风格特异之作。迢(tiáo 条)迢,遥远貌。牵牛星,俗称牛郎星,为天鹰座中最亮的一颗星,同织女星隔银河相对。　②皎皎:明亮貌。河汉:银河,俗称天河。女:织女星。为天琴座中最亮的一颗星。　③纤纤:形容手的细长柔美。擢(zhuó 浊):举起。素:白色。　④札札:织布时机杼的响声。杼:织机上的梭子。　⑤"终日"句:意为织女思念牛郎,无心织布。不成章,织不成布之意。章,布上的纹理,代指布。　⑥零:落下。　⑦复几许:又能有多远呢? 意为不远。⑧盈盈:水清浅貌。一水:指天河。　⑨脉脉:含情对视貌。

明月何皎皎①

明月何皎皎,照我罗床帏②。忧愁不能寐,揽衣起徘徊③。客行虽云乐,不如早旋归④。出户独彷徨,愁思当告谁。引领还入房⑤,泪下沾裳衣。

中华书局影印李善注本《文选》卷二九

①本诗为"十九首"之最末一首,原无题,据首句加。对于诗之含意有二说:一为游子思归;一为女子闺中盼夫。后说似较贴切。诗中描写了主人公一连串的行动,曲折地反映了其内心无法排遣的忧愁,构思新颖,表情逼真。②床帏:即床帐。　③揽衣:此指穿衣或披衣。揽,持。　④"客行"二句:这是女子对外出丈夫所说的话。言客游在外虽说也有乐趣,但不如及早归家。旋归,还归、回返之意。　⑤"引领"句:意为抬头远望,不见所思念人的踪影,又只好再回到房中。引领,仰头远望。领,脖子。

一九　吴越春秋

《吴越春秋》十卷,题汉赵晔撰。今人或以为系隋唐间人皇甫遵合赵晔《吴越春秋》十二卷本及杨方《吴越春秋削繁》五卷本而成今本。赵晔(生卒年不详),字长君,东汉会稽山阴(今浙江绍兴)人。少为县吏,后从杜抚受韩诗,积二十年。著有《吴越春秋》、《诗细历神渊》等(见《后汉书·儒林列传》)。

《吴越春秋》以记载吴国历史为主,多记述吴越争霸时期的情况,本属杂史。在记述中,许多段落吸收了不少"迂怪妄诞"的传说内容,因而表现出较浓厚的历史小说意味。

干 将 莫 耶[①]

干将者,吴人也。与欧冶子同师[②],俱能为剑。越前来献三枚[③],阖闾得而宝之[④],以故使剑匠作为二枚[⑤]:一曰干将,二曰莫耶。莫耶,干将之妻也。

干将作剑,采五山之铁精、六合之金英[⑥],候天伺地[⑦],阴阳同光[⑧],百神临观,天气下降,而金铁之精不销沦流[⑨]。于是干将不知其由[⑩]。莫耶曰:"子以善为剑闻于王。使子作剑,三月不成,其有意乎[⑪]?"干将曰:"吾不知其理也。"莫耶曰:"夫神物之化,须人而成[⑫]。今夫子作剑,得无得其人而后成乎[⑬]?"干将曰:"昔吾师作冶,金铁之类不销,夫妻俱入冶炉中,然后成物[14]。至今后世,即山作冶,麻绖菱服[15],然后敢铸金于山。今吾作剑不变化者,其若斯耶[16]?"莫耶曰:"师知烁身以成物[17],吾何难哉!"于是干将妻乃断发剪爪,投于炉中[18],使童女童男三百人鼓橐装炭,金铁刀濡[19],遂以成剑。阳曰干将,阴曰莫耶;阳作龟文,阴作漫理[20]。干将匿其阳,出其阴而献之[21],阖闾甚重[22]。

既得宝剑,适会鲁使季孙聘于吴[23]。阖闾使掌剑大夫以莫耶献之。季孙拔剑之[24],钢中缺者大如黍米[25]。叹曰:"美哉剑也!虽上国之师何能加之[26]!夫剑之成也吴霸,有缺则亡矣[27]。我虽好之,其可受乎[28]!"不受而去。

《四部备要》本《吴越春秋》卷四

①本篇节选自《吴越春秋·阖闾内传第四》,题目为编者所加。篇中记述了干将、莫耶作剑的经过。文虽简短,但突出了铸剑过程中的神奇成分,表现出较浓厚的传说色彩。　②欧冶子:春秋时越人,以善铸剑闻名。③"越前"句:意为以前越国曾献给吴王阖闾欧冶子所铸的宝剑三把。《吴越春秋》同卷载风湖子曰:"臣闻吴王得越所献宝剑三枚,一曰鱼肠,二曰盘郢,三曰湛卢。"又《越绝书》卷一一载:"欧冶乃因天之精神,悉其伎巧,造为大刑三、小刑二,一曰湛卢,二曰纯钧,三曰胜邪,四曰鱼肠,五曰巨阙。吴王阖庐之时,得其胜邪、鱼肠、湛卢。"并可参考。　④宝之:以之为宝。⑤"以故"句:意为阖闾因得到并且喜爱欧冶子所铸的三把宝剑,因而又让干将铸造两剑。剑匠,铸剑之名工,指干将。另本径作"干将"。　⑥五山、六合:泛指天下之山。五山,五方之山。五,东西南北中。六合,天地四方,指天下。铁精、金英:铁之精华。金,指铁。　⑦"候天"句:意为掌握天地气候之变化。候,伺,并为观察意。　⑧"阴阳"句:指阴、阳并在旺盛之时。古人观念,阴阳偏胜则不能成物,故须阴阳和合。同光,指阴阳相当,成物之机也。　⑨"而金铁"句:意为不能将铁冶炼成铸剑的铁汁。销,熔化。沦流,指流动。　⑩于是:对于这种情况。是,指上文"不销沦流"的现象。由:原因。　⑪"其有意"句:意为对此你曾预料到了吗?其,指铸剑不成

451

事。意,料,考虑。　⑫"夫神物"二句:神物,神奇之物。化,变化。须人而成,须要有人为之牺牲才能成功。　⑬得无:表反诘,"怕不是"、"是不是"之意。　⑭成物:成其器物。此指成剑。　⑮麻绖(dié 蝶)菅(jiān 奸)服:用葛麻作带、菅茅为服。此为古代丧服,表示随时准备牺牲自己。绖,葛麻带。菅,同"菅",菅茅。　⑯"其若"句:是不是这个缘故呢?指没有人做出牺牲。若,如。斯,这,此。　⑰烁身:指上文"夫妻俱入冶炉中"。烁,同"铄",销熔。　⑱"于是"二句:意为莫耶将自己的头发、指甲剪下,投入炉内,以代身体。　⑲"使童女"二句:意为三百童女童男奋力烧火,铁才熔化。童女童男,没有结婚的青年男女。鼓橐(tuó 驮)风箱。橐,古代冶炼鼓风用具。刀,他本一作"乃",是,此误。濡,意同"软"。　⑳"阳作"二句:古人的观念重视阴阳相配,故剑文亦如此。龟文,花纹凸起,犹今称"阳文";漫理,平的花纹,犹今称"阴文"。漫,平。理,纹理。㉑"干将"二句:干将将铸好的干将剑藏起,而把莫耶剑献给阖闾。阳、阴指阳剑干将和阴剑莫耶,其区分在花纹之阴阳。　㉒重:看重。另本"重"后有"之"字。　㉓适会:恰碰上。季孙:鲁国公族大夫季孙氏。以其时考之,当为季平子意如。聘:聘问。古代诸侯国之间或天子与诸侯国之间的遣使访问。　㉔"季孙"句:"之"前疑脱"视"字。　㉕钢:误,另本作"锷",是。锷,剑刃也。　㉖上国之师:指中原各国的铸剑工匠。加之:在其上,指胜过他。　㉗"有缺"句:暗示吴将中道灭亡。　㉘受:接受。

伍员之死①

吴王还②,乃让子胥曰③:"吾前王履德④,明达于上帝;垂功用力,为子西结强仇于楚⑤。今前王譬若农夫之艾⑥,杀四方蓬蒿以立名于荆蛮⑦,斯亦大夫之力。今大夫昏耄而不自安⑧,生变起诈,怨恶而出⑨。出则罪吾士众⑩,乱吾法度,欲以妖孽挫衄吾师⑪。赖天降衷⑫,齐师受服⑬。寡人岂敢自归其功!乃前王之遗德、神灵之祐福也。若子于吴,则何力

452

焉⑭?"伍子胥攘臂大怒,释剑而对曰⑮:"昔吾前王有不庭之臣⑯,以能遂疑计⑰,不陷于大难。今王播弃所患外不忧⑱,此孤僅之谋⑲,非霸王之事。天所未弃,必趋其小喜而近其大忧⑳。王若觉寤㉑,吴国世世存焉;若不觉寤,吴国之命斯促矣㉒!员不忍称疾辟易㉓,乃见王之为擒。员诚前死㉔,挂吾目于门以观吴国之丧㉕。"吴王不听,坐于殿上,独见四人向庭相背而倚㉖。王怪而视之。群臣问曰:"王何所见?"王曰:"吾见四人相背而倚,闻人言则四分走矣。"子胥曰:"如王言,将失众矣!"吴王怒曰:"子言不祥!"子胥曰:"非惟不祥㉗,王亦亡矣。"

后五日,吴王复坐殿上,望见两人相对,北向人杀南向人。王问群臣:"见乎?"曰:"无所见。"子胥曰:"王何见?"王曰:"前日所见四人。今日又见二人相对,北向人杀南向人。"子胥曰:"臣闻:四人走,叛也㉘;北向杀南向,臣杀君也㉙。"王不应。

吴王置酒文台之上㉚,群臣悉在。太宰嚭执政㉛,越王侍坐,子胥在焉。王曰:"寡人闻之,君不贱有功之臣㉜,父不憎有力之子。今太宰嚭为寡人有功,吾将爵之上赏㉝。越王慈仁忠信,以孝事于寡人㉞,吾将复增其国,以还助伐之功㉟。于众大夫如何?"群臣贺曰:"大王躬行至德,虚心养士;群臣并进,见难争死㊱;名号显著㊲,威震四海;有功蒙赏㊳,亡国复存;霸功王事㊴,咸被群臣。"于是子胥据地垂涕曰㊵:"於乎哀哉!遭此默默㊶。忠臣掩口,谗夫在侧;政败道坏,谄谀无极㊷;邪说伪辞㊸,以曲为直;舍谗攻忠,将灭吴国。宗庙既夷,社稷不食㊹;城郭丘墟,殿生荆棘。"吴王大怒曰:"老臣多诈㊺,为吴妖孽。乃欲专权擅威,独倾吴国㊻。寡人以前王之故,未忍行法㊼。今退自计,无沮吴谋㊽。"子胥曰:"今臣不忠不信,不得为前王之臣㊾。臣不敢爱身,恐吴国之亡矣!昔者桀杀关龙逢㊿,纣杀王子比干㉛,今大王诛臣,参于桀纣㉜。大王勉之㉝,臣请辞矣。"

子胥归,谓被离曰㉞:"吾贯弓接矢于郑楚之界,越渡江淮,自致于斯㉟。前王听从吾计,破楚见凌之仇㊱。欲报前王之恩而至于此。吾非自惜,祸将及汝。"被离曰:"未谏不听㊲,自杀何益!何如亡乎㊳?"子胥曰:"亡臣安往㊴!"

吴王闻子胥之怨恨也,乃使人赐属镂之剑㊵。子胥受剑,徒跣褰裳下堂㊶,中庭仰天呼怨曰㊷:"吾始为汝父忠臣,立吴㊸,设谋破楚,南服劲越㊹,威加诸侯,有霸王之功㊺。今汝不用吾言,反赐我剑。吾今日死,吴宫为墟,庭生蔓草,越人掘汝社稷,安忘我乎!昔前王不欲立汝,我以死争之,卒得汝之愿㊻,公子多怨于我㊼。我徒有功于吴,今乃忘我定国之恩㊽,反赐我死,岂不谬哉!"吴王闻之,大怒曰:"汝不忠信。为寡人使齐,托汝子于齐鲍氏㊾,有我外之心㊿。急令自裁,孤不使汝得有所见㉛。"子胥把剑仰天叹曰:"自我死后,后世必以我为忠。上配夏殷之世㉜,亦得与龙逢、比干为友。"遂伏剑而死。

吴王乃取子胥尸盛以鸱夷之器㉝,投之于江中。言曰:"胥!汝一死之后,何能有知!"即断其头,置高楼上,谓之曰:"日月炙汝肉,飘风飘汝眼,炎光烧汝骨㉞,鱼鳖食汝肉,汝骨变形灰㉟,有何所见!"乃弃其躯投之江中。子胥因随流扬波,依潮来往,荡激崩岸㊱。于是吴王谓被离曰:"汝尝与子胥论寡人之短!"乃髠被离而刑之㊲。

王孙骆闻之不朝㊳。王召而问曰:"子何非寡人而不朝乎?"骆曰:"臣恐耳!"曰:"子以我杀子胥为重乎㉗?"骆曰:"大王气高㉘,子胥位下,王诛之。臣命何异于子胥?臣以是恐也。"王曰:"非听宰嚭以杀子胥㉛,胥图寡人也㉜。"骆曰:"臣闻:人君者,必有敢谏之臣;在上位者,必有敢言之交。夫子胥,先王之老臣也。不忠不信,不得为前王臣!"吴王中心悚然㉝,悔杀子胥,且非宰嚭之谗子胥㉞,而欲杀之。骆曰:"不可!王若杀嚭,此为二子胥也㉟。"于是不诛。

《四部备要》本《吴越春秋》卷五

①本篇节选自《吴越春秋·夫差内传第五》,题目为编者所加。本篇叙写伍子胥之死的过程,颇有文采,子胥的个性亦颇鲜明,比较富有文学意味。伍员(yún 云),字子胥,楚国人,因父、兄均为楚平王所杀,逃奔吴国。②吴王还:指吴王此前未听子胥之谏而伐齐(子胥主张先定越而后伐齐),战于艾陵,胜之,与齐盟而还。吴王,指阖闾之子夫差。阖闾在吴越之战中受伤而死,传位于夫差。　　③让:指责。　　④前王:指夫差之父吴王阖闾。履德:躬行其德。履,践,实行。　　⑤"垂功"二句:努力使功业流传于世,为了您而与西方的楚国结下了仇恨。垂,遗留。按,吴王阖闾曾兴兵伐楚,使伍员得报父兄之仇。　　⑥艾:同"刈",割草。　　⑦立名于荆蛮:在楚国树立了名声,指战胜了楚国。荆蛮,指楚国。　　⑧昏耄:年老糊涂。不自安:不能安分守己。　　⑨"生变"二句:做出一些怪异虚假的行为,表现出怨恨和厌恶的态度。变,指怪异之举。诈,指虚假之举。　　⑩出:出来,指在外。罪:祸害,祸殃。士众:众士兵。此指军队。　　⑪"欲以"句:《吴越春秋》同卷载,吴伐齐之前,伍子胥曾引"《金匮》第八"以谏止,曰:"今年七月,辛亥平旦,大王以首事。辛,岁位也。亥,阴前之辰也。合壬子岁,前合也,利以行武,武决胜矣。然德在合斗击丑。丑,辛之本也。大吉为白虎而临辛,功曹为太常所临亥。大吉得辛为九丑,又与白虎并重。有人若以此首事,前虽小胜,后必大败。天地行殃,祸不久矣。"预言伐齐会有先胜后败的严重后果。按,从上述引文来看,《金匮》似当为古代阴阳术数之书。《汉书·艺文志》"五行类"有《堪舆金匮》十四卷。颜师古注引许慎云:"堪,天道;舆,地道也。"是书

或当近之。抑或另有论阴阳灾变之书名《金匮》者,因书并佚,不详,待考。妖孽,指妖孽之言。挫衄(nù女去声),挫折,挫败。衄,折伤。　⑫降衷:降福。　⑬受服:降服之义。服,顺从。　⑭"则何"句:意为您出过什么力呢?则,句首助词。力,力量,此为出力之意。　⑮释:放下。⑯不庭之臣:不以朝廷君臣之礼所限之臣子,即师友之臣。《吴越春秋·阖闾内传第四》:"乃举伍子胥为行人,以客礼事之,而与谋国政。"即此类。⑰遂疑计:决断疑惑而定大计。遂,决。　⑱播弃:犹言放弃。播,弃也。所患外:在外之患,暗指越国。　⑲孤僮之谋:犹言小孩子见识。僮,未成年的男子。　⑳"天所未弃"二句:意为上天还没有抛弃吴国的话,一定会使它很快得到小的好处,而让它明白将有大的忧患。趣(cù促),急,催促。小喜,小的好事。此指本文开始之前的胜齐之事。近,知晓。大忧,大的忧患,指亡国。　㉑寤:通"悟"。　㉒命:命运,国运。斯:则。促:窘迫,危险。　㉓称疾辟易:称病而躲避。辟易,退避,躲开。　㉔前死:指死得早。　㉕挂:一作"抉",挖出。丧:亡也。　㉖向庭:面向朝堂。相背而倚:背靠背相倚靠。　㉗"非惟"句:意为不仅仅是不吉祥的问题。㉘"四人"二句:疑为当时习语。叛,背叛。　㉙"北向"二句:古代君位坐北向南,故云北向杀南向,是臣杀君。　㉚文台:吴国台观名。　㉛执政:指主酒政。　㉜贱:轻贱,看不起。　㉝爵之上赏:给以最高爵位的赏赐。爵,授爵或授官。　㉞孝:孝道。《吴越春秋·勾践入臣外传第七》载,夫差病,勾践曾尝粪便以测其病情,并且"躬亲为虏,妻亲为妾"而不愠怒。"孝"盖指如此之类的事。　㉟还:补偿,报答。助伐之功:指前夫差伐齐时,越王曾以"甲二十领,屈卢之矛,步光之剑"及士卒三千助之。见《吴越春秋》同卷。　㊱"群臣"二句:意为群臣并皆努力,遇到危难,视死如归。㊲名号:名声。㊳蒙:蒙受,得到。㊴霸功王事:霸主的功业,王者的行为。㊵据地:两手按地。㊶默默:通"墨墨",昏暗貌。指朝廷政治腐败。㊷无极:无止。㊸邪说伪辞:奸邪的言论,虚假的说辞。指颠倒是非的言论。㊹"宗庙"二句:指宗庙毁坏,国家灭亡。夷,平。㊺多诈:满嘴胡言之意。诈,奸诈。㊻独:将。倾:颠覆。㊼行法:施法,以法惩处。㊽沮:阻碍。吴谋:吴国的大计。㊾"今臣"二句:意为现在我担了不忠不信的罪名,已经不能再做先王阖闾时那样的臣子了。前王之臣,指阖闾的"不庭之臣"。按,"今",疑当作"令"。

㊿关龙逢:夏桀之臣,因谏阻夏桀为长夜之饮而被杀。 ㊿比干:殷纣王叔父,因谏止殷纣王之淫乱,被剖心而死。 ㊿"参于"句:与桀、纣并而为三。参,同"三"。 ㊿勉之:犹言好好干吧。 ㊿被离:吴大夫。伐齐之前,夫差曾称其"常与子胥同心合志,并愿一谋"。 ㊿"吾贯弓"三句:为子胥自述来吴国时的经过。子胥父伍奢、兄伍尚在楚国因谗被执,子胥出逃,楚"复遣追捕子胥。胥乃贯弓执矢,去楚"(《吴越春秋·王僚使公子光传》)。初奔宋,然后由宋奔郑,最后才由郑至吴。贯弓接矢,弯弓搭箭,指抵御追兵。贯(wān 弯),通"弯"。江淮,长江、淮河。致,通"至",来到。斯,此,指吴国。 ㊿"破楚"句:意为攻破楚国,报了吴国屡被欺凌之仇。按,此句亦包含为伍子胥报杀父兄之仇事。见凌,被凌辱。 ㊿未谏:"未"字疑误,似当作"夫"字。 ㊿亡:逃亡。 ㊿亡臣:逃亡之臣,子胥自称。 ⑥属镂之剑:吴国宝剑名。 ⑥徒跣(xiǎn 显):赤脚。跣,赤足。褰裳:撩起下裳。 ⑥中庭:庭院之中。 ⑥立吴:指使吴国强盛。立,树也。 ⑥劲越:强大的越国。 ⑥霸王之功:称霸诸侯的功业。 ⑥"昔前王"三句:意为由于我的力争,才实现了你立为太子的愿望。据《吴越春秋·阖闾内传第四》载,阖闾与伍子胥谋立太子,"夫差日夜告于伍胥曰:'王欲立太子,非我而谁当立?此计在君耳。'"子胥乃推举夫差。阖闾以为"夫差愚而不仁,恐不能奉统于吴国"。但子胥称赞夫差"信以爱人,端于守节,敦于礼义",终使夫差立为太子。 ⑥公子:指阖闾的其他儿子。 ⑥定国之恩:安定国家的恩德。即指立太子之事。 ⑥"为寡人"二句:《吴越春秋》同卷载,夫差十二年,夫差欲伐齐,"使子胥使于齐,通期战之会。子胥谓其子曰:'我数谏王,王不我用。今见吴之亡矣。汝与吾俱亡,亡无为也。'乃属其子于齐鲍氏而还。"此即指其事。 ⑦我外之心:以我为外之心。 ⑦"急令"二句:意为赶快自杀,我不会让你还能看到什么。这是夫差针对子胥"吴宫为墟"之类的话所说的愤激之辞。自裁,自杀。 ⑦"上配"句:意为与夏、殷之世的忠臣相匹配。 ⑦鸱夷之器:皮制口袋。 ⑦炎光:意同"焰光",火光。 ⑦形灰:意同"行灰",飞灰。 ⑦"子胥"三句:意为子胥之灵托于江涛,随潮往来,激荡江岸。随流扬波,依随潮流而鼓荡起波涛。 ⑦"乃髡"句:意为对被离处以髡刑。髡,剪去头发的刑罚。 ⑦王孙骆:吴王夫差之臣,曾为左校司马。 ⑦重:过分,严厉。 ⑧气高:性气高傲,意指不能听取臣下的不同意见。 ⑧"非听"句:意为我不

是因为听信了宰嚭的谗言而杀了子胥。　㉒图:图谋,指危害。　㉓中心:内心。悢(liànɡ力)然:悲伤貌。　㉔非:以……为非。　㉕二子胥:子胥第二。

二〇 越绝书

《越绝书》,十五卷。旧传为子贡或子胥作,不确。近人多以为系东汉袁康作,吴平编定。袁康、吴平,会稽(今江浙一带)人,生平事迹不详。

本书以记载吴、越两国争霸历史为主,内容与《吴越春秋》颇多接近。过去多以杂史视之。从其对历史事件的记述看,颇多想象描摹之辞,极具小说意味。

吴王占梦①

昔者吴王夫差之时②,其民殷众,禾稼登熟③,兵革坚利,其民习于斗战。阖庐□劀子胥之教,行有日,发有时④。道于姑胥之门⑤,昼卧姑胥之台⑥,觉寤而起⑦,其心惆怅,如有所悔。即召太宰而占之曰⑧:"向者昼卧,梦入章明之宫⑨,入门见两锸⑩,炊而不蒸⑪,见两黑犬嗥以北、嗥以南⑫,见两铧倚吾宫堂⑬,见流水汤汤越吾宫墙⑭,见前园横索生树桐⑮,见后房锻者扶挟鼓小震⑯。子为寡人精占之⑰,吉则言吉,凶则言凶,无谀寡人之心所从⑱。"太宰嚭对曰:"善哉!大王兴师伐齐。夫章明者,伐齐克,天下显明也⑲;见两锸炊而不蒸者,大王圣气有馀也⑳;见两黑犬嗥以北、嗥以南,四夷已服,朝诸侯也;两铧倚吾宫堂,夹田夫也㉑;见流水汤汤越吾宫墙,献物已至,则有馀也㉒;见前园横索生树桐,乐府吹巧也㉓;见后房锻者扶挟鼓小震者,宫女鼓乐也㉔。"吴王大悦,而赐太宰嚭杂缯四十匹㉕。

王心不已㉖,召王孙骆而告之㉗。对曰:"臣智浅能薄,无方术之事㉘,不能占大王梦。臣知有东掖门亭长越公弟子公孙圣㉙,为人幼而好学,长而憙游㉚,博闻强识,通于方来之事㉛,可占大王所梦。臣请召之。"吴王曰:"诺。"王孙骆移记曰㉜:"今日壬午,左校司马王孙骆㉝,受教告东掖门亭长公孙圣㉞:吴王昼卧,觉寤而心中惆怅也,如有悔㉟。记到,车驰诣姑胥之台㊱。"圣得记,发而读之㊲,伏地而泣有顷,不起。其妻大君从旁接而起之㊳,曰:"何若子性之大也㊴!希见人主㊵,卒得急记㊶,流涕不止。"公孙圣仰天叹曰:"呜呼悲哉!此固非子胥所能知也㊷。今日壬午,时加南方㊸,命属苍天,不可逃亡㊹。伏地而泣者,不能自惜,但吴王㊺。谀心而言,师道不明㊻;正言直谏,身死无功。"大君曰:"汝强食自爱,慎勿相忘㊼!"伏地而书,既成篇,即与妻把臂而决㊽,涕泣如雨,上车不顾。遂至姑胥之台,谒见吴王。吴王劳曰:"公弟子公孙圣也㊾。寡人昼卧姑胥之台,梦入章明之宫,入门见两鋗炊而不蒸,见两黑犬嗥以北、嗥以南,见两铧倚吾宫堂,见流水汤汤越吾宫墙,见前园横索生树桐,见后房锻者扶挟鼓小震。子为寡人精占之,吉则言吉,凶则言凶,无谀寡人心所从。"公孙圣伏地有顷而起,仰天叹曰:"悲哉!夫好船者溺,好骑者堕㊿,君子各以所好为祸。谀谗申者[51],师道不明;正言切谏,身死无功;伏地而泣者非自惜,因悲大王[52]。夫章者,战不胜走偟偟[53];明者,去昭昭就冥冥[54];见两鋗炊而不蒸者,王且不得火食[55];见两黑犬嗥以北、嗥以南者,大王身死魂魄惑也㊾;见两铧倚吾宫堂者,越人入吴邦、伐宗庙、掘社稷也;见流水汤汤越吾宫墙者,大王宫堂虚也㊼;前园横索生树桐者,桐不为器用但为甬㊽,当与人俱葬;后房锻者鼓小震者,大息也㊾。王毋自行㊿,使臣下可矣。"太宰嚭、王孙骆惶怖,解冠帻肉袒而谢。吴王忿圣言不祥,乃使其身自受其殃。王乃使力士石番以铁杖击圣,中断之为两头。圣仰天叹曰:"苍天知冤乎!直言正谏,身死无功。令吾家无葬我,提我山中,后世为声响。"吴王使人提于秦馀杭之山:"虎狼食其肉,野火烧其骨,东风至,飞扬汝灰。汝更能为声哉!"太宰嚭前,再拜曰:"逆言已灭,谗谀已亡。因酹行觞,时可以行矣!"吴王曰:"诺!"

王孙骆为左校司马,太宰嚭为右校司马,王从骑三千,旌旗羽盖,自处中军。伐齐,大克师,兵三月不去。过伐晋,晋知其兵革之罢倦,粮食尽索,兴师击之,大败吴师,涉江流血浮尸者,不可胜数。吴王不忍,率其馀兵,相将至秦馀杭之山。饥饿足行乏粮,视瞻不明,据地饮水,持笼稻而飡之。顾谓左右曰:"此何名?"群臣对曰:"是笼稻也。"吴王曰:"悲哉!此公孙圣所言'王且不得火食'。"太宰嚭曰:"秦馀杭山西坂,闲燕可以休息,大王亟飡而去,尚有十数里耳。"吴王曰:"吾尝戮公孙圣于斯山,子试为寡人前呼之,即尚在耶,当有声响。"太宰嚭即上山三呼,圣三应。吴王大怖,足行属腐,面如死灰色,曰:"公孙圣,令寡人得邦,诚世世相事。"言未毕,越王追至,兵三围吴。大夫种处中,范蠡数吴王曰:"王有过者五,宁知之乎?杀忠臣伍子胥、公孙圣。胥为人先知、忠信,中断之入江;圣正言直谏,身死无功。此非大过者二乎!夫齐无罪,空复伐之,使鬼

461

神不血食[89]，社稷废芜，父子离散，兄弟异居，此非大过者三乎！夫越王勾践，虽东僻[90]，亦得系于天皇之位[91]。无罪，而王恒使其刍茎秩马[92]，比于奴虏。此非大过者四乎！太宰嚭谗谀佞谄，断绝王世[93]，听而用之。此非大过者五乎！"吴王曰："今日闻命矣。"越王抚步光之剑、杖屈卢之弓[94]，瞋目谓范蠡曰："子何不早图之乎[95]？"范蠡曰："臣不敢。杀主臣存主若亡[96]，今日逊敬，天报微功[97]。"越王谓吴王曰："世无千岁之人，死一耳[98]。"范蠡左手持鼓，右手操枹而鼓之，曰："上天苍苍，若存若亡[99]。何须军士断子之颈、挫子之骸[100]，不亦缪乎！"吴王曰："闻命矣。以三寸之帛，冥吾两目。使死者有知，吾惭见伍子胥、公孙圣；以为无知，吾耻生越王[101]。"则解绶以冥其目[102]，遂伏剑而死。越王杀太宰嚭，戮其妻子。以其不忠信，断绝吴之世。

《四部备要》本《越绝书》卷一〇

①本篇选自《越绝书》卷一〇，题目原作"越绝外传记吴王占梦"。本篇所述多系想象传说之辞，简短的细节描述亦颇见人物形象、神态，近于小说性质。　②昔者：如同说"过去"，追述之言。　③登熟：指丰收。登，成熟。　④"阖庐"三句：意为阖庐受伍子胥的指点，各种措施适时得当。阖庐，即阖闾，吴王夫差之父。劓(zhì 制)，同"制"，约束，此指受约束。原文"劓"前缺一字。行、发，俱指施行。有日、有时，指适时。按，疑此三句当在首句"昔者"二字之后，误置此耳。　⑤道：经过。主语为夫差。姑胥之门：亦名胥门，吴都（今江苏苏州）之城门名。按，此事据《吴越春秋·夫差内传第五》，在夫差十三年吴欲伐齐之时，故下文言"大王兴师伐齐"。
⑥昼卧：指午睡。姑胥之台：亦名姑苏台，在吴都西南姑苏山上。　⑦觉寤：睡中惊醒。寤，睡醒。　⑧太宰：吴官名。此者太宰嚭。占：占梦。
⑨章明之宫：当为吴宫殿名。　⑩锜(h立)：同"鬲"，古代炊具，似鼎，足中空。　⑪"炊而"句：意为有人以锜烹食，底下烧火，上面却无蒸气。按，

《吴越春秋》作"蒸而不炊"。按下文解释,似当以此为是。炊,烧火。蒸,热气上升。　　⑫噑:吼叫。　　⑬铧:耕地的农具。　　⑭汤(shāng 伤)汤:水流盛大貌。　　⑮"见前园"句:意为园中桐树横倒在地。"索"字疑衍,"树"或为"梧"字之误。《吴越春秋》作"前园横生梧桐"。　　⑯后房:后宫。锻者:制肉脯的人。锻,通"腶",脯,干肉。扶挟(jiā 加):拿着竹筷。扶,持,挟,通"梜",筷子。鼓:动词,敲鼓。小震:轻轻敲击。　　⑰精占:如同说"仔细占算"。　　⑱"无谀"句:意为不要迎合我的心思专说好话。谀,恭维,说好话。　　⑲天下显明:犹言功业著于天下。　　⑳"见两铧"二句:意为两铧炊而不蒸是因为大王您神圣之气太盛的缘故。圣,神也。㉑夹田夫:意为能得众。夹,持,指保有,拥有。田夫,农夫。按,《吴越春秋》此处作"农夫就成田夫耕也"。　　㉒"献物"二句:意为贡物已至财富有馀。献物,贡献之物。则,疑当为"财",形近而误。按,《吴越春秋》此即作"邻国贡献财有馀也"。　　㉓乐府:主管音乐的机关。此指音乐。吹巧:犹言"旋律优美"。吹,指演奏。巧,妙也。按,桐可为琴,故可解为"乐府吹巧"。㉔宫女鼓乐:意为后宫欢乐祥和。宫女,制脯为宫女之事。鼓乐,奏乐。鼓,击也。　　㉕杂缯:各种颜色的丝绸。缯,丝织品的总称。　　㉖不已:不止。意为不放心。　　㉗告之:指告诉他所梦之事。　　㉘方术之事:古人以星占历卜等并称为方术,此指占梦而言。　　㉙掖门:宫中边门。亭长:指掌门小吏。亭,守门的岗亭。越公:当为古之善占者。《吴越春秋》作"长城公"。公孙圣:原作"王孙圣",盖涉上文王孙骆而误,今据后文改正。《吴越春秋》此处正作"公孙圣"。　　㉚意游:爱好游学。与上文"好学"对文。意,通"喜"。游,游学。　　㉛方来之事:未来之事。方,将,未来。㉜移记:如同说"发函"。记,古代公文名称,如后世之公牒、札子之类。㉝左校司马:左军的统帅。　　㉞受教:犹言"奉命"。教,古代公文的一种,指官府发布的教令。此指吴王的教令。　　㉟悔:灾祸。　　㊱车驰:乘车疾行。　　㊲发:打开。　　㊳接:拉,扶。　　㊴何若:若何,为什么。性:心性,指内心。大:指空阔,无见识。《吴越春秋》此处作"鄙",即鄙陋,无见识,其意同。　　㊵希:少。　　㊶卒:通"猝",突然之间。　　㊷子胥:"胥"字衍。子,指公孙圣妻。《吴越春秋》此处正作"子"。　　㊸"今日"二句:指明占算的日、时依据为壬午日午时。壬午,为当日之干支。时加南方,指时辰为午时。按,时,当为吴王昼寝之时。因是占梦,故用吴王寝梦之时。

463

南方,古代方位与地支相配时,南方为午。古代占卜中,有地支属午自相刑(克)之说。即时、日地支同在午,主有刑伤。　㊹"命属"二句:意为命运由上天注定,不能逃避。亡,逃也。　㊺"不能"二句:意为不是可怜自己,只是为吴王悲哀。按,"但"后疑脱"悲"字。后文"因悲大王"可证。《吴越春秋》此句作"不但自哀,诚伤吴王",意同。惜,怜也。但,只,只是。
㊻"谀心"二句:意为违心地说些谄媚的话,就会使师门传授的道术不能彰明。　㊼"汝强食"二句:意为你要努力加餐,保重身体,千万不要忘了我。这是大君劝慰丈夫要自己保重,活着回来。　㊽把臂:握臂。决:通"诀",告别,诀别。　㊾"公弟子"句:此处当有脱文。因其非劳之之辞。
㊿"夫好船者"二句:疑为当时俗语。意为人们往往在喜欢做的事情上出问题。好船,爱好驾船的人。溺,掉入水中。　㉛"谀谚"句:意为用谚谀之词来解释。申,申说,说明解释。　㉜"因悲"句:因为为大王悲伤。
㉝偟偟:惊慌失措貌。　㉞"去昭昭"句:意为离生而就死。昭昭,光明貌,指阳世。冥冥,黑暗貌,指阴世。　㉟且:将。火食:吃煮熟的食物。
㊱魂魄惑:魂魄迷惑,指不知所归,无家可依。　㊲宫堂虚:犹言宫殿化为废墟。指国家灭亡,宫殿荒芜。虚,废墟。此指变成废墟。　㊳"桐不为"句:意为桐木不能用来做成实用之器,只能用来做木俑。按,木俑为古代的殉葬物品。甬,通"俑"。　㊴大息:同"太息",叹息。　㊵自行:亲自去。此指亲往伐齐。　㊶惶怖:惊恐不安。　㊷解冠帻:除下帽子、头巾,是请罪的表示。肉袒(tǎn坦):脱去上衣。谢:谢罪,请罪。　㊸"乃使"句:意为就让他自己遭受他所说的这些灾祸,即让他受死。　㊹"中断"句:意为将他断为两截。两头,犹言两段、两截。　㊺提(dǐ抵):扔,掷。
㊻"后世"句:意为后世将要发出一种声音。　㊼秦馀杭之山:山名。亦名阳山。《越绝书》卷二:"秦馀杭山者,越王栖吴夫差山也。去县五十里,山有湖水,近太湖。"　㊽"虎狼"五句:为夫差之语。更能,还能。为声,发声。
㊾"逆言"二句:指公孙圣已死。逆言,忤逆的话。　㊿因:趁此。行觞:犹言喝动身酒。　㉛"王从"二句:言吴王车骑之盛。羽盖,指以羽毛装饰帷盖的车驾。　㉜大克师:意为大败齐军。克,打败。师,军队,指齐国军队。
㉝"兵三月"句:意为吴军三个月不肯离开齐地。　㉞过:进而。　㉟罢倦:意同"疲倦"。罢,通"疲"。　㊱索:尽。　㊲"据地"句:意为没有饮用水,只能就地取水饮用。据,就也。《吴越春秋》作"伏地而饮水"。

⑱笼稻:指未脱皮的稻。飡:同"餐"。　　⑲闲燕:指安闲清静。　　⑳亟:赶快。　　㉑前呼之:意为上山呼叫一下。之,代词,指公孙圣。　　㉒属(zhǔ主)膍:两脚发软,磕磕绊绊。属,聚,合。指两脚靠在一起,迈不开步。　　㉓得邦:意为得以回国。　　㉔"兵三围"句:意为越兵将吴王重重围困。三围,言围困多层。　　㉕大夫种:越大夫文种。处中:处于中军位置。　　㉖范蠡:越大夫。越灭吴后,弃官泛游五湖,后经商致富,号陶朱公。数:责备。　　㉗先知:指善谋,能预知事情未来的发展。　　㉘"中断"句:指夫差将子胥头悬城楼、身投于江。　　㉙"空复"二句:意为毫无理由地攻打齐国,毁坏齐人家园,使其先祖不能享受祭祀。空,没有,指没有理由。　　㉚东僻:指居于东南僻远之地。按,越在吴东南,故言。　　㉛系于天皇之位:居于帝王的位置。系,属也。天皇,天帝,指帝王。按,古史记载,越乃禹后,为少康庶子封地,故言。　　㉜刍(chú 除)茎秩马:意为割草喂马。刍,割草。茎,当为"莝(cuò 错)",铡草。《越绝书》卷一作"刍莝"。秩马,管理马匹。秩,整齐,指管理。　　㉝"断绝"句:断绝吴王的世系,意即断送吴国江山。　　㉞抚、杖:皆为拿着的意思。步光之剑、屈卢之弓:分别为越国的宝剑、良弓名。屈卢之弓,《吴越春秋》作"屈卢之矛",当是。　　㉟早图之:趁早杀死吴王之意。图,谋也。　　㊱"杀主臣"句:疑当作"杀主臣存若亡",衍一"主"字。意为杀主之臣,虽生犹死。　　㊲"今日"二句:意为今天若臣杀君,则是不敬,上天就会以无功来报应。逊,少也。报,报应。微,无。　　㊳"死一"句:意为人人都是要死的。一,等同。　　㊴"上天"二句:意为上天表面上虽似不存在,但其实还是存在的,你的罪孽老天是知道的。苍苍,天的颜色。　　㊵挫:折辱,此指砍断。骸:指尸体。　　㊶"吾耻"句:即对过去没有杀死越王而造成今日的结果感到耻辱。耻,以为耻。生越王,让越王勾践活下来。生,使之生。　　㊷冥:通"瞑",指遮住眼睛。

附　录：

参 考 书 目

《山海经笺疏》
　　[清]郝懿行笺疏　巴蜀书社1985年排印本
《山海经校注》
　　袁珂校注　上海古籍出版社1980年排印本
《淮南鸿烈集解》
　　[汉]淮南王刘安编　刘文典集解　中华书局1989年新编《诸子集成》本
《周易注疏》
　　[三国魏]王弼、韩康伯注疏　上海古籍出版社1989年影印本
《周易古经今注》
　　高亨注　中华书局1984年排印本
《周易大传今注》
　　高亨注　齐鲁书社1979年排印本
《尚书古文疏证》
　　[清]阎若璩疏证　上海古籍出版社1987年影印本
《尚书今古文注疏》
　　[清]孙星衍注疏　中华书局1986年排印本
《毛诗正义》
　　[汉]毛公传　郑玄笺　[唐]孔颖达正义　上海古籍出版社1990年影印本

《诗集传》
  [宋]朱熹集传 上海古籍出版社1980年排印本
《诗经今注》
  高亨注 上海古籍出版社1980年排印本
《春秋左传集解》
  [春秋]左丘明撰 [晋]杜预集解 上海人民出版社1986年排印本
《春秋左传注》
  杨伯峻注 中华书局1981年排印本
《国语》
  [春秋]左丘明撰 [三国吴]韦昭注 《四部丛刊》影印本
《国语集解》
  [春秋]左丘明撰 徐元浩集解 上海中华书局1930年铅印本
《战国策》
  [汉]刘向集录 高诱注 上海古籍出版社1978年排印本
《战国策》
  [宋]鲍彪校注 《四部丛刊》影印本
《晏子春秋》
  题[春秋]晏婴撰 《四部丛刊》影印本
《礼记集解》
  [清]孙希旦集解 中华书局1989年排印本
《老子道德经》
  [春秋]老聃撰 [三国魏]王弼注 上海书店1986年排印《诸子集成》本
《老子校诂》
  [春秋]老聃撰 马叙伦校诂 中华书局1974年排印本
《老子校释》
  [春秋]老聃撰 朱谦之校释 中华书局1984年排印新编《诸

子集成》本

《论语正义》

　　[清]刘宝楠正义　上海书店1986年排印《诸子集成》本

《论语集释》

　　程树德集释　中华书局1990年排印新编《诸子集成》本

《墨子间诂》

　　[清]孙诒让诂　中华书局1986年排印新编《诸子集成》本

《墨子校注》

　　吴毓江校注　中华书局1993年排印新编《诸子集成》本

《孟子集注》

　　[战国]孟轲撰　[宋]朱熹集注　中华书局1983年排印新编《诸子集成》本

《孟子正义》

　　[战国]孟轲撰　[清]焦循正义　中华书局1987年排印新编《诸子集成》本

《庄子集解》

　　[战国]庄周撰　[清]王先谦集解　中华书局1987年排印新编《诸子集成》本

《庄子集释》

　　[战国]庄周撰　[清]郭庆藩集释　中华书局1961年排印本

《荀子集解》

　　[战国]荀卿撰　[清]王先谦集解　中华书局1988年排印新编《诸子集成》本

《荀子简释》

　　[战国]荀卿撰　梁启雄简释　中华书局1983年排印本

《韩非子集解》

　　[战国]韩非撰　[清]王先谦集解　上海书店1986年排印《诸子集成》本

《韩非子集释》

　　[战国]韩非撰　陈奇猷集释　上海人民出版社1974年排印本

《吕氏春秋》

　　[秦]吕不韦撰　[汉]高诱注　上海书店1986年影印《诸子集成》本

《吕氏春秋校释》

　　[秦]吕不韦撰　陈奇猷校释　学林出版社1984年排印本

《楚辞补注》

　　[战国]屈原等撰　[汉]王逸章句　[宋]洪兴祖补注　中华书局1983年排印本

《楚辞集注》

　　[战国]屈原等撰　[宋]朱熹集注　上海古籍出版社1979年排印本

《楚辞今注》

　　汤炳正等注　上海古籍出版社1996年排印本

《全上古三代秦汉三国六朝文》

　　[清]严可均辑　中华书局1987年影印本

《先秦汉魏晋南北朝诗》

　　逯钦立辑校　中华书局1983年排印本

《乐府诗集》

　　[宋]郭茂倩编　中华书局1979年据汲古阁本翻印

《文选》

　　[南朝梁]萧统编　[唐]李善注　中华书局1974年影印本《四部丛刊》影印宋刻六臣注本

《全汉赋》

　　费振刚等辑校　北京大学出版社1993年排印本

《贾谊集校注》

　　王洲明、徐超校注　人民文学出版社1996年排印本

《枚叔集》
　　[汉]枚乘撰　丁晏辑　清宣统三年(1911)无锡丁氏排印《汉魏六朝名家集初刻》本
《司马相如集校注》
　　[汉]司马相如撰　朱一清、孙以昭校注　人民文学出版社1996年排印本
《扬子云集》
　　[汉]扬雄撰　丁福保辑　清宣统三年(1911)无锡丁氏排印《汉魏六朝名家集初刻》本
《史记》
　　[汉]司马迁撰　[南朝宋]裴骃集解　[唐]司马贞索隐　[唐]张守节正义　上海古籍出版社1986年缩印清武英殿本　中华书局1975年校点本
《班孟坚集》
　　[汉]班固撰　丁福保辑　清宣统三年(1911)无锡丁氏排印《汉魏六朝名家集初刻》本
《汉书》
　　[汉]班固撰　[唐]颜师古注　上海古籍出版社1986年缩印清武英殿本　中华书局1975年校点本
《论衡》
　　[汉]王充撰　中华书局重印世界书局《诸子集成》本
《论衡校释》(附刘盼遂集解)
　　[汉]王充撰　黄晖校释　中华书局1990年排印本
《张衡诗文集校注》
　　[汉]张衡撰　张震泽校注　上海古籍出版社1986年排印本
《蔡中郎集》
　　[汉]蔡邕撰　[明]张溥辑　清光绪五年(1879)信述堂重刊《汉魏六朝百三家集》本

《吴越春秋》
　　[汉]赵晔撰　[元]徐天祐音注　《四部丛刊》影印本
《吴越春秋辑校汇考》
　　周春生著　上海古籍出版社1987年排印本
《越绝书》
　　[汉]袁康撰　《四部丛刊》影印本
《燕丹子》
　　[汉]无名氏撰　程毅中校点　中华书局1985年排印本
《古诗十九首集释》
　　隋树森集释　中华书局1955年排印本